Politik & Co. 9/10

Wirtschaft-Politik

Herausgegeben von
Alexandra Labusch

Bearbeitet von
Eva Dieckmann
Magdalena Kißling
Alexandra Labusch
Nora Lindner
Julia Mertens
Marius Rohde

Inklusive Aktualitätendienst
Viele Schaubilder, Tabellen und Diagramme werden regelmäßig aktualisiert.

Erklärfilm
73000-500

Gymnasium
Nordrhein-Westfalen

C.C.BUCHNER

Politik & Co. – Nordrhein-Westfalen – G9

Herausgegeben von Alexandra Labusch

Wirtschaft-Politik
Band 9/10

Bearbeitet von Eva Dieckmann, Magdalena Kißling, Alexandra Labusch, Nora Lindner, Julia Mertens und Marius Rohde

Zu diesem Lehrwerk sind erhältlich:

- Digitales Lehrermaterial **click & teach** Einzellizenz, Bestell-Nr. 710801
- Digitales Lehrermaterial **click & teach Box** (Karte mit Freischaltcode), ISBN 978-3-661-71080-8
- Differenzierungsheft als Kopiervorlage, ISBN 978-3-661-71089-1

Weitere Materialien finden Sie unter www.ccbuchner.de.

Dieser Titel ist auch als digitale Ausgabe **click & study** unter www.ccbuchner.de erhältlich.

1. Auflage, 3. Druck 2022

Dieses Werk folgt der reformierten Rechtschreibung und Zeichensetzung. Ausnahmen bilden Texte, bei denen künstlerische, philologische oder lizenzrechtliche Gründe einer Änderung entgegenstehen.

Die Mediencodes enthalten ausschließlich optionale Unterrichtsmaterialien. An keiner Stelle im Schülerbuch dürfen Eintragungen vorgenommen werden. Auf verschiedenen Seiten dieses Buches finden sich Verweise (Links) auf Internetadressen. Haftungshinweis: Trotz sorgfältiger inhaltlicher Kontrolle wird die Haftung für die Inhalte externer Seiten ausgeschlossen.

Redaktion: Tabea Schüller-Ruhl, Markus Willers
Layout und Satz: Wildner + Designer GmbH, Fürth
Druck und Bindung: Firmengruppe Appl, aprinta Druck, Wemding

www.ccbuchner.de

ISBN 978-3-661-**71079**-2

Inhaltsverzeichnis

Anhang

METHODEN zur Förderung der fachbezogenen Methodenkompetenz

METHODEN zur Förderung der Handlungs- und Urteilskompetenz

Lern- und Arbeitsmethoden zur Aufgabenbearbeitung

71079-303

OPERATOREN-TRAINING

71079-305

POLITIK AKTIV

WIRTSCHAFT AKTIV

DIGITAL AKTIV

Zur Arbeit mit dem Buch

Politik & Co. 9/10 wurde nach den Vorgaben des neuen Kernlehrplans für die Sekundarstufe I des Gymnasiums in Nordrhein-Westfalen für den Unterricht im Fach „Wirtschaft-Politik" der Jahrgangsstufen 9/10 neu konzipiert. Es ermöglicht euch, liebe Schülerinnen und Schüler, die zentralen Inhalte und Kompetenzen des Faches anhand vieler Beispiele aus eurem Leben und eurer Umgebung zu erwerben. Für eure Lehrerinnen und Lehrer ist das Buch eine Hilfe, einen modernen und binnendifferenzierenden Unterricht zu verwirklichen.

1 Politische Urteilsbildung (PUB) als Prozess

Politik & Co. 9/10 unterstützt euch durchgängig dabei, zu den Fragestellungen im Fach Wirtschaft-Politik ein politisches Urteil zu bilden. Das Buch lädt euch dazu ein, diesen Prozess als eine strukturierte Vorgehensweise zu erkennen und am Ende zu reflektieren. Im vorderen Buchdeckel findet ihr ein Modell des gesamten Prozesses im Überblick und zu allen Schritten sprachliche und andere Hilfen. Die Aufgaben in den einzelnen Kapiteln verweisen regelmäßig auf dieses Modell (→ **PUB**), so dass ihr bei der Einübung Schwerpunkte setzen könnt.

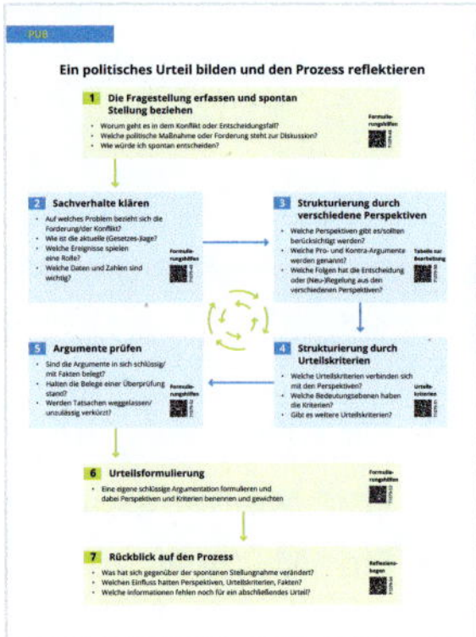
PUB

Ein politisches Urteil bilden und den Prozess reflektieren

1 Die Fragestellung erfassen und spontan Stellung beziehen
- Worum geht es in dem Konflikt oder Entscheidungsfall?
- Welche politische Maßnahme oder Forderung steht zur Diskussion?
- Wie würde ich spontan entscheiden?

Formulierungshilfen

2 Sachverhalte klären
- Auf welches Problem bezieht sich die Forderung/der Konflikt?
- Wie ist die aktuelle (Gesetzes-)lage?
- Welche Ereignisse spielen eine Rolle?
- Welche Daten und Zahlen sind wichtig?

Formulierungshilfen

3 Strukturierung durch verschiedene Perspektiven
- Welche Perspektiven gibt es/sollten berücksichtigt werden?
- Welche Pro- und Kontra-Argumente werden genannt?
- Welche Folgen hat die Entscheidung oder (Neu-)Regelung aus den verschiedenen Perspektiven?

Tabelle zur Bearbeitung

4 Strukturierung durch Urteilskriterien
- Welche Urteilskriterien verbinden sich mit den Perspektiven?
- Welche Bedeutungsebenen haben die Kriterien?
- Gibt es weitere Urteilskriterien?

Urteilskriterien

5 Argumente prüfen
- Sind die Argumente in sich schlüssig/mit Fakten belegt?
- Halten die Belege einer Überprüfung stand?
- Werden Tatsachen weggelassen/unzulässig verkürzt?

Formulierungshilfen

6 Urteilsformulierung
- Eine eigene schlüssige Argumentation formulieren und dabei Perspektiven und Kriterien benennen und gewichten

Formulierungshilfen

7 Rückblick auf den Prozess
- Was hat sich gegenüber der spontanen Stellungnahme verändert?
- Welchen Einfluss hatten Perspektiven, Urteilskriterien, Fakten?
- Welche Informationen fehlen noch für ein abschließendes Urteil?

Reflexionsbogen

2 Kapitelauftaktseiten

Jedes Kapitel beginnt mit einer Auftaktdoppelseite. Eine Materialseite und offene Aufgaben ermöglichen euch eine erste Annäherung an die Inhalte des neuen Kapitels. Dabei könnt ihr auch zeigen, was ihr schon über das Thema wisst. Außerdem hilft euch ein kleiner Einführungstext, einen Überblick zu erhalten. Schließlich erfahrt ihr hier, über welches Können ihr am Ende des Kapitels verfügen solltet.

1.2 Mitwirkung in der repräsentativen Demokratie durch Wahlen 43

1.2.2 Wahlen zum Deutschen Bundestag: Sind Nichtwählende eine Gefahr für die Demokratie?

Zum Thema: „Meine Stimme bringt doch sowieso nichts!" oder „Keine Partei vertritt meine Interessen!" Viele Menschen scheinen dies so zu sehen und gehen nicht zur Wahl. In diesem Kapitel könnt ihr klären, was Wahlen für die Demokratie bedeuten, was hinter dem Phänomen der „Nichtwählenden" steckt, und abschließend den Vorschlag einer Wahlpflicht diskutieren.

M26 Das „andere" Wahlergebnis …

*C.C. Buchner Verlag, aktuelle Daten nach: Bundeswahlleiter, 2022

EINSTIEGSAUFGABEN
1. Analysiert das „andere" Wahlergebnis und fasst zusammen, was es vom offiziellen Wahlergebnis unterscheidet.
2. Stellt Vermutungen darüber an, was Nichtwählende von der Wahl abhält.
3. Nehmt spontan Stellung: Sind Nichtwählende eine Gefahr für die Demokratie?

Offizielles Bundestagswahlergebnis 2021 → S. 55, M36

M27 Die Bedeutung von Wahlen in der Demokratie

Wahlen gelten als der Kern der Demokratie. Sie dienen dazu, das Prinzip einer Demokratie, nämlich die Herrschaft des Volkes über sich selbst auszuüben, erfüllen zu können. Da es in jedem Staat unterschiedliche Interessen gibt, muss der mehrheitliche Wille des Volkes durch Wahlen ermittelt werden. Wahlen haben dabei mehrere Funktionen:

1. Durch demokratische Wahlen überträgt das Volk die politische Macht den Gewählten. Die Gewählten sind in der Regel Personen, die in Parteien oder Wählerbewegungen organisiert sind. Die Ausübung politischer Herrschaft wir durch die Wahlen zeitlich begrenzt legitimiert, das heißt ihr wird eine Rechtmäßigkeit zuerkannt.

3 Aufbau der Unterkapitel

Jedes Unterkapitel beginnt mit einer knappen Einführung. In der Rubrik „Zum Thema" werdet ihr an das jeweilige Thema herangeführt. Im Anschluss an die thematische Hinführung beginnt jedes Unterkapitel mit einem Einstiegsmaterial und entsprechenden Einstiegsaufgaben. Hier wird in der Regel ein Problem, das ihr aus dem Alltag oder aus den Medien kennt, anhand unterschiedlicher Fallbeispiele dargestellt.

Im Anschluss folgen die Erarbeitungsmaterialien. Die sorgfältig ausgewählten Quellen (Sachinformationstexte, Zeitungsartikel, Bilder, Karikaturen, Grafiken etc.) zeigen unterschiedlichste Perspektiven und vertiefen die zentralen Themenaspekte. Am Ende jedes Unterkapitels findet ihr den **Aufgabenblock** mit konkreten Handlungsanweisungen (Operatoren).

4 Kapitelabschluss

Die Kapitel schließen jeweils mit der Rubrik „WAS WIR KÖNNEN“ ab. Hier findet ihr Angebote, um die zu Kapitelbeginn formulierten Kompetenzen anzuwenden. Dies geschieht durch handlungsorientierte Aufgaben, die das gesamte Wissen und Können des Kapitels einfordern.

5 Selbstgesteuertes Lernen

Mit den Rubriken „POLITIK AKTIV“, „WIRTSCHAFT AKTIV“ und „DIGITAL AKTIV“ könnt ihr jeweils zu Beginn der Großkapitel aktiv politische, wirtschaftliche und digitale „Produkte“ wie z. B. Finanzblogs, Quizlets, Podcasts, usw. allein oder in Kleingruppen erstellen. So erarbeitet ihr euch selbstgesteuert über einen gewissen Zeitraum (4-6 Unterrichtsstunden) große Teile eines nachfolgenden Kapitels.

6 Aktualitätendienst

Zahlreiche Schaubilder, Tabellen und Diagramme werden regelmäßig aktualisiert und stehen mit Hilfe eines QR- und Mediencodes neben der jeweiligen Grafiküberschrift kostenfrei zum Download zur Verfügung. Die Grafiken sind wie folgt konzipiert:

- Unter der Grafiküberschrift findet sich der jeweilige Stand der Grafik-Aktualisierung, z. B. „Stand: 2022“. Dieser Stand zeigt immer die letzte Datenüberprüfung an.
- Die Quellenangabe unter der Grafik informiert über den jeweiligen Datenerhebungszeitpunkt.

*Lesebeispiel zur nebenstehenden Grafik: Die Daten von **M19** stammen vom Deutschen Bundestag aus dem Jahr 2019. Die letzte Datenüberprüfung, ob es neuere Daten gibt, fand im Jahr 2022 statt.*

Weitere Informationen zum Aktualitätendienst finden sich im nebenstehenden QR- und Mediencode.

73000-500

Letzte Überprüfung, ob es neuere Daten gibt

73000-389

M19 **Einnahmen der im Deutschen Bundestag vertretenen Parteien**

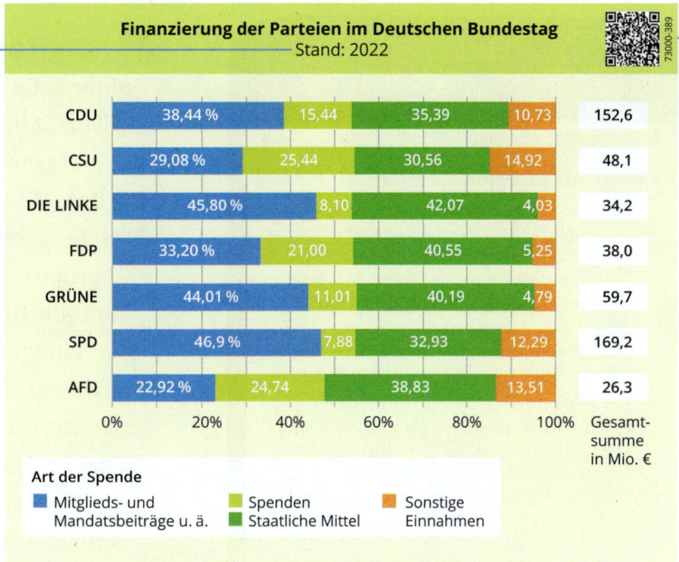

©C.C. Buchner Verlag, aktuelle Daten nach: Deutscher Bundestag, 2019

Datenerhebungszeitraum

7 Unterschiedliche Varianten wichtiger Materialien

In **Politik & Co.** verfügen alle Materialien über einen Farbcode.
Jede Farbe symbolisiert einen bestimmten Schwierigkeitsgrad:

- Gelb steht für den mittleren Schwierigkeitsgrad.
- Rot steht für die anspruchsvollere Variante.
- Grün steht für die leichtere Variante mit Lesehilfen.

Alle Varianten führen zum gleichen Ziel. Während die Materialien des gelben Schwierigkeitsgrads allesamt im Buch abgedruckt sind, werden die anderen Varianten als Download mit Hilfe des jeweils neben den Materialüberschriften stehenden QR- und Mediencodes zur Verfügung gestellt.

71079-13

8 Hilfestellungen und Forderaufgaben

H Hilfen zu den Aufgaben: Solltet ihr Unterstützung bei der Bearbeitung der Aufgaben benötigen, findet ihr regelmäßig neben den Aufgabenblöcken Verlinkungen zu der Rubrik „Hilfen zu den Aufgaben" am Ende des Schulbuches auf den Seiten 278-383.

F Forderaufgaben: Solltet ihr manchmal schneller arbeiten oder zusätzliche Herausforderungen suchen, findet ihr regelmäßig neben den Aufgabenblöcken sogenannte Forderaufgaben.

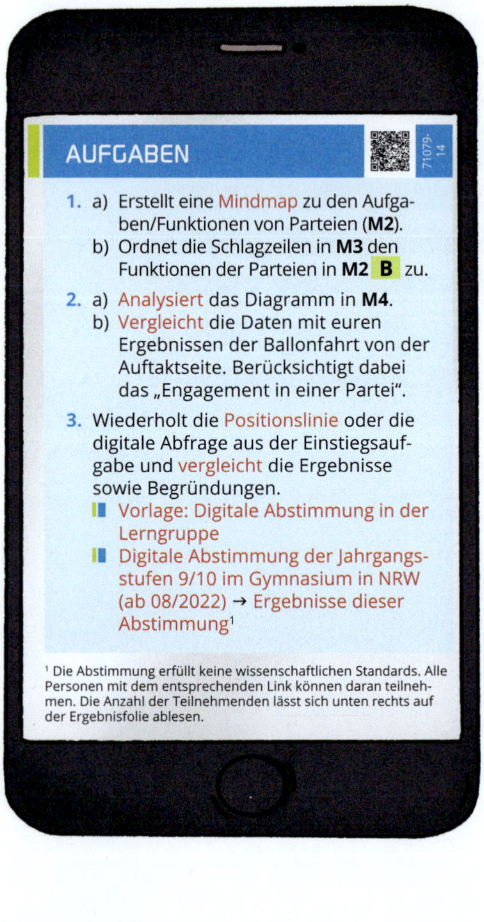

9 Digitale Aufgabenkästen

Politik & Co. 9/10 gibt jedem Aufgabenkasten einen „digitalen Zwilling". Mit Hilfe der QR- und Mediencodes in den Kopfzeilen der Aufgabenkästen können alle Aufgaben digital abgerufen werden. Diese digitalen Aufgaben sind identisch mit den jeweiligen Aufgaben im Schulbuch, bieten aber folgenden Mehrwert:

- **Digitale interaktive Anwendungen zu den Aufgaben:** Aufgaben aus dem Schulbuch werden um digitale, interaktive Anwendungen (z. B. Abstimmungen, Wortwolken, Rankings, ...) erweitert. Diese digitalen Anwendungen sind sowohl im Klassenraum (z. B. moderiert durch die Lehrkraft) als auch im ganzen Bundesland NRW (moderiert durch den Verlag) möglich. Mit anderen Worten: Die digitalen interaktiven Anwendungen ermöglichen einen anonymen Vergleich in der Klasse – und im Bundesland.
- **Operatoren- und Methodenkarten** werden zu den jeweils passenden Operatoren und Methoden verlinkt. Mit Hilfe von digitalen Endgeräten können somit wichtige Verständnis-, Strukturierungs- und Formulierungshilfen für einzelne Operatoren oder Methoden angeschaut und direkt an der Aufgabe, ohne blättern zu müssen, genutzt werden.

10 Medienkompetenzrahmen in Politik & Co.

Das vorliegende Schulbuch **Politik & Co.** setzt den **Medienkompetenzrahmen (MKR)** für euer Fach Wirtschaft-Politik um. Das eigens entwickelte „Icon" MK zeigt euch an einigen Stellen im Schulbuch an, wo ihr Medienkompetenzen des Medienkompetenzrahmens trainieren könnt.

11 OPERATOREN-TRAINING

Politik & Co. 9/10 trainiert mit Hilfe eines eigens für NRW entwickelten Trainings den fachlich richtigen Umgang mit Operatoren.

Hierbei kommen vor allem drei Lernaspekte zum Tragen:

1. Einfache verbale und passende grafische Erklärungen des jeweiligen Operators,
2. Hilfen zur Strukturierung und Formulierung bei der Bearbeitung des Operators,
3. konkrete Formulierungsbeispiele als Starthilfe zur Aufgabenlösung, vermittelt via QR- und Mediencode.

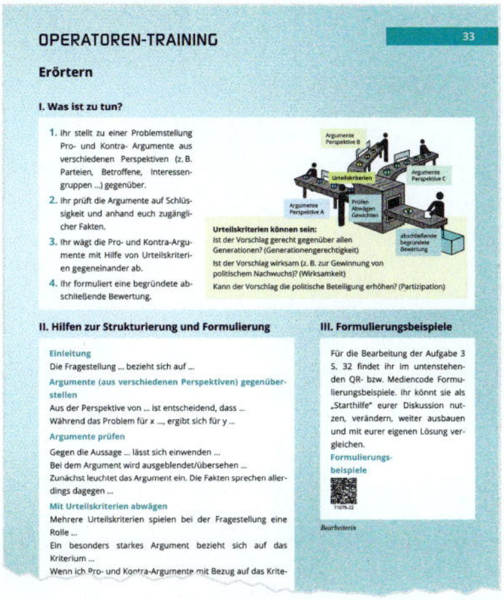
OPERATOREN-TRAINING 33

Erörtern

I. Was ist zu tun?

1. Ihr stellt zu einer Problemstellung Pro- und Kontra- Argumente aus verschiedenen Perspektiven (z. B. Parteien, Betroffene, Interessengruppen ...) gegenüber.
2. Ihr prüft die Argumente auf Schlüssigkeit und anhand euch zugänglicher Fakten.
3. Ihr wägt die Pro- und Kontra-Argumente mit Hilfe von Urteilskriterien gegeneinander ab.
4. Ihr formuliert eine begründete abschließende Bewertung.

Urteilskriterien können sein:
Ist der Vorschlag gerecht gegenüber allen Generationen? (Generationengerechtigkeit)
Ist der Vorschlag wirksam (z. B. zur Gewinnung von politischem Nachwuchs)? (Wirksamkeit)
Kann der Vorschlag die politische Beteiligung erhöhen? (Partizipation)

II. Hilfen zur Strukturierung und Formulierung

Einleitung
Die Fragestellung ... bezieht sich auf ...
Argumente (aus verschiedenen Perspektiven) gegenüberstellen
Aus der Perspektive von ... ist entscheidend, dass ...
Während das Problem für x ..., ergibt sich für y ...
Argumente prüfen
Gegen die Aussage ... lässt sich einwenden ...
Bei dem Argument wird ausgeblendet/übersehen ...
Zunächst leuchtet das Argument ein. Die Fakten sprechen allerdings dagegen ...
Mit Urteilskriterien abwägen
Mehrere Urteilskriterien spielen bei der Fragestellung eine Rolle ...
Ein besonders starkes Argument bezieht sich auf das Kriterium ...
Wenn ich Pro- und Kontra-Argumente mit Bezug auf das Krite-

III. Formulierungsbeispiele

Für die Bearbeitung der Aufgabe 3 S. 32 findet ihr im untenstehenden QR- bzw. Mediencode Formulierungsbeispiele. Ihr könnt sie als „Starthilfe" eurer Diskussion nutzen, verändern, weiter ausbauen und mit eurer eigenen Lösung vergleichen.
Formulierungsbeispiele
71079-22

Bearbeiterin

12 Allgemeine Hinweise

- Das **Methodenglossar** am Ende des Buches bietet euch wichtige Methoden, um die Aufgaben besser bearbeiten zu können.
- Ein **Lexikon für Wirtschaft-Politik** zum Nachschlagen wichtiger Grundbegriffe aus den jeweiligen Kapiteln und ein **Register** zum Auffinden von Querverweisen können euch wichtige Hilfsmittel sein und das selbstständige Arbeiten mit dem Buch erleichtern.
- Eigens für das Lehrbuch erstellte **Zusatzmaterialien oder Erklärfilme** (drei bis fünf Minuten) könnt ihr auf der Verlagshomepage (www.ccbuchner.de) kosten- und werbefrei jederzeit abrufen. Mit Hilfe von Mediencodes könnt ihr sie entweder direkt (Quick-Response-Code ↔ Smartphone/Tablet) oder über die Eingabe des jeweiligen Mediencodes in das Suchfeld der Verlagshomepage beziehen.
- **Geschlechtergerechte Sprache:** Die Reihe **Politik & Co. – NRW** lebt Vielfalt und Gleichheit unabhängig von Alter, Herkunft, Handicap, sexueller Orientierung, Geschlecht und individueller Identität. Daher wurde auch eine geschlechtergerechte Sprache verwendet. Eine Ausnahme stellen Quellen dar, die in ihrer original-sprachlichen Form belassen wurden. Sie beziehen aber selbstverständlich alle Menschen mit ein.
- Materialien ohne Quellenangaben sind von den Bearbeiterinnen und Bearbeitern verfasst.
- Sofern bei Materialien aus dem Internet kein Verfasserdatum ermittelt werden konnte, wird das „Abrufdatum" genannt.
- Die URL/vollständigen Internetadressen aller verwendeten Materialien aus dem Internet könnt ihr über den nebenstehenden QR- und Mediencode einsehen.

QR- und Mediencodes in Politik & Co. 9/10 – NRW

71079-03

URL aller verwendeten Materialien aus dem Internet

71079-04

Ballonfahrt „Mitwirkung in der Demokratie“

1 Online-Petitionen starten oder unterstützen

2 In einer politischen Partei mitarbeiten

3 Politische Beiträge in sozialen Medien posten

4 In einer Bürgerinitiative mitwirken

5 An Demonstrationen teilnehmen

6 In einem Interessenverband oder Verein mitwirken

7 Wählen gehen

8 An einer Unterschriftenaktion teilnehmen

9 Boykott oder Kauf von Produkten aus politischen, ethischen oder ökologischen Gründen

10 An öffentlichen Diskussionen (auch im Internet) teilnehmen

11 Für ein Parlament kandidieren

Spielanleitung Ballonfahrt Stellt euch vor, ihr schwebt in einem Ballon in einen neuen Staat. An Bord habt ihr politische Mitwirkungsmöglichkeiten, mit denen ihr euch nach der Ankunft in das Leben dort gestalterisch einmischen könnt. Plötzlich verliert der Ballon an Höhe. Um nicht abzustürzen, müsst ihr Gewicht in Form von Mitwirkungsmöglichkeiten abwerfen. Entscheidet, welche Mitwirkungsmöglichkeiten ihr leicht aufgeben könnt und welche ihr so lange wie möglich behalten wollt. Diskutiert und begründet jeden einzelnen Abwurf, bis nur noch drei Mitwirkungsmöglichkeiten an Bord sind.

1 Parteien und Wahlen: Stärken oder beschränken sie Mitwirkung in der Demokratie?

Zur Demokratie in Deutschland gehören vielfältige Möglichkeiten der Mitwirkung. In der Verfassung spielen Wahlen und Parteien dabei eine herausragende Rolle. Beide sind außerdem untrennbar miteinander verknüpft, denn es sind fast ausschließlich die Parteien, die bei Wahlen um die Stimmen der Bürgerinnen und Bürger ringen und im Anschluss das politische Personal stellen. Allerdings werden Wahlen und Parteien von vielen jüngeren Menschen als weniger attraktiv wahrgenommen als etwa „Fridays for Future". In diesem Kapitel könnt ihr euch ein Urteil bilden, ob und inwiefern das deutsche Parteien- und Wahlsystem dabei helfen können, politische Mitwirkung – auch bei Jugendlichen – zu fördern.

Am Ende des Kapitels solltet ihr Folgendes können:

- die Aufgaben und Funktionen von Parteien und Wahlen im politischen System erklären
- die aktuellen Mitgestaltungsmöglichkeiten durch Parteien und Wahlen beurteilen
- die Chancen und Risiken digitaler Medien im Wahlkampf beurteilen
- Reformvorschläge zum Parteien- und Wahlsystem anhand von Kriterien und aus verschiedenen Perspektiven erörtern
- die Vor- und Nachteile von Koalitionsregierungen analysieren
- in Simulationen interessengeleitet argumentieren und verständigungsorientiert verhandeln
- Ideen für eigene Zukunftsentwürfe zur Mitwirkung im Parteien- und Wahlsystem formulieren und diskutieren

WAS WISST UND KÖNNT IHR SCHON?

71079-06

1. Findet euch in Kleingruppen zusammen und führt die Ballonfahrt auf S. 14 nach der Spielanleitung durch. Dokumentiert eure Ergebnisse.
2. Präsentiert im Anschluss eure Gruppenergebnisse. Erklärt, warum eure drei Mitwirkungsformen jeweils hängen geblieben sind, welche Abwürfe euch eher leicht und welche eher schwer gefallen sind.

Ein politisches Urteil bilden und den Prozess reflektieren

I. Worum geht es?

Um euch in einer Demokratie wie in Deutschland angemessen beteiligen zu können, müsst ihr euch immer wieder aufs Neue politische Urteile bilden. Solche politischen Urteile sind jedoch nicht schnell zu fällen, sondern stehen am Ende eines längeren Prozesses. Meistens geht es darum, Maßnahmen und Lösungsmöglichkeiten für politische Probleme zu beurteilen. Dabei kommt es darauf an, die Sachverhalte möglichst genau zu kennen und anhand von Kriterien zu urteilen. Es geht auch darum, sich der eigenen Interessen bei Streitfragen bewusst zu werden sowie diese mit den Interessenstandpunkten möglichst vieler anderer abzugleichen. Im Folgenden könnt ihr üben, den Prozess der politischen Urteilsbildung (→ PUB) anhand der Fragestellungen dieses Kapitels selbstständig zu durchlaufen und zu reflektieren.

II. Geht dabei so vor:

1. Schritt: Gruppenbildung und Zuordnung der Fragestellungen

Bildet Gruppen mit 3-4 Personen und verteilt die folgenden Fragestellungen auf die Gruppen:

- Sollte die junge Generation aktiver in den politischen Parteien mitwirken? (S. 17-21)
- Sollten die Parteien Jugendquoten einführen? (S. 29-32)
- Sollten Parteispenden verboten werden? (S. 34-37)
- Sollte in Deutschland eine Wahlpflicht eingeführt werden? (S. 43-48)
- Sollte das Wahlsystem zum Deutschen Bundestag reformiert werden? (S. 49-53)
- Sind Koalitionsregierungen „schlechte Kompromisse"? (S. 54-58)

2. Schritt: Selbstständige Bearbeitung der Fragestellung mit Hilfe des Prozessmodells

Durchlauft die Schritte 1-7 des Prozessmodells im vorderen Buchdeckel (→ PUB).

- Arbeitet mit den zugehörigen Materialien des jeweiligen Unterkapitels.
- Ihr könnt zwischen den Schritten 2-5 bei Bedarf „springen".
- Macht euch Notizen zu allen Schritten.
- Wählt für eure Urteilsformulierung (Schritt 6) eine Form aus, die zur Veröffentlichung des Urteils geeignet ist (z. B. Blog-Eintrag, politische Rede, Zeitungskommentar ...).

3. Schritt: Veröffentlichung der Urteile

Veröffentlicht eure Urteile in der Klasse, indem ihr die schriftlichen Formate z. B. in ein Padlet einstellt, die Reden haltet etc.

4. Schritt: Gemeinsame Reflexion des Prozesses

Reflektiert den Prozess eurer Urteilsbildung zunächst in den Gruppen mit Hilfe der Fragen in Schritt 7 (→ PUB). Teilt im Anschluss die zentralen Ergebnisse in der Klasse.

Bearbeiterin

1.1 Mitwirkung in der repräsentativen Demokratie (nicht nur) durch Parteien

1.1.1 Sollte die junge Generation aktiver in den politischen Parteien mitwirken?

Zum Thema: Für viele Jugendliche wird politische Beteiligung immer wichtiger. Das gilt allerdings nicht für ein Engagement in politischen Parteien. Im Folgenden könnt ihr die Ursachen für diese Kluft beleuchten und der Frage nachgehen, wie erstrebenswert die Mitwirkung der jungen Generation in Parteien eigentlich ist.

M1 „Generation Z", geht in die Parteien! Ein Tweet ...

Demokratieretter
@Demokratie_retten

Hey, ihr zwischen 1997 und 2012 Geborenen: Geht in die Parteien! Ihr habt die richtigen Themen: #Klimaschutz, #Rassismus, #Kinderrechte, #soziale Spaltung... Auch wenn ihr Millionen für eure Demos auf die Straße gebracht habt, zu mehr jugendlichem Engagement innerhalb der Parteien hat es nicht geführt. Damit aber auch in der Politik ein #Spurwechsel erfolgen kann, reicht es nicht aus eure Forderungen auf Plakate zu pinseln. Denn in einer parlamentarischen Demokratie führt kein Weg an den Parteien vorbei! Werdet Mitglied – dann könnt ihr selbst an der #Neugestaltung der politischen Landschaft teilhaben!

Bearbeiterin nach: J. Schilling, KStA, 30.09.2020

EINSTIEGSAUFGABE 71079-07

Sollte die „Generation Z" aktiver in den politischen Parteien mitwirken? Nehmt spontan Stellung, indem ihr z. B. eine Positionslinie bildet oder eine digitale Abfrage durchführt (→ **PUB**, **1**).

M2 Rolle, Aufgaben und Anforderungen der Parteien in der Demokratie

71079-08

a) Was kennzeichnet eine Partei?

Eine Partei ist eine Gruppe Gleichgesinnter, die sich die Durchsetzung gemeinsamer politischer Vorstellungen zum Ziel gesetzt haben. Die Existenz von Parteien gilt als ein Merkmal von Demokratie. Im deutschen politischen System haben Parteien eine verfassungsrechtliche Stellung, ihre Mitwirkungsaufga-

Grundgesetz
Artikel 21
(1) Die Parteien wirken bei der politischen Willensbildung des Volkes mit. Ihre Gründung ist frei. Ihre innere Ordnung muss demokratischen Grundsätzen entsprechen. Sie müssen über die Herkunft und Verwendung ihrer Mittel sowie über ihr Vermögen öffentlich Rechenschaft geben.

be ist in Artikel 21 des Grundgesetzes festgelegt. Nach §2 des Parteiengesetzes sind „Parteien [...] Vereinigungen von Bürgern, die dauernd oder für längere Zeit [...] auf die politische Willensbildung Einfluss nehmen und an der Vertretung des Volkes [...] mitwirken wollen, wenn sie [...] eine ausreichende Gewähr für die Ernsthaftigkeit dieser Zielsetzungen bieten [...]." Demnach gilt eine Gruppe von politisch interessierten Menschen nur dann als Partei, wenn sie laufend und dauerhaft Politik machen und in ein Parlament auf Bundes- oder Landesebene gewählt werden will. Dies unterscheidet Parteien von Bürgerinitiativen, Protestbewegungen oder Interessenverbänden. Das Parteiengesetz stellt auch Anforderungen an die innere Ordnung der Parteien, vor allem das Gebot der Wahrung demokratischer Grundsätze ist hier zu nennen. In Deutschland sind rund 3% der Bevölkerung Mitglied in einer politischen Partei.

Bearbeiterin, basierend auf: Korte, Karl-Rudolf: Wahlen in Deutschland. In: Zeitbilder. 9. Auflage. Bonn: bpb 2017, S. 13 f.

Parteiengesetz
§ 1
(2) Die Parteien wirken an der Bildung des politischen Willens des Volkes auf allen Gebieten des öffentlichen Lebens mit [...].
(3) Die Parteien legen ihre Ziele in politischen Programmen nieder.

b) Welche Aufgaben haben Parteien?

Die Funktion der Parteien wird im Grundgesetz und im Parteiengesetz benannt. Darin erhalten die Parteien die Aufgabe, die Interessen der Bevölkerung zu bündeln und in Programme und Entscheidungen umzuwandeln. Zugleich sollen Parteien auch umgekehrt arbeiten und den Bürgerinnen und Bürgern die politische Arbeit der Parlamente und Regierungen erklären. In der Politikwissenschaft werden die Aufgaben der Parteien häufig in Form von fünf Funktionen formuliert:

1 Personalbeschaffung
Parteien wählen Personen aus, die sie bei Wahlen präsentieren und die politischer Ämter besetzen können.

2 Interessenartikulation
Parteien formulieren im Hinblick auf verschiedene Themen Zielsetzungen und Forderungen und bringen diese in die öffentliche Diskussion ein.

3 Programmfunktion
Parteien integrieren verschiedene politische Vorstellungen und Interessen in ein Gesamtkonzept, das als Parteiprogramm vorgestellt wird.

4 Partizipationsfunktion
Parteien fungieren als Bindeglied zwischen dem politischen System und den Bürgerinnen und Bürgern. Sie ermöglichen es Einzelnen und Gruppen, sich in die politische Diskussion einzubringen und ihre jeweiligen Interessen durchzusetzen.

5 Legitimationsfunktion
Parteien festigen durch ihre vielfältigen Aufgaben das Bewusstsein für die politische Ordnung und tragen so zur Verankerung der Demokratie bei.

Bearbeiterin, basierend auf: Korte, Karl-Rudolf: Wahlen in Deutschland. In: Zeitbilder. 9. Auflage. Bonn: bpb 2017, S. 14 f.

M3 Parteien in den Nachrichten

1 Expertenanhörung im Bundestag zum Klimawandel

2 Grüne bestimmen erste Kanzlerkandidatin

3 Bundestagsabgeordneter diskutiert mit Schulklasse über Bundeswehreinsätze in Krisengebieten

4 Politikerinnen und Politiker aller Parteien diskutierten in Talkshow über eine Impfpflicht

Bearbeiterin

Weitere Schlagzeilen

71079-09

M4 Welche Formen der politischen Beteiligung wählen junge Menschen?

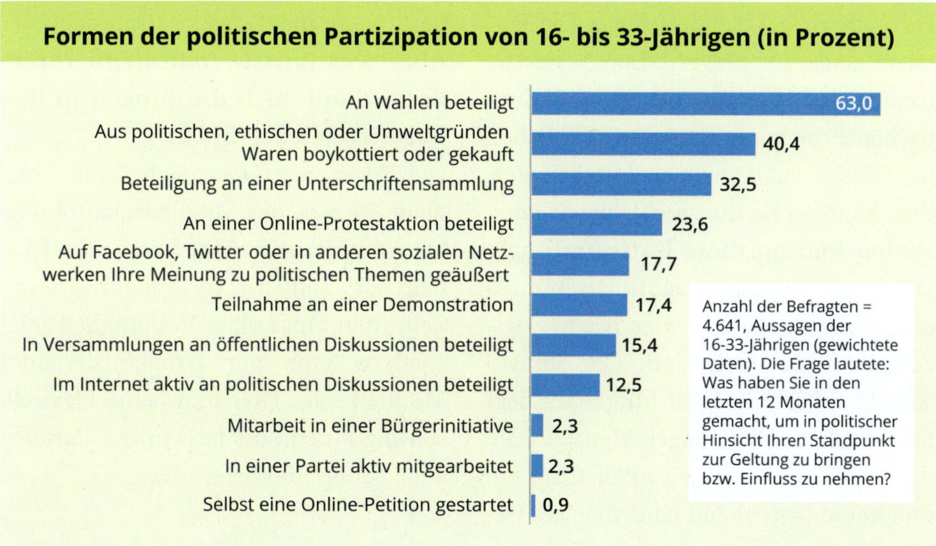

Quelle: DJI-Survey AID:A 2019

Interaktive Abstimmung zum Thema

71079-25

M5 Warum haben Jugendliche Interesse an Politik, aber nicht an Parteien? Ein Interview mit Klaus Hurrelmann

Herr Hurrelmann, lange wurde geklagt, Jugendliche wären zu unpolitisch. Nun begeistern sich aber viele junge Menschen zum Beispiel für „Fridays for Future" und den Protest gegen die Upload-Filter. Woher kommt die plötzliche Begeisterung für solche Bewegungen?

Wer vor 2000 geboren wurde, der hat seine Jugendzeit in einer Krisenkonstellation erlebt. Es war nicht sicher, ob man in Ausbildung und Beruf hineinkommt. Das scheint das politische Interesse stark gedämpft zu haben. Auch die Beteiligung an politischen Prozessen scheint zurückgegangen zu sein, weil die jungen Leute den Eindruck hatten, sie müssten zuerst in ihre eigene Ausbildung und Bildung investieren.

Wer nach 2000 geboren wurde, der hat diese Erfahrung nicht gemacht?

Nein, das sind junge Leute, die sind in

Klaus Hurrelmann ist Professor für Gesundheitswissenschaft und Bildungspolitik an der Hertie School of Governance in Berlin.

eine konjunkturell bessere Phase und in eine demografisch günstigere Konstellation hineingekommen. Bei denen standen die Unternehmen zum Teil schon bei Schulabschluss vor der Tür und boten Unterstützung bei Ausbildung und Studium an. Dieses Wegfallen der existenziellen beruflichen Unsicherheit scheint zu politisieren und den Blick freizumachen.

Jugendliche engagieren sich aber noch immer wenig in Parteien. Warum ist es der Politik nicht gelungen, die Begeisterung zu nutzen?

Da sind wir bei der Kernfrage. Die Parteien sind für jüngere Leute riesige, fremdartige Apparate, die nach bürokratischen Prinzipien fungieren. Sie haben das Gefühl, auch wenn sie Mitglied werden, könnten sie dort nichts bewirken.

Woher kommt diese Entfremdung?

Das hängt ganz stark damit zusammen, dass diese Parteien in der Nachkriegszeit groß geworden sind. Der statistische Durchschnitt ihrer Mitglieder liegt bei 60 Jahren. Ein junger Mensch träte da im Grunde in einen alten Club ein und hat entsprechend natürlich das Gefühl: Die sprechen nicht meine Sprache, die kommen aus einer anderen Welt.

Sind Parteien also nicht mehr zeitgemäß?

So erscheint es den jungen Leuten. Sie sehen natürlich nicht, welche Verdienste die Parteien gerade in Deutschland haben, um ein demokratisch funktionierendes System aufzubauen. Dank Parteien haben wir ein stabiles politisches System mit repräsentativen Wahlen, die festen Regeln folgen. Aber die Dauer solcher Auswahlprozesse, die Formen der Entscheidungen über Personal- und Sachfragen, genau das ist etwas, das junge Leute zumindest irritiert, wenn nicht sogar verschreckt.

Aber was müsste man denn verändern, damit sich die Jungen in den Parteien wiederfinden?

Die Parteien müssen sich öffnen und neue Formen der Mitgliedschaft anbieten. Man ist also nicht Mitglied auf Lebenszeit, sondern für eine begrenzte Zeit. Man muss nicht Vollmitglied sein, sondern kann nur sympathisierendes Mitglied sein. Hier muss eine Flexibilisierung hinein, die bei einigen Parteien auch schon praktiziert wird.

Zinner, Christine: „Parteien sind für jüngere Leute riesige, fremdartige Apparate". In: www.cicero.de, 25.04.2019

Nachgesprochenes Interview im MP3-Format

71079-10

M6 Positionen zur Mitgliedschaft in Parteien

1 **Tabea Kastner (20):** Häufig wird gesagt, die Jugend sei parteienverdrossen. Ich würde eher sagen, die Parteien sind jugendverdrossen. In der Corona-Pandemie ist sehr deutlich geworden, dass die Parlamentsmitglieder die Jugendlichen nicht gehört haben: Großraumbüros waren wichtiger als Klassenzimmer. Die Interessen unserer Generation müssen wir daher anders vertreten. Deshalb bin ich Mitglied im Jugendrat der Generationenstiftung.

2 **Leon Söbutay (17):** Ich bin seit zwei Jahren Mitglied der Jungen Union und kann mir vorstellen später auch auf der Bundesebene zu kandidieren. Denn ich möchte mitentscheiden. Den Protest der Klimabewegung halte ich für wichtig, aber für mich ist es ein großer Unterschied: Artikuliere ich ein Thema oder sitze ich mit am Tisch? Ich meine, dass Demokratie auch langfristiges Engagement braucht. Dazu sind Parteien gut geeignet.

3 **Anjana Mehandru (19):** Es braucht soziale Bewegungen, um in den Parteien etwas zu bewegen. Erst wenn der Druck von außen so stark wird, dass die Parteien darauf reagieren müssen, ändert sich etwas. Die Parteien haben sich ja auch schon verändert und zum Beispiel die Klimakrise mehr als vorher in den Programmen berücksichtigt – es reicht aber noch nicht. Soziale Bewegungen sind in einer Demokratie unverzichtbar und sie brauchen gute Leute, die wirklich gehört werden wie bei Fridays for Future.

4 **Elias Wieler (18):** Ich denke, dass die meisten Politiker:innen in Parteien in einer ganz anderen Welt leben. Engagement heißt für mich ein freiwilliges ökologisches Jahr, politische Gruppen im Netz und bewusster Konsum. Bevor wir eine jahrelange Parteikarriere durchlaufen und uns hochgearbeitet haben, ist in Sachen Klima oder Bildung für uns nichts mehr zu retten. Wenn ich etwas bewegen will, dann möchte ich auch Ergebnisse sehen.

Bearbeiterin

AUFGABEN

71079-11

1. Informiert euch in **M2** über die Definition und Aufgaben von Parteien.
   a) Entwickelt auf der Grundlage von **M2a** Kriterien, die erfüllt sein müssen, um von einer Partei sprechen zu können.
   b) Erstellt eine Mindmap zu den Aufgaben/Funktionen von Parteien (**M2**).
   c) Ordnet die Schlagzeilen in **M3** den Funktionen der Parteien in **M2b** zu.
2. Analysiert das Diagramm in **M4** (→ Methodenglossar).
   a) Vergleicht die Daten mit euren Ergebnissen der Ballonfahrt von der Auftaktseite. Berücksichtigt dabei das „Engagement in einer Partei".
   b) Sammelt mögliche Gründe für die geringe Nennung von Parteien in **M4**.
3. Lest oder hört das Interview in **M5**.
   a) Notiert im Anschluss, welche Gründe Klaus Hurrelmann für das geringe Interesse Jugendlicher an den Parteien nennt und welche Veränderungsvorschläge er macht.
   b) Diskutiert, inwiefern ihr den Antworten Hurrelmanns zustimmt.
4. a) Ermittelt aus den Positionen in **M6** Argumente, die für bzw. gegen eine Mitwirkung in Parteien sprechen und ergänzt weitere (→ **PUB, 3**).
   b) Analysiert mit Hilfe der Kriteriensammlung (→ **PUB, 4**), welche Kriterien sich mit den Positionen verbinden lassen, obwohl sie nicht ausdrücklich genannt werden.
5. Wiederholt die Positionslinie oder die digitale Abfrage aus der Einstiegsaufgabe und vergleicht die Ergebnisse sowie Begründungen (→ **PUB, 7**).

H **Aufgabe 1b**
→ S. 378

F **Aufgabe 2a**
Führt die digitale Abstimmung (→ Randspalte **M4**) in eurer Lerngruppe durch und
a) vergleicht die Ergebnisse mit dem Diagramm M4.
b) vergleicht die Ergebnisse eurer Lerngruppe mit den Ergebnissen im Bundesland.

F **Aufgabe 5**
Formuliert einen Kommentar-Post an „Demokratieretter" (**M1**).

1.1.2 Das deutsche Parteiensystem im Wandel: Werden Volksparteien noch gebraucht?

Zum Thema: Parteien sind als Mitspieler im politischen System Deutschlands fest verankert. Die Parteienlandschaft wird jedoch immer vielfältiger und es ist oftmals von einer Krise der sogenannten Volksparteien, manchmal auch von ihrem Niedergang die Rede. Wie sieht die Parteienlandschaft in Deutschland aus und sollten sogenannte Volksparteien in der Zukunft darin noch eine Rolle spielen? In diesem Kapitel könnt ihr Antworten auf diese Fragen finden.

M7 Volksparteien – nicht mehr am Ohr der Zeit?

Rezo ist ein deutscher Youtuber, der u. a. mit seinem Video „Die Zerstörung der CDU" kurz vor der Europawahl 2019 die etablierten Parteien insbesondere für ihre Klimapolitik kritisierte.

Karikatur: Kostas Koufogiorgos, 2019

EINSTIEGSAUFGABEN 71079-12

1. a) Analysiert mit einer Partnerin bzw. einem Partner die Karikatur (→ Methodenglossar).
   b) Vergleicht eure Ergebnisse in der Klasse.
2. Sollte es auch in Zukunft sogenannte Volksparteien (Definition: → S. 23, **M8**, Kasten) wie die SPD oder die CDU/CSU geben? Nehmt in einem Blitzlicht vorläufig Stellung.

M8 Das Parteiensystem im Wandel

Bei der Bundestagswahl im Jahr 2017 wurden sieben Parteien in den deutschen Bundestag gewählt. Bei der Wahl wurde der Wandel des Parteiensystems auch auf der Bundesebene deutlich.

Während die kleineren Parteien insgesamt zulegen konnten, erlitten die Volksparteien historische Verluste: Die SPD und die Union (CDU/CSU) kamen zusammen nur noch auf etwas mehr als die Hälfte der Stimmen. Zum Vergleich: 1998 hatten noch mehr als drei Viertel der Wählerschaft ihr Kreuz bei einer der drei Volksparteien gemacht. 1983 belief sich dieser Wert sogar noch auf 87 Prozent. [...]

Aus Sicht [des Mainzer Politik-Professors Gerd] Mielke und dem Münchener Politikforschers Werner Weidenfeld bestätigen die Ergebnisse der letzten drei Bundestagswahlen, dass sich das Wahlverhalten seit einigen Jahren grundlegend verändert. Über Jahrzehnte beinahe selbstverständliche Automatismen, etwa dass Arbeiter zumeist SPD oder Katholiken Union wählen, gelten nur noch sehr eingeschränkt. [...] Aufgrund des Wegbrechens klassischer Wahlmilieus nimmt die Zahl der Wechselwählenden deshalb seit Jahren beständig zu. [...]

Die geringer gewordene Zahl an Stammwählenden hat auch dauerhafte Folgen für das gesamte Parteiensystem. Dieses werde „fluider und bunter", sagt Weidenfeld. Was der Politikwissenschaftler meint: Das in den Parlamenten vertretene Parteienspektrum wird breiter und als Folge werden die in den Landtagen und im Bundestag vertretenen Positionen vielfältiger. [...]

Der CSU-nahe Politologe Heinrich Oberreuter geht sogar von einer dauerhaften Zunahme an Wechselwählenden aus: „In der Wahl drückt sich die zunehmende Individualisierung und Vielfalt der Gesellschaft politisch aus." Die Folge dieser Entwicklung sei eine weitere Differenzierung des Parteiensystems. [...] „Auf lange Sicht könnten unter Umständen sogar mehr als sieben Parteien auf Bundesebene eine Rolle spielen", meint Politik-Professor Oberreuter: „Heute ist es die AfD, morgen vielleicht schon eine andere Partei, die einem Anliegen oder einer Lebensstilgruppe Ausdruck verleiht".

Bundeszentrale für politische Bildung: Parteiensystem im Wandel. In: www.bpb.de, 21.11.2017

Welche Parteitypen gibt es?
Die folgenden Typen werden häufig unterschieden. Daneben gibt es noch weitere Bezeichnungen.

A Volksparteien: Volksparteien (z. B. die CDU) wollen möglichst viele Wahlstimmen und Mitglieder unterschiedlicher gesellschaftlicher Schichten und Weltanschauungen gewinnen. Daher sind Volksparteien auf Interessensausgleich und Kompromisslösungen hin orientiert So können sie etwa ein Programm in der Wirtschaftspolitik aufstellen, das Steuersenkungen für Unternehmen und zugleich höhere Löhne für Arbeitnehmende fordert. Oder sie setzen sich sowohl für höhere Renten für ältere Menschen als auch für gute Berufsausbildungsmöglichkeiten für jüngere Menschen ein. Volksparteien streben eine Regierungsbeteiligung an und sind auf allen politischen Ebenen aktiv.

B Kleinparteien: Kleinparteien (z. B. die FDP) verstehen sich eher als Anwälte spezifischer Interessengruppen und Themenfelder. Sie übernehmen in der Opposition oder in Koalitionsregierungen wichtige Rollen.

C Splitterparteien: Splitterparteien (z. B. die Tierschutzpartei) repräsentieren meistens Einzelinteressen oder Protesthaltungen. Einige sind kurzlebig, andere existieren schon lange, sind aber mangels Wahlstimmen kaum in den Parlamenten vertreten. Sie werden häufig unter „Sonstige" zusammengefasst.
Bearbeiterin

M9 Ergebnisse und Mitgliederzahlen der Parteien bei Bundestagswahlen

a) Ergebnisse der Bundestagswahlen nach Stimmen in Prozent

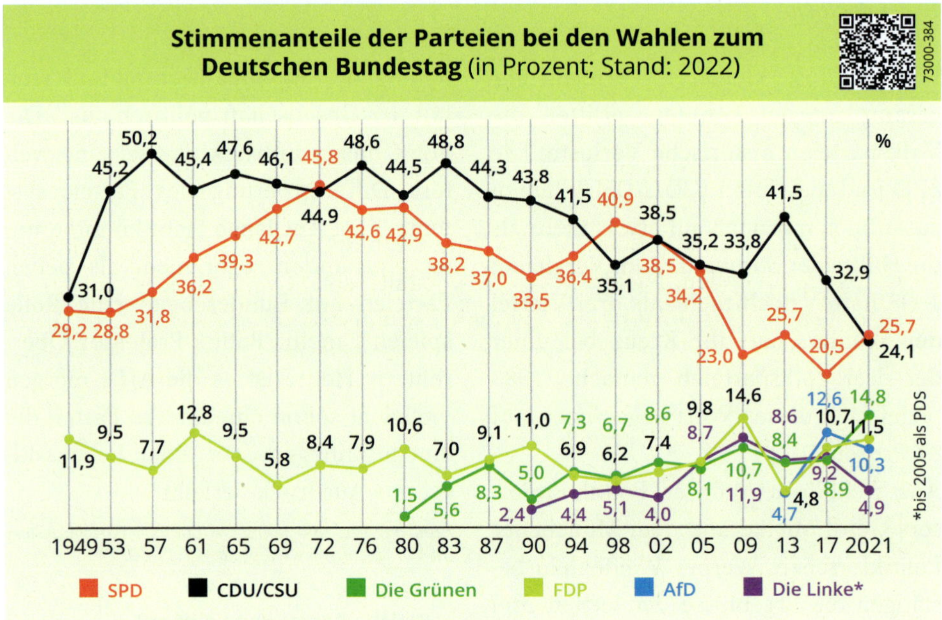

©C.C. Buchner Verlag, aktuelle Daten nach: Bundeswahlleiter, 2022

b) Mitgliederzahl der Parteien im Deutschen Bundestag

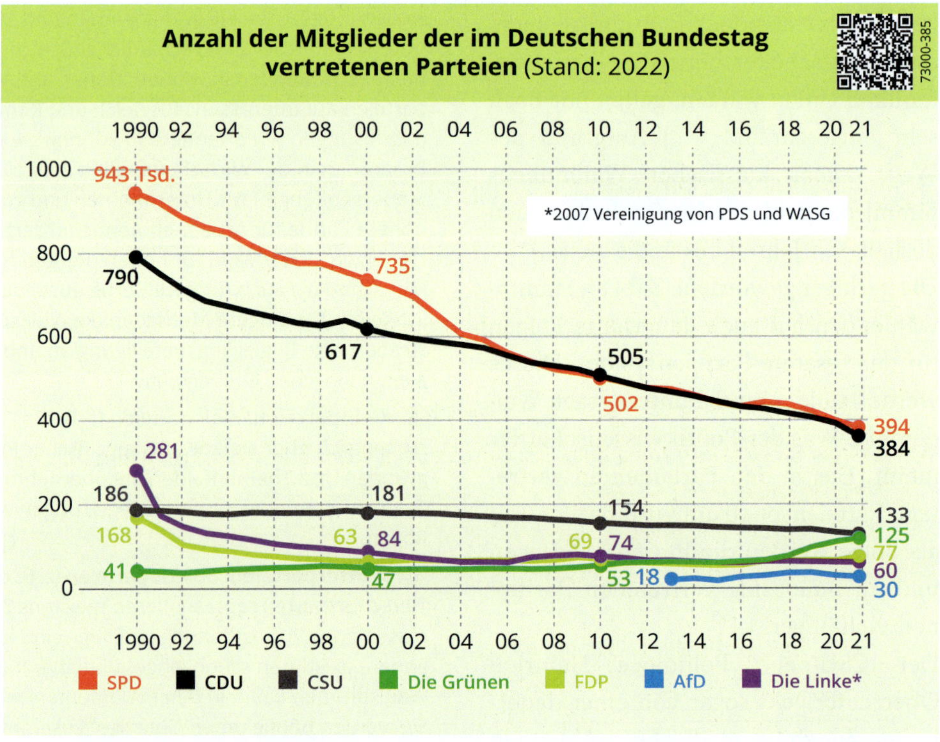

©C.C. Buchner Verlag, aktuelle Daten nach: Niedermayer, Oskar: Parteimitglieder in Deutschland: Version 2020. Arbeitshefte aus dem Otto-Stammer-Zentrum, Nr. 31, FU Berlin 2020, Daten ab 2020: eigene Recherche

M10 Zukunftskongress: Was für Parteien braucht das Land?

Mehrere parteinahe Stiftungen haben zu einem Kongress eingeladen, um über die Zukunft von Volksparteien zu diskutieren. Im Folgenden sind ein paar Ausschnitte aus den dort gehaltenen Reden abgedruckt:

1 „Die Volksparteien altern schneller und sind homogener als der Rest der Bevölkerung. In einer zunehmend […] vielfältigen Gesellschaft müssen Zusammenhalt und Integration anders hergestellt werden als durch zwei große Parteien. Die Bürgerinnen und Bürger sind längst weiter und können sich bunte Bündnisse [in den Regierungen] vorstellen. Nicht „Einheit in Vielfalt", sondern „Einheit durch Vielfalt" ist das Motto der Zukunft. Die Volkspartei ist tot!"

Dettling, Daniel: Sind Volksparteien noch zeitgemäß? In: www.fluter.de, 04.01.2019

2 „Volksparteien sind in der Lage, politische Konflikte […] innerhalb ihrer Strukturen zu kanalisieren. Sie haben die Möglichkeit, ihre zahlreichen Mitglieder bei einem Thema zu vereinen und innerparteiliche Bündnisse zu schaffen, noch bevor mit anderen Parteien darüber diskutiert wird. In einer zunehmend polarisierten Gesellschaft […] sind Volksparteien der Schlüssel zu einer sachlichen Fachdebatte. […] Volksparteien sind […] thematisch breit aufgestellt und haben in ihren Reihen zahlreiche ExpertInnen, die sich in ihren Themen gut auskennen. Diese fachliche Expertise aus den Volksparteien ist besonders wichtig, wenn es ums Regieren geht."

Pornschlegel, Sophie: Sind Volksparteien noch zeitgemäß? In: www.fluter.de, 04.01.2019

3 Zwischen den [großen] politischen Parteien, in denen ja hauptsächlich ältere Menschen sitzen, und den jungen Leuten in der Zivilgesellschaft gibt es eine tiefgreifende kulturelle Spaltung. Es geht weniger um [die Frage Volkspartei] als um die Grundeinstellung zum Leben und den Lebensstil. Man kann sich mit der SPD oder der CDU nicht identifizieren, weil diese Parteien gefühlt 30 Jahre zurück sind – stilistisch und symbolisch. […] Die Jungen verlangen nach Ironie, Spaß, Witz und einem Schuss Zynismus. Dazu [sind die Volksparteien] nicht in der Lage.

Heinzlmaier, Bernhard. In: Kuhn, Philip: „Klimawandel bewegt junge Menschen, die in oberer Gesellschaftshälfte leben". In: www.welt.de, 31.05.2019

AUFGABEN

71079-14

1. Fasst die Informationen zum Parteiensystem in **M8** in einer Schlagzeile zusammen.
2. Prüft die Aussagen in **M8** mit Hilfe der Wahlergebnisse der Parteien in **M9**.
3. Analysiert die Entwicklung der Mitgliederzahlen der Parteien im Bundestag in **M9**. Formuliert mögliche Folgen für das politische System in Deutschland.
4. Erstellt Steckbriefe für die im Bundestag vertretenen Parteien mit Hilfe der Methodenkarte auf S. 26-28.
5. Arbeitet zu zweit und lest **M10**.
   a) Welche Vorteile und welche Kritikpunkte an den Volksparteien werden in den Redeausschnitten benannt? Welche Anforderungen an Parteien werden genannt? Macht euch Notizen.
   b) Gestaltet einen Redeausschnitt für den Zukunftskongress (→ Methodenglossar), indem ihr die Frage beantwortet, ob Volksparteien noch gebraucht werden.

H Aufgabe 4
Eine Vorlage für einen Steckbrief findet ihr hier:
71079-308

F Aufgabe 4
Erstellt ein Portrait des aktuell jüngsten Parteimitglieds.

Parteien mit Hilfe von Steckbriefen vergleichend analysieren

I. Worum geht es?

Für welche Grundüberzeugungen und Werte steht welche Partei? Wie positionieren sich die Parteien zu aktuellen Themen und Konflikten? Wer sind ihre Mitglieder? Um einen Überblick über die Parteienlandschaft in Deutschland zu erhalten, ist ein strukturierter Vergleich erforderlich. Mit Hilfe eines Steckbriefs könnt ihr die Parteien anhand von Leitfragen analysieren und am Ende einen vergleichenden Überblick erhalten.

II. Geht dabei wie folgt vor:

1. Schritt: Gruppenbildung und Themenwahl

1. Bildet Kleingruppen und übernehmt jeweils eine der in den Kurzportraits vorgestellten im Deutschen Bundestag vertretenen Parteien pro Gruppe.
2. Wählt gemeinsam in der Klasse ein Thema aus (z. B. Wahlalter ab 16, Klimapolitik, Kinderrechte, Tempolimit, ...), für das ihr die Position eurer Partei untersuchen wollt.

2. Schritt: Steckbrief erstellen

1. Wertet zunächst das Kurzportrait eurer Partei aus und recherchiert (ggf. arbeitsteilig) mit Hilfe der Hinweise in der Randspalte Antworten auf die folgenden Fragen:

Parteiname: ____________________

Leitfragen	Antworten
1. Wann wurde die Partei gegründet?	...
2. Lässt sich die Partei einem Parteityp in M8 zuordnen?	
3. Seit wann ist sie im Bundestag vertreten?	
4. Ist die Partei an der Bundesregierung beteiligt? (Seit wann?)	
5. Ist sie im Landtag in NRW vertreten?	
6. Ist die Partei an der Landesregierung beteiligt?	
7. Name der/des Parteivorsitzenden	
8. Welche Werte vertritt die Partei?	
9. Welchen Leitgedanken und Grundüberzeugungen folgt sie?	
10. Gibt es eine Jugendorganisation? Wer ist ihr/e Vorsitzende/r? Welche Themen werden dort aktuell bearbeitet?	
11. Welche Merkmalsstruktur (Alter, Geschlecht, Migrationshintergrund, Beruf...) haben die Mitglieder der Partei?	
12. Welche Position hat die Partei zu dem von euch gewählten Thema?	

2. Haltet euren Steckbrief auf einem Poster oder digital (z. B. in einem Padlet) fest.

3. Schritt: Präsentation der Steckbriefe

Verschafft euch einen Überblick über alle Partei-Steckbriefe, indem ihr einen Galeriegang durchführt oder euch im Padlet informiert.

Der Steckbrief zum digitalen Ausfüllen

71079-15

Recherchetipps

Internetauftritte der Parteien;
Jugendportal des Deutschen Bundestages: www.mitmischen.de
Bundeszentrale für politische Bildung: www.bpb.de/politik/grundfragen/parteien-in-deutschland/

Kurzportraits der im Deutschen Bundestag vertretenen Parteien

1 Christlich Demokratische Union Deutschlands (CDU)

Die Christlich Demokratische Union Deutschlands (CDU) ist im Juni 1945 entstanden und an einem christlichen Menschenbild orientiert. Programmatisch ist die CDU offen für nationale, liberale, konservative und sozial orientierte Wähler, sie will die christlich geprägten Wertgrundlagen unserer freiheitlichen Demokratie bewahren und stärken. Zusammen mit der (nur in Bayern vertretenen) „Schwesterpartei" CSU (Christlich-Soziale Union) setzt sie sich z. B. für die soziale Marktwirtschaft mit geringerer staatlicher Regulierung, eine Stärkung von Ehe und Familie, eine größere wirtschaftliche Eigenverantwortung der Menschen, ein geeintes Europa, innere Sicherheit, Abbau der Staatsverschuldung und für die Beibehaltung des gegliederten Schulsystems ein. Beide Parteien gehen auf Bundesebene in der Regel eine Koalition ein und werden auch „Unionsparteien" genannt.

2 Sozialdemokratische Partei Deutschlands (SPD)

Die Sozialdemokratische Partei Deutschlands (SPD) wurde bereits 1875 gegründet. Sie beruft sich auf die Grundwerte „Freiheit, Gerechtigkeit und Solidarität". Die SPD hat ihren Ursprung in der Interessenvertretung der Arbeiterschaft, möchte jedoch ähnlich wie die CDU möglichst viele Wähler:innengruppen erreichen. Sie setzt sich u. a. für den Erhalt und Ausbau eines umfassenden und vorsorgenden Sozialstaats, faire Löhne, Mitbestimmungsrechte für Arbeitnehmer:innen, Chancengerechtigkeit im Bildungssystem (z. B. durch möglichst langes gemeinsames Lernen) sowie eine stärker durch den Staat regulierte Marktwirtschaft ein.

3 BÜNDNIS 90/DIE GRÜNEN

Die GRÜNEN sind 1980 in Westdeutschland aus den sogenannten neuen sozialen Bewegungen (Umweltschutz-, Anti-Atomkraft-, Friedens-, Frauen- und Bürgerrechtsbewegung) entstanden. Nach der Wiedervereinigung schloss sie sich mit der ostdeutschen Bürgerrechtsbewegung (seit 1990 „Bündnis 90" genannt) zu BÜNDNIS 90/DIE GRÜNEN zusammen. Ihr Leitgedanke ist die ökologische, ökonomische und soziale Nachhaltigkeit. Zu ihren zentralen Zielen gehören: erneuerbare Energien fördern, bessere Vereinbarkeit von Familie und Beruf durch Ganztagsschulen, Kita-Plätze und Teilzeitstellen; höhere Steuern für Spitzenverdienende, ökologische Landwirtschaft und artgerechte Tierhaltung sowie eine Stärkung der Rechte von Asylsuchenden und Geflüchteten.

4 DIE LINKE

Die Linke vereint seit 2007 verschiedene Strömungen aus Ost- und Westdeutschland. Ihr Leitgedanke ist der Vorrang des Menschen und der Gesellschaft vor dem Geld. Sie orientiert sich an der Zielvorstellung eines demokratischen Sozialismus. Die Linke setzt sich u. a. für das Zurückdrängen der Profitinteressen großer Konzerne, einen sehr starken Sozialstaat, hohe Mindestlöhne, eine Kontrolle des Finanzsektors, stärkere Besteuerung der Wohlhabenden sowie gegen militärische Einsätze im Ausland ein. Der Schutz von Minderheiten und Geflüchteten ist ihr ein besonderes Anliegen. Im Bereich der Schulpolitik setzt sich die Linke beispielsweise für eine flächendeckende Gesamtschule ein.

5 Freie Demokratische Partei (FDP)

Die Freie Demokratische Partei (FDP) besteht seit 1948. Der Leitgedanke der FDP ist die Freiheit des Menschen, vor allem vor staatlicher Einwirkung: „So viel Staat wie nötig, so wenig Staat wie möglich!" Die FDP setzt sich vor allem für eine Wirtschaftspolitik ein, bei der der Staat möglichst wenig eingreift. Sie möchte die Staatsverschuldung reduzieren, spricht sich für einen „schlanken" Sozialstaat aus und fordert die Eigenverantwortung der Bürger:innen. Die FDP fordert Steuersenkungen und Vereinfachungen des Steuerrechts. Einen gesetzlichen Mindestlohn lehnt sie ab, ebenso Gesetze wie die Vorratsdatenspeicherung, die die Grundrechte einschränken. Außerdem lehnt die FDP die Gesamtschule ab, da sie ihrer Meinung nach zu wenig leistungsorientiert sei und individuelle Förderung nicht ausreichend gewährleistet werde.

6 Alternative für Deutschland (AfD)

Die Alternative für Deutschland (AfD) wurde im Jahr 2013 als Reaktion auf die „Euro-Rettungsprogramme" gegründet. Euro-Kritik war zunächst das Leitthema der Partei. Unter anderem plädiert sie in ihrem Wahlprogramm dafür, aus dem Euro-System auszutreten. Darüber hinaus setzt sich die AfD für strengere Einwanderungskriterien ein und plädiert für die Förderung der klassischen Familie aus Vater-Mutter-Kind und gegen Abtreibungen („Willkommenskultur für Neu- und Ungeborene"). Außerdem spricht sich die AfD für eine „deutsche Leitkultur statt Multikulturalismus", für den Erhalt von Gas- Kern- und Kohlekraftwerken als „saubere Übergangstechnik" sowie für ein gegliedertes Schulsystem aus.

Bearbeiterin

1.1.3 Sollte es für politische Parteien Jugendquoten geben?

Zum Thema: Die Parteien in Deutschland sind überaltert und finden nur schwer neue jüngere Mitglieder. Immer häufiger wird daher die Einführung sogenannter Jugendquoten diskutiert. Ob und warum sie sinnvoll sein können, welche Gegenargumente und Alternativen es gibt, könnt ihr in diesem Unterkapitel erörtern.

M11 Verjüngung der Parteien und Parlamente mit Hilfe einer Jugendquote?

Die Vorstände mehrerer im Bundestag vertretenen Parteien haben den politischen Nachwuchs aus den Protestbewegungen und Jugendorganisationen um eine Stellungnahme zur Einführung von Jugendquoten gebeten. Tabea Kastner kontaktiert ein paar ihrer Mitstreitenden der Generationen Stiftung:

TeamGenerationenStiftung
Du, Klara, Sultan, ...

Tabea: Was denkt ihr über eine Jugendquote in Parteien?

Sultan: Sollten wir unterstützen! Langfristig geht doch kein Weg an den Parteien vorbei... Aber wie genau ist das eigentlich gedacht? Können dann nicht mehr alle, die wollen, Mitglied in Parteien werden?

Tabea: Doch! Es geht um die Kandidat:innenlisten bei Landtags- und Bundestagswahlen und um höhere Ämter! Da sollen dann 20 Prozent der aussichtsreichen Plätze mit Personen zwischen 18 und 35 besetzt werden.

Klara: OK, es geht wohl vor allem um die Parlamente. Im Bundestag sind 66 % der Abgeordneten über 45!

Sultan: Was passiert, wenn sich keine passenden Kandidat:innen finden?

Tabea: Die Plätze bleiben frei!

Dimitri: Müssen da alle Parteien mitziehen?

Tabea: Ja, würde über eine Änderung des Wahlgesetzes vorgeschrieben...

Bearbeiterin

EINSTIEGSAUFGABEN 71079-16

1. Fasst kurz zu zweit zusammen, welche Maßnahme mit welcher Zielsetzung zur Diskussion steht.
2. Wie würdet ihr spontan entscheiden? Führt eine Ampelabfrage durch.

Methodenkarte: Ein Ampelabfrage durchführen
71079-303

M12 Statistiken zur politischen Altersstruktur in Deutschland

Durchschnittsalter der Mitglieder politischer Parteien (Stand: 2022)

73000-386

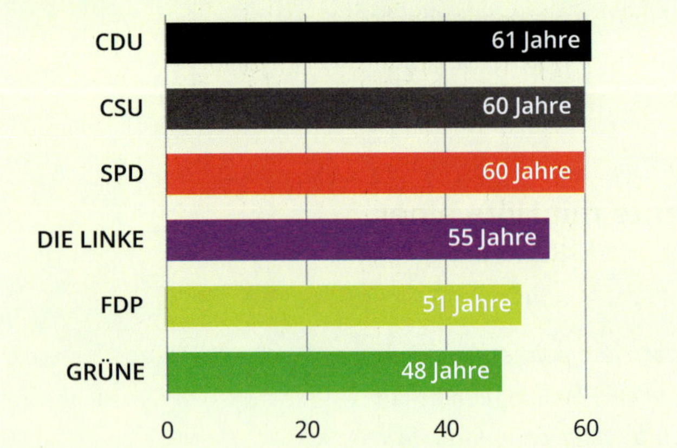

©C.C. Buchner Verlag, aktuelle Daten nach: Niedermayer, Oskar: Parteimitglieder in Deutschland: Version 2020. Arbeitshefte aus dem Otto-Stammer-Zentrum. Nr. 31. FU Berlin 2020.

Altersstruktur der Wahlberechtigten bei den Bundestagswahlen (Stand: 2022)

73000-387

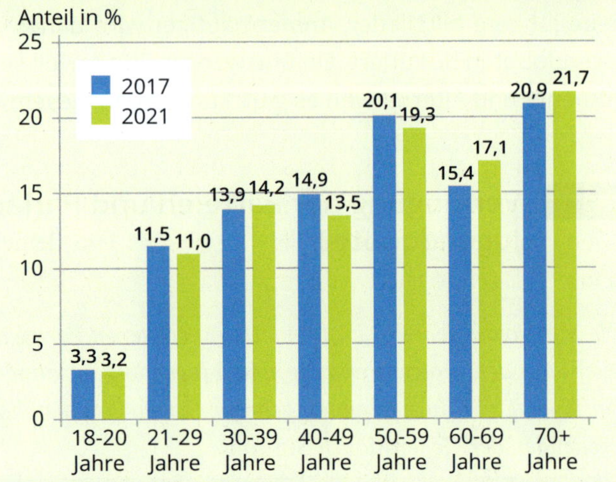

©C.C. Buchner Verlag, aktuelle Daten nach: Bundeswahlleiter, 2022

M13 Der Deutsche Bundestag: weiß, alt, männlich?

Migrationshintergrund
→ S. 287, M32

Der Deutsche Bundestag in Zahlen
Stand: 2022

73000-388

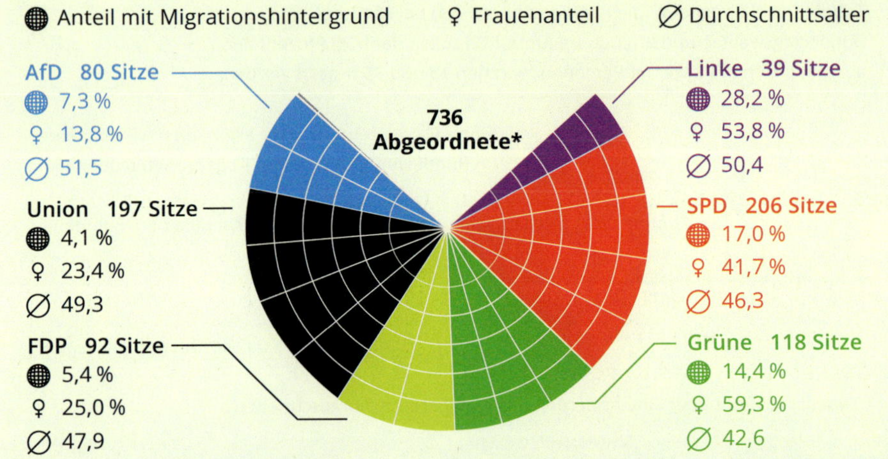

Von insgesamt **736** Bundestagsabgeordneten sind **257** Frauen, haben **83** einen Migrationshintergrund und sind **111** unter 35 Jahre alt.

Hinweis: Anteile in der Gesamtbevölkerung: Frauen ca. 50,6%, Menschen mit Migrationshintergrund ca. 26%, Unter-35-Jährige ca. 31% | *4 Fraktionslose

©C.C. Buchner Verlag, aktuelle Daten nach: Deutscher Bundestag/Bundeswahlleiter/ Destatis/Mediendienst Integration, 2021

M14 Ungleiche Mitbestimmung und ihre Folgen

71079-17

In den Industrienationen steigt der Anteil der Älteren im Vergleich zu den jungen Menschen kontinuierlich. Stellten 2013 Personen im Alter von 65 oder mehr Jahren knapp 20 Prozent der deutschen Bevölkerung, wird ihr Anteil im Jahr 2060 - einer Hochrechnung des Statistischen Bundesamtes zufolge - zwischen 30 und 34 Prozent liegen. Diese Entwicklung spiegelt sich bereits heute auf der politischen Ebene wider. Die Daten zur Altersstruktur der Abgeordneten geben einen Hinweis auf die geringe Anzahl junger Menschen im Deutschen Parlament. [...]

Diese schwache Repräsentanz junger Menschen in Parlament und Parteien birgt die Gefahr, dass Themen der jungen Generation nicht adäquat artikuliert werden können. [...] Nach der Theorie der „[spiegelbildlichen] Repräsentation" ist es für eine effektive Repräsentation erforderlich, dass sich das soziokulturelle Profil der Parlamentsmitglieder und das der Bevölkerung ähneln. Man stelle sich ein Parlament vor, in dem beispielsweise ausschließlich alte, weiße, wohlhabende und religiöse Männer sitzen. Könnte ein solches Parlament wirklich beanspruchen, die Interessen [aller Bürgerinnen und Bürger] mit zu vertreten? [Dazu kommt das Problem der eher kurzen Restlebensspanne.]

Bereits der ehemalige Bundespräsident Richard von Weizsäcker bescheinigte demokratischen Regierungssystemen ihren Hang zur „Verherrlichung der Gegenwart und der Vernachlässigung der Zukunft". Hierfür lassen sich [...] drei Hauptursachen finden. Erstens neigen Menschen dazu, kurzfristige Vorteile gegenüber langfristigen zu bevorzugen. Zweitens fordern die kurzen Wahlperioden und der Wunsch nach Wiederwahl eine auf vorzeigbare Ergebnisse ausgerichtete Politik. Drittens neigen die Demokratien der Industriestaaten dazu, die Anliegen älterer Bevölkerungsanteile aufgrund ihrer zahlenmäßigen Überlegenheit an der Wahlurne zu bevorzugen.

Stiftung für die Rechte zukünftiger Generationen: Ungleiche Mitbestimmung. In: Nachwuchsquoten in Parteien und Parlamenten, Feb. 2019

M15 Vorbereitung der Stellungnahme zur Jugendquote

Eine Arbeitsgruppe der Generationen Stiftung bereitet unter der Federführung von Tabea Kastner die geforderte Stellungnahme der Parteivorstände zur Jugendquote vor. Um verschiedene Perspektiven besser berücksichtigen zu können, haben sie mehrere Akteure per Email um ihre Position gebeten:

1 Durch einen angemessenen Anteil Jüngerer im Parlament würden unkonventionelle und innovative Ideen an Gewicht gewinnen. Andernfalls bleibt eine große Wissensressource ungenutzt! Die älteren Abgeordneten legen vor allem Wert auf kurzfristige Erfolge, denn sie wollen wiedergewählt werden. Dabei setzen sie bei den älteren Wählergruppen an, die zahlenmäßig ins Gewicht fallen und machen z. B. Geschenke in Form großzügiger Rentenerhöhungen. Mit freundlichen Grüßen, **Karim Niedeggen** (Bundesschüler:innenkonferenz)

Radiobeitrag vom Aktivisten Martin Speer zur Jugendquote in Parteien und Parlamenten

71079-18

2 Jungen Menschen mangelt es an Erfahrung und Geduld. Sie stellen die Interessen der Jüngeren oft über alles andere. Die Abgeordneten im Bundestag sind aber laut Grundgesetz „Vertreter des ganzen Volkes". Reiferen Menschen fällt es leichter die Interessenvielfalt zu überschauen und am Gemeinwohl orientierte Entscheidungen zu treffen. MfG, **Petra Kilian** (Pressesprecherin, Präsidium des Bundestages) *Bearbeiterin*

3 Die Parteien müssen aktiv werden und ihre Jugendorganisationen sowie Kampagnen und Bildungsprogramme ausbauen um die Quotenvorgaben zu erfüllen. Es ergibt Sinn, sich auf die Einführung von Jugendquoten zu konzentrieren, denn dadurch würde eine Reihe anderer Maßnahmen zur Stärkung der Partizipation Jugendlicher mit auf den Weg gebracht. Viele Grüße, Dr. **Juliana Bidadanur** (Politikwissenschaftlerin)

Basierend auf: Bidadanur, Juliana: Bessere Verfahren für fairere Ergebnisse: Jugendquoten in Parlamenten. Übersetzt von Hans-Ulrich Kramer. In: Journal für Generationengerechtigkeit, 14 (2)/2014, S. 46

Weitere Stellungnahmen zur Jugendquote

71079-19

4 Nachwuchsquoten könnten dazu beitragen, dass es mehr Rollenvorbilder und Identifikationsfiguren für junge Menschen in der Politik gibt. Das wiederum kann das Interesse Jüngerer an der Politik stärken und Möglichkeiten der Einflussnahme glaubwürdig machen. Viele Grüße, **Lilly Bethges** (Grüne Jugend) *Bearbeiterin*

AUFGABEN

71079-20

F Aufgabe 1
Erweitert euren Tweet und bezieht auch die Daten der folgenden Grafik ein.

71079-21

F Aufgabe 3b
Erweitert die Argumente durch mögliche Gegenargumente, eigene Überlegungen und Recherchen.

1. Analysiert zu zweit die Grafiken in **M12** (→ Methodenglossar).
   a) Stellt Vermutungen an, welche Folgen sich aus den in beiden Grafiken zusammenwirkenden Entwicklungen ergeben können.
   b) Analysiert **M13** im Hinblick auf die Fragestellung in der Überschrift.
   c) Formuliert einen Tweet in 3-5 Sätzen, in dem ihr die Ergebnisse der Grafiken zusammenfasst.
2. Lest **M14** und erläutert, auf welche Probleme sich die Forderung nach einer Jugendquote bezieht. Stellt auch einen Bezug zu **M12** und **M13** her (→ **PUB, 2**).
3. Bildet Gruppen mit 4 Personen und übernehmt die Rollen der Stiftungsmitglieder aus **M11**.
   a) Lest euch in die Argumente in **M15** ein und hört euch den Radiobeitrag an.
   b) Erstellt aus **M15** eine Tabelle mit Pro- und Kontra-Argumenten.
   c) Erörtert den Vorschlag „Jugendquote" innerhalb eurer Gruppe mit Hilfe der Operatorenkarte auf S. 33. Notiert eure Zwischenergebnisse.
   d) Formuliert das Ergebnis schriftlich in Form einer Pressemitteilung.
4. Erstellt in den Kleingruppen aus Aufgabe 3 Maßnahmenkataloge, wie junge Menschen zur Mitarbeit in Parteien bewegt werden können. Wählt im Anschluss drei Maßnahmen aus allen Katalogen aus, die ihr als besonders wirksam einschätzt.

Erörtern

I. Was ist zu tun?

1. Ihr stellt zu einer Problemstellung Pro- und Kontra- Argumente aus verschiedenen Perspektiven (z. B. Parteien, Betroffene, Interessengruppen ...) gegenüber.
2. Ihr prüft die Argumente auf Schlüssigkeit und anhand euch zugänglicher Fakten.
3. Ihr wägt die Pro- und Kontra-Argumente mit Hilfe von Urteilskriterien gegeneinander ab.
4. Ihr formuliert eine begründete abschließende Bewertung.

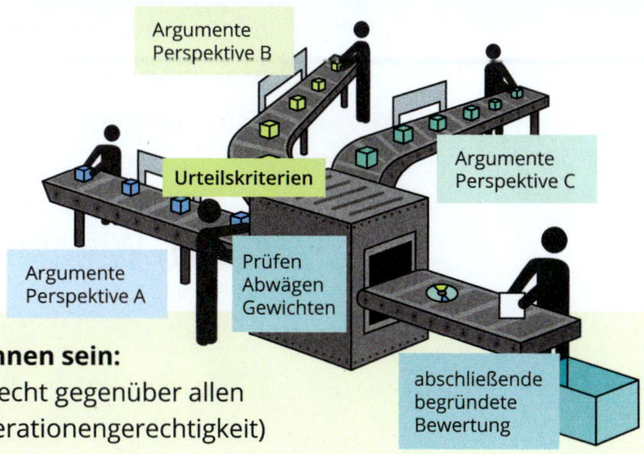

Urteilskriterien können sein:

Ist der Vorschlag gerecht gegenüber allen Generationen? (Generationengerechtigkeit)

Ist der Vorschlag wirksam (z. B. zur Gewinnung von politischem Nachwuchs)? (Wirksamkeit)

Kann der Vorschlag die politische Beteiligung erhöhen? (Partizipation)

II. Hilfen zur Strukturierung und Formulierung

Einleitung

Die Fragestellung ... bezieht sich auf ...

Argumente (aus verschiedenen Perspektiven) gegenüberstellen

Aus der Perspektive von ... ist entscheidend, dass ...
Während das Problem für x ..., ergibt sich für y ...

Argumente prüfen

Gegen die Aussage ... lässt sich einwenden ...
Bei dem Argument wird ausgeblendet/übersehen ...
Zunächst leuchtet das Argument ein. Die Fakten sprechen allerdings dagegen ...

Mit Urteilskriterien abwägen

Mehrere Urteilskriterien spielen bei der Fragestellung eine Rolle ...
Ein besonders starkes Argument bezieht sich auf das Kriterium ...
Wenn ich Pro- und Kontra-Argumente mit Bezug auf das Kriterium ... gewichte, komme ich zu dem Schluss ...

Zusammenfassende Bewertung formulieren

Aus meiner Sicht ist/sollte die Forderung ...
Dabei ist das Kriterium/ die Perspektive ... entscheidend, weil ...

III. Formulierungsbeispiele

Für die Bearbeitung der Aufgabe 3 S. 32 findet ihr im untenstehenden QR- bzw. Mediencode Formulierungsbeispiele. Ihr könnt sie als „Starthilfe" eurer Diskussion nutzen, verändern, weiter ausbauen und mit eurer eigenen Lösung vergleichen.

Formulierungsbeispiele

71079-22

Bearbeiterin

1.1.4 Parteienfinanzierung: fördert oder schwächt sie unsere Demokratie?

Zum Thema: Parteien sind in der deutschen Demokratie ein unverzichtbares Bindeglied zwischen Staat und Gesellschaft. Um diese Rolle ausführen zu können, brauchen sie auch Geld. Doch wie können Parteien finanziert werden, ohne dass damit bestimmte Interessen bevorzugt werden?

M16 Wie sollten Parteien finanziert werden? Vier Positionen

1 Nur der Staat sollte die Parteien aus Steuermitteln finanzieren. Dann haben auch kleinere Parteien mit wenigen Mitgliedern bessere Chancen, zum Beispiel im Wahlkampf.

2 Der Staat sollte sich aus der Parteienfinanzierung heraushalten. In den USA leisten die Parteien auch ohne staatliche Unterstützung allein auf Spendenbasis ihren Beitrag für die Demokratie. So können alle exakt die Parteien unterstützen, die sie möchten.

3 „Alle Staatsgewalt geht vom Volke aus", heißt es im Grundgesetz, und nicht: "alle Beeinflussung". Darum sollten private Spenden verboten werden und die Parteien sich zum Beispiel durch Mitgliedsbeiträge finanzieren. Reiche sollten nicht mehr Einfluss auf Parteien haben als Arme.

4 Parteien, die durch eigene Mittel oder Spenden nicht überlebensfähig sind, sollten auch nicht vom Staat am Leben gehalten werden. Offenbar ist das Interesse in der Bevölkerung an ihnen gering und daher der Einsatz von Steuergeldern nicht gerechtfertigt.

Bearbeiterin

EINSTIEGSAUFGABEN 71079-23

1. Hängt die Positionen in den vier Ecken des Klassenraums auf. Stellt euch zu der Aussage, der ihr am ehesten zustimmt. Begründet eure Wahl kurz.
2. Anhand welcher Kriterien würdet ihr eine Regelung zur Parteienfinanzierung beurteilen? Haltet eure Kriterien (z. B. auf einem Poster) fest.

M17 Drei Säulen der Parteienfinanzierung

71079-24

In Deutschland finanzieren sich Parteien durch Beiträge und Spenden zuerst einmal selbst. Jedoch erfüllen sie teilweise kostenaufwendige Aufgaben und Funktionen, die ihnen durch das Grundgesetz und das Parteiengesetz übertragen werden, und womit sie einen wichtigen Beitrag zum politischen System in Deutschland leisten. Daher erhalten Parteien auch staatliche Zuwendungen. Die Parteienfinanzierung wird im Parteiengesetz geregelt. Die staatlichen Zuwendungen für die einzelnen Parteien bemessen sich dabei nach den Wahlerfolgen. Zusätzlich gibt es staatliche Zuzahlungen zu den Mitgliedsbeiträgen, Spenden und sonstigen Einnahmen. Hierbei ist deren Höhe maßgeblich für die staatliche Zuzahlung. Die Zuzahlungsregelung orientiert sich damit an der Idee der „gesellschaftlichen Verwurzelung" der Parteien. Berücksichtigt werden dabei nur Beiträge und Spenden bis zu einer Höhe von 3.300 € jährlich je natürlicher Person. Für die Gesamthöhe der staatlichen Parteienfinanzierung gibt es eine Obergrenze (190 Millionen Euro im Jahr 2021). Barspenden an die Parteien sind nur bis zu einer Höhe von 1.000 € zulässig. Ab 10.000 € müssen Spenden mit Namen und Anschrift des Gebenden in den Rechenschaftsberichten der Parteien aufgeführt werden. Diese müssen jedoch nur einmal jährlich vorgelegt werden. Spenden über 50.000 € müssen der Bundestagspräsidentin bzw. dem Bundestagspräsidenten gemeldet werden und zeitnah veröffentlicht werden.

Bearbeiterin, basierend auf: Bundesministerium des Innern, für Bau und Heimat: Parteienfinanzierung. In: www.bmi.de, Abruf am 01.12.2021

M18 Parteienfinanzierung im Parteiengesetz in Auszügen

Parteiengesetz §18

(3) Die Parteien erhalten jährlich im Rahmen der staatlichen Teilfinanzierung

1. 0,83 Euro für jede für ihre jeweilige Liste abgegebene gültige Stimme oder
2. 0,83 Euro für jede für sie in einem Wahl- oder Stimmkreis abgegebene gültige Stimme, wenn in einem Land eine Liste für diese Partei nicht zugelassen war, und
3. 0,45 Euro für jeden Euro, den sie als Zuwendung (eingezahlter Mitglieds- oder Mandatsträgerbeitrag oder rechtmäßig erlangte Spende) erhalten haben; dabei werden nur Zuwendungen bis zu 3.300 Euro je natürliche Person berücksichtigt.

Die Parteien erhalten abweichend von den Nummern 1 und 2 für die von ihnen jeweils erzielten bis zu vier Millionen gültigen Stimmen 1 Euro je Stimme. [...]

(4) Anspruch auf staatliche Mittel gemäß Absatz 3 Nr. 1 und 3 haben Parteien, die nach dem endgültigen Wahlergebnis der jeweils letzten Europa- oder Bundestagswahl mindestens 0,5 vom Hundert oder einer Landtagswahl 1,0 vom Hundert der für die Listen abgegebenen gültigen Stimmen erreicht haben; für Zahlungen nach Absatz 3 Satz 1 Nr. 1 und Satz 2 muss die Partei diese Voraussetzungen bei der jeweiligen Wahl erfüllen.

Natürliche Person
Das Recht unterscheidet zwischen „natürlicher Person", dem Menschen als Rechtssubjekt mit Rechten und Pflichten und „juristischer Person" (Verein, Gesellschaft, Körperschaft).

M19 Einnahmen der im Deutschen Bundestag vertretenen Parteien

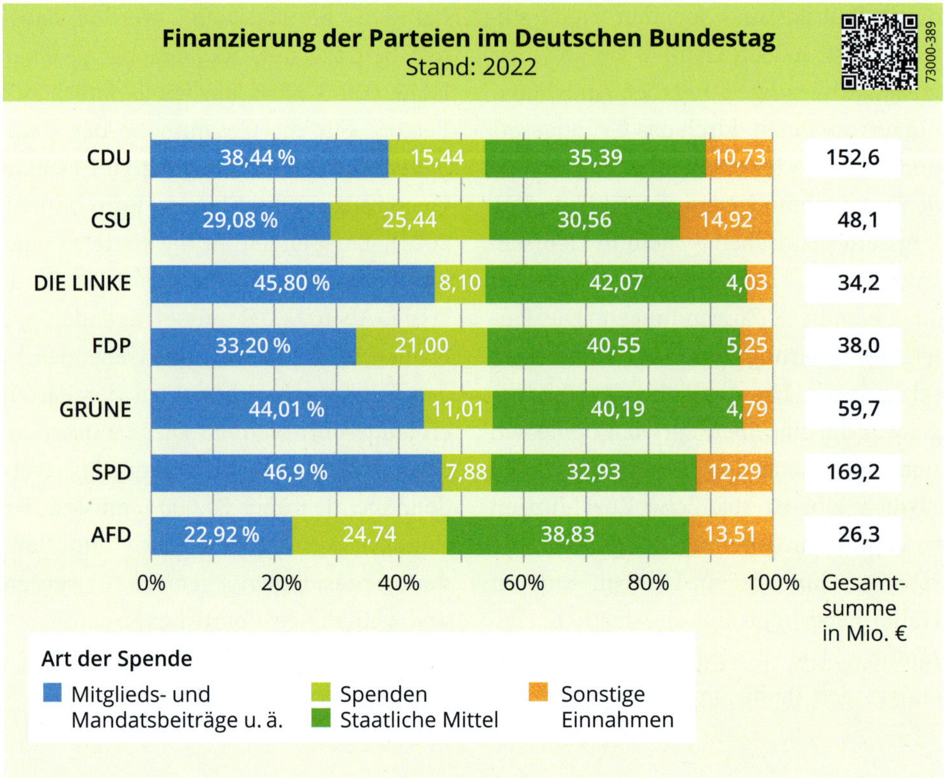

©C.C. Buchner Verlag, aktuelle Daten nach: Deutscher Bundestag, 2019

M20 Kontroverse: Sollten Parteispenden verboten werden?

Parteispenden sind in Deutschland umstritten. Einerseits sind sie fest eingeplant und gelten als Teil der Demokratie. Sie sorgten aber auch schon für Skandale und immer wieder wird gefordert, sie abzuschaffen. Im Folgenden findet ihr drei Medienbeiträge:

A Wahlkampffinanzierung in der Kritik

Die Antikorruptionsorganisation Transparency Deutschland fordert angesichts der bevorstehenden Bundestagswahl Verbesserungen bei den Regeln für die Parteienfinanzierung. […] „Niemand versteht, warum Spenden erst ab 10.000 Euro in den Rechenschaftsberichten der Parteien auftauchen – und dass, sofern sie unter 50.000 Euro bleiben, erst eineinhalb Jahre später. In einem Wahljahr müssen insbesondere die Daten zur Wahlkampffinanzierung zeitnah veröffentlicht werden. Es gibt zudem zu viele Möglichkeiten, die Veröffentlichungspflichten durch Stückelung der Beträge zu umgehen – das haben sicher auch einige ehemalige Großspender erkannt."

Pressemitteilung von Transparency Deutschland: Transparency Deutschland fordert Verbesserungen bei Parteienfinanzierung vor der Bundestagswahl. In: www.transparency.de, 28.12.2020

B Sponsoring statt Spenden

Unübersichtlich wird es bei Angaben zum Sponsoring, wenn zum Beispiel Unternehmen auf großen Parteitagen mit Ständen präsent sind und dafür Zahlungen an die Parteien leisten. „Durch Sponsoring können Unternehmen und Verbände den Parteien Gelder in unbegrenzter Höhe zukommen lassen, ohne namentlich in den Rechenschaftsberichten genannt zu werden", erklärt Christina Deckwirth von Lobbycontrol. Das sei ein immer häufiger genutztes „Riesenschlupfloch". „Das widerspricht dem Grundgesetz, das Transparenz bei der Parteienfinanzierung vorschreibt."

tagesschau.de

C Jahr ohne Spenden

[D]ie Daimler AG, hat mitgeteilt, im laufenden Jahr keine Spende an Parteien überweisen zu wollen. [...] [D]ie offizielle Begründung lautete: „Wir haben beschlossen, in diesem Jahr den Schwerpunkt bei Projekten aus den Bereichen Bildung, Naturschutz, Wissenschaft, Kunst und Kultur zu setzen." So sollen 20 Millionen Euro verteilt werden. Manche Betroffene sind sauer. Der Schatzmeister der CSU, der bayerischen Schwesterpartei der CDU, zum Beispiel. Das sei „eine Schwächung der Demokratie", sagte Thomas Bauer. Daimler sei schließlich auch nur ein „Bürger" und dieser müsse sich schließlich um die Demokratie kümmern.

Scholz, Kay-Alexander: Was bedeutet Daimlers Spenden-Aus für die Parteien? In: www.dw.com, 24.04.2019

AUFGABEN

71079-26

1. Erschließt die Regelung zur Parteienfinanzierung in Deutschland (**M17**, **M18**), indem ihr sie in einer Grafik übersichtlich darstellt (→ **PUB,** 2).
2. Prüft die drei Säulen der Parteienfinanzierung mit Hilfe eurer Kriterien aus der Einstiegsaufgabe. Stellt im Anschluss Vor- und Nachteile der Finanzierungsformen gegenüber.
3. Analysiert die Einnahmen der Parteien in **M19**, indem ihr
   a) die jeweilige Höhe der staatlichen Mittel erläutert und
   b) vergleicht, wie die Einnahmequellen auf die Parteien jeweils verteilt sind.
4. Arbeitet in Kleingruppen und ermittelt aus den Medienbeiträgen in **M20** die jeweilige Position und Forderung zur Praxis der Parteispenden (→ **PUB,** 3 + 4).
5. Erörtert mit Hilfe der Operatorenkarte auf S. 33 in Form einer Kleingruppen-Kontroverse (→ Methodenglossar), ob ein Verbot von Parteispenden die Demokratie eher fördern oder schwächen würde (→ **PUB,** 5 + 6).
6. Kommt auf die Aussagen in **M16** zurück und nehmt erneut Stellung.

F Aufgabe 1
Löst die folgenden Fälle mit Hilfe der gesetzlichen Regelungen:
a) Ein Großunternehmer spendet der Partei Y 1 Million Euro.
b) Die Partei X erzielt bei der Bundestagswahl 2,2 % der Stimmen für ihre Liste. Das entspricht 959.177 Wählerstimmen.
c) Eine Privatbank spendet der Partei Z 49.000 Euro.

H Aufgabe 4
→ S. 378

1.2 Mitwirkung in der repräsentativen Demokratie durch Wahlen

1.2.1 Wahlkampf analog und digital: Informationsveranstaltung oder Beeinflussungsversuch?

Zum Thema: Stehen Wahlen an, werden die Parteien auf vielfältige Weise sichtbar. Mit professioneller Werbung und gesteigerter Präsenz treten die Parteien in den Wettbewerb um Stimmen. Inwiefern folgen die dabei genutzten Strategien demokratischen Spielregeln?

M21 Ausgewählte Wahlkampfformate

1

2

3

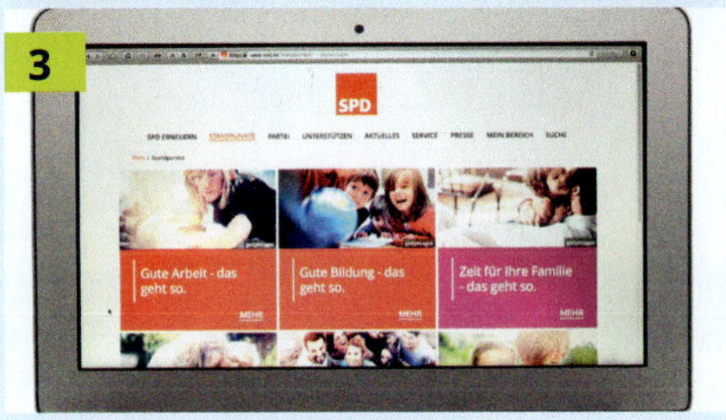

4

5

6

EINSTIEGSAUFGABE 71079-27

Betrachtet die Bilder der verschiedenen Wahlkampfformate und tauscht euch darüber aus,

a) auf welche Weise die Parteien versuchen, die Wählerschaft zu erreichen.
b) welche Formate ihr für besonders geeignet zur Informationsvermittlung und -gewinnung bzw. zur Beeinflussung von Wahlentscheidungen haltet.

M22 Funktionen und Regeln eines fairen Wahlkampfs

71079-28

Der Wahlkampf ist das Herzstück des politischen Wahlwettbewerbs. Er soll den kandidierenden Personen und Parteien die Möglichkeit geben, der Wahlbevölkerung ihre politischen Programme und Ziele zu vermitteln. Weiterhin soll er die politische Mitwirkung anregen und Wahlberechtigten durch Bewusstmachung der anstehenden Wahl die Bedeutung ihrer Wahlentscheidung verdeutlichen. Wahlkämpfe richten sich sowohl an die eigenen Sympathisant:innen als auch an Unentschlossene. Mitglieder und Unterstützer:innen der eigenen Partei sollen mit verstärktem Einsatz in ihrem Umfeld zur Wahl motivieren, d.h. ihre potenziellen Wähler mobilisieren. Zum anderen soll der Wahlkampf noch unentschlossene Wähler:innen mit Argumenten versorgen und zur Stimmabgabe bewegen. Die Vorwahlkampfphase der Parteien beginnt schon Monate vor der Wahl, meist ab der Festlegung des Wahltermins durch den Bundespräsidenten (ca. ein Jahr vor dem Wahltag), die sogenannte „heiße" Wahlkampfphase ab ca. sechs bis vier Wochen vor dem Wahltag. Ein demokratischer Wahlkampf und seine Regeln müssen sich an dem Prinzip der Chancengleichheit zwischen den kandidierenden Personen und Parteien ausrichten. Es bedarf eines „ebenen Spielfeldes" (level playing field). [...] Dazu gehören: die staatliche Neutralität im Wahlkampf, die ungestörte Wahrnehmung politischer Rechte, ein politisches Klima möglichst frei von Desinformation, hate speech und Gewalt, Medienfreiheit, eine ausgeglichene Berichterstattung sowie eine dem Gleichheitsprinzip verpflichtete Parteienfinanzierung.

Bearbeiterin, nach: Krennerich, Michael: Freie und faire Wahlen? Standards, Kurioses, Manipulationen. 2. Auflage. Frankfurt/M.: Wochenschau-Verlag 2021, S. 120 ff.

M23 Wahlkampfstrategien und Wahlkampfmittel

Wahlkampfveranstaltungen, Haustürgespräche, Wahlplakate, Fernsehduelle oder Wahlwerbespots im Rundfunk – all diese Instrumente gehören zu den klassischen, analogen Formen des Wahlkampfs. Doch seit einigen Jahren nehmen die Parteien das Internet und hier insbesondere soziale Netzwerke vermehrt in den Blick [...].
Grundsätzlich lassen sich der [analoge] und der [digitale] Wahlkampf nicht voneinander trennen. Dank massenhaft erhobener Daten im Internet können Parteien beispielsweise herausfinden, in welchen Gemeinden oder Stadtteilen es noch viele unentschlossene Wähle-

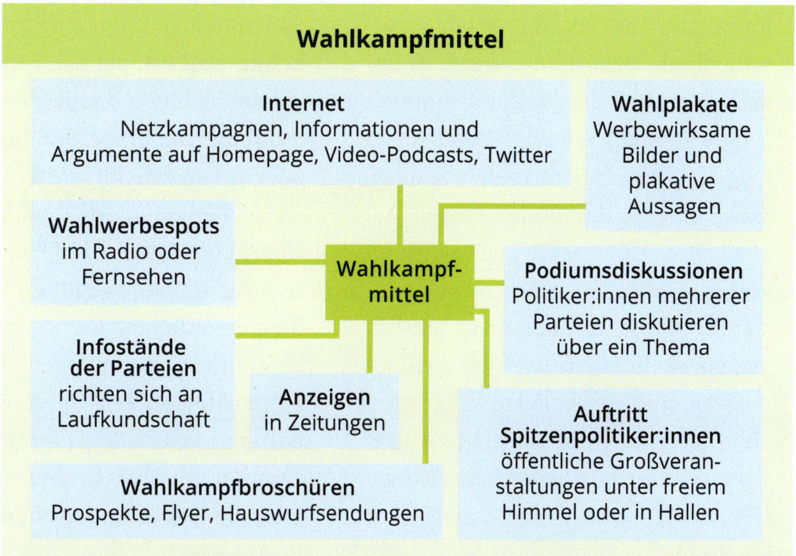

Bearbeiterin

rinnen und Wähler gibt. Dort veranstalten sie gezielt Kundgebungen oder gehen von Haustür zu Haustür. Zugleich werden Wahlveranstaltungen live ins Netz gestreamt und erreichen so ein weitaus größeres Publikum. [Unter anderem sind es folgende Strategien, die den analogen und den digitalen Wahlkampf verbinden:]

Landeszentrale für politische Bildung Baden-Württemberg: Digitaler Wahlkampf. In: www-lpb-bw.de (Abruf am 02.12.2021)

1 Microtargeting

Microtargeting heißt zunächst einmal „sehr präzises Zielen" und [bedeutet] im digitalen Kontext personalisierte Werbung für eine ganz bestimmte Zielgruppe. Beim Microtargeting geht es darum, basierend auf Datenanalysen Nutzerinnen und Nutzern von sozialen Netzwerken oder Suchmaschinen zielgerichtete Werbung anzeigen zu lassen. Parteien nutzen Microtargeting im Wahlkampf, um einer genau definierten Gruppe politische Botschaften gezielt beispielsweise über Facebook oder Google zu übermitteln.

Landeszentrale für politische Bildung Baden-Württemberg: Digitaler Wahlkampf. In: www-lpb-bw.de (Abruf am 02.12.2021)

2 Echtzeit-Wahlkampf im Internet

Veranstaltungen und Wahlkampfauftritte werden live gestreamt, Kommentierungen erfolgen in kurzen Videobeiträgen und Events wie das TV-Duell werden auf unterschiedlichen Social-Media-Kanälen begleitet. Es wird das Gefühl vermittelt, den Wahlkampf hautnah und kostenfrei mitzuerleben.

Basierend auf: Landeszentrale für politische Bildung Baden-Württemberg: Digitaler Wahlkampf. In: www-lpb-bw.de (Abruf am 02.12.2021)

3 Personalisierung

Kandidierende werden in Kampagnen deutlich – auch visuell – hervorgehoben. Sie sind wichtiger als das Programm selbst, ihre Person wird mit politischen Botschaften untrennbar verbunden. Über Personen lässt sich der Eindruck von Kompetenz, Glaubwürdigkeit und Vertrauenswürdigkeit greifbarer machen.als über abstrakte Wahlprogramme. Die Kommunikationslogik der sozialen Medien erfordert auch Personalisierung, denn Profile von Institutionen oder Parteien werden kaum angeklickt.

Bearbeiterin

4 Emotionalisierung

Emotionen haben immer eine entscheidende Bedeutung, wenn es um die öffentliche Meinungsbildung geht. Die Mehrheit der Bevölkerung mag Politikerinnen und Politiker, die auch mal Emotionen zeigen (sei es positiv oder negativ). Es wird davon ausgegangen, dass emotionalisierende Posts ein höheres User-Engagement hervorrufen als weniger emotionalisierende Posts. Angesprochen werden Emotionen wie Angst, Gier, Hoffnung, Sicherheit, Mitgefühl usw.

Bearbeiterin

5 Negative Campaigning

Es handelt sich um eine Form von Werbung oder politischer Öffentlichkeitsarbeit, bei der versucht wird, die politische Gegnerschaft in ein schlechteres Licht zu rücken, um damit das eigene Ansehen zu erhöhen. Dabei werden insbesondere private, aber auch öffentliche oder geschäftliche Verfehlungen instrumentalisiert, um die betreffende Person, Partei, oder Organisation gezielt zu skandalisieren. Charakterisierend für Negative Campaigning ist vor allem, dass es sich sachlichen Argumenten zu entziehen versucht und stattdessen die persönliche Auseinandersetzung in den Vordergrund stellt. Diese Art des „schmutzigen" Wahlkampfes ist vor allem in den Vereinigten Staaten verbreitet, während es in Europa verpönt ist und deshalb nur selten angewandt wird. Im Internet und insbesondere den sozialen Medien breitet sich Negative Campaigning leichter aus, weil die Kommunikation anonymer und hemmungsloser erfolgt.

Bearbeiterin

M24 Zwei Meldungen zum Wahlkampfauftakt vor der Bundestagswahl

1 **Düsseldorf.** [...] In einer veröffentlichten Forsa-Umfrage [...] stimmten 82 Prozent der Befragten der Aussage zu: „Ich habe Sorge, dass durch politische Desinformationskampagnen das Wahlergebnis manipuliert wird."

dpa: Wähler befürchten Manipulation durch Fake-News. In: www.merkur.de, 27.07.2021

2 **Berlin.** Die Pandemie ist in Deutschland zum Digitalisierungsmotor geworden. Das gilt nicht nur für Schulen und Unternehmen, auch für den Wahlkampf der Parteien dürfte das Internet in diesem Bundestagswahljahr eine noch größere Rolle spielen als zuvor. Eine von mehreren Stiftungen und Nichtregierungsorganisationen unterstützte Initiative fordert die Parteien nun zu einer gemeinsamen Selbstverpflichtung für einen fairen Wahlkampf in den Sozialen Medien auf.

Huesmann, Felix: Schlachtfeld Internet: Selbstverpflichtung der Parteien zu fairem Wahlkampf gefordert. In: www.rnd.de, 03.06.2021

M25 Kontroverse: Wie groß ist die Gefahr der Beeinflussung des Wahlergebnisses durch digitale Medien?

A Der Bundeswahlleiter Dieter Sarreither warnt vor der Gefahr der Manipulation der Wählerinnen und Wähler durch gefälschte Nachrichten. Im kommenden Wahlkampf sollten die Bürgerinnen und Bürger sowie die Medien Nachrichten mit Vorsicht genießen, da es Versuche der Manipulation geben werde. Gezielte Desinformation, Bots und Trolle können die Meinungsbilder verzerren und unterschwellig auf das Wahlverhalten einwirken. Social Bots sind automatisiert gesteuerte Accounts auf digitalen Plattformen, hinter denen sich keine realen Menschen verbergen, sondern Computerprogramme. Diese veröffentlichen selbstständig Inhalte (auch Fake News) im Netz oder kommentieren Beiträge. Durch ihre Aktivität treiben Social Bots Fan- und Followerzahlen nach oben, übernehmen Diskussionen im Netz und können die öffentliche Auseinandersetzung beeinflussen. So wird suggeriert, dass viele Menschen eine bestimmte Person unterstützen oder Meinung vertreten. Randmeinungen werden plötzlich als Mainstream wahrgenommen, den Einzelnen wird ein verzerrtes Meinungsbild präsentiert. Um Wahlergebnisse zu entscheiden, reicht es, wenn ein Teil der Wählerschaft auf diese Weise beeinflusst wird.

Nach: Landeszentrale für politische Bildung Baden-Württemberg: Digitaler Wahlkampf. In: www-lpb-bw.de, Abruf am 02.12.2021 [Text aus didaktischen Gründen modifiziert, Auslassungen nicht gekennzeichnet]

B Medienwissenschaftler Sascha Hölig ist der Meinung, dass in der Debatte über die möglichen Gefahren von Falschmeldungen das Urteilsvermögen der Menschen unterschätzt wird. Er weist unter Berufung auf Ergebnisse einer Studie darauf hin, dass Menschen für eine gezielte politische Information vornehmlich traditionelle journalistische Nachrichtenmedien (Fernsehen, Radio, Zeitungen oder deren Internetangebote) nutzen und diese als vertrauenswürdiger einschätzen als beispielsweise soziale Medien wie Facebook, Twitter etc. Dem Argument, dass man sich in sozialen Medien in einer undurchlässigen „Filterblase" befindet, in der man stets nur die Nachrichten und Informationen mitbekommt, die der eigenen Meinung entsprechen, hält er entgegen, dass Menschen auf sehr vielen verschiedenen Wegen außerhalb der sozialen Medien Informationen und Nachrichten erhalten, die zu ihrer politischen Meinungsbildung beitragen. Zwar gebe es immer auch eine kleine Teilgruppe der Gesellschaft, die für Fake News empfänglich sei, aber das nur, weil sie diesen auch glauben wolle. Eine Wahlentscheidung hängt in vielen Fällen stärker davon ab, wie das persönliche Umfeld denkt und welchen Parteien und Kandidierende das eigene Lebensgefühl am besten widerspiegeln.

Bearbeiterin, basierend auf Hölig, Dr. Sascha: Meinung: Fake News werden die Wahlen in Deutschland nicht entscheiden. In: www.bpb.de, 25.04.2017

MK

AUFGABEN

71079-29

1. Informiert euch in Kleingruppen in **M22** über die Funktionen und Regeln demokratischer Wahlkämpfe. Erläutert die folgenden Wahlkampffunktionen: Information, Mobilisierung, Mitwirkung, Identifikation, Vernetzung.
2. Ordnet den Bildern in **M21** Wahlkampfmittel und Wahlkampfstrategien aus **M23** zu.
3. Lest Meldung **1** in **M24** und führt die Umfrage auch in eurer Klasse durch. Begründet kurz eure Antworten. Stellt Vermutungen an, aus welchen Gründen 82% der Befragten der Aussage zugestimmt haben.
4. Arbeitet zu zweit und lest entweder **M25 A** oder **M25 B**. Notiert die zentralen Argumente.
   a) Diskutiert zu zweit aus den beiden vorgegebenen Perspektiven, für wie hoch ihr die Gefahr der Beeinflussung des Wahlergebnisses durch digitale Medien haltet. Nutzt dabei auch die Informationen aus **M23**.
   b) Formuliert einen gemeinsamen Kommentar zur Meldung **1** in **M24** in der Form eines Posts.
   c) Teilt eure Kommentare (z. B. über oncoo.de „Kartenabfrage").
5. Lest die Meldung **2** in **M24** und verfasst in Kleingruppen die geforderte gemeinsame Selbstverpflichtung der Parteien. Bezieht euch dabei auch auf die in **M22** genannten Regeln.

F **Aufgabe 2**
Recherchiert anhand eines zurückliegenden oder aktuellen Wahlkampfs weitere Beispiele für die genannten Strategien.

H **Aufgabe 5**
Einige Parteien haben eigene Selbstverpflichtungen verfasst, die ihr als Anregung nutzen könnt.

71079-30

1.2.2 Wahlen zum Deutschen Bundestag: Sind Nichtwählende eine Gefahr für die Demokratie?

Zum Thema: „Meine Stimme bringt doch sowieso nichts!“ oder „Keine Partei vertritt meine Interessen!“ Viele Menschen scheinen dies so zu sehen und gehen nicht zur Wahl. In diesem Kapitel könnt ihr klären, was Wahlen für die Demokratie bedeuten, was hinter dem Phänomen der „Nichtwählenden“ steckt, und abschließend den Vorschlag einer Wahlpflicht diskutieren.

M26 Das „andere“ Wahlergebnis ...

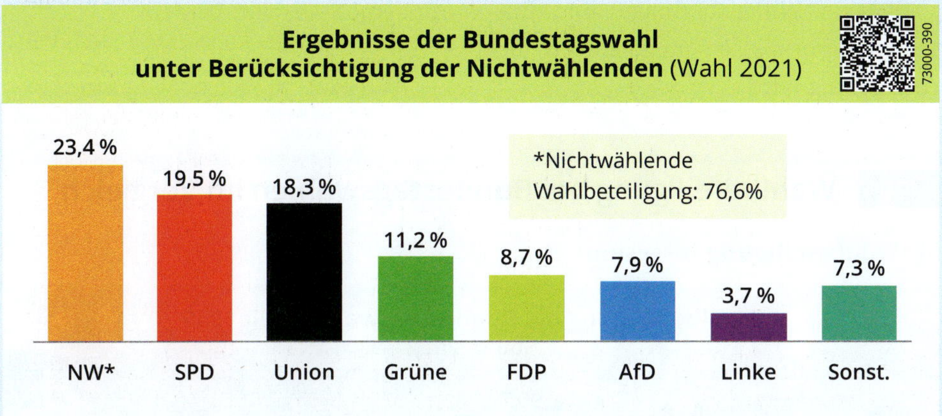

©C.C. Buchner Verlag, aktuelle Daten nach: Bundeswahlleiter, 2022

EINSTIEGSAUFGABEN 71079-31

1. Analysiert das „andere“ Wahlergebnis und fasst zusammen, was es vom offiziellen Wahlergebnis unterscheidet.
2. Stellt Vermutungen darüber an, was Nichtwählende von der Wahl abhält.
3. Nehmt spontan Stellung: Sind Nichtwählende eine Gefahr für die Demokratie?

Offizielles Bundestagswahlergebnis 2021
→ S. 55, **M36**

M27 Die Bedeutung von Wahlen in der Demokratie

71079-32

Wahlen gelten als der Kern der Demokratie. Sie dienen dazu, das Prinzip einer Demokratie, nämlich die Herrschaft des Volkes über sich selbst auszuüben, erfüllen zu können. Da es in jedem Staat unterschiedliche Interessen gibt, muss der mehrheitliche Wille des Volkes durch Wahlen ermittelt werden. Wahlen haben dabei mehrere Funktionen:

1. Durch demokratische Wahlen überträgt das Volk die politische Macht den Gewählten. Die Gewählten sind in der Regel Personen, die in Parteien oder Wählerbewegungen organisiert sind. Die Ausübung politischer Herrschaft wird durch die Wahlen zeitlich begrenzt legitimiert, das heißt ihr wird eine Rechtmäßigkeit zuerkannt.

2. Durch wiederkehrende Wahlen kontrolliert die Wählerschaft Parlament und Regierung und ein Machtwechsel wird möglich gemacht.

3. Wahlen garantieren, dass die Politik mit dem Willen des Volkes verbunden bleibt, denn die Regierenden wollen wiedergewählt werden.

4. Durch Wahlen sollen die vielfältigen Gruppen, Interessen und Ansichten der gesamten Gesellschaft repräsentiert und integriert werden. Nur so ist gewährleistet, dass die gesellschaftliche Vielfalt in Willensbildungs- und Entscheidungsprozessen angemessen berücksichtigt wird.

5. Wahlen sind eine wesentliche Form der politischen Mitwirkung, welche grundsätzlich die gesamte Wählerschaft einbezieht. Die Durchführung von Wahlen ist dabei eng mit weiteren politischen Mitwirkungsmöglichkeiten verbunden: von Wahlkampfaktivitäten, Wahlkandidaturen und der aktiven Mitwirkung in Parteien und Wählerinitiativen bis hin zur Nutzung politischer Rechte wie Versammlungs-, Vereinigungs-, Meinungs- und Pressefreiheit. Demokratische Wahlen benötigen also ein demokratisches Umfeld.

Bearbeiterin, nach: Krennerich, Michael: Freie und faire Wahlen? Standards, Kurioses, Manipulationen. 2. Auflage. Frankfurt/M.: Wochenschau-Verlag 2021, S. 14 ff.

M28 Wahlbeteiligung bei Bundestagswahlen im Vergleich

a) Wahlbeteiligung insgesamt

©C.C. Buchner Verlag, aktuelle Daten nach: Bundeswahlleiter, 2022

b) Wahlbeteiligung nach Altersgruppen

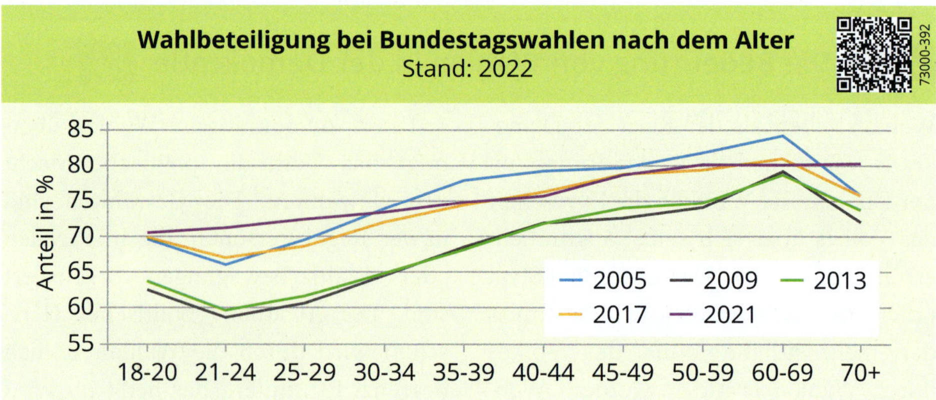

©C.C. Buchner Verlag, aktuelle Daten nach: Bundeswahlleiter, 2022

M29 Wer sind die Nichtwählenden?

A Die Zeiten mit sehr hoher Wahlbeteiligung von über 90 % waren historische Ausnahmezeiten. Sie fielen zusammen mit der Hochzeit der Volksparteien in den 1970er-Jahren. Seitdem nimmt sowohl die Parteienbindung als auch die Wahlbeteiligung ab. Aber warum verzichten Menschen in Deutschland auf ihr Wahlrecht? Drei Hauptgründe lassen sich ausmachen: 1. Zufriedenheit, 2. Protest, 3. Resignation und politische Entfremdung. Die erste Gruppe ist mit den Umständen zufrieden, für sie scheint eine Wahl unnötig. Die zweite Gruppe sieht ihren Wahlverzicht als eine Art Denkzettel. Häufig sind es ehemalige Stammwähler einer Partei, die die getroffenen Entscheidungen nicht unterstützen. Die dritte Gruppe fühlt sich von der Politik nicht beachtet und glaubt auf ihre Bedürfnisse würde nicht eingegangen. Die Parteien werden als nicht unterscheidbar wahrgenommen und die eigene Stimme erscheint sinnlos.

Nach: Oudray, Laila: Nicht-Wähler. Deswegen gehen Sie nicht an die Urne? In: www.polyas.de, 18.08.2016 [Text aus didaktischen Gründen modifiziert, Auslassungen nicht gekennzeichnet]

B Die Forschung hat den sozialen Status, das Einkommen, das Bildungsniveau sowie das Alter als zuverlässige Parameter identifiziert, um zu prognostizieren, ob eine Person wählen geht oder nicht. Je gebildeter und wohlhabender ein Mensch ist, desto größer ist die Wahlneigung. Die typischen Nichtwählenden kommen aus einem sozial schwachen Milieu. Das Alter ist ebenfalls ein Faktor, aber es wirkt unabhängig vom sozialen Status. Von Erstwählenden abgesehen, zeigen junge Menschen eine geringere Wahlbeteiligung als Ältere. Auch das Umfeld wirkt verstärkend auf die Wahlneigung: Wessen Nachbarn, Freunde und Familie sich enthalten, bleibt ebenfalls eher bei einer Wahl zu Hause. Wer keine arbeitslosen Freundinnen und Freunde hat, wählt mit über 80-prozentiger Wahrscheinlichkeit. Dieser Wert sinkt auf 45 Prozent, wenn alle Freundinnen und Freunde sich in keinem geregelten Beschäftigungsverhältnis befinden. Wer sich abgehängt fühlt, hat grundsätzlich geringeres Vertrauen in die Politik.

Nach: Gassert, Philipp: Die romantische Verklärung der Wahlbeteiligung. In: www.zeit.de, 11.09.2019 [Text aus didaktischen Gründen modifiziert, Auslassungen nicht gekennzeichnet]

AUFGABEN

71079-33

1. Lest **M27** und stellt die Funktionen von Wahlen in der Demokratie in einer Übersicht dar (→ **PUB, 2**).
2. Analysiert die Grafiken in **M28** (→ Methodenglossar) und sammelt mögliche Gründe für die unterschiedliche Wahlbeteiligung in den Altersgruppen.
3. Arbeitet zu zweit und lest entweder **M29 A** oder **M29 B**.
   a) Notiert jeweils in Stichpunkten, wie die Frage in der Überschrift darin beantwortet wird.
   b) Vergleicht die genannten Gründe für das Nichtwählen mit euren Überlegungen aus der zweiten Einstiegsaufgabe auf S. 43.
   c) Schlagt drei Maßnahmen vor, die euch geeignet scheinen, um Nichtwählende zu mobilisieren.
4. Simuliert eine Sachverständigen-Diskussion zur Frage: „Sollte in Deutschland eine Wahlpflicht eingeführt werden?“ mit Hilfe der Methodenkarte auf S. 46-48.
5. Diskutiert in der Klasse: Sind Nichtwählende eine Gefahr für die Demokratie?

H Aufgabe 1
→ S. 378

Simulation einer Sachverständigen-Diskussion: Sollte in Deutschland eine Wahlpflicht eingeführt werden?

Rollen-Vorbereitungsbogen

71079-46

I. Worum geht es?

Angesichts der anhaltend niedrigen Wahlbeteiligung auch bei den Bundestagswahlen kommt immer wieder die Diskussion auf, ob es nicht in Deutschland eine Wahlpflicht geben sollte. In anderen Ländern wie zum Beispiel Belgien oder Australien herrscht Wahlpflicht. Wer dort nicht wählen geht, muss mit einer Geldstrafe rechnen. Entsprechend hoch ist die Wahlbeteiligung. In einer Beratungsrunde bestehend aus Sachverständigen aus Wissenschaft, Parteien und einer Vertreterin der Generationen Stiftung soll über den Vorschlag diskutiert werden. Eingeladen hat ein Arbeitskreis der parteinahen Stiftungen zu einer öffentlichen Diskussion. Die Diskussionsrunde soll mit einer Empfehlung an die Bundesregierung abschließen. Die Positionen und Fragen des Publikums können einbezogen und im Anschluss an die Diskussion beantwortet werden. Führt eine Simulation der Sachverständigen-Diskussion in eurer Klasse durch. Die Durchführung alle Schritte kann auch interaktiv und digital gestützt werden (→ QR-Code auf S. 47).

II. Geht dabei wie folgt vor:

1. Schritt: Rollenaufteilung und Rollenvorbereitung

1. Teilt die Klasse in 5 Gruppen und ein Zweierteam auf, das die Moderation übernimmt.
2. Jede Gruppe übernimmt eine der nebenstehenden Rollen und bereitet diese vor: Klärt zunächst die Position auf der Rollenkarte für euch und baut sie dann noch weiter aus. Nutzt dazu euer Wissen aus dem Kapitel, recherchiert aber auch eigenständig.
3. Notiert eure Position und die Argumente mit Hilfe des im QR-Code hinterlegten Vorbereitungsbogens.
4. Trainiert euer „Eingangsstatement".
5. Bereitet Fragen für die Anschlussdiskussion mit dem Publikum vor.

→

2. Schritt: Durchführung der Beratungsrunde

1. Bestimmt in euren Gruppen, wer die Rollen in der Diskussion übernehmen soll.
2. Die Beobachtenden bereiten sich in Gruppen darauf vor, eine andere Rolle zu analysieren: Welche der folgenden Kriterien sind in der beobachteten Argumentation leitend (auch wenn sie nicht ausgesprochen werden):
   - Ist der Vorschlag **wirksam** (zur Erhöhung des politischen Interesses und der Beteiligung)?
   - Kann die **Legitimation** („rechtmäßige Beauftragung") der Gewählten erhöht werden?
   - Ist der Vorschlag mit **geltendem Recht vereinbar**?
   - Gibt es **unerwünschte Nebenfolgen**?

   Welche weiteren Kriterien spielen in der Argumentation eine Rolle?
3. Simuliert die Sachverständigen-Diskussion (ca. 10-15 Minuten).
4. Führt die Anschlussdiskussion mit dem Publikum durch, bei der ihr die vorbereiteten Fragen einbringt.

←

3. Schritt: Auswertung

1. Die Beobachtenden tauschen ihre Ergebnisse innerhalb der Gruppe aus. Anschließend präsentieren sie sie kurz.
2. Bewertet die Empfehlung der Sachverständigen mit Hilfe der Kriterien aus dem 2. Schritt.

Rollenkarten

Anleitung: Die Simulation interaktiv und digital gestützt

71079-47

1 Johan(na) Birk, Can(e) Bölükbasi, Konrad Adenauer Stiftung, Moderator:innen

Eure Aufgabe besteht darin, das Gespräch zu leiten. Das bedeutet:

1. Lest alle Rollenkarten und bereitet gezielte Fragen vor.
2. Begrüßt das Publikum.
3. Führt kurz in den Problemzusammenhang ein.
4. Stellt euch und die Sachverständigen vor.
5. Fordert die Sachverständigen zu einem kurzen Eingangsstatement auf.
6. Moderiert das Gespräch durch Fragen, indem ihr Beiträge aufgreift, Teilnehmende gezielt zur Stellungnahme auffordert und darauf achtet, dass alle gleichmäßig zu Wort kommen.
7. Fasst das Ergebnis bzw. die wichtigsten Argumente gegen Ende zusammen.
8. Wählt Publikumsfragen aus und stellt sie den Sachverständigen.
9. Ermittelt, was die Runde mehrheitlich als Empfehlung für die Bundesregierung aussprechen möchte (die Empfehlung beinhaltet eine Entscheidung und ihre wesentlichen Begründungen).
10. Beendet die Gesprächsrunde mit Dank an alle Mitwirkenden.

2 Dr. Gabriel(a) Sabatini, Wahlrechtsforscher(in)

Du setzt dich für eine Wahlpflicht ein. Eine Demokratie ist in Gefahr, wenn es nicht genug politische Beteiligung gibt. Je weniger Menschen wählen, desto schwieriger wird die Legitimation der Entscheidungen. Sorge macht dir, dass die Wahlbeteiligung besonders bei bestimmten gesellschaftlichen Gruppen sehr niedrig ist. Eine Wahlpflicht könnte diese Menschen wieder einbinden. Darüber hinaus bist du der Ansicht, dass Wählen in Demokratien eine staatsbürgerliche Pflicht sein sollte. Wenn es so weiter geht, entscheidet bald eine Minderheit über die Geschicke des ganzen Landes ...

3 Sven(ja) Heitmann, Verfassungsrechtler(in)

Es hat deiner Meinung nach einen guten Grund, dass im GG Art. 38 kein Wort von Wahlpflicht steht. Wählende müssen nicht nur frei entscheiden können, welche Partei sie wählen, sondern auch ob sie überhaupt zur Wahl gehen. Insbesondere die Wahlpflicht in Verbindung mit Bußgeldern hältst du für verfassungsrechtlich nicht durchsetzbar. Die Ursachen für die steigende Zahl der Nichtwählenden lassen sich deiner Meinung nach nicht mit einer Wahlpflicht bekämpfen. Um Nichtwählende ins Wahllokal zu bekommen, gilt es, Interesse an Politik zu wecken. Es braucht dazu mehr politische Bildung und überzeugende inhaltliche und personelle Profile der kandidierenden Parteien!

4 Tabea Kastner,
Studentin und Vertreterin des Jugendrates der Generationen Stiftung

Die hohe Zahl von Nichtwählenden unter den Jüngeren ist deiner Meinung nach vor allem ein Zeichen dafür, dass die Parteien und ihr Personal veraltet sind. Es fehlen glaubwürdige Lösungen für die dringenden gesellschaftlichen Probleme (Klimawandel, Rente, Soziale Spaltung). Eine Wahlpflicht allein kann diesen Tatbestand nicht beheben. Du bezweifelst auch, dass eine Wahlpflicht in der deutschen Gesellschaft akzeptiert würde, könntest dir aber eine Erprobung vorstellen. Eine Bedrohung für die Demokratie ist dies aber dennoch nicht, denn es gibt lebendige politische Bewegungen, nicht zuletzt Fridays for Future. Es sollte aber das Ziel der Parteien sein, hier Lösungen anzubieten, dann klappt's auch mit den Wählenden!

5 Manuel(a) Bukowski (MdB),
Mitglied der FDP

Du hältst eine Wahlpflicht für einen unzulässigen Eingriff in die Persönlichkeitsrechte. Die Wählerschaft muss auch die Möglichkeit haben, nicht nur einzelne Parteien, sondern das Angebot insgesamt abzulehnen. Sicherlich wäre es wünschenswert, wenn mehr Wahlberechtigte wählen würden. Aber offenbar hat das Wahlrecht an Attraktivität verloren. Politiker:innen aller Parteien, und die der großen Volksparteien besonders, sollten lieber versuchen die Leute wieder für ihre Inhalte zu interessieren. Wenn das Wählen erzwungen würde, könnten auch Personen mobilisiert werden, die aus Protest extremen Parteien ihre Stimme geben .... Das wäre eine Gefahr für die Demokratie!

6 Kai-Andrea(s) Fülöp (MdB),
Mitglied der CDU

Du setzt dich als ehemalige:r Bürger:in der DDR für eine Wahlpflicht ein. 1989 hast du für dein Recht auf freie Wahlen demonstriert. Auch wenn deine Partei eine Wahlpflicht bisher ablehnt, gibt es für dich keinen Grund und keine Entschuldigung dafür, dass so viele Menschen ihr Wahlrecht verfallen lassen. In anderen Demokratien (z. B. Belgien, Griechenland und Australien) gibt es sie auch und es zwingt die Bürger dazu, sich wenigstens ab und zu mit den politischen Programmen der Parteien auseinanderzusetzen. Das Desinteresse (auch bei den Jüngeren) sollte nicht auf die Fehler der Parteien abgeschoben werden.

Bearbeiterin

1.2.3 Das Wahlsystem zum Deutschen Bundestag: gerecht gegenüber allen Parteien und Wählenden?

Zum Thema: „Erst- und Zweitstimme", „Direktmandate", „Überhangmandate" usw. machen das Wahlsystem zum Deutschen Bundestag recht kompliziert. So ein System ist aber nicht für alle Zeiten festgeschrieben, sondern selbst Gegenstand politischer Diskussionen. Im Folgenden lernt ihr das System kennen und könnt euch mit einigen umstrittenen Details auseinandersetzen. Ihr lernt auch, eure eigene Stimme bestmöglich einzusetzen.

M30 Sollte Anjana bei ihrer Stimmabgabe „strategisch" vorgehen?

Anjana Mehandru (19) und ihre Schwester Leona (15) sind seit zwei Jahren bei Fridays for Future aktiv. Anjana durfte 2021 zum ersten Mal an einer Bundestagswahl teilnehmen.

Anjana

„Bald ist Wahltag und ich bin mir noch immer nicht sicher, welche Strategie die beste wäre: Soll ich meine Zweitstimme der Tierschutzpartei oder den Grünen geben? Oder beide Stimmen den Grünen? Vielleicht doch die Erststimme der CDU? Die Kandidatin ist jung und scheint etwas drauf zu haben … "

„Warum so strategisch? Kommt es nicht einfach darauf an, welche Partei am besten deine Interessen und Werte vertritt? Wenn ich wählen dürfte, dann wüsste ich ganz genau für wen ich stimme! Aber das Wahlrecht ist sowieso ungerecht: Ich kenne Leute, die sind über zwanzig, haben null Interesse an Politik und gehen bestimmt nicht einmal zur Wahl …!

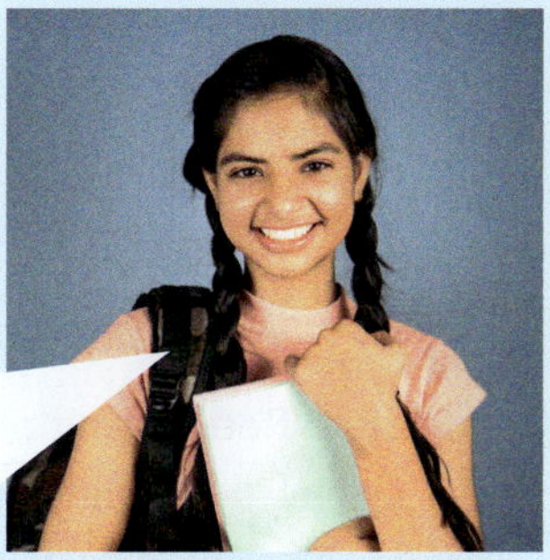

Leona

Art 38 GG

(1) Die Abgeordneten des Deutschen Bundestages werden in allgemeiner, unmittelbarer, freier, gleicher und geheimer Wahl gewählt. […]

(2) Wahlberechtigt ist, wer das achtzehnte Lebensjahr vollendet hat; wählbar ist, wer das Alter erreicht hat, mit dem die Volljährigkeit eintritt.

(3) Das Nähere bestimmt ein Bundesgesetz.

EINSTIEGSAUFGABE 71079-34

Lest den Dialog und entscheidet spontan:

a) Sollte Anjana bei der Stimmabgabe „strategisch" vorgehen?
b) Stimmt ihr Leonas Urteil zu, dass das Wahlrecht in Bezug auf das Wahlalter ungerecht ist?

M31 Von der Stimmabgabe zur Sitzverteilung im Deutschen Bundestag

71079-35

Der Deutsche Bundestag wird auf vier Jahre gewählt und zwar nach dem Verfahren der „personalisierten Verhältniswahl". Nach dem gleichen Verfahren wird auch der Landtag in NRW gewählt. Die folgenden Schritte werden dabei durchlaufen:

1 Stimmabgabe im Wahllokal oder per Briefwahl

Der Wahltag muss ein Sonntag oder gesetzlicher Feiertag sein (§ 16 Bundeswahlgesetz). Wahlberechtigte erhalten per Post eine Wahlbenachrichtigung, die über ihren Wahlbezirk und das zugeordnete Wahllokal (häufig eine Schule) informiert. Im Wahllokal werden die Stimmzettel ausgehändigt, die jede Person alleine in einer abgeschirmten Wahlkabine ausfüllt und anschließend gefaltet in eine Wahlurne wirft. Wahlberechtigte können ihr Wahlrecht ohne Vorliegen eines besonderen Grundes auch durch Briefwahl ausüben. Dazu müssen sie (z. B. mit Hilfe eines QR-Codes auf der Wahlbenachrichtigung) einen Wahlschein mit Briefwahlunterlagen beantragen.

Ein Stimmzettel zur Bundestagswahl

71079-36

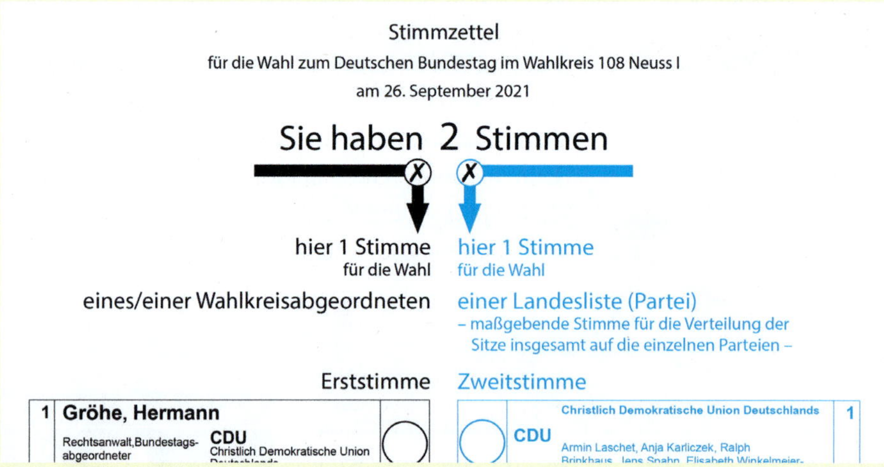
Stimmzettel
für die Wahl zum Deutschen Bundestag im Wahlkreis 108 Neuss I
am 26. September 2021

Sie haben 2 Stimmen

hier 1 Stimme für die Wahl eines/einer Wahlkreisabgeordneten

hier 1 Stimme für die Wahl einer Landesliste (Partei) – maßgebende Stimme für die Verteilung der Sitze insgesamt auf die einzelnen Parteien –

Erststimme		Zweitstimme	
1 Gröhe, Hermann, Rechtsanwalt, Bundestagsabgeordneter	CDU Christlich Demokratische Union	CDU Christlich Demokratische Union Deutschlands, Armin Laschet, Anja Karliczek, Ralph	1

2 Bedeutung der Erst- und Zweitstimme

Das personalisierte Verhältniswahlsystem im Überblick

71079-37

Die Erststimme und ihre Bedeutung

Das Gebiet der Bundesrepublik ist in 299 Wahlkreise eingeteilt. Alle Wählenden entscheiden sich für eine:n Kandidat:in ihres/seines Wahlkreises. Gewählt ist, wer mindestens eine Stimme mehr hat als alle anderen Kandidat:innen (*relative Mehrheitswahl*). Wer direkt gewählt wurde, kommt auf jeden Fall ins Parlament, auch wenn die Partei die 5 %-Hürde nicht schafft.

Die Zweitstimme und ihre Bedeutung

Nach der Gesamtzahl der Zweitstimmen, die für eine Partei bei der Wahl abgegeben werden, richtet sich die Anzahl der Sitze, die diese Partei im Bundestag erhält (*Verhältniswahl*). Die Wählenden geben ihre Stimme dabei der Landesliste einer Partei in ihrem Bundesland. 299 Abgeordnete ziehen bei der Sitzverteilung über diese Listen in den Bundestag ein.

3 Verteilung der Sitze nach Zweitstimmen

Bei der Vergabe der Sitze werden nur Parteien berücksichtigt, die bundesweit mindestens 5 % der Zweitstimmen oder drei Direktmandate errungen haben (*Sperrklausel*). Wie viele Abgeordnetensitze den Parteien zustehen, wird mit Hilfe der *Divisormethode mit Standardrundung* (Sainte-Laguë/Schepers) berechnet. Die Stimmen der Parteien, werden dazu durch einen Divisor geteilt. Als Divisor eignet sich die Zahl der durchschnittlich auf einen Sitz entfallenen Stimmen. Die Ergebnisse der Division werden anschließend mit Standardrundung zu ganzen Zahlen auf- oder abgerundet. Die ganzen Zahlen entsprechen der Sitzverteilung. Ist die Summe der Sitze größer/kleiner als die zu vergebenden Sitze, so wird das Verfahren mit einem größeren/kleineren Divisor wiederholt. Beispielrechnung:

Partei	Zweitstimmen	Divisor	Ergebnis	Sitze
A	3.700.000	18.896	195,80	196
B	5.500.000	18.896	291,06	291
C	2.100.000	18.896	111,13	111
598 Sitze zu vergeben	gesamt: 11.300.000	bereinigte Gesamtstimmenzahl/Gesamtzahl der Sitze	Stimmen für Partei X/ Divisor	nach Standardrundung

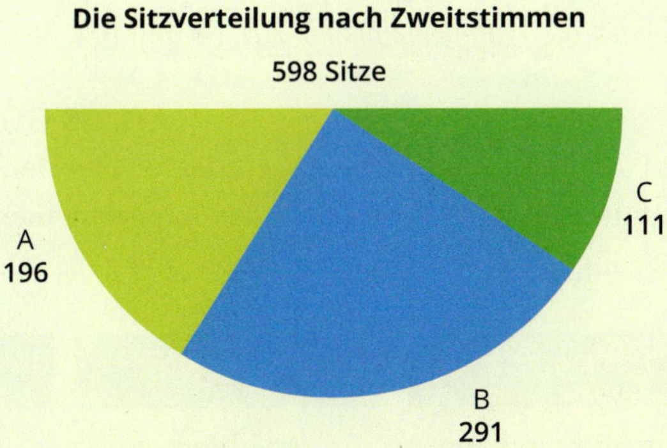

Grundmandatsklausel
Nach dieser Klausel erhalten Parteien, die mindestens drei Direktmandate gewinnen, so viele Sitze, wie es ihrem Zweitstimmenanteil entspricht – und dies auch, wenn sie unter fünf Prozent geblieben sind.

Bereinigte Stimmenzahl
Bereinigte Stimmenzahl bedeutet: nur die Zweitstimmen der Parteien, die über der 5 %-Hürde liegen.

4 Verteilung der Sitze auf die Landeslisten der Parteien und der Direktmandate

Der Landesverband einer Partei erhält die Anzahl an Sitzen, die dem Anteil an Zweitstimmen entspricht, der auf seine Landesliste entfiel.

Partei	Sitze insgesamt	Zweitstimmen im Bundesland Y	Gesamtzahl der Zweitstimmen der Partei B		Sitze im Bundesland Y
B	291	x 500.000	: 5.500.000	= 26,45	26

Die Anzahl der errungenen Bundestagssitze wird dann zunächst mit den in dem Bundesland direkt gewählten Wahlkreiskandidierenden dieser Partei besetzt (*Direktmandate*), die verbleibenden Sitze mit Kandidierenden der Landesliste (*Listenmandate*).

Landeslisten
Landeslisten sind in einer Rangfolge festgelegte Kandidierendenlisten, die eine Partei für jedes Bundesland aufstellt. Parteimitglieder, die weit oben auf der Liste stehen, haben höhere Chancen in den Bundestag einzuziehen.

Bundesland Y

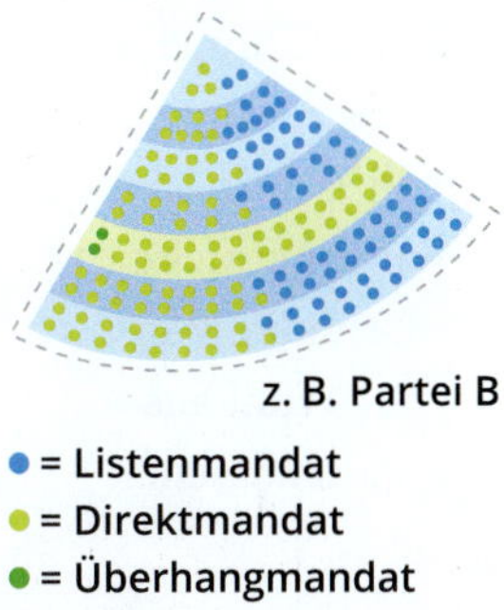

Wahlrechtsreform
Ab 2021 werden Überhangmandate teilweise mit Listenplätzen der Partei in anderen Ländern verrechnet; 3 Überhangmandate werden nicht mehr ausgeglichen.

5 Vergabe von Überhang- und Ausgleichsmandaten

Hat eine Partei in einem Bundesland mehr Direktmandate errungen als ihr – den Zweitstimmen nach – zustehen, erhält sie Überhangmandate. Beispiel: Die Partei B hat im Bundesland Y 28 Direktmandate gewonnen. Nach Zweitstimmen stehen ihr nur 26 Mandate zu. Die zwei fehlenden Sitze erhält die Partei als Überhangmandate. Die Gesamtzahl der Sitze im Bundestag nimmt um die Überhangmandate zu. Damit das Größenverhältnis der Parteien nach dem Zweitstimmenergebnis gewahrt bleibt, werden die Überhangmandate durch Ausgleichsmandate ergänzt. Beispiel: Partei A hat 200 Mandate und 20 Überhangmandate errungen, Partei B nur 100 Mandate. Die Sitzanzahl wird so erhöht, dass Partei B im Verhältnis zu Partei A wieder die Hälfte der Mandate hat. Partei A käme auf 220 Sitze, Partei B auf 110.

Bearbeiterin

M32 Was bedeuten die Wahlprinzipien im Grundgesetz?

Wahlen sind nicht gleich Wahlen. Sollen sie „fairen und freien" Standards entsprechen, müssen sie klaren und transparenten Regeln folgen, um allgemein akzeptiert zu werden. Nur dann können sie ihre Funktion, eine Regierung oder ein Parlament zu legitimieren, entfalten. In Deutschland bilden die Wahlprinzipien in Art. 28 und Art. 38 GG das Fundament:

Art. 28 GG
In den Ländern, Kreisen und Gemeinden muss das Volk eine Vertretung haben, die aus allgemeinen, unmittelbaren, freien, gleichen und geheimen Wahlen hervorgegangen ist.

Art. 38 GG
Die Abgeordneten des Deutschen Bundestages werden in allgemeiner, unmittelbarer, freier, gleicher und geheimer Wahl gewählt.

Allgemein	Unmittelbar	Frei	Gleich	Geheim
Alle Bürger:innen sind wahlberechtigt, soweit sie die allgemeinen Voraussetzungen dafür erfüllen. Keine Gruppe ist aus sozialen, politischen oder wirtschaftlichen Gründen von der Wahl ausgeschlossen.	Die Stimmen der Wähler:innen werden direkt für die Zuteilung der Abgeordnetensitze verwendet. Es gibt keine Zwischeninstanz wie z. B. Wahlfrauen oder Wahlmänner.	Die Stimme kann frei von staatlichem Zwang oder sonstiger unzulässiger Beeinflussung abgegeben werden. Niemand wird wegen seiner Wahlentscheidung benachteiligt. Es herrscht keine Wahlpflicht.	Alle Wahlberechtigten haben gleich viele Stimmen zu vergeben. Alle Stimmen haben gleiches Gewicht. Alle Wähler:innen sollen mit der Stimme, die sie abgeben, den gleichen Einfluss auf das Wahlergebnis haben.	Es darf nicht feststellbar sein, wie die einzelne Bürgerin bzw. der einzelne Bürger gewählt hat.

Bearbeiterin

M33 Forderungen nach Wahlrechtsreformen in den Schlagzeilen

1 **Weg mit der 5% -Hürde:** Für die Europa-Wahl wurde die Drei-Prozent-Hürde abgeschafft. Nun fordern Abgeordnete von Linken und Grünen, auch die Fünf-Prozent-Klausel für die Bundestagswahl zu kippen.

2 **Bundestag XXL:** Der aktuelle Bundestag ist mit 736 Mandaten nochmals um 27 Sitze größer als der Vorgänger – und der hatte schon Rekordgröße. Die für die Bundestagswahl 2025 geplante Verringerung der Wahlkreise auf 280 ist nur ein „Reförmchen". Es braucht eine deutliche Verkleinerung. Kein Parlament ist so groß und teuer wie das Deutsche.

3 **Eine Stimme reicht:** Ein Drittel der Wählerschaft denkt, dass die Erststimme die wichtigere sei: schafft die Zwei-Stimmen-Regelung ab! Das Wahlrecht muss verständlich sein. Mit einer Stimme kann gleichzeitig für eine Kandidat:in und eine Parteiliste gestimmt werden.

4 **Runter mit dem Wahlalter auf null Jahre:** Nach Artikel 38 GG dürfen Bürgerinnen und Bürger mit 18 Jahren wählen. Bündnis 90/Die Grünen stellte im Deutschen Bundestag einen Antrag auf Absenkung des Wahlalters, um Jugendlichen die Möglichkeit zu geben, ihre Interessen selbstständig vertreten zu können. Auch die FDP, namentlich Hermann Otto Solms, Ex-Bundestagsvizepräsident, forderte, dass Jugendliche der Corona-Generation mitbestimmen sollen, und zwar: ab null Jahren. Damit könne man die Generationengerechtigkeit erhöhen und verhindern, dass Parteien vor allem Politik für Alte machen.

Bearbeiterin

AUFGABEN

71079-38

1. Arbeitet zu zweit und stellt euch vor, ihr könntet an der nächsten Bundestagswahl teilnehmen. Untersucht den Musterstimmzettel in **M31** und notiert Fragen über das Wahlsystem, die sich für euch daraus ergeben.
2. Informiert euch über das Wahlsystem in **M31**.
   a) Beantwortet eure Fragen aus Aufgabe 1 mit Hilfe der Informationen.
   b) Erläutert das Schaubild hinter dem QR-Code auf S. 50 in einem Kurzvortrag.
   c) Prüft, inwiefern das Wahlsystem die Wahlprinzipien aus **M32** umsetzt.
3. Bildet Gruppen und setzt euch (arbeitsteilig) mit den Reformforderungen aus den Schlagzeilen in **M33** auseinander, indem ihr
   a) analysiert, welche Folgen eine Umsetzung für unterschiedliche Interessengruppen (z. B. Wähler:innen, Parteien, Abgeordnete) hätte,
   b) die Forderung mit Hilfe der Operatorenkarte auf S. 33. erörtert,
   c) euer Ergebnis in einem Blogbeitrag formuliert (→ Methodenglossar).
4. Lest **M33** **4** und nebenstehende Informationen im QR-Code. Nehmt im Anschluss Stellung zur Forderung „Runter mit dem Wahlalter auf null Jahre".
5. Beantwortet die Fragen aus der Einstiegsaufgabe (S. 49) nochmals vor dem Hintergrund eures neu erworbenen Wissens (→ **PUB**, **7**).

H **Aufgabe 2b**
Methode: Einen Kurzvortrag vorbereiten und halten
→ Methodenglossar

F **Aufgabe 2b**
Erstellt aus dem Schaubild und eurem Kurzvortrag ein Erklärvideo.

Hintergrundinformationen zum Wahlalter

71079-39

1.2.4 Sind Koalitionsregierungen immer „schlechte Kompromisse“?

Zum Thema: „Kaum sind die Wahlurnen geschlossen, werden Wahlversprechen gebrochen“, heißt es nicht selten nach Wahlen. Ist der Vorwurf berechtigt, oder verschweigt er, dass Parteien nach der Wahl nichts anderes übrig bleibt als sich zur Regierungsbildung zusammenzuschließen? Im Folgenden erfahrt ihr Genaueres über den Prozess der Regierungsbildung und die Vor- und Nachteile, die Koalitionsregierungen mit sich bringen.

M34 Tweet zur Wahl: Was passiert mit meiner Stimme?

Elias
@Elias_2000

Warum zur #Wahl gehen? Meine Stimme ist doch nichts wert, wenn es danach sowieso nur #Ampel, Schwampel, #Jamaika, Kenia, #Groko oder andere faule Kompromisse gibt! Was aus meiner Stimme wird, kann doch keiner sagen – nicht sehr demokratisch!

Bearbeiterin

EINSTIEGSAUFGABEN 71079-40

1. Klärt gemeinsam wofür „Ampel, Schwampel, Jamaika, Kenia und Groko“ stehen oder findet es heraus.
2. Stimmt ihr Elias darin zu, dass seine Stimme angesichts der möglichen Regierungsbündnisse nichts wert ist? Bezieht spontan Stellung.

M35 Wie werden in Deutschland Regierungen gebildet? 71079-41

Wer regieren will, braucht eine absolute Mehrheit (die sogenannte „Kanzlermehrheit“) im Parlament. Das ist in einem Mehrparteiensystem mit Verhältniswahlrecht für eine einzelne Partei nicht leicht. Bis auf eine Ausnahme (1957-1961) waren in der Geschichte der Bundesrepublik die Regierungen stets Koalitionen. Eine Koalition entsteht, wenn mindestens zwei Parteien sich nach der Wahl zu einem Regierungsbündnis auf Zeit zusammenschließen. Während lange Zeit feste Bündnisse innerhalb politischer Lager zustande kamen, ist die Situation gegenwärtig schwerer vorhersehbar. Die Par-

Bildung der Bundesregierung
Bundeskanzler:in und Bundesminister:innen bilden zusammen die Bundesregierung. Während der Kanzler oder die Kanzlerin vom Bundestag gewählt wird, werden die Bundesminister:innen auf Vorschlag der Kanzlerin oder des Kanzlers vom Bundespräsidenten ernannt. Weder Bundeskanzler:in noch Bundesminister:innen müssen zwingend Mitglieder des Bundestages sein.

teien erklären vor der Wahl nicht mehr mit wem sie koalieren wollen und mit wem nicht. Für die Bundestagswahl 2021 haben die meisten Parteien lediglich eine Koalition mit der AfD und einige auch mit der Linken ausgeschlossen. Die stimmenmäßig stärkere oder stärkste Partei stellt in einer Koalition den Kanzler oder die Kanzlerin, der oder die kleineren Partner werden häufig als „Juniorpartner" bezeichnet. Da die Parteien unterschiedliche Ziele verfolgen, ist es nötig in einer Vereinbarung – dem Koalitionsvertrag – gemeinsame Ziele festzulegen. Dabei müssen die Koalitionspartner sich auf Kompromisse einigen und von ihrem ursprünglichen Partei- und Wahlprogramm Abstriche machen. Bevor ein Koalitionsvertrag ausgehandelt wird, führen die Parteien sogenannte „Sondierungsgespräche", um herauszufinden mit wem und wie eine gemeinsame Regierungspolitik vorstellbar wäre. Darauf folgen dann die Koalitionsgespräche, an deren Ende der Koalitionsvertrag steht. Eine Koalition kann jederzeit von den beteiligten Parteien aufgekündigt werden. Dann muss innerhalb von 60 Tagen neu gewählt bzw. neue Mehrheiten gefunden werden.

Bearbeiterin

Artikel 63 Grundgesetz

1) Der Bundeskanzler wird auf Vorschlag des Bundespräsidenten vom Bundestage ohne Aussprache gewählt.

(2) Gewählt ist, wer die Stimmen der Mehrheit der Mitglieder des Bundestages auf sich vereinigt. Der Gewählte ist vom Bundespräsidenten zu ernennen.

(3) Wird der Vorgeschlagene nicht gewählt, so kann der Bundestag binnen vierzehn Tagen nach dem Wahlgange mit mehr als der Hälfte seiner Mitglieder einen Bundeskanzler wählen.

M36 Ergebnis der Bundestagswahl: Wer hat die „Kanzlermehrheit"?

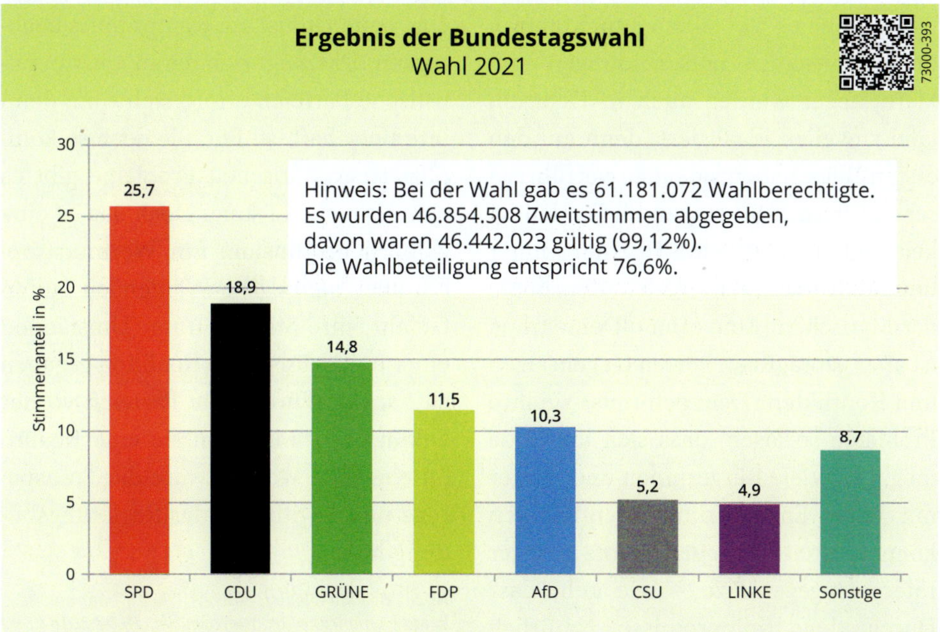

©C.C. Buchner Verlag, aktuelle Daten nach: Bundeswahlleiter, 2022

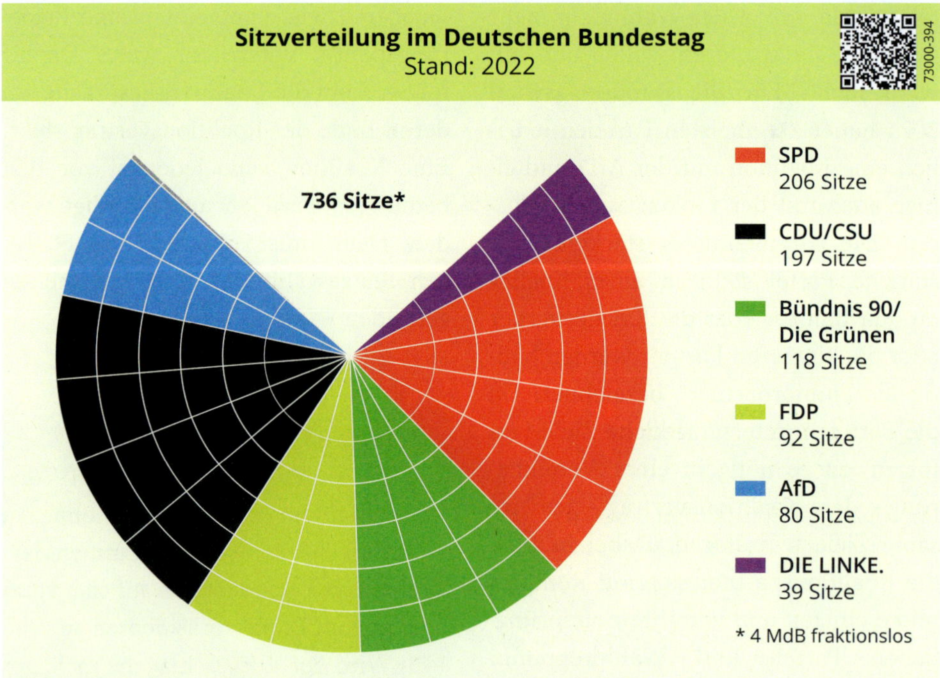

©C.C. Buchner Verlag, aktuelle Daten nach: Deutscher Bundestag, 2022

M37 Ohne Kompromisse keine Demokratie?

Die Enttäuschung über den Koalitionsvertrag ist überall zu hören: Es sei nur der kleinste gemeinsame Nenner. Aber ist das schlimm? Im demokratischen Alltag geht es vor allem um Kompromisse. Einseitige Entscheidungen und klare Sieger werden auch in Deutschland zuweilen idealisiert, denn auf den ersten Blick haben sie einen verführerischen Charme: Sie sorgen für Eindeutigkeit und erfüllen damit in einer immer unübersichtlicheren Welt Sehnsüchte der Menschen. Eine offene Demokratie ist aber geprägt von harten Gegensätzen und Konflikten. Dennoch muss sie ihre Probleme so lösen, dass sich am Ende möglichst viele Bürgerinnen und Bürger mit einer Entscheidung identifizieren können. Breite Akzeptanz trotz heftiger Interessengegensätze – wie geht das? Durch kluge Kompromisse. Natürlich gibt es auch die sprichwörtlichen faulen Kompromisse, die Probleme nur scheinbar lösen. Aber: Man kann in einer Demokratie seine Position nicht vollständig durchsetzen. In letzter Zeit lässt sich eine neue Unlust am Kompromiss beobachten. Das zeigt sich daran, dass populistische Parteien erfolgreich sind, denn ihre Botschaft ist: Für alle noch so komplizierten politischen Probleme gibt es eine einfache Lösung. Doch das ist eine gefährliche Illusion. Ein Wermutstropfen aber bleibt: Die Wählenden laufen Gefahr, ihre Stimme unter Umständen einer ungewünschten Koalition gegeben zu haben. Würden die Parteien vorher ankündigen, mit wem sie eine Koalition eingehen wollen, wäre die Transparenz und Legitimität der Regierungsbildung höher.

Nach: Boehme-Neßler, Volker: Ohne Kompromisse keine Demokratie. In: www.zeit.de, 15.02.2018 [Text aus didaktischen Gründen modifiziert, Auslassungen nicht gekennzeichnet]

Analysieren

I. Was ist zu tun?

1. Ihr untersucht Materialien oder Sachverhalte mit Hilfe von vorgegebenen Kriterien oder unter bestimmten Aspekten (z. B. Vor- und Nachteile einer Regelung, die Position einer Autorin zu einem Vorschlag, Lösungsmöglichkeiten für ein Problem ...)

↓

2. Ihr ordnet die Ergebnisse in systematische Zusammenhänge ein (z. B. eine Theorie, ein Modell wie den Wirtschaftskreislauf, ein politisches System wie das Parteiensystem ...), zeigt Hintergründe auf (z. B. ein neu aufgetauchter Problemzusammenhang ...) und arbeitet Beziehungen heraus.

Grafische Darstellung von Analysieren

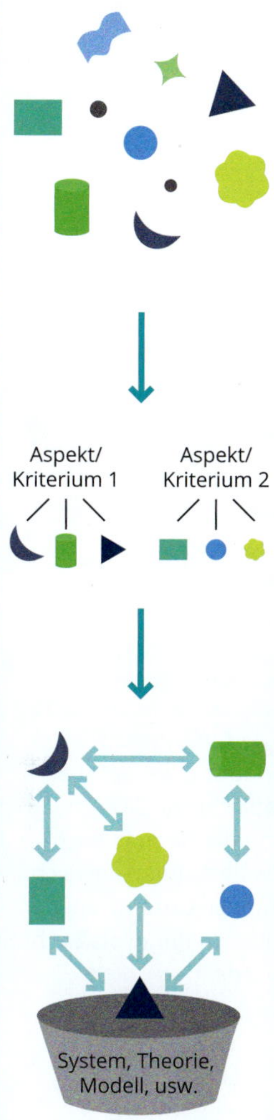

II. Hilfen zur Strukturierung und Formulierung

Fragestellung und Analyseaspekte benennen

Der Text/ das Material thematisiert ...
Das Material, der Sachverhalt soll hinsichtlich ... analysiert/untersucht werden.
Aus dem Material gilt es herauszuarbeiten ...

Mit Hilfe von Aspekten analysieren

Aus ... geht hervor ...
Die Position/der Aspekt wird deutlich an ...
Beispiele für ... sind ...
Aus ...ergibt sich ein weiteres Beispiel für ...

In systematische Zusammenhänge einordnen

Xy lässt sich erklären durch ...
Vor dem Hintergrund von ... wird deutlich ...

Zusammenhänge und Beziehungen herausarbeiten

Zwischen ... und y ergibt sich ein Zusammenhang/ein Widerspruch ... durch ...
Wenn ..., dann ...

III. Formulierungsbeispiele

Für die Bearbeitung der Aufgabe 4 auf S. 58 findet ihr im nebenstehenden QR- bzw. Mediencode Formulierungsbeispiele. Ihr könnt sie als „Starthilfe" eurer Diskussion nutzen, verändern, weiter ausbauen und mit eurer eigenen Lösung vergleichen.

Formulierungs-beispiele

71079-42

Bearbeiterin

M38 Sind Koalitionen eher Problem als Lösung?

Karikatur: Kostas Koufogiorgos, 2017

AUFGABEN

71079-43

1. Lest **M35** und erstellt ein Flussdiagramm (→ Methodenglossar), das den Ablauf der Regierungsbildung in Deutschland übersichtlich darstellt.
2. Arbeitet zu zweit und versetzt euch in die Rolle von Redaktionsmitgliedern eines Fernsehsenders. Bereitet einen kurzen Bericht vor, in dem ihr über die Möglichkeiten der Regierungsbildung nach der Wahl (**M36**) informieren wollt.
   a) Analysiert das Wahlergebnis daraufhin, ab welcher Sitzzahl eine „Kanzlermehrheit" gegeben ist und welche Parteien rechnerisch regieren könnten.
   b) Diskutiert im Anschluss, ob bzw. unter welchen Bedingungen die rechnerischen Möglichkeiten auch politisch realisierbar wären.
3. Übernehmt die Rollen von gewählten Abgeordneten und simuliert Koalitionsgespräche mit Hilfe der Methodenkarte auf S. 59-60.
4. Analysiert **M37** und **M38** (mit Hilfe der Operatorenkarte auf S. 57) im Hinblick darauf, welche Vor- und Nachteile von Koalitionsregierungen darin vermittelt werden. Nehmt im Anschluss Stellung zur Frage: „Sind Koalitionen eher Problem als Lösung?" Bezieht auch eure Erfahrungen aus den simulierten Koalitionsgesprächen (Aufgabe 3) mit ein.
5. Diskutiert den Vorschlag aus **M37**, dass die Parteien ankündigen sollten, mit wem sie koalieren wollen.
6. Schreibt Elias eine Antwort unter den Tweet (**M34**) (→ **PUB, 6**).

F Aufgabe 2
Erläutert, warum die tatsächliche Sitzverteilung von der Sitzzahl nach Zweitstimmen abweicht und die Gesamtzahl der Sitze im Bundestag erhöht wurde.

In einem simulierten Koalitionsgespräch verständigungsorientiert verhandeln

I. Worum geht es?

In den Wahlprogrammen formulieren die Parteien ihre eigenen maximalen Forderungen zu politischen Streit- und Gestaltungsfragen. Wenn dann Regierungskoalitionen gebildet werden, müssen die beteiligten Parteien Kompromisse finden und sich entgegenkommen. Bei solchen Gesprächen ist ein verständigungs- und kompromissorientiertes Verhandeln erforderlich, damit am Ende ein Koalitionsvertrag und eine regierungsfähige Koalition stehen. In simulierten Koalitionsgesprächen könnt ihr ein solches Verhandeln erproben.

II. Geht dabei wie folgt vor:

1. Schritt: Vorbereitung

1. Bildet vier Gruppen und übernehmt jeweils eine der Parteien (→ S. 60).
2. Lest die Aussagen aller Parteien zu den zwei Beispielthemen.
3. Setzt euch mit den Forderungen eurer Partei vertiefend auseinander, indem ihr euch über weitere Begründungsmöglichkeiten austauscht und gegebenenfalls recherchiert.
4. Prüft, inwiefern die Forderungen mit den Werten und dem Profil eurer Partei (→ S. 27-28) übereinstimmen.
5. Formuliert für die beiden Themen jeweils „Minimalforderungen" und „Maximalforderungen". Überlegt auch weitere Kompromissmöglichkeiten.
6. Teilt euch als Parteivertreter:innen auf drei fiktive Koalitionsgespräche auf:

1 „GroKo"	2 „Ampel"	3 „Jamaika"
SPD/ CDU/CSU	SPD/FDP/GRÜNE	CDU/CSU/FDP/GRÜNE

↓ ↓ ↓

2. Schritt: Verhandlungen

Führt die Verhandlungen durch, indem ihr

- eine Person bestimmt, die die Moderation übernimmt,
- die einzelnen Themen diskutiert und dabei zunächst versucht euch möglichst weit mit euren Forderungen durchzusetzen,
- schrittweise Kompromissmöglichkeiten auslotet und eure Ergebnisse festhaltet,
- im Notfall die Gespräche als gescheitert erklärt.

↓ ↓ ↓

Strukturierungs- und Formulierungshilfen

71079-44

3. Schritt: Pressekonferenzen

Nach Abschluss der Verhandlungen wird die Öffentlichkeit im Rahmen einer Pressekonferenz über das Ergebnis informiert. Dabei kommt von jeder beteiligten Partei mindestens eine Person zu Wort.

↓ ↓ ↓

4. Schritt: Auswertung mit „Selfie"

1. Erstellt ein Selfie in den Verhandlungsgruppen, mit dem ihr die Gesprächsatmosphäre zum Ausdruck bringt.
2. Evaluiert das Gespräch, indem ihr festhaltet, wodurch Kompromisse und Konsens (nicht) möglich wurden.

Aussagen der Parteien zu ausgewählten Themen in den Wahlprogrammen

Partei	Tempolimit	Wahlalter
SPD	Wir werden ein Tempolimit von 130 km/h auf Bundesautobahnen einführen. Das schützt die Umwelt und senkt die Unfallzahlen deutlich.	Wir werden das Wahlalter für junge Menschen auf 16 Jahre senken. Kinder und Jugendliche müssen auf allen Ebenen an politischen Prozessen beteiligt werden und einen Anspruch auf echte Beteiligung in kommunalen Jugendhilfeausschüssen und Landesjugendhilfeausschüssen haben, die gesetzlich in den Kommunalverfassungen verankert werden müssen.
CDU/ CSU (Union)	Wir wollen, dass in Deutschland weiterhin die besten Autos der Welt produziert werden – und zwar mit allen Antriebsformen. Ein Dieselfahrverbot lehnen wir ebenso ab wie ein generelles Tempolimit auf Autobahnen. Stattdessen setzen wir auf innovative, moderne Verkehrssteuerung.	Wir setzen uns für eine Stärkung der politischen Bildung und der Wertekunde ein: Nur wer weiß, wie Demokratie funktioniert, kann später auch demokratisch handeln. Eine Absenkung des Wahlalters auf 16 Jahre lehnen wir ab.
GRÜNE	Unser Ziel ist die Vision Zero, d. h. keine Toten und Schwerverletzten mehr im Straßenverkehr. Um mehr Sicherheit auf den Straßen zu erreichen, wollen wir in geschlossenen Ortschaften Tempo 30 als Regel, Abweichungen wie Tempo 50 werden dann vor Ort ausgewiesen. Für die Autobahnen wollen wir ein Sicherheitstempo von 130 km/h.	Wenn Jugendliche in ihrem Lebensalltag demokratische Erfahrungen machen und ihre Rechte wahrnehmen können, stärkt das die Demokratie und macht sie zukunftssicherer. Um möglichst breite Bündnisse für eine verfassungsändernde Wahlalterabsenkung schmieden zu können, wollen wir das Wahlalter für Bundestags- und Europawahlen in der kommenden Legislaturperiode auf 16 Jahre absenken. Auf Basis einer Evaluation des Wahlalters 16 wollen wir das Wahlalter ggf. weiter absenken.
FDP	Tempolimits, Diesel- oder Motorradfahrverbote sind weder progressiv noch nachhaltig. Durch die von uns geforderte Ausweitung des CO_2-Emmissionshandels werden sich umwelt- und klimafreundliche Motoren und alternative Kraftstoffe durchsetzen, weil sie gegenüber emissionsstarken Produkten günstiger werden. Mehr Sicherheit und ein umweltfreundlicher Verkehrsfluss wird durch eine bessere Infrastruktur und eine intelligente Verkehrslenkung erreicht.	Wir fordern eine Absenkung des Wahlalters auf 16 Jahre für die Wahlen zum Deutschen Bundestag und Europäischen Parlament. Als Voraussetzung dafür ist die politische Bildung an allen Schulformen zu verstärken. Junge Menschen nehmen bereits in vielen Lebensbensbereichen Verantwortung wahr, werden aber von der politischen Teilhabe ausgeschlossen. Dabei sind sie diejenigen, die am längsten von politischen Entscheidungen beeinflusst werden.

Quellen: Wahlprogramme der Parteien

Ein (digitales) Barcamp zur „Zukunft der Mitwirkung durch Parteien und Wahlen“ durchführen

I. Worum geht es?

Ein Barcamp (häufig auch Unkonferenz oder Nicht-Konferenz genannt) ist eine offene Tagung mit offenen Workshops, deren Inhalte und Ablauf von den Teilnehmenden zu Beginn der Tagung selbst entwickelt und im weiteren Verlauf gestaltet werden. Barcamps dienen dem Austausch und der Diskussion, können aber am Ende der Veranstaltung häufig konkrete Ergebnisse vorweisen (z. B. ein Schaubild, einen Maßnahmenkatalog, die Planung einer Aktion, etc.). Barcamps bedürfen einer Vorbereitung im Hinblick auf das Thema, die Räumlichkeiten und – falls gewünscht – die digitalen Hilfsmittel.

Hier findet ihr ein kurzes Erklärvideo zu Barcamps:

71079-45

II. Geht dabei so vor:

1. Schritt: Vorbereitung der Workshop-Themen und Planung des Durchführungsorts

1. Bildet Gruppen (4-5 Personen) und verteilt darauf die folgenden Themen. Formuliert stattdessen oder ergänzend auch eigene Themen:

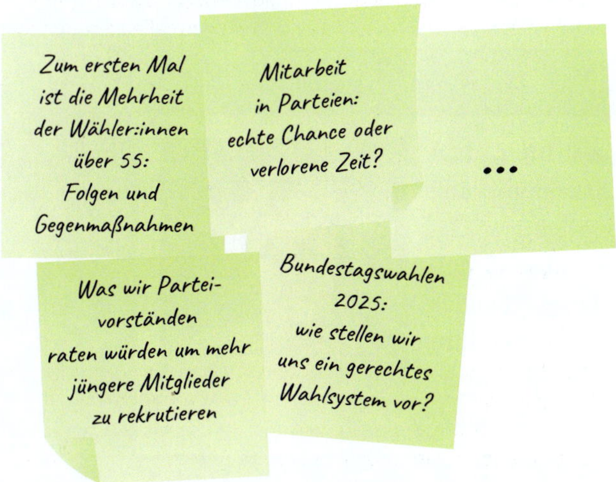

2. Erarbeitet in den Gruppen einen Impulsvortrag (ca. 5 Minuten), mit dem ihr in das Thema einführt und der mit einer (eventuell provokanten) Frage an die Teilnehmenden endet.
3. Entscheidet, wer aus der Gruppe den Workshop mit dem Impulsvortrag anbieten wird.
4. Legt fest, ob ihr das Barcamp im Klassenraum (oder einem anderen Ort in der Schule mit mehr Platz) oder mit Hilfe eines Videokonferenz-Tools (z. B. TEAMS) durchführen wollt.

2. Schritt: Organisation der Workshops

1. Stellt alle Workshop-Angebote kurz vor.
2. Verteilt euch auf die Workshops nach Interesse.

3. Schritt: Durchführung der Workshops (ca. 30 Minuten)

1. Findet euch in eurem Raum zusammen.
2. Startet den Workshop mit dem Impulsvortrag.
3. Setzt euch zunächst mit der Frage aus dem Impulsvortrag auseinander. Diskutiert im Anschluss die für euch wichtigsten Aspekte des Themas.
4. Überlegt euch, in welcher Form ihr euer Ergebnis darstellen wollt (z. B. Poster, Padlet, ...).

4. Schritt: Veröffentlichung der Ergebnisse

Präsentiert eure Workshop-Ergebnisse in der Klasse.

Bearbeiterin

1 **Zeynep Heizmann:** Wir haben in Deutschland ein Rassismusproblem. Bis heute machen Menschen die Erfahrung, aufgrund des Kopftuches diskriminiert oder ohne ersichtlichen Grund von der Polizei nach dem Ausweis gefragt zu werden. Das hat doch nichts mit Religionsfreiheit und Toleranz zu tun, Zivilgesellschaft und Staat müssen endlich handeln!

2 **Martin Scheffel:** Rechtsextremismus und -populismus stellen in Deutschland wieder eine tödliche Gefahr dar! Dies zeigt die erschreckend hohe Zahl von Angriffen auf Geflüchtete und Asylunterkünfte, die v. a. von Personen des rechten Spektrums ausgehen. Sicherheit und Demokratie in unserem Land schützen wir dann, wenn wir dem Rechtsextremismus den Kampf ansagen.

3 **Kim Bayer:** Es ist unbestritten, dass wir gegen jede Form der Diskriminierung ankämpfen müssen, aber ein wichtiger Garant für unsere Demokratie ist unsere Meinungsfreiheit. Menschen dieses Landes müssen in öffentlichen Räumen frei ihre Meinung äußern können, denn Sprechverbote öffnen Tür und Tor für Antidemokratie!

4 **Maurice Wagner:** Es wird immerzu auf Ausländerfeindlichkeit, Antisemitismus und Rassismus geschaut. Übersehen wird dabei eine ganz andere Gefahr: Die zunehmende Deutschenfeindlichkeit unter Jugendlichen mit Migrationshintergrund. Immer häufiger kommt es an Schulen zu Beschimpfungen und Ressentiments gegenüber Jugendlichen, die keine Flucht- oder Migrationsgeschichte aufweisen. Hier darf nicht länger weggeschaut werden!

Rassismus und Extremismus: Wie sollte eine demokratische Gesellschaft reagieren?

2

Eine Ungleichbehandlung aus rassistischen Gründen ist in Deutschland verboten. Dennoch treten täglich Fälle der Benachteiligung aufgrund der ethnischen Herkunft oder der Religion auf, oft auch in Verbindung mit dem Geschlecht, einer Behinderung, des Alters oder der sexuellen Identität. Motiviert sind diese Diskriminierungsfälle in der Regel ideologisch [weltanschaulich]. Manchmal ist die verletzende Wirkung diskriminierender Haltungs- und Handlungsweisen ganz bewusst so gewollt, oftmals passiert das aber auch ungewollt und unbemerkt. Ziel des demokratischen Zusammenlebens ist es, solche Benachteiligungen zu verhindern oder zu beseitigen – wie unserer Demokratie das gelingen könnte, darum geht es in diesem Kapitel.

Am Ende des Kapitels solltet ihr Folgendes können:

- den Einfluss von Sprache auf die Identitätsbildung bewerten
- Formen und Dimensionen von Rassismus (er)kennen und erläutern
- die Gefahr antidemokratischer Strömungen in Deutschland benennen, auf Ursachen zurückführen und miteinander vergleichen können
- Ursachen für offene und subtile Gewalthandlungen erörtern
- die Bedeutung von Grundrechten kennen und argumentativ gegen Grundrechtsverletzungen eintreten
- den Einfluss sozialer Medien auf persönliche Haltungen erörtern
- eine Handlungsempfehlung zur Reduktion rassistischer Diskriminierung entwickeln

WAS WISST UND KÖNNT IHR SCHON?

71079-55

1. Positioniert euch zu den Aussagen auf der linken Seite, indem ihr euch zur Tafel begebt, wenn ihr einer Aussage voll und ganz zustimmt und zur Wand lauft, wenn ihr die Aussage ablehnt. Wenn ihr eine Aussage nur in Ansätzen teilt, positioniert euch auf einer Linie zwischen den beiden Polen.
2. Begründet eure Position gegenüber eurer Klasse. Berücksichtigt hierbei auch Urteilskriterien (z. B. Rechtsstaatlichkeit, Verhältnismäßigkeit, Solidarität etc.) (→ **PUB,** 4).
3. Überprüft euren Standpunkt im Laufe der Diskussion und passt eure Raumposition an, wenn euch ein Argument einer anderen Person überzeugt.

Ein Video zur „unterhaltsamen“ Wissensvermittlung über Rassismus und Extremismus drehen (Edutainment)

I. Worum geht es?

Bis heute finden alltäglich menschengruppenbezogene Verletzungen statt, und zwar nicht nur in Form von körperlicher Gewalt, sondern auch über Sprache, Gestik und Mimik. Auslöser für diese Verletzungen sind oft ideologische Einstelllungen, die Menschen mal mehr und mal weniger bewusst sind. Edutainment ist eine unterhaltende Form der Wissensvermittlung, die sich aus education (Bildung) und entertainment (Unterhaltung) zusammensetzt und zum Ziel hat, auf komische bis sarkastische Weise Protest gegenüber jenen Diskriminierungsweisen zu üben, die sich bspw. in Form eines Alltagsrassismus oder Sexismus zeigen. Zuschauende können über diese kreative Wissensvermittlung zum Nachdenken und Hinterfragen eigener Haltungs- und Handlungsweisen angeregt werden.
Erstellt in Gruppenarbeit ein Edutainment-Video, in dem ihr auf unterhaltende Weise ein gängiges Klischee parodiert, das ihr nicht wieder hören wollt (es kann gegen euch selbst oder gegen andere Personen gerichtet sein).

II. Geht dabei so vor:

1. Schritt: Vorbereitung: Suche nach einem passenden Thema

1. Bildet Kleingruppen (4-6 Personen).
2. Klärt zunächst das Zielprodukt Edutainment, indem ihr euch gegenseitig bekannte Beispiele vorstellt oder gemeinsam Beispiele anschaut. Mögliche Beispiele findet ihr z. B. unter **M18 D** (S. 84).
3. Sammelt Situationen, die euch selbst oder in eurem Umfeld alltäglich wiederkehren und die euch nerven und verletzen. Entscheidet euch für einen Themenbereich und ein konkretes Thema.
4. Beschreibt, was an dieser Situation problematisch, illegitim oder unrechtmäßig ist, und haltet mit Faktenwissen dagegen (**M2, M6, M9, M12, M13, M14, M15, M17, M20, M21, M22, M23, M25**).

↓ ↓ ↓

2. Schritt: Umsetzung der Idee

1. Entscheidet über ein Format (z. B. Rap, Gesprächsrunde, szenische Darstellung).
2. Skizziert, wie ihr die Situation parodiert (u. a. Sprechanteile, Sprechweise, Körperhaltung).
3. Verteilt die Rollen und übt die Szene, bevor ihr sie dann mit einem digitalen Endgerät (Smartphone oder Tablet) aufnehmt.

→

3. Schritt: Präsentation

1. Präsentiert eure Edutainment-Videos in der Klasse und beantwortet ggf. Fragen eurer Mitschüler:innen zu eurem Beitrag.
2. Gebt den anderen Gruppen Feedback: Wurde deutlich, welches Klischee parodiert wurde? War die Umsetzung gelungen? Was war gut, was hätte man noch besser machen können?

Bearbeiterin

2.1 Sprache und Identität

2.1.1 Sollte Rassismuskritik bei unserer Sprache anfangen?

Zum Thema: Sprache erscheint öffentlich-medial zunehmend als politisch umkämpftes Feld. So werden Proteste gegen diskriminierendes Sprechen immer lauter, während Gegenstimmen vor einer „Sprachpolizei" warnen und die freie Meinungsäußerung in Gefahr sehen. In diesem Kapitel schaut ihr euch Wörter aus dem alltäglichen Sprachgebrauch genauer an und diskutiert ihre Wirkungsweisen.

M1 „Alltagssprache" in der Kritik …

1 „Das Wort „schwarzfahren" sollten wir ersetzen, denn es verbindet Schwarze mit etwas Schlechtem und das kann ja in unserer demokratischen Gesellschaft nun wirklich nicht mehr gewollt sei!" (Jonas, 15 Jahre)

2 „Die Bezeichnung „schwarzfahren" finde ich vollkommen okay. Das ist ein ganz gebräuchlicher Ausdruck und wertet Schwarze Menschen doch nicht ab!" (Mara, 16 Jahre)

Bearbeiterin

EINSTIEGSAUFGABEN 71079-56

1. Hängt die beiden Statements im Klassenraum auf und ordnet euch spontan einer dieser Positionen zu.
2. Begründet eure spontane Zuordnung. Wählt für eure Begründung auch dazu passende Kriterien (→ **PUB, 4**).

M2 Sprache und Identität – wie wirkmächtig ist Sprache?

Der Sprachgebrauch des Menschen gibt Aufschluss über seine Weltsicht. Ob ich von Schwangerschaftsunterbrechung, Abtreibung oder Embryomord spreche, kann meine Einstellung dazu verdeutlichen. Sprache ruft unterschiedliche mentale Bilder hervor und bestimmt, welche Bedeutungsmerkmale betont und welche vernachlässigt werden. Sprache ist ein Instrument, das nicht nur Verstehen und Denken prägt, sondern auch Identität und Zugehörigkeit stiften kann. Es verwundert daher nicht, dass es ein politisch umkämpftes Feld ist. Sichtbar wird diese Kontroverse insbesondere in der Debatte um Political Correctness (PC). Hierbei handelt es sich um ein Konzept aus den USA, das einen Sprachgebrauch einfordert, der durch eine besondere Sensibilisierung gegenüber Minderheiten gekennzeichnet ist und sich der Anti-Diskriminierung verpflichtet. Gefordert wird beispielsweise eine geschlechtergerechte Sprache oder die Vermeidung rassistischer Ausdrücke in Literatur, Medien und Alltagssprache. Aufmerksam

Mentale Bilder
Bilder, die das eigene Verstehen und Denken prägen.

Sigle
Bezeichnet die Abkürzung von einem Wort durch einen Buchstaben, eine Ziffer oder ein Zeichen.

gemacht wird auch auf die Unterscheidung von Fremd- und Selbstbezeichnungen. Während es sich bei Fremdbezeichnungen um Wörter handelt, die von Personen außerhalb einer Gruppe zur Bezeichnung der Gruppe bzw. einzelner Gruppenmitglieder verwendet werden und häufig einen problematischen Beigeschmack haben (z. B. „Mohr"), sind Selbstbezeichnungen Begriffe, die sich eine Gruppe selbst gegeben hat (z. B. Schwarze Deutsche, Person of Color). Ziel des Konzepts PC ist es, durch einen informierten Umgang mit Sprache alle Menschen gleich welcher Gruppenzugehörigkeit (z. B. Frauen, Schwarze) einzuschließen und durch Umbenennungen eine Entlastung von alltäglichen Diskriminierungen zu schaffen. Dies gelingt durch die Verwendung von Selbstbezeichnungen (Schwarze statt „Mohren") oder Sigle (M-Wort statt „Mohr"). An dem Konzept gibt es aber auch Kritik. In Gegenpositionen heißt es, dass eine politisch korrekte Sprache jene Wörter, die aus demokratischer Sicht problematisch erscheinen, lediglich beschönigend und mildernd umschrieben werden (Euphemisierung), die Umbenennung aber an Vorurteilen gegenüber marginalisierten Gruppen nichts ändert.

Bearbeiterin

M3 Heimliche Botschaften: Wo kommen alltägliche Bezeichnungen eigentlich her und wie lassen sie sich bewerten?

1 „Mohrenstraße"

Die ehemalige „Mohrenstraße" in Berlin

Der Straßenname soll an den Heiligen Gregorius Maurus und andere Soldaten erinnern, die afrikanischer Herkunft waren. Andere beziehen die Bezeichnung auf Menschen vom afrikanischen Kontinent, die in der preußischen Armee dienten und als Musizierende eine wichtige Rolle spielten. Da sich das Wort von lateinisch ‚maurus' ableitet, das schwarz, dunkel bzw. afrikanisch bedeutet, sehen viele in der Bezeichnung keine verletzende Nebenbedeutung. Das Wort entstammt aber zugleich auch dem griechischen Wort ‚moros' und steht ebenso für töricht, einfältig, gottlos und dumm. Ein Blick in die Sprachgeschichte zeigt, dass mit der ältesten deutschen Bezeichnung für Schwarze v.a. Menschen besprochen wurden, die im 17. und 18. Jahrhundert an Adelshöfe verschleppt und versklavt wurden. Selbst haben sich Schwarze nie mit der Fremdbezeichnung beschrieben. Tahir Della, der Vorsitzende der Initiative Schwarze Menschen in Deutschland, bezeichnet die Verwendung dieses Wortes daher als diskriminierend und die Afrikanistik-Professorin Marianne Bechhaus-Gerst bewertet es als rassistisch. Dass es sich bei dem Straßennamen „Mohrenstraße" eigentlich um eine Ehrung handeln sollte, ändert ihr zufolge nichts an der diskriminierenden Nebenbedeutung, die in der Verwendung des Wortes mitschwingt.

Bearbeiterin, basierend auf: Arndt, Susan/ Hamann, Ulrike: ‚Mohr_in'. In: Arndt, Susan/ Ofuatey-Alazard, Nadja (Hg.): Wie Rassismus aus Wörtern spricht. (K)Erben des Kolonialismus im Wissensarchiv deutscher Sprache: Ein kritisches Nachschlagewerk. Münster: Unrast Verlag 2015, S. 649-653.

2 „Zigeunersoße“

Die genaue Wortherkunft von „Zigeuner:in“ ist ungeklärt. Die einen gehen davon aus, dass sich das Wort von der griechischen Sekte Athinganoi (Unberührbaren) ableitet, andere führen es auf die englische Bedeutung ‚to gyp‘ zurück, was eine Person zu betrügen oder übers Ohr zu hauen bedeutet. Unbestritten ist, dass es sich um eine Fremdbezeichnung für Sinti und Roma handelt, die in Chroniken seit dem 16. Jahrhundert durchgehend negativ dargestellt werden. Sie seien „Kundschafter der Türken“ und „diebisches Gesindel“ und werden als „Auswurf der Menschheit“ diffamiert. Gebrandmarkt als minderwertig und asozial, wurden sie im Nationalsozialismus in Konzentrationslager verschleppt. Nach jahrelangen politischen Kämpfen konnte eine Bürgerrechtsbewegung die Eigenbezeichnung „Sinti und Roma“ etablieren, die u. a. vom Zentralrat Deutscher Sinti und Roma sowie dem Europäischen Zentrum zu Antiziganismus unterstützt wird. Sie lehnen die Fremdbezeichnung ab, weil sie untrennbar mit rassistischen Zuschreibungen verbunden ist, die sich über Jahrhunderte zu einem aggressiven Feindbild verdichtet haben und im kollektiven Bewusstsein verwurzelt sind. Innerhalb der Sinti und Roma-Community gibt es aber auch Gegenstimmen, die dafür plädieren, das Wort weiterhin zu verwenden. Ob diese interne Debatte rechtfertigt, Sinti und Roma mit dem potenziell verletzenden Wort anzusprechen, wird kritisch gesehen, denn für Viele ist gerade die Eigenbezeichnung wichtiger Teil der Identität und Garant für Selbstbestimmung.

„Zigeunersoßen“ verschiedener Hersteller

Bearbeiterin, basierend auf: Randjelovic, Isidora: ‚Zigeuner_in‘. In: Wie Rassismus aus Wörtern spricht. (K)Erben des Kolonialismus im Wissensarchiv deutscher Sprache: Ein kritisches Nachschlagewerk. Münster: Unrast Verlag 2015, S. 671-677.

3 „Schwarzfahren“

In der christlichen Farbsymbolik steht die Farbe Weiß für das Reine und Gute, die Farbe Schwarz wiederum für das Dunkle und Böse. Diese Farbmetaphorik hat in der deutschen Sprache bis heute Gültigkeit. Wie die Wortwendungen „schwarzfahren“, „Schwarzarbeit“, schwarzsehen“ zeigen, steht die Vorsilbe schwarz noch immer für das Verbotene und Negative. Als neutral können diese Bezeich-

Ein Aufkleber weist auf die Strafe fürs „Schwarzfahren“ hin.

Konnotation
(Wertende) Nebenbedeutung

nungen aber nicht gelten, so lauten kritische Stimmen. Wörter mit der Vorsilbe schwarz seien vielmehr rassistisch konnotiert.
Während die einen mit Verweis auf den Sprachursprung diese Kritik zurückweisen und Wortwendungen wie „schwarzfahren" als unverdächtig ansehen, machen Forschende wie die Kultur- und Literaturwissenschaftlerin Susan Arndt darauf aufmerksam, dass diese christliche Farbmetaphorik im Zuge der europäischen Kolonialisierung gezielt zur Auf- und Abwertung von Menschen mit weißer und schwarzer Hautfarbe eingesetzt wurde. Über die Farbsymbolik gelang es, eine scheinbar natürliche weiße Vorherrschaft gegenüber Schwarzen philosophisch zu begründen und ideologisch (weltanschaulich) festzuschreiben.
Durch diese geschichtliche Wendung sei die Vorsilbe „schwarz" nicht als neutral zu werten. Denn infolge des Zusammenwirkens von Farbsymbolik und kolonialer Weltanschauung im 18. und 19. Jahrhundert lassen sich Begriffe wie „schwarzfahren" nicht mehr von einer rassistischen Nebenbedeutung loslösen.

Bearbeiterin, basierend auf: Arndt, Susan: ‚Neger_in'. In: Wie Rassismus aus Wörtern spricht. (K) Erben des Kolonialismus im Wissensarchiv deutscher Sprache: Ein kritisches Nachschlagewerk. Münster: Unrast Verlag 2015, S. 653-657.

M4 Stimmen aus Gesellschaft, Politik und Forschung zum Umgang mit Sprache

Non-Binarys
Weder männlich noch weiblich

1 **Cato** (macht gerade Fachabitur): Sich selbstgewählten Ansprachen, Pronomen oder Namen bewusst zu verweigern, ist ein absolutes No-Go. [...] Immer mehr Leute merken, dass sie sich auch als Non-Binarys fühlen, einfach weil es mehr Informationen dazu gibt. Ich finde, da sollten wir in unserer Sprache Rücksicht darauf nehmen. Eigentlich ist es doch komplett egal, was für ein Geschlecht jemand hat. Hauptsache, die Person ist glücklich.

Köhler, Robin: Wie rede ich am besten mit Non-Binarys? In: www.br.de/puls, 24.07.2019

2 **Winfried Kretschmann** (Politiker): „Natürlich müssen wir darauf achten, dass wir in unserer Sprache niemanden verletzen, und Sprache formt unser Denken ein Stück weit. Aber jeder soll noch so reden können, wie ihm der Schnabel gewachsen ist. Von diesem ganzen überspannten Sprachgehabe halte ich nichts. Ich bin gegen Sprachpolizisten".

Nach: dpa: „Tugendterror führt zu nichts Gutem". In: www.welt.de, 20.08.2020

3 **Susan Arndt** (Kulturwissenschaftlerin): Es geht nicht darum, dass etwas nicht mehr sagbar wäre, sondern darum, dass jeder sich informieren kann. Das ist mit wenigen Klicks getan. [...] Niemand wird sprachlos durch die Änderung des Vokabulars. Es ist nur ein kurzer Aufwand, aber wir lernen ständig neue Wörter. Wie schnell es Wörter wie Social Distancing in den deutschen Sprachgebrauch geschafft haben, zeigt, dass es eigentlich kein Problem sein dürfte, statt dem M- oder des N-Worts einfach zum Beispiel schwarze Personen, People of Color oder Afrodeutsche zu sagen.

Beigel, Laura: Kulturwissenschaftlerin: „Wir werden nicht sprachlos, nur weil wir rassistische Begriffe aufgeben". In: www.rnd.de, 14.07.2020

4 **Grada Kilomba** (Autorin, Künstlerin): „Schwarzen [wurde], genau wie anderen Kolonisierten, immer wieder das Recht und Privileg abgesprochen, sich als Subjekt zu artikulieren. [...] Die Sprache des Herrschers stellt seit Jahrhunderten strategisch unsere Stimme, Perspektive und Wissen als irrelevant, fragwürdig, spezifisch, subjektiv, partial [nicht allgemeingültig], als unwissenschaftlich dar. Aber jetzt spricht die Subalterne [„Untergeordnete"] – sprechen Wir.

Kilomba-Ferreira, Grada: ‚Dont't You Call Me Neger!' – Das „N-Wort", Trauma und Rassismus, in: ADB/cbN (Hg.): TheBlackBook. Deutschlands Häutungen. Frankfurt am Main & London: IKO Verlag 2004, S. 173-182.

AUFGABEN

71079-57

1. Formuliert auf der Grundlage von **M2** Aussagen dazu, welche Rolle Sprache in der politischen Meinungs- und persönlichen Identitätsbildung einnimmt. Berücksichtigt das Konzept der Political Correctness und schätzt dessen Chancen und Grenzen für die Sprechkultur in eurem (Schul-)Alltag ein.
2. Erschließt arbeitsteilig die jeweiligen Bedeutungskonnotationen, die in den Wörtern mitschwingen, indem ihr euch aus **M3** die Wortherkunft der Wörter erarbeitet. Hat sich etwas an eurer ersten Einschätzung im Umgang mit Alltagssprache (**M1**) verändert?
3. Klärt arbeitsteilig die unterschiedlichen Positionen zum Umgang mit Sprache (**M4**) und beantwortet aus den jeweiligen Positionen heraus die Frage, ob Rassismuskritik bei unserer Sprache anfangen sollte (ja, nein, vielleicht). Begründet aus der Position heraus eure Zuordnung. Stellt euch im Anschluss eure Antworten und Begründungen vor (→ **PUB, 3 + 4**).
4. Nehmt Stellung dazu, ob Rassismuskritik bei der Sprache ansetzen sollte.

2.1.2 Wie sollten wir unseren alltäglichen Umgang mit Sprache gestalten?

Zum Thema: Sprachliche Diskriminierungen passieren alltäglich und zwar nicht nur bewusst, sondern vor allem auch ungewollt und oft auch unbemerkt. Häufig entstehen in solchen Momenten Wut, Scham und Frust. In diesem Kapitel könnt ihr Handlungsstrategien im Umgang mit sprachlicher Diskriminierung für euren (Schul-)Alltag entwickeln.

M5 Fallbeispiel: mal wieder in die Falle getappt!

EINSTIEGSAUFGABEN 71079-58

1. Gebt das Ereignis aus dem Fallbeispiel wieder und tauscht euch über die Reaktion der Beteiligten (sprechende und zuhörende Personen) aus. Wie hättet ihr jeweils gehandelt?
2. Diskutiert in der Klasse, ob auch ihr Wörter auf den Prüfstand stellen wollt. Haltet diese ggf. auf einem Wandplakat im Klassenraum fest. Legt hierfür eine Tabelle mit folgenden Spalten an: „potenziell verletzendes Wort“, „heimliche Botschaft“ und „neutrale Wendung“.

In den Sommerferien fuhr ich auf eine Jugendfreizeit. Beim Mittagessen sprach ich über einen anderen netten Teilnehmer. Ich kann mir keine Namen merken, aber er war der einzige dort, der offen schwul war. Also beschrieb ich ihn – mit einer homophoben (schwulenfeindlichen) Beleidigung, die zwei schwule Männer in einem Film für einander benutzt hatten. Ich wollte liberal und locker wirken, als wäre Schwulsein ganz normal, da wo ich herkomme. Sofort herrschte eisige Stille am Tisch. Ich schämte mich. Ich hatte nichts gegen schwule Männer, ich wusste es nicht besser. Das ist egal: Meine Wortwahl war homophob. Noch heute senkt sich ein Stein in meinen Magen, wenn ich an den Moment denke. Soziale Ablehnung kann sich exakt so anfühlen wie körperlicher Schmerz. [...] Zum Glück saß der schwule Teilnehmer damals nicht mit am Tisch. [...] Was hätte dieses eine Wort, das ich im Unwissen sagte, vielleicht bei ihm ausgelöst? Denn das ist die Macht, die solche Wörter haben.

Wolf, Thembi: Es heißt Schokokuss: Warum politisch korrekte Sprache nicht elitär ist. In: www.spiegel.de, 27.11.2019

M6 Sind wir in unserer Meinungsäußerung eingeschränkt?

Art. 5, Abs. 1 GG
Jeder hat das Recht, seine Meinung in Wort, Schrift und Bild frei zu äußern und zu verbreiten [...]. Eine Zensur findet nicht statt.

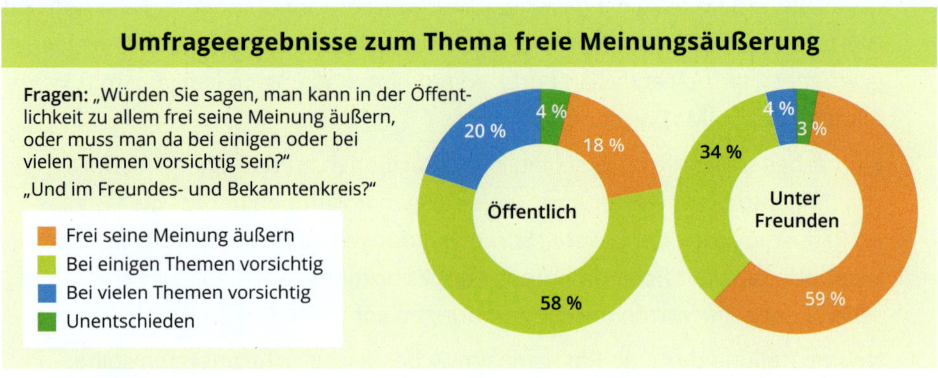

Nach: ©IfD-Allensbach, IfD-Umfrage 12003

M7 Stimmen aus der Wissenschaft zum alltäglichen Umgang mit Sprache

Aktuelle Studien zeigen, dass sich eine große Mehrheit in der Öffentlichkeit nicht mehr frei äußert. Zwei (fiktive) Wissenschaftler:innen nehmen Stellung:

1 **Kim Bayer** (Professur für Soziologie): Die Zahlen sind erschreckend. Wir haben es mit weniger als einem Drittel der Menschen in Deutschland zu tun, die in öffentlichen Räumen überhaupt noch frei ihre Meinung äußern. Die Umfragewerte zeigen eine bedenkliche Entwicklung, denn wir haben inzwischen viele ungeschriebene Gesetze dazu, welche Meinungen akzeptabel sind und welche tabu. Zudem wird eine rigorose Sprachregelung wahrgenommen, die auf die Political Correctness zurückgeführt und von vielen als übertrieben empfunden wird. Wir müssen in unserer Gesellschaft darauf achten, dass sich Menschen trotz des Grundrechts auf Diskriminierungsfreiheit noch frei äußern, sonst schürt das möglicherweise antidemokratische Bewegungen.

2 **Hassan Haller** (Professur für Deutsche Sprache): Ich sehe die Umfragedaten weit weniger düster. Sie zeigen auch, dass Menschen angefangen haben, darüber nachzudenken, was sprachlich angemessen ist und was nicht. Anzuerkennen, dass Sprache Identitäten stiftet und die Macht hat, Menschen abzuwerten und unterzuordnen, ist ein wichtiger Schritt im demokratischen Miteinander. Entscheidend jedoch ist, wie wir die Debatte um Meinungsfreiheit „framen". Wenn wir von „Sprachpolizei" oder „Tugendterror der Political Correctness" sprechen, diskreditieren wir natürlich eine Sprachkritik, die zunächst einmal legitim ist. Sie ist demokratisch gerechtfertigt, weil Sprachkritik zwar Unsicherheiten auslösen kann, für viele Menschen aber eine große Entlastung darstellt und vielen überhaupt erst ermöglicht, sich in öffentlichen Räumen diskriminierungsfreier zu bewegen.

Bearbeiterin

Art. 3, Abs. 3 GG
Niemand darf wegen seines Geschlechtes, seiner Abstammung, seiner Rasse, seiner Sprache, seiner Heimat und Herkunft, seines Glaubens, seiner religiösen oder politischen Anschauungen benachteiligt oder bevorzugt werden. Niemand darf wegen seiner Behinderung benachteiligt werden.

Framing
Durch eine bestimmte Wort-, Metaphern- und Themenwahl wird ein assoziierter ‚Rahmen' erzeugt, in dem eine Botschaft eingebettet wird.

AUFGABEN

71079-59

1. Beschreibt und interpretiert die Grafik in **M6** in Bezug auf das Thema des Unterkapitels (→ Methodenglossar).
2. Fasst arbeitsteilig die zentralen Positionen in **M7** zusammen und stellt sie euch gegenseitig vor. Bewertet die unterschiedlichen Positionen unter Einbeziehung der Grundrechtsartikel.
3. Entwickelt ausgehend von dem Fallbeispiel (**M5**) alternative Reaktionsweisen der Beteiligten, die ihr hinsichtlich unserer Grundrechte für angemessen haltet. Ihr könnt hierzu auch über den QR-Code auf mögliche Handlungs- und Reaktionsstrategien zurückgreifen.

Handlungs- und Reaktionsstrategien

71079-60

2.1.3 Wie sollten wir unseren öffentlichen Sprachgebrauch gestalten?

Zum Thema: Kontroversen um den Sprachgebrauch treten auch in Politik und Justiz auf. Ausgehend von einem Fallbeispiel befasst ihr euch mit der Frage, wer eigentlich unseren Sprachgebrauch regelt bzw. regeln sollte und ihr diskutiert, ob der öffentliche Gebrauch einzelner Wörter verboten werden sollte.

M8 Vorkommnisse im Landtag Schwerin ...

25.10.2018 Der Landtagsabgeordnete Nikolaus Kramer (AfD) ruft mehrfach das N-Wort in die Rede einer Linken-Abgeordneten zum Thema „Leistungsmissbrauch verhindern: Sachleistungen für Asylbewerber und Ausreisepflichtige". Später sagt er selbst am Rednerpult: „Dann komme ich mal zu einer ganz grundsätzlichen Sache. Das Wort ‚Neger' habe ich bewusst gewählt, weil ich mir eben nicht vorschreiben lasse, was hier Schimpfwort sei oder was nicht."

21.11.2018 Die Landtagsvizepräsidentin Dr. Mignon Schwenke (Die Linke) erteilt Kramer nachträglich einen Ordnungsruf, weil er „zunächst als Zwischenruf und dann in einer Rede ein Wort benutzt, das von der Gesellschaft als Schimpfwort und als abwertende Bezeichnung für Menschen mit dunkler Hautfarbe verstanden wird. Wenn ein Abgeordneter ein solches Wort in einer öffentlichen Sitzung des Landtages von Mecklenburg-Vorpommern verwendet, muss er sich über dessen Konnotation bewusst sein."

Konnotation
Hier: emotionale, stilistische und auch wertende Nebenbedeutung

Jan. 2019 Kramer erhebt Einspruch gegen diesen Ordnungsruf beim Ältestenrat des Landtages Schwerin, jedoch ohne Erfolg. Er zieht weiter zum Landesverfassungsgericht Mecklenburg-Vorpommern, denn das Wort verletze weder die Würde des Hauses, noch werde durch das Wort die Arbeitsfähigkeit des Parlaments gestört. Ihm zufolge sei es durchaus legitim, das Wort in der hergebrachten Weise zu verwenden, ohne eine Person beleidigen zu wollen.

19.12.2019 Das Verfassungsgericht verkündet im Fall des Abgeordneten, Aktenzeichen 1/19, das Urteil ...

Nach: Probst, Robert: AfD-Abgeordneter durfte „Neger" sagen. In: www.suedeutsche.de, 19.12.2019 [Text aus didaktischen Gründen modifiziert, Änderungen sind nicht gekennzeichnet.]

EINSTIEGSAUFGABE 71079-61

Lest das Fallbeispiel **M8** und stellt Vermutungen an, wie das Verfassungsgericht den Fall wohl entschieden haben könnte.

M9 Gibt es eigentlich Sprachgebrauchsregeln?

71079-62

a) Wer entscheidet über Sprache?

Henning Lobin, Direktor des Leibniz Instituts für Deutsche Sprache in Mannheim, urteilt über die Frage nach Sprachgebrauchsregeln wie folgt:

Wenn man eine Antwort auf diese Frage erhalten will, muss man differenzieren: Geht es um den Wortschatz oder die Grammatik, um mündliches oder schriftliches Deutsch, um die Orthografie? Für letztere kann man eine klare Antwort geben: Der Rat für deutsche Rechtschreibung berät über Änderungen bei den Rechtschreibregeln, über die Schreibung einzelner Wörter und über die Regeln der Zeichensetzung. [...] Andere Bereiche der deutschen Sprache sind nicht normiert. Es gibt kein „amtliches" Wörterbuch und keine „amtliche" Grammatik, in denen das „offizielle" Deutsch beschrieben wird. [...] Wer entscheidet nun also über Sprache? In bestimmten Bereichen sind es Regierungen, Verwaltungen und Unternehmen, die Regelungen zum Sprachgebrauch in ihrem jeweiligen Einflussbereich erlassen. Die grundlegenden Eigenschaften des Deutschen – vor allem Aussprache, Wortschatz und Grammatik – sind nirgends verbindlich geregelt, allenfalls in ihrem gegenwärtigen Zustand beschrieben. Hier ist die Sprache ein Abbild der Gesellschaft, in der sie sich wie diese selbst entwickelt.

Lobin, Henning: Wer entscheidet über Sprache? In: Blog: Die Engelberg-Galaxis. Digitale Welten jenseits der Schriftkultur (Spektrum.de SciLogs), 13.12.2021

b) Politisch korrekte Sprache und Redefreiheit

Anatol Stefanowitsch, Sprachwissenschaftler, forscht über die Political Correctness und ihrer Abgrenzung zu Tabuwörtern.

[Der Duden definiert Political Correctness als] „Einstellung, die alle Ausdrucksweisen und Handlungen ablehnt, durch die jemand aufgrund seiner ethnischen Herkunft, seines Geschlechts, seiner Zugehörigkeit zu einer bestimmten sozialen Schicht, seiner körperlichen oder geistigen Behinderung oder sexuellen Neigung diskriminiert wird." [...] So definiert, kann die Idee der Political Correctness eigentlich nicht kontrovers sein. [...] Und tatsächlich scheint es allgemein unstrittig zu sein, dass es im öffentlichen Diskurs „Grenzen des Sagbaren" geben soll: Schließlich sind eine Reihe von Sprechhandlungen wortwörtlich, also im strafrechtlichen Sinne verboten, ohne dass dies auf gesellschaftlicher Ebene kritisch diskutiert würde. [...] Trotzdem stoßen [...] Eingriffe [in den Sprachgebrauch] auf Widerspruch. Vor allem diejenigen Mitglieder der Sprachgemeinschaft, die von Slurs nicht betroffen sind, mögen die negativen Konsequenzen dieses Eingriffs für gewichtiger halten als die positiven. Der so entstehende Konflikt muss auf gesellschaftlicher Ebene ausgetragen werden. [...] [D]ie Diskussion um gerechte Sprache wurde und wird schließlich von Gruppen geführt, die ab einem bestimmten Punkt nicht mehr bereit waren, sich sprachlich anders behandeln zu lassen als die Mehrheitsgesellschaft. [...] [U]nd so bleibt allen Diskussionen um einen angemessenen öffentlichen Sprachgebrauch nur der Weg nach vorn.

Stefanowitsch, Anatol: Politisch korrekte Sprache und Redefreiheit. In: Aus Politik und Zeitgeschichte Nr. 12-13/2020. Bundeszentrale für politische Bildung (Hg.), S. 22 – 27.

Slurs
„Slurs" sind Wörter, durch die ganze Gruppen pauschal abgewertet werden.

M10 Wie sollte das Landesverfassungsgericht von Mecklenburg-Vorpommern urteilen? Mögliche Urteilsbegründungen

Art. 22, Abs. 1 und 2 Satz 1 der Verf. MV
Die Abgeordneten sind Vertreter des ganzen Volkes, an Aufträge und Weisungen nicht gebunden und nur ihrem Gewissen unterworfen. Die Abgeordneten haben das Recht, im Landtag und in seinen Ausschüssen das Wort zu ergreifen sowie Fragen und Anträge zu stellen.

Art.1, Abs. 1 und 2 Satz 1 GG
Die Würde des Menschen ist unantastbar. Sie zu achten und zu schützen ist Verpflichtung aller staatlichen Gewalt. Das Deutsche Volk bekennt sich darum zu unverletzlichen und unveräußerlichen Menschenrechten.

A Dem Abgeordneten wird Recht gegeben. Der Ordnungsruf verstößt gegen Art. 22, Abs. 1 und 2 Satz 1 der Landesverfassung. Polemische Ausdrücke müssen grundsätzlich hingenommen werden, wenn sie in den Kontext einer inhaltlichen politischen Stellungnahme eingebettet sind. Verbannt werden kann ein Wort nur, wenn es in jedem denkbaren Kontext ausschließlich der Provokation oder der Herabwürdigung anderer dienen kann. Dies ist im Fall des Abgeordneten nicht der Fall. Er hat damit auch die Würde des Hauses nicht verletzt. Vielmehr wurde mit dem Ordnungsruf das Rederecht des Abgeordneten verletzt.

B Der Antrag wird abgelehnt, der Ordnungsruf war rechtens. Der Abgeordnete verstößt mit seiner mehrfachen Nennung des N-Wortes, insbesondere im politischen Kontext von Flucht und Asyl, gegen Art. 1, Abs. 1 und 2 Satz 1 des GG. Jegliche Verwendung des N-Wortes dient ausschließlich der Provokation und Herabwürdigung von Menschen afrikanischer Herkunft. Das ergibt sich aus der Begriffsgeschichte des Wortes.

C Der Fall ist nicht justiziabel, d. h. er obliegt in einer Demokratie keiner richterlichen Entscheidung. Es handelt sich im Streitfall zwischen Abgeordneten und Parlamentspräsidium um eine moralische und keine rechtliche Frage. Historisch belastete Wörter juristisch zu verbieten, verbannt die Wörter nicht aus dem Wortschatz. Denn allein um das Verbot auszusprechen, muss das Wort artikuliert werden. Um die Frage des Umgangs mit potenziell verletzenden Wörtern müssen Politik und Gesellschaft streiten, sie können die Entscheidung nicht einem Gericht überlassen.

Bearbeiterin

AUFGABEN

71079-63

1. Ermittelt mit Hilfe von **M9a** und **M9b**, inwiefern in Deutschland über den öffentlichen Gebrauch von Sprache entschieden werden kann.
2. Diskutiert auf Grundlage von Aufgabe 1, ob es Regeln zum rassismussensiblen Sprachgebrauch geben sollte.
3. Lest die möglichen Urteilsbegründungen in **M10** und entscheidet euch für eine Fassung. Begründet eure Entscheidung und recherchiert abschließend im Internet das tatsächliche Urteil.
4. Bewertet das Verfassungsgerichtsurteil, indem ihr einen Expert:innenkommentar verfasst. Berücksichtigt hierbei die Erkenntnisse aus **M9** sowie die Gesetzesartikel (**Randspalte**).

F **Aufgabe 1**
Ermittelt, wo es möglicherweise Einschränkungen gibt.

H **Aufgabe 4**
→ S. 378

2.2 Rassismus im deutschen Alltag

2.2.1 (Wann) sollten wir von Rassismus sprechen?

Zum Thema: Diskriminierungen gegen Menschengruppen kommen in Gesellschaften seit jeher vor. Sie zeigen sich offen gewaltvoll, finden aber auch unterschwellig statt. Wo der Unterschied zwischen Menschenfeindlichkeit und Rassismus liegt, soll in diesem Kapitel ebenso thematisiert werden wie die Frage, welche Formen und Wirkungsweisen (alltägliche) Rassismen annehmen, die sich im gegenwärtigen bundesdeutschen Alltag ereignen.

M11 Fallbeispiele: Welche Formen von Rassismus liegen in den einzelnen Beispielen vor?

A Forschungsexperiment aus dem Jahr 2018: Fiktive Bewerbungen wurden verschickt, die in den Angaben zu Notendurchschnitt, Geschlecht, Religion und Ethnizität (über Foto) variierten. Ergebnis: Bewerbende mit schwarzem Phänotyp und muslimischer Religion werden erkennbar seltener zum Gespräch eingeladen, d.h. die angenommene kulturelle Distanz überwiegt leistungsbezogene, individuelle Merkmale.

Bearbeiterin

B

Racial Profiling* bei Polizeikontrollen

Anteil der Befragten mit afrikanischer Abstammung, die in den letzten 5 Jahren eine als Racial Profiling empfundene Polizeikontrolle erlebt haben:

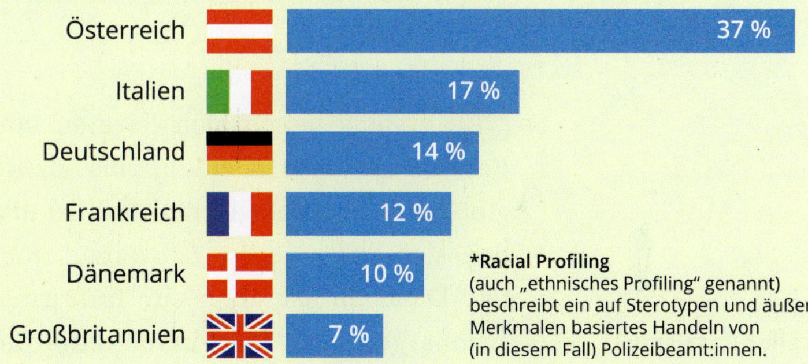

***Racial Profiling**
(auch „ethnisches Profiling" genannt) beschreibt ein auf Sterotypen und äußeren Merkmalen basiertes Handeln von (in diesem Fall) Polizeibeamt:innen.

©C.C.Buchner Verlag, Daten nach: FRA, EU-MIDIS II 2016

C „Du wurdest bei unserer Bäckerei nicht bedient, obwohl du zuerst an der Reihe warst? Das muss eine Verwechslung gewesen sein! [...] Was? Du suchst dir extra Bäckereien mit langer Warteschlange, damit dir das nicht nochmal passiert? Jetzt mach dich mal nicht selbst zum Problem!"

Nach: Paul Mecheril / Thomas Quehl (Hg.)Die Macht der Sprachen. Englische Perspektiven auf die mehrsprachige Schule, Waxmann Münster 2006

EINSTIEGSAUFGABEN

71079-64

1. Kategorisiert zu zweit die Fälle von Rassismus (**M11 A - C**), die sich teils unterscheiden und teils ähneln. Kategorien könnten z. B. offen-gewaltvoll oder subtil sein.
2. Vergleicht eure Kategorien und Zuordnungen in der Klasse.

Weitere Fallbeispiele

71079-65

M12 Fremdenfeindlichkeit und Hass in Deutschland: Was ist denn nun Rassismus?

71079-66

Die beiden großen Langzeitstudien, die seit Jahrzehnten rassistische Einstellungen in der deutschen Bevölkerung untersuchen, operieren mit den Begriffen „Ausländer- und Fremdenfeindlichkeit", die Statistiken des Bundeskriminalamtes mit dem Begriff „Hass". In der jüngeren Rassismusforschung sind die Begriffe umstritten, denn sie beschreiben das Problemphänomen nur vage.

Die jüngere Rassismusforschung bevorzugt daher die Bezeichnung Rassismus. Sie macht aber zugleich deutlich, dass es nicht den einen Rassismus gibt. Vielmehr unterscheiden sie verschiedene Formen, Ebenen und Ausprägungen sowie die Mittelbarkeit von Rassismuserfahrungen.

1 Erstens lassen sich Formen von Rassismus unterscheiden. Bis heute gibt es einen biologischen Rassismus, der sich z. B. gegen Schwarze richtet. Daneben ist aber ein Kulturrassismus getreten. Er kommt ohne die Einteilung der Menschen in „Rassen" aus, indem er die angebliche Unvereinbarkeit mancher Kulturkreise behauptet. So sei beispielsweise die „islamische Kultur" unvereinbar mit der „westlich-deutschen Kultur". Rassismuserfahrungen werden zudem im Alltag gemacht. In dieser Form des Alltagsrassismus finden diskriminierende Vorkommnisse oft unterschwellig und subtil statt, weil bestimmte Haltungs- und Handlungsweisen hinlänglich banal und normal geworden sind.

2 Daher unterscheidet die Forschung auch verschiedene Ausprägungen von Rassismus: Rassismus zeigt sich in Form von offen-gewaltvollen Beleidigungen oder körperlichen Angriffen (grob), aber auch in ganz banalen Dingen, die häufig unbewusst und ohne verletzende Absicht vollzogen werden (subtil). Schließlich wirkt Rassismus auch in Fällen, in denen er aktiv zu vermeiden versucht wird, zum Beispiel, wenn Menschen gewisse Stadtteile nicht mehr betreten, weil sie wissen, dass sie dort nicht sicher sind (antizipiert).

3 Zudem unterscheidet die Forschung in der Mittelbarkeit von Rassismus. Menschen machen primäre Rassismuserfahrungen, wenn sie rassistische Gewalt unmittelbar erleben, und sekundäre, wenn sie z. B. von einer Rassismuserfahrung berichten, diese aber als unangemessen, übertrieben oder überempfindlich in Abrede gestellt wird.

4 Schließlich lässt sich Rassismus auf unterschiedlichen Ebenen verorten: er zeigt sich auf individueller Ebene, geht von Institutionen aus („institutioneller Rassismus") und ist in gesellschaftlichen Strukturen verankert („struktureller Rassismus"). Rassismus ist damit nicht nur eine subjektive Einstellungsfrage, sondern zugleich ein übersubjektives Phänomen, das auch unser Denken und Handeln prägt.

Bearbeiterin, basierend auf: Mecheril, Paul: Rassismuserfahrungen von Anderen Deutschen – eine Einzelfallbetrachtung. In: Mecheril, Paul / Teo, Thomas (Hg.): Psychologie und Rassismus. Reinbek bei Hamburg: Rowohlt 1997, S. 175-200.

Struktureller Rassismus
Beim strukturellen Rassismus geht es nicht um eine Interaktion zwischen zwei Menschen, sondern um rassistische Strukturen und Entscheidungsabläufe. Es handelt sich also um Routinen, die so ausgestaltet sind, dass überdurchschnittlich und regelmäßig Schwarze Menschen und PoC benachteiligt werden.
Hasselmann, Donata: Was ist struktureller Rassismus? In: www.mediendienst-integration.de, 27.07.2020

M13 Fremdenfeindliche Einstellungen in Deutschland

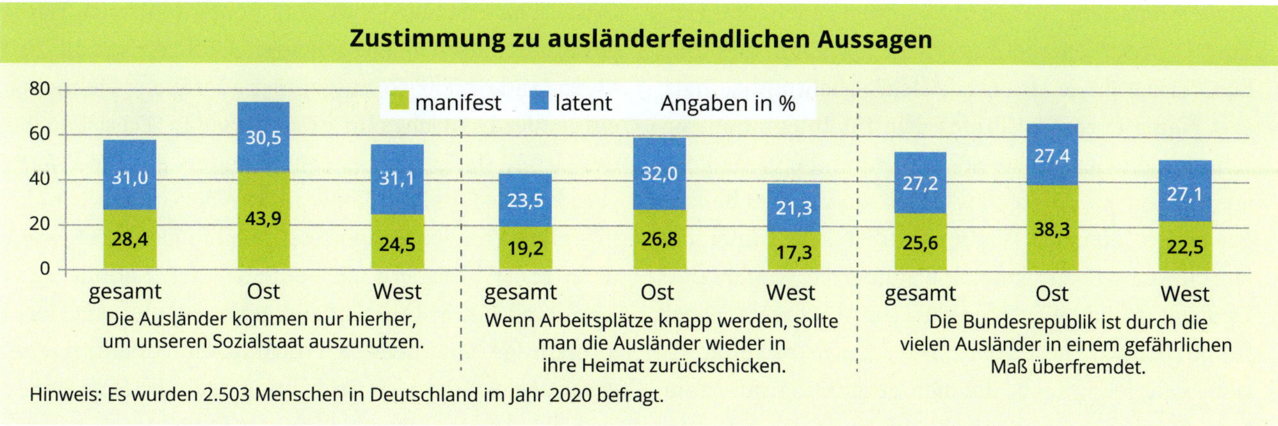

Nach: Decker, Oliver/ Brähler, Elmar (Hg.): Autoritäre Dynamiken. Alte Ressentiments – neue Radikalität. Psychosozial-Verlag 2020, S. 43

M14 „Hasskriminalität" (Fallzahlen des Bundeskriminalamts)

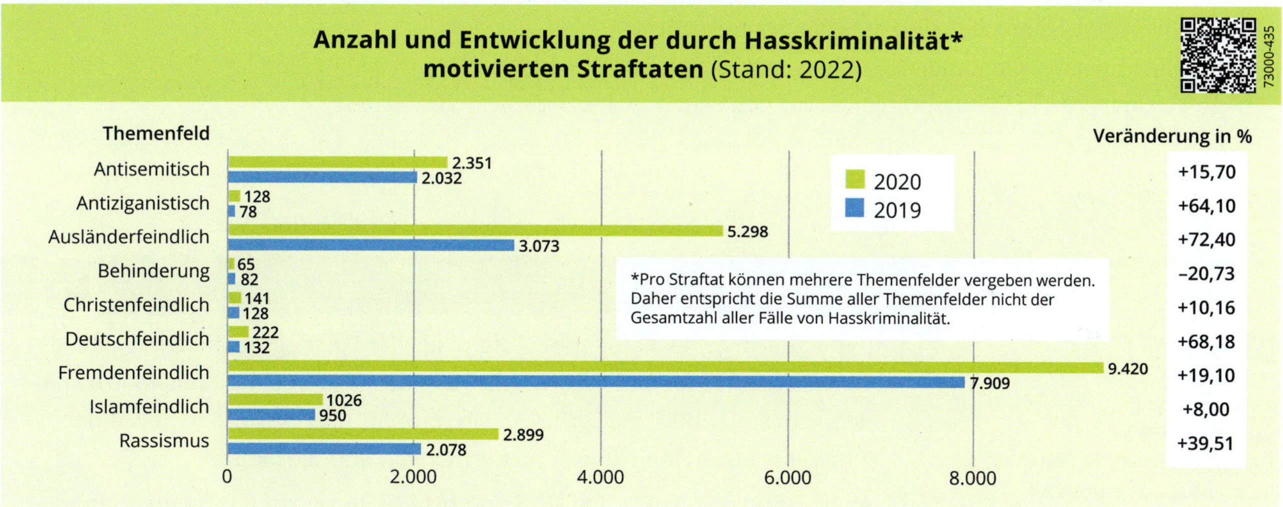

©C.C. Buchner Verlag, aktuelle Daten nach: Bundeskriminalamt, 2021

M15 „Wo kommst du her?" Streit um die Herkunftsfrage

A **Zeynep Heizmann*, Bundes-Antidiskriminierungsstelle:** Eine allgemeine Regel auf die Herkunftsfrage anzuwenden, finde ich problematisch. Denn wie würde es wirken, stellten sich migrantische Menschen untereinander die Herkunftsfrage. Dann würde die adressierte Person nicht als „fremd" gekennzeichnet, sondern im Vordergrund stünde die gemeinsame Erfahrung, in der deutschen Gesellschaft als „fremd" markiert zu werden. Kann darüber hinaus von der Herkunftsfrage immer gleich darauf geschlossen werden, dass eine Schwarze Person abseits der Norm verortet wird? Eine Person „anzukreiden", die die antirassistischen Formeln nicht kennt, finde ich überzogen.

Bearbeiterin, basierend auf: Vaillant, Nikita/ Berndt, Apana Aischa: Aber wo kommst du eigentlich her? In: www.fluter.de, 04.03.2020
**Zeynep Heizmann ist eine ausgedachte, fiktive Person.*

B **Naika Foroutan, Direktorin des Berliner Instituts für Integrations- und Migrationsforschung**

Viele Menschen, denen diese Frage nach der Herkunft wiederkehrend begegnet, reagieren empfindlich. Ist die Frage also rassistisch? „Nicht unbedingt", sagt Naika Foroutan, Professorin für Integrationsforschung und Gesellschaftspolitik. Aber die Frage kann ausgrenzen, sie ist oft alles andere als das Zeichen zugewandter Neugier. Vielmehr trägt sich hinter der Herkunftsfrage die koloniale Phantasie weiter, dass Deutsch gleich weiß bedeutet und Schwarz gleich fremd. Schwarz und Deutsch werden als zwei Kategorien wahrgenommen, die sich gegenseitig ausschließen: Menschen in Deutschland sind Schwarz oder Deutsch, nicht Schwarz und Deutsch. Das ist nicht in jeder Gesellschaft so. In den USA ist grundsätzlich geklärt, dass sich die Staatsangehörigen gegenseitig befragen und mit ihrer ethnischen Identität antworten. In Deutschland beinhaltet die Frage hingegen nicht selten die implizite Annahme, dass diejenigen, die gefragt werden, eben nicht (ursprünglich) zur deutschen Gesellschaft dazugehören. Ein ‚neues deutsches Wir' jenseits ethnischer und religiöser Grenzen scheint es hierzulande nicht so ausgeprägt zu geben, vielmehr ein „neues Deutsches Ihr", sagt Foroutan. Das ist auch der Grund dafür, dass sie heute anders auf die Frage „Wo kommst du her?" antwortet. Während ich vor einigen Jahren noch antwortete: „Ich bin Deutsche, was denn sonst", reagiere ich heute so: „Ich komme aus Iran. Und bin in Deutschland geboren." Bei der Herkunftsfrage handelt es sich nicht nur um eine Interessensfrage, sondern sie übermittelt auch die Botschaft, sich als ‚Andere Deutsche' in der Gesellschaft wahrnehmen zu lernen – und das ist aus Sicht von Gleichwertigkeit und Chancengerechtigkeit hochproblematisch und schürt zudem grobe Formen rassistischer Gewalt, wie Umfrageergebnisse zeigen.

Nach: Aguigah, René: „Wo kommst du her?" In: www.deutschlandfunkkultur.de, 21.06.2020 [Aus didaktischen Gründen modifiziert, Änderungen nicht gekennzeichnet.]

H **Aufgabe 1**
→ S. 379

F **Aufgabe 1**
Findet weitere Fälle von Rassismus aus eurem Alltag oder den Medien und ordnet sie der Matrix zu.

AUFGABEN

71079-67

1. Passt euer eigenes Kategoriensystem aus der Einstiegsaufgabe mit Hilfe des Textes aus **M12** an und verortet die Fälle aus **M11** in einer Kreis-Matrix mit den Achsen „subtil" und „grob" sowie „primär" und „sekundär" sowie den inneren Kreisen „individuell", „institutionell", und „strukturell".
2. Analysiert die Statistiken in **M13** und **M14** in Bezug auf das Kapitelthema (→ Methodenglossar).
3. Lest die beiden Positionen aus **M15** und klärt unter Berücksichtigung der Statistiken (**M13**, **M14**), was Foroutan mit der Aussage meint, dass es kein „neues Deutsches Wir", sondern ein „neues Deutsches Ihr" gibt.
4. a) Führt zu zweit mit Hilfe von **M15** und der Statistiken in **M13**, **M14** ein fiktives Streitgespräch zwischen den Expert:innen.
   b) Gestaltet einen Beitrag zu eurem Streitgespräch in eurer schuleigenen fiktiven Zeitung, indem ihr die zentralen Argumente aus dem Gespräch zusammenfasst und persönlich Stellung bezieht.
5. Simuliert mit Hilfe der nachfolgenden Methodenkarte die Kommissionssitzung zur Kontroverse um die Kategorie „Deutschenfeindlichkeit" in der Polizeistatistik.

Rollensimulation: Sollte „Deutschenfeindlichkeit" weiterhin eine Kategorie in der Polizeistatistik bleiben?

I. Worum geht es?

Das Bundeskriminalamt (BKA) protokolliert in der Kriminalstatistik jährlich politisch motivierte Kriminalität (PMK). Die Statistik soll helfen zu verstehen, wie viel Gewalt aus dem rechten, linken und religiösen Spektrum verübt wird, wo der Hass zunimmt und wo Straftaten zurückgehen. 2019 wurde erstmals die Kategorie „Deutschenfeindlichkeit" eingeführt (→ **M14**). Daraufhin begann eine mediale Debatte um die Sinnhaftigkeit dieser Kategorie. Das Bundesinnenministerium (BMI) beruft nun eine Kommission mit dem Auftrag ein, eine Handlungsempfehlung zur Frage auszusprechen, ob „deutschfeindlich" als Kategorie weiterhin in der Polizeistatistik bestehen bleiben sollte. Simuliert die Kommissionssitzung zum Umgang mit der gesellschaftlich umstrittenen Kategorie „Deutschenfeindlichkeit" in eurer Klasse.

Klärt vorab in der Klasse, warum es ein Problem sein könnte, „Deutschenfeindlichkeit" als Kategorie in der Statistik zu listen, und positioniert euch spontan zu der Aussage: „Wir haben ein Problem mit Angriffen auf Deutsche seitens der Ausländer:innen."

II. Geht dabei wie folgt vor:

1. Schritt: Rollenaufteilung und Rollenvorbereitung

1. Teilt euch in Kleingruppen ein und verteilt die umseitigen Rollen.
2. Ermittelt unter Einbeziehung der Positionstexte sowie der Materialien **M12-M15** zentrale Argumente für eure Position (2-4 Argumente) und fasst sie in folgender Tabelle zusammen:

Argument	Urteilskriterien
a) ...	...

2. Schritt: Durchführung der Simulation

1. Simuliert die Kommissionssitzung (eine Person pro Gruppe) und beobachtet (Rest der Gruppe), ob eure Gruppenargumente und zugeordneten Urteilskriterien sachlich richtig wiedergegeben werden.
2. Haltet eure Entscheidung einschließlich ihrer Begründung schriftlich fest (z. B. auf einem Flipchart).

3. Schritt: Auswertung

1. Kommt nochmals in den Kleingruppen zusammen und reflektiert wie erfolgreich sich eure Rolle durchsetzen konnte.
2. Bewertet die Entscheidung der Kommissionsmitglieder (→ **PUB, 6**).

Rollenkarten

Hinweis zu den Rollen
Alle Rollen sind fiktiv. Die Kontexte sind real.

1 Jon(a) Bloch und Leon(ie) Ruhl, Kommissionsvorsitzende:r und Stellvertreter:in, Bundesministerium des Inneren und für Heimat (BMI)

Als Vorsitzende dieser Kommission moderiert ihr den Abstimmungsprozess. Das bedeutet:

1. Macht euch mit den Positionen der Kommissionsmitglieder vertraut, indem ihr die Rollenkarten lest.
2. Eröffnet die Sitzung und stellt euch und das Thema der Sitzung kurz vor.
3. Ruft die Kommissionsmitglieder auf, sich vorzustellen und kurz Stellung zum Entwurf zu beziehen.
4. Achtet während der Sitzung auf eine ausgewogene Redezeit.
5. Fasst die zentralen Argumente kriteriengeleitet zusammen.
6. Fordert die Kommissionsmitglieder zur Abstimmung auf.
7. Verfasst die Entscheidung einschließlich ihrer Begründung schriftlich.
8. Beendet die Sitzung mit Dank an alle Teilnehmenden.

2 Maurice Wagner, Leiter des Kriminologischen Forschungsinstituts Niedersachsen, FKN

Straftaten zu erfassen, die sich gegen Personen richten, weil sie deutsch sind oder auf den Angreifenden so wirken, ist ein wichtiger Schritt in die richtige Richtung. Denn in Deutschland darf es keine Fremdenfeindlichkeit erster und zweiter Klasse geben. Ausländerfeindlichkeit, Antisemitismus und Islamfeindlichkeit müssen klar bekämpft werden, dazu gehört aber auch Deutschenfeindlichkeit als eine Form der Fremdenfeindlichkeit und des Rassismus. Denn auch in diesem Fall wird jemand auf Grundlage der Ethnie diskriminiert. Diese Form der Hasskriminalität haben wir viel zu lange vernachlässigt. Dass die Erhebung deutschfeindlicher Straftaten längst überfällig war, bestätigen die Statistiken seit ihrer Einführung im Jahr 2019. Denn nur darüber konnte sichtbar werden, dass Deutschenfeindlichkeit bereits im ersten Jahr besorgniserregend anstieg, um 68 %. Wir benötigen dringend Maßnahmen gegen diese Entwicklung, die sich v. a. an Schulen mit hohem Migrationsanteil zeigt. Deutschenfeindlichkeit auf Schulhöfen ist genauso wenig akzeptabel wie jede andere Form von Diskriminierung.

Bearbeiterin, basierend auf: F.A.S: Deutschenfeindlichkeit ist Rassismus. In: www.faz.net, 09.10.2010

3 Ana Sopala, Historikerin, Universität Bonn

Historisch gesehen ist der Begriff „Deutschenfeindlichkeit" hochproblematisch. Er stammt ursprünglich aus der Zeit der Wende vom 19. zum 20. Jahrhundert und beschrieb die ablehnende Einstellung der anderen Länder gegenüber Deutschland. Von rechten Kreisen wurde er Mitte des 20. Jahrhunderts aufgegriffen. Die Betonung des Phänomens und der Begriff sind bis heute fester Bestandteil der rechtsextremen Kommunikations- und Propagandastruktur, die dazu dient, Deutsche mit Migrationshintergrund und Geflüchtete zu diffamieren und ihre Ausweisung zu legitimieren bzw. ihre Einbürgerung zu verunmöglichen. Dass dieser Begriff 2019 in die polizeiliche Kriminalstatistik aufgenommen wurde, mag ein Versuch sein, Gewaltmuster zu präzisieren. Er bleibt aber gänzlich unangebracht, denn das Bundeskriminalamt (BKA) macht hier einen rechtsextremen Kampfbegriff salonfähig. Und er verkennt einen wichtigen Unterschied: Wenn Deutsche aufgrund ihres „Deutschseins" täglich angegriffen werden, ist das verurteilenswert und durch nichts zu rechtfertigen – aber es ist eine Erfahrung individueller Ausgrenzung und kein struktureller Rassismus.

Bearbeiterin, basierend auf: Laubenstein, Sina: „Deutschenfeindlichkeit" – zwischen rechtem Kampfbegriff & gesellschaftlicher Herausforderung. In: www.bpb.de, 14.03.2018

4 Kim Bayer, Soziologie, Universität Bielefeld

Zu fragen ist doch, warum gerade jetzt, nach einem jahrelangen Anstieg rechtsextremer Gewalttaten das BKA „Deutschenfeindlichkeit" zur Kategorie erhebt und das Augenmerk damit genau auf die zu richten versucht, die von rechtsextremer Gewalt bedroht werden? Die Faktenlage kann kaum dafür sprechen: mit 222 Fällen gegenüber 5.298 Vorkommnissen sind deutschenfeindliche Straftaten verschwindend gering. Zudem ist die Art der Delikte nicht gleichzustellen. Während einzelne Fälle von Körperverletzung neben Beleidigungen, Sachbeschädigungen oder dem Tragen von Kennzeichen verfassungswidriger Organisationen Inhalt deutschenfeindlicher Straftaten sind, reichen ausländerfeindliche Delikte bis zu Brandstiftung und Mord. Unklar bleibt zudem, wer deutschenfeindlich ist: Wenn ein Deutscher ohne Migrationsgeschichte einem türkeistämmigen Deutschen gegenüber handgreiflich wird, ist er dann ein „Deutschenfeind" oder ein Rassist?

Spätestens hier zeigt sich doch, dass der Begriff befördert, Deutschsein mit einem bestimmten Aussehen und einer bestimmten Kultur und Religion zu verbinden. Die Unterscheidung „Deutschenfeindlichkeit" und „Ausländerfeindlichkeit" sorgt am Ende also nicht für mehr „Trennschärfe" in der Kriminalstatistik, sondern für mehr Ausgrenzung und ist abzulehnen.

Bearbeiterin, basierend auf: Röhlig, Marc: „Deutschfeindlichkeit" ist nun eine Kategorie in der Polizeistatistik – und das ist gefährlich. In: www.spiegel.de, 03.06.2020

5 Defne Erol, Referentin des BMFSFJ

Es ist empirisch festzustellen, dass an Schulen mit einem hohen Anteil an Jugendlichen mit Migrationshintergrund verstärkt das Phänomen der Deutschenfeindlichkeit auftritt. Hier kommt es zu Beschimpfungen und einer ablehnenden Haltung gegenüber Weiß-deutschen Jugendlichen. Zurückzuführen ist dies auf die soziale und wirtschaftliche Lage der Jugendlichen mit Migrationshintergrund, die ein deviantes [straffälliges] Verhalten begünstigen. Repräsentative Befragungen von Jugendlichen zeigen zudem, dass ein hoher Zusammenhang zwischen gewalttätigem Verhalten gegenüber Weiß-Deutschen und selbst erlebten Übergriffen aufgrund der eigenen Migrationsgeschichte besteht. Die Diskriminierung ist also nicht einseitig zu interpretieren, sondern als Reaktion auf Rassismuserfahrungen zu verstehen. Auch wurden über die Befragung Einstellungsunterschiede sichtbar: Während benachbarte Weiß-Deutsche von türkeistämmigen Jugendlichen als relativ beliebt beschrieben wurden, stuften Weiß-deutsche Jugendliche türkeistämmige Jugendliche aus der Nachbarschaft als äußerst unbeliebt ein. Hier zeigen sich wechselseitige Probleme zwischen Mehrheitsgesellschaft und marginalisierten Gruppen. Die jüngst eingeführte Kategorie „deutschenfeindlich" macht diesen Zusammenhang deutlich und gibt Aufschlüsse über Präventivmaßnahmen.

Bearbeiterin, basierend auf: Toprak, Ahmet/ Nowacki, Katja: Gewaltphänomene bei männlichen, muslimischen Jugendlichen mit Migrationshintergrund und Präventionsstrategien. Expertise im Auftrag des Bundesministeriums für Familien, Senioren, Frauen und Jugend. Oktober 2010, S. 15 f.

BMFSFJ
Bundesministerium für Familie, Senioren, Frauen und Jugend

2.2.2 Rassistische Diskriminierungen: Wie soll ihnen begegnet werden?

Zum Thema: „In einer rassistischen Gesellschaft können Menschen nicht nicht-rassistisch sein." Diese Aussage verweist darauf, dass Rassismus nicht nur eine Frage der persönlichen Einstellung ist, sondern auch in Institutionen und gesellschaftlichen Strukturen verankert ist. Deshalb sind Menschen und demokratische Institutionen aber nicht handlungsunfähig. Was du im Einzelnen gegen rassistische, homophobe oder sexistische Beleidigungen tun kannst und welche Rechte dir und anderen in Fällen der Benachteiligung aufgrund von ethnischer Herkunft oder Religionszugehörigkeit zustehen, darum geht es in diesem Kapitel.

Homophob
Abneigung und Feindseligkeit gegenüber lesbischen und schwulen Personen

M16 Fallbeispiele: Soll hier eingegriffen werden?

Fall 1 Mayram S. wurde kürzlich eingebürgert und möchte nun ihren deutschen Reisepass beantragen. Sie legt hierfür alle erforderlichen Unterlagen vor, doch das Amt weigert sich, ihr den Pass auszustellen, weil sie auf dem Passbild ein Kopftuch trägt. Laut Vorgaben ist eine Kopfbedeckung verboten. Eine Ausnahme aus religiösen Gründen ist zwar zulässig, dafür muss Frau S. jedoch eine Bescheinigung ihres Imams vorlegen, um zu beweisen, dass sie auch wirklich religiös ist.

Fall 2 Tjargo E. sitzt im Zug zwischen Krefeld und Kleve, als er von der Bundespolizei auf Englisch aufgefordert wird, sich auszuweisen. Er muss zudem seine Taschen leeren und sein Gepäck öffnen. Er ist deutscher Staatsbürger, aber der einzige Schwarze im Zugabteil. Alle anderen Gäste werden nicht kontrolliert.

Fall 3 Toni A. fühlt sich in seiner Klasse wohl, besonders freut Toni, dass der Schule noch weitere Personen mit türkischem Migrationshintergrund angehören. In der Pause unterhalten sie sich manchmal auf Deutsch, manchmal auf Türkisch. Als andere Kinder aus Tonis Klasse dies zufällig mitbekommen, beschweren sie sich bei der Lehrkraft. Denn das Verhalten widerspreche den Klassenregeln, wonach in der Schule Deutsch zu sprechen sei. Toni wird mit einer Strafarbeit getadelt.

Bearbeiterin

EINSTIEGSAUFGABE 71079-68

Diskutiert in der Klasse, ob es sich in den Fallbeispielen (**M16**) um rassistische Vorkommnisse handelt, in die ihr auf alle Fälle eingreifen würdet. Begründet eure Einschätzung unter Einbeziehung von Urteilskriterien (→ **PUB, 4**).

M17 Welche Grundrechte gibt es und wie werden sie geschützt?

a) Grundgesetz (GG)

Die Bundesrepublik Deutschland hat im Jahr 1949 im Bewusstsein seiner Verantwortung gegenüber allen Menschen ein Grundgesetz beschlossen, das unter anderem folgende Artikel enthält:

Art. 1, Abs. 2 GG: Das deutsche Volk bekennt sich [...] zu unverletzlichen und unveräußerlichen Menschenrechten [...].
Art. 2, Abs. 1 GG: Jeder hat das Recht auf die freie Entfaltung seiner Persönlichkeit, soweit er nicht die Rechte anderer verletzt und nicht gegen die verfassungsmäßige Ordnung oder das Sittengesetz verstößt.
Art. 3 GG: (1) Alle Menschen sind vor dem Gesetz gleich. (2) Männer und Frauen sind gleichberechtigt. [...] (3) Niemand darf wegen seines Geschlechtes, seiner Abstammung, seiner Rasse, seiner Sprache, seiner Heimat und Herkunft, seines Glaubens, seiner religiösen oder politischen Anschauungen benachteiligt oder bevorzugt werden. Niemand darf wegen seiner Behinderung benachteiligt werden.
Art. 4 GG: (1) Die Freiheit des Glaubens, des Gewissens und die Freiheit des religiösen und weltanschaulichen Bekenntnisses sind unverletzlich. (2) Die ungestörte Religionsausübung wird gewährleistet.
Art. 8 GG: (1) Alle Deutschen haben das Recht, sich ohne Anmeldung oder Erlaubnis friedlich und ohne Waffen zu versammeln. (2) Für Versammlungen unter freiem Himmel kann dieses Recht durch Gesetz oder auf Grund eines Gesetzes beschränkt werden.
Art. 16a, Abs. 1 GG: Politisch Verfolgte genießen Asylrecht.

b) Allgemeines Gleichbehandlungsgesetz (AGG)

Das Grundrecht auf Gleichbehandlung gilt für Individuen, ist aber nicht auf die Privatwirtschaft, öffentlich-rechtliche Dienstverhältnisse und religiöse Einrichtungen anwendbar. Hier greift das Allgemeine Gleichbehandlungsgesetz (AGG), das u. a. folgende Paragraphen umfasst:

§1 AGG: Ziel des Gesetzes ist, Benachteiligungen aus Gründen der Rasse oder wegen der ethnischen Herkunft, des Geschlechts, der Religion oder Weltanschauung, einer Behinderung, des Alters oder der sexuellen Identität zu verhindern oder zu beseitigen.
§3, Abs. 1 und 2 AGG: Benachteiligt werden darf weder unmittelbar, also wenn eine Person z. B. aufgrund von „Rasse" eine weniger günstige Behandlung erfährt als eine Person in vergleichbarer Situation noch mittelbar. Eine „mittelbare Benachteiligung liegt vor, wenn dem Anschein nach neutrale Vorschriften, Kriterien oder Verfahren Personen wegen eines in §1 genannten Grundes gegenüber anderen Personen in besonderer Weise benachteiligen können".
§7, Abs. 1 AGG: Beschäftigte dürfen wegen eines in §1 genannten Grundes nicht benachteiligt werden
§13, Abs. 1 AGG: Beschäftige haben das Recht, sich bei den zuständigen Stellen des Betriebs, des Unternehmens oder der Dienststelle zu beschweren, wenn sie sich benachteiligt fühlen
§15, Abs. 1 AGG: Liegt ein Verstoß gegen das Benachteiligungsverbot vor, sind Dienststellen verpflichtet, den hierdurch entstandenen Schaden zu ersetzen.

M18 Was spricht mich an? Präventionsmaßnahmen gegen rassistische Diskriminierung und antisemitische Beleidigung an Schulen

A Meine Schule wird Mitglied im Netzwerk **Schule ohne Rassismus – Schule mit Courage**, womit sich alle Schulmitglieder selbst verpflichten, sich „aktiv gegen Ungleichwertigkeitsdenken und Diskriminierung jeder Art ein[zu]setzen" und „nachhaltige Projekte, Aktionen und Veranstaltungen durch[zu]führen, um Diskriminierung, insbesondere Rassismus, zu überwinden."

www.schule-ohne-rassismus.org

B „Ich stehe auf und zeige Gesicht – gegen Rassismus und Nationalismus und für eine offene und zukunftsfähige, nachhaltige Gesellschaft" (AgR), indem ich mich bei lokalen **Aktionsbündnissen gegen Rechts** (AgR) informiere und engagiere.

www.bundjugend.de/aktiv-werden-gegen-rechts-ein-ueberblick

C Ich mache mich fit gegen Alltagssprüche auf dem Schulhof, indem ich mir die App „**KonterBUNT. Einschreiten für Demokratie**" von der Landeszentrale für politische Bildung in Niedersachsen herunterlade. Hier bekomme ich Ideen für mögliche Antworten auf antidemokratische Äußerungen und Reaktionsstrategien.

www.konterbunt.de

App: KonterBUNT

71079-69

D Ich empfehle die Veranstaltungsart **Edutainment** weiter, die auf unterhaltende Weise dazu anregt, Stereotype zu erkennen und zu hinterfragen. Ein Beispiel für Edutainment ist die Nonprofit-Organisation PINKSTINKS Germany, die für ihr ehrenamtliches und soziales Engagement in den Sozialen Medien mehrfach ausgezeichnet wurden.

Bearbeiterin

Link zu PINKSTINKS

71079-70

AUFGABEN

71079-72

1. Prüft arbeitsteilig in Kleingruppen unter Einbeziehung der Gesetze (**M17**) die jeweiligen Fälle in **M16** daraufhin, ob eine Benachteiligung vorliegt, die eine Klage vor Gericht erfolgversprechend macht.
2. Recherchiert über den nebenstehenden QR-Code die Auflösung der Fälle, die sich tatsächlich zugetragen haben, präsentiert die Begründung den anderen aus eurer Klasse und beurteilt die juristische Entscheidung.
3. Wählt zu zweit aus den Präventionsmaßnahmen (**M18**) drei Beispiele aus und ...
   a) klärt, auf welcher Ebene sie sich umsetzen lassen: persönlich, institutionell oder politisch,
   b) erläutert ihre möglichen Wirkungsweisen,
   c) entscheidet, für welche Maßnahme(n) ihr euch einsetzen bzw. an welchen Maßnahmen ihr euch aktiv beteiligen würdet.
4. Verfasst einen Zeitungskommentar über ...
   a) den von Maurice Wagner eingebrachten Aspekt der Gewalt von Ausländern gegen Deutsche (→ Methodenkarte, S. 80, Kasten **2**) oder
   b) den von Zeynep Heizmann aufgeworfenen Aspekt einer zunehmend rassistischen Gesellschaft (→ S. 77, **M15** **A**).

Informationen zu den Fällen Mayram S., Tjargo E. und Toni A.

71079-71

H **Aufgabe 4**
→ S. 379

2.3 Extremistische Strukturen in Deutschland

2.3.1 (Von wem) werden unsere demokratischen Grundwerte bedroht?

Zum Thema: Dieses Kapitel befasst sich mit demokratiegefährdenden Strömungen. Während die 1970er Jahre mehr von linksextremen Aktivitäten geprägt waren, überschatten seit den 1990er Jahren rechtsextreme Anschläge unser demokratisches Zusammenleben. Welche Gruppierungen gegenwärtig demokratische Grundwerte gefährden, mit welchen Theorien diese Gefährdungen zu erklären versucht werden und welche Rolle soziale Medien hierbei spielen, ist Gegenstand dieses Kapitels.

M19 Fallbeispiele: Liegt hier politischer Extremismus vor?

A

Aufkleber in Berlin (2019)

B

Pegida-Demonstration (2018)

C

Selbsternannte Sittenwächter in Wuppertal (2014)

Shariah (Scharia)
Rechtssystem des Islam, aus ihr gehen Strafgesetze, Essensvorschriften, Kleiderregeln und rituelle Gebote hervor.

EINSTIEGSAUFGABEN 71079-73

1. Tauscht euch darüber aus, wozu die Bilder eures Erachtens aufrufen.
2. Nehmt spontan Stellung dazu, ob es legitim (vertretbar) ist, diese Inhalte in unserer Gesellschaft zu verbreiten.

M20 Erscheinungsformen extremistischer Gruppen in Deutschland

71079-74

Sozialdarwinismus
Die Einstellung, dass das Recht des Stärkeren das menschliche Zusammenleben bestimmt.

Autoritär
Diktatorisch, totalitär; Gehorsam fordernd

Populismus
Populisten gehen davon aus, dass die Gesellschaft in zwei homogene Gruppen aufgeteilt ist: das „gute Volk" und die „korrupte Elite". Populisten sagen, dass sie als einizige den wahren „Willen des Volkes" kennen und vertreten.

Radikalismus
Eine politische Auffassung, die an die Wurzeln geht.

Salafismus
Arabisch: Salaf = Vorfahre; Eine ultrakonservative Strömung im sunnitischen Islam, die eine Rückkehr zu den Wurzeln des Islam anstrebt.

Extreme Rechte Bei der extremen Rechten verbinden sich rassistische, antisemitische, sexistische, nationalistische, sozialdarwinistische und grundsätzlich autoritäre Einstellungen zu einem Gesellschaftsentwurf, in dessen Zentrum die Volksgemeinschaft steht. Abgelehnt wird das gesellschaftliche Gleichheitsprinzip, Minderheiten werden diskriminiert und soziale und ökonomische Problemlagen werden auf kulturelle Vermischungen in einer Gesellschaft zurückgeführt. Der Begriff „Extreme Rechte" fungiert als Sammelbegriff und umfasst rechtskonservative, rechtspopulistische sowie rechtsextreme Einstellungen. Während Rechtsextreme als verfassungsfeindlich eingestuft werden, bewegen sich rechtskonservativ und rechtspopulistisch Gesinnte noch innerhalb der Grenzen des demokratischen Verfassungsstaats.

Bearbeiterin, basierend auf: Bundschuh, Stephan: Prävention gegen Autoritarismus. In: Wolfgang Sanders: Handbuch politische Bildung. 4. völlig überarbeitete Auflage. Schwalbach/Ts.: Wochenschau Verlag 2014, S. 339-348; Fischer, Sebastian: Rechtsextremismus. In: Achour et al. (Hg.): Wörterbuch Politikunterricht. Frankfurt/Main: Wochenschau Verlag 2020, S. 210-213.

Radikale Linke Linksradikalismus bzw. -extremismus ist ein Sammelbegriff für Bestrebungen des äußerst linken politischen Spektrums, die den parlamentarischen Verfassungsstaat ablehnen, auf die Erweiterung personaler Autonomie drängen und für das Prinzip der völligen menschlichen Gleichheit eintreten. Politisch verwirklicht werden soll dieses Gleichheitsprinzip, teilweise auch gewaltsam, im Anarchismus, Kommunismus oder Sozialismus. Verwendet wird der Begriff seit Anfang der 1970er Jahre, wo er die Sammelbezeichnung „Linksradikalismus" ablöste. Die gravierendste Bedrohung für die öffentliche Sicherheit aus dem linken Spektrum geht laut Verfassungsschutz aktuell von Strömungen wie der autonomen Szene aus, die den Emanzipationsgedanken in Abkehr von staatlichen Normen umsetzten wollen.

Bearbeiterin, basierend auf: Bundesministerium des Innern und für Heimat: Linksextremismus. In. www.bmi.bund.de, Abruf am 21.03.2022; Mühlendorf, Friedbert: Linksextremismus und Linksradikalismus (20. Jahrhundert). In: www.historisches-lexikon-bayerns.de, Abruf am 21.03.2022

Islamismus Islamischer Fundamentalismus bzw. Islamismus beschreibt eine Einstellung, die Gewaltausbildung oder zumindest -bereitschaft, traditionelle Männlichkeitsbilder, hohe Religiosität und Autoritarismus vereint. Islamismus ist eine Sammelbezeichnung für alle politischen Auffassungen und Handlungen, die im Namen des Islam die Errichtung einer ausschließlich religiös legitimierten Gesellschafts- und Staatsordnung anstreben. Während der Islamismus die Religion politisiert und instrumentalisiert, zeigen sich Rechts- und Linksextremismus gegenüber der Religion reserviert bis ablehnend. Zu beachten ist jedoch, dass nicht aus der muslimischen Religiosität allein auf die Geschlechterrollenbilder, die Gewaltausbildung oder Gewaltakzeptanz zu schließen ist. Die dominante Strömung der Islamisten in Deutschland ist gegenwärtig der politische Salafismus.

Bearbeiterin, basierend auf: Bundschuh, Stephan: Prävention gegen Autoritarismus. In: Wolfgang Sanders: Handbuch politische Bildung. 4. Auflage, völlig überarbeitete Auflage. Schwalbach/Ts.: Wochenschau Verlag 2014, S. 339-348

M21 Politisch motivierte Gewalt in Deutschland

a) Wie entwickelt sich die politisch motivierte Kriminalität (PMK)?

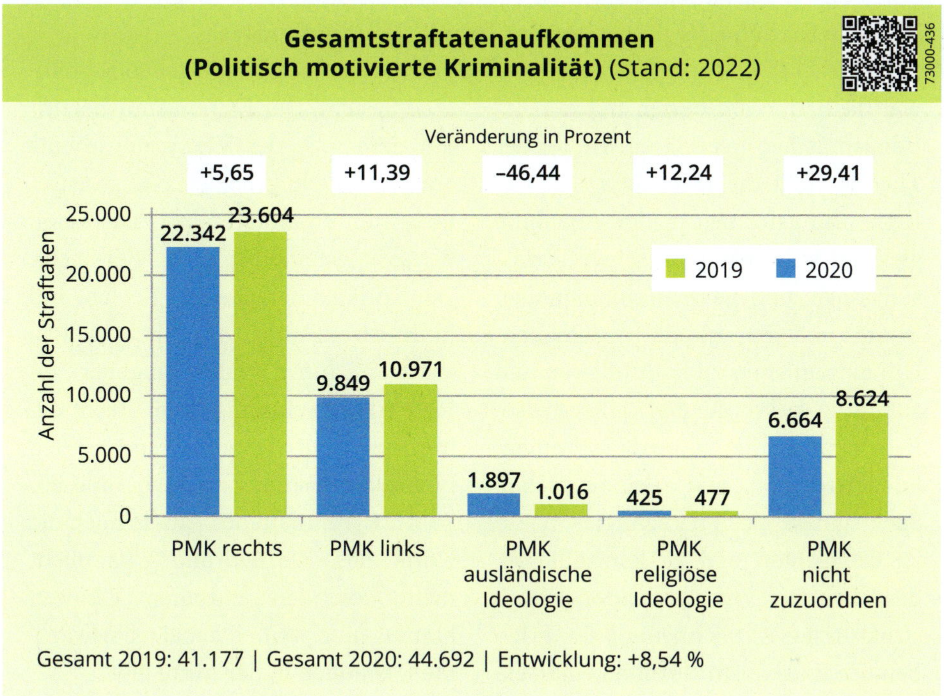

©C.C. Buchner Verlag, aktuelle Daten nach: Bundeskriminalamt, 2021

b) Wie entwickelt sich die Anzahl der Hasspostings?

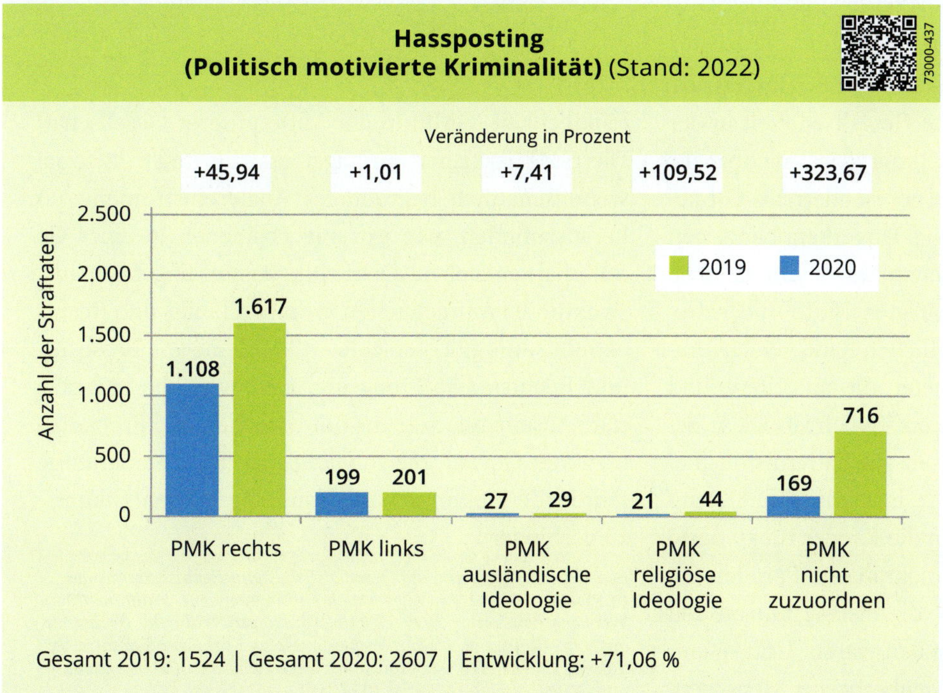

©C.C. Buchner Verlag, aktuelle Daten nach: Bundeskriminalamt, 2021

Hassposting
Formen von menschenverachtenden Äußerungen im Internet

M22 Streitfrage Extremismus: Wo kommen politisch extreme Positionen her?

1 Martin Scheffel (Sprecher des Bundeskriminalamtes)

Die Ursache für extremistische Gewalt lässt sich am besten mit der Extremismustheorie erklären. Hinter der Theorie steht die Idee, dass sich alle Extremismusformen in der Annahme gleichen, den demokratischen Verfassungsstaat und seine fundamentalen Werte und Spielregeln abzulehnen. Um Extremismus zu kontrollieren und zukünftig zu vermeiden, gilt es also, Personen aus dem rechtsextremen, linksextremen und islamistischen Spektrum in gleichberechtigter Weise zu beobachten und zu kontrollieren, denn bei aller Verschiedenheit gibt es strukturelle Ähnlichkeiten: So erheben alle Extremismusformen einen exklusiven Erkenntnis- und Wahrheitsanspruch, folgen einer dogmatischen [unbezweifelbar richtigen] Weltsicht, polarisieren zwischen Gut und Böse und verdammen das bestehende politische System. Der Extremismusbegriff, mit dem v. a. der Verfassungsschutz operiert, ist ein geeignetes Messinstrument, um einzustufen, ob Aktivitäten verfassungsfeindlich sind oder nicht. Die Kritik an der Theorie, Rechts- und Linksextremismus angeblich gleichzusetzen, führt Pfahl-Traughber zufolge dazu, einseitig den Rechtsextremismus zu bagatellisieren und den Linksextremismus zu verharmlosen. Zu kurz greift laut des Autors auch die Kritik, dass die Bedrohung gar nicht mehr von den extremen Rändern kommt, nur weil es auch rechtsextreme Positionen in der Mitte gibt.

Bearbeiterin, basierend auf: Pfahl-Traughber, Armin: Linksextremismus – analytische Kategorie oder politisches Schlagwort? In: www.bpb.de, 08.09.2014; Fischer, Sebastian: Rechtextremismus. In: Achour et al. (Hg.): Wörterbuch Politikunterricht. Frankfurt/Main: Wochenschau Verlag 2020, S. 210-213

Antipluralismus
Die Ablehnung der pluralistischen (Koexistenz von verschiedenen Interessen und Lebensstilen in einer Gesellschaft) Demokratie und des Mehrheitsprinzips.

2 Natalia Babka (Professorin für Sozialwissenschaften)

Die Ursache für extremistische Gewalt wurzelt in der Mitte der Gesellschaft („Mitte"), die längst nicht mehr als Schutzzone der Demokratie gilt, sondern als Ort potenzieller Demokratiebedrohung. Unverkennbar zeigen dies empirische Studien, aus denen hervorgeht, dass die Grenzen zwischen einer gemäßigten Mitte und extremen Positionen am gesellschaftlichen Rand verschwimmen und die Mitte zunehmend für autoritäre und antipluralistische Haltungen empfänglich ist. Diese Beobachtung, die sich im Gegensatz zur Extremismustheorie auf empirische Daten stützt, ist alarmierend. Denn je mehr die gemäßigte Mitte an die Ränder rückt, desto stärker übernehmen auch demokratische Parteien allmählich politische Haltungen, die bislang nur an den extremistischen Rändern zu finden waren. Und so entsteht eine zunehmende gruppenbezogene Menschenfeindlichkeit (GMF) in der Mitte unserer Gesellschaft. Die GMF ist daher ein angemessenes und v.a. sozialwissenschaftlich begründetes Analyseinstrument, um herauszufinden, wie extreme Positionen in einer Gesellschaft entstehen. Die Kritik, dass es angeblich auch strukturelle Ähnlichkeiten zwischen Links- und Rechtsextremismus gibt, verschleiert Probleme wie Rassismus und Rechtsradikalismus und erschwert die pädagogische Auseinandersetzung mit Ursachen und Problemen extremer Gewalt, die so wichtig ist, um demokratiegefährdende Haltungs- und Handlungsweisen zukünftig zu verhindern.

Bearbeiterin, basierend auf: Fischer, Sebastian: Rechtsextremismus. In: Achour et al. (Hg.): Wörterbuch Politikunterricht. Frankfurt/Main: Wochenschau Verlag 2020, S. 210-213; Holzer, Willibald: Rechtsextremismus – Konturen, Definitionsmerkmale und Erklärungsansätze. In: Stiftung DÖW (Hg.): Handbuch des österreichischen Rechtsextremismus. Wien: Verlag Deuticke 1994: S. 11–96

M23 Fallbeispiel: Telegram – ein rechtsfreier Raum oder ein Raum der Meinungsfreiheit?

Telegram hat ein Rechtsextremismus-Problem. Die Plattform ist ein Tummelplatz für Organisationen wie die Identitäre Bewegung oder Querdenker-Gruppen, die über den Messengerdienst ein Millionenpublikum erreichen.

Damit ist Telegram zu einer gefährlichen Echokammer geworden, in der Hakenkreuzdarstellungen und Verschwörungsmythen propagiert sowie Drogen und Pornografie gehandelt werden. „Es kann nicht sein“, sagt die Innenministerin Faeser, „dass ein App-Betreiber unsere Gesetze ignoriert.“ Innen- und Justizministerium versuchen derzeit einen rechtlichen Rahmen zu schaffen, um Telegram dazu zu bringen, sich an demokratisches Recht zu halten.

Eine Möglichkeit hierfür ist das Netzwerkdurchsetzungsgesetz (NetzDG), demzufolge Anbieter strafbare Inhalte zeitnah löschen und dem Bundeskriminalamt (BKA) melden müssen. Journalist:innen kritisieren den politischen Druck auf Telegram, da der Messengerdienst auch ein Garant für freie Kommunikation ist, v.a. in autokratischen Staaten, da er sich von keinem Staat Vorschriften machen lässt.

Bearbeiterin, basierend auf: Laufer, Daniel: Fällt Telegram wirklich nicht unter das NetzDG? In: www.netzpolitik.org, 04.02.2021

Identitäre Bewegung
Eine rechtsextreme Bewegung, die von einer ethnischen homogenen (gleichen) Kultur Europas ausgeht, welche vom Islam bedroht wird und verteidigt werden muss. Universale Rechte und die Gleichheit aller Menschen werden abgelehnt.

Querdenker
Ein Sammelbegriff für die Menschen, die gegen die Schutzmaßnahmen in der Corona-Pandemie protestieren und Verschwörungstheorien verbreiten.

AUFGABEN

71079-75

1. Ermittelt arbeitsteilig in Kleingruppen die Merkmale der jeweiligen Extremismusformen (**M20**) und stellt sie euch gegenseitig vor.
2. Analysiert die Fälle in **M19** mit Hilfe von **M20**: Lassen sie sich als politisch extremistische Vorfälle einordnen?
3. Vergleicht die beiden Grafiken in **M21** (→ Methodenglossar) und analysiert, welche Extremismusform unsere Demokratie gegenwärtig besonders herausfordert. Unterscheidet hierbei reale Welt und Cyberspace.
4. Arbeitet in Kleingruppen und erstellt ein fiktives Interview mit den Expert:innen in **M22**:
   a) Klärt die Positionen in **M22** und formuliert Fragen, die ihr abwechselnd an die Expert:innen richten könnt.
   b) Arbeitet die Antworten positionsgemäß aus.
5. Formuliert einen kurzen Kommentar zu dem Interview, in dem ihr (auch mit Bezug auf **M20** und **M21**) die Positionen beurteilt.
6. Erschließt den Fall Telegram aus **M23** und beurteilt ... **MK**
   a) die Gefahr, die von Telegram ausgeht, indem ihr die Statistik aus **M21b** einbezieht,
   b) die Bestrebungen der deutschen Innenministerin gegen Telegram. Zieht hierfür Urteilskriterien heran (z. B. Meinungsfreiheit, Sicherheit) (→ **PUB, 4**).

F Aufgabe 4
Nehmt euer Interview auf.

2.3.2 Wie sollte in der Schule mit Rechtspopulismus und -extremismus umgegangen werden?

Zum Thema: Ein beliebtes Ziel rechtspopulistischer Annäherungsversuche sind Jugendliche, die ihre eigene Identität ausbilden, eigene Wertmaßstäbe entwickeln und gesellschaftliche Rollen ausprobieren. Welche Rolle hierbei Schulordnung und Schulkultur spielen können, ist Inhalt dieses Kapitels.

M24 Rechtsextreme Symbolik oder jugendlicher Stil?

Ein Pullover der Kleidermarke Thor Steinar

Ein Musikfestival

Eine Kette mit einem Kompass Symbol

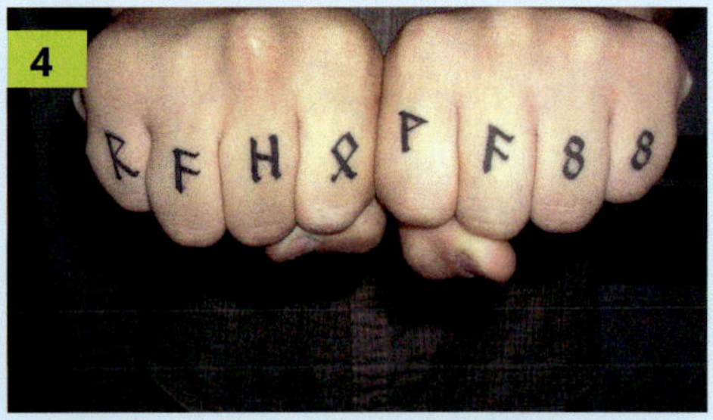

Tattoos eines Jugendlichen auf den Fingern

Jugendzimmer

Eine Kundgebung der Partei Die Rechte am 09.11.2019 in Bielefeld

EINSTIEGSAUFGABE 71079-76

Positioniert euch zu der Frage, ob die Bilder in **M24 1 - 6** einen bestimmten jugendlichen Stil bekunden oder eindeutig auf ein rechtspopulistisches oder rechtsextremistisches Weltbild verweisen?

M25 Rechte Symboliken im (Schul-)Alltag

71079-307

a) Woran lassen sich rechte Symboliken erkennen?

Rechte Erkennungszeichen tauchen im Alltag in Form von Kleidermarken, Musik oder in der Sprache auf, bleiben für Außenstehende aber oft unerkannt. Denn an die Stelle des ‚Klischeenazis' mit Glatze, Springerstiefel und Hakenkreuz-Tattoo sind vielfältige Stile und Symbole getreten, die weder strafbar sind noch öffentlich geächtet werden. Rechtspopuläre Symbole wurzeln in der nordischen Mythologie und greifen keltische Symbole oder Wikinger Runen auf. Sie haben in der rechten Szene großen Wiedererkennungswert. So nehmen Kleidermarken wie Thor Steinar, Ansgar Aryan oder Greifvogel Wear, die auf ein militaristisches Image setzen, diese Symbole auf, sie dienen aber auch als Vorlage für Körpertätowierungen. Ein Zeichen der Zusammengehörigkeit schafft in der rechten Szene zudem ein eigener Sprachgebrauch, der sich darüber auszeichnet, dass Anglizismen verpönt und Zahlen- und Buchstabenkürzel verwendet werden, z.B. steht „88" für „Heil-Hitler" (H = 8. Buchstabe des Alphabets) oder „MDG" für „Mit deutschem Gruß"). Auch Musik und Festivals sind ein identitätsstiftendes Moment der rechten Szene. Rechte Bands wie Oidoxie (Rechtsrock), Absurd (Black Metal) oder MaKss Damage (Rechter HipHop) vermitteln beiläufig ein rechtes Weltbild an Jugendliche. Sympathie zum rechten Weltbild wird zudem über Fahnen ausgedrückt. Geschwungen wird auf Demos inzwischen weniger die Nationalfahne als vielmehr die Reichsfahne (schwarz-weiß-rot) oder schwarze Fahnen, die auch von Linksautonomen genutzt werden.

Bearbeiterin, basierend auf: IDA-NRW: Symbolik. In: www.ida-nrw.de, Abruf am 21.03.2022

b) Fallbeispiele für rechte Symboliken

1

Wikinger Rune: Kompass (den Weg zeigen)

2

Keltisches Symbol: Triskele (heilige Drei in allen Lebensbereichen)

3

Wikinger Rune: Inguz (Fruchtbarkeit, Wohlstand)

4

Die Schwarze Sonne ist ein Symbol der SS und kann entweder als drei übereinandergelegte Hakenkreuze oder als Rad aus zwölf Sigrunen gedeutet werden.

M26 Fallbeispiel Rechtspopulismus an der Schule: Soll die AfD zur Podiumsdiskussion eingeladen werden?

An eurer Schule soll zum Zweck der politischen Bildung ein Forum mit der im Landtag vertretenen Fraktionen stattfinden. Das Thema des Forums lautet „Demokratie sichern in Europa". An eurer Schule entfacht sich eine Kontroverse zwischen den einzelnen Gruppenvertretungen, als die Schulleitung ankündigt, die AfD von der Einladung auszunehmen, um Rechtspopulismus an der Schule nicht zu stärken.

1 Schulleitung: „Die AfD wollen wir wegen ihres Grundsatzprogramms sowie der polemisierenden Weise, wie sich viele führende Parteimitglieder äußern, nicht einladen. Wir wollen uns mit dieser Entscheidung klar vom Rechtspopulismus der AfD distanzieren."

2 Lehrkräftevertretung: „Als staatliche Schule müssen wir die Kontroversen in der politischen Landschaft so abbilden, wie es die Wahlberechtigten entschieden haben. Die AfD aus politischen Bildungsprozessen auszuschließen, nur weil sie eine andersdenkende politische Kraft ist, lässt sich kaum mit dem Kontroversitätsgebot vereinbaren.

3 Elternvertretung: „Die Ausgrenzung der AfD könnte negativ auf uns zurückfallen, weil wir dann eventuell als die Intoleranten dastehen. Zugleich kann das Einladen einer Partei, die wegen ihrer rechtspopulistischen Einstellung in Teilen vom Verfassungsschutz beobachtet wird, die politische Bildung unserer Kinder in eine ungewünschte Richtung treiben."

Bearbeiterin

Hintergrundinformationen zum Entscheid „Soll die AfD zur Podiumsdiskussion eingeladen werden?"

71079-77

AUFGABEN

71079-78

1. Stellt Wiedererkennungsmerkmale der rechten Szene zusammenfassend dar (**M25a+b**) und
   a) prüft, ob sich eure Einschätzungen zu den Bildern aus **M24** dadurch verändern.
   b) diskutiert, ob ihr ein Verbot rechtspopulärer und -rechtsextremer Symbole in eure Schulordnung aufnehmen wollt und formuliert einen Brief an die Schulleitung, in dem ihr eure Entscheidung begründet. Zieht hierfür zusätzlich Informationen aus **M22** **2** und **M23** heran.
2. Simuliert eine SV-Sitzung in Form einer Kleingruppen-Kontroverse (→ Methodenglossar) zur Frage in **M26**:
   a) Erörtert die Positionen in **M26** (inkl. Hintergrundinformationen) und trefft eine Entscheidung.
   b) Formuliert eine SV-Stellungnahme für die nächste Schulkonferenz (→ **PUB**, **6**).

WAS WIR KÖNNEN

Rollensimulation: Abschlusssitzung der Kommission „Teilhabe und Zusammenhalt der Gesellschaft“ der Bundesregierung

I. Worum geht es?

Die Kommissionsmitglieder dieser Abschlusssitzung sind euch im Kapitel schon begegnet. In dieser Sitzung soll nun eine Handlungsempfehlung (→ Methodenkarte S. 79) zur Beseitigung gesellschaftlicher Diskriminierung entwickelt und verabschiedet werden. Die Kommissionsmitglieder stellen hierfür jeweils ihre Positionen vor und einigen sich auf ein gemeinsames Abschlusspapier.

II. Geht dabei so vor:

1. Schritt: Sitzungsvorbereitung

1. Kommt in Kleingruppen zusammen und übernehmt und klärt jeweils eine Position:
   - Anna Koc und Yasin Demir: Kommissionsvorsitzende aus dem Bundesministerium des Innern und für Heimat (BMI), leiten die Sitzung
   - Zeynep Heizmann: Leiterin der Antidiskriminierungsstelle des Bundes (ADB), berät und informiert Menschen zu Diskriminierungserfahrungen
   - Martin Scheffel: Sprecher des Bundeskriminalamtes (BKA), für die Öffentlichkeitsarbeit zuständig
   - Kim Bayer: Professur für Soziologie, berät das BMI
   - Maurice Wagner: Leiter des Kriminologischen Forschungsinstituts Niedersachsen (FKN), betreibt und fördert kriminologische Forschung
2. Formuliert aus eurer Rolle heraus Argumente und entwickelt Ideen für Handlungsstrategien. Die Moderierenden bereiten mit Hilfe der Methodenkarte auf S. 80-81 Stichpunkte für eine Handlungsempfehlung vor und ergänzen während der Debatte protokollartig weitere Aspekte.

↓ ↓ ↓

2. Schritt: Durchführung der Sitzung

1. Wählt eine Person pro Gruppe aus, die in der Rolle des Kommissionsmitglieds die wichtigsten Erkenntnisse und Problemlösestrategien in Form eines Statements in die Abschlussdebatte einbringt.
2. Die Moderierenden (2 Personen) eröffnen die Sitzung, moderieren die Diskussion und Abstimmung und beschließen die Kommissionsarbeit mit Verkünden des Ergebnisses.
3. Alle anderen erhalten den Auftrag zu beobachten, ob die Argumente und Strategieempfehlungen der eigenen Gruppe sachlich richtig wiedergegeben und unter Einbeziehung relevanter Urteilskriterien überzeugend begründet werden.

→ → →

3. Schritt: Abschlussreflexion

Abschließend verschriftlichen alle die gemeinsam ausgearbeitete Handlungsempfehlung und nehmen persönlich Stellung dazu.

Bearbeiterin

B „… Gesundheitsversorgung und Bildung für alle bereitstellen.“

A „… dafür sorgen, dass alle Menschen von ihrem Lohn leben können.“

C „… Unternehmen helfen, die kurz vor der Pleite stehen.“

H „… nachhaltige Unternehmen unterstützen.“

Der Staat soll …

D „… sich um den Umweltschutz kümmern.“

G „… dafür sorgen, dass sich der Markt möglichst ungehindert entfaltet.“

F „… unternehmerische Freiheiten schützen.“

E „… allen die Möglichkeit bieten, Selbstverantwortung für das eigene Leben zu übernehmen.“

Spielanleitung Ampelspiel Alle Schüler:innen bekommen drei Karten, eine rote, eine gelbe und eine grüne. Nacheinander werden die oben genannten Aufgaben eines Staates vorgelesen und alle Teilnehmenden zeigen anhand einer hochgehaltenen Karte, ob sie diesen Bereich als eine zentrale Aufgabe des Staates einschätzen: Zustimmung (grüne Karte), Unentschlossenheit (gelbe Karte) oder Ablehnung (rote Karte). Anschließend können in einem Blitzlicht Begründungen für die eigene Positionierung benannt werden.

Soziale Marktwirtschaft: Welches Verhältnis von Staat und Markt sollte es in einer sozialen und nachhaltigen Wirtschaftsordnung geben?

3

Dass unsere Wirtschaft so funktioniert, wie ihr es kennt, ist nicht selbstverständlich. Wichtige Entscheidungen müssen getroffen werden: Was soll produziert werden, wer soll es produzieren und wie soll produziert werden? Doch nicht nur die Produktion muss dabei in den Blick genommen werden, auch andere Faktoren spielen eine wichtige Rolle – wie etwa das Wohl der Menschen. Im Kern geht es dabei um das Verhältnis von Markt und Staat. Das ist nicht für immer festgeschrieben, sondern muss ständig wieder neu ermittelt werden. In diesem Kapitel erfahrt ihr, welche Möglichkeiten für die Ordnung einer Wirtschaft denkbar sind und was aus den bisherigen Erfahrungen für unsere Soziale Marktwirtschaft prägend war. Anschließend setzt ihr euch exemplarisch mit Herausforderungen für die Soziale Marktwirtschaft auseinander, die die Frage stellen, wie stark der Staat in Konflikte eingreifen soll, damit soziale und nachhaltige Ergebnisse erzielt werden.

Am Ende des Kapitels solltet ihr Folgendes können:

- die Grundprinzipien der Sozialen Marktwirtschaft erläutern und mit der freien Marktwirtschaft vergleichen
- die Bedeutung eines funktionierenden Wettbewerbs erläutern
- Aufbau und Funktion von Gewerkschaften und Arbeitgeberverbänden beschreiben
- Chancen und Probleme der Sozialen Marktwirtschaft im Hinblick auf die Lösung von Tarifkonflikten erörtern
- Möglichkeiten und Grenzen quantitativen und qualitativen Wachstums diskutieren
- Möglichkeiten und Probleme der Sozialen Marktwirtschaft im Hinblick auf Fragen der Nachhaltigkeit beurteilen

WAS WISST UND KÖNNT IHR SCHON?

71079-79

1. Spielt das Ampelspiel auf der linken Seite mit der gesamten Klasse.
2. Diskutiert, in welchen Punkten die Abweichungen in der Klasse besonders groß und besonders klein waren. Überlegt, welche Gründe das hat.
3. Untersucht die Forderungen im Hinblick darauf, welche Konflikte zwischen ihnen bestehen.

POLITIK AKTIV MK

Eine Meinungsumfrage zur Sozialen Marktwirtschaft erstellen

I. Worum geht es?

„UmfrageOnline" ist eine digitale Plattform, die es ermöglicht, Online-Umfragen zu erstellen und durchzuführen. Eine Basis-Version der Anwendung ist kostenfrei. Nachdem die Nutzenden eine Umfrage erstellt haben, können sie diese per Link verschicken und so die Befragung durchführen. Die Daten lassen sich automatisch auswerten und Ergebnisse können grafisch dargestellt werden.

II. Geht dabei so vor:

Hinweise zur Gestaltung einer Umfrage

71079-80

1. Schritt: Vorbereitung

1. Bildet Gruppen von 4-5 Personen.
2. Ruft *www.umfrageonline.com* auf und informiert euch darüber, wie ihr hier eine Umfrage erstellen könnt.
3. Klärt gemeinsam das Ziel sowie die Zielgruppe der Befragung. Bildet auch Hypothesen bezüglich möglicher Ergebnisse der Umfrage.

2. Schritt: Wissen aneignen und Umfrage erstellen

1. Wertet arbeitsteilig Materialien zu folgenden Themen aus:
   - Welches Verhältnis von Markt und Staat sollte es in der Sozialen Marktwirtschaft geben? (**M2, M3, M4, M5, M6**)
   - Schafft die Soziale Marktwirtschaft Wohlstand für alle? (**M9, M10, M11**)
   - Welche Vor- und Nachteile hat die Soziale Marktwirtschaft in Krisen wie der Covid19-Pandemie? (**M13, M14**)
   - Wer sollte an der Lohnfindung beteiligt werden? (**M16, M19, M20, M23, M24, M25**)
   - Sollte Nachhaltigkeit eine größere Rolle in unserer Wirtschaftsordnung spielen? (**M27, M28, M29, M32**)
2. Formuliert pro Material 1-3 Fragen für die Umfrage. Haltet euch dabei an die Hinweise zur Gestaltung einer Umfrage.
3. Prüft gegenseitig eure Fragen und bringt sie in eine sinnvolle Reihenfolge.

3. Schritt: Umfrage durchführen und Ergebnisse auswerten

1. Lasst euch von eurer Schulleitung die Befragung genehmigen.
2. Führt die Befragung durch, indem ihr den Link zur Umfrage an Personen aus der Zielgruppe schickt. Bittet sie freundlich um Teilnahme und setzt ein Enddatum, bis zu dem die Umfrage abgeschickt sein muss.
3. Wertet die Umfrage mit Hilfe von „UmfrageOnline" aus. Arbeitet dabei Zusammenhänge zwischen einzelnen Ergebnissen heraus und überprüft eure Hypothesen.
4. Gestaltet eine Ausstellung eurer Umfrageergebnisse, z. B. im Foyer eurer Schule. Ihr könnt auch Führungen für andere Klassen anbieten, in denen ihr die Ergebnisse erläutert.

Bearbeiterin

3.1 Soziale Marktwirtschaft

3.1.1 Die Soziale Marktwirtschaft: ein gelungener Ausgleich von Markt und Staat?

Zum Thema: „Ordnung ist das halbe Leben!“ – das gilt auch für die „Wirtschaft“. In diesem Kapitel lernt ihr, welche zentralen Abläufe in der Wirtschaft geregelt werden müssen, auf welchen Grundlagen unsere Wirtschaftsordnung aufgebaut ist und welche zentralen Elemente sie beinhaltet.

M1 Wie soll der Staat helfen? Unterschiedliche Forderungen …

1 Finanzielle Unterstützung für die Lufthansa in der Corona-Krise

2 Zuschüsse des Staates für die digitale Ausstattung der Schulen

3 Höhere Strafen bei Kartellen

4 Erhöhung des Mindestlohns

5 Kaufprämie für Elektroautos

EINSTIEGSAUFGABEN 71079-81

1. Bildet in der Klasse eine Positionslinie zu den oben aufgeführten Forderungen. Unterstützt ihr sie oder nicht? Tauscht euch jeweils kurz über eure Positionen aus.
2. Reflektiert eure Positionierungen zum Verhältnis des Staates zum Markt. Beschreibt dafür das Verhältnis vom Staat zum Markt: z. B. wenig regulierend, abfedernd, fürsorgend, …

M2 Was ist eine Wirtschaftsordnung?

71079-82

Damit das wirtschaftliche Geschehen eines Landes reibungslos funktioniert, werden Regeln benötigt. Folgende Aspekte sind wichtig zu klären:

- Wem gehört was?
- Wer regelt wie das Wirtschaftsgeschehen?
- Wie kommen Preise zustande?
- Wie und in welchem Rahmen werden Unternehmensentscheidungen getroffen?

Die Beantwortung dieser Fragen bestimmt die sogenannte Wirtschaftsordnung eines Landes. Sie kann ganz unterschiedlich ausfallen, grundsätzlich sind viele verschiedene Wirtschaftsordnungen denkbar. Die konkrete Ausgestaltung der Wirtschaftsordnung hat Einfluss auf Handlungen bzw. Handlungsmöglichkeiten von Privatpersonen, Unternehmen und Staat.

Bearbeiterin, basierend auf: Koch, Michael/ Kaminski, Hans/ Eggert, Katrin: Ordnungsformen und -elemente einer Wirtschaftsordnung. In: Koch, Michael/ Kaminski, Hans/ Eggert, Katrin: Unterrichtseinheit „Unsere Wirtschaftsordnung“. 2016, S. 44

Wirtschaftsordnung und Wirtschaftssystem
Wirtschaftssysteme (z. B. Marktwirtschaft) gelten in der Volkswirtschaftslehre als idealtypische Wege der Wirtschaftslenkung. Innerhalb der Idealtypen von Wirtschaftssystemen gibt es reale Wirtschaftsordnungen (z. B. Soziale Marktwirtschaft), die, je nach Land, unterschiedlichen Regeln folgen.

Adam Smith (1723, †1790) wurde in Schottland geboren. Die Grundgedanken der freien Marktwirtschaft werden auf ihn zurückgeführt.

M3 Was sind Grundideen der freien Marktwirtschaft?

1 Eine Marktwirtschaft besteht aus einer Vielzahl von Märkten, innerhalb derer Anbieter und Nachfrager sich gegenseitig beeinflussen. Der Staat setzt in der Marktwirtschaft nur Rahmenbedingungen fest, greift selbst aber nicht in das Marktgeschehen ein. Das Recht auf selbstständige Betätigung und eigenständige wirtschaftliche Entscheidungen ist sichergestellt. Jedes Unternehmen entscheidet nach betriebswirtschaftlichen Gesichtspunkten, welche Güter und Leistungen produziert werden sollen. Der Wettbewerb der Unternehmen um die Verbraucher beeinflusst dabei Qualität, Menge und Preis der Waren und Leistungen, sodass die Verbraucher indirekt Einfluss auf das Angebot der Erzeugnisse haben (Konsumfreiheit). Die Preise für Waren und Leistungen bilden sich nach Angebot und Nachfrage auf Märkten. Die volkswirtschaftlichen Produktionsmittel gehören privaten Unternehmen und die Höhe des Gewinns ist der entscheidende Auslöser für deren wirtschaftliches Handeln.

2 [Die freie Marktwirtschaft ist eine Wirtschaftsordnung,] die jedem Einzelnen volle Selbstverantwortung und wirtschaftliche Entscheidungs- und Handlungsfreiheit gewährt. Der Staat hat lediglich die Aufgabe, Schutz, Sicherheit und Eigentum der Bürger zu gewährleisten, ein Zahlungsmittel bereitzustellen sowie das Rechtssystem zu erhalten (»Nachtwächterstaat«). Der Staat enthält sich ansonsten der wirtschaftlichen Einflussnahme und überlässt die Steuerung der Wirtschaft alleine dem Markt, d.h. dem Gesetz von Angebot und Nachfrage. Kennzeichen der freien Marktwirtschaft sind z.B. Privateigentum an den Produktionsmitteln, freier Wettbewerb, freie Preisbildung, Gewerbefreiheit und Konsumfreiheit.

Duden Wirtschaft von A bis Z: Grundlagenwissen für Schule und Studium, Beruf und Alltag. 6. Aufl. Mannheim: Bibliographisches Institut 2016. Lizenzausgabe Bonn: Bundeszentrale für politische Bildung 2016

M4 Soziale Marktwirtschaft: Was bedeutet das?

Video: 70 Jahre Marktwirtschaft
Hier könnt ihr mehr über den historischen Hintergrund der Sozialen Marktwirtschaft erfahren:

71079-83

a) Grundsätze der Sozialen Marktwirtschaft

Eine der wichtigsten Aufgaben des Staates in der sozialen Marktwirtschaft ist die Schaffung eines rechtlichen Rahmens, innerhalb dessen sich das wirtschaftliche Handeln abspielen kann. Dazu gehört die Sicherung persönlicher Freiheitsrechte wie das Recht auf freie wirtschaftliche Betätigung und die Möglichkeit, ein selbstständiges Gewerbe gründen zu können, das Privateigentum an den Produktionsmitteln oder das Recht, Vereinigungen zur Wahrung wirtschaftlicher und sozialer Interessen zu bilden. Die Gewährleistung des marktwirtschaftlichen Wettbewerbs sowie dessen Erhaltung durch eine funktionsfähige Wettbewerbsordnung, die wettbewerbsbeschränkende Vorgänge auf den Märkten verhindert, sind ebenfalls von grundsätzlicher Bedeutung. Weitere Gestaltungsmerkmale der sozialen Marktwirtschaft sind z. B. freie Preisbildung für Güter und Leistungen am Markt, Gewinnstreben als Leistungsanreiz, [...] eine aktive Wirtschafts-, Konjunktur- und Steuerpolitik des Staates sowie ein Netz von Sozialleistungen, das z. B. Alte, Kranke, Einkommensschwache oder Arbeitslose vor wirtschaftlicher Not schützt, wenn eine Eigenversorgung nicht möglich ist. Der Anspruch der sozialen Marktwirtschaft ist, die Vorteile einer freien Marktwirtschaft wie wirtschaftliche Leistungsfähigkeit oder hohe Güterversorgung zu verwirklichen, gleichzeitig aber deren Nachteile wie zerstörerischer Wettbewerb, Ballung wirtschaftlicher Macht oder unsoziale Auswirkungen von Marktprozessen (z. B. Arbeitslosigkeit) zu vermeiden. Die Zielsetzung der sozialen Marktwirtschaft ist deshalb ein größtmöglicher Wohlstand bei bestmöglicher sozialer Absicherung. Der Staat verhält sich aus diesem Grund nicht passiv, sondern greift aktiv in das Wirtschaftsgeschehen z. B. durch konjunkturpolitische, wettbewerbspolitische und sozialpolitische Maßnahmen ein. Eingriffe des Staates in die Wirtschaft erfolgen im allgemeinen Interesse und in solchen Bereichen, wo Anbieter oder Nachfrager durch angepasste, marktwirtschaftlich vertretbare Maßnahmen geschützt werden müssen (z. B. beim Verbraucherschutz oder der Wettbewerbsgesetzgebung).

Duden Wirtschaft von A bis Z: Grundlagenwissen für Schule und Studium, Beruf und Alltag. 6. Aufl. Mannheim: Bibliographisches Institut 2016. Lizenzausgabe Bonn: Bundeszentrale für politische Bildung 2016

b) Das Verhältnis von Wettbewerb und staatlicher Sozialpolitik

Peter Altmaier, damaliger Bundesminister für Wirtschaft und Energie, nimmt im Interview Stellung zum Verhältnis von Wettbewerb und staatlicher Sozialpolitik in der Sozialen Marktwirtschaft:

„Ludwig Erhard hatte den Mut zu erkennen, dass viele Millionen Kunden, Verbraucherinnen und Verbraucher, Unternehmerinnen und Unternehmer, [...] besser entscheiden können als der Staat am grünen Tisch. Dass dieser Markt jedem System überlegen ist, [in dem] ein Einzelner alles entscheidet und alles lenkt. [...] Ludwig Erhard hat aber auch erkannt, dass diese Marktwirtschaft Regeln braucht [...] und, dass alle die, die zum Bruttoinlandsprodukt beitragen, auch die Chance haben müssen, von seinen Früchten zu profitieren. Deshalb haben wir einen sozialen Rechtsstaat, deshalb haben wir das System der sozialen Sicherheit [...]. Das funktioniert aber wiederum nur dann und nur so lange, wie die Wirtschaft wächst, [und] einen Mehrwert erzeugt und das ist die [...] bedeutungsvolle Symbiose zwischen Markt und staatlicher Sozialpolitik, die man immer wieder neu definieren und neu verteidigen muss."

Ludwig Erhard (CDU) gilt als einer der Väter der Sozialen Marktwirtschaft.

Peter Altmaier zur Bedeutung Ludwig Erhards für die Soziale Marktwirtschaft, 15.06.2018

Das ganze Interview von Peter Altmaier im Video

71079-84

M5 Mehr Markt oder mehr Staat? Verschiedene Perspektiven auf die Soziale Marktwirtschaft

1 Die Lufthansa AG benötigt finanzielle Hilfe, u.a. um Arbeitsplätze zu sichern. Da die Corona-Krise weder durch das Unternehmen verschuldet noch vorhersehbar war, muss der Staat unterstützen.

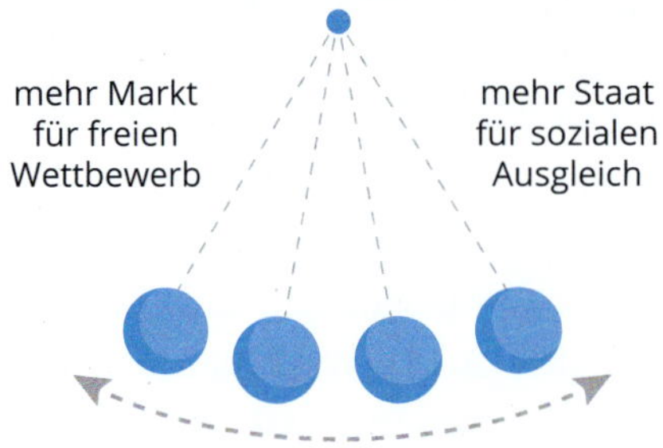

2 Als öffentliches Gut muss Bildung durch den Staat bereitgestellt werden. Dazu gehört auch eine angemessene digitale Ausstattung.

3 Das Kartellverbot hat zum Ziel, den freien Wettbewerb zu schützen. Offensichtlich sind die Strafen aber noch nicht hoch genug, sonst würde es weniger Kartelle geben.

4 Das Prinzip von Angebot und Nachfrage führt zum Teil zu Löhnen, von denen Betroffene nicht leben können. Hier muss der Staat eingreifen und den gesetzlichen Mindestlohn erhöhen.

5 Eine Kaufprämie für Elektroautos verzerrt den Wettbewerb und ist somit unangemessene staatliche Einmischung.

Bearbeiterin

M6 Gedanken eines Gründervaters der Sozialen Marktwirtschaft – heute noch aktuell?

Das mir vorschwebende Ideal beruht auf der Stärke, dass der Einzelne sagen kann: „Ich will mich aus eigener Kraft bewähren, ich will das Risiko des Lebens selbst tragen, will für mein Schicksal selbst verantwortlich sein. Sorge du, Staat, dafür, dass ich dazu in der Lage bin." (Ludwig Erhard: Wohlstand für Alle. 1957)

Ludwig Erhard Stiftung: Versorgungsstaat – Der moderne Wahn. In: www.ludwig-erhard.de, 31.03.2016

AUFGABEN

71079-85

1. Erläutert den Begriff „Wirtschaftsordnung" (**M2**). Überlegt, welchen Einfluss die Ausgestaltung der Wirtschaftsordnung auf euer eigenes Leben hat.
2. Haltet in einer tabellarischen Übersicht fest, wie die in **M2** aufgeworfenen Fragen in der freien Marktwirtschaft beantwortet werden (**M3**).
3. Erstellt ein Schaubild, anhand dessen die Soziale Marktwirtschaft erklärt werden kann. Geht dabei darauf ein, welche Elemente eher dem Wettbewerb und welche der sozialen Absicherung dienen (**M4a**).
4. Erklärt das Verhältnis von Wettbewerb und staatlicher Sozialpolitik (**M4b**).
5. Ordnet zu zweit die Perspektiven aus **M5** am Pendel ein.
6. Erläutert Erhards Verständnis zum Verhältnis von Markt und Staat (**M6**). Beurteilt, inwiefern die Perspektiven aus **M5** diesem Verständnis gerecht werden.

F Aufgabe 4
Ergänzt das Schaubild aus Aufgabe 3 entsprechend.

3.1.2 Soziale Marktwirtschaft: Wohlstand für alle?

Zum Thema: „Wohlstand für alle“ war einer der Leitsprüche von Ludwig Erhard, um die Soziale Marktwirtschaft zu beschreiben. In diesem Kapitel werdet ihr untersuchen, inwiefern die Soziale Marktwirtschaft diesem Ziel gerecht wird.

M7 Wohlstand – was ist das eigentlich?

Ein Paar auf seiner Yacht auf dem Gardasee

Volle Supermarktregale

?

Vater und Sohn beim Joggen

Schülerinnen und Schüler lernen mit digitalen Endgeräten.

EINSTIEGSAUFGABEN 71079-86

1. Bestimmt zu zweit, welches Bild für euch am meisten „Wohlstand“ symbolisiert.
2. Beschreibt mit Worten ein eigenes Bild für Wohlstand.
3. Vergleicht eure Bilder untereinander und arbeitet heraus, welche Bereiche Wohlstand für euch umfasst.
4. Überlegt, auf welche Bereiche der Staat Einfluss nehmen kann. Ist das staatliche Engagement dort eurer Meinung nach angemessen?

M8 Quantitatives und qualitatives Wachstum – wie kann Wohlstand gemessen werden?

71079-309

Im ökonomischen Sinne wird Wohlstand häufig mit Wirtschaftswachstum in Verbindung gebracht, daher gilt die Wachstumsrate des Bruttoinlandsproduktes (BIP) für viele Wirtschaftswissenschaftler:innen als Wohlstandsindikator. Das BIP gibt Auskunft darüber, welchen Gesamtwert die in einem Land in einem bestimmten Zeitabschnitt (meist ein Jahr) produzierten Güter und erbrach-

ten Dienstleistungen haben. Das Wirtschaftswachstum ist dann die prozentuale bzw. absolute Veränderung zum Vorjahr. Wächst die Wirtschaft, wurden mehr Güter produziert und Dienstleistungen erbracht als im Vorjahr, die Arbeitslosigkeit sinkt, die Löhne steigen und die Menschen haben mehr Geld zur Verfügung. Das wird von vielen mit wachsendem Wohlstand assoziiert. Es wird hierbei von quantitativen Wachstum gesprochen.
Es gibt aber auch die Auffassung, dass dieses rein mengenmäßige Wachstum kein angemessener Indikator für Wohlstand ist, da keine Aussage über die Lebensqualität der Menschen, die Vermeidung von Umweltbelastungen oder gerechte Verteilungen von Einkommen und Vermögen getätigt werden. Wird der Begriff qualitatives Wachstum verwendet, werden diese Aspekte mitgedacht.

Bearbeiterin, basierend auf: Duden Wirtschaft von A bis Z: Grundlagenwissen für Schule und Studium, Beruf und Alltag. 6. Aufl. Mannheim: Bibliographisches Institut 2016. Lizenzausgabe Bonn: Bundeszentrale für politische Bildung 2016

M9 Entwicklung des quantitativen Wachstums

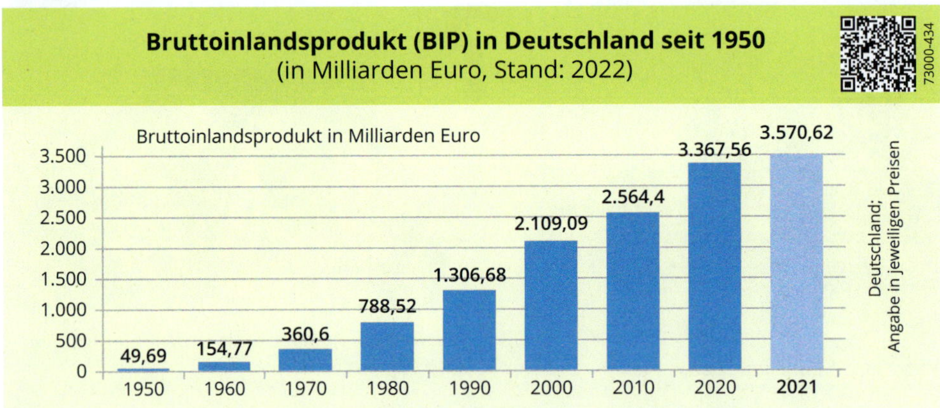

©C.C. Buchner Verlag, aktuelle Daten nach: DESTATIS, 2022

M10 Entwicklung ausgewählter Aspekte von Wohlstand

a) Entwicklung des Einkommens seit 1990

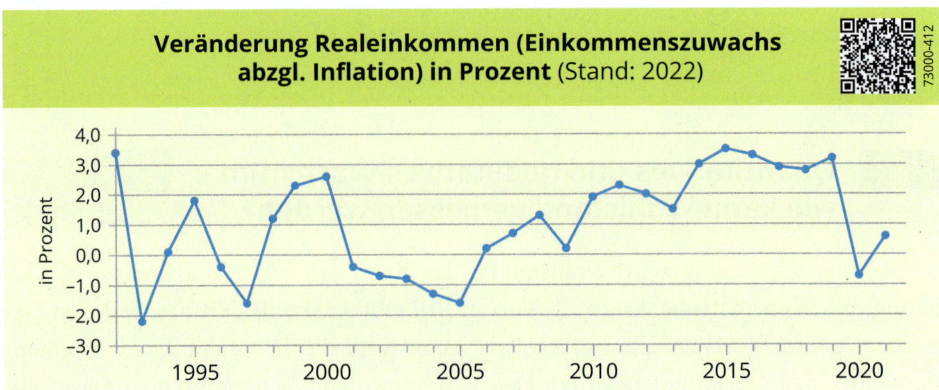

©C.C. Buchner Verlag, aktuelle Daten nach: DESTATIS, 2022; eigene Berechnungen

Weitere Grafik zu M10a: Gender Pay Gap

73000-403

→ S. 146, M14

b) Bildung: Herkunft und Schularten in Deutschland

Bildungsherkunft deutscher Studienanfänger:innen (Stand: 2022)

73000-413

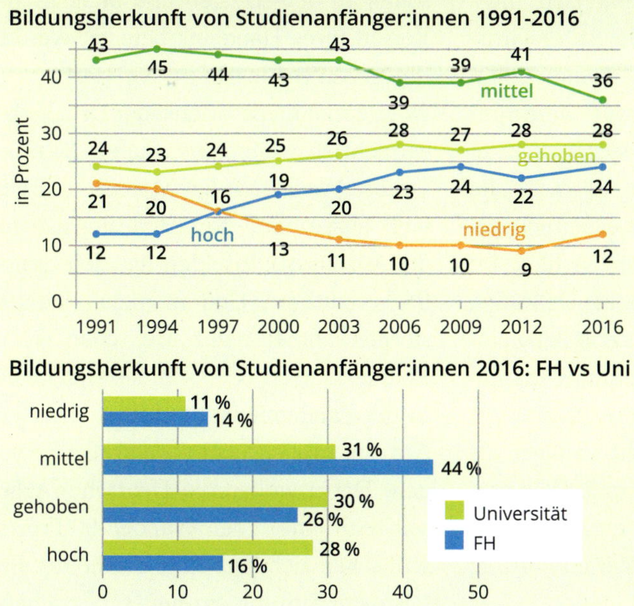

hoch: beide Eltern haben akademische Ausbildung | gehoben: ein Elternteil hat akademische Ausbildung | mittel: beide Eltern haben Berufsausbildung | niedrig: höchstens ein Elternteil hat Berufsausbildung

©C.C. Buchner, aktuelle Daten nach: DZHW, 2016

Lernende (in Prozent) an unterschiedlichen Schularten, 1952/53 vs 2020/21 (Stand: 2022)

73000-414

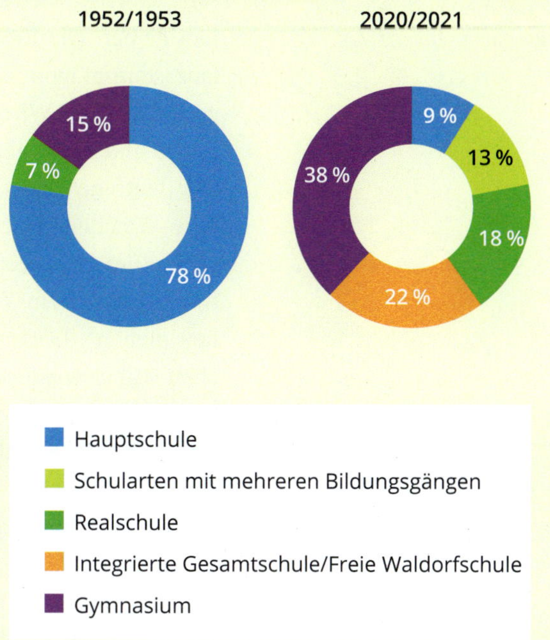

©C.C. Buchner, aktuelle Daten nach: DESTATIS, 2022

c) Gesundheit: Einschränkungen und Lebenserwartung

Personen mit gesundheitsbedingten Einschränkungen in der Alltagsbewältigung nach Bildungsstand (Stand: 2022)

73000-415

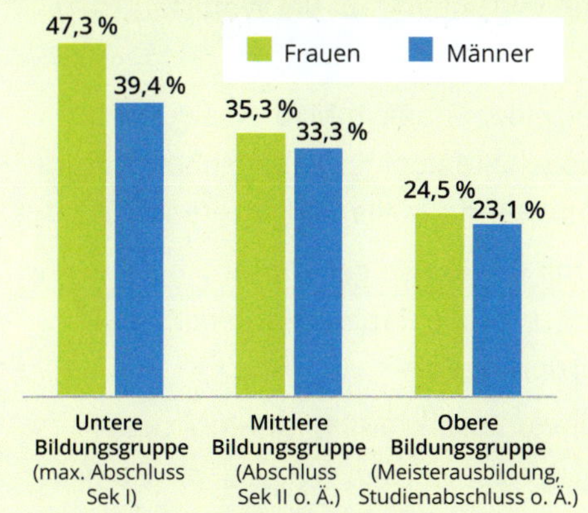

Hinweis: Gezählt wurden starke oder mäßige, min. 6 Monate andauernde Einschränkungen.

©C.C. Buchner Verlag, aktuelle Daten nach: RKI und DESTATIS, 2021

Lebenserwartung in Deutschland bei Geburt in Jahren
Stand: 2022

73000-431

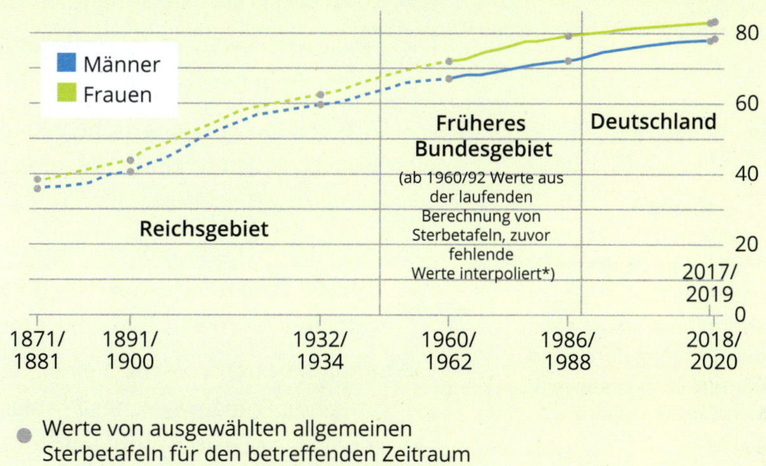

* interpolieren: Schätzen von unbekannten Werten auf Grundlage bekannter früherer/späterer Werte

©C.C. Buchner Verlag, aktuelle Daten nach: DESTATIS, 2021

M11 Kommentar: Wirtschaften für das Gemeinwohl!

Gemeinwohlbilanz: Anzahl der mitmachenden Unternehmen
Derzeit weisen ca. 800 Unternehmen weltweit eine Gemeinwohlbilanz aus.

„Es ist überhaupt nicht logisch, dass Unternehmen nach dem Handelsgesetzbuch nur eine Finanzbilanz ausweisen müssen", sagt der österreichische Autor Christian Felber. Die Idee der Gemeinwohlbilanz stammt von ihm. Erfolg werde im gegenwärtigen Wirtschaftssystem rein in Profit und Geld gemessen. Dabei stelle das deutsche Grundgesetz eigentlich andere Weichen. Felber zitiert Artikel 14: „Eigentum verpflichtet. Sein Gebrauch soll zugleich dem Wohle der Allgemeinheit dienen". Dieses Verfassungsversprechen will er wieder eingelöst sehen. [...]
Felbers Initiative will nicht weniger als eine neue Wirtschaftsordnung. Weg von der Gewinnmaximierung einzelner, hin zu Unternehmen, die Verantwortung übernehmen. [...]
Deshalb „muss die Politik einen anderen Rechtsrahmen schaffen", sagt Felber. Betriebe, die im Interesse der Gemeinschaft handeln, sollen geringere Umsatzsteuer zahlen oder zum Beispiel Vorrang bei öffentlichen Aufträgen haben, und andere sollen an den sozialen und ökologischen Kosten ihres Handelns beteiligt werden. Ein massiver Eingriff in den Markt.
Doch zunehmend wächst der Druck, dass es nicht so weitergehen kann. Das pausenlose Wachstum hat Mensch und Umwelt ausgezehrt. Tierarten sterben aus, die Anzahl der Insekten hat sich dramatisch reduziert. Und in vielen Ländern sterben immer mehr Menschen wegen Fluten, Dürren oder schmelzender Pole. In der Pandemie ist die Schere zwischen Arm und Reich nochmals größer geworden. Dabei wollen die Deutschen schon seit zehn Jahren den Wandel: 90 Prozent wünschen sich laut einer Studie der Bertelsmann Stiftung ein neues Wirtschaftssystem. Gerät die Marktwirtschaft an ihre Grenzen?

Ott, Helena: Zum Wohl. In: www.sueddeutsche.de, 03.10.2021

AUFGABEN

71079-87

1. Beschreibt die Konzepte „quantitatives Wachstum" und „qualitatives Wachstum" und grenzt sie anhand konkreter Beispiele voneinander ab (**M8**).
2. Analysiert die Entwicklung des BIP (**M9**) im Hinblick auf die Wohlstandsentwicklung in Deutschland.
3. Arbeitet in Expertengruppen zu jeweils einer Grafik in **M10**. Analysiert jeweils die Entwicklung bzw. den aktuellen Stand eines Lebensbereiches im Hinblick auf die Frage, ob das Ziel „Wohlstand für alle" eingetreten ist.
4. Fasst eure Ergebnisse aus Aufgabe 3 mit der Klasse gemeinsam in wenigen Thesen zusammen. In welchen Bereichen ist die Soziale Marktwirtschaft erfolgreich, wo gibt es noch Herausforderungen?
5. Analysiert den Vorschlag einer Gemeinwohlbilanz (**M11**) im Hinblick auf folgende Fragen: Welches Problem soll gelöst werden? Wie soll die Gemeinwohlbilanz bei der Problemlösung helfen?
6. Gestaltet eine Rede (→ Methodenglossar), in der ihr diskutiert, ob die Soziale Marktwirtschaft geeignet ist, Wohlstand für alle zu gewährleisten.

H Aufgabe 3
→ S. 379

F Aufgabe 3
Gestaltet ein Plakat, auf dem ihr eure zentralen Ergebnisse festhaltet. Führt mit der Klasse einen Museumsgang durch und erläutert euch gegenseitig eure Plakate.

3.1.3 Soziale Marktwirtschaft in der Corona-Krise: Wie stark sollte der Staat in Krisensituationen eingreifen?

Zum Thema: Die Corona-Pandemie hat vieles in Frage gestellt, auch unsere Wirtschaftsordnung. In diesem Kapitel setzt ihr euch damit auseinander, auf was der Staat mit seinen Markteingriffen in einer solchen Krise achten muss und welche Folgerungen für die Soziale Marktwirtschaft der Zukunft zu treffen sind.

M12 Die Krise verändert alles ...?!

Karikatur: Gerhard Mester, 2020

EINSTIEGSAUFGABEN 71079-88

1. Analysiert die Karikatur im Hinblick auf das Verhältnis von Staat und Markt in Krisenzeiten.
2. Nennt mögliche Gründe für die verschiedenen Forderungen vor und nach der Corona-Krise.

M13 Staatliche Markteingriffe in Krisenzeiten

71079-89

Die Pandemie hat die Position des Staates in Deutschland tendenziell gestärkt. Staatliche Akteure führten Ausgangs- sowie Kontaktbeschränkungen ein, verfügten Quarantänemaßnahmen und Grenzschließungen. Der Staat setzte im Lockdown Betriebsschließungen durch [...]. Zahlreiche Unternehmen wurden und werden durch die Maßnahmen zur Eindämmung der Pandemie sowie durch die Umsatzeinbrüche infolge von Nachfrageeinbrüchen und Produktionsschwierigkeiten vor erhebliche Herausforderungen gestellt, was die Versorgung der Gesellschaft zum Teil erschwert hat. In der Folge kam es zu zunehmenden staatlichen Eingriffen in das Wirtschaftsgeschehen, beispielsweise durch direkte Beteiligungen an der Deutschen Lufthansa AG, der TUI Group und CureVac. Zudem wurden und werden umfangreiche staatliche Garantien, Zuschüsse sowie Kredite gewährt. [...]

Eine wirtschaftliche Krise ist jedoch nicht nur eine Herausforderung, sondern kann auch eine Chance darstellen. [...] Ökonomische Krisen gehören fest zum Entwicklungsprozess einer Volkswirtschaft, weil sie Innovationen zum Durchbruch verhelfen und die Grundlagen für einen erneuten Aufschwung bilden. [...]

Somit können ökonomische Krisen mittelfristig zu überdurchschnittlichen Produktivitätsfortschritten führen, wenn Unternehmen mit neuen Technologien den Platz insolventer, unwirtschaftlicher Unternehmen einnehmen oder Unternehmen neue Technologien einführen sowie ineffiziente Strukturen und Prozesse verbessern, um wettbewerbsfähig zu bleiben. Davon profitieren auch die Konsumenten, da Unternehmen aus dem Markt ausscheiden, welche die Bedürfnisse der Kunden nicht adäquat befriedigen konnten. Gerade während einer Krise ist der Wettbewerbsdruck stärker als während eines Aufschwungs, weil Mittel knapper bemessen sind, Erwartungen sich eintrüben und Konsumenten sowie Unternehmen ihre Ausgaben stärker überprüfen. [...]

Diese Sichtweise ist jedoch umstritten. [...] Somit kann es in einer großen Krise für den Staat gefährlich sein, nicht stützend einzugreifen: Falls jedes Unternehmen jederzeit insolvent sein kann, vertrauen sich die Wirtschaftsakteure gegenseitig nicht mehr. Durch diese Entwicklungen steigt die Zahl an Insolvenzen immer weiter an, wodurch die Wirtschaftsakteure noch vorsichtiger werden und sich die Krise selbst verstärkt. [...] Ein Eingriff des Staates kann in einer solchen Situation Vertrauen wiederherstellen oder sichern, die Nachfrage stabilisieren und die Krise abmildern.

Zudem hatte die wirtschaftliche Kontraktion infolge der Corona-Pandemie keine strukturellen, wirtschaftlichen oder regulatorischen Ursachen. [...] Zwar verstärkt die Wirtschaftskrise den Strukturwandel in einigen Bereichen – beispielsweise in Richtung Digitalisierung –, doch sie gefährdet auch viele Unternehmen mit einem prinzipiell funktionstüchtigen Geschäftsmodell. Idealerweise sollte der Staat hier so eingreifen, dass die kreative Zerstörung wirken kann, ohne dass gesunde Unternehmen in Mitleidenschaft gezogen und insolvent werden. [...] Die Unterscheidung, welches Unternehmen gerettet wird und welches nicht, ist jedoch nicht trivial und unter Umständen mit Härten verbunden (z. B. mit Arbeitsplatzverlusten). Zudem kann ein selektives Eingreifen zu den gleichen Krisenwirkungen führen, die bereits beschrieben wurden: Im Prinzip kann weiterhin jedes Unternehmen insolvent werden. Ein zu weitreichendes Eingreifen kann die staatlichen Möglichkeiten dagegen überfordern und den Staat in die Handlungsunfähigkeit führen. Dennoch erscheinen staatliche Eingriffe in einer akuten Krise historischen Ausmaßes als notwendig.

Röhl, Klaus-Heiner/Rusche, Christian: Corona-Krise: Staatsbeteiligungen bleiben eine problematische Intervention in den Markt. In: Wirtschaftsdienst, Zeitschrift für Wirtschaftspolitik. 100. Jahrgang, 2020, Heft 12, S. 945 ff., © ZBW und Springer-Verlag Berlin Heidelberg, https://www. wirtschaftsdienst. eu/inhalt/jahr/2020/heft/12/beitrag/corona-krise-staatsbeteiligungen-bleiben-eine-problematische-intervention-in-den-markt.html

M14 Lehren aus der Corona-Krise!?

A Staatlicher Rahmen und marktwirtschaftliche Anreize

Die Corona-Krise hinterlässt viele Verlierer – eine davon ist die Soziale Marktwirtschaft. Schon vor der Krise war eine politische wie gesellschaftliche Tendenz zu erkennen, stets im Staat die Lösung vieler Probleme zu suchen. Der Staat soll nicht mehr nur den Rahmen setzen, in dem die Menschen leben und die Unternehmen wirtschaften, sondern er soll gleich als Lenker und Retter auftreten. [...] Diese gefährliche Tendenz hat sich in der gegenwärtigen Krise verstärkt: Statt sich auf die Unterstützung zu beschränken, steigt der Staat gleich ganz in Unternehmen ein. Statt einen klaren Rahmen zu setzen und früh marktwirtschaftliche Anreize zu verstärken, versagt der Staat bei der Maskenbeschaffung, beim Impf- und Testmanagement. Dabei liegt die Lösung unverändert in der besten Wirtschafts- und Gesellschaftsordnung der Welt: der Sozialen Marktwirtschaft. [...] Der Staat muss wieder den Rahmen dafür setzen, dass die Unternehmen ihre Flexibilität, Dynamik und Innovationskraft frei entfalten können.

Linnemann, Carsten (CDU): Die Soziale Marktwirtschaft ist die Lösung. In: www.arbeitgeber.de, 09.2021

B Marktmechanismen versagten in der Krise

Eine weitere Lehre aus der Corona-Pandemie wird sicher sein, [...] den Staat zugunsten der Wirtschaft und des Marktes [nicht] weiter zu schwächen.

Gerade die wochenlange Diskussion um die Beschaffung von Schutzmasken zeigt doch, dass Marktmechanismen im entscheidenden Moment der Krise versagen. Ich zweifle nicht grundsätzlich an der Globalisierung, aber die internationalen Abhängigkeiten vieler Unternehmen, von den Lieferketten bis zum Kundenstamm, sind spätestens dann kaum tragfähig und akzeptabel, wenn es um Leben und Tod geht.

Unsere Gesundheit darf keine Frage von Angebot und Nachfrage sein. Vor allem muss sie solidarisch organisiert sein. Auch sollten wir uns nicht immer darauf verlassen, dass all die Mitarbeiterinnen und Mitarbeiter in Krankenhäusern, Supermärkten und anderen – plötzlich als systemrelevant erkannten – Branchen den Job ihres Lebens machen – obwohl sie ihr ganzes Arbeitsleben schlecht dafür bezahlt werden. [...]

Zudem sehen wir, wie wichtig eine gesunde Finanzlage des Staates ist: Millionen von Unternehmen und Selbstständigen können nur deswegen überleben, weil der Staat finanziell handlungsfähig ist.

Mützenich, Rolf (SPD): Corona-Krise: Die Demokratie hat klug und schnell gehandelt. In: www.vorwaerts.de, 13.05.2021

AUFGABEN

71079-90

1. Arbeitet zu zweit aus **M13** die wirtschaftliche Situation in der Corona-Pandemie heraus und stellt mögliche Chancen und Risiken staatlicher Eingriffe in einer solchen Krise für die Wirtschaft gegenüber.
2. Ermittelt in Gruppenarbeit arbeitsteilig die Positionen der Autoren in **M14** zum Verhältnis von Markt und Staat in der Corona-Krise.
3. Erstellt in eurer Gruppe ein Schaubild, in welchem ihr den Begründungsgang der Autoren darstellt (**M14**).
4. Präsentiert euch in einem Gruppenpuzzle gegenseitig die Schaubilder.
5. Erstellt einen Blog-Beitrag zu der Frage, wie viel staatliche Eingriffe in der Corona-Krise sinnvoll sind (→ Methodenglossar).

F Aufgabe 2
Arbeitet auch die Position von Volker Wissing (FDP) mit Hilfe des nachfolgenden QR- und Mediencodes heraus.

71079-91

H Aufgabe 3
→ S. 379

3.2 Tarifpolitik in Deutschland

3.2.1 Arbeitnehmende und Arbeitgebende: ein unversöhnlicher Interessengegensatz?

Zum Thema: Ist euer Zug auch schon mal wegen eines Streiks ausgefallen oder euer Päckchen nicht pünktlich angekommen? In diesem Kapitel lernt ihr, warum Streiks ein Mittel der Auseinandersetzung von Arbeitgebenden und Arbeitnehmenden in Lohnverhandlungen sind, wie es zu Streiks kommt und inwiefern sie umstritten sind.

M15 Streik, überall Streik ...

Die Bahn? Streikte. Mehr als einmal. Die DHL? Ließ die Pakete und Päckchen in ihren Logistikzentren. Die Lufthansa? Hob nicht ab – mal wegen der Piloten, dann wegen der Flugbegleiter und dann wegen des Bodenpersonals. Wer sich mit dem Taxi behelfen wollte, hatte in vielen Großstädten auch mehr als einmal Pech: Entweder waren die Taxen belegt wegen des Bahnstreiks, oder die Fahrer streikten selbst wegen des Konkurrenten Uber. Immerhin mussten die Kinder nicht pünktlich in die Kita – Erzieherstreik. Denn Deutschlands Arbeitnehmer sind in den vergangenen Jahren streikfreudiger geworden.

Dpa: Angestellte gehen immer öfter auf die Barrikaden. In: www.wiwo.de, 06.06.2016

EINSTIEGSAUFGABEN 71079-92

1. Überlegt zu zweit, was die Streiks für die Betroffenen bedeuten.
2. Formuliert eine spontane Stellungnahme zu der Frage, was ihr von Streikaktionen haltet.

M16 Tarifverhandlungen: (Wie) einigen sich Arbeitgebende und Arbeitnehmende?

71079-93

a) Die Sozialpartnerschaft

Arbeitnehmer*innen in einer Branche oder mit ähnlichen Berufen können sich betriebsübergreifend in einer Gewerkschaft organisieren. Die vertritt ihre Interessen und bietet Dienstleistungen, zum Beispiel rechtliche Beratung und Hilfe vor Gericht. Auch Arbeitgeber*innen können ihre Interessen bündeln. Dazu treten sie einem Arbeitgeberverband bei. Das Recht der Gewerkschaftsmitglieder und der Unternehmer, ihre Interessen jeweils kollektiv wahrzunehmen, wird Koalitionsfreiheit genannt und vom Grundgesetz geschützt. Gewerkschaften und Arbeitgeberverbände treffen wichtige Verabredungen für die Beschäftigten in den Betrieben und halten die vereinbarten Arbeitsbedingungen in Tarifverträgen fest. Die beiden Tarifparteien verhandeln miteinander, ohne dass der Staat hineinreden darf. Das bedeutet Tarifautonomie: Es ist in Deutschland zuerst Sache der Tarifparteien, sich auf Löhne und Ausbildungsvergütungen zu einigen oder branchenspezifische Absprachen für Arbeitszeiten, Urlaub, Schicht- und Erschwerniszulagen zu treffen. Ziel von Tarifverhandlungen ist es, zu einer Vereinbarung zu gelangen, die für beide Seiten akzeptabel ist. In Deutschland gibt es eine lange Tradition, nach der sich Gewerkschaften und Arbeitgeberverbände mehr als Partner statt als Gegner verstehen. Weil sie auch abseits von Tarifverhandlungen zusammenarbeiten, spricht man von Sozialpartnern. Beispielsweise sind beide Partner in der Selbstverwaltung der Sozialversicherungen. Vergleichsweise selten kommt es zum Arbeitskampf, bei dem sie zu Mitteln greifen, die den Druck auf den Verhandlungspartner erhöhen. Gewerkschaftlich organisierte Arbeitnehmer*innen haben das Recht auf Streik. Legen sie die Arbeit nieder, können Unternehmen darauf reagieren, indem sie auch anderen Beschäftigten den Zutritt zur Arbeitsstelle verwehren und den Lohn verweigern (sogenannte Aussperrung).

Binner, Miriam/ Großer, Thilo/Heckel, Manuel/ Schmidt, Louisa/ Schulte, Andreas: Sozialpartner suchen gemeinsame Lösungen. In: Sozialpolitik. Magazin für Schülerinnen und Schüler 2019/2020. Bundesministerium für Arbeit und Soziales in Zusammenarbeit mit Klett MINT (Hrsg.), S. 19

Staatliche Grenzen der Tarifautonomie
In wenigen Bereichen gibt der Staat bestimmte Grenzen für die Inhalte eines Tarifvertrages vor, z. B. den Mindesturlaub oder Obergrenzen für die tägliche Arbeitszeit.

b) Vom Arbeitskampf zum Tarifvertrag

Nach: Globus Grafik 9368, von Bearbeiterin ergänzt

Warnstreik
Arbeitsniederlegung für eine kurze Zeit, meist wenige Stunden. Er kann ohne Urabstimmung stattfinden. Die Teilnahme stellt keine Verletzung des Arbeitsvertrages dar.

Friedenspflicht
Es dürfen keine Arbeitskampfmaßnahmen durchgeführt werden, solange ein Tarifvertrag gültig ist.

M17 Arbeitskampf aus dem Ruder!? Der Arbeitskampf der Gorillas Mitarbeitenden

a) Wilder Streik – Gorillas Rider legen Arbeit nieder

BERLINER LIEFERDIENST

„Wilder Streik" – Auf dem Höhepunkt des Hypes rebellieren die „Gorillas"-Mitarbeiter

Der Rausschmiss eines Fahrers, der angeblich wenige Minuten zu spät zu einer Schicht erschienen war, brachte das Fass zum Überlaufen. Dutzende Gorillas-Fahrer und ihre Unterstützer blockierten zwei Lagerhäuser in Berlin. Sie fordern die Wiedereinstellung des gekündigten Fahrers sowie eine Verbesserung ihrer Arbeitsbedingungen. […] Gorillas gilt derzeit als eines der am höchsten bewerteten Start-ups des Kontinents. […] Ihre Angestellten – sie werden „Rider" und „Picker" genannt – bezeichnen sie als „Familie". Die Picker befüllen die Einkaufstüten mit den bestellten Artikeln, um sie dann den Ridern in den auffallend großen Rucksack zu stellen, die maximal zehn Minuten nach der Bestellung an der Tür des jeweiligen Kunden klingeln müssen.

Klauth, Jan/Fuest, Benedikt: „Wilder Streik" – Auf dem Höhepunkt des Hypes rebellieren die „Gorillas"-Mitarbeiter. In: www.welt.de, 10.06.2021

b) Streikende Mitarbeiter:innen geben nicht auf

Um 11 Uhr setzten sich die Rider einer [..] Filiale in Wedding zusammen, um über einen Streik zu beraten. In einer Abstimmung entschieden sie, die Arbeit niederzulegen. Es habe sechs Stimmen dafür und zwei dagegen gegeben, sagte eine Person, die bei der Versammlung anwesend war. Dann formulierten die Beschäftigten einen eigenen Forderungskatalog. […] [F]aire und pünktliche Bezahlung, sichere Fahrräder und unbefristete Verträge […]. Bereits im Sommer hatte es im sozialen Netzwerk Instagram sehr viele Beschwerden darüber gegeben, dass die Arbeitsbelastung plötzlich gestiegen sei. Am Freitag hatte die Geschäftsführung den Streikenden versprochen, sich Anfang der Woche zu den Forderungen zu äußern.

Kluge, Christoph: Streikende Gorillas-Rider legen zwei Lagerhäuser lahm. In: www.tagesspiegel.de, 04.10.2021

c) Die Reaktion des Unternehmens

Arbeitskampf in Berlin eskaliert

Start-up Gorillas entlässt streikende Fahrradkuriere

Der umstrittene Express-Lieferdienst reagiert auf die Streiks in seinen Filialen – mit Härte. Das Unternehmen kündigt allen Beschäftigten, die sich an Arbeitsniederlegungen beteiligt haben. [...] Die Arbeitsniederlegungen sind nicht von einer anerkannten Gewerkschaft organisiert, gelten daher als „wilde Streiks". [...] Ein Sprecher des Unternehmens teilte am Dienstagabend mit: „Solche unangekündigten und nicht gewerkschaftlich getragenen Streiks sind rechtlich unzulässig. Nach intensiver Abwägung sehen wir uns gezwungen, diesen rechtlichen Rahmen nun durchzusetzen. Das bedeutet, dass wir das Arbeitsverhältnis mit denjenigen MitarbeiterInnen beenden, die sich aktiv an den nicht genehmigten Streiks und Blockaden beteiligt, den Betrieb durch ihr Verhalten behindert und ihre KollegInnen damit gefährdet haben." Das Beschäftigtenkollektiv „Gorillas Workers Collective" (GWC) hat die Streiks organisiert. Eine Sprecherin sagte dem Tagesspiegel, Beschäftigte der drei an den jüngsten Streiks beteiligten Lagerhäuser hätten am Dienstag Kündigungen erhalten.

Kluge, Christoph: Start-Up Gorillas entlässt streikende Fahrradkuriere. In: www.tagesspiegel.de, 05.10.2021

AUFGABEN

71079-94

1. Erstellt in Kleingruppen einen Quizlet-Kartensatz (oder alternativ Karteikarten) zu Tarifverhandlungen (**M16**). Tauscht sie anschließend untereinander aus und überprüft so euer Wissen.
2. Erklärt euch zu zweit gegenseitig, wieso die Tarifautonomie aus Sicht der Arbeitgebenden und Arbeitnehmenden wichtig ist. Jeder übernimmt dabei eine Perspektive. (→ **PUB, 3**)
3. Ermittelt aus **M17** arbeitsteilig,
   - welche Gründe die Mitarbeitenden von Gorillas für ihren Streik haben,
   - wie die Mitarbeitenden organisiert sind,
   - wie das Unternehmen auf den Arbeitskampf reagiert.
4. Prüft, inwiefern der Arbeitskampf im Gorillas-Unternehmen (**M17a-c**) den Spielregeln aus **M16b** entspricht. Wie lassen sich Abweichungen ggf. begründen?
5. Diskutiert, ob wilde Streiks ein legitimes Mittel des Arbeitskampfes sind. Berücksichtigt dabei die Perspektiven der Arbeitnehmenden, der Arbeitgebenden und der Verbrauchenden.

Quizlet
ist ein kostenloses Lerntool, in dem beispielsweise Karteikarten zum Lernen für Prüfungen angelegt werden können. (https://quizlet.com/de)

3.2.2 Abnehmende Tarifbindungen: Wie kann die Sozialpartnerschaft zukunftsfähig werden?

Zum Thema: Zwar ist in den Nachrichten häufig von Tarifverhandlungen zu lesen, aber nicht alle Arbeitnehmenden arbeiten „nach Tarif". In diesem Kapitel erfahrt ihr, welchen Stellenwert Tarifverträge für Arbeitnehmende und Arbeitgebende haben und welche Möglichkeiten es gibt, die Sozialpartnerschaft in Zukunft aufrecht zu erhalten.

M18 Fallbeispiel: Buchhändler steigt aus Tarifbindung aus

EINZELHANDEL

Buchhändler Thalia steigt aus Tarifbindung aus

Deutschlands größter Buchhändler will sich mehr Flexibilität verschaffen. Bei der Gewerkschaft Verdi stößt der Schritt von Thalia auf scharfe Kritik.

Hagen. Deutschlands größter Buchhändler Thalia steigt aus der Tarifbindung aus. Das Unternehmen sei deutschlandweit zum 1. Januar 2021 in eine Mitgliedschaft im Handelsverband ohne eine Tarifbindung gewechselt, teilte eine Unternehmenssprecherin am Freitag mit. „Wo der Tarif galt, bleibt das bisherige Gehalt unverändert", betonte sie.

Aufgrund des Tarifausstiegs würden zukünftige Tariferhöhungen aber nicht mehr automatisch umgesetzt. Stattdessen will Thalia die Höhe der Gehaltssteigerungen künftig an den jeweilig aktuellen Unternehmenserfolg koppeln.

Dpa: Buchhändler Thalia steigt aus Tarifbindung aus. In: www.handelsblatt.com, 08.01.2021

EINSTIEGSAUFGABEN 71079-95

1. Nennt Vermutungen über die Gründe des Unternehmens für diesen Schritt und die Konsequenzen für die Arbeitnehmenden bei Thalia.
2. Überlegt, was es für die Soziale Marktwirtschaft bedeuten könnte, wenn weitere Unternehmen dem Beispiel von Thalia folgten.

M19 Mit oder ohne Tarifbindung – ein Unterschied?

71079-310

a) Wochenarbeitszeit in Betrieben: abhängig vom Grad der Mitbestimmung?

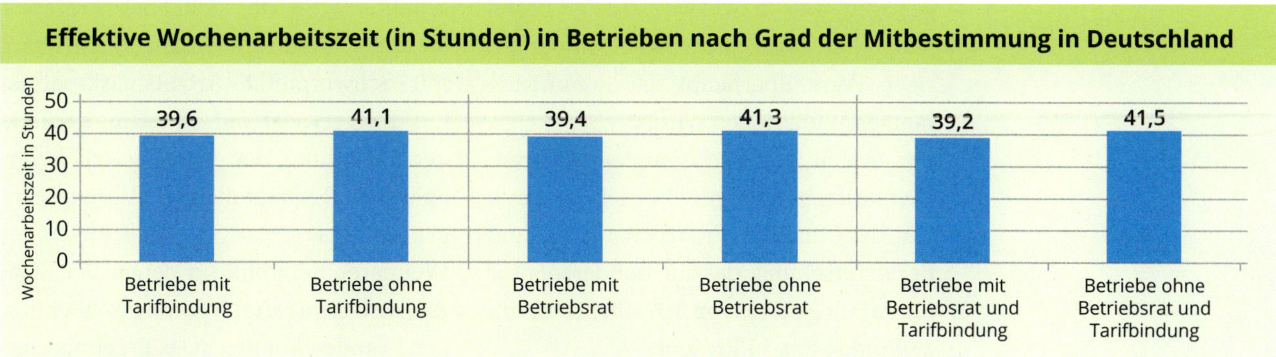

Nach: ©Statista, 2021

b) Anteil der Beschäftigten in West- und Ostdeutschland mit Tarifbindung

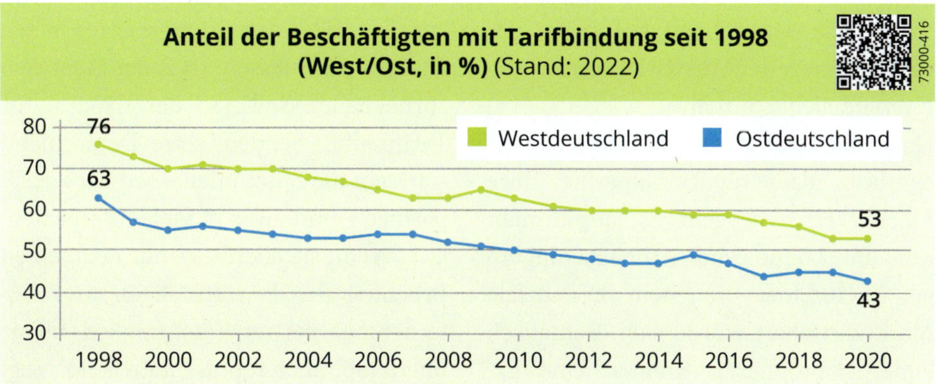

©C.C. Buchner Verlag, aktuelle Daten nach: WSI, 2021

c) Tarif-Beschäftigte verdienen bis zu 50 Prozent mehr

Beschäftigte mit Tarifvertrag verdienen in Deutschland je nach Branche bis zu 50 Prozent mehr als ohne Tarifvertrag. Das geht aus der Antwort der Bundesregierung auf eine Anfrage der Grünen im Bundestag hervor, die der Deutschen Presse-Agentur in Berlin vorliegt. Demnach lag der mittlere Bruttostundenlohn etwa im verarbeitenden Gewerbe zuletzt bei knapp 27 Euro in Vollzeit mit Tarifbindung des Arbeitgebers, aber nur bei knapp 18 Euro ohne eine solche Bindung. Bei Land- und Forstwirtschaft, produzierendem Gewerbe und im Dienstleistungsbereich sind es 22 Euro mit Tarifverträgen und knapp 17 Euro ohne, im Gesundheits- und Sozialwesen 21 beziehungsweise 16 Euro. Beim Handel und der Auto-Instandhaltung und Reparatur sind es 19 beziehungsweise 16 Euro. [...] Entsprechend verdienen die Beschäftigten mit Tarifverträgen je nach Branche 800 bis 1200 Euro brutto mehr im Monat. Die Regierung beruft sich bei ihrer Antwort aufs Statistische Bundesamt und nennt als jüngste Zahlen die Werte von 2018.

Dpa: Tarif-Beschäftigte verdienen bis zu 50 Prozent mehr. In: www.zeit.de, 05.09.2021

Betriebsrat
Vertretung der Arbeitnehmenden vor allem in größeren Betrieben, Unternehmen und Konzernen gegenüber der Leitung

M20 Folgen der sinkenden Tarifbindung in Deutschland

Mehrere Entwicklungen haben dazu beigetragen, dass inzwischen Zweifel bestehen, ob die Tarifpartnerschaft in der jetzigen Form überhaupt das kommende Jahrzehnt überleben wird.

Der Anteil der Beschäftigten in branchentarifgebundenen Betrieben sank laut dem Institut für Arbeitsmarkt- und Berufsforschung, das zur Bundesagentur für Arbeit gehört, von 1996 bis 2018 um 21 Punkte auf 46 Prozent.

Gewerkschaften und Arbeitgeberverbände haben zum Teil stark an Mitgliedern verloren. Die Veränderungen haben sich schleichend vollzogen; unmittelbar negative Auswirkungen waren für viele nicht spürbar.

Doch die Lage ist ernst. Denn kommt es dazu, dass die Sozialpartner ihre Macht verlieren, geht es längst nicht nur um Löhne und Arbeitsbedingungen in einzelnen Branchen. „Die soziale Marktwirtschaft würde sich dramatisch ändern", prophezeit Kramer. Und Experten, die die Ursachen zum Teil zwar deutlich anders analysieren, teilen diese Einschätzung.

„Wenn die Sozialpartnerschaft untergeht, gerät das gesamte System ins Rutschen", sagt Claus Schnabel, Professor an der Universität Erlangen-Nürnberg mit Schwerpunkt Arbeitsmarktpolitik. [...] Er verweist auf die Hintergründe der Entstehung der grundgesetzlich verankerten Tarifautonomie. Vorangegangen seien die negativen Erfahrungen der Weimarer Republik, in denen der Staat Arbeitskämpfe durch Zwangsschlichtungen beenden konnte. „Das Ergebnis war, dass alle Beteiligten unzufrieden waren", sagt Schnabel. Die Rede war von Lohndiktat, die Staatsverdrossenheit nahm zu. „Die Väter des Grundgesetzes haben deshalb beschlossen, dass der Staat sich zurückhalten soll", so der Experte für Tarifpolitik. Seitdem setze Deutschland stark auf die Zusammenarbeit der Sozialpartner – und zwar in vielen Bereichen. [...] „Wenn sie allerdings nur noch einen Bruchteil der Erwerbstätigen und Unternehmen vertreten, ist fraglich, ob sie überhaupt noch repräsentativ sind", sagt Schnabel. Eine klare Alternative zu diesem Modell gibt es bislang nicht.

Haas, Christine: Die soziale Marktwirtschaft würde sich dramatisch ändern. In: www.welt.de, 10.01.2020

M21 Sinkende Tarifbindung: Lösung in Sicht!?

A Lösungsvorschlag des Deutschen Gewerkschaftsbundes (DGB)

Eine [...] wichtige Möglichkeit der Stärkung der Tarifbindung ist die Tariftreue in der öffentlichen Auftragsvergabe: Wenn öffentliche Aufträge nur an Unternehmen vergeben werden, die Tarifverträge anwenden, wird – zusätzlich zum Schutz der Beschäftigten – mittelbar auch die Geltungskraft von Tarifverträgen gestärkt. Vorhandene Tarifstandards in den einzelnen Branchen werden gesichert, Wettbewerbsverzerrungen verhindert und Tarifdumping durch den Staat unterbunden. Zudem stärkt dies den Anreiz für Arbeitgeber in Arbeitgeberverbände einzutreten und Tarifverträge abzuschließen [...]. Wenn der Staat an dieser Stelle mit Vorbildcharakter voranschreitet [...], dann wird das auch auf die private Wirtschaft ausstrahlen.

Deutscher Gewerkschaftsbund: Eckpunktepapier: Bundesregelung zur Tariftreue in der öffentlichen Auftragsvergabe. In. www.dgb.de, 26.05.2020

B **Lösungsvorschlag der Bundesvereinigung der Deutschen Arbeitgeberverbände (BDA)**

Die Stärkung der Tarifbindung ist Aufgabe der Sozialpartner selbst. Die Sozialpartner müssen durch moderne Tarifregelungen Anreize für den Beitritt zum Verband oder zu einer Gewerkschaft schaffen. Die Sozialpartner brauchen Handlungsspielräume, die sie mit Tarifverträgen ausgestalten können. [...] Eine gesetzlich erzwungene Tarifgeltung stärkt die Tarifbindung nicht und steht im Widerspruch zur Autonomie der Sozialpartner.

Vorschläge der BDA zur Stärkung der Tarifbindung

1. Durch Differenzierungs- und Öffnungsklauseln in Tarifverträgen erhalten Betriebe zusätzliche Flexibilität, um betriebsspezifische und individuelle Lösungen zu finden. [...]
2. Unternehmen und Belegschaften sollten die Möglichkeit erhalten, aus einem Gesamttarifwerk einzelne Module auszuwählen und nur diese Module zur Anwendung zu bringen (modulare Tarifbindung). Der Umfang und die Komplexität von Gesamttarifwerken können – insbesondere auf bislang nicht tarifgebundene Unternehmen – abschreckend wirken. Mit einer modularen Tarifbindung könnten Arbeitgeber für sie passende Teile eines Tarifwerks übernehmen. [...]

Bundesvereinigung der Deutschen Arbeitgeberverbände: Stärkung der Tarifbindung ist Aufgabe der Tarifpartner. In: www.arbeitgeber.de, Abruf am 10.03.2022

AUFGABEN

71079-96

1. Arbeitet in Dreiergruppen. Analysiert die Situation der Tarifbeschäftigung. Teilt dazu die Materialien **M19a-c** untereinander auf und
   - formuliert zu eurem Material eine aussagekräftige Überschrift, die die Kernaussage zusammenfasst
   - belegt die Aussage mit markanten Daten
   - stellt euch eure Ergebnisse gegenseitig vor
   - überlegt gemeinsam, wo Probleme entstehen können und wen diese besonders treffen
2. Erläutert die in **M20** aufgezeigte Problemsituation der abnehmenden Tarifbindung in Deutschland.
3. Prüft eure Vermutungen aus der Einstiegsaufgabe und formuliert sie ggf. neu.
4. Bearbeitet arbeitsteilig **M21 A** und **M21 B**. Erstellt jeweils ein Flussdiagramm (→ Methodenglossar), das die Wirkungsweise des jeweiligen Lösungsvorschlages veranschaulicht. Präsentiert dieses anschließend der Klasse.
5. Markiert in der Klasse drei Eckpunkte und teilt euch gleichmäßig auf diese auf. Diskutiert an jedem Eckpunkt die Lösungsvorschläge aus **M21** anhand eines der unten stehenden Kriterien. Übernehmt dabei die Perspektive des BDA und des DGB. Rotiert nach 5 Minuten, so dass jede Gruppe alle drei Eckpunkte durchläuft.
   - Auswirkungen auf Unternehmen
   - Auswirkungen auf Beschäftigte
   - Legitimation staatlicher Eingriffe in Tarifbindung

3.2.3 Erhöhung des Mindestlohns: Wie stark sollte sich der Staat in die Lohnfindung einmischen?

Zum Thema: Der Mindestlohn war schon bei seiner Einführung stark umstritten, da der Staat in die Tarifautonomie eingreift, um einen sozialen Ausgleich zu schaffen. In diesem Kapitel erfahrt ihr, warum der Staat sich in die Tarifautonomie eingemischt hat und worin die Kritik an diesem Vorgehen liegt.

M22 Arm trotz Arbeit ...

1 **Luisa Peters (23):** Für mein Studium muss ich ein Praxissemester absolvieren – 5 Monate unbezahltes Praktikum. Die Arbeit macht Spaß und ich lerne viel. Anders als bei vielen Freunden bezahlt meine Arbeitgeberin mir eine Aufwandsentschädigung. Aber von den 100 € monatlich kann ich auch nicht leben. Wenn meine Eltern mich nicht unterstützen würden, wüsste ich nicht, wovon ich leben sollte.

Luisa Peters (23) aus Ibbenbüren

2 **Daniel Becker (52):** Ich arbeite Vollzeit, hier in Düsseldorf reicht das Einkommen aber nicht für Miete und Heizung, also muss ich aufstocken und bekomme Geld vom Amt dazu. Seit Jahren schaffen Gewerkschaft und Arbeitgeberverband es nicht, Tarifverträge auszuhandeln, die ein Gehalt enthalten, von dem ich auch leben kann. Natürlich könnte ich umziehen... In Leipzig beispielsweise würde der Lohn reichen.

Daniel Becker (52) aus Aachen

3 **Merle Dittmer (26):** Als Kassiererin verdiene ich knapp über dem Mindestlohn. Das reicht so gerade aus, ich habe keine großen Ansprüche. Als wir während der Corona-Pandemie wegen unserer Systemrelevanz zu „Helden der Arbeit" wurden, musste ich aber doch kurz schlucken – vom Beifall allein kauft sich eben auch kein Brötchen.

Merle Dittmer (26) aus Bochum

Bearbeiterin

EINSTIEGSAUFGABEN 71079-97

1. Überlegt zu zweit, welche Probleme hier thematisiert werden.
2. Tauscht euch in der Klasse anhand der Fallbeispiele darüber aus, ob der Staat in die Lohnfindung eingreifen sollte (→ **PUB, 1**).

M23 Der Mindestlohn als Instrument sozialen Ausgleichs

Die Einführung des Mindestlohns zum Januar 2015 war von kontroversen Debatten begleitet. Der gesetzliche Mindestlohn gibt mit wenigen Ausnahmen für alle Arbeitnehmenden eine Lohnuntergrenze vor. Ausgenommen sind beispielsweise Praktikant:innen, Jugendliche unter 18 Jahren, Auszubildende, Langzeitarbeitslose oder Ehrenamtliche. Im Jahr 2015 lag der Mindestlohn bei 8,50 € pro Stunde. Rund 4 Millionen Beschäftigte waren davon betroffen, da sie vorher einen niedrigeren Stundenlohn hatten, das sind 11,3 Prozent der Beschäftigten. Schrittweise wurde der Mindestlohn angehoben [9,82 €, Stand Januar 2022]. Die von Befürworter:innen des gesetzlichen Mindestlohn angeführten Erwartungen, dass dieser positive Auswirkungen auf Verdienste von Geringverdienenden haben werde, sind erfüllt worden. Gegner:innen der Maßnahme befürchteten hingegen eine steigende Zahl von Arbeitslosen durch die Einführung des gesetzlichen Mindestlohns. Diese Befürchtungen haben sich jedoch bisher nicht verwirklicht.

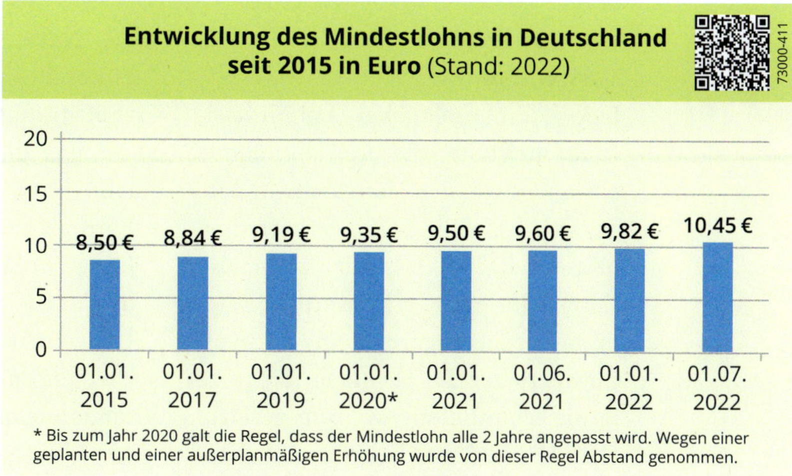

©C.C. Buchner Verlag, aktuelle Daten nach: DESTATIS, 2022

Bearbeiterin, basierend auf: Baumann, Arne/Bruttel, Oliver: Fünf Jahre gesetzlicher Mindestlohn. Bilanz und Perspektiven. In: APUZ 39-40/2020. Bundeszentrale für politische Bildung (Hrsg.), S. 4 ff.

M24 Woran soll sich die Höhe des Mindestlohns orientieren?

Nach Paragraf 9 des Mindestlohngesetzes (MiLoG) orientiert sich die Mindestlohnkommission bei den Anpassungen der Höhe des Mindestlohns nachlaufend an der Tarifentwicklung. [...] [Doch] die zukünftige Höhe des Mindestlohns [bleibt] Gegenstand der öffentlichen Diskussion. [...] Geplant ist offenbar, den Mindestlohn stärker an der Entwicklung des mittleren Einkommens (Medianeinkommen) statt an der Tarifentwicklung zu orientieren. [...] Nimmt man analog zur Definition von Armutsgefährdung der Europäischen Kommission 60 Prozent des mittleren Einkommens als Schwellenwert zur Armutsvermeidung, käme man nach Berechnungen des Deutschen Gewerkschaftsbunds für 2020 beim Bruttostundenlohn auf einen Wert von 11,99 Euro. Die Partei Die Linke beziffert den Stundenlohn, der notwendig wäre, um einen Beschäftigten nach 45 Beitragsjahren unabhängig von Grundsicherung im Alter zu machen, auf 12,63 Euro. Inzwischen beeinflusst die 12-Euro-Debatte auch die Tarifpolitik. So hat beispielsweise die Gewerkschaft Nahrung-Genuss-Gaststätten in der Systemgastronomie eine Lohnuntergrenze von 12 Euro gefordert, um Altersarmut zu vermeiden.

Lesch, Hagen/Schröder, Christoph: Zur Höhe des Mindestlohns in Deutschland. In: APUZ 39-40/2020. Bundeszentrale für politische Bildung (Hrsg.), S. 11

M25 Mindestlohn – ein Fall für staatliche Vorgaben?

A Unzulässiger Eingriff in die Tarifautonomie

Jede Form staatlicher Lohnfestsetzung greift in die Tarifautonomie ein und stellt die Motivation in Frage, sich freiwillig in Gewerkschaften und Arbeitgeberverbänden zu organisieren, um eigenverantwortlich Mindestarbeitsbedingungen in Tarifverträgen zu regeln. Staatliche Eingriffe in die Lohnfindung in Form gesetzlicher Mindestlöhne – ob branchenbezogen, regional, bundesweit oder wie in letzter Zeit gewerkschaftsseitig und teils politisch diskutiert auch auf europäischer Ebene – führen zu einer dauerhaften Schwächung der Tarifautonomie und unseres Tarifvertragssystems. Staatlich fixierte Lohnuntergrenzen bergen zudem die Gefahr, dass sie in konjunkturell schlechten Zeiten vor allem zu Lasten der Schwächsten am Arbeitsmarkt gehen.

Bundesvereinigung der Deutschen Arbeitgeberverbände: Die Tarifautonomie ist unverzichtbar für die Soziale Marktwirtschaft. In: www.arbeitgeber.de, Abruf am 10.03.2022

B Notwendiger Eingriff für sozialen Ausgleich

Ein breites politisches Spektrum [...] plädiert mittlerweile für eine deutliche Erhöhung des Mindestlohns, die über die turnusgemäße Anpassung an die Tariflohnentwicklung hinausgeht. Hierbei haben sich 12 Euro als neue Zielmarke etabliert. [...] Als vor fünf Jahren in Deutschland erstmals ein gesetzlicher Mindestlohn eingeführt wurde, stand die grundlegende Überzeugung dahinter, dass Arbeit nicht arm machen darf und ein existenzsicherndes Einkommen garantieren muss. In der ursprünglichen Begründung des Mindestlohngesetzes wurde explizit darauf verwiesen, dass nicht existenzsichernde Löhne durch staatliche Leistungen aufgestockt werden müssen und Unternehmen auf diese Weise indirekt durch die sozialen Sicherungssysteme subventioniert werden. Seit Einführung des Mindestlohns hat sich die Zahl der „Aufstocker" allerdings nur wenig verändert [...]. Vor diesem Hintergrund will die Forderung nach 12 Euro Mindestlohn nun das erfüllen, was der Mindestlohn von Anfang an versprochen hatte: Einen Lohn, mit dem man zumindest bei einer Vollzeitstelle einigermaßen über die Runden kommen kann.

Schulten, Thorsten: Mindestlohn: 12 Euro sind möglich und nötig. In: Wirtschaftsdienst, Zeitschrift für Wirtschaftspolitik, 100. Jahrgang, 2020, Heft 1, S. 4, © ZBW und Springer-Verlag Berlin Heidelberg, https://www. wirtschaftsdienst.eu/inhalt/jahr/2020/heft/1/beitrag/mindestlohn-12-euro-sind-moeglich-und-noetig.html

AUFGABEN

71079-98

1. a) Macht euch zunächst alleine kurze Notizen, anhand derer ihr den Mindestlohn erklären könnt (**M23**).
   b) Erklärt euch in Zweiergruppen gegenseitig, inwiefern der Mindestlohn als Instrument sozialen Ausgleichs dienen kann (**M23**).
2. Erläutert die Diskussion darum, ob sich der gesetzliche Mindestlohn an der Tarifentwicklung oder am mittleren Einkommen orientieren sollte (**M24**).
3. Überprüft, welche Folgen eine Änderung der Orientierung des Mindestlohns für die Betroffenen aus dem Einstiegsmaterial (**M22**) haben würde.
4. Erörtert in Kleingruppen Argumente für und gegen staatliche Eingriffe in die Lohnfindung durch Anhebung des Mindestlohns (**M25**) (→ **PUB, 6**).

3.3 Nachhaltige Wirtschaftsordnung

3.3.1 Postwachstumsökonomie: Brauchen wir eine neue Zukunftsvision für die Wirtschaftsordnung?

Zum Thema: Nachhaltigkeit ist in aller Munde, die Rufe nach ihr werden immer lauter. Doch was bedeutet Nachhaltigkeit eigentlich und kann sich unsere Wirtschaftsordnung ändern, um nachhaltiger zu sein?

M26 Das Fischereispiel

I. Worum geht es?

Szenario: Ihr seid die Besatzung von fünf Booten, teilt euch gleichmäßig auf. Alle Boote fischen aus demselben Fischbestand, am Anfang sind hier 20 Tonnen Fisch. Ihr verkauft die Fische, die ihr fangt. Das ist eure einzige Einnahmequelle. Ihr könnt pro Ausfahrt 0, 1 oder 2 Tonnen Fisch fangen. Ihr dürft mit den anderen Fischer:innen nicht kommunizieren.*

II. Geht dabei so vor:

Zu Beginn der Runde habt ihr eine Minute Bedenkzeit, dann müsst ihr festgelegt haben, wie viel ihr in dieser Ausfahrt fangen wollt. Die Spielleitung sammelt die Werte und zieht sie vom Ausgangsbestand ab. Der Fischbestand erholt sich wie in der Tabelle angegeben. Die Spielleitung gibt alle Werte – insbesondere den neuen Bestand – preis. Die nächste Runde beginnt. Spätestens nach der 5. Runde wird das Spiel abgebrochen und auf einer Konferenz wird die Entwicklung des Fischbestands diskutiert.

Idee nach: Wolfgang Ziefle, Das Fischerspiel, in: Landeszentrale für politische Bildung Baden-Württemberg, Politik und Unterricht, 1/1995, S. 7 ff.

**Spielvarianten: Die Fischerboote können sich absprechen. Es gibt Fangquoten.*

Wachstumstabelle Fischpopulation

Ende alte Saison	Anfang neue Saison	Ende alte Saison	Anfang neue Saison
1	**0**	11	**13**
2	**0**	12	**14**
3	**1**	13	**15**
4	**2**	14	**17**
5	**6**	15	**18**
6	**7**	16	**19**
7	**8**	17	**20**
8	**9**	18	**20**
9	**10**	19	**20**
10	**12**	20	**20**

Wachstumstabelle Fischpopulation (Angabe in Tonnen)

	Bestand Saison Anfang	Fang-menge Boot A	Fang-menge Boot B	Fang-menge Boot C	Bestand Ende Saison
1	20				
2					
…					

EINSTIEGSAUFGABEN 71079-99

1. Spielt das Spiel in **M26** zunächst ohne miteinander zu kommunizieren.
2. Arbeitet heraus, welche Strategien die Fischer:innen verwendet haben und warum dies problematisch werden kann. Findet ähnliche Situationen in der Realität.
3. Entwickelt abschließend geeignete Lösungsansätze für das entdeckte Problem.

M27 Was bedeutet Nachhaltigkeit?

71079-100

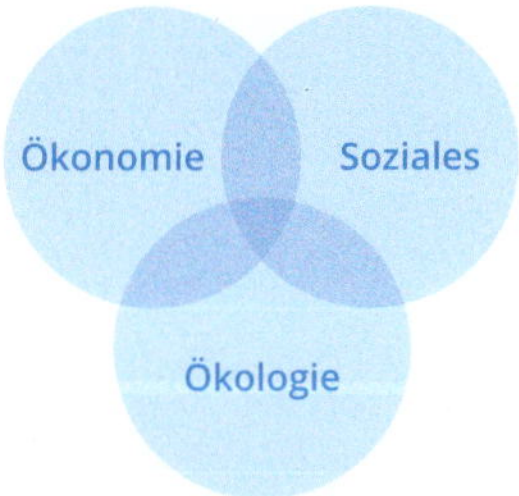

Ökonomie
Wirtschaftlicher Wohlstand

Soziales
Gerechte Verteilung

Ökologie
Schutz der Umwelt

Eine nachhaltige Entwicklung sollte alle drei Dimensionen berücksichtigen.

Der Begriff der Nachhaltigkeit geht auf die Forstwirtschaft im frühen 18. Jahrhundert zurück. Hier formulierte Carl von Carlowitz die Regel, dass nur so viel abgeholzt werden solle, wie sich auf natürliche Weise regenerieren könne. Später wurde der Begriff auch auf andere Bereiche übertragen. Es ist gemeint, dass eine Nutzung von Ressourcen nur in dem Maße erfolgen soll, wie sie sich auch regenerieren kann, so dass auch zukünftige Generationen diese Ressource noch in gleichem Maße nutzen können. Dabei bezieht sich Nachhaltigkeit nicht nur auf Ökologische Aspekte, sondern bezieht auch die Ökonomie und Soziales mit ein.

Gerade in den letzten Jahren wird Nachhaltigkeit zu einem immer wichtigeren Thema. Das lässt sich an verschiedenen politischen Beschlüssen wie beispielsweise der Verabschiedung der Agenda 2030 der Vereinten Nationen erkennen, in welcher 17 Ziele für eine nachhaltige Entwicklung festgelegt wurden. Aber auch Unternehmen und Verbraucher:innen legen mehr Wert auf nachhaltige Produktion und faire Arbeitsbedingungen.

Bearbeiterin, basierend auf: Pufé, Iris: Was ist Nachhaltigkeit? Dimensionen und Chancen. In: APUZ 31-32/2014. Bundeszentrale für politische Bildung (Hrsg.), S. 15 ff.

M28 Mehr Nachhaltigkeit – aber wie?

a) Welche Strategien für mehr Nachhaltigkeit werden diskutiert?

Strategien für mehr Nachhaltigkeit

Effizienz	Konsistenz	Suffizienz
Besser produzieren: gleicher Nutzen, weniger Energieverbrauch	Anders produzieren: mit regenerativen Energien oder durch wiederverwertbare Materialien	Weniger produzieren und konsumieren: Energie- und Materialverbrauch begrenzen

Zum Beispiel: von der Glühbirne zur LED	Zum Beispiel: von der Plastiktüte zur kompostierbaren Tüte aus Maisstärke	Zum Beispiel: vom Besitzen zum Teilen (z. B. Werkzeug)

Basierend auf: BUNDjugend/Grafik: Annika Huskamp

b) Fallbeispiele für Nachhaltigkeitsstrategien

1 In Münster wurde eine Leihothek eröffnet. Ähnlich wie in Bibliotheken geht es um den Verleih, allerdings von Gebrauchsgütern. Vom Glühweinkochtopf bis zum Neoprenanzug ist hier vieles zu finden.

2 Essen to go wird immer häufiger genutzt. Einige bieten ihr Essen mittlerweile im ReCup an, einer wiederverwendbaren, BPA- & schadstofffreien Schüssel, die Kund:innen im Pfandsystem zurückbringen können.

3 Beim Fairphone können viele Komponenten wie etwa der Akku, die Kamera oder das Display von den Verbraucher:innen selbst ausgetauscht werden.

4 Vaude bringt eine Outdoorhose raus, die aus recycelten Altreifen hergestellt wird.

5 Die Alpakas sind ein Lieferdienst für Lebensmittel aus einem Unverpacktladen. Sie achten auf faire Löhne und Arbeitsbedingungen für ihre Mitarbeitenden.

Bearbeiterin

M29 Postwachstumsökonomie – ein neues Verständnis für unser Wirtschaftssystem?

Niko Paech ist einer der bekanntesten Wachstumskritiker in Deutschland. Er fordert ein radikales Umdenken unseres Wirtschaftssystems. Im Interview äußert er sich zu seiner Begründung und seiner Vorstellung von nachhaltigem Wirtschaften.

Prof. Dr. Niko Paech ist außerplanmäßiger Professor für Plurale Ökonomik an der Universität Siegen und hat das Modell der Postwachstumsökonomie entwickelt.

Herr Paech, Sie gelten als Begründer der Postwachstumsökonomie. Weshalb brauchen wir aus Ihrer Sicht einen Wandel hin zu einem Wirtschaftssystem, das nicht auf Produktionswachstum beruht?

Bis heute sind alle Versuche gescheitert, das auf Wachstum basierende Wirtschaftssystem von ökologischen Schäden zu entkoppeln. Hinzu kommt: Immer mehr Menschen wünschen sich kürzere Arbeitszeiten als eine klassische 40-Stunden-Woche. Wenn weniger produziert werden muss, können die Menschen auch weniger arbeiten.

Dann verdienen sie aber auch weniger.

Natürlich, aber durch eine Reduktion des ohnehin ruinösen Mobilitäts- und Konsumniveaus ließe sich dies teilweise ausgleichen. Außerdem könnte die infolge der Arbeitszeitverkürzung freigewordene Zeit genutzt werden, um ergänzend zum geringeren Geldeinkommen eigenständige Versorgungsleistungen zu erbringen, etwa durch die Pflege, Reparatur und gemeinschaftliche Nutzung von Gegenständen. Dann müssten seltener neue Produkte gekauft werden.

Wenn die Bewohner eines Wohnblocks etwa Waschmaschinen, Autos und Werkzeuge gemeinsam nutzen, können die Menschen mit deutlich weniger Geld einen angemessenen Lebensstandard halten.

Welche Rolle spielen Unternehmen in der Postwachstumsökonomie?

In der Postwachstumsökonomie produzieren Unternehmen nur so viel Ware, wie benötigt wird, um einen ökologisch verträglichen, also geringeren Güterbestand zu erhalten, aber eben nicht zu erhöhen. Außerdem müssen die hergestellten Produkte eine deutlich längere Nutzungsdauer haben und vor allem reparabel sein.

Zudem sind Verleihsysteme und der Gebrauchtgüterhandel ein weiteres postwachstumstaugliches Geschäftsfeld. Schließlich würden Unternehmen vermehrt Reparaturleistungen anbieten und Konsumenten dazu befähigen, kleinere Reparaturen selber zu übernehmen. [...]

Es stimmt zwar, dass immer mehr Unternehmen und Konsumenten auf Nachhaltigkeit achten, das ist aber immer noch eine ziemlich kleine Minderheit, oder?

Ja natürlich, aber jeder Wandel wird von einer Minderheit begonnen, die in Nischen etwas Neues erprobt. Und wenn sich die neuen Praktiken in solchen Reallaboren bewähren und eine Lösung für die drängenden Probleme bieten, ist es nur eine Frage der Zeit, bis andere Teile der Gesellschaft diese Innovationen übernehmen – spätestens wenn die ökologischen Krisen immer sichtbarer werden.

Interview von Markt und Mittelstand mit Niko Paech: Markt und Mittelstand: „Früher oder später wird unser Wirtschaftssystem kollabieren". In: www.marktundmittelstand.de, 06.02.2020

Ein Video als Alternative zum Text

71079-101

AUFGABEN

71079-102

1. Erklärt in Kleingruppen die wachsende Bedeutung von „Nachhaltigkeit" anhand konkreter Beispiele aus eurem Alltag (**M27**).
2. a) Ordnet zunächst zu zweit die Fallbeispiele aus **M28b** begründet den Nachhaltigkeitsstrategien aus **M28a** zu.
   b) Vergleicht eure Ergebnisse in der Klasse.
3. Arbeitet in Gruppen zu je einer Nachhaltigkeitsstrategie (**M28a**). Entwickelt weitere Beispiele, wie private Haushalte, Unternehmen und der Staat die jeweilige Strategie umsetzen (können). Denkt dabei auch über Grenzen und Schwächen der Ansätze sowie Lösungsmöglichkeiten nach. Haltet eure Ergebnisse in einem Erklärvideo fest.
4. Schaut die Erklärvideos aus Aufgabe 3 an und prüft gemeinsam, ob die Strategien sich unterstützen oder widersprechen.
5. Veranschaulicht in einer Gruppenarbeit die Grundgedanken der Postwachstumsökonomie nach Niko Paech (**M29**), indem ihr zu jedem Grundgedanken ein Piktogramm erstellt. Überlegt, ob ihr Beispiele in eurer Lebenswelt findet, bei denen die Ideen umgesetzt werden.
6. Setzt euch kritisch mit der Frage auseinander, ob die Postwachstumsökonomie eine realistische und wünschenswerte Zukunftsvision unseres Wirtschaftssystems ist.

Methodenkarte: Erstellen eines Erklärvideos

71079-105

3.3.2 Nachhaltigkeit zwischen Markt und Staat: Wie (viel) sollte der Staat steuern?

Zum Thema: Bürger:innen treten immer mehr für Nachhaltigkeit ein. Doch reicht das aus, um Unternehmen zu nachhaltigerem Handeln zu bewegen? Welche Möglichkeiten hat der Staat, für mehr Nachhaltigkeit zu sorgen? Und wie viel sollte er sich einmischen? Diese Fragen werden im Folgenden mit Fokus auf die Umweltpolitik behandelt.

M30 Beispiele für umweltpolitische Maßnahmen ...

1 **„Ökosteuer“:** Energieverbrauch wird teurer, in Zukunft sind Steuern fällig.

2 **„Blauer Engel“:** ein Gütesieigel für die Umwelt zeigt Verbraucher:innen den richtigen Weg

3 **Abgasnorm** legt Grenzwerte für den Ausstoß von Schadstoffen und Treibhausgasen bei Autos fest.

4 **25 Jahre FCKW-Verbot!** Hilft das dem Ozonloch?

5 **Umweltzone** soll Luft in Innenstädten verbessern

6 **Pfandsystem** – kompliziert, aber umweltschonend?

Bearbeiterin

EINSTIEGSAUFGABEN

71079-103

1. Arbeitet zu zweit: Sucht euch zwei Maßnahmen aus und erläutert euch gegenseitig die vermutete Wirkungsweise.
2. Sammelt weitere umweltpolitische Maßnahmen an der (digitalen) Tafel.
3. Positioniert euch spontan: Greift der Staat bezüglich der Umweltpolitik eurer Meinung nach zu viel oder zu wenig in das Wirtschaftsgeschehen ein?

M31 Ein historisches Urteil für den Klimaschutz

71079-104

Das deutsche Klimaschutzgesetz aus dem Jahr 2019 ist in Teilen nicht mit den Grundrechten vereinbar. Es fehlten ausreichende Vorgaben für die Minderung der Emissionen ab dem Jahr 2031, teilte das Bundesverfassungsgericht mit. [...] Da in dem Gesetz lediglich bis zum Jahr 2030 Maßnahmen für eine Emissionsverringerung vorgesehen sind, würden die Gefahren des Klimawandels auf Zeiträume danach und damit zulasten der jüngeren Generation verschoben, so die Richter. Einen Anstieg der globalen Durchschnittstem-

peratur wie geplant auf deutlich unter zwei Grad und möglichst auf 1,5 Grad zu begrenzen, sei dann nur mit immer dringenderen und kurzfristigeren Maßnahmen machbar. Damit würden die zum Teil sehr jungen Beschwerdeführenden in ihren Freiheitsrechten verletzt. [...] Die Richter verpflichteten den Gesetzgeber nun, bis Ende 2022 die Minderungsziele der Treibhausgasemissionen ab 2031 besser zu regeln. Die bis 2030 festgelegten Klimaschutzziele seien dagegen nicht zu beanstanden. Geklagt hatten vor allem junge Menschen, die dabei von mehreren Umweltverbänden unterstützt wurden. Mehrere Kläger sind auch in der Fridays-for-Future-Bewegung aktiv. [...] Bei seiner Entscheidung bezieht sich das Gericht auf Artikel 20a des Grundgesetzes. Darin heißt es: „Der Staat schützt auch in Verantwortung für die künftigen Generationen die natürlichen Lebensgrundlagen und die Tiere im Rahmen der verfassungsmäßigen Ordnung durch die Gesetzgebung und nach Maßgabe von Gesetz und Recht durch die vollziehende Gewalt und die Rechtsprechung." Die Richter erklärten, es dürfe nicht einer Generation zugestanden werden, „unter vergleichsweise milder Reduktionslast große Teile des CO_2-Budgets zu verbrauchen, wenn damit zugleich den nachfolgenden Generationen eine radikale Reduktionslast überlassen und deren Leben umfassenden Freiheitseinbußen ausgesetzt würde". [...]
Bundestag und Bundesrat hatten Ende 2019 dem Klimapaket der Bundesregierung zugestimmt, nachdem Bund und Länder noch Kompromisse ausgehandelt hatten. Wesentlicher Punkt ist das Klimaschutzgesetz. Es legt für einzelne Bereiche wie Verkehr, Landwirtschaft oder Gebäude fest, wie viel Treibhausgase sie in welchem Jahr ausstoßen dürfen. „Zweck dieses Gesetzes ist es, die Erfüllung der nationalen Klimaschutzziele sowie die Einhaltung der europäischen Zielvorgaben zu gewährleisten", heißt es dazu vom Bundesumweltministerium.
Nach dem Pariser Klimaabkommen – das die Grundlage des deutschen Gesetzes bildet – soll der Anstieg der globalen Durchschnittstemperatur auf deutlich unter zwei Grad und möglichst auf 1,5 Grad Celsius begrenzt werden, um Folgen des Klimawandels so gering wie möglich zu halten.

Tagesschau: Klimaschutzgesetz in Teilen verfassungswidrig. In: www.tagesschau.de, 29.04.2021

M32 Möglichkeiten staatlicher Eingriffe für mehr Nachhaltigkeit am Beispiel der Umweltpolitik

1971 wurde erstmals von der Bundesregierung gefordert, dass die Umwelt vor schädlichen menschlichen Eingriffen zu schützen ist und bereits vorhandene Schäden an ihr zu beseitigen sind. Dahinter steht das Leitbild nachhaltiger Entwicklung. Mittlerweile wird dem vorsorgenden Umweltschutz eine große Rolle zugeschrieben, durch die Nutzung energie- und rohstoffsparender Techniken in der Produktion sollen beispielsweise schädliche Belastungen für die Umwelt von vornherein vermieden werden.
Um diese Ziele durchzusetzen gibt es verschiedene Instrumente, die sich in Gruppen einteilen lassen. Eine Gruppe bilden dabei die ordnungsrechtli-

chen Normen, also Gebote und Verbote, mit denen die Politik das Handeln von Unternehmen und Konsumenten steuert. Ein Beispiel ist das Verbot von Einwegplastik. So werden klare, allgemeingültige Regeln geschaffen. Allerdings müssen diese auch überwacht und Verstöße geahndet werden, was einen zusätzlichen Aufwand generiert. Daneben gibt es sogenannte marktwirtschaftliche Instrumente der Umweltpolitik. Das sind Abgaben oder finanzielle Anreize für bestimmtes Verhalten, wie staatliche Zuschüsse beispielsweise bei der Anschaffung eines E-Autos. So wird ein Anreiz geschaffen, auf umweltschonende Produkte zu setzen, weil sie günstiger sind bzw. umweltschädigende Produkte aufgrund ihres hohen Preises zu meiden. Durch den marktwirtschaftlichen Wettbewerb wird darüber hinaus nachhaltige Innovation und Entwicklung gefördert. Allerdings muss dafür die Höhe der Abgaben bzw. Subventionen passgenau gewählt werden, da die Instrumente sonst nicht greifen. Darüber hinaus sind noch individualpolitische Instrumente zu nennen. Dies meint beispielsweise Informationskampagnen oder Umwelterziehung zu stärken. Ist diese erfolgreich, bedarf es keiner weiteren Instrumente, weil alle umweltschonend produzieren bzw. konsumieren. Allerdings ist dieses Ziel nur schwer zu erreichen.

Bearbeiterin, basierend auf: Wirtschaft und Schule: Umweltpolitik. In: www.wirtschaftundschule.de, Abruf am 10.03.2022

M33 Wie kann nachhaltiges Verhalten gefördert werden? Zwei Positionen

A Wir brauchen mehr nachhaltige Konsumentinnen und Konsumenten!

Verbraucher:innen und Staat tragen gemeinsam mit den Unternehmen eine geteilte Verantwortung dafür, dass globale Nachhaltigkeitsziele [...] nicht nur auf dem Papier, sondern faktisch umgesetzt werden. Schon der Ökonom Ludwig von Mises (1881 – 1973) war der Meinung, dass die Konsument/-innen die „Kapitäne" der Marktwirtschaft sind, da von ihrer Nachfrage das Überleben der Unternehmen abhängt. Ganz so einfach funktioniert der Markt zwar nicht, aber wo keine nachhaltigen Güter gekauft werden, werden entsprechende Angebote und damit auch die Anbieter über kurz oder lang verschwinden [...]. Konsument/-innen verfügen also über die Macht, den Markt zu beeinflussen. Das Problem liegt woanders. Bis zu neunzig Prozent der Verbraucher/-innen geben regelmäßig in Umfragen an, nachhaltig zu konsumieren – sie tun es aber nicht. [...] Es wird deshalb wenig nützen, von Unternehmen zu verlangen, noch mehr nachhaltige Produkte auf den Markt zu bringen. Ebenso wirkungslos wird es sein, wenn der Staat den nachhaltigen Konsum durch globale Vereinbarungen, Regeln oder Standards fördert. Auch eine Verschärfung von Gesetzen [...] wird kaum helfen [...]. Es kommt vielmehr darauf an, die Konsument/-innen darin zu stärken, ihre offensichtlich erwünschten Nachhaltigkeitsziele besser zu erreichen, indem grundsätzliche Hindernisse dazu aus dem Weg geräumt werden. [...] [E]s fehlt ihnen aber häufig an Informationen, Zeit, Geld und dem Bewusstsein der Selbstwirksamkeit. [...] Label müssen möglichst einfach und vertrauenswürdig gestaltet werden; Aufpreise werden akzeptiert, wenn ihr ökologischer Mehrwert direkt erkennbar ist; die Zahlungsbereitschaft für soziale Produkte wächst, wenn sie mit einer Spende für gute Zwecke verbunden ist.

Heidbrink, Ludger: Wir brauchen mehr nachhaltige Konsument/-innen! In: www.bpb.de, 03.12.2018

B Warum Konsumentscheidungen allein die Umwelt nicht retten

Nachhaltigkeit [kann] nicht allein durch grünere Technik und Produktion erreicht werden, sondern muss auch Verzicht einschließen. Denn versteht man unter nachhaltigem Konsum, dass wie bislang schrittweise immer mehr gekauft wird, nur künftig grüner, wird das nicht ausreichen, um die Umwelt zu retten. […] Versteht man unter nachhaltigem Konsum hingegen, dass freiwillig – neben der Entwicklung besserer Technik wie erneuerbaren Energien oder Ressourceneffizienz – auch verzichtet wird, dann wäre das im Prinzip möglich. Eine solche Freiwilligkeit ist jedoch nicht sehr wahrscheinlich. Dafür sind wir alle in unseren täglichen Entscheidungen zu sehr auf die Normalitäten der Vielverbrauchsgesellschaft eingeschliffen. […] Will man neue Technik wie erneuerbare Energien und Energieeffizienz schnell in den Markt bringen und will man unser aller Konsumverhalten mitunter auch genügsamer machen, wird neben aller unternehmerischer Kreativität und allem Wandel von unten auch eine striktere Politik nötig sein. […] Man muss zum Beispiel den Einsatz fossiler Brennstoffe konsequent einschränken bzw. beenden. […] Politiker/-innen und Bürger/-innen hängen jedoch genau wie Kund/-innen und Unternehmen wechselseitig voneinander ab. Eine neue Politik kommt nicht von selbst; denn auch Politiker/-innen werden durch Eigennutzenkalküle, Normalitätsvorstellungen etc. gebremst. Wir – die Bürger/-innen – müssten eine nachhaltigere Politik wählen und diese auf der Straße, in den Parteien und in den Medien lautstark einfordern.

Ekardt, Felix: Warum Konsumentscheidungen allein die Umwelt nicht retten. In: www.bpb.de, 22.08.2018

AUFGABEN

71079-106

1. Erläutert das Urteil des Bundesverfassungsgerichts zum Klimaschutzgesetz. Leitet dabei auch ab, was das Urteil für das Verhältnis zwischen Markt und Staat im Bereich der Klimapolitik bedeutet (**M31**).
2. Stellt die umweltpolitischen Instrumente grafisch dar (**M32**) und sortiert die Beispiele aus der Einstiegsaufgabe ein.
3. Teilt euch in Gruppen auf und analysiert arbeitsteilig die Texte **M33 A** und **M33 B** im Hinblick auf die Frage …
   … welche Art umweltpolitischer Maßnahmen vom Autor bevorzugt wird.
   … welches Verhältnis von Markt und Staat zur Erreichung von mehr Nachhaltigkeit angestrebt wird.
   Präsentiert euch anschließend eure Ergebnisse.
4. Erstellt in Kleingruppen einen Podcast, in welchem ihr eure Positionen zu der Frage, wie der Staat eingreifen soll, um Nachhaltigkeit zu fördern, diskutiert.

Methodenkarte: Erstellen eines Podcasts

71079-311

Ein Moodboard zum Thema „Wirtschaft in Deutschland: gelungener Ausgleich von Markt und Staat für eine nachhaltige und Soziale Marktwirtschaft?!" erstellen.

I. Worum geht es?

Ein Moodboard, wörtlich übersetzt „Stimmungstafel", gibt mit Hilfe von Fotos, Sprüchen, Grafiken oder kurzen Texten einen Überblick über eine Stimmung zu einem Thema. Es ist vergleichbar mit einer modernen Collage, ist also eine Möglichkeit, sich visuell auszudrücken.

II. Geht dabei so vor:

1. Schritt: Vorbereitung

a) Ruft die Seite www.canva.com auf. Hier könnt ihr kostenlose digitale Moodboards erstellen. Informiert euch, wie ein Moodboard aussieht und welche Elemente sie häufig enthalten.
b) Sammelt Material für euer Moodboard. Es kann aus Fotos, Zeichnungen, Kommentaren, Zeitungsartikeln, Karikaturen, ... bestehen. Achtet auf den Bezug zum Thema und bringt das in diesem Kapitel erworbene Wissen mit ein.

↓ ↓ ↓

2. Schritt: Moodboard erstellen

Designt euer individuelles Moodboard. Achtet darauf, verschiedene Aspekte des Kapitels mit aufzunehmen und eure eigene Stimmung wiederzugeben.

↓ ↓ ↓

3. Schritt: Präsentation und Auswertung

Präsentiert euch eure Moodboards in Kleingruppen. Achtet dabei auf Gemeinsamkeiten und Unterschiede. Arbeitet heraus, in welchen Bereichen ihr die Soziale Marktwirtschaft als zukunftsfähig anseht und wo noch Herausforderungen zu bewältigen sind.

Bearbeiterin

Sicherheitsnetz

Hängemattte

Der Sozialstaat als ...

Sprungbrett

Wippe

Einkommen und soziale Sicherung: Sollte der Sozialstaat in Deutschland gerechter und zukunftssicherer gestaltet werden?

4

In der deutschen Verfassung ist der Sozialstaat fest verankert. Doch wie der Sozialstaat genau gestaltet sein soll, gibt das Grundgesetz nicht vor. Darüber müssen immer wieder politische Entscheidungen getroffen werden, die – wie üblich – umstritten sind. Verschiedene gesellschaftliche Entwicklungen führen außerdem dazu, dass immer häufiger von einer „Krise“, von „Herausforderungen“ und „mangelnder Gerechtigkeit“ des Sozialstaats gesprochen wird. In diesem Kapitel wird geklärt, welche wichtige Rolle die Einkommen für den Sozialstaat spielen, inwiefern seine Bestandteile als „gerecht“ oder „ungerecht“ beurteilt werden können und wie – am Beispiel der Altersvorsorge – seine Zukunft aussehen könnte.

Am Ende des Kapitels solltet ihr Folgendes können:

- erklären, welche Funktionen der deutsche Sozialstaat hat
- beurteilen, inwiefern es Einkommensgerechtigkeit geben kann
- die Umverteilung der Einkommen durch den Staat vor dem Hintergrund verschiedener Gerechtigkeitsvorstellungen bewerten
- Ursachen und Folgen von Einkommensunterschieden zwischen den Geschlechtern analysieren und politische Maßnahmen für Verbesserungen diskutieren
- die Säulen des Sozialversicherungssystems sowie die Grundsicherung erläutern
- die Absicherungen gegen „Arbeitslosigkeit“ und „Alter“ hinsichtlich ihrer Zukunftsfähigkeit und Gerechtigkeit bewerten
- das Risiko der Altersarmut als Folge von Erwerbsbiografien und demografischem Wandel erläutern
- die Möglichkeiten und Risiken betrieblicher und privater Altersvorsorge im Zusammenhang staatlicher Rentenpolitik diskutieren

WAS WISST UND KÖNNT IHR SCHON?

71079-107

1. Die vier Bilder auf der linken Seite zeigen Symbole für den Sozialstaat. Hängt sie im Klassenraum auf, geht von Bild zu Bild und schreibt darunter auf ein Poster, was damit jeweils über den Sozialstaat ausgesagt werden könnte.
2. Bleibt am Ende vor dem Bild stehen, das ihr für besonders passend haltet und lest die Kommentare der anderen. Teilt eure Gründe für die Bildauswahl in der Klasse.

„Learning Snacks" zum Sozialstaat in Deutschland produzieren

I. Worum geht es?

Learning Snacks sind selbst erstellte, interaktive Lerneinheiten im Messenger-Stil. Sie lassen sich zu jedem Thema erstellen und ermöglichen durch eine Abfolge von Schritten ein Lernen in kleinen Portionen. Dazu können verschiedene Elemente (Text, Multiple-Choice-Fragen, Bilder und Links) miteinander verknüpft werden. Sie lassen sich schnell und kostenlos am Computer, Tablet oder Smartphone herstellen. Anschließend können sie anderen über einen QR-Code zur Verfügung gestellt werden. Wenn ihr mehrere Learning Snacks in der Klasse erstellt, empfiehlt es sich, ein „Klassenzimmer" zu erstellen.

II. Geht dabei so vor:

Anleitung zum Erstellen eines „Learning Snacks"

71079-108

1. Schritt: Vorbereitung

1. Bildet Gruppen von 3-4 Personen.
2. Seht euch auf der Seite **learningsnacks.de** verschiedene Beispiele an und informiert euch mit Hilfe der Anleitung hinter dem links stehenden QR-Code, wie Learning Snacks aufgebaut werden können.

2. Schritt: Das Thema festlegen und Wissen aneignen

1. Einigt euch in der Gruppe auf ein Unterthema des Kapitels. Möglich wären z. B. folgende Themen:
   - Lohngerechtigkeit (**M4-M7**)
   - Umverteilung durch Steuern (**M8-M11**, **S. 143 f.**)
   - Gender Pay Gap (**M12-M17**)
   - Finanzierung der gesetzlichen Sozialversicherungen (**M18-M20**, **M23**, **M34**)
   - Lohnersatzleistung Arbeitslosengeld I (**M25-M28**)
   - Leben mit Hartz IV (**M29-M32**)
   - Grundsicherung als Existenzminimum (**M33-M37**)
   - Zukunft der gesetzlichen Rente (**M38-M41**)
   - Altersarmut (**M40-M43**)
   - Private Zusatzvorsorge (**M40**, **M41**, **M44a**)
   - Betriebliche Zusatzvorsorge (**M40**, **M41**, **M44b**)
2. Informiert euch, indem ihr die in a) angegebenen Materialien auswertet.
3. Ergänzt euer Wissen durch eigene Recherchen und Bezüge zu aktuellen Entwicklungen.

3. Schritt: Den Learning Snack produzieren

1. Legt eine Leitfrage für euren Learning Snack fest, die Interesse weckt und die am Ende beantwortet werden kann.
2. Erstellt einen Etappenplan, in dem ihr den Verlauf des Learning Snacks festlegt. Optimal ist ein Snack mit ca. 8 Aufgaben.
3. Füllt die Etappen (ggf. arbeitsteilig) mit Inhalt.
4. Prüft, ob die Abfolge stimmt und überarbeitet die Etappen bei Bedarf nochmals gemeinsam.

4. Schritt: Die Learning Snacks teilen und ansehen

Informiert euch mit Hilfe der anderen Learning Snacks im „Klassenzimmer" über weitere Unterthemen des Kapitels.

Bearbeiterin

4.1 Das Zusammenspiel von Einkommen und Sozialstaat

4.1.1 Wann ist ein Staat ein Sozialstaat?

Zum Thema: Über den Sozialstaat wird viel diskutiert. Manchen ist er zu „schlank", anderen zu „übermächtig". Wie viel Sozialstaat es sein soll und was ihn genau kennzeichnet, scheint schwer zu greifen. Im Folgenden könnt ihr klären, wie die Idee vom Sozialstaat in Deutschland gesetzlich verankert ist und welche Erwartungen an ihn geknüpft werden.

M1 Forderungen und Ideen für den Sozialstaat?

1 Die „Ampel-Koalition" plant, die Leistungen für Kinder, darunter das Kindergeld, den Kinderzuschlag und Hartz IV-Leistungen in einer Kindergrundsicherung zusammenzufassen und automatisch auszuzahlen. Dabei soll es einen für alle Kinder und Jugendlichen gleichen Garantiebetrag geben sowie einen vom Einkommen der Eltern abhängigen gestaffelten Zusatzbetrag.

Bearbeiterin, basierend auf: Hund, Anne: Geld für Familien: Kindergrundsicherung kommt – was steht im Koalitionsvertrag? In: www.merkur.de, 22.12.2021

2 Arbeitnehmerverbände, SPD, Grüne und Die Linke fordern seit Jahren die Bürgerversicherung, eine einheitliche Krankenversicherung für alle. Das bedeutet, dass die gesetzliche und die private Krankenversicherung zusammengelegt werden und alle (auch Selbstständige und Beamte) einen monatlichen Beitrag leisten, der sich nach der Höhe ihres gesamten Einkommens richtet.

Bearbeiterin, basierend auf: Schlicht, Anja: Die Pläne zur Bürgerversicherung im Überblick. In: www.krankenversicherung.net, Abruf am 10.01.2022

3 Zur Finanzierung der Staatsausgaben in der Corona-Krise wird die Wiedereinführung einer Vermögenssteuer gefordert. Danach soll ein Vermögen ab 2 Mio. Euro mit einem Satz von einem Prozent besteuert werden.

Bearbeiterin, basierend auf: Kunath, Daniela: Vermögenssteuer: Ab welchem Vermögen greift sie? In: www.gevestor.de, 29.11.2019

4 Nimm! Das Netzwerk Inklusion mit Medien entwickelt Workshops für blinde und sehbehinderte Kinder und Jugendliche zum Thema „Soziale Medien, Datenschutz und Cybermobbing".

Bearbeiterin, basierend auf: Rössler, Fred: Soziale Medien, Datenschutz, Cybermobbing. In: www.inklusive-medienarbeit.de, Abruf am 10.01.2022

EINSTIEGSAUFGABEN
71079-109

1. Entscheidet zu zweit, welche der Beiträge eurer Meinung nach den Sozialstaat betreffen und begründet, was jeweils „das Soziale" daran ausmacht.
2. Tauscht euch in der Klasse über eure Entscheidungen und Begründungen aus.

M2 Was kennzeichnet den deutschen Sozialstaat?

71079-110

Der Sozialstaat ist in Artikel 20 Absatz 1 GG festgelegt, dem sogenannten „Sozialstaatsgebot".

Grundgesetz
Artikel 20
(1) Die Bundesrepublik Deutschland ist ein demokratischer und sozialer Bundesstaat.

Körperschaften des öffentlichen Rechts
sind Organisationen, die öffentliche Aufgaben wahrnehmen. Sie sind an die Regeln des öffentlichen Rechts gebunden, welches die Beziehungen der Bürger:innen zum Staat sowie die Beziehungen von verschiedenen Verwaltungen regelt. Beispiele sind: Gemeinden, die Verkehrsbetriebe, die Abfallentsorgung und die meisten Universitäten in Deutschland.

Im Grundgesetz wird die Bundesrepublik als „demokratischer und sozialer Bundesstaat" bezeichnet. Die rechtsstaatliche Ordnung garantiert zudem, dass das Verwaltungshandeln von unabhängigen Gerichten überprüft wird. Wenn Bürgerinnen und Bürger der Meinung sind, dass das Handeln der staatlichen Organe ihre sozialen Grundrechte verletzt, können sie diese auch vor Gericht einfordern. Der Sozialstaat ist darauf gerichtet, soziale Sicherheit und Gerechtigkeit herzustellen und zu erhalten.

Der Staat ist somit mitverantwortlich für den Ausgleich sozialer Unterschiede zwischen den Menschen und verpflichtet, in sozialen Notlagen Hilfe zu leisten. So soll er eine lebenswerte Gesellschaft gewährleisten, in der alle an den gesellschaftlichen und politischen Entwicklungen teilhaben können und Menschen füreinander einstehen. Die Bekämpfung von Armut und sozialer Ausgrenzung ist eine beständige gesellschaftliche Aufgabe.

Soziale Sicherung bedeutet, dass die Gemeinschaft den Einzelnen in Notlagen, die aus eigener Kraft nicht mehr bewältigt werden können, zur Seite steht. Darüber hinaus beugt der Staat durch langfristig angelegte Maßnahmen verschiedenen Risiken vor – beispielsweise bei Krankheit, Unfall, Pflegebedürftigkeit, Arbeitslosigkeit oder Alter. Das Sozialstaatsgebot besagt auch, dass der Staat für sozialen Ausgleich zwischen starken und schwachen gesellschaftlichen Gruppen zu sorgen hat. Außerdem muss er die Existenzgrundlage für alle sichern. Wie der Sozialstaat konkret ausgestaltet wird, regelt das Sozialgesetzbuch. Die dort festgelegten Regelungen wurden vom Parlament entschieden und unterliegen regelmäßiger Überarbeitung und Veränderung. Es behandelt die Bereiche: Grundsicherung für Arbeitssuchende, Arbeitsförderung, Krankenversicherung, Rentenversicherung, Unfallversicherung, Kinder- und Jugendhilfe, Rehabilitation und Teilhabe, Pflegeversicherung und Sozialhilfe. Zum sozialen Netz, welches der Staat knüpft, gehören auch die Pensionen für Beamte, Kinder- und Elterngeld, Wohngeld, öffentlicher Gesundheitsdienst u. a.

Die Sozialleistungen umfassen alle Geld- und Sachleistungen, die privaten Haushalten oder Einzelpersonen vom Staat sowie öffentlich-rechtlichen Körperschaften oder von Unternehmen zur Deckung bestimmter sozialer Bedürfnisse gewährt werden. Sie dienen der sozialen Absicherung von existenziellen Risiken sowie anderen sozialpolitischen Aufgaben wie der Jugendhilfe oder der Unterstützung behinderter Menschen.

Finanziert werden sie im Wesentlichen durch die Beiträge der Versicherten und der Arbeitgebenden sowie durch Steuern. Die Steuern sind wiederum an die soziale Situation der Bürger:innen angepasst. Somit ist auch Steuerpolitik Sozialpolitik.

Bearbeiterin, nach: phoenix-Dossier-Team: Überblick. Dossier „Der Sozialstaat". In: www.phoenix.de, Abruf am 12.01.2022 (Text aus didaktischen Gründen modifiziert, Auslassungen und Einschübe nicht gekennzeichnet)

M3 Was die Deutschen vom Sozialstaat erwarten

In einer repräsentativen Umfrage der OECD (2018) wurden 22.000 Erwachsene aus 21 Ländern befragt, um Aufschluss über ihre Erwartungen an die Sozialpolitik zu erhalten. Die folgenden Daten beziehen sich nur auf Deutschland.

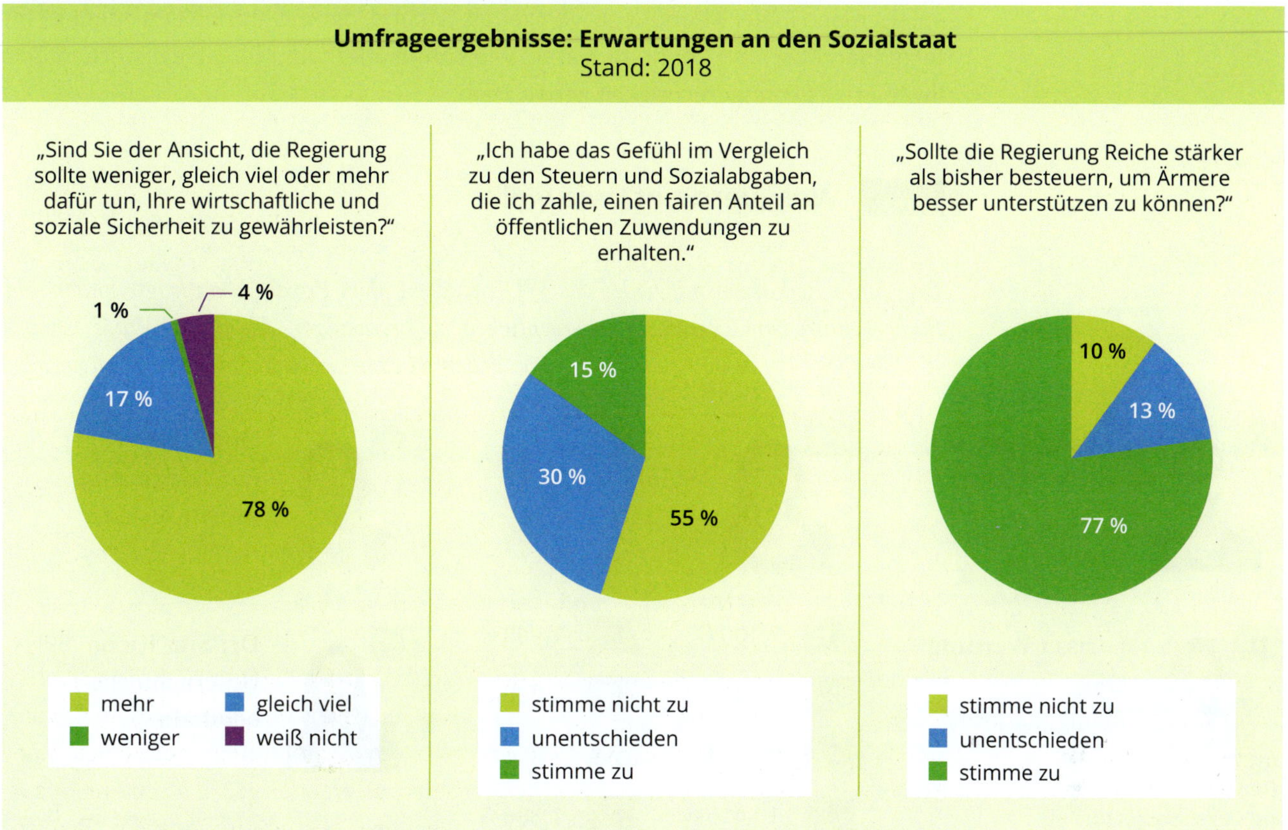

©C.C.Buchner Verlag, Daten nach: OECD, 2018

AUFGABEN

71079-111

1. a) Informiert euch über die Definition des Sozialstaats in Deutschland (**M2**).
   b) Ordnet die genannten Elemente in einer selbst erstellten Tabelle mit den Spaltenüberschriften „Rechtlicher Rahmen“, „Zielsetzungen“, „Sozialleistungen“ und „Finanzierung“ ein.
   c) Ordnet die in **M1** genannten Forderungen und Ideen den Punkten in eurer Tabelle zu.
2. a) Analysiert die Umfrageergebnisse in **M3** (→ Methodenglossar).
   b) Verfasst im Anschluss einen Satz, der die zentralen Ergebnisse der Grafiken verbindet.
3. Formuliert mögliche Gründe, warum der Sozialstaat in Artikel 20 (1) des Grundgesetzes nur allgemein formuliert und nicht genauer erläutert wird.

F Aufgabe 1c
Nennt oder recherchiert weitere Forderungen und Ideen und ordnet sie ein.

H Aufgabe 2b
→ S. 380

4.1.2 Wie ungleich sollten Erwerbseinkommen in Deutschland sein dürfen?

Zum Thema: „Wie die Arbeitsleistung, so der Lohn!", heißt es. Aber leistet zum Beispiel jemand in der Altenpflege weniger als jemand, der mit Immobilien handelt? Im folgenden Abschnitt könnt ihr klären, wie Löhne überhaupt festgelegt werden und inwiefern es Lohngerechtigkeit geben kann.

M4 Wer „verdient" wie viel?

Drei junge Redaktionsmitglieder des WDR sind mit dem Projekt beauftragt worden, ein Radio-Feature zum Thema „Lohngerechtigkeit" zu produzieren. Als erstes befragen sie unterschiedliche Personen nach ihrem monatlichen Bruttoeinkommen in ihrem Stadtviertel.

A

Juliusz Tusk (42)
Krankenpfleger

B

Dr. Nuray Solak-Koch (51)
Fachärztin für Chirurgie

C

Onur Özdemir (37)
Bankkaufmann, Abteilungsleiter

D

Larissa Werding (28)
Reinigungskraft

1	7.100 €	5	1.900 €
2	3.547 €	6	5.020 €
3	3.372 €	7	710 €
4	10.416 €	8	1.886 €

E

Dr. Sita Richa (39)
Unternehmensberaterin

F

Anna Wiecorek (18)
Auszubildende als Veranstaltungstechnikerin

G

Marcel Völler (46)
Bodenpersonal Luftfahrt

H

Robin Köhler (28)
Paketzusteller

Bearbeiterin

EINSTIEGSAUFGABEN 71079-112

1. Ordnet den Berufen in **M4** die von euch vermuteten Bruttomonatsentgelte (**1** - **8**) zu.
2. Vergleicht eure Zuordnungen mit der Lösung (Lösung hinter QR-Code).
3. Diskutiert, inwiefern ihr die Einkommensunterschiede für gerecht und begründbar haltet.
4. Haltet Kriterien fest, nach denen ihr die Höhe von Erwerbseinkommen festlegen würdet.

Bruttolohn
Der Bruttolohn ist die Lohnsumme von der noch Steuern und Sozialversicherungsbeiträge abgezogen werden. Das Ergebnis, der Nettolohn, wird dann ausgezahlt.

M5 Welche Faktoren haben Einfluss auf die Erwerbseinkommen?

71079-113

Es gibt grundsätzlich zwei Möglichkeiten, wie sich ein Arbeitslohn bzw. Erwerbseinkommen bilden kann: entweder völlig frei und offen zwischen Arbeitnehmenden und Arbeitgebenden oder durch Tarifverträge. Tarifverträge werden zwischen Gewerkschaften (Vereinigungen von Arbeitnehmenden) und Arbeitgeberverbänden (Zusammenschluss von Unternehmen) verhandelt. Dabei nehmen die folgenden Faktoren Einfluss auf die Höhe der Löhne:

1 Angebot und Nachfrage

Wenn Arbeitnehmende und Arbeitgebende den Arbeitslohn frei verhandeln, dann beeinflusst das Angebot an und die Nachfrage nach Arbeitskräften den Arbeitslohn. Entscheidend für die Lohnhöhe ist die Frage: Wie viele Arbeitnehmende können die gleiche Arbeit ausüben? Wenn nur sehr wenige die gleiche Arbeit ausüben können, werden diese in der Tendenz einen hohen Lohn bekommen. Gibt es hingegen eine große Anzahl an Arbeitnehmenden, die die gleiche Arbeit ausüben können, so wird das Lohnniveau in der Tendenz eher niedrig sein.

2 Lohn- und Gehaltsgruppen

Werden die Arbeitsentgelte innerhalb von Tarifverträgen zwischen den Arbeitgeberverbänden und Gewerkschaften ausgehandelt, so werden die unterschiedlichen Positionen und Stellen im Betrieb unterschiedlichen Lohngruppen zugeordnet. Zur untersten Lohngruppe gehören Arbeitnehmende, die einfache Tätigkeiten ausüben, die nach Arbeitsanweisung ausgeführt werden und nur Fertigkeiten erfordern, die durch Einweisung erworben werden. Zur obersten Lohngruppe gehören Arbeitnehmende, die Tätigkeiten ausführen, die besondere Anforderungen an die Selbstständigkeit stellen und umfangreiche Spezialkenntnisse sowie ein hohes Maß an Verantwortung in einem Aufgabenbereich voraussetzen.

3 Arbeitsproduktivität

Sie gibt den Wert der Güter und Dienstleistungen an, die eine Person pro Stunde produziert. Je höher dieser Wert ist, desto höher sind in der Regel die Löhne in der betreffenden Branche. Die Arbeitsproduktivität hängt insbesondere von der in einer Branche eingesetzten Qualität und Menge an Maschinen, Computern und Wissen ab.

4 Mindestlohn

Am 01.01.2015 wurde in Deutschland per Gesetz eine Untergrenze für Bruttolöhne eingeführt, die weder frei ausgehandelte Löhne noch Tariflöhne unterschreiten dürfen: der gesetzliche Mindestlohn. Dieser stieg von 8,50 € pro Stunde im Jahre 2015 auf 10,45 € im Jahre 2022 an.

5 Regionale Lage

Die Lohnhöhe hängt auch mit der regionalen Wirtschaftskraft zusammen. Befinden sich viele Unternehmen und Beschäftigte in räumlicher Nähe zueinander, ist der Austausch von Wissen und Informationen besonders hoch und die Produktivität und damit auch die Löhne steigen in der Regel.

Bearbeiterin

6 Branche

Die Lohnhöhe ist auch vom Arbeitsbereich abhängig.

©C.C. Buchner Verlag, aktuelle Daten nach: DESTATIS, 2021

Deutsches Institut für Wirtschaftsforschung (DIW)
Das DIW ist mit Sitz in Berlin das größte deutsche Wirtschaftsforschungsinstitut. Es erforscht gesamtwirtschaftliche Entwicklungen.

Sozio-oekonomisches Panel (SOEP)
Eine repräsentative Wiederholungsbefragung von rund 11.000 Privathaushalten in Deutschland, erhoben von TNS Infratest (einem Meinungsforschungsinstitut)

M6 Gibt es einen gerechten Lohn?

Interviews mit Gert G. Wagner, Vorstandsmitglied des DIW Berlin und Stefan Liebig, Soziologe und Direktor des Sozio-oekonomischen Panel

a) Zusammenfassung des Interviews mit Gert G. Wagner

Auf die Frage, ob es an der höheren Leistung liegt, dass ein Investmentbanker wesentlich mehr verdient als eine Altenpflegerin, antwortet Gert C. Wagner mit einer Gegenfrage: Leistet eine Pflegerin mehr, die alte Menschen in wenigen Minuten anzieht oder eine, die länger braucht, weil sie alten Menschen beim selbstständigen Anziehen hilft? Die Antwort liegt darin, dass es kaum möglich ist, individuelle Leistung zu messen und in der Folge „objektiv" zu bewerten. Die unterschiedliche Bezahlung von Tätigkeiten steht demnach nicht im Zusammenhang mit individueller Anstrengung. Auf die beharrliche Nachfrage, warum sich denn im Investmentbanking so viel mehr verdienen lässt als in der Altenpflege, hat Wagner blitzschnell eine klare Antwort: Es ist die Investmentbank, die deutlich mehr Geld einnimmt als das Altenpflegeheim. Wenn ein Betrieb insgesamt eine höhere Leistung erzielt und ein Produkt hat, das zu hohen Preisen am Markt nachgefragt wird, dann schlägt das auch auf die

Gehälter durch. Gehälter hängen also – neben weiteren Faktoren – stärker von der Nachfrage als von der individuellen Leistung ab. Wenn die Nachfrage steigt, dann wird auch in der Tendenz die individuelle Leistung in ihrem Wert steigen. Aus ökonomischer Sicht gibt es also laut Wagner gar keine feste Leistung. Dies werde ja auch daran deutlich, dass ein:e Immobilienbesitzer:in beispielsweise so gut wie ohne eigene Leistung viel „verdienen" kann. Solange also in einer Branche wie der Altenpflege die zahlungskräftige Nachfrage fehlt, bleibt auch die „ökonomische Leistung" ihrer Arbeitskräfte niedrig – und zwar völlig unabhängig davon, wie individuell anstrengend diese Arbeit ist.

Bearbeiterin, basierend auf: Kaufmann, Stephan/ Roth, Eva: Interview mit Gert G. Wagner. In: Berliner Zeitung, 19.04.2014

Das ganze Interview im Wortlaut

71079-114

b) Auszüge aus dem Interview mit Stefan Liebig

Herr Liebig, es wird öffentlich viel über eine ungerechte Einkommensverteilung diskutiert. Ist das auch statistisch, wissenschaftlich belegbar?

Die Einkommensungleichheit können wir sehr gut messen. Aber wir können wissenschaftlich nicht bestimmen, ab wann eine Einkommensungleichheit ungerecht ist. Dafür gibt es keine klaren wissenschaftlichen Kriterien, weil Gerechtigkeit ein Wertmaßstab ist. Wir können aber die Menschen fragen, welche Einkommensungleichheit sie als gerecht oder ungerecht empfinden.

Welche Einkommen werden insgesamt eher als ungerecht empfunden: die sehr niedrigen oder die sehr hohen?

Bei der Bewertung der Einkommen anderer beobachten wir, dass die unteren Einkommen von einer sehr großen Mehrheit der Bevölkerung als ungerechterweise zu niedrig wahrgenommen werden. Bei den oberen Einkommen sagt nur ein Drittel der Befragten, dass die Einkommen ungerechterweise zu hoch sind.

Welche gesellschaftlichen Folgen hat es, wenn das Einkommen als ungerecht empfunden wird?

Wir können mit unserer Studie zeigen, dass das Gefühl, die unteren Einkommen wären in Deutschland ungerechter Weise zu niedrig sind, tatsächlich dazu führen könnte, dass die Menschen sich am politischen Willensbildungsprozess nicht mehr beteiligen. Interessant ist auch ...

DIW Berlin: Interview mit Stefan Liebig. „Die Konsequenz von empfundener Ungerechtigkeit kann ein Rückzug sein". In: www.diw.de, 12.09.2018 [Das Interview führte Erich Wittenberg]

Das ganze Interview im Wortlaut und zum Anhören

71079-115

M7 Systemrelevant ja, mehr Gehalt nein?

Zu Beginn der Corona-Pandemie wurden viele Wirtschaftsbereiche weitgehend lahm gelegt, allerdings gab es – vielfach schlecht bezahlte – Berufsgruppen, die das System am Laufen hielten und die „systemrelevant" genannt wurden: z. B. Kassenpersonal im Supermarkt, Pflege- und Reinigungskräfte oder Paketdienstleistende. Dieser Widerspruch hat zu einer öffentlichen Debatte über Lohngerechtigkeit geführt:

1 „Es ist positiv zu bewerten, dass die Corona-Pandemie allen vor Augen geführt hat, dass gesellschaftlich nützliche Arbeit häufig schlecht bezahlt wird. Es müsste aber auch für die unglaublich systemrelevante Sorgearbeit in den Haushalten, die vor allem von Frauen geschultert wird, finanzielle Anerkennung geben." (Beitrag in einer Podiumsdiskussion zum „Welt-Frauentag" 2021)

2 „Menschen an der Supermarktkasse sind zwar systemrelevant. Aber dennoch muss der Lohn fair sein. Die Bedienung einer Registrierkasse lernt man in einer Woche, eine Facharbeiterausbildung oder ein Ingenieurstudium dauert viel länger. Da muss auch in einer ganz anderen Größenordnung bezahlt werden." (Post in einem Internetforum)

3 „In der Liste mit systemrelevanten Berufen tauchen Unternehmensberater und Hedgefondsmanager nicht auf. Es gilt die Regel: Je nützlicher ein Job, desto schlechter ist er bezahlt. Eine Ausnahme sind natürlich Ärzte. Durch die Corona-Krise wird deutlich: Der Markt basiert gar nicht so sehr auf Angebot und Nachfrage und mein Lohn hängt überhaupt nicht davon ab, wie sehr mein Beruf tatsächlich gebraucht wird." (David Graeber, ehemals Dozent an der London School of Economics)

4 „Besserverdiener sehen sich gern als Leistungsträger der Gesellschaft. Tatsache ist, dass Menschen in systemrelevanten Berufen in Deutschland wenig Wertschätzung und geringe Löhne erhalten. Die Hoffnung ist nun, dass die Corona-Krise ein Bewusstsein dafür schafft, was uns als Gesellschaft wichtig ist, und die Wertschätzung für Menschen steigert, die für den gesellschaftlichen Zusammenhalt, für Gesundheit, Sicherheit und Grundversorgung unverzichtbar sind." (Marcel Fratzscher, Ökonom)

Bearbeiterin

AUFGABEN

71079-116

1. Lest **M5** und entwickelt eine Concept Map zur Frage „Welche Faktoren haben Einfluss auf die Erwerbseinkommen?"
2. Vergleicht die in **M5** genannten Faktoren für die Bildung von Arbeitslöhnen mit euren in der vierten Einstiegsaufgabe genannten Kriterien.
3. Arbeitet zu zweit und teilt die Interviews in **M6** unter euch auf.
   a) Lest oder hört zunächst alleine entweder **M6 A** oder **M6 B** .
   b) Analysiert das Interview daraufhin, welche Antwort auf die Frage, ob es einen „gerechten Lohn" gibt, gegeben wird. Definiert auch den Unterschied zwischen „Einkommensungleichheit" und „Einkommensungerechtigkeit".
   c) Ermittelt, welche Möglichkeiten genannt werden, die Ungleichheit der Einkommen zu verringern.
   d) Tauscht eure Ergebnisse untereinander aus.
   e) Diskutiert in der Klasse, inwiefern es Einkommensgerechtigkeit geben kann.
4. Lest die Beiträge in **M7** und positioniert euch bei dem Beitrag, der euch am meisten überzeugt. Erläutert eure Positionierung im Anschluss. Bezieht dabei auch eure Erkenntnisse aus Aufgabe 3 mit ein.
5. Bildet Kleingruppen und gestaltet in der Rolle der Redaktionsmitglieder **(M4)** das Radio-Feature (als Skript und/oder als Audio) zum Thema „Lohngerechtigkeit". Beantwortet darin auch die Frage des Unterkapitels.

Methodenkarte: Eine Concept Map erstellen

71079-303

F Aufgabe 2
Überarbeitet eure Kriterien bei Bedarf.

F Aufgabe 4
Formuliert einen eigenen Beitrag zur öffentlichen Debatte.

H Aufgabe 5
→ S. 380

4.1.3 Sollte der Staat bei der Verteilung der Einkommen für mehr Gerechtigkeit sorgen?

Zum Thema: In seinem Kampf gegen Ungerechtigkeit nahm Robin Hood etwas von den Reichen und gab es den Armen. Im Folgenden könnt ihr euch erschließen, wie der Staat auf die Ungleichheit der Einkommen einwirkt. Ihr könnt erörtern, ob diese Form des sozialen Ausgleichs gerecht ist und welche Vorstellung von Gerechtigkeit verschiedenen Positionen dabei zugrunde liegt.

M8 Im Durchschnitt ein Super-Einkommen?

Karikatur: Timo Essner, 2020

EINSTIEGSAUFGABEN 71079-117

1. Interpretiert die Karikatur (→ Methodenglossar).
2. Sollte der Staat bei der Verteilung der Einkommen eingreifen? Falls ja, in welcher Weise? Nehmt spontan Stellung (→ **PUB, 1**).

M9 Einkommensarten und Einkommensteuer: Soziale Gerechtigkeit durch Steuern steuern?

71079-118

a) Welche unterschiedlichen Einkommensarten gibt es?

In erster Linie umfasst der Begriff „Einkommen" das Entgelt für selbstständige oder nichtselbstständige Arbeitsleistung (Erwerbseinkommen). Bei Selbstständigen (z. B. Rechtsanwält:innen oder Schriftsteller:innen) wird das Einkommen Honorar oder Gewinn genannt. Bei Nichtselbstständigen heißt das Einkommen Lohn oder Gehalt. Einkommen lässt sich auch durch den Einsatz von Besitz, Vermögen und Kapital erzielen, zum Beispiel als Miete, Pacht oder Zins. Auf alle der genannten Einkommen werden Einkommensteuern erhoben. Bei abhängig beschäftigten Arbeitnehmenden heißt die Einkommensteuer Lohnsteuer und wird zusammen mit den Sozialversicherungsbeiträgen (auch Abgaben genannt) sofort durch die Arbeitgebenden vom Lohn abgezogen. Selbstständige sind dazu verpflichtet einmal im Jahr eine Einkommensteuererklärung einzureichen, sodass das Finanzamt den Steuerbetrag ermitteln und für ein Jahr im Nachhinein

Kindergeld

Das Kindergeld (Stand: 2022) wird unabhängig vom Einkommen gezahlt:

- 219 € für das erste Kind
- 219 € für das zweite Kind
- 225€ für das dritte Kind
- 250€ ab dem vierten Kind

Nettohaushaltseinkommen
Im Jahr 2019 betrug das durchschnittliche monatliche Nettohaushaltseinkommen in Deutschland 3.580 €.

einziehen kann. Das Bruttoeinkommen wird nach Abzug der Steuern und Abgaben zum verfügbaren Nettoeinkommen. In einer Volkswirtschaft beziehen die Einzelnen und die Haushalte aber nicht nur Einkommen aus ihrer Arbeit und dem Vermögen, sondern sie werden auch vom Staat unterstützt (z. B. mit Kindergeld oder Grundsicherung bzw. „Hartz IV"). Diese Einkommen werden Transfereinkommen genannt und werden zu den Nettoeinkommen aus Erwerbsarbeit und Vermögen (falls vorhanden) hinzugerechnet. So ergibt sich das Nettohaushaltseinkommen.

Bearbeiterin

b) Wie und zu welchem Zweck werden Einkommen besteuert?

Ehegattensplitting
bedeutet, dass Ehepaare ihre Einkommen zusammen versteuern. Dabei werden zuerst die Bruttoeinkommen addiert und doppelte Freibeträge davon abgezogen. Danach wird das zu versteuernde Einkommen halbiert und jede Hälfte einzeln versteuert. Es bringt meistens einen erheblichen Steuervorteil. Je größer die Einkommensdifferenz des Paares und je höher der Steuersatz, umso größer ist der finanzielle Vorteil.

Der Staat benötigt zur Finanzierung seiner vielfältigen Ausgaben Einnahmen, die im Wesentlichen durch die Besteuerung seiner Bürger:innen erzielt werden. Diese haben in einer Demokratie einen Anspruch darauf, dass die durch Steuern eingenommenen Gelder indirekt zu ihnen zurückfließen. Dies geschieht zum Beispiel dadurch, dass der Staat für ein Bildungs- und Gesundheitssystem sorgt oder auch für die Verkehrsinfrastruktur. Das Steuersystem in Deutschland orientiert sich daran, die Bürger:innen nach ihrer individuellen wirtschaftlichen Leistungsfähigkeit zu besteuern. Die Höhe der Steuern ist im Einkommensteuergesetz durch den sogenannten „Tarif" geregelt. Er beinhaltet für jeden einen Grundfreibetrag, der als Existenzminimum festgelegt wurde und steuerfrei ist. Der Teil des Einkommens, der über die steuerfreien Beträge hinausgeht, wird mit einem ansteigenden Steuersatz versteuert. Wer viel Einkommen erhält, muss somit ungleich mehr Steuern zahlen als jemand, der wenig verdient. Daher wird der Tarif „progressiv" (ansteigend) genannt. Neben dem Einkommen werden auch die persönlichen Lebensumstände berücksichtigt: Ein kinderloser Single wird bei gleicher Einkommenshöhe steuerlich stärker belastet als eine alleinerziehende Mutter von zwei minderjährigen Kindern.

Bearbeiterin, basierend auf: Patzelt, Susanne/Meyer, Eric: Finanzpolitik in Deutschland und das Steuersystem In: Finanzen und Steuern Aktualisierte Ausgabe 2019/2020. Stiftung Jugend und Bildung in Zusammenarbeit mit dem Bundesministerium der Finanzen (BMF) (Hg.), S. 6 ff.

Lohnsteuerklassen in Deutschland: Übersicht
Stand: 2022

73000-398

Lohnsteuerklasse	Zielgruppe	Enthaltene Freibeträge*
I	Unverheiratete; Geschiedene; Verwitwete	Grundfreibetrag: 9.984 €
II	Alleinerziehende	Grundfreibetrag: 9.984 €; Alleinerziehendenentlastungsbetrag: 4.008 € für das erste Kind, zusätzlich 240 € für jedes weitere Kind
III	Verheiratete Partner mit deutlich höherem Einkommen und verheiratete Alleinverdienende	Grundfreibetrag: 19.968 €
IV	Verheiratete mit etwa gleichem Einkommen	Grundfreibetrag: 9.984 €
V (nur in Kombination mit Klasse III)	Verheiratete Partner mit deutlich geringerem Einkommen („Zuverdienende")	–
VI	Zweitjobber; Nebenjobber	–

*außerdem in allen Klassen außer VI: Arbeitnehmerpauschbetrag 1000 €, Sozialausgabenpauschbetrag 36 €, Vorsorgepauschale orientiert am Bruttolohn, evtl. Kinderfreibetrag, evtl. Freibetrag für Betreuungs-, Erziehungs- oder Ausbildungsbedarf

©C.C.Buchner Verlag, aktuelle Daten nach: Einkommensteuergesetz (EStG), 2021

c) Der Einkommensteuertarif

Grenz- und Durchschnittssteuersätze
Stand: 2022

73000-399

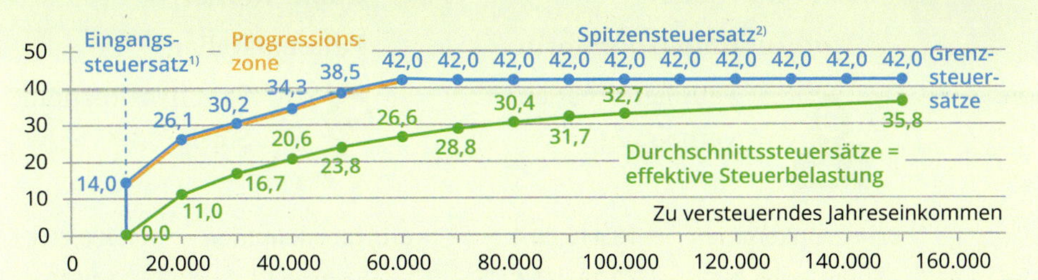

1) Der Eingangssteuersatz greift ab einem Jahreseinkommen von 9.985 Euro (Stand 2022).
2) Der Spitzensteuersatz beginnt ab einem (zu versteuernden) Jahreseinkommen von 58.597 Euro (Stand 2022).

©C.C. Buchner Verlag, aktuelle Daten nach: Bundesministerium der Finanzen, 2022

Beispiel einer Einkommensteuerberechnung
Robin Köhler hat als Paketzusteller ein Jahresbruttoeinkommen von 22.800 €. Davon sind 9.744 € als Existenzminimum steuerfrei. Von den verbleibenden 13.056 Euro wird der erste mit 14 % besteuert. Jeder weitere mit einem ansteigenden Steuersatz (vgl. Progressionszone). Robin Köhler zahlt ca. 1.710 € Lohnsteuer im Jahr. Das entspricht einem durchschnittlichen Steuersatz von ca. 7,5 %.

M10 Wie sind die Einkommen und Steuerbeiträge in Deutschland verteilt?

a) Wie hoch ist das monatliche Nettoeinkommen in Deutschland?

Das monatliche Nettoeinkommen von Haushalten in Deutschland (Stand: 2022)

73000-400

©C.C. Buchner Verlag, aktuelle Daten nach: DESTATIS, 2021

b) Welche Einkommen steuern wie viel zum Gesamteinkommen dazu?

Anteil der Vollzeitbeschäftigten nach Einkommensbereich (Stand: 2022)

73000-401

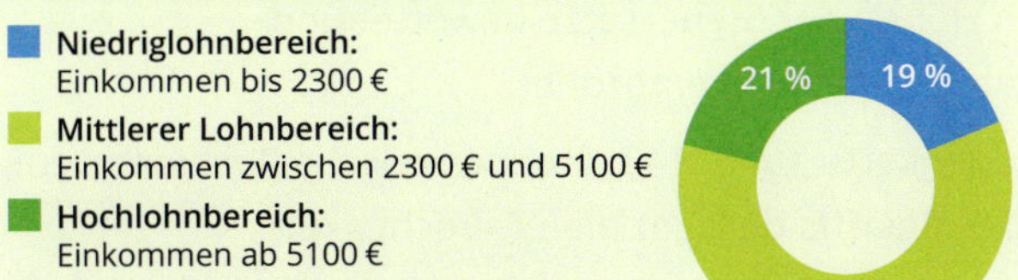

Durchschnittlicher Bruttomonatsverdienst bei Vollzeitarbeit im Jahr 2020: **3.427 €**

Niedriglohn = weniger als 2/3 des Durchschnittslohns;
Hochlohnbereich = mehr als das 1,5-fache des Durchschnittslohns

©C.C. Buchner Verlag, aktuelle Daten nach: Bundesagentur für Arbeit, 2021

c) Wie verteilt sich das Einkommensteueraufkommen?

Beitrag der Steuerpflichtigen zum Einkommensteueraufkommen im Jahr 2021 (Stand: 2022)

73000-402

©C.C. Buchner Verlag, aktuelle Daten nach: Bundesministerium der Finanzen, Datensammlung zur Steuerpolitik 2020/21.

M11 Fallbeispiele: vom Bruttoeinkommen zum Nettohaushaltseinkommen

1 Juliusz Tusk, Krankenpfleger

Familiensituation: alleinerziehend, 1 Kind (11 Jahre)

Bruttoeinkommen	+ 3.547,00 €
– Lohnsteuer (Steuerklasse II) – Kirchensteuer – Solidaritätszuschlag* – Sozialversicherungsbeiträge	– 485,58 € – 43,70 € – 0,00 € – 708,52 €
Nettoeinkommen	2.309,20 €
+ Kindergeld	+ 219,00 €
Nettohaushaltseinkommen	**2,528,20 €**

2 Dr. Sita Richa, Unternehmensberaterin

Familiensituation: verheiratet

Bruttoeinkommen	+ 10.416,00 €
– Lohnsteuer (Steuerklasse III) – Solidaritätszuschlag* – Sozialversicherungsbeiträge	– 2.392,50 € – 0,00 € – 1.215,95 €
Nettoeinkommen	6.807,55 €
Bruttoeinkommen Ehemann	6.816,13 €
Nettoeinkommen Ehemann (Steuerklasse V)	+ 3.200,00 €
Nettohaushaltseinkommen	**10.007,55 €**

3 Robin Köhler, Paketzusteller

Familiensituation: Single

Bruttoeinkommen	+ 1.900,00 €
– Lohnsteuer (Steuerklasse I) – Solidaritätszuschlag* – Sozialversicherungsbeiträge	– 142,42 € – 0,00 € – 384,28 €
Nettoeinkommen	1.373,30 €
Nettohaushaltseinkommen	**1.373,30 €**

*Der Solidaritätszuschlag (kurz: Soli) wurde im Jahr 1991 zur Finanzierung des „Aufbau Ost" eingeführt. Zunächst zahlten ihn alle Steuerpflichtigen in Höhe von 5,5 Prozent auf die Einkommenssteuer. Seit 2021 sind ca. 90% der Steuerpflichtigen vom „Soli" befreit. Gutverdienende (zu versteuernde Einkommen über 96.820 Euro für Alleinstehende) zahlen ihn weiterhin voll. Weitere 6,5% mit Einkommen nahe dieser Grenze zahlen ihn teilweise.

Bearbeiterin

AUFGABEN

71079-119

1. Arbeitet zu zweit und lest entweder **M9a** oder **M9b**:
   a) Erläutert euch gegenseitig den Inhalt eurer Informationstexte.
   b) Ermittelt, inwiefern die Einkommensarten und die Einkommensteuer in Deutschland sozialpolitisch gestaltet sind.
   c) Formuliert eine Erklärung für die Abbildung in **M9c**.
2. Analysiert die Diagramme in **M10** (→ Methodenglossar). Ordnet ihnen anschließend Einkommensarten aus **M9a** zu.
3. Untersucht die Fälle in **M11** (ggf. arbeitsteilig), indem ihr
   a) die jeweilige Einkommensteuer (Lohnsteuer) in Prozent ermittelt;
   b) die unterschiedlichen Höhen der Steuersätze bewertet und
   c) die Fälle in die Diagramme aus **M10** einordnet.
4. Analysiert mit der Methodenkarte auf S. 143 unterschiedliche Positionen zur Umverteilung mit Hilfe des Begriffs der „sozialen Gerechtigkeit".
5. Kommt auf eure spontane Stellungnahme aus Aufgabe 2 auf S. 139 zurück. Hat sich daran etwas verändert? Begründet eure veränderten/gleich gebliebenen Urteile mit Bezug auf die Verständnisse von sozialer Gerechtigkeit.

H Aufgabe 1c
→ S. 380

F Aufgabe 1c
Erstellt eine Audio-Datei mit einer Vertonung der Grafik.

F Aufgabe 3
Berechnet weitere Nettoeinkommen für die übrigen Personen aus **M1**. Probiert dabei unterschiedliche Steuerklassen aus und erklärt die Unterschiede.
Hier gelangt ihr zu einem Brutto-Netto-Rechner:

71079-120

METHODE

Mit Hilfe des Begriffs der „sozialen Gerechtigkeit" unterschiedliche Positionen zum sozialen Ausgleich durch Steuern analysieren

I. Worum geht es?

„Soziale Gerechtigkeit" ist eine politische Zielsetzung, die die meisten befürworten. Dabei geht es im Kern immer um die Frage, unter welchen Bedingungen es soziale Ungleichheit geben darf und wie viel Ungleichheit akzeptabel ist. Diese Fragen werden aber sehr unterschiedlich beantwortet, weil sie davon abhängen, wie der Begriff der „sozialen Gerechtigkeit" genau verstanden wird. In politischen Aussagen und Positionen werden sie oftmals nicht direkt angesprochen, sondern sie sind in den Argumentationsmustern versteckt. Im Folgenden geht es darum, Positionen daraufhin zu analysieren, welche Gerechtigkeitsverständnisse ihnen zugrunde liegen.

II. Geht dabei wie folgt vor:

1. Schritt: Unterschiedliche Verständnisse sozialer Gerechtigkeit herausarbeiten

1. Lest die untenstehenden Verständnisse von sozialer Gerechtigkeit.
2. Arbeitet zu zweit und diskutiert, welchen Verständnissen von sozialer Gerechtigkeit ihr selbst am meisten zustimmt. Überlegt auch, welche Vorstellungen sich miteinander vereinbaren lassen und welche sich ausschließen.

Verschiedene Verständnisse von sozialer Gerechtigkeit

1	Leistungsgerechtigkeit	Alle sollen in dem Maße vom gesellschaftlichen Wohlstand profitieren, wie sie selbst dazu beigetragen haben. Gleiche Leistungen werden gleich, ungleiche Leistungen werden ungleich entlohnt. Wie sich solche Leistungen messen lassen, ist umstritten.
2	Verteilungsgerechtigkeit	Einkommen und Vermögen sollen möglichst gleichmäßig verteilt sein.
3	Bedarfsgerechtigkeit	Die Verteilung soll dem ‚tatsächlichen' Bedarf der Menschen entsprechen und insbesondere die Grundbedürfnisse der Gesellschaftsmitglieder sichern.
4	Steuergerechtigkeit	Alle sollen soviel zum gesellschaftlichen Wohlstand beitragen, wie es ihrer wirtschaftlichen Leistungsfähigkeit entspricht.
5	Chancengerechtigkeit	Für alle werden gleiche Startbedingungen geschaffen. Durch gleichen Zugang zu Bildung/ Ausbildung sollen alle die Möglichkeit haben, ihre Lebenssituation zu verbessern. Dazu braucht es ein qualitativ hochwertiges öffentliches Bildungssystem.
6	Generationengerechtigkeit	Gegenwärtige und zukünftige Generationen sollen gleichermaßen am gesellschaftlichen Wohlstand teilhaben.

2. Schritt: Positionen zur Einkommensverteilung analysieren

Analysiert die umseitigen Positionen, indem ihr
- ihnen ein oder mehrere Verständnisse von sozialer Gerechtigkeit zuordnet,
- die Zuordnung durch zentrale Textstellen belegt,
- die nebenstehende Linie überträgt und die Positionen einordnet.

Pro Umverteilung

Kontra Umverteilung

METHODE

Positionen zur Umverteilung durch Einkommensbesteuerung

Umverteilung
Der Begriff der Umverteilung wird verwendet, um die Verringerung und/oder Erhöhung der Bruttoeinkommen durch Steuern und Sozialleistungen zu beschreiben. Je stärker die Umverteilung, desto mehr wird von höheren Einkommen abgezogen und bei niedrigen Einkommen ergänzt.

1 „Ich habe meinen Beruf erlernen können, weil ich ohne Gebühren studieren durfte. Ohne ausreichende Steuereinnahmen kann der Staat die Infrastruktur nicht erhalten und ausbauen. Damit meine Kinder in Zukunft digital ausgestattete Schulen und gute umweltfreundliche Verkehrsmittel nutzen können, sollten jetzt die stärksten Schultern höhere Steuern zahlen." (Nuray Solak-Koch, Chirurgin)

2 „Wir alle können uns frei auf der Straße bewegen, ohne Angst vor Kriminellen haben zu müssen. Es steht eine im internationalen Vergleich super Infrastruktur zur Verfügung. Alle können staatliche Schulen und kulturelle Einrichtungen gleichermaßen nutzen. Deshalb fände ich es gerecht, wenn alle den gleichen Anteil an Steuern zahlen müssten, egal, wie viel sie verdienen." (Anna Wiecorek, Auszubildende)

3 „Ich finde am Steuersystem gerecht, dass es zum Beispiel berücksichtigt, dass ich als alleinerziehender Vater stärker belastet bin als ein Single. Was ich nicht gerecht finde: dass kinderlose verheiratete Paare mehr Steuerentlastungen bekommen als Alleinerziehende. Ich meine auch, dass die Leute mit den Spitzeneinkommen deutlich mehr beitragen sollten. Die Zahl der Einkommensmillionäre in NRW ist in den Corona-Jahren deutlich gestiegen. Ich kann mir kaum vorstellen, dass sie härter arbeiten als wir in der Krankenpflege." (Juliusz Tusk, Krankenpfleger)

4 „Ich denke, dass die Leute mit den Managergehältern, die häufig mehrere 100.000 € im Monat betragen, höher besteuert werden sollten als ich. Nur weil mein Mann deutlich weniger verdient als ich, können wir durch das Ehegattensplitting viel Steuern sparen. Ich arbeite sehr viel und während meiner Ausbildung habe ich kaum etwas verdient, da möchte ich wenigstens jetzt möglichst viel herausbekommen." (Dr. Sita Richa, Unternehmensberaterin)

5 „Wenn jemand etwas für die Allgemeinheit tut und in seiner Freizeit gemeinnützige Arbeit leistet, sollte die Person weniger Steuern zahlen müssen." (Stephan Wind, CEO)

6 „Auch wenn es sich nicht nach viel anhört, ich meine, dass ich zu viel Steuern zahle. 140 € mehr würden mir etwas mehr Spielraum bei den Lebensmitteln und in der Freizeit geben. Ich lebe fast am Existenzminimum und es reicht hinten und vorne nicht. Ich fände es aber noch gerechter, wenn mein Bruttolohn so hoch wäre, dass ich angemessen davon leben könnte. Die Zustellunternehmen machen doch hohe Gewinne. Dann würde ich auch gerne etwas Steuern zahlen. Es kann doch nicht richtig sein, dass hier wieder der Staat, also letztlich die Gemeinschaft, helfen soll." (Robin Köhler, Paketzusteller)

Bearbeiterin

7 „Die Marktwirtschaft ist […] nicht gerecht, weil sie nicht nach Bedürfnissen, nicht einmal nach Anstrengung, sondern vor allem nach Knappheit entlohnt. Wer gut Fußball spielen oder gut managen kann, wird reich, obwohl er sich nicht mehr anstrengt als andere, ja vielleicht sogar das bequemere Leben hat. […] Der Staat kann die Ungleichheit der Einkommen und Vermögen mildern, indem er den Reichen mehr Steuern abknöpft als den Armen, obwohl sie an der öffentlichen Infrastruktur in ähnlicher Weise partizipieren. Er kann den Armen außerdem durch Sozialleistungen helfen. […] Man darf die Umverteilung durch den Staat aber nicht zu weit treiben, weil das die Leistungsanreize reduzieren kann. […] Eine progressive Besteuerung der Einkommen ruft den Anreiz hervor, weniger zu arbeiten und weniger zu sparen."

Sinn, Hans-Werner: Effizient, aber nicht gerecht. In: zeit.de, 16.2.2016

4.1.4 (Wie) sollten Einkommensunterschiede zwischen Männern und Frauen politisch bekämpft werden?

Zum Thema: Frauen und Männer sind gleichberechtigt, sagt das Grundgesetz. Doch wird dieses Grundrecht auch bei den Einkommen umgesetzt? Im Folgenden könnt ihr klären, inwiefern Lohnunterschiede zwischen Frauen und Männern bestehen, wie sie begründet sind und verschiedene politische Gegenmaßnahmen beurteilen.

M12 Gleiche Arbeit, gleicher Lohn?

Berufspaare zeigen bei einer Fotoaktion anlässlich einer Kundgebung zum „Equal Pay Day" die Lohnunterschiede zwischen den Geschlechtern. Der „Equal Pay Day" markiert symbolisch den Tag, bis zu dem die Frauen im Vergleich zu den Männern im laufenden Jahr ohne Bezahlung gearbeitet haben. Im Jahr 2022 war es der 7. März.

EINSTIEGSAUFGABE 71079-121

Stellt Vermutungen an, wodurch die genannten Lohnunterschiede zwischen Männern und Frauen entstehen könnten und haltet sie (z. B. auf Karten) fest.

M13 Die Lücke beim Gehalt: Was ist der „Gender Pay Gap" und wie wird er berechnet?

71079-122

Mit dem Gender Pay Gap (deutsch: „Geschlechter-Einkommenslücke") wird der prozentuale Unterschied bei den Einkommen abhängig beschäftigter Männer und Frauen bezeichnet. Dabei wird der Durchschnitt aller Bruttostundenlöhne der Männer mit dem der Frauen verglichen. Der Gender Pay Gap betrug im Jahr 2020 18%, d. h. dass Männer im Durchschnitt einen 18% höheren Bruttostundenlohn erhielten als Frauen. Das Statistische Bundesamt errechnet ihn aus allen Branchen und Berufen auf der Basis von 1,9 Millionen Beschäftigten. Der Vergleich aller Bruttostundenverdienste von Männern und

Frauen berücksichtigt jedoch nicht, dass sich die Tätigkeiten zwischen den Geschlechtern stark unterscheiden und wird daher „unbereinigter" Gender Pay Gap genannt. Dagegen misst der „bereinigte" Gender Pay Gap den Verdienstunterschied zwischen Männern und Frauen mit vergleichbaren Qualifikationen, Tätigkeiten und Erwerbsbiografien. Es wird auch untersucht, welche Faktoren den Gehaltsunterschied in welchem Maß beeinflussen: 71 % des Verdienstunterschieds zwischen Männern und Frauen sind unter anderem darauf zurückzuführen, dass Frauen häufiger in Branchen und Berufen arbeiten, in denen schlechter bezahlt wird und sie seltener Führungspositionen erreichen. Auch arbeiten sie häufiger als Männer in Teilzeit und in Minijobs – dies sind Jobs, die tendenziell auch mit einem niedrigeren Stundenlohn einhergehen. Nach Angaben der Arbeitskräfteerhebung war im Jahr 2019 in Deutschland fast jede zweite erwerbstätige Frau im Alter von 20 bis 64 Jahren in Teilzeit tätig. Unter den Männern betrug dieser Anteil nur 9 %. Der überwiegende Teil der teilzeitarbeitenden Frauen gab als Hauptgrund die Betreuung von Kindern oder Pflegebedürftigen beziehungsweise andere familiäre oder persönliche Verpflichtungen an. Die verbleibenden 29 % des Verdienstunterschieds entsprechen dem bereinigten Gender Pay Gap. Demnach verdienten Arbeitnehmerinnen im Durchschnitt auch unter der Voraussetzung vergleichbarer Tätigkeit und gleicher Qualifikation im Jahr 2018 pro Stunde 6 % weniger als Männer. Die Erhebung des „bereinigten" Gender Pay Gap ist recht aufwändig und wird nur alle vier Jahre durchgeführt.

Nach: Statistisches Bundesamt: Gender Pay Gap 2020: Frauen verdienten 18% weniger als Männer. In: www.destatis.de, 09.03.2021 [Text aus didaktischen Gründen modifiziert, Auslassungen nicht gekennzeichnet]

M14 Durchschnittliche Bruttoverdienste nach Geschlecht

a) Bereinigter und unbereinigter Gender Pay Gap

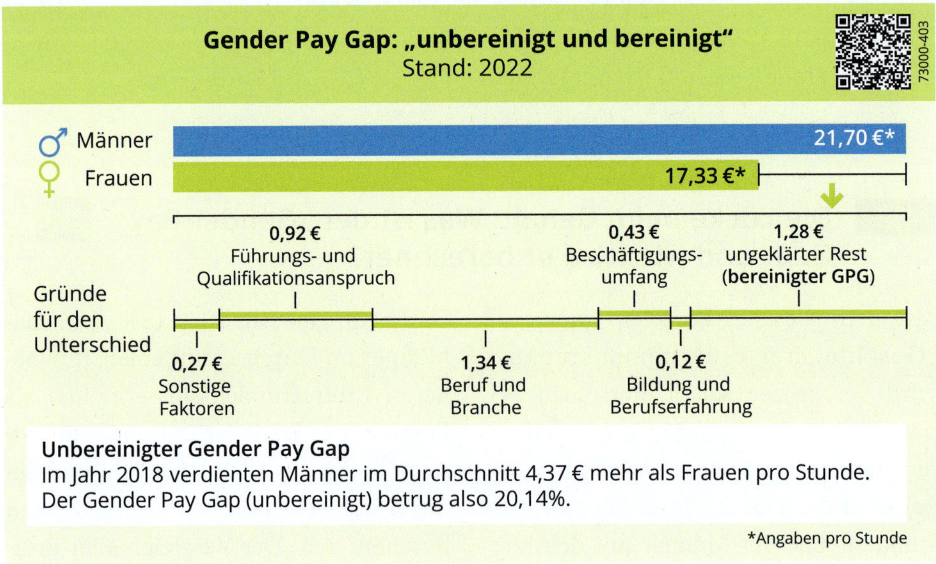

©C.C. Buchner Verlag, aktuelle Daten nach: DESTATIS, 2020

b) Gender Pay Gap: Unterschiede nach Wirtschaftszweigen

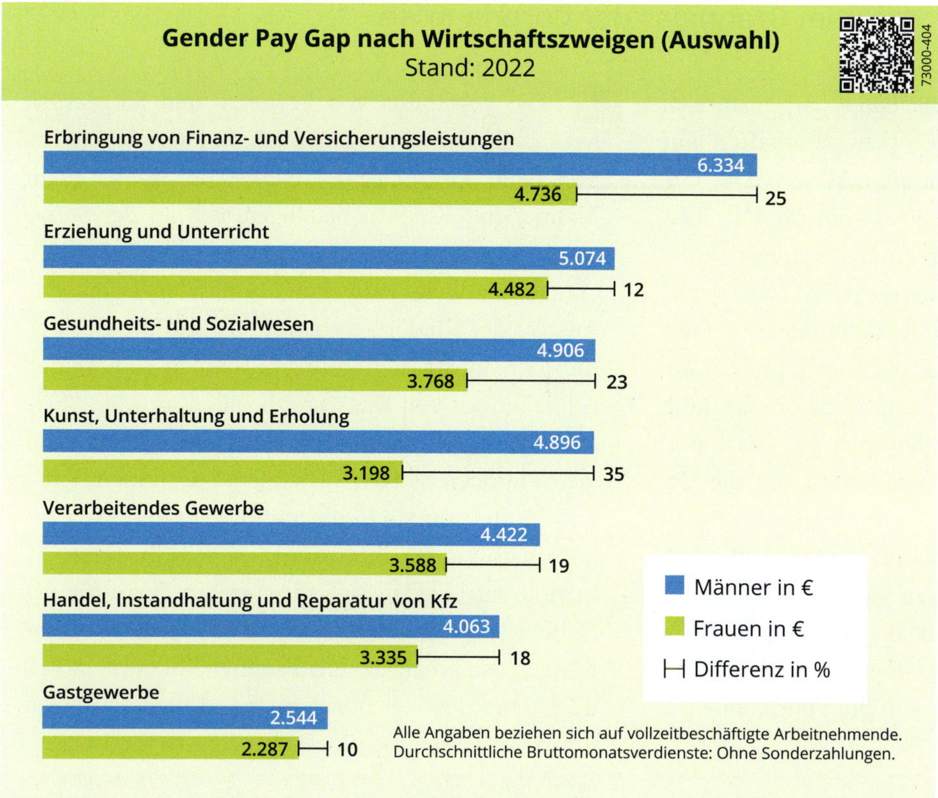

©C.C. Buchner Verlag, aktuelle Daten nach: DESTATIS, 2020

Gender Pay Gap nach Wirtschaftszweigen – erweiterte Grafik

71079-123

M15 Der „Gender Care Gap": eine Erklärung für den Gender Pay Gap?

In Deutschland sind Erwerbsarbeit und Sorgearbeit, oft mit dem englischen Begriff „Care-Arbeit" bezeichnet, zwischen Frauen und Männern ungleich verteilt. Frauen erledigen häufiger unbezahlte Hausarbeit, betreuen und erziehen die Kinder und/oder pflegen Angehörige. [...] Um das Ungleichgewicht in der Verteilung der Sorgearbeit zwischen Frauen und Männern deutlich zu machen, wurde [...] ein neuer Indikator entwickelt: der Gender Care Gap. [...] Der Begriff der unbezahlten Sorgearbeit wird dabei breit gefasst und beinhaltet sämtliche Arbeiten im Haushalt und Garten, die Pflege und Betreuung von Kindern und Erwachsenen sowie ehrenamtliches Engagement und unbezahlte Hilfen für andere Haushalte.

Jochmann-Döll, Dr. Andreas/ Scheele, PH Gr. Alexandra: 2.2 Frauen leisten mehr unbezahlte Sorgearbeit. In: Auf dem Weg zur Entgeltgleichheit von Frauen und Männern, 2020. Bundesministerium für Familien, Senioren, Frauen und Jugend (Hg.), S. 20 f.

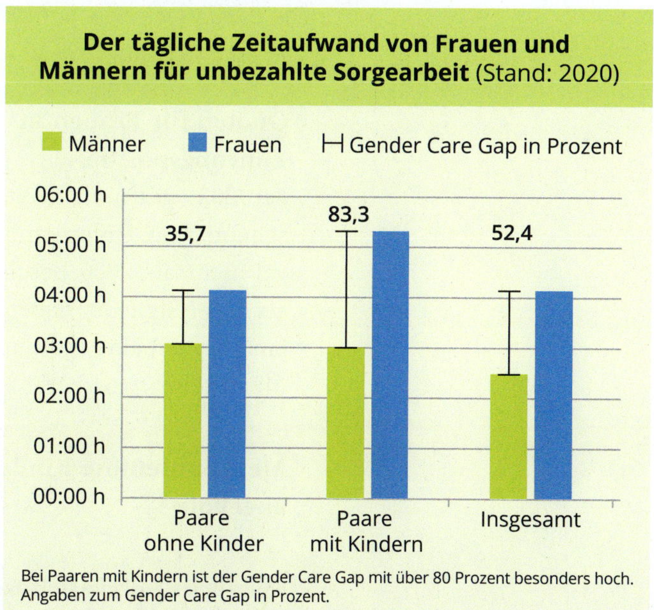

M16 Einkommensungleichheit zwischen den Geschlechtern im Brennglas der Corona-Krise

A Die Lohnhöhe in Deutschland [ist] historisch [auch] mit dem Einfluss der Gewerkschaften auf männlich geprägte Branchen zu erklären. Die Gewerkschaften haben – ausgehend vom Modell, dass der Mann eine ganze Familie ernähren muss – hohe Löhne in der Industrie ausgehandelt. Klassische Frauenberufe wie Kranken- oder Altenpflegerin werden immer noch so bezahlt, als wären sie nur ein Zubrot – obwohl sie das schon lange nicht mehr sind. Diese Jobs sind sogar unentbehrlich für Staat und Gesellschaft, nämlich „systemrelevant", hat die Corona-Krise klar gemacht. Die Forderung nach gerechter Bezahlung fand auf einmal breite Unterstützung. [Zwar war der Arbeitsplatz von vielen Frauen in der Krise sicher,] doch mit der Rückkehr in den Alltag ist die Unterstützung für eine bessere Bezahlung schnell wieder abgeebbt. [Hier muss nun die Politik eine positive Entwicklung fördern!]

Rosenkranz, Sina: Was ist ein gerechter Lohn? In: www.swr.de, 13.08.2020

B Die Verteilung von Erwerbs- und Sorgearbeit hat sich in den vergangenen Jahren angeglichen. Immer mehr Mütter sind erwerbstätig; immer mehr Männer mit Kindern beteiligen sich an der Sorgearbeit. Ein entscheidender Faktor für die Verwirklichung beruflicher Pläne von Müttern ist der massive Ausbau der Kindertagesbetreuung und die Ausweitung der Ganztagsbetreuung in Schulen. [...] Mit den Schließungen von Kitas und Schulen im März 2020 fiel das sorgfältig errichtete Betreuungsgebäude für viele Familien wie ein Kartenhaus zusammen. Väter und Mütter mussten – neben ihrer Erwerbsarbeit – auch tagsüber für ihre Kinder da sein. In dieser Situation entschieden sich die meisten Paare für das Naheliegende: Es kümmerte sich derjenige um die Kinder, der weniger zum Familieneinkommen beiträgt. Und das war meistens die Mutter, und zwar umso eindeutiger, je jünger das jüngste Kind war.

Knauf, Helen: Corona und Geschlechterrollen – Ein Drahtseilakt. In: www.taz.de, 26.03.2021

M17 Politische Maßnahmen zur Verringerung des Gender Pay Gap

Die Bundesregierung hat sich zum Ziel gesetzt, den unbereinigten Gender Pay Gap bis zum Jahr 2030 auf 10% zu senken. Hier sind einige Maßnahmen und Ideen:

Quoten für Frauen in Führungspositionen
Seit 2021 gilt u.a.: In Vorständen von börsennotierten Unternehmen mit in der Regel mehr als 2000 Beschäftigten, die mehr als drei Mitglieder haben, muss mindestens ein Mitglied eine Frau und ein Mitglied ein Mann sein.

Mehr kostenlose Kinderbetreuungsangebote

Staatliche Lohnzuschüsse für Sorgearbeit

Entgeltgleichheitsgesetz
Durch einen gesetzlich vorgeschrieben „Lohncheck" wird regelmäßig überprüft, ob in einem Betrieb ab 10 Mitarbeitenden gleichwertige Arbeit gleich entlohnt wird.

„Komm mach MINT!"
Bundesweite Netzwerk-Initiative, die Mädchen und Frauen für MINT-Studiengänge und -Berufe begeistern will.

Parität in der Politik
Alle politischen Gremien werden zur Hälfte mit Männern und zur Hälfte mit Frauen besetzt. Einige Parteien haben bereits solche Regelungen.

„Girls' Day/Boys' Day"
Bundesweiter Aktionstag, an dem Jugendliche ab Klasse 5 Einblicke in männer- bzw. frauendominierte Berufe erhalten können.

Recht auf Homeoffice

Staatliche Zuschüsse für Dienstleistungen im Haushalt

Equal Pay Day

Entgelttransparenzgesetz
In Betrieben ab 200 Angestellten müssen Arbeitgebende auf Antrag Auskunft erteilen, was eine Vergleichsgruppe von Kolleg:innen des anderen Geschlechts mit gleichwertiger Tätigkeit (im Mittel) verdienen.

Abschaffung des Ehegattensplittings
Verheiratete mit unterschiedlich hohen Einkommen erhalten keine Steuervorteile mehr.

(Blaue Karten: Maßnahme gibt es bereits, grüne Karten: Idee bzw. Forderung)
Bearbeiterin

AUFGABEN

71079-124

1. Lest **M13** und seht euch dazu das Video im QR-Code an.
   a) Erklärt die Grafiken in **M14** mit Hilfe der Informationen in **M13**.
   b) Benennt den Unterschied zwischen dem bereinigten und dem unbereinigten Gender Pay Gap in eigenen Worten.
   c) Sammelt Ideen, wie der „unerklärte Rest" bei den Einkommensunterschieden zwischen Frauen und Männern entstehen könnte.
2. Wählt (arbeitsteilig) einen Wirtschaftszweig aus **M14 B** aus.
   a) Berechnet die „Entgeltlücke" pro Monat in Euro.
   b) Rechnet den Differenzbetrag auf ein Jahr sowie auf 30 Berufsjahre hoch.
   c) Vergleicht eure Ergebnisse und benennt mögliche Folgewirkungen für zukünftige Lebenssituationen.
3. Informiert euch in **M15** über den „Gender Care Gap".
   a) Analysiert die zugehörige Grafik (→ Methodenglossar).
   b) Erläutert (mit Hilfe der Operatorenkarte auf S. 150), welche Rolle der Gender Care Gap bei der Erklärung des Gender Pay Gap spielt.
4. Ermittelt mit Hilfe der Materialien in **M16**, ob die Corona-Krise einen positiven oder negativen Effekt auf die Einkommensunterschiede zwischen den Geschlechtern hatte. Formuliert ein Fazit.
5. Bildet Kleingruppen (3-4 Personen), lest die politischen Maßnahmen in **M17** und ergänzt sie durch eigene Vorschläge.
   a) Beurteilt die Maßnahmen mit Hilfe des Kriteriums der „Wirksamkeit" und erstellt eine Rangliste.
   b) Vergleicht die „TOP 3" eurer Gruppen und bewertet die gewählten Maßnahmen nochmals mit Hilfe weiterer Kriterien (z. B. Schnelligkeit, (vermutete) Durchsetzbarkeit, Familienfreundlichkeit …).

Hier findet ihr ein Video zum Gender Pay Gap im Youtube-Kanal von maiLab

71079-125

F Aufgabe 4
a) Analysiert ein weiteres Material.

71079-126

b) Recherchiert aktuelle Informationen.

F Aufgabe 5
Recherchiert weitere Details und aktuelle Entwicklungen zu den Maßnahmen.

OPERATOREN-TRAINING

Erläutern

I. Was ist zu tun?

1. Ihr ordnet Sachverhalte mit Hilfe von Wissen aus dem Unterricht in einen Zusammenhang (z. B. eine Theorie, ein Modell oder einen Gesetzesrahmen) ein.

↓

2. Ihr deutet den Sachverhalt im Zusammenhang (der Theorie, des Modells etc.).

↓

3. Ihr verdeutlicht eure Einordnung durch zusätzliche Informationen und eigene Beispiele.

II. Hilfen zur Strukturierung und Formulierung

Fragestellung und Sachverhalt benennen
Der vorliegende Sachverhalt/der Fall ... thematisiert/nimmt Bezug auf ...
Im Wesentlichen geht es dabei um ...

Sachverhalt in einen Zusammenhang einordnen
Xy ist ein Beispiel/ein Fall für ...
Die Theorie/der Begriff beschreibt ...

Sachverhalt im Zusammenhang deuten
Vor dem Hintergrund von ... bedeutet xy ...
Xy lässt sich erklären durch ... /Xy ist demnach die Ursache/Folge von ...

Einordnung durch Zusatzinformationen und Beispiele verdeutlichen
Ein weiteres Beispiel für xy/ein Teilaspekt von xy ist ...

III. Formulierungsbeispiele

Für die Bearbeitung der Aufgabe 3b auf S. 149 findet ihr im nebenstehenden QR- bzw. Mediencode Formulierungsbeispiele. Ihr könnt sie als „Starthilfe" nutzen, verändern, weiter ausbauen und mit eurer eigenen Lösung vergleichen.

Formulierungsbeispiele

71079-127

Bearbeiterin

4.2 Bausteine und Finanzierung des sozialen Sicherungssystems

4.2.1 Die gesetzlichen Sozialversicherungen als Kern des Sozialstaats: Sollten Geringverdienende weniger Beiträge zahlen müssen?

Zum Thema: Das Kernstück des Sozialstaats in Deutschland ist die gesetzliche Sozialversicherung. Mit ihr sollen Lebensrisiken gemeinsam getragen werden. Aber welche Risiken werden abgesichert und wer muss dafür welchen Beitrag zahlen? Gegenstand dieses Kapitels sind die einzelnen Bausteine der gesetzlichen Sozialversicherung und die Frage ihrer gerechten Finanzierung.

M18 Sind Larissa Werdings Sozialabgaben zu hoch?

Larissa Werding (28) ist Reinigungskraft im Hildegard-von-Bingen Krankenhaus, Dr. Nuray Solak-Koch (51) Fachärztin für Chirurgie.

Gehaltsabrechnung Larissa Werding:

Bruttoentgelt (monatlich):	1.886,00 €
– Lohnsteuer (Steuerklasse I*)	141,00 € *(7,47 %)*
– Kirchensteuer	12,69 €
– Solidaritätszuschlag	0,00 €
– Krankenversicherung** (7,3 % allgemeiner Beitragssatz + 0,65 % Zusatzbeitrag)	149,93 €
– Rentenversicherung** (9,3 %)	175,39 €
– Arbeitslosenversicherung (1,2 %)	22,63 €
– Pflegeversicherung (1,52 % + 0,25 %)	33,38 €
Sozialversicherungen insgesamt	381,33 € *(20,22 %)*
Nettoentgelt	**1.350,98 €**

Gehaltsabrechnung Dr. Nuray Solak-Koch:

Bruttoentgelt (monatlich):	7.100,00 €
– Lohnsteuer (Steuerklasse I*)	1.766,42 € *(24,88%)*
– Kirchensteuer	0,00 €
– Solidaritätszuschlag	42,06 €
– Krankenversicherung** (7,3 % allgemeiner Beitragssatz + 0,65 % Zusatzbeitrag)	384,58 €
– Rentenversicherung** (9,3 %)	660,30 €
– Arbeitslosenversicherung (1,2 %)	85,20 €
– Pflegeversicherung (1,52 % + 0,25 %)	85,87 €
Sozialversicherungen insgesamt	1.215,95 € *(17,12 %)*
Nettoentgelt	**4.075,57 €**

Bearbeiterin

EINSTIEGSAUFGABEN 71079-128

1. Vergleicht die Gehaltsabrechnungen nach der Höhe der Lohnsteuer und der Sozialversicherungsbeiträge im Verhältnis zum Bruttoeinkommen.
2. Tauscht euch zu zweit kurz aus: Sollten die Sozialversicherungsbeiträge für Geringverdienende wie Larissa Werding verringert werden? Wie ließe sich das begründen? Was spricht dagegen (→ **PUB, 1**)?
3. Führt eine Abstimmung in der Klasse durch und haltet das Ergebnis fest.

Hinweise
*Lohnsteuerklasse I gilt für Alleinlebende (→ S. 140).
**Die Beiträge für die Kranken- und Rentenversicherung werden nur bis zu einer bestimmten Höhe des Bruttoeinkommens („Beitragsbemessungsgrenzen") erhoben (→ S. 153 f.).

METHODE

Mit einem Gruppenpuzzle die gesetzlichen Sozialversicherungen analysieren

I. Worum geht es?

Die gesetzlichen Sozialversicherungen bestehen aus fünf einzelnen Versicherungen, häufig „Säulen" oder „Zweige" genannt. Ihr Ursprung liegt im deutschen Kaiserreich. Im Jahr 1883 wurde die Krankenversicherung als erster Baustein der gesetzlichen Sozialversicherung eingeführt. Seitdem kamen weitere Bausteine hinzu, die bis heute zwar oft in Details verändert, aber im Wesentlichen beibehalten wurden. Mit Hilfe eines Gruppenpuzzles könnt ihr die einzelnen Versicherungen arbeitsteilig analysieren.

II. Geht dabei wie folgt vor:

1. Schritt: Vorbereitung in Stammgruppen

1. Bildet Stammgruppen von 5 Personen.
2. Teilt in eurer Stammgruppe die fünf Expertentexte **A** - **E** in **M19** unter euch auf.
3. Alle lesen zunächst den eigenen Expertentext und machen sich Notizen zu den Spalten der folgenden Grafik:

Sozialversicherung in Deutschland: Die 5 tragenden Säulen

Versicherung:	Versicherung:	Versicherung:	Versicherung:	Versicherung:
Welches Risiko wird abgesichert?	Welches Risiko wird abgesichert?	Welches Risiko wird abgesichert?	Welches Risiko wird abgesichert?	Welches Risiko wird abgesichert?
Finanzierung:	Finanzierung:	Finanzierung:	Finanzierung:	Finanzierung:
Leistungen:	Leistungen:	Leistungen:	Leistungen:	Leistungen:
Wer ist anspruchsberechtigt?	Wer ist anspruchsberechtigt?	Wer ist anspruchsberechtigt?	Wer ist anspruchsberechtigt?	Wer ist anspruchsberechtigt?

2. Schritt: Arbeit in Expertengruppen

1. Findet euch mit denjenigen zusammen, die den gleichen Expertentext wie ihr bearbeitet haben.
2. Vergleicht eure Notizen und füllt die Grafiksäule für eure Versicherung aus.
3. Bereitet euch darauf vor, euren Versicherungszweig anderen zu erklären.
4. Formuliert ca. 4 „Testfragen", die ihr in den Stammgruppen nach der Präsentation eurer Versicherung stellen könnt.

3. Schritt: Rückkehr in die Stammgruppen

1. Präsentiert euch gegenseitig die Arbeitsergebnisse aus den Expertengruppen.
2. Hört euch gegenseitig zu und stellt Verständnisfragen.
3. Füllt dabei die Grafik vollständig aus.
4. Testet euch gegenseitig mit Hilfe der vorbereiteten Fragen.
5. Lest **M20** über die Gestaltungsprinzipien der Sozialversicherungen und findet Beispiele, wo die Prinzipien in den Säulen der gesetzlichen Sozialversicherungen konkret umgesetzt sind.

Bearbeiterin

M19 Bausteine der gesetzlichen Sozialversicherung

71079-129

A Expertentext: Rentenversicherung

Die gesetzliche Rentenversicherung ist für abhängig Beschäftigte in Deutschland verpflichtend. Sie ist nach dem Prinzip des Umlageverfahrens konstruiert. Danach werden die eingezahlten Beiträge sofort zur Finanzierung der aktuellen Renten verwendet. Die heutigen Einzahlenden finanzieren also die Renten der jetzigen Altersgeneration. Das bedeutet auch, dass die Kinder und Enkel der jetzigen Einzahlenden einmal deren Renten aufbringen müssen. Die Beiträge (18,6% vom Bruttoarbeitseinkommen im Jahr 2021) teilen sich Arbeitgebende und Arbeitnehmende zu gleichen Anteilen. Das Bruttoeinkommen wird jedoch nur bis zu einer Obergrenze, der „Beitragsbemessungsgrenze", zu Grunde gelegt. Der darüber liegende Teil des Einkommens ist beitragsfrei. In einigen Fällen übernimmt der Staat die Zahlung der Rentenbeiträge: in Zeiten der Arbeitslosigkeit oder während des Wehr- und Bundesfreiwilligendienstes. Ebenso angerechnet werden Kindererziehungszeiten sowie Pflege- und Ausbildungszeiten (maximal acht Jahre für Schule und Studium nach dem 17. Lebensjahr). Die Höhe der Altersrente richtet sich zum einen nach der Einzahlungsdauer und nach der Höhe der eingezahlten Beiträge (also nach der Höhe des Gehalts) über die gesamte Versicherungszeit hinweg. Durch das Umlageverfahren ist die Entwicklung der Rente an die Entwicklung der Löhne gekoppelt. Steigt der durchschnittliche Lohn pro Kopf der jetzigen Beschäftigten, steigt auch die aktuelle Rente. Allerdings steigen Löhne und Renten nicht im Gleichschritt. In der Rentenformel, mit deren Hilfe die Höhe der Rente berechnet wird, findet sich ein „Nachhaltigkeitsfaktor". Dadurch fallen Rentenerhöhungen niedriger aus als die Lohnentwicklung. Neben der Altersrente erwerben Mitglieder u.a. Ansprüche auf Witwen-/Witwerrente und eine (geringere) Rente bei eingeschränkter Berufsfähigkeit, z.B. durch Krankheit.

Bearbeiterin

Renteneintrittsalter
Seit dem Jahr 2012 wird das Renteneintrittsalter von 65 Jahren schrittweise auf 67 Jahre angehoben.

Beitragsbemessungsgrenze in der gesetzlichen Rentenversicherung im Jahr 2022:
7.050 € in Westdeutschland,
6.750 € Ostdeutschland
(Monatsbruttoeinkommen)

B Expertentext: Arbeitslosenversicherung

Für abhängig Beschäftigte ist die Beteiligung an der gesetzlichen Arbeitslosenversicherung verpflichtend. Im Falle von Arbeitslosigkeit erhalten Beschäftigte die Leistungen der Arbeitslosenversicherung, das Arbeitslosengeld I. Voraussetzung ist, dass sie in den letzten zwei Jahren vor der Arbeitslosigkeit insgesamt mindestens zwölf Monate sozialversicherungspflichtig beschäftigt gewesen sind (sogenannte Anwartschaft). Die Höhe der Zahlung ist abhängig vom letzten Nettoentgelt und beträgt ca. 60 % davon (für Väter oder Mütter ca. 67 %). Finanziert werden die Leistungen jeweils zu gleichen Anteilen durch die Beiträge der Arbeitnehmenden und Arbeitgebenden (insgesamt 2,4 % vom Bruttoentgelt). Die Bezugsdauer ist je nach Alter und vorausgehender Arbeitsdauer zwischen 6 und 24 Monaten begrenzt. Hat jemand nach Ablauf der Bezugsdauer (in der Regel 1 Jahr) keine neue Beschäftigung gefunden und kann auch nicht von der Partnerin oder dem Partner unterstützt werden, wird Arbeitslosengeld II, die Grundsicherung für Arbeitssuchende („Hartz IV"), gezahlt. Das Arbeitslosengeld II ist keine Versicherungsleistung mehr, sondern wird aus Steuermitteln finanziert. Es ist für alle gleich hoch und am Existenzminimum orientiert.

Bearbeiterin

C Expertentext: Krankenversicherung

Die gesetzliche Krankenversicherung (GKV) ist eine Pflichtversicherung für abhängig Beschäftigte, Studierende und Landwirte. Beamt:innen, Richter:innen und Selbstständige unterliegen auch einer Krankenversicherungpflicht, können dieser aber auch durch eine private Krankenversicherung nachkommen. Allen gesetzlich Versicherten wird eine dem aktuellen medizinischen Wissensstand entsprechende Versorgung mit Gesundheitsleistungen (Heilbehandlungen, Arzneimittel, Zahnbehandlungen) garantiert. Nicht erwerbstätige Ehepartner und Kinder eines beitragszahlenden Mitglieds sind ohne Zuzahlung mitversichert. Die Finanzierung der Leistungen erfolgt zu gleichen Anteilen aus den Beiträgen der Versicherten und ihrer Arbeitgebenden (insgesamt 14,6 % des Bruttoeinkommens). Auch hier gilt eine Obergrenze, bis zu der das Bruttogehalt zu Grunde gelegt wird, die Beitragsbemessungsgrenze. Außerdem erheben die Krankenkassen seit dem 01.01.2015 Zusatzbeiträge, die Arbeitnehmenden und Arbeitgebenden zur Hälfte teilen müssen. Der durchschnittliche Zusatzbeitrag im Jahr 2021 beträgt 1,3 %. Er ist ein Richtwert für die Krankenkassen bei der Festlegung der individuellen Zusatzbeiträge. Die gesetzliche Krankenversicherung tritt auch ein, wenn Beschäftigte länger als sechs Wochen wegen Krankheit arbeitsunfähig sind. Dann wird das Krankengeld in Höhe von 70 % des Nettolohns ausgezahlt. In den ersten 6 Krankheitswochen gilt die (volle) Lohnfortzahlung durch die Arbeitgeber.

Beitragsbemessungsgrenze in der gesetzlichen Krankenversicherung im Jahr 2022: 4.837,50 € Monatsbruttoeinkommen (Ost und West)

Bearbeiterin

D Expertentext: Pflegeversicherung

Seit 1994 gibt es eine gesetzliche Pflegeversicherung. Sie ist sowohl für gesetzlich Krankenversicherte als auch für privat Krankenversicherte verpflichtend. Träger der Pflegeversicherung sind die Krankenkassen. Die pflegerischen Leistungen (ambulante Dienste, Geldleistungen) können nur von pflegebedürftigen Personen in Anspruch genommen werden, die dauerhaft wegen einer körperlichen oder geistigen Krankheit oder Behinderung auf erhebliche Hilfe bei der täglichen Lebensführung angewiesen sind. Die gesetzliche Pflegeversicherung wird über Beiträge finanziert (3,05 % des Bruttoentgelts, je zur Hälfte von Arbeitnehmenden und Arbeitgebenden aufgebracht). Kinderlose Mitglieder ab dem vollendeten 23. Lebensjahr zahlen einen Zuschlag zur Pflegeversicherung von 0,25 %. Den Beitragszuschlag tragen die Arbeitnehmenden alleine.

Bearbeiterin

E Expertentext: Unfallversicherung

Die verpflichtende gesetzliche Unfallversicherung wird vollständig von den Arbeitgebenden finanziert. Sie zahlen die Beiträge (abhängig vom Bruttoeinkommen der Versicherten und von der Gefahrensituation im Betrieb) an die Berufsgenossenschaften. Eine wichtige Aufgabe der Unfallversicherung ist die Unfallverhütung durch den Erlass von Unfallverhütungsvorschriften und die Überwachung ihrer Einhaltung. Bei Arbeitsunfällen oder Unfällen auf dem Weg zur oder von der Arbeit zahlt die Unfallversicherung die Behandlungskosten beim Arzt in der öffentlichen Praxis oder im Krankenhaus. Das gilt auch für den Weg zur Schule oder Universität sowie für Unfälle, die in der Schule oder Universität passieren. Auch mögliche Kosten für die Wiedereinfindung in den Beruf übernimmt die Unfallversicherung. Versichert sind alle Arbeitnehmenden, teilweise Arbeitgebende, Schüler:innen und Studierende sowie Hilfeleistende bei Unglücksfällen.

Unfallrente
Bei bleibenden Schäden zahlt die Unfallversicherung eine Unfallrente an die Betroffenen.

Bearbeiterin

M20 Auf welchen Prinzipien fußt die gesetzliche Sozialversicherung?

Gestaltungsprinzipien der gesetzlichen Sozialversicherung			
Versicherungsprinzip	**Solidaritätsprinzip**	**Äquivalenzprinzip**	**Paritätisches Prinzip**
Durch laufende Einzahlungen seitens der Gesamtheit der Versicherten soll gewährleistet sein, dass bei Eintritt eines Versicherungsfalls der notwendige Betrag bereitgestellt ist.	Grundsatz, dass innerhalb einer Solidargemeinschaft die Mitglieder sich gegenseitig unterstützen – unabhängig von individuellen Merkmalen: Die Mitglieder haben alle den gleichen Leistungsanspruch unabhängig vom individuellen Risiko. Die erbrachte Leistung ist einkommensunabhängig.	Grundsatz der Gleichwertigkeit von Leistung und Gegenleistung: Die Höhe der Leistungen bzw. Zahlungen richtet sich nach der Höhe der Beiträge und zum Teil nach der Dauer der Einzahlungen.	Grundsatz, dass bei der Finanzierung die Beteiligten jeweils gleiche Anteile übernehmen

Bearbeiterin

M21 „Mehr Netto vom Brutto“: Ist der Mini- oder Midijob (k)eine Alternative?

Larissa Werdings Freundin Maja Golemjewski ist verheiratet und hat seit zwei Monaten einen sogenannten „Midijob“ beim Besucherdienst eines Kunstmuseums. Vorher hatte sie einen „Minijob“, der ihr aber nicht mehr reichte. So sieht Ihre Gehaltsabrechnung aus:

Gehaltsabrechnung Maja Golemjewski:

Bruttoentgelt (monatlich):	850,00 €
– Lohnsteuer	0,00 €
– Kirchensteuer	0,00 €
– Solidaritätszuschlag	0,00 €
– Krankenversicherung	56,15 €
– Rentenversicherung	68,27 €
– Arbeitslosenversicherung	9,17 €
– Pflegeversicherung	13,18 €
Sozialversicherungen insgesamt	146,77 €
Nettoentgelt	**703,23 €**

Bearbeiterin, basierend auf: https://www.lohn-info.de, 2022

M22 Informationen zum Mini- und Midi-Job

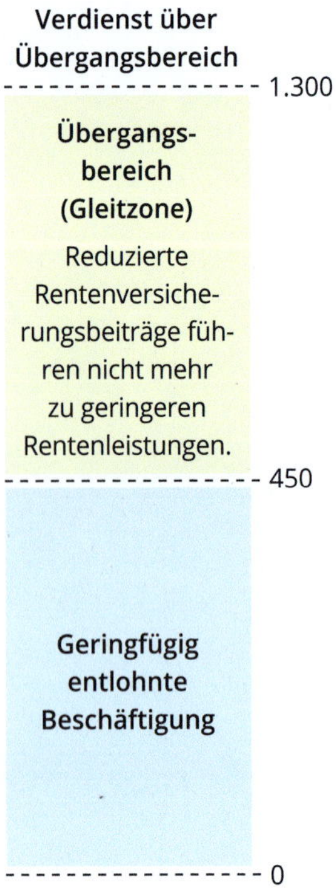

Regelung ab 07/2019

1 **Midijobs** [sind sozialversicherungspflichtige Beschäftigungen mit monatlichem Gehalt zwischen 450,01 € bis 1.300 €.] Arbeitgeber zahlen für das gesamte Arbeitsentgelt grundsätzlich den vollen Arbeitgeberanteil ein, das heißt, sie tragen die Hälfte des Gesamtsozialversicherungsbeitrages (rund 20 Prozent). Der von Arbeitnehmerinnen und Arbeitnehmern zu zahlende Beitrag steigt linear von rund elf Prozent am Anfang des Übergangsbereichs bis zum vollen Arbeitnehmeranteil, das heißt bis zur Hälfte des Gesamtsozialversicherungsbeitrages, an.

Bundesministerium für Arbeit und Soziales: Midi-Jobs. In: www.bmas.de, 30.09.2020

2 **Minijobs** sind sogenannte „geringfügige Beschäftigungsverhältnisse" mit der monatlichen Lohnhöchstgrenze von 450 €. Die Arbeitnehmenden sind nicht sozialversicherungspflichtig, d. h. sie zahlen keine Beiträge, erhalten aber auch keine Leistungen aus den Sozialversicherungen. Die Arbeitgebenden zahlen einen pauschalen Beitrag von 30,75 % des Bruttolohns. Minijobbende können freiwillig in die Rentenversicherung einzahlen und dadurch geringfügige Rentenansprüche erwerben. Ihre Krankenversicherungspflicht müssen sie anders erfüllen, z. B. durch die Mitversicherung über Ehepartner:innen oder die Eltern.

Bearbeiterin

M23 Petition: Sozialabgaben sollten gestaffelt werden!

Der Deutsche Bundestag möge beschließen, dass die Sozialversicherungsbeiträge in Zukunft stärker nach Einkommen gestaffelt werden. Wer einen gering entlohnten Care-Job ausübt, sollte zusätzlich entlastet werden.

Begründung: Bei der Lohnsteuer gilt: Wer mehr verdient, muss auch überproportional mehr zahlen. Das ist ein einfaches und gerechtes Prinzip, das leider für die Sozialversicherungen nicht gilt. Die Beitragssätze für die Sozialversicherungen sind dagegen für alle gleich. Weil dieser Satz für alle gleich ist, wirken die Abgaben wie eine Flat Tax – eine Einheitssteuer für Kleinstverdienende ebenso wie für Millionär:innen. Insbesondere für Geringverdienende ist die Belastung im Verhältnis unzumutbar. Wie das Bundesarbeitsministerium im Jahr 2020 auf eine Anfrage mitteilte, finanzieren Geringverdienende und die Mittelschicht den Hauptteil des deutschen Sozialstaats. Arbeitnehmende mit einem zu versteuernden Jahreseinkommen bis 70.000 Euro tragen 81 Prozent der Sozialabgaben, während ihr Anteil am Gesamteinkommen bei knapp zwei Dritteln und damit deutlich darunter liegt.

Bearbeiterin, fiktive Petition

M24 Pro & Kontra: Warum ist die Petition unterstützenswert? Was spricht gegen die Petition?

A Das deutsche Sozialsystem [...] ist so angelegt, dass individuelle Einzahlungen und Auszahlungen in einem fairen Verhältnis stehen müssen. [...] Da alle Menschen in etwa gleich lange leben und in gleichem Maße krank werden, kosten sie die Sozialkassen auch gleich viel. Daher muss auch der gleiche Satz für alle erhoben werden. [...] Ein Milliardär kann nie so krank oder so alt werden, dass er die Kassen Millionen mehr kosten würde als andere Menschen.

Brinkmann, Bastian: Die Sozialabgaben bevorzugen die Reichen. In: www.sueddeutsche.de, 29.08.2018

B Das Sozialversicherungssystem [hat] einen hohen Rückhalt in der [deutschen] Bevölkerung [...]. Die für die Akzeptanz entscheidende Zustimmung auch in der Mittelschicht hängt allerdings maßgeblich davon ab, dass die verbreiteten Gerechtigkeitsvorstellungen nicht verletzt werden. Wenn der Eindruck entsteht, dass [die Geringverdienenden und] die Mittelschicht als „Packesel" missbraucht [werden, ist der soziale Frieden in Gefahr.]

Bäcker, Gerhard/Jansen, Andreas: Progressive Sozialversicherungsbeiträge. In: WISO-Diskurs Mai 2011. Abteilung Wirtschafts- und Sozialpolitik der Friedrich Ebert Stiftung, S. 25

AUFGABEN

71079-130

1. Analysiert die gesetzlichen Sozialversicherungen (**M19**, **M20**) mit Hilfe der Methodenkarte auf S. 152.
2. Arbeitet zu zweit und lest **M21**, **M22**.
   a) Berechnet den Sozialversicherungsbeitragssatz von Maja G. und vergleicht ihn mit dem regulären Satz (→ **M18**).
   b) Simuliert ein Gespräch zwischen Maja G. (**M21**) und Larissa W. (**M18**), in dem ihr euch über die Vor- und Nachteile bzw. Risiken der verschiedenen Beschäftigungsformen (Minijob, Midijob, Normalarbeitsverhältnis) austauscht.
   c) Trefft eine Entscheidung, ob der Midijob eine Alternative für Larissa W. darstellen könnte.
3. Informiert euch über die Petition in **M23** und **M24**.
   a) Sortiert die genannten Argumente in einer Tabelle nach „Pro" und „Kontra".
   b) Ergänzt die Tabelle mit weiteren eigenen Argumenten (→ **PUB, 3**).
   c) Entscheidet, ob ihr die Petition unterzeichnen würdet oder nicht. Begründet eure Entscheidung in Form einer Stellungnahme (→ **PUB, 6**).
4. Vergleicht eure jetzigen Positionen mit dem Abstimmungsergebnis der Einstiegsaufgabe (S. 151). Wo haben sich eure Positionen und/oder Begründungen verändert (→ **PUB, 7**)?

F Aufgabe 3
Wertet für eure Position auch die Grafik hinter dem QR-Code aus.

71079-131

H Aufgabe 3b
→ S. 380

4.2.2 Arbeitslosengeld I: gerecht und ausreichend für den Wiedereintritt in den Arbeitsmarkt?

Zum Thema: Die Corona-Krise hat auf dem Arbeitsmarkt Spuren hinterlassen. Insgesamt sind in Deutschland knapp drei Millionen Menschen arbeitslos gemeldet. Wie viel Zeit und Geld haben sie zur Verfügung, um wieder in den Arbeitsmarkt zu kommen?

M25 Plötzlich arbeitslos, aber zum Glück versichert?

Das Schicksal der Arbeitslosigkeit kann alle treffen. In den meisten Fällen unverschuldet. In der Corona-Krise waren bestimmte Branchen (z.B. das Hotel- und Gaststättengewerbe, Kultureinrichtungen) besonders häufig gezwungen, Personal zu entlassen. Aber auch in anderen Berufen kann es aus verschiedenen Gründen immer wieder zu Entlassungen kommen.

Fall 1 Ela Kaya-Wirtz (29) ist verheiratet und hat zwei Kinder. Nach ihrer Ausbildung zur Hotelfachkraft hat sie sich vier Jahre um die Kinder gekümmert. Seit acht Monaten arbeitet sie wieder in einem Hotelbetrieb, der ihr sehr gefällt und verdient 1.670 € netto im Monat. Die Hotelkette steht aber durch die lange Krisensituation wirtschaftlich schlecht da und wird einige Häuser schließen. Elas Hotel ist auch betroffen. Ela hat sich bei der Arbeitsagentur arbeitslos gemeldet und erfahren, dass sie kein Arbeitslosengeld I erhalten wird.

Bearbeiterin

EINSTIEGSAUFGABEN 71079-132

1. Lest den Fall und stellt Vermutungen an, aus welchen Gründen Ela kein Arbeitslosengeld I erhält.
2. Welche Leistung bei Arbeitslosigkeit würdet ihr in Elas Fall für zweckmäßig und gerecht halten? Tauscht eure Einschätzungen dazu aus.

M26 Wie lange wird das Arbeitslosengeld I gezahlt?

Arbeitslosengeld I: Ansprüche
Stand: 2022
73000-405

Sozialversicherungspflichtige Beschäftigung in Monaten	Lebensalter der Betroffenen in Jahren	Anspruch auf ALG I in Monaten
12	spielt keine Rolle	6
16	spielt keine Rolle	8
20	spielt keine Rolle	10
24	spielt keine Rolle	12
30	50	15
36	55	18
48	58	24

©C.C.Buchner Verlag, aktuelle Daten nach: Bundesagentur für Arbeit, 2021

M27 Fälle zur Prüfung bei der Arbeitsagentur

Fall 2 Marcel Völler (46) lebt alleine mit seinem Sohn (9). Er arbeitet seit 15 Jahren als Vollzeitkraft am Boden für eine große Luftfahrtgesellschaft. Sein monatliches Nettogehalt beträgt 2.320 €. Immer wieder werden Mitarbeitende entlassen. Er hätte aber nicht gedacht, dass es ihn auch treffen würde. Da sein Sohn im Ort zur Schule geht und er auch noch seine kranken Eltern in der Nachbarschaft versorgt, ist er bei der Stellensuche nicht sehr flexibel.

Fall 3 Jonas Said (26) lebt alleine und arbeitet seit zwei Jahren sozialversicherungspflichtig und in Vollzeit als Toningenieur bei einem Musikproduzenten und Event-Veranstalter. Sein monatliches Nettogehalt beträgt 2.210 €. Da die Branche unter Druck geraten ist, werden in Jonas' Firma Stellen abgebaut. Auch er muss sich arbeitslos melden.

Bearbeiterin

M28 Sollten die Bezugsbedingungen von Arbeitslosengeld I neu geregelt werden?

Ja, denn 12 Monate Arbeitslosengeld I (das bekommen die meisten) sind viel zu kurz. Und es sind keine „echten" zwölf Monate. Wer frisch arbeitslos ist, muss den Schock erstmal verarbeiten bevor die ersten Bewerbungen geschrieben werden. Läuft es gut, folgen nach einigen Wochen tatsächlich Einladungen zu Bewerbungsgesprächen. Die Entscheidung darüber kann sich dann aber wieder einige Wochen hinziehen. Es folgen weitere Bewerbungsrunden und Wartezeiten. Laut dem Institut für Arbeitsmarkt- und Berufsforschung liegt die durchschnittliche Bearbeitungsdauer einer Bewerbung bei 82 Tagen. Dazu kommt, dass bei niedrigen Einkommen die 60 % vom Netto des Einkommens, bei der das ALG I in der Regel liegt, oft nicht vor Armut schützen können. Durch den Gender Pay Gap betrifft das häufig Frauen.

Nein, denn wenn ich zum Beispiel die Dauer von ALG I auch für unter 50-Jährige verlängere, dann motiviert das weniger sich schnell wieder am Arbeitsmarkt umzusehen. Bei älteren Menschen schafft es vor allem kürzere Lebensarbeitszeiten. Denn häufig wird das Arbeitslosengeld I genutzt, um die Zeit bis zur Rente zu überbrücken. Oft wird behauptet, es sei nicht gerecht, dass jemand, der 30 Jahre lang Beiträge einzahlt, nur zwölf Monate Arbeitslosengeld I bekommt. Es ist aber gerecht, weil es das Grundprinzip dieser Arbeitslosenversicherung ist. Es handelt sich nicht um eine Lebensversicherung, bei der man anspart, sondern um eine Risikoversicherung.

Bearbeiterin

AUFGABEN

71079-133

1. Prüft eure Vermutungen aus der Einstiegsaufgabe mit Hilfe der Tabelle in **M26** und dem Expertentext **M19** **B** auf S. 153.
2. Verschafft euch zu zweit als Sachbearbeitende bei der Bundesagentur für Arbeit einen Überblick über die Fälle in **M27**.
   a) Ermittelt ob, in welcher Höhe und wie lange ALG I gewährt wird.
   b) Vergleicht die Ergebnisse und formuliert Auffälligkeiten.
   c) Erläutert, warum im Fall 1 (**M25**) kein ALG I gezahlt wird.
3. Wertet die Positionen in **M28** aus und erörtert die Frage, ob die Bezugsbedingungen für das ALG I neu geregelt werden sollten.

F **Aufgabe 2**
Untersucht einen weiteren Fall.

71079-134

4.2.3 Grundsicherung bei Arbeitslosigkeit: (Wie) lässt es sich mit „Hartz IV" leben?

Zum Thema: Mit der Sozialleistung Hartz IV verbinden sich viele unterschiedliche Vorstellungen, Vorurteile und Erfahrungen. In diesem Kapitel geht es darum, herauszufinden, was genau es im Alltag – nicht nur finanziell – bedeuten kann, von Hartz IV zu leben.

M29 Leben mit Arbeitslosengeld II: wie im (falschen) Film?

Karikatur: Gerhard Mester

EINSTIEGSAUFGABEN 71079-135

1. Interpretiert die Karikatur (→ Methodenglossar).
2. Tauscht euch darüber aus, welches Wissen und welche Vorstellungen ihr selbst über die Situation von „Hartz IV"-Empfangenden habt.

M30 Leistungen und Pflichten im System der Grundsicherung bei Arbeitslosigkeit

71079-136

„Hartz IV" heißt offiziell Grundsicherung oder Arbeitslosengeld II. Der Begriff bezeichnet eine staatliche Sozialleistung für arbeitssuchende Menschen und ihre Familien. Sie soll dabei helfen, den Lebensunterhalt dieser Men-

Arbeitslosengeld (ALG) II: Regelsätze
Stand: 2022
73000-406

ALG II – Regelsätze ab 01.01.2022 für	Euro (monatlich)
Alleinstehende/Alleinerziehende	449
Paare je Partner	404
Nicht-erwerbstätige Erwachsene unter 25 Jahre im Haushalt der Eltern	360
Jugendliche von 14 bis 17 Jahren	376
Kinder von 6 bis 13 Jahren	311
Kinder von 0 bis 5 Jahren	285

©C.C.Buchner Verlag, aktuelle Daten nach: Bundesministerium für Arbeit und Soziales, 2022

schen zu decken, wenn die eigenen Mittel dafür nicht ausreichen. Dies ist der Fall, wenn kein Anspruch auf Arbeitslosengeld I (mehr) besteht und auch keine weitere erwerbstätige Person in einer Partnerschaft ausreichende Unterstützung bieten kann. Wer Grundsicherung bekommt, erhält den sogenannten „Regelsatz". Ist mehr als eine Person auf die Grundsicherung angewiesen, ergibt sich eine sogenannte „Bedarfsgemeinschaft", in der mehrere Regelsätze (vgl. Tabelle) addiert werden. Die Kaltmiete für eine als „angemessen" betrachtete Wohnungsgröße sowie die Heizkosten werden zusätzlich zum Regelsatz von der Bundesagentur für Arbeit übernommen. Die Kaltmiete wird direkt an die Wohnungseigentümer überwiesen. Auch die Krankenversicherungsbeiträge werden übernommen.

Bearbeiterin

Bildungs- und Teilhabepaket
Es beinhaltet als Ergänzung für Kinder und Jugendliche z. B. die Kostenübernahme für Klassenfahrten, Schulbedarf (150€ pro Schuljahr), Kostenübernahme für den Schulbus, Mittagsverpflegung sowie 15€ pro Monat für Vereinsmitgliedschaften. Alle Leistungen müssen beantragt werden.

Mitwirkungspflicht und Sanktionen

Wer Hartz IV erhält oder beantragt hat, ist zur Mitwirkung verpflichtet. Dazu gehört:

- Aktive Arbeitssuche: Die aktive und nachweisbare Bemühung um eine angemessene Arbeitsstelle, um die eigene Hilfebedürftigkeit zu beheben.
- Persönliche Verfügbarkeit: Wer Arbeitslosengeld II bezieht, muss postalisch wie persönlich erreichbar sein und zur Verfügung stehen. Termine beim Jobcenter müssen wahrgenommen werden.
- Meldepflicht: Leistungsempfänger sind verpflichtet, sich regelmäßig bei ihrem Ansprechpartner zu melden, insbesondere vor und nach Ortsabwesenheiten. Eine vorübergehende, kurzzeitige Abwesenheit muss dem Jobcenter gemeldet werden.
- Annahme zumutbarer Arbeit: Hat ein Leistungsempfänger die Möglichkeit, eine angemessene Arbeit zu bekommen, ist er verpflichtet, diese Chance wahrzunehmen, um seine Hilfebedürftigkeit zu beenden.
- Wirtschaftliches Verhalten: Hartz-IV-Empfänger sind gehalten, sich angemessen wirtschaftlich zu verhalten und mit den ihnen zur Verfügung stehenden finanziellen Mitteln entsprechend zu haushalten.

Die Verletzung dieser Pflichten führt zu Sanktionen in Form von Kürzungen der Leistungen (zwischen 10 % und 100 %).

Nach: Mitwirkungspflicht: Aktive Teilnahme des Hartz-4-Empfängers. In: www.hartz4.de, Abruf am 21.01.2022 [Text aus didaktischen Gründen modifiziert, Auslassungen nicht gekennzeichnet]

M31 Das Haushaltsbudget mit Arbeitslosengeld II planen

Marcel Völler (M27) hat es nicht geschafft, innerhalb eines Jahres wieder eine Arbeitsstelle in der Nähe zu finden. Da sein Arbeitslosengeld I jetzt ausläuft, müssen er und sein Sohn in naher Zukunft mit dem Arbeitslosengeld II auskommen. Vor dem Gang zum Jobcenter graut es ihm und seinen Sohn möchte er mit dem Stigma „Hartz IV" eigentlich gar nicht belasten. Ausgerechnet jetzt haben sich gleichzeitig die Waschmaschine und der Kühlschrank verabschiedet ... Um über die Runden zu kommen, hat er einen Haushaltsplan erstellt:

Stigma
Merkmal, wodurch jemand deutlich sichtbar in einer negativen Weise gekennzeichnet ist

Der Haushaltsplan zum Ausdrucken

71079-137

Haushaltsplan Familie Völler

Einnahmen	Arbeitslosengeld I	zukünftiges Arbeitslosengeld II
Einnahmen vor der Arbeitslosigkeit 2.320 € netto + 219 € Kindergeld = **2.539 €**	1.554,40 € ALG I + 219 € Kindergeld = **1.773,40€**	Summe der Regelsätze: € (Erwachsene) + € (Kind) = €

Ausgaben	monatliche Ausgaben bisher	zukünftige monatliche Ausgaben
Miete inkl. Heizkosten	633 €	€
Strom	52 €	€
Telefonie und Internet	39 €	€
Benzin und ÖPNV	75 €	€
Carsharing-Gebühren	116 €	€
Mitgliedsbeiträge Sportverein	45 €	€
Musikunterricht	60 €	€
Lebensversicherung	80 €	€
Lebensmittel	480 €	€
Körperpflege/Medikamente	45 €	€
Freizeit und Kultur (Kino, Bücher usw.)	50 €	€
Taschengeld	15 €	€

	jährliche Ausgaben bisher	zukünftige jährliche Ausgaben
Haftpflichtversicherung	70 €	€
Urlaub	–	€
Möbel und Haushaltsgegenstände	30 €	€
Kleidung und Schuhe	550 €	€
Schulbedarf und Schulausflüge	200 €	€
monatlich gesamt	**1.760,83 €**	

M32 Typisch „Hartz IV-Empfänger“: faul, wählerisch, unqualifiziert...? Ergebnisse einer Meinungsumfrage

In einer repräsentativen Umfrage des Instituts für Demoskopie Allensbach wurden 1.558 Personen nach ihrer Einstellung gegenüber Langzeitarbeitslosen befragt. Das Ergebnis zeigt, dass viele Menschen harsche Vorurteile hegen. Aber warum denken die Deutschen so schlecht über Langzeitarbeitslose? Heinrich Alt, ehemaliges Vorstandsmitglied der Bundesagentur für Arbeit hat eine

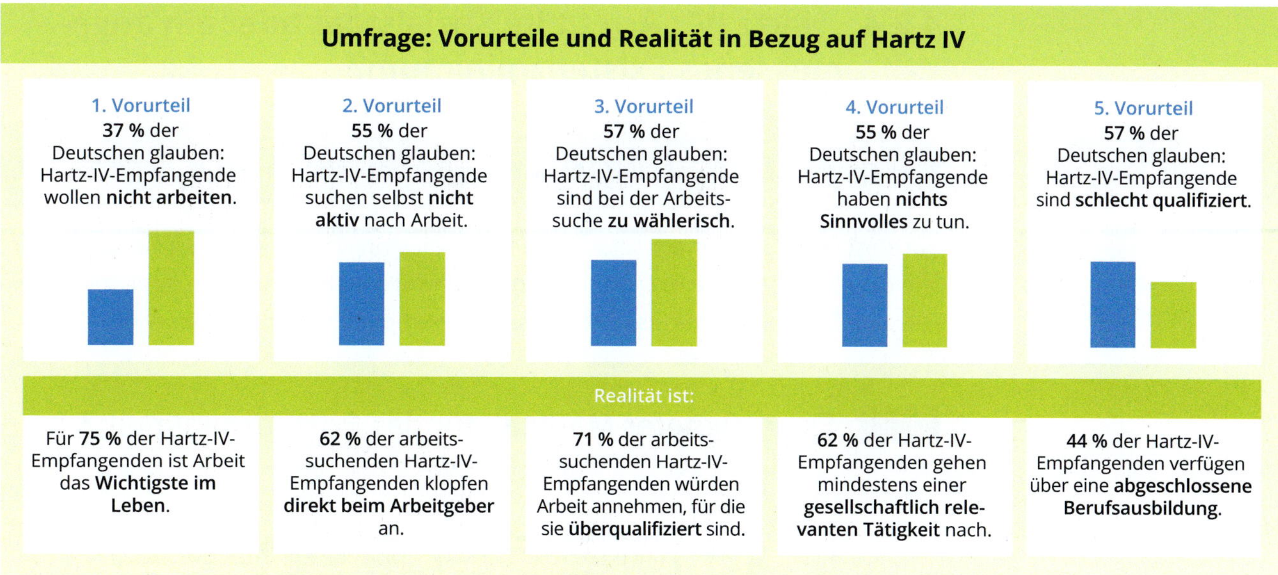

Nach: Wisdorff, Flora: Die fünf größten Irrtümer über Hartz-IV-Empfänger. In: www.welt.de, 16.10.2012

Erklärung: Unwissenheit. „Wer keinen einzigen Hartz-IV-Empfänger kennt", so Alt, „neigt eher zu Vorurteilen." Er weiß auch: Gerade einmal elf Prozent der Sanktionen werden tatsächlich wegen der Ablehnung eines zumutbaren Jobangebots ausgesprochen, zwei Drittel hingegen wegen Meldeversäumnissen, etwa, wenn ein Arbeitssuchender vergessen hat, einen Termin abzusagen. 95 Prozent aller Hartz-IV-Empfänger aber kommen ihren Verpflichtungen stets gesetzeskonform nach.

Cicero: Faul, wählerisch, Hartz-IV-Empfänger. In: www.cicero.de, Abruf am 21.01.2022 [Text aus didaktischen Gründen modifiziert, Auslassungen nicht gekennzeichnet]

AUFGABEN

71079-138

1. Lest **M30** und entscheidet euch zu zweit für vier Schlüsselbegriffe aus dem Text, mit denen sich das System der Grundsicherung erklären lässt.
2. Versetzt euch zu zweit in die Situation von Marcel Völler (**M27**, **M31**):
   a) Ermittelt das zukünftige Arbeitslosengeld II mit Hilfe von **M30**.
   b) Verteilt das ALG II auf die einzelnen Posten des Haushaltsplans. Nehmt dort Kürzungen vor, wo es euch am ehesten möglich erscheint.
   c) Vergleicht eure Lösungen in der Klasse.
3. Informiert euch in **M32** über die Ergebnisse der Meinungsumfrage.
   a) Analysiert, bei welchen Fragen die Abweichung zwischen Vorurteil und Realität am kleinsten und am größten ausfällt.
   b) Sammelt auf Basis der Daten in **M32** Ideen, wie Langzeitarbeitslose wieder in den Arbeitsmarkt zurückgeholt werden könnten. Berücksichtigt dabei auch die Rolle der „Mitwirkungspflicht und Sanktionen".
   c) Überlegt weitere Ursachen für die genannten Vorurteile.
4. Verfasst einen fiktiven Tagebucheintrag, in dem Marcel Völler seine Gedanken und Gefühle zur neuen Situation und zum „Stigma Hartz IV" darlegt.

F Aufgabe 1
Definiert die Begriffe kurz schriftlich.

H Aufgabe 4
→ S. 380

4.2.4 „Hartz IV“: Armut im Sozialstaat oder ein angemessenes Existenzminimum?

Zum Thema: „Die Würde des Menschen ist unantastbar.“ heißt es in Artikel 1 des Grundgesetzes. Doch ab wann die Würde des Menschen (finanziell) anfängt bzw. aufhört, legt das Grundgesetz nicht fest. In diesem Kapitel könnt ihr herausfinden, wie die Hartz IV-Sätze in Deutschland bestimmt werden und euch in die politische Debatte über ein angemessenes Existenzminimum simulativ einmischen.

M33 Ein geeigneter Maßstab für das Existenzminimum?

Karikatur: Harm Bengen, 2010

EINSTIEGSAUFGABE 71079-139

Woran sollte sich die Gesetzgebung bei der Festlegung der Hartz IV-Regelsätze orientieren? Sortiert die Karten an der Pinnwand nach „geeignet“ und „ungeeignet“. Fügt weitere Karten in der Kategorie „geeignet“ hinzu.

M34 Wie wird das „soziokulturelle Existenzminimum“ ermittelt? 71079-140

Über die Höhe der Grundsicherung entscheidet der Deutsche Bundestag. Grundlage dafür, wieviel Lebensunterhalt als Minimum gewährt wird, ist das ebenfalls vom Parlament verabschiedete Sozialgesetzbuch (SGB) II. In § 20 heißt es: „Die Regelleistung zur Sicherung des Lebensunterhalts umfasst insbesondere Ernährung, Kleidung, Körperpflege, Hausrat, Bedarfe des täglichen Lebens sowie in vertretbarem Umfang auch Beziehungen zur Umwelt und eine Teilnahme am kulturellen Leben.“

Diese Regelleistung wird auf der Grundlage statistischer Daten ermittelt. Ausgangspunkt ist die sogenannte „Einkommens- und Verbrauchsstichprobe" (EVS). Sie wird alle fünf Jahre durch das Statistische Bundesamt durchgeführt. Die EVS bildet die Einkommens- und Verbrauchssituation in Deutschland ab. Grundlage hierfür ist eine Befragung privater Haushalte über deren Einkommen und Konsumausgaben. An der Befragung nehmen Haushalte aller sozialen Gruppen teil, sodass die EVS ein repräsentatives Bild der Lebenswirklichkeit nahezu der gesamten Bevölkerung in Deutschland darstellt. Maßstab für die Berechnung der Regelbedarfe ist jedoch nur das Ausgaben- und Verbrauchsverhalten von Personen mit niedrigem Einkommen. Daher werden von der EVS nur die Ausgaben der unteren 15 Prozent der Einpersonen- und der unteren 20 Prozent der Mehrpersonenhaushalte berücksichtigt. Von dieser Vergleichsgruppe werden dann noch solche Haushalte ausgeschlossen, die ausschließlich von Sozialleistungen leben. Die Ausgaben der Haushalte werden nach ihrem Ausgabezweck in 11 Abteilungen unterschieden (z. B. Nahrungsmittel, Getränke). Dabei werden in fast allen Abteilungen solche Ausgaben aussortiert, die der Gesetzgeber für nicht notwendig im Hinblick auf das Existenzminimum hält (z. B. alkoholische Getränke). Auf der Grundlage dieser „bereinigten" EVS-Daten wird dann für jede Abteilung ein Betrag festgesetzt, der sogenannte Regelsatz oder Regelbedarf. Herausgerechnet werden auch die Ausgaben für die Kaltmiete sowie die Heizkosten. Die Regelsätze werden zu Beginn eines jeden Jahres entsprechend der Preisentwicklung und der Entwicklung der Nettolöhne angepasst.

Bearbeiterin

Hartz IV: Regelleistungen für Kinder
Die Regelleistungen für Kinder und Jugendliche werden gesondert berechnet und sind altersabhängig gestaffelt. Hier werden jedoch nicht Einpersonenhaushalte, sondern die einkommensschwächsten 20 Prozent Paarhaushalte, in denen ein Kind bzw. Jugendlicher lebt zum Vergleich herangezogen. Die Ausgaben dieser Haushalte werden mit Hilfe verschiedener Verteilungsschlüssel den einzelnen Haushaltsmitgliedern zugeordnet.

M35 Grundsicherung auch für Berufstätige

Auch Berufstätige können ihr Einkommen mit Hartz IV-Leistungen aufstocken. Ebenso können ALG II-Beziehende etwas „hinzuverdienen". Für den Anspruch auf „aufstockende" Hartz IV-Leistungen ist die Voraussetzung, dass das vorhandene Einkommen nicht ausreicht, um den Bedarf (gemessen an den Regelsätzen) zu decken. Wenn eine erwerbstätige Person einen Antrag auf aufstockende Hartz IV-Leistungen stellt oder etwas hinzuverdient, dann wird ihr Erwerbseinkommen auf diese Hartz IV-Leistung angerechnet. Dabei werden allerdings Freibeträge gewährt. Bei einem Zuverdienst von 450 € wird zum Beispiel ein Freibetrag von 170 € gewährt. Die übrigen 280 € werden mit dem ALG II verrechnet und vermindern die ausgezahlte Leistung um diesen Betrag. Nach Angaben der Statistik der Bundesagentur für Arbeit waren im November 2019 ca. 26 Prozent der Hartz IV-Berechtigten erwerbstätig.

Bearbeiterin

Fall: Maja G.

Einkommen brutto:	850 €
– Freibetrag (pauschal):	100 €
– Freibetrag: (20 % vom Einkommen zwischen 100 u. 1000 €)	150 €
anrechenbares Einkommen:	600 €
+ Kindergeld: (gilt auch als Einkommen)	219 €
	819 €
Bedarf: (Regelsätze, Miete + Heizkosten)	1.159 €
– anrechenbares Einkommen:	819 €
ausgezahlte Leistung:	340 €

M36 Beispiel für ein Berechnungsmodell für Hartz IV-Sätze

Die Zahlen im Beispiel beziehen sich auf die Einkommens- und Verbrauchsstichprobe von 2018 und die Regelsatzermittlung der Bundesregierung im Jahr 2020.

Hartz IV: Berechnungsmodell

Abteilungen	Ausgaben laut Gesetzentwurf	davon regelbedarfsrelevant laut RBEG* 2020	Differenz	Begründung
Nahrungsmittel, alkoholfreie Getränke	147,80 €	150,93 €	– 3,13 €	Umrechnung der Ausgaben alkoholischer Getränke (9,47 €) in äquivalente Menge; Mineralwasser = 3,13 €
Alkoholische Getränke, Tabak	20,32 €	0,00 €	20,32 €	kein Tabak und Alkohol
Bekleidung, Schuhe	37,07 €	36,09 €	0,98 €	keine chemische Reinigung, kein Waschsalon bei defekter Waschmaschine
Wohnen, Energie, Instandhaltung	37,28 €	36,87 €	0,41 €	Kosten der Unterkunft und Heizung werden außerhalb des Regelbedarfs übernommen
Innenausstattung, Haushaltsgeräte und -gegenstände	28,65 €	26,49 €	2,16 €	keine Anfertigung und Reparaturen von Heimtextilien, Möbelbezugsstoffen usw.
Gesundheitspflege	27,54 €	16,60 €	10,94 €	keine orthopädischen Schuhe, Miete und Reparaturen von therapeutischen Geräten inkl. Eigenanteil
Verkehr	76,81 €	39,01 €	37,80 €	kein Kauf/Miete/Reparatur/TÜV/Kraftstoff für Kfz oder Krafträder
Nachrichtenübermittlung	38,89 €	38,89 €	0,00 €	
Freizeit, Unterhaltung, Kultur	85,85 €	42,44 €	43,41 €	z. B.: keine Foto-/Filmausrüstung und Zubehör oder Ferngläser, Lupen usw., keine Kosten für Haustiere
Bildungswesen	8,90 €	1,57 €	7,33 €	keine Studien-, Lehrgangs- und Prüfungsgebühren an Schulen
Beherbergungs- und Gaststättendienstleistungen	48,85 €	11,36 €	37,49 €	keine Campingplatzgebühren, Speisen und Getränke in Restaurants und kein Eis in der Eisdiele (nur Warenwerte anerkannt)
Andere Waren und Dienste	37,70 €	34,65 €	3,05 €	z. B.: kein Schmuck, keine Umhängetaschen, Koffer, Schirme oder dessen Reparaturen
Nicht privater Konsum:	*(19,26 €)*	*(0 €)*	*(19,26 €)*	
Geldspenden	*2,07 €*	*0 €*	*2,07 €*	
KfZ-Haftpflicht	*8,76 €*	*0 €*	*8,76 €*	
private Haftpflicht	*4,07 €*	*0 €*	*4,07 €*	
Hausratversicherung	*3,96 €*	*0 €*	*3,96 €*	
Gerichtskosten	*0,40 €*	*0 €*	*0,40 €*	
Summe private Ausgaben 2018 (ohne Abteilung 4)	**595,70 €** 558,40 €	**434,90 €** 398,00 €	**160,80 €** 160,40 €	

**RBEG: Regelbedarfsermittlungsgesetz*

Aust, Dr. Andreas/Rock, Dr. Joachim/Schabram, Greta: Regelbedarfe 2021. Alternative Berechnungen zur Ermittlung der Regelbedarfe in der Grundsicherung. In: Expertise 17. September 2020. Deutscher Paritätischer Wohlfahrtsverband – Gesamtverband e.V., S. 28

M37 Debatte im Deutschen Bundestag: Sollten die Hartz IV-Regelsätze weiter erhöht werden?

Der Deutsche Bundestag hat im November 2020 ein „Gesetz über eine Änderung der Ermittlung und Ausgestaltung der Regelbedarfe in der Grundsicherung für Arbeitsuchende" („Hartz IV") beschlossen. Darin wurden die Regelsätze, wie in der Tabelle in M30 erkennbar, erhöht. Vor der Abstimmung gab es eine Aussprache:

1 Wenn man Geld hat, kann man sich das kaum vorstellen: wie viel ein paar Euro bedeuten können, wie viel die Dinge bedeuten, die einem das Gefühl geben, ein Mensch zu sein, der es verdient, Glück zu empfinden. – Diese Worte stammen von der Autorin Anna Mayr, die unter den Bedingungen von Hartz IV aufwuchs. [...] Leben mit Hartz-IV-Regelsätzen bedeutet dauerhaft mit einem Taschenrechner im Kopf zu leben. [...] Die Bundesregierung aus Union und SPD hat politische Festlegungen getroffen, die die Regelbedarfe weiter klein halten. Sie legen dabei unter anderem fest, welche Ausgaben Sozialleistungsbeziehern faktisch nicht zustehen. Darunter fallen Haltungskosten für ein Auto, auch im ländlichen Raum, Campingurlaub mit der Familie, eine Tasse Kaffee, wenn man sich mit Freunden in einem Cafê trifft, oder eine Haftpflichtversicherung. [...] Wir als Linke haben [...] eigene Berechnungen beim Statistischen Bundesamt in Auftrag gegeben. Demnach müsste der Regelsatz im Monat bei 658 € liegen, plus Wohnkosten, plus Stromkosten in tatsächlicher Höhe.

Katja Kipping, DIE LINKE

2 Das Bundesverfassungsgericht hat hierzu gesagt: Die Würde des Menschen erfordert, dass wir ein soziokulturelles Existenzminimum definieren. – Das ist auch für uns von der Union verbindlich [...]. Wir wollen [aber] einen gewissen Abstand wahren, und zwar einen Abstand zwischen denjenigen, die Leistungen erhalten, und denen, die sie finanzieren müssen. Wir wollen keine Anreize setzen, nicht zu arbeiten. Wir wollen nicht, dass diejenigen, die für wenig Geld arbeiten, den Eindruck haben: Wir sind diejenigen, die jeden Tag aufstehen und nur wenig mehr bekommen als Hartz IV; wir sind doch eigentlich Deppen. – Das wäre, glaube ich, schädlich für die Solidarität. Solidarität geht nämlich davon aus, dass ein System als gerecht empfunden wird. Ein System ist nicht gerecht, in dem jemand, der arbeitet, ebenso viel oder weniger erhält als jemand, der nicht arbeitet.

Matthias Zimmer, CDU/CSU

3 Der Gesetzentwurf der Bundesregierung, der heute hier zur Abstimmung vorliegt, zementiert in der Tat Armut und soziale Ausgrenzung, und das mitten in der Coronakrise, wo die Ärmsten der Gesellschaft besonders hart getroffen sind. [...] Tafeln haben geschlossen. Lebensmittel wurden deutlich teurer. Nebenverdienste fielen weg. [...] Als Begründung sagen Sie dann immer [...] –, dass Sie Menschen [...] aus der Grundsicherung in den Arbeitsmarkt holen wollen. [...] Wenn Sie das wollen, dann erhöhen Sie hier und heute oder in den nächsten

Sven Lehmann, BÜNDNIS 90/DIE GRÜNEN

Wochen den Mindestlohn. Aber solange wir das nicht haben, ist es doch so: Die Menschen in der Grundsicherung haben jetzt Hunger. Die Menschen müssen jetzt Winterkleidung für ihre Kinder kaufen. [...] Wir Grünen werden [den] Gesetzesentwurf ablehnen. Wir werden ihn ablehnen, weil er methodisch schlecht ist, weil er keine Teilhabe garantiert, weil er Menschen in Armut ausgrenzt.

Pascal Kober, FDP

4 Ich möchte daran erinnern, was der gesetzliche Auftrag des Sozialgesetzbuchs II ist. Darin geht es nämlich nicht nur um die Leistungshöhe, sondern es geht auch darum, die Eigenverantwortung der Menschen im Bezug zu stärken. Es geht darum, sie dabei zu unterstützen, ihren Lebensunterhalt aus eigener Kraft und mit eigenen Mitteln zu verdienen. [...] Da geht es zunächst einmal darum, dass wir die Zuverdienstgrenzen verbessern. Es kann nicht weiter angehen, dass wir den Menschen im Grundsatz 80 Cent von jedem verdienten Euro wegnehmen. [...] Der Städtetag hat in der Anhörung darauf hingewiesen, dass wir die Mittel und Leistungen für die Kinder im Leistungsbezug als Investitionen begreifen müssen. Wir haben vorgeschlagen, dass wir das Bildungs- und Teilhabepaket deutlich erhöhen: bei den Leistungen für Sportunterricht, bei den Leistungen für Musikunterricht, bei den Leistungen für Schulmaterialien: statt 15 Euro 30 Euro, statt 150 Euro 170 Euro.

Deutscher Bundestag (2020): Plenarprotokoll 19/189. Stenografischer Bericht. [Protokoll]. Deutscher Bundestag – 19. Wahlperiode – 189. Sitzung. Berlin. 05.11.2020. Köln: Bundesanzeiger Verlag GmbH. S. 23.857 ff.

AUFGABEN

71079-142

1. Lest **M34** und vergleicht das dargestellte Verfahren mit den (von euch ergänzten) Maßstäben für die Festlegung des Existenzminimums in **M33**.
2. Informiert euch in **M35** über die Regelung der „aufstockenden" Grundsicherung. Diskutiert im Anschluss die Vor- und Nachteile der Regelung.
3. Analysiert das Berechnungsmodell in **M36** hinsichtlich der Kürzungen in den Ausgabenbereichen und beantwortet folgende Fragen:
   a) Sind die Begründungen der Kürzungen nachvollziehbar?
   b) Was spricht generell dafür, Kürzungen vorzunehmen, was dagegen?
4. Bildet Vierergruppen und lest die Positionen in **M37**.
   a) Ordnet ihnen jeweils eine darin vorherrschende Gerechtigkeitsvorstellung (S. 143) zu.
   b) Verteilt die Positionen nach dem Zufallsprinzip in der Gruppe und baut die euch jeweils zugeloste Position weiter argumentativ aus.
   c) Führt eine Kleingruppen-Kontroverse zur Fragestellung des Kapitels durch (→ Methodenglossar).
5. Interpretiert die Karikatur (→ Methodenglossar) in **M33** vor dem Hintergrund eures Wissens über die Berechnungsmethode der Hartz IV-Regelsätze.

Die vollständigen Reden im Bundestag als Video und als Textdatei

71079-141

4.3 Altersvorsorge als Herausforderung für den Sozialstaat und die Einzelnen

4.3.1 Die gesetzliche Rentenversicherung: eine Zukunftsperspektive für alle?

Zum Thema: „Auf die gesetzliche Rente würde ich mich nicht verlassen, sorge lieber selbst von Anfang an vor!", wird jungen Leuten häufig geraten. Nachdem die gesetzliche Rente über Jahrzehnte als „sicher" galt, scheint sie heute instabil und reformbedürftig. Was aber macht die Renten unsicher? Lässt sich die individuelle Rente vorhersagen? Sind alle gleichmäßig betroffen? Diesen Fragen wird im Folgenden nachgegangen.

M38 Was denken junge Menschen über die Zukunft der (staatlichen) Altersvorsorge?

In einer repräsentativen Befragung von 2.500 jungen Erwachsenen im Alter von 17 bis 27 wurde der Grad der Zustimmung zu den folgenden Aussagen ermittelt:

Umfrage über die Zukunft der (staatlichen) Altersvorsorge

	Stimme ... zu			
	voll und ganz	eher	eher nicht	gar nicht
Ich lebe hier und heute, was die Zukunft bringt, weiß doch niemand.				
Ich werde in bestimmten Lebensphasen nur Teilzeit arbeiten (Männer/Frauen).				
Meine staatliche Rente wird zum Leben ausreichen.				
Ich habe Angst davor, im Alter nur eine geringe Rente zu bekommen und arm zu sein.				
Wenn die Menschen nicht privat vorsorgen, werden immer mehr Leute im Alter arm sein.				
Für die Altersvorsorge ist der Staat zuständig.				
Wenn die Politik es wirklich will, kann es auch in Zukunft eine gute staatliche Rente geben.				

BITTE INS HEFT

Nach: Hurrelmann, Karch, Traxler (Hg.): MetallRente Studie 2019, Jugend, Vorsorge, Finanzen. Weinheim 2019

EINSTIEGSAUFGABEN 71079-143

1. Führt die Befragung in der Klasse durch.
2. Vergleicht eure Ergebnisse mit denen aus der repräsentativen Befragung (Ergebnisse hinter dem nebenstehenden QR- und Mediencode).
3. Formuliert zu zweit jeweils eine Schlagzeile zu den Ergebnissen der Befragung.

Ergebnisse aus der repräsentativen Befragung

71079-144

M39 Demographische Entwicklung: das Ende des Generationenvertrags?

71079-145

Mit dem Begriff „Generationenvertrag" ist kein Vertrag im juristischen Sinne gemeint. Vielmehr handelt es sich um ein gesamtgesellschaftliches Übereinkommen, durch das die jüngere, erwerbstätige Generation verpflichtet ist, den Lebensunterhalt der älteren, nicht mehr erwerbstätigen Generation zu garantieren. Dadurch erwirbt sie zugleich den Anspruch, im eigenen Alter von der dann erwerbstätigen Generation ebenfalls unterhalten zu werden. Am Generationenvertrag sind also drei Generationen beteiligt, von denen jede zweimal im Leben in der nehmenden und einmal in der gebenden Position ist: Im Kindes- und Jugendalter empfängt jede Generation Unterhalt, Betreuung und Erziehung von ihren Eltern, aber auch staatlich organisierte Dienstleistungen – wie etwa Bildung, Ausbildung und medizinische Versorgung, die mit den Steuern und Beiträgen der Elterngeneration – auch von denjenigen, die selbst keine Kinder haben – finanziert werden. In der Erwerbsphase muss jede Generation sowohl die Kinder- und Jugendgeneration finanzieren als auch zum Lebensunterhalt für die Rentnergeneration, wozu auch noch medizinische Versorgung und Leistungen der Pflege zu rechnen sind, mit ihren Steuern und Beiträgen aufkommen. In der Altersphase kommt dann jede Generation zum zweiten Mal in die nehmende Position, indem sie von der nachfolgenden Generation versorgt wird. Da das gesetzliche Rentensystem mit seinem Umlageverfahren Teil des Generationenvertrags ist, bedarf es immer einer nachwachsenden Generation, um dauerhaften Bestand haben zu können. Die jeweils aktuell Erwerbstätigen finanzieren mit ihren Beiträgen die Renten der jeweils aktuellen Rentnergeneration. Wenn Geld fehlt, muss es aus Steuermitteln nachgeschossen werden. Im Jahr 2020 waren dies ca. 106 Milliarden Euro. Das entspricht ca. einem Drittel der Gesamtausgaben.

Bearbeiterin, basierend auf: Ebert, Thomas: Die Zukunft des Generationenvertrags. Bonn: Bundeszentrale für politische Bildung 2018

a) Vereinfachtes idealtypisches Modell des Umlageverfahrens in der gesetzlichen Rentenversicherung

Modell des Umlageverfahrens: gesetzliche Rentenversicherung			
Einzahlungen		**Auszahlungen**	
Anzahl der Erwerbstätigen	500	Anzahl der Rentenberechtigten (in % der Erwerbstätigen)	200 40
Durchschnittliches Bruttoeinkommen pro Erwerbstätige	3.000	Durchschnittliche Rente pro Berechtigten	1.500
Beitragssatz Rentenversicherung	20 %	Rentenhöhe im Verhältnis zum gegenwärtigen durchschnittlichen Einkommen pro Erwerbstätigen (Standardrentenniveau)	50 %
Aufkommen pro Jahr	300.000	Auszahlungen pro Jahr	300.000

Bearbeiterin

b) Bevölkerungsvorausberechnung

Bevölkerungsvorausberechnungen beruhen auf Prognosen. Bestimmte Entwicklungen (z. B. Geburtenraten) werden auf der Basis gegenwärtiger Entwicklungen in die Zukunft „fortgeschrieben". Prognosen müssen daher mit Vorsicht betrachtet werden, denn andere Entwicklungen (z. B. mehr Einwanderung, Trend zu mehr Kindern etc.) sind auch möglich.

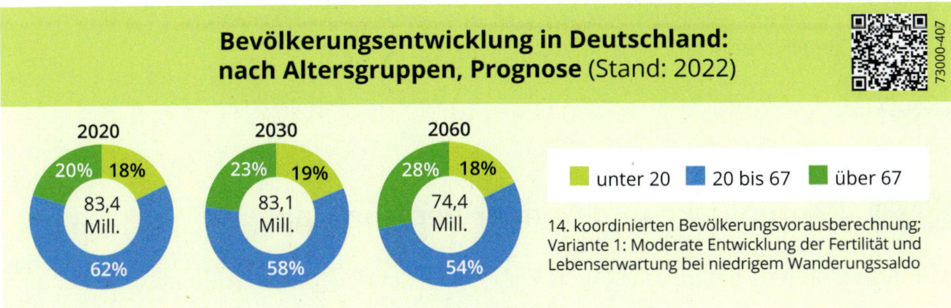

©C.C. Buchner Verlag, aktuelle Daten nach: DESTATIS, 2019

M40 Die Standardrente: Realität oder Fiktion?

Die sogenannte Standardrente erhalten alle, die 45 Jahre lang einen Durchschnittsverdienst erzielt haben und davon den Rentenversicherungsbeitrag eingezahlt haben. Pro Jahr wird dafür ein Entgeltpunkt (EP) gutgeschrieben. Dieser wird mit dem bei Auszahlung aktuellen Rentenwert multipliziert (2021: 34,19 für Westdeutschland). Bei Einkommen über oder unter dem Durchschnitt wird der Entgeltpunkt entsprechend erhöht oder verringert (z. B. gibt es 2 EP bei einem Einkommen, das dem doppelten Durchschnittseinkommen entspricht.) Folgende Beispiele stellen die Zusammenhänge dar:

Standardrentenniveau
Das Standardrentenniveau drückt das prozentuale Verhältnis der Rentenhöhe eines Rentenbeziehenden mit 45 Jahren Durchschnittsverdienst gegenüber dem Arbeitsentgelt eines Durchschnittsverdienenden aus.

Modellhafte Erwerbsbiografien und ihre gesetzlichen Renten

Fallbeispiele	Ihre Rente		
1. Charlotte Sander Arbeitet 45 Jahre in Vollzeit jeweils mit Durchschnittsverdienst (z. B. 3.205,31 € brutto)	Pro Jahr: 1 EP (Entgeltpunkt) Aktueller Rentenwert: 34,19 €	**Standardrente**	
	45 x 34,19 = 1.538,55 € brutto	Zahlbetrag*: **1.369,31 €**	
2. Anna Wiecorek Arbeitet nach der Ausbildung 5 Jahre in Vollzeit, unterbricht ihre Berufstätigkeit und bekommt 2 Kinder, arbeitet dann in Teilzeit weiter Letztes Nettoeinkommen: 1.307,90 €	3 Jahre Ausbildung:	jährl. 0,4 EP	= 1,25 EP
	5 Jahre Vollzeit:	jährl. 0,75 EP	= 3,75 EP
	2 Kinder:		= 6,00 EP
	30 Jahre Teilzeit:	jährl. 0,55 EP	= 16,50 EP
	Gesamt:		27,50 EP
	27,5 x 34,19 = 940,22 € brutto	Zahlbetrag*: **836,80 €**	
3. Onur Özdemir Arbeitet nach Ausbildung und BWL-Studium bis zum Renteneintrittsalter (67) in Vollzeit Letztes Nettoeinkommen: 4.923,79 €	3 Jahre Ausbildung:	jährl. 0,4 EP	= 1,25 EP
	Studium:	jährl. 0 EP	= 0 EP
	3 Jahre Referent:	jährl. 1,3 EP	= 3,90 EP
	9 Jahre Abteilungleiter:	jährl. 1,7 EP	= 15,30 EP
	9 Jahre mit Gehaltserhöhung:	jährl. 2,1 EP	= 18,90 EP
	17 Jahre mit weiterer Gehaltserhöhung:	jährl. 2,3 EP	= 39,10 EP
	Gesamt:		78,45 EP
	78,45 x 34,19 = 2.682,20 € brutto	Zahlbetrag*: **2.387,16 €**	

Bearbeiterin

***Zahlbetrag:** Bruttorente abzüglich 11 Prozent Sozialversicherungsbeiträge für KV und PV. Er gilt bei einem Standard-Rentenniveau von 48 Prozent. Nach den Vorausberechnungen der Bundesregierung wird dieses bis 2031 auf rund 44,6 Prozent sinken; bis 2045 auf rund 41,6 Prozent. Zusätzlich werden auch teilweise Steuern auf die Renten erhoben. Ab dem Jahr 2040 wird die gesamte Rente besteuert, bis dahin steigt der zu versteuernde Anteil der Renten schrittweise an. Im Gegenzug werden die Beiträge zur Rentenversicherung steuerfrei gestellt, so dass es nicht zu einer doppelten Besteuerung kommt. Die Steuern sind in dieser Modellrechnung nicht einbezogen.

Bearbeiterin

M41 Rentenlücke und Gender Pension Gap

Grafik: Höhe der durchschnittlichen Altersrenten in Deutschland nach Geschlecht

73000-146

Mit individueller Rentenlücke (auch Vorsorgelücke genannt) ist meistens der Prozentanteil gemeint, um den das letzte monatliche Netto-Einkommen vor Renteneintritt die gesetzliche Rente übersteigt. In der politischen Diskussion wird mit Rentenlücke auch der wachsende Unterschied zwischen dem niedriger werdenden Standard-Rentenniveau und den Durchschnittsgehältern bezeichnet. Darüber hinaus erfasst die „Geschlechter-Renten-Lücke" (Gender Pension Gap) den prozentualen Unterschied zwischen dem durchschnittlichen Renteneinkommen von Männern und Frauen.

Bearbeiterin

AUFGABEN

71079-147

F Aufgaben 1a-c
Verändert das Modell in **M39A**, indem ihr die Bevölkerungsdaten für 2030 und 2060 verwendet.

1. Informiert euch in **M39** über den Generationenvertrag.
   a) Erläutert das Modell des Umlageverfahrens in **M39 A** mit Hilfe des Expertentextes **M19 A** auf S. 153.
   b) Analysiert die Grafiken in **M39 B** (→ Methodenglossar).
   c) Formuliert die Folgewirkungen der vorausgesagten Bevölkerungsentwicklung für die gesetzliche Rentenversicherung.
2. Arbeitet zu zweit und ermittelt mit Hilfe von **M40**, was mit der „Standardrente" bezeichnet wird. Teilt dann die Fälle 2 und 3 unter euch auf und
   a) analysiert jeweils die individuelle Rentenberechnung. Erläutert euch im Anschluss gegenseitig die Abweichungen von der Standardrente,
   b) berechnet die jeweilige „individuelle Rentenlücke" (**M41**),
   c) beurteilt die Renten, ob bzw. unter welchen Bedingungen sie eine ausreichende Alterssicherung bieten; ob die „Standardrente" als Orientierung in der Rentenpolitik (noch) geeignet ist (→ **PUB, 3 + 4**).
3. Analysiert die Grafik hinter dem QR- und Mediencode zu **M41** (→ Methodenglossar) und berechnet den Gender Pension Gap (**M41**). Erklärt anschließend, wodurch der Gender Pension Gap verursacht wird.
4. Verfasst einen Beitrag für einen Renteninformationsdienst im Netz, in dem ihr beurteilt, ob die gesetzliche Rentenversicherung (noch) eine Zukunftsperspektive für alle bietet (→ **PUB, 6**).

H Aufgabe 4
→ S. 381

4.3.2 Sollte eine Zusatzvorsorge verpflichtend sein, um Altersarmut zu verhindern?

Zum Thema: Im Alter jeden Cent mehrmals umdrehen oder gar Pfandflaschen sammeln müssen? Der Sozialstaat hat das Ziel, Armut auch im Alter zu verhindern. Was aber Altersarmut in Deutschland genau bedeutet, welche Möglichkeiten der Zusatzvorsorge es gibt und welche Rolle der Staat dabei spielt, ist Gegenstand dieses Kapitels.

M42 Ist Altersarmut programmiert?

Maja G. blickt zurück: Der Schulabschluss liegt hinter, die Zukunft vor ihr – nach der Ausbildung und dem Fachhochschulstudium reiht sich ein Praktikum ans nächste. Nicht schlimm denkt sie, das geht anderen ja auch so. Endlich findet sie einen passenden Job: sozialversichert und er macht ihr Spaß. Nur warum verdienen die männlichen Kollegen für die gleiche Arbeit mehr? Dann kündigt sich Nachwuchs an! Nach der Elternzeit arbeitet sie nur noch in Teilzeit. Mit dem Schulabschluss der Kinder sagt sie sich dann: Ich mache mich selbstständig und verwirkliche einen Lebenstraum. Aber mit ihrem Ein-Personen-Betrieb kommt kaum der Mindestlohn dabei heraus. Die Corona-Krise macht dann den Traum vom eigenen Betrieb zunichte und es folgt die Arbeitslosigkeit und Hartz IV. Eines Morgens hält sie dann das Schreiben der Deutschen Rentenversicherung in den Händen:

Maja Golemieswski
Willy-Brandt-Str. 19
58636 Iserlohn

Rentennummer: 123456

Rentenbescheid Golemieswski, Maja

Sehr geehrte Frau Golemieswski,

Ihre Regelsaltersrente würde am **01.05.2034** beginnen. Ihre bislang erreichte Rentenanwartschaft entspräche nach heutigem Stand einer monatlichen Rente von:

432,00 €

Da die Renten im Vergleich zu den Löhnen künftig geringer steigen werden, wird eine zusätzliche Absicherung für das Alter wichtiger. Beachten Sie dabei auch den Kaufkraftverlust.

Mit freundlichen Grüßen
Ihre Deutsche Rentenversicherung

Bearbeiterin

EINSTIEGSAUFGABEN

71079-148

1. Erklärt, wodurch sich die Höhe der Rente im Schreiben der Rentenversicherung ergibt.
2. Benennt die Risiken für Armut im Alter, die in Majas Lebenslauf enthalten sind.
3. Sollte eine zusätzliche Altersvorsorge verpflichtend sein? Nehmt spontan Stellung.

M43 Was bedeutet Altersarmut in Deutschland?

71079-149

Armut im Alter führt laut einer Studie des Robert-Koch-Instituts zu einem zehn Jahre früheren Tod als bei abgesicherten Altersgenossen. Je stärker das Rentenniveau fällt, je mehr Menschen im Niedriglohnsektor und in Teilzeit arbeiten und je mehr Rentenbeziehende künftig allein leben, desto größer wird die Zahl der Betroffenen sein. Da das System der gesetzlichen Rente auf dem Äquivalenzprinzip beruht, bekommen alle, die wenig ins Rentensystem einzahlen, auch wenig aus dem System heraus. Die Zahlungen der Rentenversicherung stellen für die meisten Menschen im Rentenalter in Deutschland jedoch den größten Teil ihres Haushaltseinkommens dar. Weitere Einkommensarten sind u.a. Betriebsrenten, private Renten, Beamtenpensionen, Transferzahlungen, Mieteinnahmen oder anderweitig angespartes Vermögen, das Kapitalerträge liefert oder aufgebraucht wird. Manche erzielen auch noch Erwerbseinkommen, da sie neben einem Rentenbezug arbeiten. Menschen, die über diese Einnahmen nicht oder nur in sehr geringem Umfang verfügen, können Wohngeld oder staatliche Grundsicherung im Alter beantragen. Die Grundsicherung im Alter, die die gleichen Regelsätze wie das Arbeitslosengeld II („Hartz IV") einschließlich der Übernahme der Wohnkosten beinhaltet, betrug im Jahr 2020 durchschnittlich 831 €. Die Inanspruchnahme der Grundsicherung im Alter gilt in Deutschland häufig als Richtwert dafür, wer von Altersarmut betroffen ist. Ca. 3 % der über 65-Jährigen erhielten im Jahr 2019 Grundsicherung. Allerdings gibt es eine erhebliche Zahl von eigentlich Anspruchsberechtigten, die die Grundsicherung (aus Scham oder weil der Zuwachs zu geringfügig wäre) nicht beantragen. Daneben steht das europäische Konzept der relativen (Einkommens-) Armut: Wer über weniger als 60 Prozent des mittleren äquivalenzgewichteten Nettohaushaltseinkommen besitzt, gilt als armutsgefährdet. Im Jahr 2019 waren das in Deutschland Personen, deren Nettoeinkommen unter 1.176 Euro im Monat lag (Schwellenwert für eine alleinlebende Person). Es wird vorausgesagt, dass im Jahr 2035 jede fünfte Person im Rentenalter als arm gelten wird.

Bearbeiterin

Äquivalenzgewichtetes Nettohaushaltseinkommen

Zur Ermittlung wird zunächst das von allen Haushaltsmitgliedern erzielte Einkommen zusammengefasst. Anschließend wird es mit einem Faktor gewichtet: die erste erwachsene Person erhält den Faktor 1, weitere Erwachsene und Kinder ab 14 Jahren den Faktor 0,5 und Kinder unter 14 Jahren den Faktor 0,3. Beispiel: Eine Familie mit zwei Erwachsenen und zwei Kindern unter 14 Jahren hat das Gesamtgewicht 2,1. Zur Berechnung des Äquivalenzeinkommens muss das verfügbare Haushaltseinkommen demnach durch 2,1 – und nicht durch die Anzahl der Personen – geteilt werden. Um das mittlere Einkommen zu berechnen, wird der Median (Zentralwert) verwendet. Dabei werden alle Personen ihrem gewichteten Einkommen nach aufsteigend sortiert. Der Median ist der Einkommenswert derjenigen Person, die die Gesamtheit in genau zwei Hälften teilt.

a) Wie hoch sind die Armutsgefährdungsquoten nach Altersgruppen und Geschlecht?

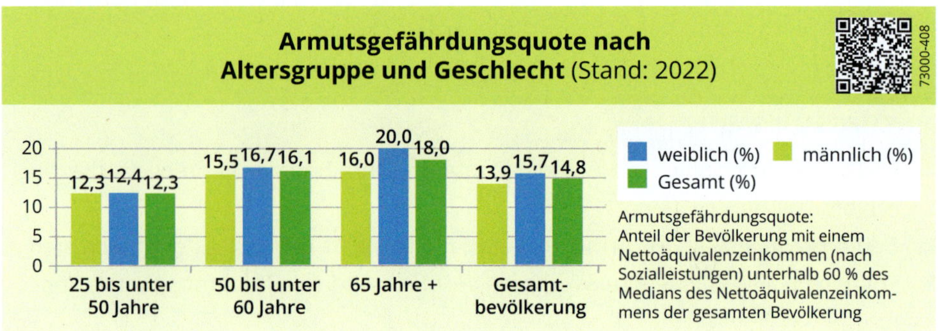

©C.C. Buchner Verlag, aktuelle Daten nach: DESTATIS, 2019

b) Grundsicherung im Alter von 2003 bis 2020

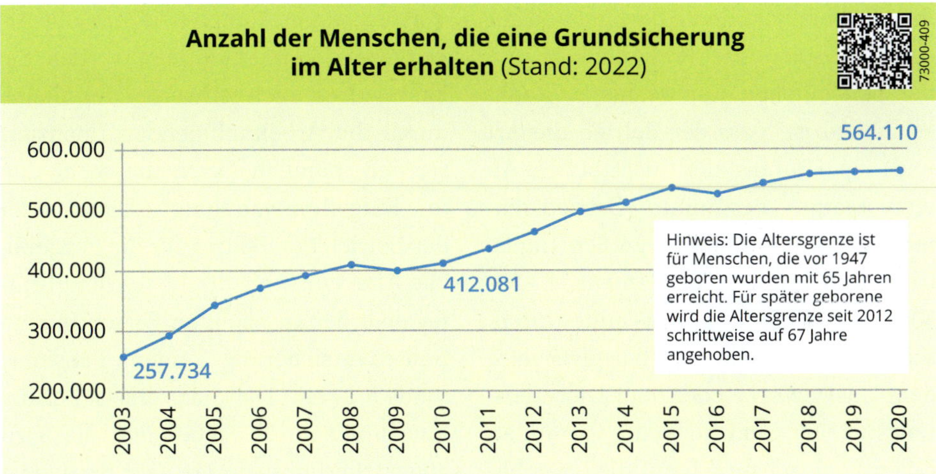

©C.C. Buchner Verlag, aktuelle Daten nach: DESTATIS, 2021

M44 Staatlich gefördert: private und betriebliche Altersvorsorge

a) Private Altersvorsorge

Die private Altersvorsorge ist freiwillig und beruht auf dem Prinzip der persönlichen Kapitalanlage: Vermögensbestände, deren Summe sich durch Wertzuwächse (z. B. durch die Effekte vom Zinseszins oder der Kurssteigerung von Wertpapieren) erhöhen sollen, werden im jüngeren und mittleren Lebensalter angesammelt. Diese Produkte der Altersvorsorge werden vor allem von Banken und Versicherungen angeboten. Dabei konzentrieren sich die Produkte von Banken (Sparverträge, Sparanlagen), Wertpapiere (Aktien, festverzinsliche Anleihen) und die Investment-Fonds auf die reine Bildung von Vermögen und darauf, eine möglichst hohe Kapitalsumme bereitzustellen. Die Versicherungen bieten z. B. Lebensversicherungen und Verträge für eine private Rentenversicherung an, um für das Alter vorzusorgen. Ebenfalls kann als Altersvorsorge der Kauf von Wohneigentum dienen. Bei der Geldanlage ist zu berücksichtigen, dass durch die allgemeine Preissteigerung die Kaufkraft und damit der Wert der angesparten Summe sinkt. Wenn die Zinsen für das Kapital – wie schon seit langem – sehr niedrig sind, können auch diese den Verlust nicht ausgleichen. Daher werden Anlageformen immer beliebter, bei denen langfristig in Aktien-Indizes investiert wird (sogenannte ETFs). Es wird erwartet, dass bei stetigem Wirtschaftswachstum nach Jahren eine weit über dem Sparzins liegende Rendite entsteht.

Bearbeiterin, basierend auf: Bäcker, Gerhard/Kistler, Ernst: Betriebliche und private Altersvorsorge. In: www.bpb.de, 30.01.2020

Staatliche Förderung
Eine besondere Form der privat finanzierten Rente ist die staatlich geförderte Rente („Riester-Rente"). Sie soll die Lücke schließen, die durch ein absinkendes gesetzliches Rentenniveau entsteht. Anspruch haben nicht nur rentenversicherungspflichtige Arbeitnehmende, sondern auch Beamte, Minijobber und Arbeitslose. Zur Auswahl stehen verschiedene Vertragsformen: Es gibt Riester-Rentenversicherungen, Wohn-Riester-Verträge und Riester-Fondssparpläne. Die Förderung ist für alle Vertragsformen gleich: Erwachsene erhalten bis zu 175 Euro im Jahr als staatliche Zulage, für Kinder gibt es bis zu 300 Euro. Dazu muss das Produkt, etwa der Versicherung, zertifiziert sein. Das heißt, es muss bestimmte, gesetzlich vorgegebene Kriterien erfüllen. Die Zertifizierung ist aber kein wirtschaftliches Gütesiegel. Sie sagt nichts darüber aus, wie gewinnbringend ein Vertrag ist. Es ist aber gesetzlich garantiert, dass zumindest das angesparte Kapital und die Zulagen am Ende ausgezahlt werden. Viele „Riester-Rentenverträge" sind in der Vergangenheit zu wenig ertragreichen Konditionen abgeschlossen worden, daher gilt das System „Riester-Rente" als reformbedürftig.

b) Betriebliche Rente

Eine betriebliche Rente beruht auch auf den Prinzipien der Freiwilligkeit und der persönlichen Kapitalanlage. Kennzeichnend ist, dass der Betrieb die Art und den Umfang der zusätzlichen Altersvorsorge bestimmt. Betriebsrenten gibt es vor allem in großen Industrieunternehmen (z. B. Siemens, BASF, VW); in Branchen mit unterdurchschnittlichen Löhnen, beispielsweise dem Gastgewerbe oder dem Dienstleistungsbereich, sind sie wenig verbreitet. Einen Rechtsanspruch auf die betriebliche Altersvorsorge gibt es in Deutschland seit 2002, um möglichst vielen Arbeitnehmenden die Nutzung dieser Art der Altersvorsorge zu ermöglichen. Die Finanzierung der betrieblichen Altersvorsorge kann komplett durch die Arbeitgebenden übernommen werden. Sie kann jedoch auch teilweise oder alleine durch die Arbeitnehmenden finanziert werden, nämlich durch die sogenannte „Entgeltumwandlung". Dabei zahlt der Betrieb den Beitrag für die betriebliche Altersvorsorge direkt aus dem Bruttogehalt der angestellten Person in eine Rentenversicherung, einen Pensionsfonds o. ä. ein. Der Staat erlässt auf die Einzahlungen die Steuer und die Sozialversicherungsbeiträge. Der Betrieb ist seit 2019 verpflichtet, einen Zuschuss in Höhe von 15 Prozent des Umwandlungsbetrags zu zahlen.

Bearbeiterin

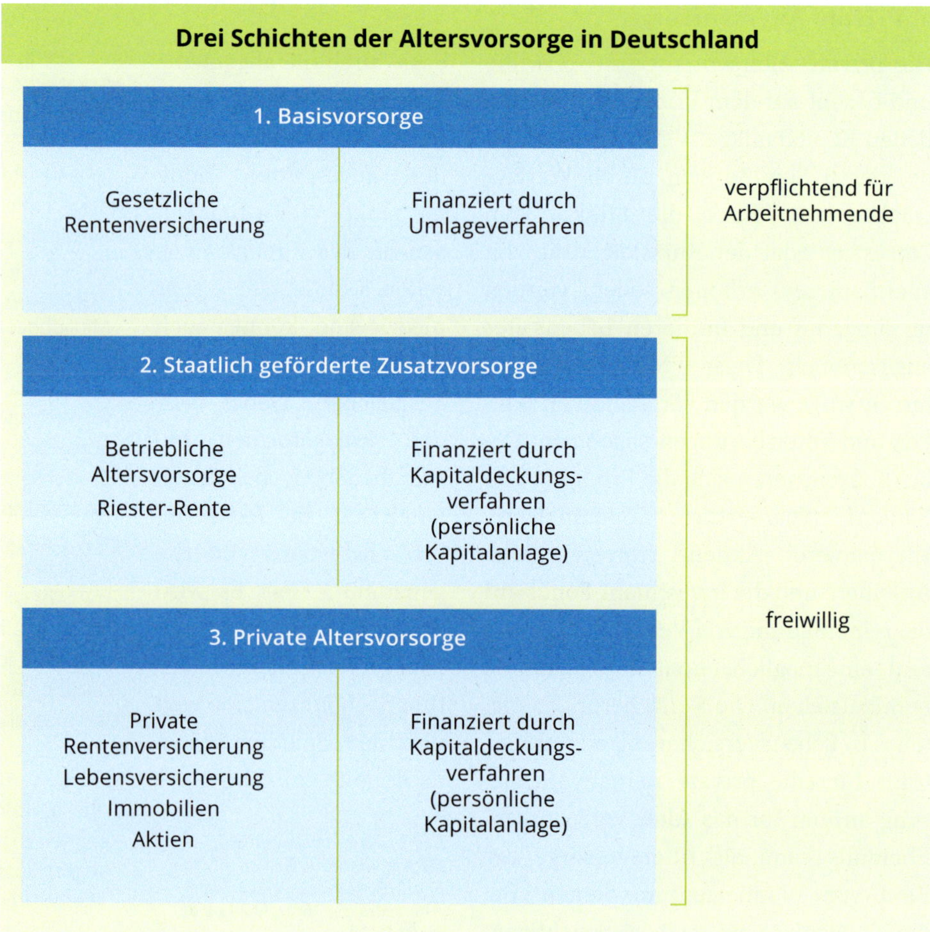

M45 Kluge Investition zur Altersvorsorge?

Karikatur: Reinhard Trummer (Trumix), 2019

AUFGABEN

71079-150

1. Lest **M43** und ermittelt die dort genannten Risiken für Altersmut und woran Altersarmut gemessen wird.
2. Analysiert die Grafiken **M43a** und **M43b** (→ Methodenglossar).
   a) Prüft die beiden Maßstäbe für Altersarmut (Armutsrisikoquoten und Grundsicherungsempfängerzahl) hinsichtlich ihrer Aussagekraft.
   b) Entscheidet, welchen Maßstab für Altersarmut ihr bevorzugen würdet.
3. Arbeitet zu zweit und lest entweder **M44a** oder **M44b**.
   a) Vermittelt euch gegenseitig, wie die jeweiligen Altersvorsorgearten funktionieren und vergleicht sie anschließend.
   b) Ermittelt (arbeitsteilig) jeweils Stärken und Schwächen der „Riester-Rente", der „Betriebsrente" und (gemeinsam) der „Gesetzlichen Rente" (S. 153, **M19** **A** /S. 175, **M43b**) und haltet sie in einer Tabelle fest.
   c) Ordnet die folgenden rentenpolitischen Ziele den „drei Schichten der Altersvorsorge in Deutschland" (→ Abb.) zu: 1) Vermeidung von Einkommensarmut, 2) Lebensstandardsicherung, 3) Sozialer Ausgleich (z. B. für Kindererziehung).
4. Analysiert die Karikatur in **M45** (→ Methodenglossar) und stellt anschließend einen Bezug zum Fall Maja G. (**M42**) her.
5. Führt eine Pro-Kontra-Diskussion (→ Methodenglossar) zur Frage durch, ob eine private oder betriebliche Zusatzvorsorge mit staatlicher Förderung verpflichtend sein sollte, um Altersarmut zu verhindern.
6. Bewertet die Reformbausteine zur Altersvorsorge mit Hilfe der umseitigen Methodenkarte.

H Aufgabe 3b
→ S. 381

F Aufgabe 3b
Recherchiert, welche Vor- und Nachteile sogenanntes „ETF-Sparen" als Altersvorsorge hat.

METHODE

Reformbausteine mit einem Raster bewerten

I. Worum geht es?

Politische Entscheidungen drehen sich häufig um die Veränderung und Anpassung von bestehenden Regeln an neue Bedingungen. Oft wird eine Vielzahl von Detailvorschlägen gemacht. Am Ende des Entscheidungsprozesses steht eine Reform oder auch ein „Reformpaket", das mehrere Einzelvorschläge bündelt. Vorher werden die Einzelvorschläge im Idealfall anhand von Kriterien bewertet und auf die Folgewirkungen aus verschiedenen Perspektiven beleuchtet. Um einen Überblick zu gewinnen, bietet sich die Arbeit mit einem Bewertungsraster an.

II. Geht dabei so vor:

1. Schritt: Vorbereitung

1. Arbeitet in Kleingruppen und teilt die nebenstehenden Reformvorschläge unter euch auf.
2. Übertragt folgendes Raster in euer Heft und erweitert es bei Bedarf um weitere Perspektiven und Kriterien.

	Folgenabschätzung: mögliche Auswirkungen auf ...			Prüfen anhand von Kriterien: Ist der Vorschlag ...		
Vorschlag Nr.	...das Umlageverfahren der gesetzlichen Rentenversicherung	...die gegenwärtigen und zukünftigen Erwerbstätigen	...die zukünftigen Rentner:innen	...wirksam zur Verhinderung von Altersarmut	...wirksam zur Verringerung des Gender Pension Gap?	...sozial gerecht? (→ verschiedene Verständnisse S. 143)

2. Schritt: Gruppenbewertung und Veröffentlichung

1. Bewertet die Vorschläge mit Hilfe des Rasters.
2. Veröffentlicht eure Raster in der Klasse. (z. B. an einer digitalen Pinnwand oder an einer Stellwand ...).

3. Schritt: Gesamtbewertung

Verschafft euch einen Überblick über die gesamten Bewertungen. Ihr erhaltet alle drei Punkte, die ihr auf diejenigen Vorschläge verteilen könnt, die ihr für eine Reform auswählen würdet.

Bausteine und Ideen einer Rentenreform

1 Das Renteneintrittsalter wird weiter erhöht (z. B. auf 68 oder 70 Jahre).

2 Der Beitragssatz zur Rentenversicherung für Arbeitnehmende und Arbeitgebende wird erhöht.

3 Das Renteneintrittsalter wird an die Lebenserwartung gekoppelt (z. B. wenn Menschen im Durchschnitt 1 Jahr länger leben, dann müssen sie ein Jahr länger arbeiten).

4 Die „Riester-Rente" wird wieder abgeschafft. Die Fördergelder werden stattdessen in das Umlageverfahren der gesetzlichen Rente eingezahlt.

5 Die Zahl der Beitragszahlenden wird erweitert, indem verbeamtete und selbstständige Personen auch versicherungspflichtig werden.

6 Das Rentenniveau wird weiter verringert (z. B. auf 35%).

7 Die Regierung schafft Anreize für kleinere und mittlere Unternehmen, damit diese Betriebsrentenmodelle anbieten.

8 Die Rente wird bei Personen mit großem Vermögen nur zu einem geringeren Satz ausgezahlt.

9 Die Regierung fördert gezielt Zuwanderung von Personen im Erwerbsalter.

10 Der Staat finanziert aus Steuern eine einheitliche Grundrente, die über dem Existenzminimum liegt. Alle können zusätzlich freiwillig privat vorsorgen.

11 Eine Zusatzvorsorge (betrieblich oder privat) wird zur Pflicht. Der Staat fördert die Beiträge mit Steuergeldern.

12 Ein Beitrag zur betrieblichen zusätzlichen Altersvorsorge wird automatisch vom Gehalt abgezogen. Wer dies nicht möchte, muss aktiv werden und widersprechen.

13 Sorgearbeit wird in der gesetzlichen Rentenversicherung mit mehr Entgeltpunkten honoriert.

Bearbeiterin

OPERATOREN-TRAINING

Entwickeln

I. Was ist zu tun?

Problemsituation oder Streitfrage

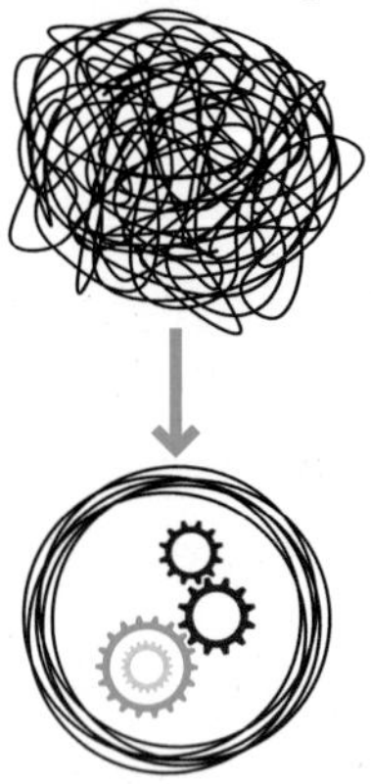

Widerspruchsfreies Konzept

1. Ihr vergegenwärtigt euch den Sachverhalt oder die Problemstellung, um die es geht (z. B. eine ungelöste Situation, eine umstrittene Forderung ...).
2. Ihr entwerft – je nach Aufgabenstellung – ein in sich logisches Konzept zur Lösung oder einen Regelungsvorschlag.
3. Ihr begründet euer Konzept oder euren Regelungsvorschlag mit Hilfe von Argumenten, die sich auf Fakten stützen und auf Kriterien Bezug nehmen.
4. Ihr beachtet dabei die Adressierten (z. B. Regierung, eine Institution ...) und deren Umsetzungsmöglichkeiten.
5. Ihr berücksichtigt, welche Informationen euch eventuell noch fehlen oder nicht zur Verfügung stehen.

II. Hilfen zur Strukturierung und Formulierung

Einleitung

Der Vorschlag/das Konzept ... bezieht sich auf das Ausgangsproblem/die ungelöste Situation/die Kontroverse um ...

Konzept entwerfen

Der Vorschlag/das Konzept beinhaltet folgende Elemente/Bausteine ...
Die Bausteine x und y sind dadurch aufeinander abgestimmt, dass ...

Konzept begründen

Das Konzept hat eine positive Wirkung auf ..., weil ...
Angesichts der Entwicklung ... wäre ... sinnvoll ...
Der Lösungsvorschlag berücksichtigt besonders das Kriterium ..., indem ...

Die Adressaten berücksichtigen

Über die Umsetzung des Konzepts würde ... entscheiden .... Dadurch ergibt sich .../Das bedeutet ...

Unsicherheiten benennen

Aufgrund der (fehlenden) Daten/Information zu ... bleibt unsicher/offen, inwiefern ...

III. Formulierungsbeispiele

Für die Bearbeitung der Aufgabe (Was wir können, S. 181) findet ihr im nebenstehenden QR- bzw. Mediencode Formulierungsbeispiele. Ihr könnt sie als „Starthilfe" nutzen, verändern, weiter ausbauen und mit eurer eigenen Lösung vergleichen.

Formulierungsbeispiele

71079-151

Bearbeiterin

Einen eigenen Vorschlag zur Altersvorsorge entwickeln und zur Diskussion stellen

I. Worum geht es?

Stellt euch vor, ihr seid Mitglieder einer Expertenkommission, die die Bundesregierung berät und einen Vorschlag zur Altersvorsorge entwickeln soll. Der Rentenvorschlag kann durch weitere sozialpolitische Maßnahmen ergänzt werden.

II. Geht dabei so vor:

1. Schritt: Vorüberlegungen

1. Bildet Gruppen und entscheidet, welche Zielsetzungen (z. B. Verringerung des Gender Pension Gap, Generationengerechtigkeit, Verhinderung von Altersarmut...) ihr mit eurem Konzept vorrangig verfolgen wollt.
2. Entscheidet auch, welche der Prinzipien-Paare „Pflicht/Freiwilligkeit" und „starke/wenig Umverteilung" ihr mit dem Konzept verfolgen wollt.

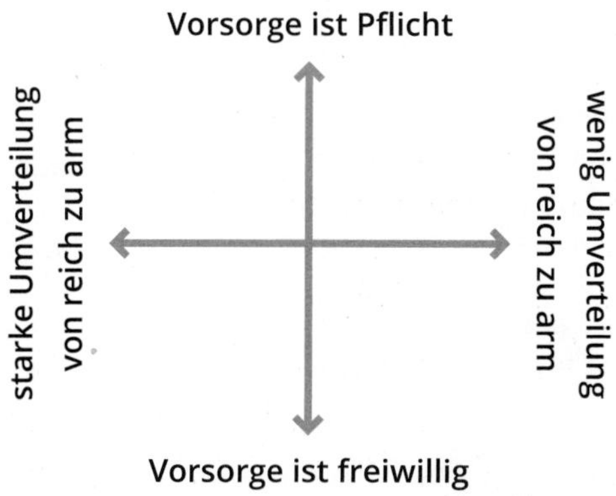

→

2. Schritt: Konzeptentwicklung

1. Entwickelt euer Konzept, indem ihr die einzelnen Bausteine ausarbeitet. Folgende Fragen können euch dabei leiten:
   - In welchem Alter soll die Rente einsetzen?
   - Welche Personen zahlen in die Rentenkasse ein? (alle abhängig Beschäftigten, Verbeamtete, Selbstständige ...)
   - Welche Faktoren spielen bei der Rentenberechnung eine Rolle? (Beitragsjahre, Einkommen, Anzahl der Kinder, Vermögen ...)
   - Welche Zeiten sollen für die Rentenberechnung anerkannt werden? (Beitragsjahre, Ausbildungszeiten, Kindererziehungszeiten, soziales Engagement ...)
   - Welche Vorsorgeleistungen sollen staatlich gefördert werden? (Betriebliche, alle privaten Anlageformen, nur bestimmte ...)
   - Welchen Umfang soll eine Grundsicherung haben? (Existenzminimum oder mehr?)
   - Welche Elemente sollen verpflichtend, welche freiwillig sein?
2. Ergänzt euren Altersvorsorge-Vorschlag ggf. durch weitere sozialpolitische Maßnahmen (z. B. zur Lohnhöhe, zur Vergütung von unbezahlter Sorgearbeit ...)
3. Zieht ein oder zwei Fallbeispiele aus dem Kapitel heran und verdeutlicht, welche Auswirkungen euer Vorschlag auf sie hätte.

←

3. Schritt: Präsentation und Diskussion

1. Präsentiert euren Vorschlag in der Klasse.
2. Nutzt zur Veranschaulichung der zugrundeliegenden Prinzipien und Zielsetzungen ein oder zwei der Symbolbilder der Auftaktseite (→ S. 128)
3. Eröffnet eine Diskussion, in der (kritische) Fragen gestellt werden können und das Konzept bewertet werden kann.

Bearbeiterin

1

Shirin, 17 Jahre alt:
Für mich ist völlig klar, dass ich Informatik studieren werde. Durch die Digitalisierung übernehmen Computer und Maschinen immer mehr Aufgaben. Wenn man einen sicheren Job haben will, muss man die entwickeln und programmieren können.

2

Justus, 18 Jahre alt:
Was für einen Beruf ich später genau haben will, weiß ich noch nicht. Ich möchte aber auf jeden Fall viel Sicherheit und geregelte Arbeitszeiten, Beamter werden könnte vielleicht etwas für mich sein.

3

Anil, 17 Jahre alt:
Freiheit ist für mich ganz wichtig, ich möchte unabhängig von Ort und Zeit arbeiten können, z. B. einfach mit dem Laptop von zu Hause oder am Strand, mal von 8:00 bis 12:00 Uhr, dafür auch mal von 10:00 bis 20:00 Uhr, ganz flexibel. Gerne irgendetwas Kreatives, Werbung oder so.

4

Chiara, 18 Jahre alt:
Ich habe Angst, dass ich wie meine Cousine nur befristete Verträge bekomme und dazu auch noch immer viel Arbeit mit nach Hause nehmen muss. Daher möchte ich einen Job haben, der krisensicher ist und auch geregelte Arbeitszeiten hat, aber was kommt da nur in Frage?

5

Emma, 19 Jahre alt:
Ich möchte Maschinenbau studieren und als Fahrzeugtechnik-Ingenieurin das Auto der Zukunft entwickeln. Ich würde am liebsten länger in einem Unternehmen arbeiten, habe aber Sorge davor, dass ich alle paar Jahre wechseln muss.

6

Anastasia, 18 Jahre alt:
Für mich ist wichtig, in meinem späteren Beruf viel Kontakt mit Menschen zu haben und für sie eine Bereicherung zu sein. Daher möchte ich vielleicht Lehrerin werden oder Sozialpädagogik studieren. Das sind auch Berufe, die es immer geben wird!

7

Can, 19 Jahre alt:
Ich möchte mich später gerne im Einzelhandel selbstständig machen, aber vorher erst einmal ein duales Studium als Basis absolvieren. Der Einzelhandel hat es durch den Onlinehandel ja nicht leicht, daher will ich das erst mal beobachten.

8

Johann, 18 Jahre alt:
Mit zwei Freunden habe ich schon eine App entwickelt, mit der man Waren im Spielwarenladen meiner Tante bestellen kann. Durch Corona hatte sie hohe Umsatzeinbußen, der Verkauf über die App hat ihr sehr geholfen. Daher möchte ich ein Startup im Bereich Softwareentwicklung gründen.

Zukunft Arbeitswelt: konfliktreich und riskant oder kooperativ und chancenreich?

5

Die Berufswahl für junge Menschen in Deutschland stellt sich vielleicht so schwierig dar, wie noch nie zuvor. Es gibt nahezu unendliche Möglichkeiten und gleichzeitig eine Ungewissheit darüber, welche Berufe in Zukunft noch gebraucht werden.
Die Digitalisierung verändert die Arbeitswelt in einer hohen Geschwindigkeit. Die Corona-Pandemie hat diese Veränderungen teilweise sogar noch beschleunigt. Eine entscheidende Frage ist daher, ob eher die Chancen oder die Risiken dieses Wandels überwiegen.

Am Ende des Kapitels solltet ihr Folgendes können:

- eigene Kriterien entwickeln, um herauszufinden, welche Berufe euch interessieren
- erläutern, welche Möglichkeiten der betrieblichen Mitbestimmung es in Unternehmen gibt
- beurteilen, worin mögliche Chancen und Risiken einer unternehmerischen Selbstständigkeit liegen und euch mit Wegen in die Existenzgründung auseinandersetzen
- beurteilen, welchen Einfluss die Digitalisierung und die Corona-Pandemie auf den Arbeitsmarkt von heute und auf den Arbeitsmarkt von morgen haben bzw. eventuell haben werden

WAS WISST UND KÖNNT IHR SCHON?

71079-152

1. a) Lest zunächst allein die Aussagen der Jugendlichen auf der linken Seite.
   b) Formuliert im Anschluss eigene Aussagen zu eurer (möglichen) Berufswahl mit Blick auf den Arbeitsmarkt der Zukunft.
   c) Stellt euch eure Ergebnisse aus der Aufgabe 1b gegenseitig in der Klasse vor.
2. Ordnet eure eigenen Aussagen aus der Aufgabe 1b und die Aussagen der Jugendlichen in eine Skala mit den Endpunkten „konfliktreich und riskant“ und „kooperativ und chancenreich“ ein.
3. Vergleicht eure Ergebnisse in der Klasse.

Eine Firmengründung simulieren

I. Worum geht es?

Anhand einer fiktiven Firma könnt ihr unmittelbar erfahren, wie es ist, ein Unternehmen zu gründen und zu führen. Es sollen fiktive Produkte (oder Dienstleistungen) angeboten werden, die einen Gewinn erwirtschaften oder zumindest kostendeckend sind.

Ein solches Projekt kann gut von einer ganzen Klasse durchgeführt werden, da es – wie bei einem echten Unternehmen – viele verschiedene Aufgaben gibt. Falls ihr wirklich eine „Schüler:innenfirma" gründen und betreiben wollt, sollte die Schulleitung nach Anerkennung eines Schulprojekts gefragt werden, um z. B. eine Gewerbeanmeldung bzw. Steuerzahlung zu vermeiden.

Bearbeiter

II. Geht dabei so vor:

Das Projekt wird im Unterricht begleitet und teilt sich in fünf Phasen ein

Informationen zu Anbietern und Wettbewerben

71079-153

1. Schritt: Planungsphase

- Zielgruppe bestimmen (→ **M8-M16, M21, M24**)
- Konkurrenz und Alleinstellungsmerkmale herausarbeiten (→ **M9, M16, M21, M22, M27**)
- Verhältnis Kosten-Zeitaufwand analysieren (→ **M12, M18**)
- ...

2. Schritt: Gründungsphase

- Rechtliche Absicherung klären (→ **M11**)
- Beschaffung Gründungskapital organisieren (→ **M10, M12**)
- Genehmigung Schulprojekt
- ...

3. Schritt: Geschäftsphase

- Organigramm erstellen
- Abteilungen besetzen
- ...

4. Schritt: Auswertungsphase

- Geschäftsbericht verfassen
- Gesellschafterversammlung
- ...

5. Schritt: Reflexionsphase

- Beurteilung Firmenentwicklung
- Lernzuwachs der Teilnehmenden
- ...

Weitere Information zu den einzelnen Phasen:

71079-154

Bearbeiter, basierend auf: Penning, Isabelle: Das Lernarrangement Schülerfirma. In: Schülerfirmen aus Sicht von Lehrenden, Wiesbaden: Springer Fachmedien 2018, S. 18 ff.

5.1 Der Start in die Arbeitswelt

5.1.1 Der Berufswahlprozess: Nimmt die Digitalisierung Einfluss auf den Berufswunsch junger Menschen?

Zum Thema: Die Berufswahl stellt Jugendliche oft vor große Herausforderungen, denn heutzutage gibt es mehr Möglichkeiten als je zuvor. In diesem Kapitel geht es um eure Berufsinteressen und die Frage, welche Faktoren diese beeinflussen, die Erwartungen von Jugendlichen an die Berufstätigkeit und mögliche Schritte hin zu eurem Traumberuf.

M1 Fallbeispiele: Emma & Can, 19 Jahre: vom Traum zum Beruf ...

1 Seit ich klein war, habe ich mich für Technik interessiert. Autos, Flugzeuge, Schiffe, ganz egal. Da hat mich sicher auch mein Vater geprägt, der seit 30 Jahren als Maschinenbau-Ingenieur bei Ford in Köln arbeitet und dort Motoren entwickelt. Eigentlich wollte ich immer Astronautin werden oder zumindest in der Raumfahrttechnik arbeiten. Aber weil sich gerade im Automobilbau so viel verändert, finde ich diese Branche mittlerweile total spannend. Ich würde gerne dabei mithelfen, dass hier in Zukunft die besten CO_2-freien Autos gebaut werden. Deswegen möchte ich Maschinenbau mit dem Schwerpunkt Fahrzeugtechnik studieren, vielleicht in Aachen. Danach fände ich es gut, fest bei einem Automobilhersteller zu arbeiten.

Emma, 19 Jahre

2 Als ich 14 wurde, habe ich ein Praktikum im Betrieb meiner Tante Dilara gemacht. Sie hat zwei große Modegeschäfte in Köln und Düsseldorf. Erst wollte ich nur dorthin, weil ich mich für Mode interessiere. Aber dann habe ich erlebt, wie vielfältig und kreativ die Arbeit meiner Tante ist. Dilara hat mit einem ganz kleinen Laden angefangen und 15 Jahre später haben beide Geschäfte jeweils drei Etagen. Sie überlegt, ob sie noch eine dritte Filiale nur für Kinderkleidung eröffnet, das wird sicher sehr spannend. Seit diesem Praktikum möchte ich später auch gerne mein eigenes Geschäft haben. Um alles Notwendige zu lernen, mache ich nach dem Abi ein duales Studium, dabei studiere ich Betriebswirtschaftslehre und mache eine Ausbildung zum Einzelhandelskaufmann. Dann werde ich ein paar Jahre arbeiten und mir danach den Traum vom eigenen Geschäft erfüllen.

Can, 19 Jahre

Bearbeiter

EINSTIEGSAUFGABEN

71079-155

1. Arbeitet an den Beispielen heraus, welche Faktoren die Berufswahl von Emma und Can beeinflusst haben.
2. Tauscht euch zu zweit darüber aus, welche Berufe euch persönlich interessieren und welche Faktoren eure Wünsche beeinflusst haben. Sammelt eure Berufswünsche auf Karten.

M2 Berufswünsche und -erwartungen von Jugendlichen

71079-156

a) Jugendliche klammern sich an traditionelle Berufe

Künstliche Intelligenz, soziale Medien, 3D-Druck: Dass sich die Arbeitswelt massiv verändert, spiegelt sich so gut wie gar nicht in den Berufswünschen vieler Jugendlicher wider. Auf die Frage, welchen Beruf sie mit 30 Jahren ausüben wollen, nennen 15-Jährige in aller Welt vor allem traditionelle Berufsbilder. [...]

„Obwohl sich die Welt seit der ersten Pisa-Erhebung stark verändert hat, zeigen die Ergebnisse, dass das nur sehr gering auf die Berufserwartungen junger Menschen zutrifft", stellt OECD-Bildungsdirektor Andreas Schleicher fest. So gaben in der aktuellen, im Dezember veröffentlichten Pisa-Studie 47 Prozent der Jungen und 53 Prozent der Mädchen in den untersuchten Ländern an, dass sie erwarteten, in einem von zehn besonders bekannten Berufen zu arbeiten - ein Anstieg von 8 Prozentpunkten bei den Jungen und 4 Prozentpunkten bei den Mädchen seit 2000. Zu den Lieblingsberufen zählen demnach Lehrer, Manager oder Ärzte. Wie stark Jugendliche an traditionellen Berufsbildern festhalten, variiert allerdings von Land zu Land zum Teil erheblich. So interessieren sich in Deutschland, Österreich und der Schweiz weniger Schüler als im weltweiten Vergleich für die besonders beliebten Berufe: Im Durchschnitt sind es nur vier von zehn Jugendlichen.

Dass in den deutschsprachigen Ländern die Konzentration auf wenige Berufe deutlich geringer ausfällt, könnte nach Einschätzung der Bildungsforscher an der Stärke der Berufsberatung liegen: Schulen würden den Jugendlichen hier schon frühzeitig Kontakte in die Arbeitswelt vermitteln und Einblicke in verschiedene, auch weniger bekannte Berufe ermöglichen.

Quecke, Franka/ Himmelrath, Armin: Jugendliche klammern sich an traditionelle Berufe. In:www. spiegel.de, 22.01.2020

b) Was sind die beliebtesten Berufswünsche in Deutschland?

Beliebteste Berufswünsche in Deutschland von 15-jährigen Jugendlichen (Stand: 2022)

73000-379

Mädchen	Jungen
Lehrerin (10,4 Prozent)	Informatiker (6,7 Prozent)
Ärztin (10 Prozent)	Maschinenbauer (5,2 Prozent)
Erzieherin (6,4 Prozent)	Kfz-Mechatroniker (5,1 Prozent)
Psychologin (4,5 Prozent)	Polizist (4,5 Prozent)
Krankenschwester (4,5 Prozent)	Lehrer (3,8 Prozent)
Architektin (3,6 Prozent)	Wissenschaftler (3,6 Prozent)
Polizistin (3,5 Prozent)	Arzt (3,1 Prozent)
Büroangestellte (3,2 Prozent)	Ingenieur (3,1 Prozent)
Designerin (2,8 Prozent)	Architekt (2,8 Prozent)

©C.C.Buchner Verlag, aktuelle Daten nach: OECD, 2020, Datenerhebung: PISA 2018

c) Erwartungen von Jugendlichen an die Berufstätigkeit

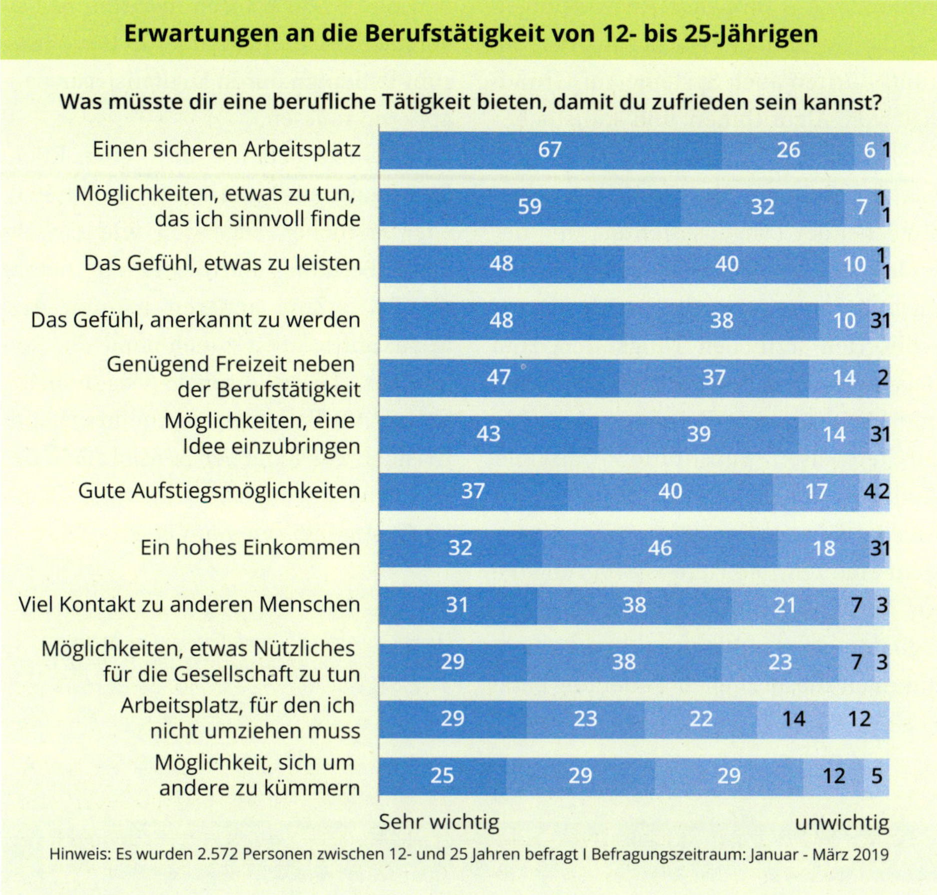

© Shell Jugendstudie 2019, (Grafik von Bearbeiter angepasst)

M3 Fallbeispiel: Wie verändert die Digitalisierung das Berufsbild von Ärztinnen und Ärzten?

Die mit großer Dynamik fortschreitende Digitalisierung des Gesundheitswesens hat auch Einfluss auf das Verhältnis zwischen Ärztinnen und Ärzten und ihren Patientinnen und Patienten sowie auf seit Langem etablierte ärztliche Berufsbilder und damit auch auf das ärztliche Handeln. […] Wenn behandlungsrelevante Daten zunehmend außerhalb und teilweise bereits im Vorfeld des Patient-Arzt-Kontaktes generiert werden, so beeinflusst dies das Patient-Arzt-Verhältnis. Die Quantität der im Rahmen der ärztlichen Behandlung zu bewertenden Informationen wird deutlich ansteigen. […] Die Patienten werden zum einen „selbstständige Produzenten" von Daten, und zwar unabhängig von einer bisher üblichen ärztlichen Veranlassung beziehungsweise Indikationsstellung. […]

Der Anteil vorinformierter Patienten wird also künftig weiter ansteigen. Die Einordnung der erlangten Vorinformationen dürfte sich wiederum in einem erhöhten Beratungsaufwand im Patient-Arzt-Verhältnis niederschlagen. Zugleich steigt der Bedarf an validen und qualitätsgeprüften Gesundheitsinformationen. [...] Immense Auswirkungen auf die Gesundheitsversorgung der Zukunft dürften auch Systeme auf Grundlage von Algorithmen und künstlicher Intelligenz (KI) haben. KI-Systeme werden im Rahmen des ärztlichen Handelns bei der Diagnosestellung und der Einleitung der Therapie unterstützen. Zu erwarten sei, dass dies von hoch spezialisierten ärztlichen Tätigkeiten, zum Beispiel im Bereich der radiologischen und histologischen Befundung, bis hin zur teilweisen Substitution einzelner ärztlicher Tätigkeiten reiche. [...]

Aus der Perspektive der Ärzteschaft besteht eine zentrale Herausforderung darin, die Vielzahl und Leistungsfähigkeit digitaler Anwendungen einzuordnen, um auch diesbezüglich Patienten beratend zur Seite stehen zu können. Ärztinnen und Ärzte werden in ihrem Selbstverständnis die veränderte Beziehung zum Patienten durch Digitalisierung adaptieren müssen.

Zum einen bedeute dies eine Rückbesinnung und Stärkung grundsätzlicher ärztlicher Tugenden wie Zuwendung, Beratung und Begleitung, betont die BÄK. Zum anderen würden Ärzte zukünftig auch zunehmend die Rolle eines „Digitallotsen in Gesundheitsfragen" für Patienten übernehmen, zum Beispiel als Ratgeber hinsichtlich der Auswahl und Inanspruchnahme digitaler Gesundheitsanwendungen.

Haserück, André: Digitalisierung: Der Arztberuf wandelt sich. In: Deutsches Ärzteblatt, 40/2021, A-1795 f.

AUFGABEN

71079-157

1. a) Ermittelt beliebte Berufe von Jugendlichen (**M2a** und **M2b**) und die Erwartungen, die Jugendliche an ihre zukünftige Berufstätigkeit haben (**M2c**).
   b) Vergleicht eure eigenen Berufswünsche aus der Einstiegsaufgabe (→ S.185, Aufgabe 2) und die damit verbundenen Erwartungen mit den Ergebnissen aus Aufgabe 1a.
2. Tauscht euch darüber aus,
   a) inwiefern in eurer Klasse „traditionelle" Berufe beliebt sind.
   b) welche Gründe es für die unterschiedlichen Wunschvorstellungen von Jungen und Mädchen geben könnte.
3. Analysiert **M2** hinsichtlich der Frage, ob die Berufswünsche und -erwartungen zeitgemäß sind.
4. Arbeitet aus **M3** heraus, inwiefern sich der Ärzt:innen-Beruf durch die Digitalisierung ändert.
5. Entwickelt mit Hilfe der nachfolgenden Methodenkarte einen eigenen Plan dazu, wie ihr euren Berufswunsch entdecken und verfolgen könnt. Welche dieser Schritte habt ihr für euch schon selbst vollzogen? Haltet eure (Zwischen-) Ergebnisse in einem (digitalen) Notizbuch fest.

F Aufgabe 4
Stellt Überlegungen dazu an, inwiefern sich andere Berufe wie in **M3** durch die Digitalisierung verändern könnten.

Vom Traum zum Beruf – eine berufliche Vision entwickeln

I. Worum geht es?

Manche wissen schon genau, welchen Beruf sie anstreben wollen, andere sind durch die endlosen Möglichkeiten überfordert. Eine Vision der eigenen beruflichen Zukunft zu entwickeln, kann mit einem strukturierten Vorgehen erleichtert werden.

II. Geht dabei wie folgt vor:

1. Schritt: Was will ich – was kann ich?
Das sind meine Interessen und Fähigkeiten

Fragen, die du dir stellen solltest: Was kann ich am besten? – Was mache ich am liebsten? Hilfreich dabei sind Hobbys, Lieblingsfächer in der Schule, Gespräche mit anderen, Praxiserfahrungen (Praktikum, Ferienjob). Bei der Bundesagentur für Arbeit gibt es Tipps für Tests und individuelle Beratungsgespräche.

2. Schritt: Recherchieren und Orientieren

Informiere dich darüber, welche Berufe es gibt, für die deine Interessen und Fähigkeiten relevant sind sowie über die konkreten Tätigkeiten in diesen Berufen. Dabei solltest du gezielt im Internet recherchieren (z. B. *https://planet-beruf.de/index.php?id=163*) und Gespräche mit Menschen führen, die einen der Berufe ausüben.

3. Schritt: Ausbildung oder Studium?

Du solltest herausfinden, ob du ein Lern- oder Arbeitstyp bist und die Gründe, die für bzw. gegen eine Ausbildung oder ein Studium sprechen, gut abwägen. Tipp: Im dualen Studium werden Ausbildung und Studium kombiniert.

4. Schritt: Einen Blick in die Zukunft werfen –
Prognosen und Arbeitsmarktchancen

Mangel an Ingenieur:innen, Lehrkräften: häufig liest man von Berufen mit hohem oder sehr niedrigem Arbeitskräftebedarf. Expert:innen sind sich einig: Arbeitsmarktprognosen sind ein möglicher Baustein bei der Entscheidungsfindung.

5. Schritt: Einen Plan B haben – Alternativen für alle Fälle

Nicht immer klappt es mit dem Einstieg in den gewünschten Studiengang oder Ausbildungsberuf. Idealerweise erstellst du eine Rangfolge deiner persönlichen Favoriten, denn dann kannst du schnell reagieren, wenn du merkst, dass du auf dem falschen Weg bist.

Hilfe im Beratungsdschungel der Berufsberatung

71079-158

Bearbeiter

5.1.2 Mitbestimmung im Betrieb: nur etwas für Vorgesetzte?

Zum Thema: Ob im späteren Berufsleben oder im Nebenjob – viele Menschen sind irgendwann einmal in einem Betrieb angestellt. Doch wie viel können Arbeitnehmende eigentlich mitbestimmen, wenn sie das Unternehmen nicht leiten bzw. wenn Vorgesetzte machen, was sie wollen? Welche Möglichkeiten der Mitbestimmung ihr als Angestellte in einem Betrieb habt, erfahrt ihr in diesem Unterkapitel.

M4 Schlechte Arbeitsbedingungen für Fahrradkuriere

Florian im Einsatz als Fahrradkurier in Köln

Cans Schwester Serap und Emmas Bruder Florian arbeiten neben dem Studium als Fahrradkuriere für einen Lieferdienst, der Supermarkt-Lebensmittel nach Hause liefert. Für das schnell wachsende Unternehmen arbeiten alleine in Köln, wo die beiden leben, mehrere hundert Personen. Die „Rider" müssen bis zu 10 kg schwere Rucksäcke tragen, wodurch viele Rückenprobleme bekommen. Wenn gerade viel los ist, wird beiden verweigert, eine kurze Pause zu machen, um zu essen, zu trinken oder auf Toilette zu gehen. Außerdem wurden beide auch schon mal zu zwei Schichten hintereinander eingeteilt, wodurch sie 16 Stunden lang arbeiten mussten, obwohl nach dem Arbeitszeitgesetz mindestens 11 Stunden Ruhezeit zwischen zwei Arbeitstagen liegen müssen. Serap und Florian reicht es – sie wollen einen Betriebsrat gründen, damit sich endlich etwas ändert!

Bearbeiter

EINSTIEGSAUFGABE 71079-159

Stellt Vermutungen darüber an, welche Aufgaben ein Betriebsrat haben könnte.

M5 Was ist ein Betriebsrat und welche Aufgaben, Rechte und Pflichten hat er?

71079-160

Für einzelne Mitarbeitende ist es oft schwierig, eigene Interessen gegenüber dem Arbeitgebenden zu vertreten. Ab einer bestimmten Betriebsgröße darf ein Betriebsrat gegründet werden. Dieser vertritt dann die Interessen der Mitarbeitenden gegenüber dem Arbeitgebenden. Er wird alle vier Jahre gewählt, wobei für eine rechtskräftige Wahl diverse Vorschriften eingehalten werden müssen, die im Betriebsverfassungsgesetz (BetrVG) geregelt sind. Betriebsratsmitglieder erhalten für diese Tätigkeit keine Vergütung, müssen aber vom Unternehmen freigestellt werden.

Bearbeiter, basierend auf: Riccò, Jessica: Was macht ein Betriebsrat? In: www.betriebsrat.de, Abruf am 27.01.2022

M6 Betriebsrat: Voraussetzungen und Mitbestimmungsrechte

a) Welche Voraussetzungen gibt es bei der Gründung eines Betriebsrates? Auszug aus dem Betriebsverfassungsgesetz (BetrVG)

Betriebsverfassungsgesetz
Erster Teil

Allgemeine Vorschriften

§ 1 Errichtung von Betriebsräten

(1) In Betrieben mit in der Regel mindestens fünf ständigen wahlberechtigten Arbeitnehmern, von denen drei wählbar sind, werden Betriebsräte gewählt. [...]

§ 5 Arbeitnehmer [...]

(3) Dieses Gesetz findet, soweit in ihm nicht ausdrücklich etwas anderes bestimmt ist, keine Anwendung auf leitende Angestellte. Leitender Angestellter ist, wer nach Arbeitsvertrag und Stellung im Unternehmen oder im Betrieb
1. zur selbständigen Einstellung und Entlassung von im Betrieb oder in der Betriebsabteilung beschäftigten Arbeitnehmern berechtigt ist [...].

Zweiter Teil
Betriebsrat, Betriebsversammlung, Gesamt- und Konzernbetriebsrat

Erster Abschnitt
Zusammensetzung und Wahl des Betriebsrats

§ 7 Wahlberechtigung

Wahlberechtigt sind alle Arbeitnehmer des Betriebs, die das 16. Lebensjahr vollendet haben. [...]

§ 8 Wählbarkeit

(1) Wählbar sind alle Wahlberechtigten, die das 18. Lebensjahr vollendet haben und sechs Monate dem Betrieb angehören oder als in Heimarbeit Beschäftigte in der Hauptsache für den Betrieb gearbeitet haben. [...]

Betriebsverfassungsgesetz. Neugefasst durch Bekanntmachung vom 25.09.2001

b) Mitbestimmungsrecht im Betriebsrat

Spricht man von Mitbestimmungsrecht des Betriebsrats, ist damit in der Regel immer die „echte" oder auch erzwingbare Mitbestimmung gemeint. Mitbestimmung bedeutet, dass der Arbeitgeber nicht ohne die Zustimmung des Betriebsrats Entscheidungen treffen darf. Tut er es doch, sind diese unwirksam. Im Gegenzug bedeutet dies aber auch, dass der Arbeitgeber in allen anderen Belangen frei und ohne Zustimmung des Betriebsrats entscheiden kann. [...] Die Mitbestimmung ist zudem unterschiedlich stark ausgeprägt.

Man unterscheidet folgende Ausprägungen:

- Informations- und Beratungsrechte
- Anhörungsrechte
- Zustimmungsverweigerungsrechte
- Erzwingbare Mitbestimmung

Stufe 1 **Das Informations- und Beratungsrecht**

Das Informations- und Beratungsrecht ist am schwächsten ausgeprägt und erstreckt sich vor allem auf die wirtschaftlichen Angelegenheiten des Betriebes. Der Arbeitgeber muss den Betriebsrat beispielsweise über Fragen der Unternehmensplanung rechtzeitig und umfassend informieren. [...]

Stufe 2 **Das Anhörungsrecht**

Will der Arbeitgeber zum Beispiel einem Beschäftigten kündigen, gilt das Anhörungsrecht. Das heißt: Der Betriebsrat darf zur beabsichtigten Kündigung Stellung nehmen. Widerspricht der Betriebsrat der Kündigung, kann der Arbeitgeber aber trotzdem die Kündigung aussprechen. Klagt allerdings der Beschäftigte gegen seine Kündigung, bleibt er in diesem Fall bis zum Abschluss des Kündigungsschutzverfahrens im Betrieb beschäftigt. Eine ohne Anhörung des Betriebsrats ausgesprochene Kündigung ist unwirksam. Betriebsräte sollten daher untersuchen, ob der Arbeitgeber Fehler im Anhörungsverfahren gemacht hat.

Stufe 3 **Zustimmungsverweigerung**

Auf dieser Stufe stehen personelle Angelegenheiten. Der Arbeitgeber muss die Zustimmung des Betriebsrates einholen, wenn er einen Mitarbeiter versetzen oder einen neuen Beschäftigten einstellen will. Lehnt der Betriebsrat die Entscheidung des Arbeitgebers ab, bleibt dem Arbeitgeber nur der Gang zum Arbeitsgericht. Dieses kann die Zustimmung des Betriebsrates ersetzen.

Stufe 4 **Erzwingbare Mitbestimmung**

Dieses Recht wird auch Mitwirkungsrecht genannt und greift bei allen Fragen der Arbeitszeitgestaltung und Urlaubsplanung.

AfA Seminare GmbH: Mitbestimmungsrecht Betriebsrat. In: www.afa-seminare.de, Abruf am 27.01.2022

M7 Mitbestimmung im Betrieb: Fallbeispiele

1 Im Supermarkt Bio Fresh wollen die Mitarbeitenden einen Betriebsrat gründen. Filialleiterin Zara Akbay beschwert sich darüber, dass sie keine Einladung zur Wahlversammlung erhalten habe. „Es wäre schön, wenn mir der Laden gehören würde, aber ich bin auch Angestellte.", sagt sie.

2 Mahmoud jobbt in einem kleinen Café. Neben der Inhaberin arbeiten dort noch fünf Kellner:innen. Häufig ruft die Inhaberin kurzfristig an und sagt, dass Mahmoud eine Stunde früher kommen müsse und manchmal soll er auch seine Schicht viel früher beenden. So viel Flexibilität hat sich Mahmoud nicht vorgestellt, als er in der Jobanzeige „flexibel einsetzbar" als Erwartung las. Kollegin Esra meint dazu: „Wären wir ein richtiges Unternehmen, müssten wir einen Betriebsrat gründen!"

3 Emily arbeitet seit 15 Jahren in einem mittelständischen Unternehmen als Angestellte. In den letzten Jahren sind viele Aufträge weggebrochen und nun soll das Unternehmen neu ausgerichtet werden. In Folge dessen hat Emily eine betriebsbedingte Kündigung erhalten.

4 In einem Unternehmen gab es bislang flexible Pausen, alle Mitarbeitenden konnten ihre Pausenzeit selbst festlegen. Geschäftsführerin Elena Perez ist jedoch der Meinung, dass manche dadurch längere Pausen machen als vorgesehen. Um die Pausenzeiten besser kontrollieren zu können, informiert sie die Mitarbeitenden in einer E-Mail darüber, dass ab nächster Woche alle ihre Pause zwischen 12:00 und 13:00 Uhr legen müssen.

5 Sophia arbeitet samstags neben dem Studium in einem Geschäft für Tiernahrung, in dem mehr als 30 Menschen arbeiten. Eigentlich sollen alle Mitarbeitenden immer bis 18:30 Uhr da sein, wenn der Laden um 18:00 Uhr schließt. Nun hat Sophias Chefin alleine entschieden, dass die Filiale immer bis 20:00 Uhr öffnet und Sophia daher bis 20:30 Uhr arbeiten soll. „Du bekommst die Stunden natürlich bezahlt", sagte sie. Sophia findet das blöd, weil sie abends gerne etwas mit ihren Freundinnen unternimmt.

Bearbeiter

AUFGABEN

71079-161

1. Gebt in eigenen Worten wieder, welchen Zweck ein Betriebsrat hat (**M5**).
2. Entwickelt zu zweit fiktive Beispiele für Betriebe, in denen die Gründung eines Betriebsrats möglich ist bzw. nicht möglich ist. Begründet eure Beispiele mit Stellen aus **M6a**.
3. a) Stellt die verschiedenen Stufen des Mitwirkungsrechts in einer Concept Map dar (**M6b**).
   b) Erläutert, warum die erzwingbare Mitbestimmung auch „echte" Mitbestimmung genannt wird.
4. Überprüft zu zweit mit Hilfe von **M6** und **M7**, ob
   a) Filialleiterin Zara Akbay (Fall **1**, **M7**) eine Einladung zur Wahlversammlung hätte erhalten müssen,
   b) im Café, in dem Mahmoud und Esra arbeiten (Fall **2**, **M7**), ein Betriebsrat gegründet werden kann,
   c) und inwiefern der Betriebsrat Einfluss auf Emilys Kündigung hat (Fall **3**, **M7**),
   d) die Geschäftsführerin (Fall **4**, **M7**) alleine die Pausenzeiten verändern darf,
   e) Sophias Chefin die Arbeitszeit verlängern darf (Fall **5**, **M7**)

   und begründet eure Ergebnisse.
5. Serap und Florian (**M4**) wollen einen Betriebsrat gründen.
   a) Erklärt, was sie machen müssen, um einen Betriebsrat zu gründen.
   b) Beurteilt, inwiefern ein Betriebsrat die Arbeitsbedingungen im Betrieb verbessern könnte.

Methodenkarte: Eine Concept Map erstellen

71079-303

H Aufgabe 3b
→ S. 381

Vertiefung – Wofür Gorillas-Beschäftigte kämpfen

71079-162

5.1.3 Existenzgründung: Kommt es vor allem auf die Geschäftsidee an?

Zum Thema: Die Gründung von neuen Unternehmen ist ein Motor für die Marktwirtschaft. Doch wie wird aus einer guten Idee ein Unternehmen und welche Rechtsformen sowie Finanzierungsmöglichkeiten gibt es? Um diese Fragen und noch mehr geht es in diesem Unterkapitel.

M8 Fallbeispiel für ein neues Start-up: oculavis – Entkopplung von Wissen und Präsenz

Maschinenrelevantes Wissen an jeden Ort der Erde zu bringen, ohne dafür einen Fuß ins Flugzeug, die Bahn oder das Auto setzen zu müssen! Das ist unsere Vision, die eine Entkopplung von technischem Wissen und physischer Präsenz ermöglicht. Mit unserer Softwareplattform oculavis SHARE können Augmented Reality (AR)[1] Workflows für geplante Arbeiten an Maschinen und Anlagen erstellt und abgerufen werden. Dies ermöglicht die gezielte Anleitung von Mitarbeiter:innen vor Ort und Feedbackschleifen zu planerischen Bereichen. Für ungeplante Störungen [...] können sich Personen, die Maschinen bedienen, jederzeit über die Lösung mit Kolleg:innen im Büro oder im Homeoffice [...] verbinden, um eng an einer Fragestellung zusammenzuarbeiten, ohne sich persönlich zu nahe zu kommen.

[1] Augmented Reality oder im Deutschen „erweiterte Realität" bezeichnet die computergestützte Erweiterung der Realitätswahrnehmung.

oculavis – Superkräfte für industrielle Serviceprozesse. Mit Augmented Reality die richtigen Informationen im Blick. In: www.top50startups.de, Abruf am 27.01.2022

EINSTIEGSAUFGABE 71079-163

Stellt Vermutungen darüber an, warum das 2016 gegründete Unternehmen oculavis bei einem Gründerwettbewerb als die beste Geschäftsidee in Deutschland des Jahres 2020 ausgezeichnet wurde.

M9 Mögliche Schritte zur Selbstständigkeit

71079-164

Businessplan
Ein Businessplan beschreibt detailliert, welche unternehmerischen Ziele, Strategien, Ideen und Rahmenbedingungen für das unternehmerische Vorhaben vorliegen.

Schritt 1: Geschäftsidee entwickeln: [...] Wer sein Angestelltenverhältnis (teilweise) hinter sich lassen möchte, sollte sich keinesfalls kopflos in die Selbstständigkeit stürzen. Viel besser ist es, sich zunächst einmal umfassende Gedanken über eine passende Geschäftsidee zu machen. [...]

→

Schritt 2: Geschäftsmodell entwickeln und überprüfen: Eine (gute) Geschäftsidee ist die eine Sache, ein ausgereiftes Geschäftsmodell eine völlig andere. [...] Vor allem der Businessplan ist ein Dokument, das du nicht von jetzt auf gleich erstellt hast. Wer sich hiermit intensiv auseinandersetzt, merkt schnell, wie aufwändig die Aufgabe ist. [...]

→

Schritt 3: **Rechtsform festlegen:** Dieser Schritt auf dem Weg zur Selbstständigkeit wird von vielen Gründern als besonders herausfordernd beschrieben. Fakt ist nämlich: Die Entscheidung für eine Rechtsform hat extrem große Auswirkungen auf dein späteres Business – und sollte daher nicht leichtfertig getroffen werden. [...]

→

Schritt 4: **Geschäftskonto eröffnen:** [...] Wie beim Festlegen einer Rechtsform gilt auch hier: Wer die Wahl hat, hat die Qual. Alle traditionellen Geldinstitute, sowie viele Onlinebanken, bieten (mehr oder weniger) attraktive Geschäftskonten an, zwischen denen du dich entscheiden kannst. [...]

↓

Schritt 5: **Finanzierung sichern:** Während manche Geschäftsideen mit durchaus überschaubaren Budgets realisiert werden können, verlangen andere wiederum nach richtig viel Cash. Fakt ist: Du solltest in jedem Fall wissen, wie genau du dein Business finanzieren möchtest beziehungsweise woher das Geld für die Realisierung kommen soll. [...]

←

Schritt 6: **Name festlegen und eventuell schützen lassen:** Jedes Unternehmen – ob ein Kleingewerbe oder eine Aktiengesellschaft – braucht einen Namen, der gewisse Anforderungen erfüllt. [...] Wichtig ist, dass der Name von deinem Unternehmen einzigartig und unmissverständlich ist. [...]

↓

Schritt 7: **eventuell Genehmigungen einholen:** Nicht jede Geschäftsidee kann ohne weiteres in die Tat umgesetzt werden. Es gibt eine ganze Reihe, die nach speziellen Genehmigungen und diversen Nachweisen verlangen. Beispiele hierfür sind:

- Meisterbrief für viele Handwerksberufe
- Gaststättenkonzession für Gastronomiebetriebe
- Zulassung für Heilberufe
- polizeiliches Führungszeugnis
- Genehmigung vom Bauamt [...]

→

Schritt 8: **formale Gründung durchführen:** Dieser Schritt ist der, der von vielen allgemein als „sich selbstständig machen" bezeichnet wird. Die formale Gründung eines Unternehmens kann auch als dessen „Geburtsstunde" bezeichnet werden und ist für viele (angehende) Unternehmer ein extrem wichtiger Meilenstein. Wie genau sich der Prozess gestaltet, hängt maßgeblich von der Rechtsform ab, für die du dich entschieden hast. Während beispielsweise die Gründung eines Einzelunternehmens oder einer GbR verhältnismäßig einfach und schnell über die Bühne geht, musst du bei der Gründung einer Kapitalgesellschaft einiges mehr beachten. Beispielsweise musst du einen Notar deines Vertrauens aufsuchen und dein Geschäft ins Handelsregister eintragen. [...]

←

Schritt 9: **Versicherungen abschließen:** [...] Die wohl wichtigsten Versicherungen für Gründer sind:

- Krankenversicherung
- Betriebshaftpflichtversicherung
- Rechtsschutzversicherung
- Geschäftsinhaltsversicherung
- Berufsunfähigkeitsversicherung [...]

←

Schritt 10: **Marketing-Konzept entwickeln und umsetzen:** [...] Damit du dich möglichst frühzeitig (und langfristig) am Markt behaupten kannst, ist es unverzichtbar, bekannt zu werden. Überlege dir hierfür ein umfassendes Marketing-Konzept und setze es um – beziehungsweise: Lass dir hierbei von einem Profi behilflich sein.

Fichtel, Jessika: Diese Schritte sind nötig, wenn du dich selbstständig machen möchtest
In: www.junge-gruender.de, 08.12.2021

M10 Die Kunst des Pitchens

Wenn du als Gründer:in aufgefordert wirst, deine Geschäftsidee in einem Pitch vorzustellen, dann kommt es darauf an, in wenigen Worten zu beschreiben, was du machst, warum du es machst – und, vor allem: was das Tolle daran ist. [...]

Auf das Wesentliche beschränken

Ein guter Pitch langweilt nicht mit Details, sondern beschränkt sich auf das, was nötig ist, um den Kern einer Geschäftsidee zu verstehen. Er stellt heraus, was die Idee so einzigartig, bahnbrechend und unverzichtbar macht. Überlege dir deshalb genau, was deine Zuhörer wissen wollen und womit du sie ködern kannst.

... und das Gegenüber im Blick haben

Ein guter Pitch orientiert sich immer am Gegenüber. Frage dich vorher, mit welchen Argumenten du deine Zuhörer am ehesten überzeugen kannst. Was ist ihnen persönlich wichtig? Deinen Wunschkunden wirst du beispielsweise nichts über die hohen Margen erzählen, deinem potenziellen Investor schon. Bereite für jeden Anlass einen eigenen Pitch vor, der jeweils genau auf die Zielgruppe zugeschnitten ist.

Zwei Minuten entscheiden über den Erfolg

Ein guter Pitch ist kurz. In höchstens zwei Minuten solltest du das Wesentliche erzählt haben. Danach kannst du immer noch in die Details gehen oder Fragen zu deinem Startup beantworten.

Der erste Satz entscheidet, ob man dir zuhört

Beschreibe im ersten Satz, was du machst, damit dein Zuhörer dich schnell einordnen kann. Der erste Satz entscheidet, ob der andere überhaupt weiter zuhören will.

Sag, was du willst

Vergiss nicht, zu erwähnen, was du eigentlich von deinem Gegenüber willst. Geld? Mitarbeiter? Kunden? Die Kunst ist, den richtigen Zeitpunkt zu finden, deinen Wunsch vorzubringen. [...]
Lerne, richtig zu argumentieren. Folgende Struktur hilft dir dabei:

1. Das machen wir.
2. Das ist das Besondere an unserer Geschäftsidee.
3. Das hat der Kunde davon.

Stähler, Patrick: Der perfekte Pitch für dein Startup. In: www.smartbusinessplan.de, Abruf am 27.01.2022

Eine junge Gründerin stellt bei einem Pitch ihr Unternehmen vor.

Pitch: Was ist das?
(engl. to pitch: jemandem etwas schmackhaft machen)
Der Pitch-Begriff stammt eigentlich aus der Agentur- bzw. Werbeagenturbranche. Denn Agenturen treten im Rahmen eines Pitchs vor einem potentiellen Kunden gegeneinander an, um den Kunden zu überzeugen und Aufträge zu ergattern. So hat sich der Begriff „Pitch" in der Startup-Szene entwickelt. Gründer haben so die Möglichkeit, vor Investoren innerhalb kürzester Zeit ihre Geschäftsideen zu präsentieren und sie davon zu überzeugen.

Beispielvideo Pitch

71079-165

M11 Unternehmensrechtsformen im Vergleich

Unternehmensrechtsformen in Deutschland				
Rechtsform	**Kapital/ Mindesteinzahlung**	**Gründer-zahl**	**Haftung**	**Entscheidungsbefugnis/ Vertretung**
Einzel-unternehmen	kein festes Kapital/ keine Mindesteinlage vorgeschrieben	1	unbeschränkt mit Geschäfts- und Privatvermögen	Alleinentscheidung des Inhabers
Einzelkaufleute	kein festes Kapital/ keine Mindesteinlage vorgeschrieben	1	unbeschränkt mit Geschäfts- und Privatvermögen	Alleinentscheidung des Inhabers, Bestellung von Prokuristen möglich
GbR Gesellschaft Bürgerlichen Rechts	kein festes Kapital/ keine Mindesteinlage vorgeschrieben	mind. 2	Gesellschaft und Gesellschafter (auch mit Privatvermögen) für Gesellschaftsschulden, gesamtschuldnerische Haftung	Gemeinsame Geschäftsführung und Vertretung durch alle Gesellschafter, sofern im Gesellschaftsvertrag nichts anderes geregelt ist
OHG Offene Handelsgesellschaft	kein festes Kapital/ keine Mindesteinlage vorgeschrieben	mind. 2	Gesellschaft und Gesellschafter (auch mit Privatvermögen) für Gesellschaftsschulden, gesamtschuldnerische Haftung	Einzelgeschäftsführung und Einzelvertretungsmacht jedes Gesellschafters, sofern im Gesellschaftsvertrag nichts anderes geregelt ist, Bestellung von Prokuristen möglich
KG Kommandit-Gesellschaft	kein festes Kapital/ keine Mindesteinlage vorgeschrieben, jedoch Kommanditeinlagen für Kommanditisten (Höhe beliebig)	mind. 2	Komplementäre (persönlich haftende Gesellschafter) unbeschränkt, Kommanditisten in Höhe der Einlage (Haftungsbeschränkung tritt in der Regel erst nach Eintragung im Handelsregister ein)	Grundsätzlich persönlich haftende Gesellschafter, in besonderen Fällen Beteiligung der Kommanditisten erforderlich, Bestellung von Prokuristen möglich
GmbH Gesellschaft mit beschränkter Haftung	Mindeststammkapital: 25.000 Euro; Mindesteinzahlung bei Gründung: 12.500 Euro	mind. 1	nur mit Gesellschaftsvermögen, ggf. persönliche Haftung des Geschäftsführers	Geschäftsführer, Geschäftspolitik: Gesellschafterversammlung, sofern vorhanden Aufsichtsrat, Bestellung von Prokuristen möglich
UG (haftungsbeschränkt) Unternehmergesellschaft	Mindeststammkapital: 1 Euro vollständige Einzahlung bei Gründung erforderlich, nur Bargründung möglich	mind. 1	nur mit Gesellschaftsvermögen, ggf. persönliche Haftung des Geschäftsführers	Geschäftsführer, Geschäftspolitik: Gesellschafterversammlung, sofern vorhanden Aufsichtsrat, Bestellung von Prokuristen möglich
AG Aktiengesellschaft	Mindestgrundkapital: 50.000 Euro	mind. 1	nur mit Gesellschaftsvermögen, ggf. persönliche Haftung des Vorstandes	Vorstand, Geschäftspolitik: Aufsichtsrat, Hauptversammlung, Bestellung von Prokuristen möglich

Industrie- und Handelskammer Aachen: Rechtsformen: Übersichtstabelle. In: www.aachen.ihk.de, Abruf am 27.01.2022

M12 Wie wird eine Existenzgründung finanziert?

Woher bekommst du das Geld, um dein Startup aufzubauen? Auf diese Frage gibt es viele mögliche Antworten. [...] Jede Finanzierungsart hat ihre Besonderheiten, die Vor- und Nachteile mit sich bringen. Die Unterschiede bestehen unter anderem darin, wie schnell du das Geld bekommst, wie viel Geld du bekommst und ob du dafür Firmenanteile oder Mitbestimmungsrechte abgeben musst. [...]

1 Förderkredite

Förderkredite funktionieren wie klassische Bankkredite, aber das Geld dafür stammt aus öffentlichen Quellen, etwa von Ministerien. Weil diese Institutionen nicht vorrangig finanzielle, sondern politische Ziele verfolgen, sind die Konditionen meist deutlich günstiger als bei klassischen Bankkrediten. [...] Mit dem „ERP-Gründerkredit – Startgeld" erhalten junge Unternehmen, die vor maximal fünf Jahren gegründet wurden, bis zu 125.000 EUR. [...]

2 Crowdfunding

Beim Crowdfunding nutzt du die Macht der Masse. Dafür präsentierst du deine Idee auf einer Crowdfunding-Plattform und hoffst, dass du möglichst viele Menschen überzeugst, dich mit einem kleinen Beitrag zu unterstützen. Auf diese Weise kann eine bedeutende Summe zusammenkommen, denn Kleinvieh macht bekanntlich auch Mist. Beim Crowdfunding geht es den meisten Unterstützer*innen nicht vorrangig um den Profit, sondern um die Idee. [...]

3 Crowdinvesting

Crowdinvesting ist eine Crowdfunding-Variante, die sich als ernstzunehmende Finanzierungsmöglichkeit etabliert hat – die eingeworbenen Summen reichen teilweise bis zu mehreren Millionen Euro. In dieser Variante erhalten die Investoren eine finanzielle Vergütung, etwa eine prozentuale Beteiligung an künftigen Gewinnen, in der Regel aber keine Mitspracherechte.

Gründerplattform: Startup-Finanzierung In: www.gruenderplattform.de, Abruf am 27.01.2022

AUFGABEN

71079-166

1. a) Stellt zu zweit die für euch wichtigsten Schritte zur Existenzgründung dar.
   b) Lest **M9** und erstellt ein Flussdiagramm zu den notwendigen Schritten zur Existenzgründung und vergleicht sie mit euren Ideen aus 1a.
2. Eine gute Geschäftsidee muss gut präsentiert werden, um Investoren zu überzeugen. Entwickelt eine Pitch-Präsentation (**M10**) für ein Fantasie-Unternehmen/Produkt oder für ein bereits bestehendes Unternehmen/Produkt. Präsentiert eure Pitches in der Klasse.
3. a) Wertet die Tabelle zu den Rechtsformen hinsichtlich Startkapital, Personenmindestzahl und Haftung aus (**M11**).
   b) Entscheidet, zu welcher Rechtsform welche Arten von Unternehmen passen.
4. Prüft, welche Finanzierungsmodelle (**M12**) für verschiedene Rechtsformen (**M11**) geeignet sind.
5. Prüft, welche Rechtsform und Finanzierung für das Unternehmen in **M8** geeignet sein könnte.
6. Beurteilt die Kapitelfrage vor dem Hintergrund eures neu erworbenen Wissens.

H Aufgabe 1b
Methode: Ein Flussdiagramm erstellen
→Methodenglossar

F Aufgabe 1b
Stellt Fallbeispiele für Start-ups vor.

H Aufgabe 2
→ S. 381

F Aufgabe 4
Prüft weitere Finanzierungsmöglichkeiten auf der Internetseite der „Gründerplattform"

71079-168

5.1.4 Sollten sich mehr Menschen selbstständig machen?

Zum Thema: Neben der Anstellung in einem Betrieb ist natürlich auch die Selbstständigkeit eine Möglichkeit der Berufstätigkeit. Warum Selbstständige und Existenzgründungen wichtig sind und worauf man dabei achten muss, erfahrt ihr hier.

M13 Ein Gespräch unter Freunden ...

Endlich geschafft: Abitur! Nach insgesamt 13 Jahren haben Celil und Jonas den ersehnten Schulabschluss und stehen nun vor der großen Frage, was die Zukunft bringen soll. Beide unterhalten sich, welche Aussichten sie haben.

Jonas: Nach den 13 Jahren Schule will ich jetzt erst mal entspannen. Ich mach' eine Weltreise mit zwei Kumpels. Was ist mit dir?

Celil: Bei mir schaut es anders aus. Ich habe meinen Studienplatz für Englisch und Deutsch auf Lehramt schon sicher. Bis zum Studienbeginn im Oktober mach' ich im Sommer noch eine vierwöchige Sprachreise in England.

Jonas: Okay, du willst Beamtin werden? Ist sicher nicht schlecht, sicheres Einkommen, fester Arbeitsplatz, hohe Pension und viel Ferien – das hört sich alles gut an, aber für mich ist das nichts. Ich finde, dass man da zu eingeengt ist, ich will mehr Unabhängigkeit, das ist mir wichtig. Mit unserer Schülerfirma haben wir ein tolles Produkt entworfen. Das will ich jetzt weiterentwickeln und dann selber ein Unternehmen gründen, um es später verkaufen zu können.

Celil: Das wäre mir wiederum zu unsicher. Jeden Tag die Angst haben, dass ich zu wenig verkaufe, meine Miete nicht bezahlen kann oder die Mitarbeitenden nicht motiviert sind. Ich habe das bei meinem Onkel mitbekommen, das war ein täglicher Kampf und am Ende ist sein Unternehmen pleitegegangen.

Jonas: Wer nicht wagt, der nicht gewinnt. Oder, um in den Worten von Facebookgründer Mark Zuckerberg zu sprechen: „The biggest risk is not taking any risk. [...] In a world that's changing really quickly, the only strategy that is guaranteed to fail is not taking risks."

Bearbeiter

EINSTIEGSAUFGABEN 71079-169

1. Arbeitet aus dem Gespräch Eigenschaften und Ziele heraus, welche einerseits für eine Unternehmensgründung vorteilhaft sind und andererseits für jemanden stehen, der abhängig beschäftigt ist.
2. Entscheidet spontan: Sollten sich mehr Menschen selbstständig machen?

M14 Welche Bedeutung haben Existenzgründungen für Wirtschaft und Staat?

71079-170

Start-up
Als Start-up wird in der Regel ein junges Unternehmen mit einer innovativen Geschäftsidee und einem hohen Wachstumspotential bezeichnet. Start-ups verfügen häufig über ein geringes Startkapital, weswegen sie zur Verfolgung ihrer Ziele früh auf externe Kapitalgeber angewiesen sind. Ein Beispiel für ein Startup, das sich in den letzten Jahren zu einem erfolgreichen Unternehmen entwickelt hat, ist der Messenger-Dienst Snapchat.

Existenzgründungen sind die Grundlage für wirtschaftliches Wachstum. Neue Ideen, Produkte, Dienstleistungen und Geschäftsmodelle modernisieren nicht nur die Wirtschaftsstruktur, sondern schaffen auch neue Arbeitsplätze.

In Deutschland sind 2019 605.000 Gründerinnen und Gründer in die unternehmerische Selbstständigkeit gestartet. Start-ups und Unternehmensgründungen in der gewerblichen Wirtschaft, im Handel, im Handwerk bis hin zu Existenzgründungen in den Freien Berufen haben für die Volkswirtschaft eine große Bedeutung: Sie schaffen nicht nur neue Arbeitsplätze, sondern fördern auch die Wettbewerbs- und Innovationsfähigkeit und halten die Soziale Marktwirtschaft fit. [...]

Gründerinnen und Gründer verwirklichen innovative Ideen und fördern damit Fortschritt, Wachstum und Wettbewerbsfähigkeit. Rund 15 Prozent der Existenzgründerinnen und Existenzgründer gingen 2019 mit einer Neuheit auf den regionalen, deutschen oder weltweiten Markt. Mehr als jede vierte Gründung ist „digital", das heißt, die Digitalisierung oder der Einsatz von digitalen Technologien ist entscheidend für die Realisierung des Geschäftskonzepts. Die Gründung einer selbstständigen Existenz hat positive Beschäftigungseffekte. Neugründungen entlasten den Arbeitsmarkt und schaffen Arbeitsplätze. Im Jahr 2019 entstanden durch Neugründungen 454.000 neue Vollzeitbeschäftigungsverhältnisse. [...]

Durch neue Unternehmensgründungen wächst die Zahl der Akteure im Wettbewerbsgeschehen. Junge Unternehmen fordern nicht nur bestehende Unternehmen mit neuen Produkten, Dienstleistungen, Prozessen und Geschäftsmodellen heraus, sondern treiben auch den Wettbewerb an. In der digitalen Welt werden zunehmend die innovativen Start-ups Motor des Wandels.

Bundesministerium für Wirtschaft und Klimaschutz: Existenzgründung – Motor für Wachstum und Wettbewerb. In: www.bmwi.de, Abruf am 27.01.2022

M15 Warum das Silicon Valley nicht in Deutschland liegt

Silicon Valley
Das Silicon Valley liegt im Süden der San Francisco Bay Area in Kalifornien, USA. Dort haben zahlreiche Hightech- und IT-Unternehmen (IT = Informationstechnologie) ihren Sitz, wie z. B. Alphabet (Google), Apple, Facebook, Amazon oder Microsoft.

Es gibt mehrere Gründe, warum die mit Risikokapital finanzierte Geschäftswelt in Deutschland immer noch viel kleiner ist als ihr Pendant in Kalifornien, und warum so viele talentierte Deutsche in die USA auswandern. Das erfuhr DW [Deutsche Welle] aus Interviews mit Matthias Ockenfels, einem in Berlin ansässigen Risikokapitalgeber (Venture Capitalist, VC), der zuvor in Kalifornien gearbeitet hat, und Pascal Zuta, einem Unternehmer, der heute in San Francisco lebt, aber zuvor zehn Jahre damit verbracht hat, diverse Unternehmen in Berlin zu gründen. „Wir haben [in Deutschland] noch ein Stück des Weges vor uns, um eine Kultur des vollblütigen risikokapitalfinanzierten Unternehmertums zu entwickeln", sagt Pascal Zuta. „Andererseits hat die deutsche Kultur des Perfektionismus in manchen Bereichen auch Vorteile." [...]

Laut Zuta ist Kaliforniens Ambiente des inspirierenden Optimismus ein Grund dafür, warum viele Jungunternehmer sowie risikofreudige Ingenieure und Programmierer aus Deutschland dorthin auswandern. Die kalifornische Kultur akzeptiert oder feiert sogar geschäftliche Rückschläge und Misserfolge; solche werden als Gelegenheiten verstanden, zu „wachsen" und sich auf einen neuen Anlauf vorzubereiten, auf das nächste Startup.

„In Deutschland ist man oft lieber der Besserwisser, der sagt, 'das wird schiefgehen'. Und meistens geht es ja auch schief – also behält man damit Recht. In Deutschland suchen alle die Planbarkeit, aber im Unternehmertum tut man am Ende fast nie das, was man am Anfang geplant hat. Man muss flexibel bleiben, Chancen ergreifen."

Zimmermann, Nils: Warum das Silicon Valley nicht in Deutschland liegt. In: www.dw.com, 15.08.2019

M16 Sich selbstständig machen oder nicht?

Selbstständigkeit bietet Vorteile wie unabhängiges Arbeiten oder das Verwirklichen eigener Ideen. Die Verantwortung liegt bei einem selbst, ebenso können Entscheidungen alleine getroffen werden. Auf der finanziellen Seite kann man sein Einkommen steigern und Steuervorteile für Selbstständige nutzen. Ebenfalls können die Arbeitszeiten frei und vor allem flexibel gestaltet werden. Und zu guter Letzt genießen Selbstständige ein hohes gesellschaftliches Ansehen.

Aber es gibt natürlich auch Argumente, die gegen eine Selbstständigkeit sprechen. So hat man keine geregelten Arbeits- und Urlaubszeiten, ebenfalls ist das Einkommen nicht geregelt oder gesichert. Der eigene Arbeitseinsatz ist in der Regel (vor allem in der Anfangsphase) sehr hoch, was zu einer großen physischen und psychischen Belastung führen kann. Ferner gilt es, sich gegenüber Konkurrenten zu behaupten und Risiken wie Forderungsausfälle oder Steuernachzahlungen zu kompensieren. Schließlich fehlen betriebliche Sonder- und Sozialleistungen bzw. müssen eigene Kranken- und Altersversicherungen selbst finanziert werden.

Bearbeiter

AUFGABEN

71079-171

1. Arbeitet alleine aus **M14** heraus, warum es für eine Volkswirtschaft wichtig ist, dass Menschen neue Unternehmen gründen.
2. Ermittelt aus **M15** Gründe für den Erfolg von Existenzgründungen in Kalifornien und die schlechteren Bedingungen in Deutschland.
3. Könnt ihr die im Text (**M15**) genannten Vorurteile über die deutsche (Unternehmer-) Kultur bestätigen? Formuliert einen kurzen Kommentar.
4. Erstellt eine Tabelle mit den in **M16** genannten Pro- und Kontra-Argumenten zur Selbstständigkeit.
5. Wägt die Argumente ab und beurteilt, ob sich mehr Menschen selbstständig machen sollten. Differenziert dabei zwischen persönlichen sowie gesellschaftlich-wirtschaftlichen Motiven und Gründen.

5.2 Strukturwandel der Arbeitswelt durch Digitalisierung

5.2.1 Strukturwandel: Überwiegen die Chancen oder die Risiken?

Zum Thema: Die Arbeitswelt hat sich immer wieder stark verändert. Durch die Digitalisierung geht diese Veränderung weiter. Viele Entwicklungen stehen erst an ihrem Anfang und werden ihre Wirkung noch entfalten. Was Strukturwandel überhaupt ist und warum er so großen Einfluss hat, erfahrt ihr in diesem Unterkapitel.

M17 Strukturwandel in der Musikindustrie

Im Jahr 2001 lag der Umsatz mit physikalischen Tonträgern [wie CD oder Vinyl] weltweit bei rund 23 Milliarden US-Dollar, 2019 war es nur noch ein Fünftel davon. Der Umsatz mit Streaming-Angeboten stieg in 10 Jahren um das Dreißigfache und trägt 2019 damit weit mehr als die Hälfte des Umsatzes in der Musikindustrie bei.

Fleig, Jürgen: 3 Beispiele für eine disruptive Innovation. In: www.business-wissen.de, 25.05.2020

Auf der Fahrt in den Urlaub durfte ich diesmal bestimmen, welche Musik im Auto gehört wird. Meine Mutter meinte, dass sie für diese ganzen Songs in meinem Alter einen ganzen Koffer CDs hätte mitnehmen müssen.

Wer ohne Auto unterwegs war, musste sich früher sogar für ein einziges Album im CD-Player entscheiden. Ein Album kostet auf CD 15€ oder so, bei Audio-Streaming-Diensten zahlst du pro Monat weniger ... für alles!

Can (19) und Emma (19)

Ja, MP3-Formate können mit viel geringerer Datenmenge gespeichert werden. Viele streamen Musik im Internet gegen Bezahlung. Früher konnten Musiker teilweise nur von CD-Verkäufen leben, heute sind Konzerte viel wichtiger.

EINSTIEGSAUFGABEN 71079-172

1. Tauscht euch darüber aus, über welche Anbieter/Medien ihr Musik konsumiert und welche älteren Tonträger ihr ggf. aus euren Familien kennt.
2. Überlegt, ob ihr noch weitere Beispiele für (technische) Dinge kennt, die sich stark weiterentwickelt oder verändert haben.

M18 Was bedeuten Strukturwandel und Digitalisierung? Welche Stufen der industriellen Revolutionen gibt es?

1 Strukturwandel

Strukturwandel bezeichnet eingetretene Veränderungen oder angestrebte Anpassungen, die nicht nur äußerlich sichtbar sind [...], sondern grundsätzlicher Natur sind, d. h. [...] eine völlig neue Ordnung verlangen. [...] Der Begriff wird vorwiegend im wirtschaftlichen Sinne verwendet und bedeutet hier, dass sich

a) die bisherigen Beziehungen innerhalb der einzelnen Wirtschaftsbranchen (sektoraler Strukturwandel) bzw. innerhalb einzelner Regionen (regionaler Strukturwandel) drastisch ändern oder

b) [...] das Verhältnis zwischen eingesetztem Kapital (Maschinen, Automaten, Robotern) und notwendiger menschlicher Arbeitskraft drastisch ändert.

Schubert, Klaus/ Klein, Martina: Das Politiklexikon. 7., aktual. u. erw. Aufl. Bonn: Dietz 2020. Lizenzausgabe Bonn: Bundeszentrale für politische Bildung

2 Digitalisierung

Der Begriff der Digitalisierung hat mehrere Bedeutungen. Er kann die digitale Umwandlung und Darstellung bzw. Durchführung von Information und Kommunikation oder die digitale Modifikation von Instrumenten, Geräten und Fahrzeugen ebenso meinen wie die digitale Revolution, die auch als dritte Revolution bekannt ist, bzw. die digitale Wende. Im letzteren Kontext werden nicht zuletzt „Informationszeitalter" und „Computerisierung" genannt. Während im 20. Jahrhundert die Informationstechnologie (IT) vor allem der Automatisierung und Optimierung diente, Privathaushalt und Arbeitsplatz modernisiert, Computernetze geschaffen und Softwareprodukte wie Office-Programme [...] eingeführt wurden, stehen seit Anfang des 21. Jahrhunderts disruptive Technologien und innovative Geschäftsmodelle sowie Autonomisierung, Flexibilisierung und Individualisierung in der Digitalisierung im Vordergrund.

Bendel, Oliver: Digitalisierung. In: www.wirtschaftslexikon.gabler.de, 19.02.2018

3 Welche Stufen der Industriellen Revolutionen gibt es?

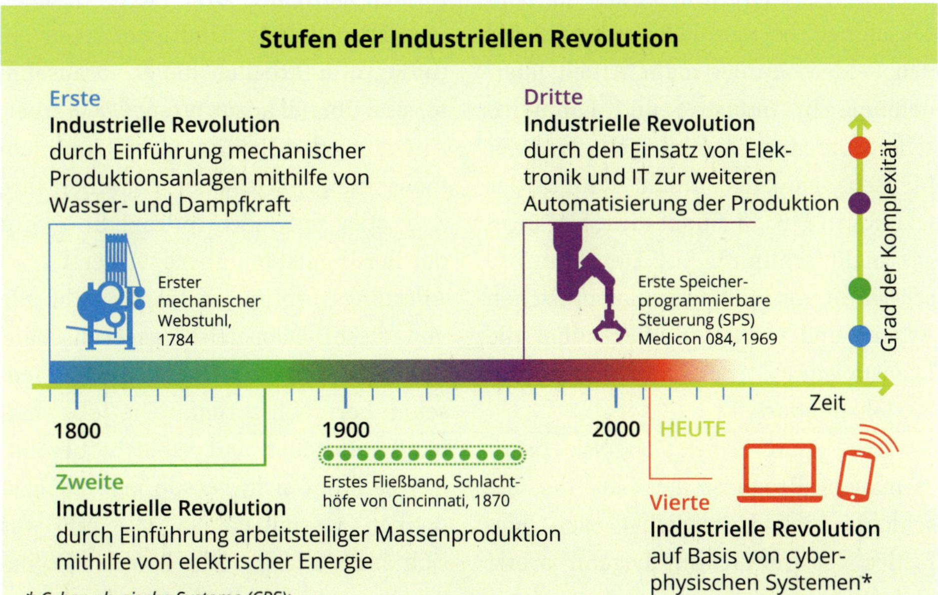

** Cyber-physische Systeme (CPS):*
Verbund informatischer, software-technischer Komponenten mit mechanischen und elektronischen Teilen, die über eine Dateninfrastruktur, wie z. B. das Internet, kommunizieren. Technologische Grundlagen für das CPS liefern Wissenschaften wie die Informatik, Mathematik, Maschinenbau, Elektrotechnik und Robotik.

©C.C.Buchner Verlag, Daten nach: Deutsches Forschungszentrum für Künstliche Intelligenz (DFKI), 2022

Industrie 4.0
Unter „Industrie 4.0" kann man sich eine vernetzte Produktion vorstellen, bei der Systeme möglichst selbstständig arbeiten. Wichtig sind dabei cyberphysische Systeme: Software wird mit mechanischen Teilen verknüpft und steuert u. a. mobile und bewegliche Einrichtungen, Geräte und Maschinen bzw. Roboter.

M19 Strukturwandel im Liniendiagramm

Der Strukturwandel in Deutschland, hier: gemessen an der Verteilung der Bruttowertschöpfung auf verschiedene Wirtschaftssektoren:

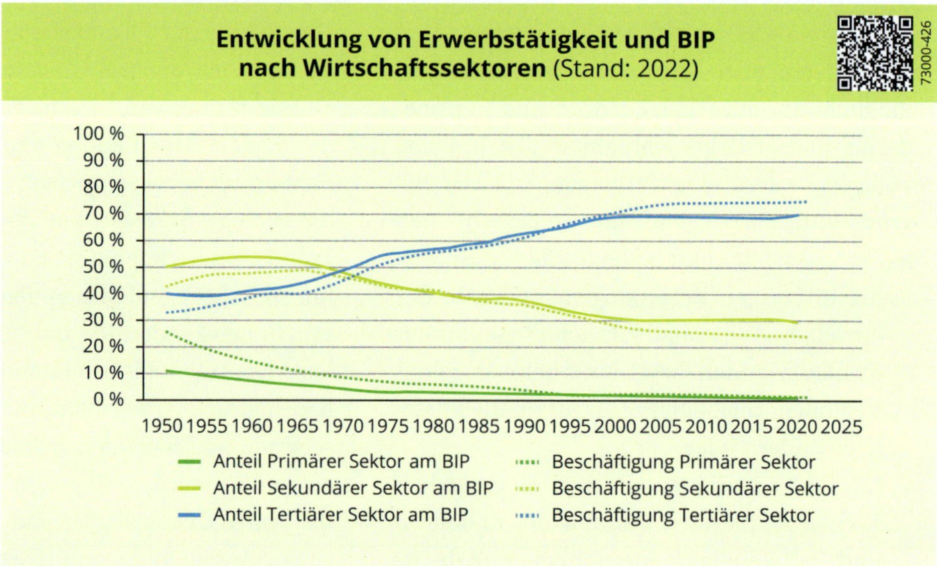

©C.C. Buchner Verlag, aktuelle Daten nach: DESTATIS, 2021

Bruttowertschöpfung
Die Bruttowertschöpfung ergibt sich aus dem Gesamtwert der erzeugten Waren und Dienstleistungen abzüglich des Wertes der für den Produktionsprozess genutzten Waren und Dienstleistungen.

Primärer Sektor
Land-, Forstwirtschaft, Fischerei (und Bergbau)

Sekundärer Sektor
Produzierendes Gewerbe (Industrie)

Tertiärer Sektor
Dienstleistungen

M20 Die Dienstleistungsgesellschaft und ihre Folgen

Das 20. Jahrhundert ist zur Hälfte vorbei, da registriert Jean Fourastié, dass Maschinen in den Fabriken und auf den Feldern immer mehr Arbeit übernehmen. In Industrie und Landwirtschaft, die lange dominierten, wird der Mensch weniger gebraucht, schreibt der Ökonom 1949. Er findet diesen Mangel gar nicht schlimm. [...] Der Franzose schwärmt vom Ende „der knechtischen Arbeit" und tauft sein Werk über die Dienstleistungs-Ära „Die Chance des 20. Jahrhunderts".

70 Jahre später zeigt sich, wie präzise manche Prognose den Lauf der Geschichte trifft. Unmittelbar nach Fourastiés Veröffentlichung begann ja erst mal die goldene Zeit der Industriejobs. Von einer Servicegesellschaft konnte im Wirtschaftswunder keine Rede sein. Heute aber findet tatsächlich nur noch jeder vierte Deutsche in der Industrie Beschäftigung. Drei Viertel dagegen sind Dienstleister. Und jene besser bezahlten Kopfarbeiter, die er vorausahnte, sind überall anzutreffen. Ob Werber, Anwälte oder Psychologen, Unternehmensberater, ITler oder Youtuber: ihre Zahl stieg entweder sprunghaft – oder der Beruf entstand überhaupt erst.

Allerdings profitieren längst nicht alle von dieser Dienstleistungsgesellschaft. Bei vielen Service-Jobs bleiben die Menschen beruflich zurück. [Die Jobs sind] häufig unsicher und schlecht bezahlt. [...] Es lohnt sich, gerade jetzt nachzudenken, warum das so ist – und was sich ändern lässt. [D]ie Ära der Digitalisierung [dürfte] die Unterschiede verschärfen.

Hagelüken, Alexander: Geiz macht arm. In: www.sueddeutsche.de, 26.11.2017

M21 Was sind disruptive Technologien?

A Disruptive Technologien (engl. to disrupt „unterbrechen" bzw. „stören") unterbrechen die Erfolgsserie etablierter Technologien und Verfahren und verdrängen oder ersetzen diese in mehr oder weniger kurzer Zeit. Oft sind sie zunächst qualitativ schlechter oder funktional spezieller, was mit ihrer Digitalisierung zusammenhängen kann, und gleichen sich dann nach und nach an ihre Vorgänger an bzw. übertreffen diese in bestimmten Aspekten.

Bendel, Oliver: Disruptive Technologien. In: www.wirtschaftslexikon.gabler.de, 07.01.2019

B Wie disruptive Innovationen entstehen und wie sie sich entwickeln, hat der US-amerikanische Wirtschaftswissenschaftler Clayton M. Christensen beschrieben und damit für Aufsehen gesorgt: Praktisch alle bahnbrechenden Technologiesprünge, wie zum Beispiel die Entwicklung von der Schreibmaschine zur Textverarbeitung am Computer oder von der Petroleumlampe zum elektrischen Licht, wurden von den Branchenführern verpasst. Es sind immer die kleinen und jungen Unternehmen, die auf eine neue Technologie setzen und damit alte Strukturen im Markt aufbrechen oder ganz zerstören. Sie entwickeln eigene Märkte und schaffen neue Geschäftsmodelle für ihre Branchen.

Fleig, Jürgen: 3 Beispiele für eine disruptive Innovation. In: www.business-wissen.de, 25.05.2020

M22 Fallbeispiel: das Haus aus dem 3D-Drucker

Häuser aus dem 3D-Drucker könnten das Baugewerbe in den kommenden Jahren revolutionieren – sowohl was die Bauzeit als auch die Kosten angeht. In den USA hatte zuletzt das Startup SQ4D das Potenzial dieser Bauweise gezeigt. Innerhalb von nur acht Tagen war ein 177 Quadratmeter großes Einfamilienhaus fertig.

Brien, Jörn: Dieses Haus aus dem 3D-Drucker ist jetzt offiziell einzugsbereit. In: www.t3n.de, 15.05.2021

Ein Haus aus dem 3D-Drucker in Beckum

AUFGABEN

71079-173

1. a) Erklärt zu zweit den Begriff Strukturwandel (**M18** **1**).
   b) Informiert euch in **M18** **2** und **M18** **3** über die Begriffe der Digitalisierung und der Stufen der industriellen Revolutionen und benennt Schlüsselwörter, mit denen sich „Digitalisierung" beschreiben lässt.
2. Wertet in Kleingruppen das Diagramm in **M19** aus (→ Methodenglossar).
3. Arbeitet aus **M20** Gründe für die Entstehung der „Dienstleistungsgesellschaft" heraus.
4. Prüft, inwiefern es sich beim im Text beschriebenen Wandel zur Dienstleistungsgesellschaft um Strukturwandel handelt (**M18**, **M19**, **M20**).
5. Lest die Materialien **21** und **22**.
   a) Erklärt, inwiefern der 3D-Drucker ein Ergebnis der Digitalisierung ist.
   b) Prüft, inwiefern es sich beim 3D-Drucker (in Zukunft) um eine disruptive Technologie handeln könnte.
   c) Diskutiert, welche Folgen es für die Wirtschaft/unser Leben haben könnte, wenn sich der 3D-Drucker als disruptive Technologie erweisen würde.

F **Aufgabe 5a-c**
Erläutert, inwiefern es sich bei euren Beispielen aus der Einstiegsaufgabe um disruptive Technologien handelt.

5.2.2 Digitalisierung der Arbeitswelt: Kostet sie Arbeitsplätze?

Zum Thema: Mit den technischen Erneuerungen durch die Digitalisierung stellt sich die Frage, welche Auswirkung dies auf die Arbeit hat. Neben der Veränderung oder dem möglichen Wegfall von Berufen verändert sich auch die Art, wie wir arbeiten. Darum geht es in diesem Kapitel.

M23 Ein Austausch über Ausbildungsberufe …

In der Schule findet eine Informationsveranstaltung über verschiedene Ausbildungsberufe statt. Emma und Can unterhalten sich deswegen über Berufe in ihren Familien.

Also mein Großvater ist Bäckermeister, aber das interessiert mich nicht so. Ich möchte ja ein duales Studium mit einer Ausbildung zum Einzelhandelskaufmann machen, das ist eher mein Ding. Und bei dir?

Ich weiß ja schon, dass ich Maschinenbau studieren möchte, aber wenn ich eine Ausbildung machen würde, dann auf jeden Fall KFZ-Mechatronikerin. Meine Mutter ist Reiseverkehrskauffrau und meine Tante Bankkauffrau, dafür interessieren sich aber, wenn überhaupt, meine Brüder.

EINSTIEGSAUFGABE 71079-174

Tauscht euch darüber aus, welche Perspektive die genannten Berufe in einer weiter digitalisierten Zukunft haben werden und welche Gründe es dafür gibt. Ihr könnt auch Berufe aus euren Familien mit einbeziehen.

M24 Wie verändert die Digitalisierung die Arbeitswelt? 71079-175

1 Fachkräftemangel statt technischer Arbeitslosigkeit

Vor dem Hintergrund aktueller Arbeitsmarktprognosen ist derzeit nicht der häufig befürchtete Abbau von Beschäftigung zu erwarten. Auch wenn Maschinen und Computer immer mehr Aufgaben und Tätigkeiten übernehmen und dadurch vermeintlich weniger menschliche Arbeitskräfte benötigt werden, bedingt der digitale Wandel aller Voraussicht nach keinen Anstieg der Arbeitslosigkeit. Nach einer Prognose des Bundesministeriums für Arbeit und Soziales (BMAS) zur Entwicklung der digitalisierten Arbeitswelt wird sich der zukünftige Arbeitsmarkt zwar um mehr als 16 Prozent aller Arbeitsplätze vom heutigen unterscheiden, dem gegenüber steht jedoch ein Rückgang der erwerbsfähigen Bevölkerung von 58,9 Millionen Personen im Jahr 2019 auf 55,4 Millionen Personen im Jahr 2035 sowie ein Älterwerden der Belegschaften. Diese Entwicklung gleicht den Rückgang des Arbeitskräfteangebots zahlenmäßig nicht nur aus, sondern sie lässt eine Arbeitskräftelücke entstehen. Insbesondere im MINT- und im Gesundheitsbereich wird sogar eine Verschärfung des Fachkräftemangels erwartet.

MINT
Unter dem Akronym **MINT** werden Fächer und Berufe der Bereiche Mathematik, Informatik, Naturwissenschaften und Technik zusammengefasst.

Zeitarbeit und Leiharbeit
Arbeitnehmer:innen werden von ihrem Unternehmen angestellt. Ihre Arbeitskraft wird dann befristet anderen Unternehmen überlassen.

Crowdworking
(auch Crowdsourcing, engl. *crowd* für (*Menschen-*) *Menge*, und *sourcing* für *Beschaffung*) Gemeinschaftliches Arbeiten an einem Projekt durch verschiedene Akteure im eigenen Arbeitsumfeld (häufig in kreativen Branchen).

2 Neue Qualität, neue Bedarfe

Insgesamt wird sich weniger die Quantität als die Qualität und der Charakter von Erwerbsarbeit verändern, und zwar in allen Branchen, Berufen und auf allen Anforderungsniveaus. Statt einer technischen und unvermeidbaren Arbeitslosigkeit sind eher eine Verschiebung von Tätigkeitsfeldern und ein beruflicher und dann auch arbeitsmarktlicher Strukturwandel zu erwarten, der ganz besonders auch die berufliche Bildung betrifft. Wo moderne Informations- und Kommunikationtechnologien (IKT), Vernetzung und das Zusammenbringen menschlicher und technischer Fähigkeiten neue Geschäftsmodelle und Produkte ermöglichen, entstehen neue Berufs- und Tätigkeitsfelder. Andere verschwinden oder werden ab- oder aufgewertet. Wo an einer Stelle Tätigkeiten durch Technologien ersetzt werden, wächst an anderer Stelle der Arbeitskräftebedarf. [...]

3 Neue Erwerbsverläufe

Trotz veränderter Anforderungen an und von Unternehmen sowie Erwerbstätigen und einer allgemeinen Flexibilisierung wandeln sich die Beschäftigungsformen unter dem Einfluss der Digitalisierung kaum. Seit Mitte der 2000er-Jahre steigt der Anteil atypischer Beschäftigungsformen wie Zeit-, Leih- und Teilzeitarbeit oder geringfügiger und befristeter Beschäftigung im Vergleich zu klassischen Vollzeit- als Normalarbeitsverhältnissen kaum noch.

Auch Solo-Selbstständigkeit und das Phänomen des Crowdworkings sind deutlich weniger weit verbreitet als man angesichts der breiten Diskussion darüber annehmen könnte. Sie stehen jedoch dafür, dass in einer flexibilisierten Arbeitswelt Mehrfachbeschäftigung, unterbrochene oder hybride Erwerbsverläufe, d.h. solche, die bestimmt sind von mehrfachen Wechseln zwischen selbstständiger und abhängiger Beschäftigung, zunehmen.

Hier birgt der digitale Wandel ein Risiko hinsichtlich der individuellen Absicherung, weil die sozialen Sicherungssysteme noch immer auf kontinuierliche und insbesondere auf abhängige Beschäftigung ausgerichtet sind.

Klingbeil-Döring, Wenke: Digitalisierung und der Arbeitsmarkt. In: www.bpb.de, 01.09.2020

Substituierbarkeits-potenzial
Das Substituierbarkeitspotenzial gibt an, in welchem Ausmaß Berufe gegenwärtig potenziell durch den Einsatz von Computern oder computergesteuerten Maschinen ersetzbar sind.

M25 In welchen Berufsbranchen wirkt sich die Digitalisierung am stärksten aus?

Quelle: IAB-Kurzbericht 4/2018, Berechnungen des IAB, Dengler/Matthes (215), BERUFNET (2013, 2016)

M26 Bankkaufleute – eine aussterbende Berufsgruppe?

Bankkaufleute gehen auf Abstand zum Job. Einer Umfrage der Hans-Böckler-Stiftung zufolge würden 66 Prozent anderen von ihrem Beruf eher ab- als zuraten. In keinem anderen Beruf, den die Stiftung in ihre Auswertung aufgenommen hat, ist die Situation ähnlich. Bankkaufleute, heißt es, stünden auf der Negativ-Liste ganz oben [...]. Zu den Gründen befragt, antworteten die Bankmitarbeiter unter anderem: „Die Tätigkeit als Kundenberater in einer Bank wird durch die Digitalisierung zunehmend überflüssiger und somit unsicherer." Und: „Die Finanzbranche ist im Umbruch, den Bankkaufmann von früher wird es in der Zukunft nicht mehr geben." Die Böckler-Stiftung sieht darin ein klares Indiz, dass die Sparmaßnahmen der vergangenen Jahre Kündigungswellen und Filialschließungen nicht ohne Wirkung geblieben sind. „Bankkaufleute sehen in ihrer Branche offenbar keine Zukunft mehr", so ein wissenschaftlicher Mitarbeiter des zur Stiftung gehörenden Wirtschafts- und Sozialwissenschaftlichen Instituts (WSI).

Weise, Tamara: Bankkaufleute zweifeln an ihrer Job-Zukunft, Berufsbild von Kraftfahrern und Köchen ist beliebter. In: www.finanzbusiness.de, 08.04.2020

M27 Neue Jobs dank „Künstlicher Intelligenz" (KI)?

Wenn Holger Hürtgen auf Familienfeiern [...] von seiner Arbeit erzählt [...] begegnet er meist verständnislosen Blicken: „Die Leute verstehen überhaupt nicht, was ich mache", sagt der 40-Jährige, der [...] als sogenannter Chief Data Scientist tätig ist – auf gut Deutsch also als Chef-Datenwissenschaftler.

„Ich sage dann, dass ich Unternehmen dabei helfe, ihre Daten zu systematisieren und zu analysieren, und dass die Herausforderung dabei ist, dass die Datenmengen immer größer und die Analysemethoden immer komplexer werden." [...] Viele Arbeitnehmer gehen davon aus, dass die KI eine Welle von Entlassungen auslösen werde, weil Roboter oder Computerprogramme ihre Arbeit übernähmen. [...] Für Berufe, die verschwinden, entstehen neue: Wenn Maschinen die Fehlerkontrolle in der Fertigung übernehmen, können sich die Mitarbeiter schließlich anderen, interessanteren Aufgaben widmen, wie der Qualitätskontrolle. Dass insgesamt weniger Arbeit für die Menschen übrigbleibe, sei nicht das Problem. Seit Jahrtausenden baut der Mensch Maschinen, die ihm das Leben erleichtern und Arbeit abnehmen sollen. Es sei also durchaus möglich, [...] dass [...] eine 20-Stunden-Woche in einigen Wirtschaftsbereichen eingeführt werden müsse, wenn Maschinen einen Teil der Arbeit übernähmen.

Kirst, Virginia: Neue Jobs dank KI. In: www.welt.de, 27.09.2019

AUFGABEN

71079-176

1. Analysiert **M24** hinsichtlich der Frage, ob die Digitalisierung für mehr Arbeitslosigkeit sorgen wird.
2. Wertet die Statistik in **M25** im Hinblick auf das Substituierungspotenzial in verschiedenen Branchen durch die Digitalisierung aus.
3. Erstellt zu viert eine Zukunftsprognose zu der Frage, inwiefern der Beruf der Bankkaufleute verschwinden wird bzw. welche neuen Berufe bereits entstanden sind oder entstehen werden (**M26**, **M27**).
4. Beurteilt in der Klasse die Frage: Digitalisierung der Arbeitswelt – kostet sie Arbeitsplätze?

5.2.3 Bietet die Digitalisierung der Arbeitsformen mehr Vor- als Nachteile?

Zum Thema: Gerade auch in der Corona-Pandemie haben wir gemerkt, dass die Digitalisierung vieles erleichtern kann – sie wurde durch Corona sogar beschleunigt. Doch gibt es auch Menschen, deren Arbeitsalltag durch die Digitalisierung nicht leichter wird? Das erfahrt ihr in diesem Unterkapitel.

M28 Distanzunterricht während der Corona-Pandemie

Eine Schülerin beim Distanzunterricht.

EINSTIEGSAUFGABE 71079-177

Während der Corona-Pandemie habt ihr im Distanzunterricht gearbeitet. Sammelt aufgrund eurer eigenen Erfahrungen Vor- und Nachteile, die das Arbeiten im Home Schooling (Distanzunterricht) mit sich bringt.

M29 Was sind Homeoffice und Telearbeit? 71079-178

Unter **Homeoffice** versteht man im Sprachgebrauch – in Abgrenzung zur Teleheimarbeit – das gelegentliche Arbeiten an einem anderen Arbeitsplatz als dem Gebäude des Arbeitgebers. Im Unterschied zur Teleheimarbeit definiert der Gesetzgeber beim gelegentlichen Homeoffice weniger strenge Erwartungen an die ergonomische Gestaltung des Arbeitsplatzes. Dies wurde in der Novelle der Arbeitsstättenverordnung mit der Definition des Telearbeitsplatzes ausdrücklich festgelegt.

Unter **Teleheimarbeitsplätze** versteht der Gesetzgeber vom Arbeitgeber für einen festgelegten Zeitraum eingerichtete Bildschirmarbeitsplätze im Privatbereich der Beschäftigten. Telearbeit erfordert klare Rahmenbedingungen zwischen Arbeitgeber und Beschäftigten: Ein Telearbeitsplatz ist vom Arbeitgeber erst dann eingerichtet, wenn Arbeitgeber und Beschäftigte die Bedingungen der Telearbeit arbeitsvertraglich oder im Rahmen einer Vereinbarung festgelegt haben und die benötigte Ausstattung des Telearbeitsplatzes mit Mobiliar, Arbeitsmitteln einschließlich der Kommunikationseinrichtungen durch den Arbeitgeber oder eine von ihm beauftragte Person im Privatbereich des Beschäftigten bereitgestellt und installiert ist [...].

Im Gegensatz zum Begriff Homeoffice haben wir es hier also mit einem regelmäßigen Arbeiten von zu Hause aus zu tun. Der Arbeitsplatz wird dann vom Arbeitgeber eingerichtet und unterliegt zum Schutz der Gesundheit der Beschäftigten den ergonomischen Anforderungen eines Bildschirmarbeitsplatzes.

RKW Hessen: Homeoffice. In: www.arbeitszeit-klug-gestalten.de, Abruf am 31.01.2022

M30 New Work und Work-Life-Balance – wie wollen wir arbeiten?

Wie die Gesellschaft, unterliegt auch die Arbeitswelt einem stetigen Wandel. Noch vor 20 Jahren waren 9-to-5-Jobs an der Tagesordnung. Man ist morgens ins Büro gefahren und kam abends nach Hause. In den Unternehmen gab es feste Hierarchien und für die meisten Mitarbeiter war das wichtigste Kriterium im Job eine gute Bezahlung. Der Karriere zuliebe hat man gerne auch mal Überstunden gemacht, die Freizeit geopfert und individuelle Bedürfnisse zurückgestellt.

Aber die Zeiten haben sich geändert – und die Corona-Pandemie hat diesen Paradigmenwechsel noch beschleunigt. Die moderne Arbeitswelt ist geprägt von der Digitalisierung, mit der einher nicht nur neue Arbeitsformen, sondern auch neue Werte gehen. Arbeitnehmer wünschen sich zunehmend Freiräume, um sich selbst zu verwirklichen. Sie möchten Verantwortung übernehmen und sich weiterentwickeln. Aus Einzelkämpfern werden Team Player. Gefragt sind flache Hierarchien [...], innerhalb derer Führungskräfte nicht kontrollieren und befehlen, sondern vielmehr die Rolle eines Moderators einnehmen. Insbesondere das Thema Vertrauen spielt dabei eine entscheidende Rolle.

Eng damit verbunden ist der Arbeitsplatz der Zukunft. Unterhält man sich mit Büroplanern, geht der Trend ganz klar in Richtung Kreativräume respektive Huddle Rooms. In diesen arbeiten Teams von etwa sechs Leuten zusammen. Einen festen Arbeitsplatz im Sinne von „mein Schreibtisch" gibt es nicht. Das jeweilige Projekt bestimmt die Zusammensetzung der Teams und das Arbeitsumfeld. Das kann auch durchaus so aussehen, dass zwei Mitarbeiter im Büro sitzen, zwei im Home Office und einer beim Kunden – und dennoch arbeitet man in einer Videokonferenz an einem digitalen Whiteboard zusammen und entwickelt Ideen. [...]

Das hört sich alles gut an, bringt aber ein ganz anderes Problem mit sich: Denn aus der hochgelobten Work-Life-Balance wird zunehmend eine Work-Life-Fusion. Und das will nicht jeder. Bei der Work-Life-Balance geht es im Kern da-

New Work
Das New-Work-Konzept geht auf den Sozialphilosophen Frithjof Bergmann zurück, das dieser bereits in den 1970er Jahren entwickelte. Arbeitende sollen nicht mehr bestimmte Schritte in einer Produktionskette erfüllen, sondern sich als freie Individuen verwirklichen können. Im Fokus steht daher die sinnstiftende Funktion der Arbeit, aber auch die Freiheit und Selbstständigkeit.

9-to-5-Job
Die Zeit zwischen 9 und 17 Uhr, die für viele Menschen die Regelarbeitszeit ist. Darüber hinaus ist damit auch allgemein ein Beruf mit festen Arbeitszeiten gemeint, bei dem nach Feierabend zu Hause keine Arbeiten mehr erledigt werden müssen.

Remote Work
(engl., in etwa: Fernarbeit): Arbeit an einem beliebigen Ort mit Internetanschluss

Work-Life-Fusion
Für dieses Phänomen gibt es auch den Begriff Work-Life-Blending (eng. to blend: mischen).

rum, dass sich Privatleben und Beruf miteinander in Einklang bringen lassen. Zu den Maßnahmen, die seitens der Unternehmen ergriffen werden können, um den Erwartungen junger Mitarbeiter gerecht zu werden, zählen unter anderem flexible Arbeitszeiten, Home Office-Lösungen und Remote Working. Dadurch ist es problemlos möglich, auch mal in einem Straßencafé oder vom Badestrand aus zu arbeiten. Am Ende des Tages zählt die erbrachte Leistung.

Ob man acht Stunden durcharbeitet oder die Arbeit in Blöcken ins Privatleben integriert, spielt keine Rolle. Man kann morgens zwei Stunden arbeiten, dann eine Stunde mit seinen Kindern auf den Spielplatz gehen, wieder drei Stunden arbeiten, eine Stunde Tennis spielen, abends mit der Familie essen und danach nochmal das Laptop aufklappen. Alles kein Problem.

Allerdings verschwimmen dadurch die Grenzen zwischen Privatleben und Beruf. Aus der Work-Life-Balance wird die Work-Life-Fusion. Bei diesem Konzept stehen zwar ebenfalls das glückliche Individuum und dessen Selbstverwirklichung im Mittelpunkt, aber dieser Zustand wird eben dadurch erreicht, dass Job und Privatleben verschmelzen.

Studien zeigen, dass insbesondere die neue Generation Z, also die Gruppe der ab 1997 geborenen, damit nichts anfangen kann. Das bringt uns zur Work-Life-Separation. Hier ist zwar weiterhin Flexibilität gefragt, allerdings mit klaren Grenzen beziehungsweise Strukturen. Home Office und Remote Working ja, aber keine E-Mails außerhalb der Arbeitszeit oder am Wochenende.

All das zeigt, welche Herausforderungen und Spannungsfelder Unternehmen zukünftig meistern müssen, um für junge Talente attraktiv zu bleiben – und vor allem auch, mit welcher Dynamik sich die Anforderungen an Arbeitgeber weiterentwickeln. Viele Unternehmen tun sich bis heute noch mit einfachen Konzepten wie der Work-Life-Balance schwer und laufen damit Gefahr, mittelfristig den Anschluss zu verlieren.

Feil, Frank: New Work: Zwischen Work-Life-Balance und Work-Life-Fusion. In: www.techtag.de, 28.04.2021

AUFGABEN

71079-179

1. a) Arbeitet zu zweit heraus, was unter den Begriffen Home-Office und Telearbeit verstanden wird (**M29**).
   b) Legt eine Tabelle mit Berufen an, die eurer Meinung nach besonders gut/schlecht für Home-Office/Telearbeit geeignet sind.
   c) Übertragt eure Erfahrungen auf einen möglichen Berufsalltag und erörtert die Chancen und Risiken des Arbeitens von Zuhause.
   d) Stellt eure Ergebnisse in der Klasse vor.
2. In **M30** wird die Generation Z erwähnt, zu der ihr auch gehört. Diskutiert in der Klasse darüber, wie ihr zu einer Work-Life-Fusion steht.
3. Erörtert auf Basis eurer Ergebnisse aus Aufgabe 1 und 2 die Frage, ob die Digitalisierung der Arbeitswelt mehr Vor- oder Nachteile bietet.

WAS WIR KÖNNEN

Wird die Arbeitswelt 2050 konfliktreich und riskant oder kooperativ und chancenreich? Ein Zukunftsszenario mit Hilfe der Szenariotechnik entwickeln

I. Worum geht es?

In diesem Kapitel habt ihr euch mit dem Wandel der Arbeitswelt durch die Digitalisierung auseinandergesetzt. Wie die Veränderungen genau aussehen werden, ist ungewiss. Um trotzdem etwas in die Zukunft schauen zu können, sollt ihr mit Hilfe verschiedener Szenarien mögliche Entwicklungen skizzieren. Anschließend soll diskutiert werden, welche Entwicklung ihr für wahrscheinlich haltet und wie eine möglichst positive zukünftige Arbeitswelt geschaffen werden kann.

II. Geht dabei so vor:

1. Schritt: Vorbereitung

1. Bildet Gruppen mit 3-4 Personen.
2. Jeder Gruppe wird von der Lehrkraft ein Szenariotyp zugeordnet:
   - positives Extremszenario = bestmögliche Zukunftsentwicklung
   - negatives Extremszenario = schlechteste mögliche Zukunftsentwicklung
   - Trendszenario = Fortschreibung der heutigen Situation bei stabiler Entwicklung aller anderen Faktoren (z. B. Bevölkerung, Klima, ...)

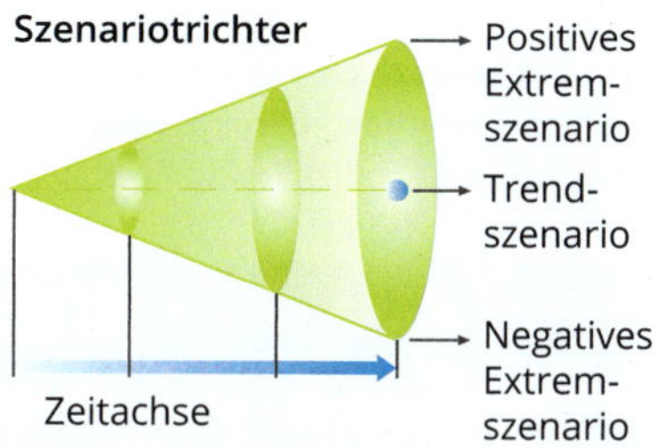

Der Szenariotrichter

2. Schritt: Szenarioentwicklung

Analysiert die Inhalte der Unterkapitel und eurer Arbeitsergebnisse dahingehend, was eurer Meinung nach im Jahr 2050 anders, gleich oder neu sein wird. Folgende Fragen können dabei helfen:

- Welche Berufe wird es im Jahr 2050 nicht mehr geben/welche neuen Berufe wird es geben?
- Verbessert oder verschlechtert die Digitalisierung die Lebens- und Arbeitsbedingungen für geringqualifizierte Arbeitnehmer:innen?
- Wie könnte der Berufsalltag für verschiedene Berufe (z. B. Pflegekräfte, Paketboten, Büroangestellte, Ingenieur:innen) aussehen?

3. Schritt: Reflexion

1. Fasst eure Ergebnisse auf einem Plakat übersichtlich zusammen.
2. Stellt eure Ergebnisse in der Klasse vor.
3. Diskutiert die Ergebnisse aller Gruppen:
   - Gibt es Unterschiede/Gemeinsamkeiten bei gleichen Szenariotypen?
   - Was müsste passieren, damit sich die Arbeitswelt in Richtung des positiven Extremszenarios entwickelt?

Bearbeiter

1. Bei Europa denke ich an ...	
A: ... eine geografische Karte.	B: ... viele unterschiedliche Länder und Sprachen.
C: ... die Europäische Union (EU).	D: ... die blaue Flagge mit den Sternen.

2. Was bedeutet dir am meisten in der EU?	
A: Die Reisefreiheit	B: Die Friedenssicherung
C: Die wirtschaftlichen Vorteile	D: Demokratie

3. Meine Vorstellung von EU-Politik:	
A: Keine Ahnung, Brüssel ist ganz schön weit weg.	B: Die EU macht viel zu viele Vorgaben, die Staaten sind im Prinzip machtlos.
C: Ist ein sehr komplexer Prozess, den Bürger:innen mitgestalten können. Es gibt dazu eine ganze Reihe von Institutionen in der EU.	D: Wird eigentlich von nationalen Politiker:innen gemacht, die in Brüssel den Ton angeben.

4. Die europäische Wirtschaftsunion ...	
A: ... gibt es eigentlich nicht, jeder Staat hat seine eigene Wirtschaft.	B: ... ist die größte Errungenschaft für die Verbraucher:innen in der EU.
C: ... entzieht sich jeder Kontrolle und müsste stärker reguliert werden.	D: ... ist nur für die Unternehmen ein Vorteil, nicht für die Arbeitnehmenden.

5. Mit dem Euro verbinde ich ...	
A: ... das unkomplizierte Einkaufen im Urlaub.	B: ... nichts. Es sind halt Scheine und Münzen.
C: ... die konsequente Fortsetzung der europäischen Wirtschaftspolitik.	D: ... höhere Profite für diejenigen, die viel davon haben.

6. An der EU stört mich am meisten ...	
A: ... der Verlust nationaler Selbstbestimmung.	B: ... dass es nicht genug Kontrollen an den Grenzen gibt.
C: ... die Uneinigkeit zwischen den Staaten.	D: ... dass Deutschland so viel Geld an die EU zahlt.

Die Europäische Union: „In Vielfalt geeint“ oder dauerhaft in der Krise?

6

Wir alle leben in Europa, in der Europäischen Union (EU). Doch was bedeutet das eigentlich? Inwiefern sind unsere Politik und unsere Wirtschaft europäisch oder doch eher national geprägt? Sollte Europa, sollte die EU mehr Spielraum zur Gestaltung von Politik und Wirtschaft bekommen oder ist sie damit überfordert und es muss wieder ein Zurück zur nationalen Ebene geben? Wie funktionieren überhaupt europäische Politik und Wirtschaft? Welche Chancen und Nachteile hat die Währungsunion?
Europa erscheint häufig komplex, das ist es auch. Dieses Kapitel bietet aber die Möglichkeit, sich diese Komplexität weiter zu erschließen, zu hinterfragen und zu beurteilen.

Am Ende des Kapitels solltet ihr Folgendes können:

- die Phasen und Gründe der europäische Integration erläutern
- historische Motive und Ziele der EU an aktuellen Herausforderungen messen und beurteilen
- den Gang der europäischen Gesetzgebung am Beispiel der Einwegplastik-Richtlinie in Verbindung mit den beteiligten Institutionen erläutern
- die Vorteile und Schattenseiten des gemeinsamen Binnenmarktes auch aus Sicht von Arbeitgebenden und Arbeitnehmenden benennen und beurteilen
- den Erfolg der Währungsunion anhand der Positionen der verschiedenen beteiligten Länder beurteilen

WAS WISST UND KÖNNT IHR SCHON?

71079-180

1. Führt ein Eckenspiel oder eine digitale Umfrage zu den Aussagen auf der linken Seite durch. Geht dabei wie folgt vor:
   a) Verseht jede Ecke des Klassenraums mit einem Buchstaben. Sammelt euch alle in der Mitte des Raums.
   b) Die Lehrkraft liest die Aussage und vier Antwortmöglichkeiten vor und ihr positioniert euch spontan zu der Aussage, indem ihr die entsprechende Ecke im Raum aufsucht.
   Hinweis: Wenn keine Antwortmöglichkeit ganz zutrifft, wählt die Antwort, die am ehesten eurer Einstellung entspricht.
2. Haltet abschließend in einer Auswertung fest, wie sich die Einstellung der Klasse zu Europa zusammenfassend beschreiben lässt.

DIGITAL AKTIV MK

Einen „Podcast: Europa-Talk" produzieren

I. Worum geht es?

Ein Podcast – *Pod* von *iPod* (MP3-Player von Apple) und *cast* von *broadcast* – ist eine Hörsendung im Internet, die als Serie produziert wird. Die einzelnen Folgen (Episoden genannt) werden nach und nach ohne feste Sendezeit produziert und veröffentlicht. Hier soll ein Podcast produziert werden, in welchem über Europa gesprochen wird. Ein gängiges Format ist ein Talk, also ein Gespräch zwischen zwei Personen, die sich über Themen austauschen, sich gegenseitig und die Zuhörenden informieren und mitunter auch streiten. Solche Differenzen werden in der Regel wertschätzend ausgetragen und dienen häufig auch dazu, unterschiedliche Facetten und Blickwinkel eines Themas zu verdeutlichen.

II. Geht dabei so vor:

Audacity

71079-181

1. Schritt: Vorbereitung

1. Bildet Zweierteams.
2. Hört euch einen Beispiel-Podcast im Talk-Format daraufhin an, welche Elemente er enthält (Intro, Jingle, Hauptteil). Achtet darauf, wie die beiden ihr Gespräch gestalten.
3. Informiert euch über das „Mini-Tonstudio" Audacity mit Hilfe des QR-Codes und findet heraus, wie ihr damit einen Podcast erstellen könnt.

2. Schritt: Thema für eine Episode festlegen und Hintergründe recherchieren

Legt im Team das Thema für eure Episode fest, die ihr produzieren wollt. Wählt dabei jeweils eines der Themen der Unterkapitel dieses Kapitels aus:

- Entwicklungsprozess der EU/ Motive, Ziele, Prinzipien
- Europäische Gesetzgebung und Institutionen/ Beispiel Plastikrichtlinie
- Binnenmarkt/ Arbeitsverhältnisse am Binnenmarkt
- Währungsunion

3. Schritt: Podcast-Titel und Inhalt für die Podcast-Episoden erstellen

1. Legt in der Klasse einen gemeinsamen Titel für euren Podcast fest und wählt einen Jingle.
2. Entwerft in den Gruppen den jeweiligen Inhalt eurer Episoden in Stichworten auf Notizpapier, Tablet o. Ä..
3. Erstellt ein Skript, d. h. formuliert das, was ihr aufnehmen wollt, aus. Bereitet euch dabei jeweils besonders auf euren eigenen Gesprächsteil vor.
4. Nehmt euren Podcast auf und schneidet ihn.
5. Stellt eure Podcast-Episoden den anderen Gruppen vor.

Bearbeiterin

6.1 Die EU im Entwicklungsprozess

6.1.1 Sind Krisen ein Entwicklungsmotor der EU?

Zum Thema: Die EU gibt es seit Jahrzehnten. Doch sie war nicht immer so wie sie heute ist. Die europäische Einigung ist ein Prozess, für den es keine Vorbilder gibt. So ist auch nicht immer klar, wie sich die EU weiter entwickeln wird. Ist diese Entwicklung von Krisen dominiert oder ein Prozess des Fortschritts? Darum geht es in diesem Kapitel.

M1 Stimmen zur Europäischen Union ...

1 Luise Dettner, 18 Jahre aus Winterberg, Schülerin
Ich liebe es, in den Ferien mit meiner Familie quer durch Europa zu reisen. Es ist so unkompliziert, unterwegs zu sein! Nach dem Abitur mache ich auf jeden Fall eine Interrail-Tour mit meinen Freund:innen durch Südeuropa, Hauptsache in die Sonne. Danach habe ich vor, ein freiwilliges Jahr in Ungarn zu machen. Das geht z. B. über das Europäische Solidaritätskorps, die übernehmen auch die Kosten.

2 Giovanni Bettiga, 32 Jahre aus Detmold, Angestellter
Europa, das ist für mich Brüssel. Das ist ziemlich weit weg, ein unübersichtliches Institutionengeflecht mit einer unglaublich aufgebauschten Bürokratie. Woher sollen Politiker:innen in Brüssel wissen, wie die Bedürfnisse der Menschen hier in der Region sind? Entscheidungen gehören in einer Demokratie auf die nationale Ebene.

3 Anette Brandes, 45 Jahre aus Düsseldorf, Unternehmerin
Der Binnenmarkt ist ein Erfolgsmodell. Wir designen hier unsere Schuhe und lassen sie in Portugal produzieren, völlig unkompliziert. Davon profitieren Wirtschaft und Menschen in beiden Ländern. Und als Absatzmarkt für unsere Kollektionen haben wir dann die ganze Union.

4 Hanno Berger, 73 Jahre aus Münster, Rentner
Die europäische Idee ist brillant! Frieden in der EU ist ein hohes Gut, was niemals unterschätzt werden darf. Ich bin dankbar dafür. Aber zur Realität gehört auch, dass die EU anderen Werten nicht immer gerecht wird, für die sie eigentlich steht: Die Rechtsstaatlichkeit und Pressefreiheit werden in einigen Staaten mit Füßen getreten. Was macht die EU? Nichts! Flüchtlinge erfrieren und verhungern an den Grenzen zu Europa. Alle wissen das! Und schauen weg.

Bearbeiterin

EINSTIEGSAUFGABE 71079-182

Lest die vier Stimmen zur Europäischen Union und positioniert euch in dieser Debatte. Wem stimmt ihr mit welcher Begründung zu? Diskutiert in kleinen Gruppen.

M2 Warum gibt es die Europäische Union? Fünf Motive

71079-183

1 Der Wunsch nach einem neuen Selbstverständnis

Die Erfahrungen des Nationalsozialismus hatten die europäischen Länder stark erschüttert. Nach dem Zweiten Weltkrieg sollte Europa die Möglichkeit einer Gemeinschaftserfahrung bekommen: ein demokratisch verfasstes Europa.

2 Der Wunsch nach Frieden und Sicherheit

Europa wurde in der Zeit zwischen den beiden Weltkriegen von sehr starken Nationalstaaten mit einem entsprechenden Bewusstsein und Nationalstolz geprägt. Vor allem die damaligen Kolonialmächte Frankreich und Großbritannien hatten damals weltpolitischen Einfluss. Dennoch hatte kein einziger dieser starken Nationalstaaten den Zweiten Weltkrieg verhindern können. Zudem hatten sich die internationalen Machtverhältnisse nach dem Ende des Zweiten Weltkriegs verschoben: Die Supermächte USA und Sowjetunion bildeten nun zwei politische Gegenpole. Im Zuge der Europabewegung hoffte man durch ein geeintes Europa, Verbrechen wie den Zweiten Weltkrieg in Zukunft verhindern zu können. Zudem erhoffte man sich ein Gegengewicht zu den neuen Supermächten zu bilden und eine Ausbreitung des Kommunismus nach Westeuropa unterbinden zu können.

3 Der Wunsch nach Freiheit und Mobilität

Durch den über viele Jahre andauernden Kriegszustand hatten die Menschen unter einer Einschränkung des Personen-, Güter-, und Kapitalverkehrs gelitten. Nach dem Zweiten Weltkrieg sollte dieser Zustand in einem vereinten Europa nun beendet werden. In einem gemeinsamen Markt sollte die ungehinderte und freie Bewegung von Personen, Waren und Informationen möglich sein. Vorreiter waren hier Belgien, die Niederlande und Luxemburg, die bereits 1944 die Gründung einer Zollunion beschlossen. Die Erfahrungen hieraus bildeten später die Grundlage für die Römischen Verträge zur Gründung der Europäischen Wirtschaftsgemeinschaft.

4 Die Hoffnung auf wirtschaftlichen Wohlstand

Hierauf aufbauend verband sich die Hoffnung auf wirtschaftlichen Wohlstand in einem vereinten Europa. Ein gemeinsamer Markt sollte den Handel intensivieren und effizienter gestalten. Man erhoffte sich ein neues goldenes Zeitalter wirtschaftlicher Stabilität, das den Lebensstandard aller Bürgerinnen und Bürger anheben sollte. Wirtschaftlicher Wohlstand ist damit neben Frieden das zentrale Gründungsmotiv im europäischen Integrationsprozess. Die Verwirklichung resultierte sehr schnell durch die Gründung der Europäischen Gemeinschaft für Kohle und Stahl im Jahr 1951. Hier wurden zentrale Wirtschaftsbereiche unter eine gemeinschaftliche Aufsicht gestellt.

5 Die Erwartung gemeinsamer Macht

Das Ende des Zweiten Weltkrieges hatte zu einer Verschiebung der internationalen Machtverhältnisse geführt. Die europäischen Staaten hatten ihre Vormachtstellung eingebüßt. Die westeuropäischen Staaten hofften nun durch eine politische Einigung in einem gemeinsamen Europa, ihre Macht zurückzuerlangen, die sie einzeln verloren hatten.

Das weltpolitische Gewicht Großbritanniens und Frankreichs wurde zwar durch ihre ständigen Sitze bei den Vereinigten Nationen belegt, doch wirtschaftlich und militärisch konnten die beiden Länder nicht mit den USA und der Sowjetunion mithalten. Und die kleinen Staaten stellten fest, dass ein einzelnes Land keinen Einfluss besitzt, wenn es von großen Nachbarn umgeben ist. Die europäische Zusammenarbeit sollte Europa gemeinsam zu neuer Stärke führen.

Nach: Behncke, Nadine: Diese fünf Gründungsmotive bilden die europäische Vision. In: www.thinkaboutgeny.com, 04.01.2017 (Text aus didaktischen Gründen von der Bearbeiterin modifiziert, Änderungen nicht gekennzeichnet)

M3 Etappen der Europäischen Integration

71079-184

1 Der 1. Schritt zur Europäischen Union

Im Verlauf ihrer Geschichte ist mit der heutigen EU ein komplexes Gebilde entstanden. [...] Bei den ersten konkreten Schritten (...) ging es zunächst darum, militärisch wichtige Güter einer gemeinsamen Behörde zu unterstellen. Das sollte langfristig den Frieden sichern. [...] Robert Schuman, der damalige französische Außenminister, schlug in einer Rede am 09.Mai 1950 vor, die Kohle- und Stahlindustrie gemeinsam zu verwalten. [...] Bereits ein Jahr später, im April 1951, gründeten [die] Länder die Europäische Gemeinschaft für Kohle und Stahl (EGKS) - auch Montanunion genannt. Die Schaffung eines gemeinsamen Marktes für Kohle- und Stahlproduktion hatte auch das Ziel, die noch junge Bundesrepublik in das Nachkriegseuropa einzugliedern.

2 Wirtschafts- und Währungsunion

Anfang der 1990er Jahre hatte die EG neuen Schwung bekommen. [...] Planmäßig wurde am 1.1.1993 der EG-Binnenmarkt vollendet. Die EG war nun ein Wirtschaftsraum ohne Grenzen. [...] 1993 trat auch der Maastrichter Vertrag von 1992 in Kraft und begründete schließlich die Europäische Union. Darin wurde die Kooperation in weiteren Politikbereichen vereinbart: in Angelegenheiten der Gemeinsamen Außen- und Sicherheitspolitik oder im Bereich Justiz und Inneres. [...]

3 Erweiterung der EU

Ende der 1990er Jahre verhandelte der Europäische Rat auch schon die nächsten Beitritte [...]. Am 1. Mai 2004 traten dann zehn neue Mitgliedstaaten der EU bei: Estland, Lettland, Litauen, Tschechien, Slowakei, Slowenien, Ungarn, Polen, Malta und Zypern. 2007 folgten mit Bulgarien und Rumänien zwei weitere Länder, seit 2013 gehört auch Kroatien der EU an. [...]

4 Corona-Aufbaufonds

Die Reaktion der Staaten [auf die Corona-Ausbreitung] war eine Schließung der Binnengrenzen und ein Einreiseverbot. Jeder Staat agierte für sich. Ein Tiefpunkt, nicht nur für den gemeinsamen Binnenmarkt. Im Sommer 2020 folgte dann ein EU-Haushalt mit Corona-Aufbaufonds zur Unterstützung der Mitgliedstaaten in Höhe von 750 Millarden Euro. Dazu nahm die EU erstmals gemeinsame Schulden auf.

5 Einführung des Euro

Am 1. Januar 2002 war es dann so weit. In den Mitgliedstaaten der Europäischen Währungsunion wurde das Euro-Bargeld zum alleinigen Zahlungsmittel.

6 Amsterdamer Vertrag

1997 unterzeichneten die EU-Länder den Amsterdamer Vertrag. [...] Er sollte Europa auf das 21. Jahrhundert vorbereiten und so die Fortentwicklung der EU sichern. Darüber hinaus schrieb er Reformen der EU-Institutionen vor. Das Europaparlament bekam zum Beispiel mehr Rechte bei Mitentscheidungen. Die Stärkung der Gemeinsamen Außen- und Sicherheitspolitik und eine intensivere Kooperation im Bereich Justiz und Inneres wurde ebenfalls neu festgelegt. (...)

7 Die EU in der Krise

Nach der Finanzkrise, die 2008 in den USA ihren Ausgang nahm, geriet auch Europa in den Strudel der folgenden Wirtschaftskrise, die die wirtschaftlich schwächeren Staaten [...] besonders hart traf. Mit der Schuldenkrise in diesen Staaten wuchs auch der Druck auf die gemeinsame Währung, den Euro. (...)

Die dramatische finanzielle Situation trat ab Mitte 2015 durch ein weiteres Problem (die große Flüchtlingsbewegung) in den Hintergrund – zumindest was die öffentliche Wahrnehmung anging. [...]

Im Juni 2016 stimmte die britische Bevölkerung mit knapper Mehrheit für einen Austritt aus der Europäischen Union. (...) Seit dem 31.01.2020 ist Großbritannien nicht mehr Mitglied der EU.

8 Erweiterung der EU

Mitte der 1990er Jahre bekam die EU weiteren Zuwachs: 1995 traten Finnland, Schweden und Österreich bei. Im gleichen Jahr trat das Schengener Abkommen in Kraft. Damit wurde durch die Abschaffung der Grenzkontrollen der gemeinsame Binnenmarkt voran getrieben.

9 Die EG bekommt ersten Zuwachs

Mittlerweile war die westeuropäische Gemeinschaft auch für andere Länder attraktiv geworden: Dänemark, Irland und das Vereinigte Königreich von Großbritannien und Nordirland traten 1973 der EG bei. (...) 1979 war auch das erste Jahr des Europäischen Parlaments. 1981 trat Griechenland der EG bei, 1986 Portugal und Spanien. Man sprach vom „Europa der 12".

10 Von den Römischen Verträgen bis zur EG

Kohle und Stahl waren nur der Anfang: (...) So vereinbarten (die EGKS-Staaten) im März 1957, ihre Kooperation auf die gemeinsame Wirtschaft und den gesamten Handel auszudehnen. In Rom unterzeichneten sie die Bildung der Europäischen Wirtschaftsgemeinschaft (EWG). Außerdem wurde die Europäische Atomenergie-Gemeinschaft (EURATOM) gegründet. 1967 wurden die einzelnen Organe zur EG, der Europäischen Gemeinschaft, zusammengelegt.

Nach: Wochenschau EU. Basisheft Sekundarstufe I. 2020. S. 30 f.

M4 Krisen als Motor oder Hindernis für die Entwicklung der EU?

Karikatur: Oliver Schopf, 2015

Hinweis zur Karikatur: In dem Panzer ist der russische Präsident Putin abgebildet.

Karlspreis
Der Internationale Karlspreis wird in Aachen jährlich an Personen oder Institutionen vergeben, die sich um Europa und die europäische Einigung verdient gemacht haben.

AUFGABEN

71079-185

1. Bildet Fünfergruppen und führt ein Gruppenpuzzle durch.
   a) Ermittelt in den Stammgruppen anhand von **M2** arbeitsteilig die Motive der europäischen Einigung für eine Zusammenarbeit nach dem Zweiten Weltkrieg.
   b) Erläutert euch gegenseitig die fünf Motive in den Expertengruppen.
   c) Erstellt in der Stammgruppe ein gemeinsames Lernplakat zu den Gründungsmotiven. Entscheidet auch, wie ihr die Motive grafisch darstellen könnt. Stellt eure Lernplakate in der Klasse vor.
2. a) Bringt die Etappen der europäischen Integration in die richtige Reihenfolge (**M3**).
   b) Erstellt einen Zeitstrahl zum europäischen Integrationsprozess (**M3**), entweder auf einem Arbeitsblatt oder digital, zum Beispiel auf einem Padlet.
   c) Stellt eure Ergebnisse in der Klasse vor.
3. a) Analysiert die Karikatur in **M4** (→ Methodenglossar).
   b) Nehmt mit Bezug zur Karikatur (**M4**) Stellung zu der Kapitelfrage: „Sind Krisen ein Entwicklungsmotor der EU?"

Methodenkarte: Ein Gruppenpuzzle durchführen

71079-303

6.1.2 Sollte das EU-Motto „In Vielfalt geeint“ angepasst werden?

Zum Thema: Braucht die EU eigentlich ein Motto? Ja, damit Entscheidungen sich an einem gemeinsamen Ziel orientieren können, sagen die einen. Andererseits ist die EU auch eine Organisation, die in der Realität mit vielen verschiedenen Interessen konfrontiert ist und manchmal pragmatisch entscheiden muss, um handlungsfähig zu bleiben, so argumentieren andere. Um diese Auseinandersetzung geht es in diesem Kapitel.

M5 Symbole und Motto der EU – noch passend?

1 Die Hymne der EU

Die Melodie der Hymne der EU stammt aus der Neunten Symphonie, die Ludwig van Beethoven im Jahr 1823 als Vertonung der von Friedrich Schiller 1785 verfassten „Ode an die Freude“ komponierte. [...] Mit seiner „Ode an die Freude“ brachte Schiller seine idealistische Vision zum Ausdruck, dass alle Menschen zu Brüdern werden – eine Vision, die Beethoven teilte. [...] 1985 wurde sie von den EU-Staats- und Regierungschefs als offizielle Hymne der Europäischen Union angenommen. Ohne Worte, nur in der universellen Sprache der Musik, bringt sie die europäischen Werte Freiheit, Frieden und Solidarität zum Ausdruck.

Die Hymne der EU zum Anhören

71079-186

Europäische Kommission: Die Europäische Hymne. In: www. european-union.europa.eu, Abruf am 24.02.2022

2 Flagge der EU

Die 12 Sterne sind ein Symbol für die Vollkommenheit und versinnbildlichen vor blauem Hintergrund die Vereinigung, Solidarität und Harmonie zwischen den europäischen Völkern, die die Lehre aus einer europäischen Geschichte der Kriege gegeneinander zueinander gefunden haben im gemeinsamen Streben nach Frieden.

Info-Point Europa: Die Symbole der Europäischen Union. In: www.infopoint-europa.de, Abruf am 24.02.2022

3 Das Motto der EU

Der Lissabon Vertrag enthält erstmals einen offiziellen Leitspruch bzw. ein offizielles Motto für die Europäische Union: „In Vielfalt geeint“.

Bearbeiterin

4 NRW feiert den Europatag

Der Europatag wird alljährlich am 9. Mai für Frieden und Einheit in Europa begangen. Er markiert den Jahrestag der Schuman-Erklärung, in der Robert Schuman seine Idee für eine neue Form der politischen Zusammenarbeit in Europa vorstellte, die einen Krieg zwischen den Nationen Europas undenkbar machen sollte. Robert Schumans Vorschlag gilt als Geburtsstunde [der] Europäisch[en] Union.

Europäische Kommission: Europatag. In: www. european-union.europa.eu, Abruf am 24.02.2022

EINSTIEGSAUFGABE 71079-187

Entscheidet spontan, welches Symbol/Motto ihr für besonders geeignet haltet. Begründet eure Wahl kurz.

M6 Was sind die Ziele der Europäischen Union?

Die Ziele der Europäischen Union sind:

- Förderung des Friedens, der europäischen Werte und des Wohlergehens ihrer Bürgerinnen und Bürger,
- Freiheit, Sicherheit und Rechtsstaatlichkeit ohne Binnengrenzen,
- nachhaltige Entwicklung auf der Grundlage von ausgeglichenem Wirtschaftswachstum und Preisstabilität, einer wettbewerbsfähigen Marktwirtschaft bei Vollbeschäftigung, sozialem Fortschritt und Schutz der Umwelt,
- Eindämmung sozialer Ungerechtigkeit und Diskriminierung,
- Förderung des wissenschaftlichen und technologischen Fortschritts,
- Stärkung des wirtschaftlichen, sozialen und territorialen Zusammenhalts und Solidarität zwischen den Mitgliedsländern,
- Achtung ihrer reichen kulturellen und sprachlichen Vielfalt,
- Gründung einer Wirtschafts- und Währungsunion, deren Währung der Euro ist.

Europäische Kommission: Ziele und Werte. In: www.european-union.europa.eu, Abruf am 24.02.2022

M7 Was sind die Prinzipien der EU?

Eine Gemeinschaft, die aus 27 Mitgliedstaaten besteht – die sich wiederum in Geschichte, Kultur und Wirtschaft stark unterscheiden – braucht klare Regeln. Das Fundament dieser Regeln bilden die sogenannten Prinzipien der Europäischen Union. Diese regeln die Zuständigkeiten der EU. So ist klar festgesetzt, wann die EU eine Zuständigkeit von den Mitgliedstaaten übernimmt und wie Entscheidungen zustande kommen. Durch diese Prinzipien wird sichergestellt, dass die EU handlungsfähig ist und bleibt, aber nicht zu einer zentralistischen Supermacht ausartet, die nationale Identitäten missachtet.

Landeszentrale für politische Bildung Baden-Württemberg: Prinzipien der Europäischen Union. In: www.europaimunterricht.de, Abruf am 24.02.2022

Degressive Proportionalität
Um allen Staaten im Europäischen Parlament ein Stimmrecht und Gewicht zu geben, erhalten kleinere Staaten im Vergleich zu größeren Staaten proportional mehr Sitze.

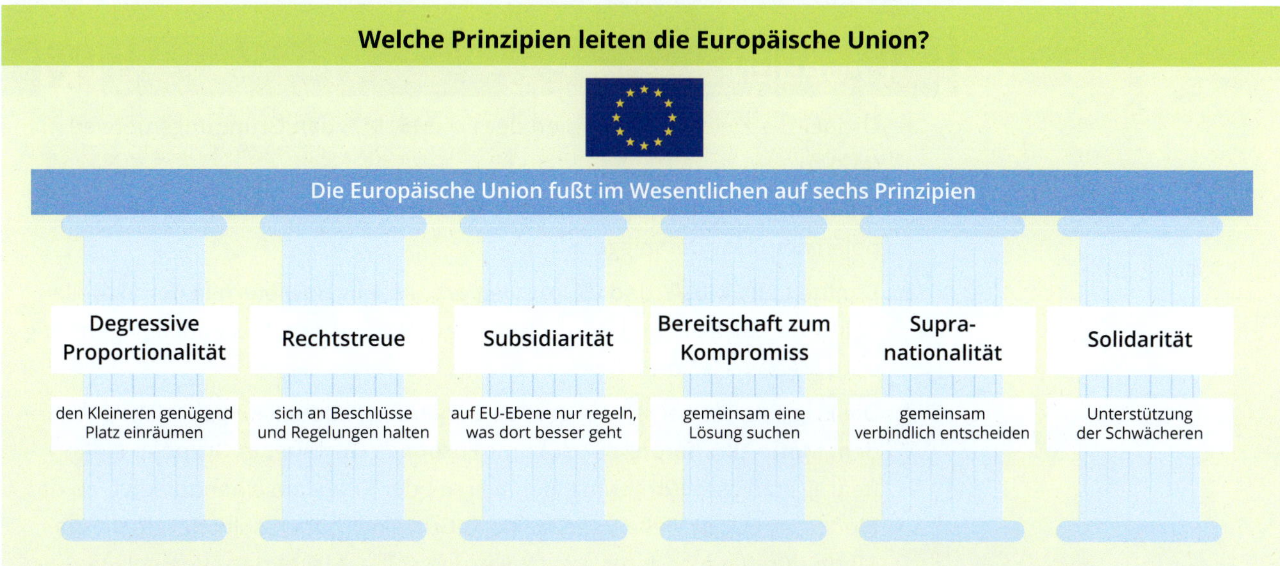

©C.C.Buchner Verlag, Daten nach: Europäische Kommission, 2022

M8 Ziele und Prinzipien auf dem Papier – und in der Realität?

A Jahresbericht zur Rechtsstaatlichkeit: EU-Standards in Ungarn und Polen gefährdet

In ihrem Jahresbericht zur Einhaltung von Rechtsstaatlichkeit hat die EU-Kommission eine Erosion demokratischer Standards in mehreren EU-Staaten konstatiert. Dies gelte besonders für Ungarn und Polen. Dort sei die Unabhängigkeit der Justiz bedroht [...] Genannt wurde wegen Angriffen auf die Medien des Landes auch Slowenien [...]. In dem Jahresbericht wurden mit Blick auf Polen Mängel in den wichtigsten vier überprüften Bereichen festgestellt: nationale Justizsysteme, Rahmenbedingungen zur Bekämpfung von Korruption, Medienfreiheit und Gewaltenteilung. Reformen im Justizsystem in den vergangenen sechs Jahren hätten den Einfluss der Regierung verstärkt, hieß es. Zudem bestehe das Risiko unzulässigen Einflusses auf Korruptionsstrafverfahren zu politischen Zwecken, und die Arbeitsbedingungen für Journalisten hätten sich verschlechtert. Ungarn wurde wegen inadäquater Antikorruptionsmaßnahmen kritisiert. Die Medienvielfalt in dem Land bleibe gefährdet. Auch für Slowenien zeichnete der Bericht ein düsteres Bild der Lage der Medien. Journalisten würden online schikaniert und bedroht.

ahar/dpa: EU sieht demokratische Standards in Ungarn und Polen gefährdet. In: www.rp-online.de, 20.07.2021

B Solidarität in der Coronakrise

Von außen betrachtet war es zu Beginn der Pandemie [...] nicht weit her mit der europäischen Solidarität. Quasi im Alleingang verboten oder beschränkten unter anderem Frankreich, Deutschland [...] den Export von medizinischer Schutzausrüstung. [...]

Inzwischen gibt es für die EU auch gemeinsame Ausschreibungen für die Beschaffung von Schutzmaterial und Impfstoffen. Dass die EU hier geschlossen mit der Industrie verhandelt, ist [...] wichtig – auch mit Blick auf künftige Probleme. Nicht zuletzt einigten sich die Staats-und Regierungschefs im Juli nach langen Diskussionen auf den historischen 750 Milliarden Euro schweren Aufbaufonds.

Diese Gelder können Mitgliedstaaten nutzen, um die wirtschaftlichen Schäden, welche durch die Corona-Pandemie angerichtet werden, zu bekämpfen.

Steinwehr, Uta: Corona: Wie steht's mit Europas Solidarität? In: www.dw.com, 14.09.2020

AUFGABEN

71079-189

1. Ordnet die Ziele und Prinzipien der EU (**M6, M7**) den Gründungsmotiven (**M2**) zu.
2. Analysiert, inwiefern sich die Ziele, Motive und Prinzipien der EU in den Symbolen der EU widerspiegeln.
3. Ermittelt aus **M8 A** und **B** zu zweit arbeitsteilig, inwiefern in der aktuellen Politik der EU Ziele und Prinzipien umgesetzt werden. Stellt euch gegenseitig eure Ergebnisse vor.
4. Die EU gestaltet derzeit ein großes Bürger:innenbeteiligungsprojekt unter dem Motto „Konferenz zur Zukunft Europas“. Gestaltet in Gruppen einen Beitrag zu dieser Konferenz, der sich mit der Frage auseinandersetzt, ob das Motto der EU „In Vielfalt geeint“ noch Gültigkeit haben soll oder ob dieses Motto durch ein anderes ersetzt werden sollte. Macht dazu Vorschläge.

6.2 Das europäische Institutionengefüge und der Gesetzgebungsprozess

6.2.1 Fallbeispiel Einwegplastik: Kann eine EU-Richtlinie Abhilfe schaffen?

Zum Thema: Tiere, die qualvoll in weggeworfenen Plastiktüten verrecken, vermüllte Strände, Straßen, überquellende Mülleimer – diese Bilder und Tatsachen kennen wir und wissen auch, dass wir zu viel Müll erzeugen. Aber ist es ausgerechnet die EU, die ein solches Problem angehen kann? Und wenn ja, wie macht sie das eigentlich? Um diese Fragen geht es in diesem Kapitel.

M9 Das Problem mit dem Plastikmüll ...

1

3

Plastik verschmutzt unsere Meere und gefährdet die Artenvielfalt. Die Tiere verletzen sich an den Plastikteilen und werden durch ausgewaschene Giftstoffe geschädigt. Es wird geschätzt, dass jedes Jahr etwa 13 Millionen Tonnen Kunststoff in die Ozeane gelangen: Das entspricht etwa fünf Prozent des global anfallenden Plastikmülls. Auch der Müll an unseren Stränden in Europa besteht zu über 80 Prozent aus Plastik.

Bearbeiterin

2

4

EINSTIEGSAUFGABEN 71079-190

1. Betrachtet die Bilder und lest **M9**. Tragt zusammen, was ihr selbst schon über dieses Problem wisst. Gibt es in eurem Alltag auch Stellen, an denen Plastikmüll zum Problem wird?
2. Überlegt zu zweit: Inwiefern könnte die EU beim Plastikproblem Abhilfe schaffen? Wer müsste an diesem Prozess beteiligt sein? Gebt eure Überlegungen in der Klasse wieder.

F **Aufgabe 1**
Erstellt eine Liste der Einwegverpackungen, die bei euch in der letzten Woche angefallen sind. Überlegt, was passieren müsste, damit eure Listen kürzer werden.

M10 Was sind „Rechtsakte" der EU?

71079-191

Die EU kann in Bereichen, in denen die Mitgliedsländer der EU Kompetenzen übertragen haben, eigene „Gesetze" (Richtlinien und Verordnungen) verabschieden. Es gibt Bereiche, in denen die EU eine ausschließliche Kompetenz hat (z.B. Währungspolitik), und Bereiche, in denen es eine „gemischte" Zuständigkeit (z.B. Verbraucherschutz) gibt.

Verordnungen

Verordnungen sind ab dem Zeitpunkt ihrer Verabschiedung auf Gemeinschaftsebene für alle verbindlich; sie gelten unmittelbar in jedem Mitgliedstaat und müssen nicht erst in nationales Recht umgesetzt werden.

Richtlinien

Richtlinien legen Ziele fest, wobei es Aufgabe der Mitgliedstaaten ist, diese auf nationaler Ebene anzuwenden; sie geben den Mitgliedstaaten Ergebnisse verbindlich vor, stellen ihnen jedoch frei, wie sie diese erreichen.

Beschlüsse

Beschlüsse beziehen sich auf ganz bestimmte Themen; sie sind in allen ihren Teilen für diejenigen verbindlich, an die sie gerichtet sind. Eine Entscheidung kann an alle Mitgliedstaaten, einen Mitgliedstaat, ein Unternehmen oder eine Einzelperson gerichtet sein.

Empfehlungen/Stellungnahmen

Empfehlungen und Stellungnahmen sind nicht rechtsverbindlich; sie geben lediglich den Standpunkt der Organe zu einer bestimmten Frage wieder.

Nach: Euro-Informationen: Gesetzgebung. In: www.eu-info.de, Abruf am 20.08.2021

M11 Die EU greift ein – der Weg vom Vorschlag bis zum Verbot von Einwegplastik

Die EU-Kommission hat Anfang 2018 den Kampf gegen Plastikmüll aufgenommen und eine Strategie für die Verwendung von Kunststoffen in der Kreislaufwirtschaft vorgestellt. Diese Strategie mündete schließlich im Mai 2018 in einen konkreten Vorschlag der EU-Kommission.

1 28.05.2018: Kommission legt Verordnungsvorschlag zum Verbot von Einwegplastik

Die Menge an schädlichem Plastikmüll in den Ozeanen und Meeren wächst ständig. Um dagegen vorzugehen, schlägt die Europäische Kommission neue Vorschriften zur Reduzierung von Plastikmüll vor. Im Visier sind die zehn Einwegprodukte aus Kunststoff, die in Europa am häufigsten an den Stränden und in den Meeren gefunden werden.

Für Wattestäbchen, Besteck, Teller, Trinkhalme, Kaffee-Rührstäbchen und Luftballonstäbe aus Kunststoff gibt es gute umweltfreundliche Alternativen. Solche Einwegplastik-Produkte will die Kommission vom Markt nehmen.

Europäische Kommission: Schutz der Meere: Kommission will Einwegplastik-Produkte vom Markt nehmen. In: www.germany.representation.ec.europa.eu, 28.05.2018

Erklärfilm zur Einwegplastik-Richtlinie

71079-192

2 18.01.2019: Einigung der Vertreter:innen der Mitgliedstaaten im Ministerrat

Die EU-Mitgliedstaaten haben heute strenge neue Beschränkungen für Einwegkunststoffartikel bestätigt. Die EU-Botschafter haben im Ausschuss der Ständigen Vertreter die vorläufige Einigung bestätigt, die zwischen dem Ratsvorsitz und dem Europäischen Parlament [...] erzielt worden war.

Rat der EU, Pressemitteilung: Einwegplastik: Mitgliedstaaten bestätigen Einigung über ein Verbot bestimmter Einwegartikel aus Plastik. In: www.consilium.europa.eu, 18.01.2019

3 27.03.2019: Europäisches Parlament stimmt für ein Verbot von Einwegplastik ab 2021 ab

Am Mittwoch hat das Parlament für ein Verkaufsverbot von Einweg-Kunststoffartikeln wie etwa Teller, Besteck, Strohhalme oder Wattestäbchen aus Plastik gestimmt.

Europäisches Parlament, Pressemitteilung: Wegwerfprodukte aus Plastik: Parlament stimmt für Verbot ab 2021. In: www.europarl.europa.eu, 27.03.2019

4 21.05.2019: Ministerrat beschließt Verbot von Einwegplastik

Der Rat hat heute eine neue Richtlinie verabschiedet, mit der die Herstellung und Benutzung von Einwegartikeln aus Plastik eingeschränkt wird. Mit der heutigen förmlichen Annahme der neuen Vorschriften durch den Rat ist das Gesetzgebungsverfahren abgeschlossen. [...]

Rat der EU, Pressemitteilung: Rat beschließt Verbot von Einwegplastik. In: www-consilium.europa.eu, 21.05.2019

5 17.09.2020 Deutscher Bundestag beschließt Verbot von Einwegplastik-Produkten

Bestecke, Trinkhalme, Getränkebehälter, Wattestäbchen, Styropor-Becher und -Lebensmittelbehälter sowie weitere Produkte aus Einwegkunststoff dürfen ab Mitte 2021 nicht mehr in den Verkehr gebracht werden. [...] Das sieht die Einwegkunststoffrichtlinie der EU vor. [...] [D]ie Koalitionsfraktionen von CDU/CSU und SPD sowie die Fraktionen von FDP und Grünen [stimmen] zu. Die Linksfraktion enthielt sich, die AfD-Fraktion stimmte dagegen.

Brüßler, Lisa: Aus für Einwegplastik. In: www.das-parlament.de, 21.11.2020

Bearbeiterin

Hinweis zum Verbot
Verboten werden Produkte aus Einwegplastik, für die es bereits Ersatzprodukte gibt. Bei manchen Produkten ist dies jedoch schwierig, z. B. Zigarettenfilter. Hier soll es Hinweise auf den Verpackungen geben, sie sind aber weiterhin zugelassen. Die Richtlinie geht auch noch ein Stück weiter: Ab 2023 müssen alle Cafés, Imbisse, Restaurants usw. beim Außerhausverkauf auch eine Mehrweg-Alternative zum Einweggeschirr anbieten.

M12 Wie entsteht ein Gesetz in der EU?

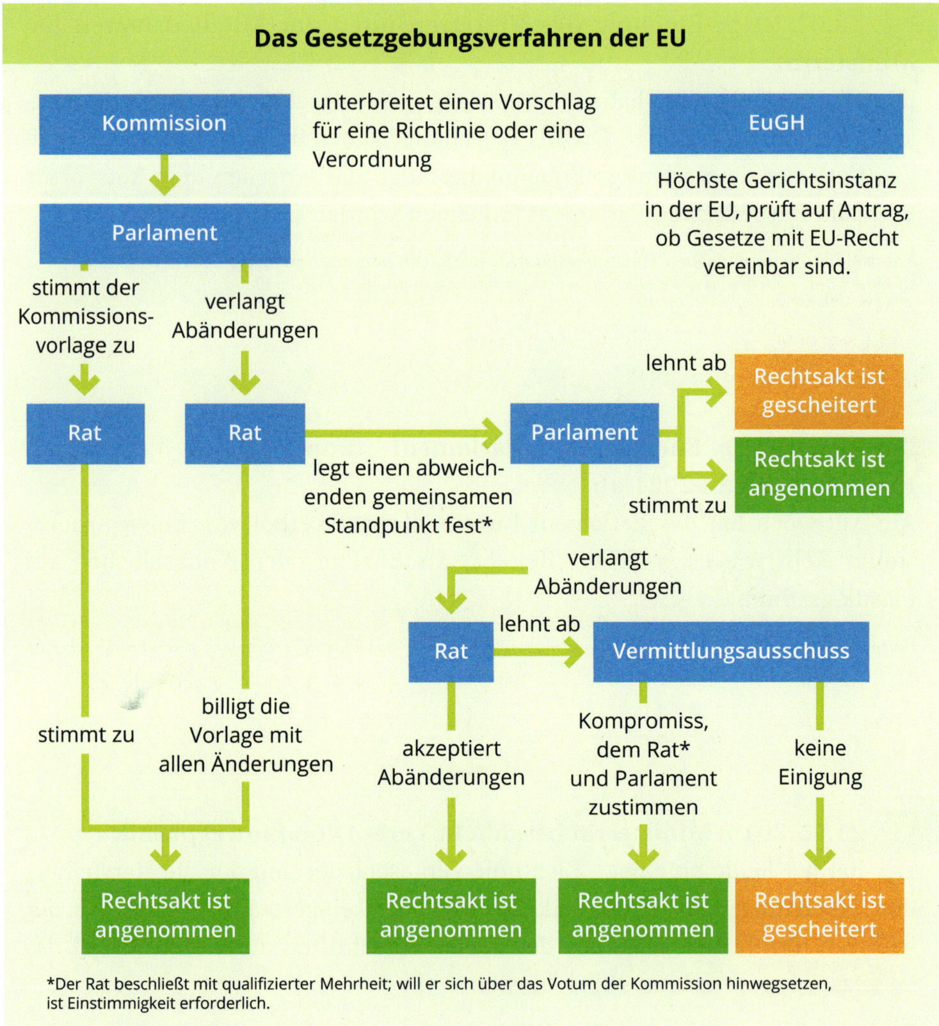

Bergmoser + Höller Verlag AG, Zahlenbilder 715420

M13 Subsidiarität: Wann wird die EU tätig?

EG-Vertrag
Der EG-Vertrag von 1992 ist der „Vertrag zur Gründung der Europäischen Gemeinschaft" und war ein Vorläufer des EU-Vertrags (Vertrag von Lissabon).

In Artikel 5 des EG-Vertrages heißt es: „In den Bereichen, die nicht in ihre ausschließliche Zuständigkeit fallen, wird die Gemeinschaft nach dem Subsidiaritätsprinzip nur tätig, sofern und soweit die Ziele der in Betracht gezogenen Maßnahmen auf der Ebene der Mitgliedstaaten nicht ausreichend erreicht werden können und daher wegen ihres Umfangs oder ihrer Wirkungen besser auf Gemeinschaftsebene erreicht werden können." Das Subsidiaritätsprinzip dient nicht nur der Erhaltung der Eigenständigkeit der EU-Staaten, es hilft auch, ein Stückchen „EU-Bürokratie" abzubauen.

Die Europäische Kommission muss bei jeder Gesetzesinitiative nachweisen, dass sie die jeweilige Aufgabe besser lösen kann als die Regionen oder die Mitgliedstaaten.

Bearbeiterin

M14 Wie funktioniert es mit der Umsetzung der Einwegplastik-Richtlinie in der Praxis?

1 „Schlimm ist das, schlimm!" schimpft Frau Holzer von Ullis Grillstübchen in Oberhausen. Sie zeigt die neuen Produkte, die sie kaufen musste, die deutlich teurer sind als die Vorgänger aus Plastik. Ihre Stammkund:innen will und kann sie durch eine Preiserhöhung nicht vergraueln. „Das kann sich keiner leisten" stellt sie fest.

2 Im Café Mo in Münster freuen sich Kund:innen und Inhaberin über die Neuerung: „Die meisten Kund:innen bringen hier sowieso ihre eigenen „To-Go-Becher" mit, aber sie freuen sich, dass sie nun guten Gewissens auch ihren Kindern einen Papierstrohhalm in die Apfelschorle stecken können."

3 „Wir haben das Recup-System eingeführt, ein Pfandsystem für „To-Go-Produkte", das ist super, so könnte es überall sein" teilt der Inhaber einer Cafeteria auf dem Campus der Uni Köln mit.

4 Arne und Anton sitzen vor ihrer Lieblingsfrittenbude und essen die Pommes mit den Fingern. „Diese Holzgabeln, die sind so eklig im Mund, das kann ich nicht ab" sagt Arne genervt. „Stimmt, und dann auch noch diese Pappstrohhalme, die sind nach fünf Minuten durchgeweicht" schließt sich Anton an.

5 „Für unsere Branche ist eine solche Gesetzesänderung eine Herausforderung" beurteilt die Sprecherin eines Unternehmens aus der Verpackungsindustrie. „Besonders macht uns zu schaffen, dass es nun so schnell gehen soll. Wir haben kaum Zeit, die Produktion umzustellen."

Bearbeiterin

AUFGABEN

71079-193

1. Stellt die in **M10** erläuterten Rechtsakte der EU in einer Mindmap dar.
2. Erstellt ein Flussdiagramm, aus welchem ersichtlich wird, welche Akteure an der Verordnung zum Verbot von Einwegplastik beteiligt waren (**M11**).
3. a) Beschreibt anhand von **M11** und **M12** den Weg der Richtlinie zum Verbot von Einwegplastik im Gesetzgebungsprozess.
   b) Analysiert mit Hilfe von **M12** an welchen Stellen der Gesetzgebungsprozess hätte anders verlaufen können, wenn sich die einzelnen Organe nicht im ersten Anlauf geeinigt hätten.
   c) Arbeitet heraus, welches Organ zuständig wird, sollte ein Mitgliedstaat die Richtlinie nicht in nationales Recht umsetzen bzw. der Umsetzung in der EU-Verordnung nicht entsprechen.
4. Entscheidet, welche(s) Prinzip(ien) der EU (**M13**, **M7**) im Fall der Einwegplastik-Richtline zum Tragen gekommen ist/sind.
5. Diskutiert, ob durch die neue Verordnung die Rechte von Verbraucher:innen eingeschränkt werden.
6. Setzt euch damit auseinander, inwiefern es zielführend war, dass die EU bei der Bekämpfung von Einwegplastik tätig geworden ist. Bezieht dabei die Perspektiven verschiedener betroffener Akteure ein (**M14**).

Methodenkarte: Eine Mindmap erstellen

71079-303

H Aufgabe 2
Methode: Ein Flussdiagramm erstellen
→ Methodenglossar

F Aufgabe 6
Beurteilt, ob ein anderer Rechtsakt als eine Richtlinie wirkungsvoller gewesen wäre, um die Menge an Plastikmüll zu reduzieren.

6.2.2 EU-Institutionen: „die in Brüssel“ oder „wir in Europa“?

Zum Thema: Wer den Fall der Einwegplastik-Richtlinie wirklich verstehen will, kommt nicht umhin, genauer zu schauen: Welche Aufgaben haben die einzelnen EU-Organe, die in diesem Fall aktiv sind, und wer ist Mitglied dieser Organe?

M15 Die EU in den Schlagzeilen ...

1 Metsola neue Präsidentin des EU-Parlaments

Das EU-Parlament hat die christdemokratische Malteserin Roberta Metsola zur neuen Vorsitzenden gewählt. […] Metsola folgt auf den vergangene Woche gestorbenen Italiener Sassoli.

tagesschau: Metsola neue Präsidentin des EU-Parlaments. In: www.tagesschau.de, 18.01.2022

2 Europäisches Parlament und Ministerrat einigen sich auf EU-Klimagesetz

Nach fast einjährigen Verhandlungen haben sich Ministerrat und Europäisches Parlament auf ein EU-Klimagesetz geeinigt. Mit dem Übereinkommen wird die Klimaneutralität der EU im Rahmen des »European Green Deal« bis zum Jahr 2050 rechtlich verankert und das Emissionsreduktionsziel für 2030 auf mindestens 55 Prozent als Zwischenziel […] festgelegt.

vw-online: Europäisches Parlament und Ministerrat einigen sich auf EU-Klimagesetz. In: www.vw-online.eu, 26.04.2021

3 Untersuchung der EU-Kommission: Online-Bewertungen oft nicht nachprüfbar

Viele Onlineshops bauen ihren Erfolg auf positiven Kundenbewertungen auf. Doch wie verlässlich sind diese Ratings? Die EU-Kommission äußert Zweifel – auf Grundlage einer aktuellen Untersuchung.

tagesschau: Online-Bewertungen oft nicht nachprüfbar. In: www.tagesschau.de, 20.01.2022

4 Polen blitzt beim Europäischen Gerichtshof ab

Die polnische Regelung, wonach der Justizminister Richter an höhere Gerichte abordnen und von dort jederzeit wieder abberufen kann, verstößt gegen EU-Recht. Es müsse sichergestellt sein, dass eine solche Abordnung niemals als Instrument zur politischen Kontrolle von Gerichtsentscheidungen diene, teilte der Europäische Gerichtshof (EuGH) in Luxemburg mit.

DPA/AFP: Polen blitzt beim Europäischen Gerichtshof ab. In: www.dw.com, 16.11.2021

5 EU-Gipfel: Europäischer Rat debattiert die explodierenden Energiepreise

Russlands Überfall auf die Ukraine hat die Energiepreise vieler Länder in der EU explodieren lassen. Der Europäische Rat ringt bei seinem Gipfeltreffen in Brüssel um Maßnahmen gegen diese explodierenden Energiepreise. Der deutsche Bundeskanzler, der französische Präsident und osteuropäische Regierungschef:innen verfolgen unterschiedliche Lösungswege ...

Bearbeiterin

EINSTIEGSAUFGABE 71079-194

Lest die Schlagzeilen und Meldungen und ermittelt, welche Aufgaben und Zuständigkeiten der einzelnen Organe sich herleiten lassen. Ermittelt ebenso, wie diese politischen Akteure miteinander vernetzt sind.

M16 Die Organe der EU im Überblick

71079-195

a) Das EU-Parlament

Das Europäische Parlament wird von den Bürger:innen der Europäischen Union gewählt, um ihre Interessen zu vertreten. Seine Ursprünge gehen bis in die 50er Jahre und zu den Gründungsverträgen zurück. Seit 1979 werden die Europaabgeordneten von den Bürger:innen direkt gewählt. Die Wahlen finden alle 5 Jahre statt. Jede:r EU-Bürger:in hat das aktive und passive Wahlrecht. Das Parlament vertritt somit den demokratischen Willen der Bürger:innen der Union und macht ihre Interessen gegenüber den anderen EU-Organen geltend. Dem gegenwärtigen Parlament gehören 705 Abgeordnete + 1 Präsident:in aus allen 27 EU-Mitgliedstaaten an. Das Parlament hat drei wesentliche Aufgaben: Es teilt sich die gesetzgebende Gewalt mit dem Rat in vielen Politikbereichen. Durch die direkte Wahl des Parlaments wird die demokratische Legitimierung des europäischen Rechts gewährleistet. Es übt eine demokratische Kontrolle über alle Organe der EU und insbesondere über die Kommission aus. Es stimmt der Benennung der Kommissionsmitglieder zu oder lehnt sie ab und kann einen Misstrauensantrag gegen die gesamte Kommission einbringen. Es teilt sich die Haushaltsbefugnis mit dem Rat und kann daher Einfluss auf die Ausgaben der EU ausüben. In letzter Instanz nimmt es den Gesamthaushalt an oder lehnt ihn ab. Der offizielle Sitz des Europäischen Parlaments ist in Straßburg. Hier findet zwölfmal im Jahr die Plenarsitzung statt. Die Ausschüsse und Fraktionen tagen allerdings in Brüssel, wo ebenfalls Plenarsitzungen stattfinden.

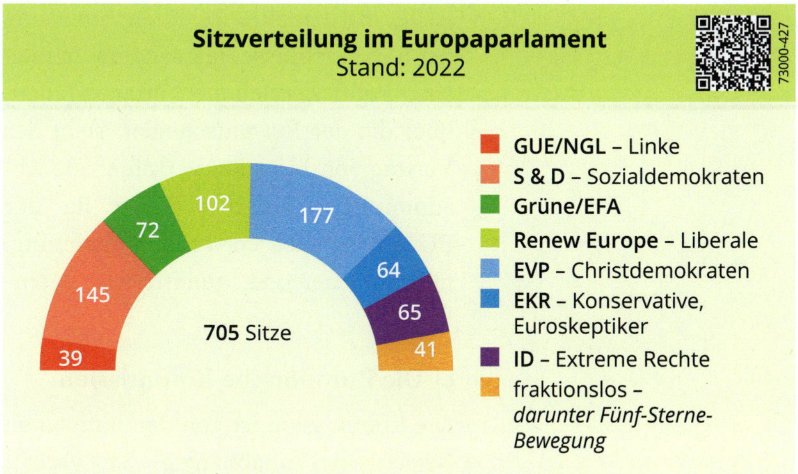

©C.C. Buchner Verlag, aktuelle Daten nach: Europaparlament, 2022

Bearbeiterin

b) Der Rat der Europäischen Union

Der Rat (inoffiziell auch häufig Ministerrat genannt) ist zusammen mit dem EU Parlament das wichtigste Entscheidungsgremium der EU. Er vertritt die Mitgliedstaaten und an seinen Tagungen nehmen die Fachminister:innen aus den nationalen Regierungen der EU-Staaten teil. Die Zusammensetzung der Ratstagungen hängt vom zu behandelnden Sachgebiet ab. Stehen zum Beispiel Wirtschaftsfragen auf der Tagesordnung, so kommen die Wirtschafts- und Finanzminister:innen der einzelnen Länder im ECOFIN-Rat zusammen. Alle im Rat vertretenen Minister:innen sind befugt, für ihre Regierungen verbindlich zu handeln. Außerdem sind die im Rat tagenden Minister:innen ihrem nationalen Parlament sowie den von ihm vertretenen Bürger:innen gegenüber politisch verantwortlich. Dies gewährleistet die demokratische Legitimierung der Ratsbeschlüsse. Je nachdem, in welchen Politikbereich die Vorlagen fallen, über die der Rat entscheidet, sieht der Vertrag von Lissabon verschiedene Abstimmungsverfahren vor. Der Rat der EU entscheidet entweder einstimmig, mit einfacher oder qualifizierter Mehrheit. Grundsätzlich gilt seit 1.11.2014, dass eine qualifizierte Mehrheit erreicht ist, wenn drei Bedingungen erfüllt sind: Zustimmen müssen mindestens 55 Prozent der Mitglieder im Rat, die mindestens 14 Staaten repräsentieren und gemeinsam mindestens 65 Prozent der EU Bevölkerung abbilden. Vier Staaten können eine Sperrminorität bilden.

Bearbeiterin

c) Die Europäische Kommission

Die Kommission ist von den nationalen Regierungen unabhängig. Sie vertritt und wahrt die Interessen der gesamten EU. Die Kommission erarbeitet Vorschläge für neue europäische Rechtsvorschriften, die sie dem Parlament und dem Rat vorlegt. Sie ist auch die Exekutive der EU, d.h. sie ist für die Umsetzung der Beschlüsse des Parlaments und des Rates verantwortlich. Dies bedeutet, dass sie das Tagesgeschäft der EU führt: Umsetzung der politischen Maßnahmen, Durchführung der Programme und Verwaltung der Mittel. Die Kommission besteht aus 27 Männern und Frauen. Jeder EU-Mitgliedstaat stellt ein Kommissionsmitglied. Die Neubesetzung der Kommission erfolgt alle fünf Jahre innerhalb von sechs Monaten nach der Wahl des Europäischen Parlaments. Die Kommission ist dem Parlament gegenüber politisch rechenschaftspflichtig. Es kann der Kommission als Ganzes das Misstrauen aussprechen und sie so zum Rücktritt zwingen. Zusammenfassend hat die EU-Kommission im Wesentlichen vier Aufgaben: Sie macht dem Parlament und dem Rat Vorschläge für neue Rechtsvorschriften. Sie setzt die EU-Politik um und verwaltet den Haushalt. Sie sorgt (gemeinsam mit dem Gerichtshof) für die Einhaltung des europäischen Rechts. Sie vertritt die EU auf internationaler Ebene, zum Beispiel durch Aushandeln von Übereinkommen zwischen der EU und anderen Ländern.

Bearbeiterin

d) Der Europäische Gerichtshof

Der EuGH ist das höchste europäische Gericht im Gerichtssystem der EU und hat u.a. die Aufgabe, auf Antrag zu prüfen, ob die Rechtsakte der EU rechtmäßig sind (Nichtigkeitsklagen) und die Mitgliedstaaten ihren Verpflichtungen aus den Verträgen nachkommen (Vertragsverletzungsverfahren). Jedes EU-Mitgliedsland entsendet eine Richterin oder einen Richter auf sechs Jahre mit der Möglichkeit der Verlängerung der Amtszeit. Die Präsidentin oder der Präsident des EuGH wird von den EuGH-Richter:innen ebenfalls auf sechs Jahre gewählt. Die oder der EuGH-Präsident:in kann uneingeschränkt wiedergewählt werden.

Bearbeiterin

e) Der Europäische Rat

Im Europäischen Rat treffen sich die Staats- und Regierungschef:innen der EU Mitgliedstaaten, die Präsidentin bzw. der Präsident des Europäischen Rates und die Präsidentin bzw. der Präsident der Europäischen Kommission. Der Europäische Rat ist die höchste Repräsentanz der Europäischen Union. Bei den Gipfeltreffen werden die Leitlinien der EU-Politik festgelegt und Fragen, die auf unterer Ebene (d.h. von den Minister:innen bei einer normalen Ministerratstagung) nicht geregelt werden konnten, gelöst.

Bearbeiterin

Europäischer Rat und Rat der Europäischen Union
Der Europäische Rat darf nicht mit dem Rat der Europäischen Union (Ministerrat) verwechselt werden.

M17 Rechtsakte in der aktuellen Legislaturperiode

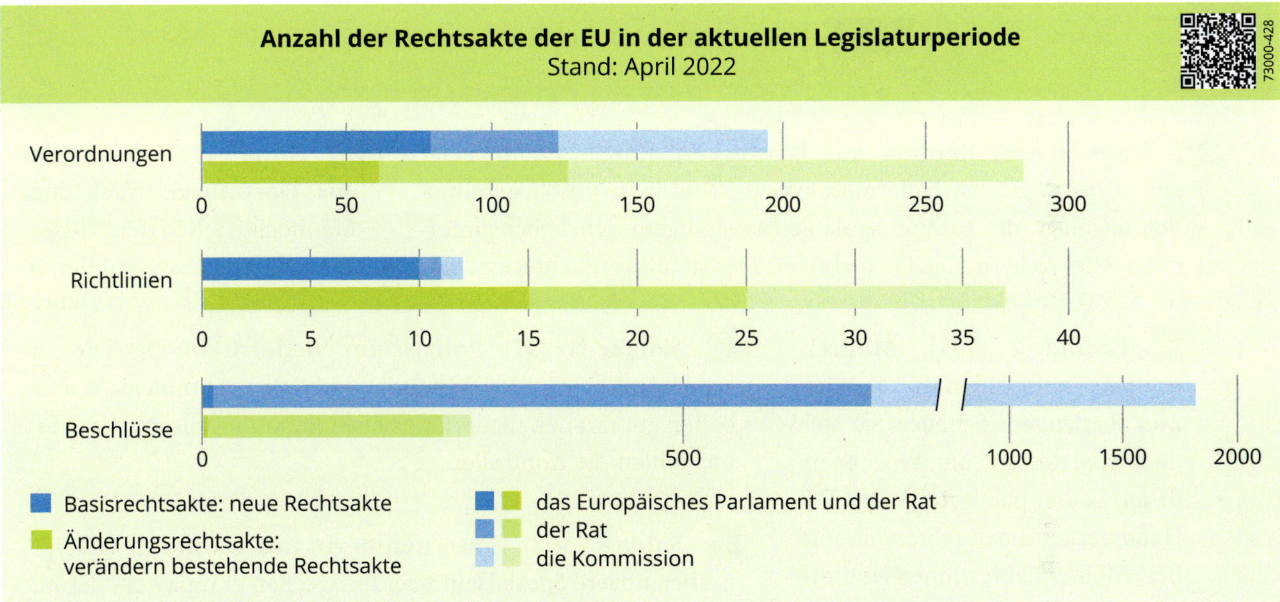

©C.C. Buchner Verlag, aktuelle Daten nach: Europäische Union, 2022

AUFGABEN

71079-196

1. Erschließt die einzelnen Institutionen der EU aus **M16** arbeitsteilig. Bildet dazu Gruppen, die jeweils für eine der Institutionen zuständig ist.
   a) Ermittelt in den Gruppen die Zusammensetzung, die Aufgaben und Zuständigkeiten der jeweiligen Institution.
   b) Analysiert noch einmal **M11** und **M12** daraufhin, an welchen Stellen im Gesetzgebungsprozess hier Aufgaben, Zuständigkeiten bzw. Zusammensetzung der Institution deutlich wurden.
2. Analysiert die Grafik (→ Methodenglossar) zur Anzahl der Rechtsakte in der EU (**M10**, **M17**).
3. Immer wieder werden EU-kritische Stimmen laut, wie z. B. „Wir werden doch nur noch von denen in Brüssel regiert". Nehmt Stellung zu dieser Aussage.

F Aufgabe 1
Präsentiert eure Gruppenergebnisse in Kurzvorträgen.

H Aufgabe 3
→ S. 381

6.3 Wirtschaftliche Integration: Binnenmarkt und Währungsunion

6.3.1 Der EU-Binnenmarkt: wirtschaftliches Erfolgsmodell oder zu weitgehende Freiheiten?

Zum Thema: Der Binnenmarkt gilt als der Kern der europäischen Integration. Manchen gilt er als das „Bürokratie-Monster" in Brüssel. Doch dienen die Regeln des gemeinsamen Marktes nicht auch den Unternehmen und Verbraucher:innen? In diesem Kapitel geht es um die Vor- und Nachteile unseres großen, gemeinsamen EU-Binnenmarktes.

M18 Stimmen zum EU-Binnenmarkt ...

1 Hans F. (66) Rentner aus Winterberg: Meine Rente reicht kaum zum Leben. Ich hatte mein ganzes Geld in spanischen Immobilien angelegt, das sollte mir als Selbstständigem den Lebensunterhalt im Alter sichern. Die Finanzkrise 2009 hat alles zunichtegemacht.

2 Anna F. (17), Schülerin aus Dortmund: Nach dem Abi möchte ich in den Niederlanden Modedesign studieren.

3 Hanno Z. (41), Maurermeister mit eigenem Betrieb aus Hattingen: Schauen Sie sich doch mal die A2 am Wochenende an: Lauter polnische Autos. Die Handwerker:innen fahren hin und her. Meine Maurer:innen sind unseren Kund:innen hier in Deutschland oft zu teuer. Aber ich muss meine Leute ja auch bezahlen.

4 Volker H. (37), Polizist am Niederrhein: Der Drogenschmuggel hier in der Region ist wirklich ein Problem. Wir arbeiten gut mit den niederländischen Behörden zusammen, aber uns fehlen die Kontrollen.

5 Sabia C. (42), Unternehmerin aus Detmold: Wir vertreiben unsere Spezialschlösser inzwischen europaweit, das hat unser Familienunternehmen wirklich gerettet. Nur der deutsche Markt für so ein spezielles Produkt wäre zu klein gewesen, das hätte sich bei den Entwicklungskosten nicht rentiert.

6 Mehmet B. (62) aus Herne: Ich habe letztes Jahr Geld geerbt und lange überlegt, wo ich das Geld anlege. Jetzt habe ich ein wirklich lukratives Angebot bei einer belgischen Bank gefunden.

7 Hilde R. (50), Landwirtin aus dem Münsterland: Schauen Sie mal in die Supermärkte, da können Sie polnische Milchprodukte zu Spottpreisen erwerben. Damit können wir hier nicht mithalten.

8 Renzo K. (33) aus Bottrop: Wir haben ein Haus für unsere Familie gekauft. Die Renovierung übernimmt ein rumänischer Fliesenleger unter der Hand am Wochenende. Deutsche Handwerker hätten wir uns nicht leisten können.

Bearbeiterin

EINSTIEGSAUFGABE 71079-197

Wertet die Stimmen zum Binnenmarkt der EU dahingehend aus, welche eher positive und welche eher negative Aussagen über den Binnenmarkt enthalten.

M19 Der EU-Binnenmarkt und seine Freiheiten

71079-198

a) Wie funktioniert der europäische Binnenmarkt?

Der Europäische Binnenmarkt umfasst die Mitgliedstaaten der EU sowie die Staaten Island, Norwegen und Liechtenstein, die mit der EU den Europäischen Wirtschaftsraum bilden, und die Schweiz.

In einem Binnenmarkt müssen die sogenannten »vier Freiheiten« verwirklicht sein, die schon im EWG-Vertrag von 1957 genannt sind: Freiheit des Personen-, des Waren-, des Dienstleistungs- sowie des Kapitalverkehrs. Im Rahmen der Personenverkehrsfreiheit genießen alle EU-Bürger das Recht, sich in jedem Land der EU aufzuhalten, einen Beruf auszuüben und dort zu verbleiben. Arbeitnehmer haben seit 1957 das Recht, in jedem Mitgliedsland zu leben und zu arbeiten. Mit der Errichtung des Europäischen Binnenmarktes dürfen Selbstständige seit 1992 ebenfalls in jedem Land tätig werden (Niederlassungsfreiheit). Kein Unionsbürger darf aufgrund seiner Staatsangehörigkeit benachteiligt werden (Diskriminierungsverbot). Der freie Warenaustausch innerhalb der Staaten der EU wird im Rahmen der Warenverkehrsfreiheit gewährleistet. Ziel ist es dabei, über die Öffnung der nationalen Märkte das Produktangebot auf allen Märkten zu verbessern und zu erweitern sowie knappe Güter sogar zu verbilligen. Sowohl Zölle als auch mengenmäßige Beschränkungen wurden in der EG bis 1968 abgeschafft, tarifäre und teilweise auch nicht tarifäre Handelshemmnisse also untersagt (Zollunion). Dienstleistungsfreiheit bedeutet die Liberalisierung der Erbringung von Dienstleistungen; dazu zählen z. B. Versicherungsabschlüsse, Beratungstätigkeiten und andere Serviceleistungen. Die Kapitalflüsse zwischen den Mitgliedstaaten unterliegen keinerlei Restriktion im Rahmen der Kapitalverkehrsfreiheit. Durch die Europäische Wirtschafts- und Währungsunion [...] wurde der Geld-, Kapital- und Zahlungsverkehr in der EU zum 1.7.1990 vollständig liberalisiert sowie die Fiskal- und Geldpolitik verstärkt koordiniert.

Duden Wirtschaft von A bis Z: Grundlagenwissen für Schule und Studium, Beruf und Alltag. 6. Aufl. Mannheim: Bibliographisches Institut 2016. Lizenzausgabe Bonn: Bundeszentrale für politische Bildung 2016.

Erklärfilm zum Binnenmarkt

71079-199

Der EU-Binnenmarkt und seine Grundfreiheiten

Übung 82000-66

Freier Verkehr von Dienstleistungen
Freier Verkehr von Waren
Freier Personenverkehr
Freier Kapitalverkehr

?
- keine Grenzkontrollen
- Angleichung Einreise-, Asyl-, Waffen-, Drogengesetze
- Niederlassungs- und Beschäftigungsfreiheit für EU-Bürger:innen
- intensive Außenkontrollen

?
- Liberalisierung der Finanzdienste
- Angleichung der Banken und Versicherungsaufsicht
- Öffnung der Transport- und Telekommunikationsmärkte

?
- Wegfall der Grenzkontrollen
- Angleichung oder gegenseitige Anerkennung von Normen und Vorschriften
- Angleichung bestimmter Steuersätze

?
- mehr Freizügigkeit für Geld- und Kapitalbewegungen
- Wege zu einem gemeinsamen Markt für Finanzleistungen
- Liberalisierung des Wertpapierverkehrs

©C.C. Buchner Verlag, Daten nach: Bundesregierung: Binnenmarkt. In: www.bundesregierung.de, 2022

b) Was bedeuten die vier Freiheiten genau?

1 EU-Bürger:innen sowie jedes Unternehmen können in jedem EU-Land zollfrei Handel betreiben.

2 Alle EU-Bürger:innen haben grundsätzlich das Recht, in Unternehmen eines anderen EU-Landes zu arbeiten. Dabei gelten die Vorschriften des EU-Landes, z. B. bzgl. Kündigungsschutz und Mindestlohn.

4 Investor:innen können in jedem EU-Land investieren und Anleger:innen in jedem EU-Land Geld anlegen.

3 Grundsätzlich hat jedes EU-Unternehmen das Recht, in einem anderen EU-Land eine Niederlassung zu gründen oder die Leistung, die es in seinem Heimatland anbietet, in einem anderen EU-Land anzubieten. Dafür kann es seine Arbeitnehmer:innen in andere EU-Länder entsenden. Für die entsendeten Arbeitnehmer:innen gelten dann die Arbeitsschutzgesetze und Mindestlöhne des Gastlandes, Sozialabgaben und Steuern zahlen sie aber in ihrem Heimatland.

Bearbeiterin

M20 Chancen und Herausforderungen des Binnenmarktes für Unternehmen, Konsumierende und Arbeitnehmende

1 Einkommensgewinne durch den Binnenmarkt für Unternehmen

Aus dem All betrachtet sitzt die Firma Sortimo International mitten im Herzen der Europäischen Union. Der Mittelständler mit Hauptwerk im schwäbischen Zusmarshausen baut Regalsysteme für Nutzfahrzeuge – und profitiert von den offenen Grenzen: „Für uns ist der europäische Binnenmarkt der Anker unserer kompletten Firma, weil wir über 80 Prozent unserer Geschäfte im Binnenmarkt machen", sagt Geschäftsführer Reinhold Braun. Schließlich behindern hier keine Zollbarrieren und keine unterschiedlichen Produktstandards den Handel. „Ohne Binnenmarkt würden wir vermutlich 30 Prozent weniger Umsatz machen, weil wir zum Beispiel die osteuropäischen Märkte nicht bedienen könnten – die Eintrittshürden wären da viel zu hoch", sagt Braun.

Grass, Karen: Was bringt uns der EU-Binnenmarkt? In: www.zdf.de, 25.05.2019

2 Lohndumping und Schwarzarbeit

Zwei rumänische Bauarbeiter berichten in einer Beratungsstelle des Deutschen Gewerkschaftsbundes über ihre Arbeitsbedingungen. Ein Übersetzer fasst ihre Situation zusammen:

„Sie arbeiten in der Regel zehn Stunden pro Tag. Und sie sind in einem System der Schwarzarbeit, wo so 50 zu 50 herrscht. Das heißt, ein Teil des Lohnes wird offiziell bezahlt, auf das Konto, mit Lohnabrechnungen und ein Teil wird schwarz bezahlt. Und so kommen sie auf 55 Stunden pro Woche und verlieren Ansprüche auf Rente, verlieren Ansprüche auf Lohnfortzahlung und bekommen auch keinen Urlaub." Viele Bauarbeiter aus Südosteuropa nehmen diese Nachteile der Schwarzarbeit jedoch in Kauf, weil sie unter dem Strich immer noch mehr als das Doppelte dessen verdienen, was sie in ihrer Heimat bei der Arbeit als Maurer oder Bautischler, als Einschaler oder Eisenbieger verdienen würden. Doch ein Teil ihres Lohnes wird ihnen gleich wieder für eine völlig überteuerte Unterkunft in Frankfurt am Main abgenommen, erzählt einer der beiden rumänischen Bauleute: „Sie sind nicht zufrieden mit der Unterkunft. Sie zahlen 300 Euro in einem Vierbettzimmer und das sind sehr anstrengende Bedingungen."

Fittkau, Ludwig: Viel Arbeit, wenig Sicherheit. In: www.deutschlandfunkkultur.de, 20.02.2019

3 Verbraucherschutz

Ein freier Markt wird in der Regel durch politische Maßnahmen begleitet, welche die Teilnehmenden dieses Marktes vor möglichen nachteiligen Folgen und Risiken schützen. So ist auf dem freien europäischen Binnenmarkt auch der Verbraucherschutz entstanden. Angesiedelt ist der Verbraucherschutz bei der EU-Kommission.

Beispiel Acrylamid in Pommes, Chips und Gebäck: [Acrylamid] steckt in Pommes, Chips oder Brot, in allen stärkehaltigen, hoch erhitzten Lebensmitteln [...]. Weil diese Substanz möglicherweise krebserregend ist, [gibt es dazu] eine EU-Verordnung [...].
Acrylamid entsteht, wenn stärkehaltige Lebensmittel heiß gebacken oder frittiert werden – und es gilt als potenziell krebserregend. [...] Einige Bäckereien haben bereits reagiert und backen auch Brot und Brötchen weniger heiß. Bei „Dat Backhus" haben sich laut der Bäckerei-Kette bereits Kunden beschwert, weil die Kruste nicht mehr so knusprig sei wie früher.

Burckhardt, Ines: Acrylamid: Sind EU-Grenzwerte ein Problem? In: www.ndr.de, 15.03.2018

4 Monatsverdienste in der EU

Durchschnittlicher Bruttomonatsverdienst von Vollzeitbeschäftigten in der EU (Stand: 2022)

73000-429

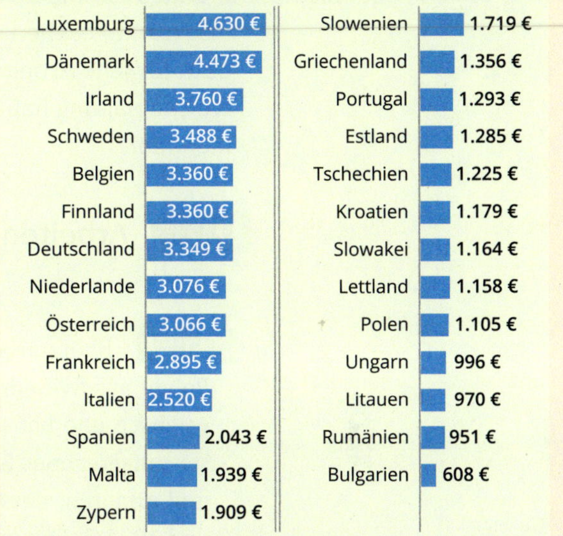

©C.C. Buchner Verlag, aktuelle Daten nach: Eurostat, 2018

AUFGABEN

71079-200

1. a) Ordnet die Begriffe in **M19a** den Feldern in der Grafik zu.
   b) Ordnet die wesentlichen Elemente des EU-Binnenmarktes aus **M19a** den Erklärungen aus **M19b** zu.
2. Ordnet die in **M18** angeführten Aussagen den vier Freiheiten des EU-Binnenmarktes zu. Erstellt eine Übersicht zu dessen Stärken und Schwächen.
3. Arbeitet aus **M20** die Stärken und Schwächen des EU-Binnenmarktes heraus und stellt sie einander tabellarisch gegenüber. Berücksichtigt dabei, welche Akteure jeweils betroffen sind – Wem nutzt hier der EU-Binnenmarkt und für wen ergeben sich Nachteile?
4. *„Der gemeinsame Markt ist eine der größten Errungenschaften der EU. Er treibt Wachstum und Beschäftigung an und erleichtert Menschen und Unternehmen das tägliche Leben."* So heißt es oft. Versetzt euch in kleinen Gruppen jeweils in die Lage verschiedener Personen, die vom Binnenmarkt betroffen sind:
   a) Analysiert zunächst, inwiefern diese Person die vier Grundfreiheiten des Binnenmarktes als Chancen oder Risiken für sich selbst wahrnimmt.
   b) Erstellt einen Post, in welchem diese Person Stellung zu dem Zitat nimmt, zum Beispiel in einem gemeinsamen Padlet.

F Aufgabe 3
Weiteres Beispiel für Verbraucherschutz
71079-201

H Aufgabe 4
→ S. 381

6.3.2 Sollten die Arbeitsverhältnisse im gemeinsamen Binnenmarkt neu geregelt werden?

Zum Thema: Es heißt, die wirtschaftliche Integration der EU in Form des Binnenmarktes komme dem Wirtschaftswachstum in den EU-Ländern zugute und erhöhe insgesamt gesehen die Einkommen der EU-Bürger:innen. Gilt dies, und wenn ja, auch für jene Arbeitnehmende, die europaweit in Konkurrenz zueinander stehen? Welche Haltung haben Arbeitgebende zur Gestaltung der Rechte dieser Arbeitnehmenden?

M21 Arbeiten im Binnenmarkt: Drei Fallbeispiele

Fall 1 Elvira arbeitet in der Altenpflege. Sie kommt aus einem kleinen Ort in Polen, aus Svinemünde, in der Nähe der deutschen Grenze. Dort ist sie aufgewachsen und hat schon in der Schule Deutsch gelernt. In Svinemünde verdient sie umgerechnet 300 € monatlich in einem Altenheim. Sie hat sich umgehört und erfahren, dass man in Deutschland das Vielfache verdient – zwischen 800 und 1000 €. Das ist immer noch weniger als deutsche Pflegekräfte verdienen. Deshalb hat sie das Angebot ihres Arbeitgebers gerne angenommen, auf der anderen Seite der Grenze, in Deutschland für ihn zu arbeiten. Sie bleibt erst einmal nur für ein Jahr, so ist es in ihrem Arbeitsvertrag geregelt.

Fall 2 Adrian hat lange als Busfahrer in Münster gearbeitet. Viel verdient hat er dabei nicht, aber es hat gereicht. Nun hat er erfahren, dass man in der Schweiz auch als Busfahrer deutlich mehr verdient, mehr als 60.000 Euro im Jahr können drin sein. Er hat sich entschlossen, in die Schweiz auszuwandern. Zwar wird er Freunde und Familie vermissen, aber selbst, wenn er die höheren Lebenshaltungskosten in der Schweiz einbezieht, kann er so viel Geld zur Seite legen, dass er regelmäßig in die alte Heimat fliegen kann.

Fall 3 Daria und Dennis aus Bochum haben einige Jahre nach ihrem Medizinstudium in einem Krankenhaus in ihrer Heimatstadt gearbeitet. Sie sind frustriert: Personalmangel, anstrengende 24-Stunden-Dienste, ständig zusätzliche Schichten, weil jemand ausgefallen ist, kaum Zeit und Ruhe für die Patienten. Das sind nicht die Arbeitsbedingungen, die sie sich gewünscht haben, als sie ihr Medizinstudium begonnen haben. Das gleicht auch das gute Gehalt nicht aus. Sie haben sich erkundigt und entschieden: Sie werden nach Schweden ziehen. Hier verdienen sie zwar weniger, aber sie bekommen mehr Schlaf durch weniger Dienste und mehr Urlaub – ein Mehr an Lebensqualität, finden sie.

Bearbeiterin

EINSTIEGSAUFGABE 71079-202

Lest die Fallbeispiele und urteilt spontan: Hättet ihr euch in der Situation dieser Menschen auch entschieden, in einem anderen Land zu arbeiten? Begründet jeweils eure Position.

M22 Welche Regelungen gelten für Arbeitnehmende im Binnenmarkt?

71079-203

Grundsätzlich gilt für Arbeitnehmende in der EU die sogenannte Arbeitnehmer-Freizügigkeit (auch Arbeitskräfte-Mobilität). Das bedeutet, alle EU-Bürger:innen können ohne Visum oder gesonderte Arbeitserlaubnis im EU-Ausland einer Erwerbsarbeit nachgehen. Wird ein Arbeitnehmender jedoch zeitweise im Rahmen seines bestehenden Arbeitsverhältnisses im EU-Ausland eingesetzt, handelt es sich um eine „Auslandsentsendung". Um diese Fälle gesetzlich zu regeln, wurden mit der europäischen „Entsenderichtlinie" Vorgaben geschaffen, die sich auf den arbeitsrechtlichen Schutz, Sozialversicherungen und Löhne der Arbeitnehmenden beziehen. Die 1997 erstmals in Kraft getretene Entsenderichtlinie wurde 2018 reformiert, um den unterschiedlichen Lohn- und Arbeitsstandards in der EU weiter entgegen zu wirken. So wurden zum Beispiel Arbeitnehmende aus östlichen EU-Staaten ganz legal für eine gewisse Dauer in westlichen EU-Ländern zu einem im Zielland vergleichsweise niedrigen Lohn eingesetzt. Sie waren damit Entsandte und zudem ein wichtiger Wirtschaftsfaktor für ihre Heimatländer. Da Lohnniveau und die Sozialstandards in den einzelnen EU-Ländern jedoch sehr unterschiedlich sind, wurden bei diesen Entsendungen häufig Tarif- und Sozialstandards im Gastland unterschritten, wie z. B. in Deutschland. Man spricht in diesem Zusammenhang von einem Lohn- und Sozialdumping, wenn ausländische Arbeitnehmende im Vergleich zu einheimischen für die gleiche Arbeit deutlich schlechter gestellt werden. Viele deutsche Unternehmen profitierten von den niedrigeren Löhnen, die sie an die ausländischen Arbeitnehmenden zahlten, und konnten auf diese Weise preiswert Aufträge erledigen. Mit der überarbeiteten Entsenderichtlinie verfolgt die EU nun das Ziel, das Lohn- und Sozialdumping zu unterbinden. Dieses will sie erreichen, indem sie EU-weit eine weitgehende Gleichstellung zwischen den jeweils entsandten und den einheimischen Arbeitnehmenden in Bezug auf Lohn- und Arbeitsbedingungen vorschreibt:

Das Arbeitnehmer-Entsendegesetz
Damit eine EU-Richtlinie wirksam werden kann, muss sie in nationales Recht überführt werden. In Deutschland wurde die Entsenderichtlinie zum 30. Juli 2020 im reformierten Arbeitnehmer-Entsendegesetz (AEntG) umgesetzt. Bei der Umsetzung einer Richtlinie in nationales Recht gibt es Spielräume, hier etwa bei der Festlegung, welche Tarifverträge jeweils gelten sollen.

1 Gleicher Lohn für gleiche Arbeit
Entsandte Arbeitnehmende bekommen die gleichen Tariflöhne (sofern es sie gibt) wie einheimische. Dazu zählen auch Überstundensätze, Zulagen, Prämien etc. Vorher bekamen die ausländischen Arbeitnehmenden nur die Mindestentgeltsätze der jeweiligen Branche. Davon ausgenommen ist der Straßenverkehrssektor und das Speditionswesen.

2 Arbeitsbedingungen und Unterkünfte
Für die Unterkünfte der entsandten Arbeitnehmenden gelten Mindeststandards, die im Einklang mit den nationalen Vorschriften stehen müssen um unwürdige Arbeitsbedingungen zu verhindern. Reise- Verpflegungs- oder Unterbringungskosten dürfen nicht (mehr) vom Lohn abgezogen werden.

3 Zeitliche Begrenzung auf 12 bzw. 18 Monate
Entsendungen sollen in der Regel auf 12 Monate begrenzt sein, mit der Möglichkeit der Verlängerung auf 18 Monate. Nach Ablauf dieser Zeit gelten für sie alle im Gastland vorgeschriebenen Arbeitsbedingungen, z. B. auch die volle Sozialversicherungspflicht (mit Ausnahme der betrieblichen Altersvorsorge).

Nach: Hardenberg, Cecilia: Arbeitnehmer-Entsendegesetz: Diese Änderungen müssen Arbeitgeber kennen. In: www.lexware.de, 22.12.2021

M23 Entsendungen in der Europäischen Union

Übersicht über die Entsendungen und Aufnahmen von Arbeitnehmenden in Europa

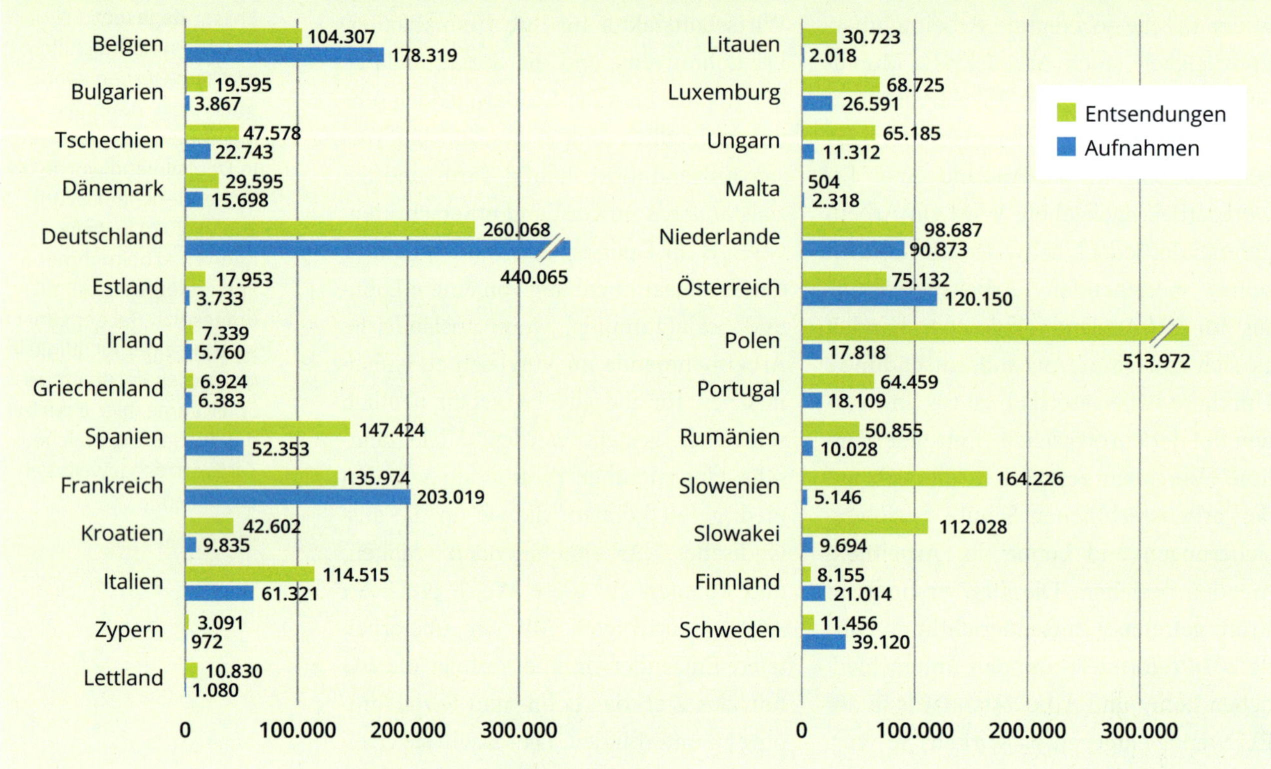

Nach: Europäische Kommission, 2016

M24 Die reformierte Entsenderichtlinie in der Diskussion …

1 Stellungnahme der Gewerkschaften

Für den DGB und seinen Mitgliedsgewerkschaften ist eins klar: diese Verbesserungen der neuen Richtlinie müssen auch dort ankommen, wo sie hingehören: bei den entsandten Beschäftigten! Dass gerade das schwierig ist, zeigt unter anderem die Vielfalt an prekären und schlechten Arbeits-und Unterkunftsrealitäten, die die Gewerkschaften auch als Beratungsanfragen im Zusammenhang mit der Arbeitnehmerentsendung immer wieder erreichen. Mehr Schutz und bessere Arbeitsbedingungen für entsandte Beschäftigte sind deshalb nur durch eine ordnungsgemäße und vollständige Umsetzung der revidierten Entsenderichtlinie möglich. […] Zu gewährleisten ist auch, dass Sachleistungen, die zusätzlich zum Entgelt geschuldet sind, mit dem Entgelt nicht verrechnet werden. […] Auch effiziente Kontrollen und abschreckende Sanktionen spielen eine erhebliche Rolle; technische und personelle Voraussetzungen sind dafür zu gewährleisten.

DGB: Schutz für entsandte Beschäftigte nur durch ordnungsgemäße Umsetzung der neuen Entsenderichtlinie. In: www.dgb.de, 18.10.2019

2 Brief des Präsidenten des Bundes Deutscher Arbeitgeber an EU-Parlamentarier

Die deutsche Wirtschaft befürchtet massive wirtschaftliche Nachteile durch die geplante Verschärfung der Europäischen Entsenderichtlinie. […]

„Die Umsetzung der Richtlinie in der zur Abstimmung stehenden Form wird den Binnenmarkt schwer beschädigen", heißt es demnach in [einem] Schreiben. Es würden „Abschottungen innerhalb der EU für die Erbringung von grenzüberschreitenden Dienstleistungen" etabliert.

Den deutschen Unternehmen, die vorwiegend qualifizierte Arbeitnehmer ins Ausland entsenden, drohten Rechtsunsicherheiten und Bürokratie, warnt Kampeter […].

AFP: Arbeitgeber gegen Reform des grenzüberschreitenden Arbeitens. In: www.faz.net, 29.05.2018

3 Kritik an der Entsenderichtlinie aus osteuropäischen Ländern

Ungarn und Polen hatten gegen die neue Entsenderichtlinie geklagt. Der Europäische Gerichtshof wies die Klagen jedoch ab. Der Hintergrund der Klage: Großbritannien war lange ein bevorzugtes Ziel polnischer und auch anderer osteuropäischer Handwerker und Fachkräfte. Durch den Brexit hat sich die Lage für die Arbeitnehmenden aus dem EU-Ausland dort verändert.

Aber auch in der EU gibt es durch die neue Entsenderichtlinie Änderungen für entsandte Arbeitnehmende. Mit einer weiteren Angleichung der Löhne zwischen einheimischen Arbeitnehmenden und Entsandten fällt für viele osteuropäische Länder ein entscheidender Wettbewerbsvorteil weg. Auch wenn die erweiterten Rechte und Maßnahmen gegen Ausbeutung und unwürdige Arbeitsbedingungen begrüßt werden, steigt die Gefahr von Auftrags- und Arbeitsplatzverlust.

Bearbeiterin, basierend auf: apr/dpa: Ungarn und Polen scheitern mit Klagen gegen EU-Entsenderichtlinie. In: www.spiegel.de, 08.12.2020

AUFGABEN

71079-204

1. a) Erklärt anhand von **M22** den Unterschied zwischen mobilen und entsandten Arbeitnehmenden im Binnenmarkt der EU.
   b) Ermittelt, welche der Personen in **M21** mobile und welche entsandte Arbeitnehmende sind.
   c) Benennt die Regelungen, die in der Entsenderichtlinie vorgesehen sind (**M22**).
2. Analysiert anhand von **M23** den Umfang der entsandten Arbeitnehmenden in der EU. Analysiert dabei genauer, welche Länder in welcher Richtung der Entsendung oder Aufnahme besonders betroffen sind.
3. Arbeitet aus **M24** die verschiedenen Positionen zur Reform der Entsenderichtlinie heraus (→ **PUB, 3**).
4. Greift noch einmal Elvira aus **M21** auf und diskutiert, ob ihr Elvira raten würdet, diesen Arbeitsvertrag als entsandte Arbeitnehmerin so anzunehmen. Begründet eure Entscheidung auch mit Bezug zur Entsenderichtlinie.
5. a) Versetzt euch in Kleingruppen in die Rolle von Arbeitgebenden und Arbeitnehmenden aus verschiedenen EU-Mitgliedstaaten und erstellt auf Plakaten jeweils einen Forderungskatalog einer Reform des europäischen Arbeitsmarkts.
   b) Stellt eure Ergebnisse in der Klasse vor.

F Aufgabe 2
Stellt unter Berücksichtigung von **M20** Schlussfolgerungen über die Gründe an.

F Aufgabe 3
Berücksichtigt dabei einen Kritikpunkt hinsichtlich eines „Schlupflochs" bei der Reform der Entsenderichtlinie mit Hilfe des QR- und Mediencodes.

71079-205

6.3.3 Währungsunion: Garant für Handel und Wohlstand für alle in der EU?

Zum Thema: Fast jeden Tag haben wir Euromünzen oder Scheine in der Hand. Eine gemeinsame Währung erscheint uns selbstverständlich. Sie ist aber das Ergebnis einer politischen Entscheidung. Dafür sprechen viele ökonomische und durchaus auch politisch-gesellschaftliche Vorteile. Dennoch zeigen diese sich nicht für alle Beteiligten. Wie das zu ändern wäre, ist unter anderem Thema dieses Unterkapitels.

M25 Überblick über die Euro-Zone

Die Euroländer
Stand: 2022

73000-88

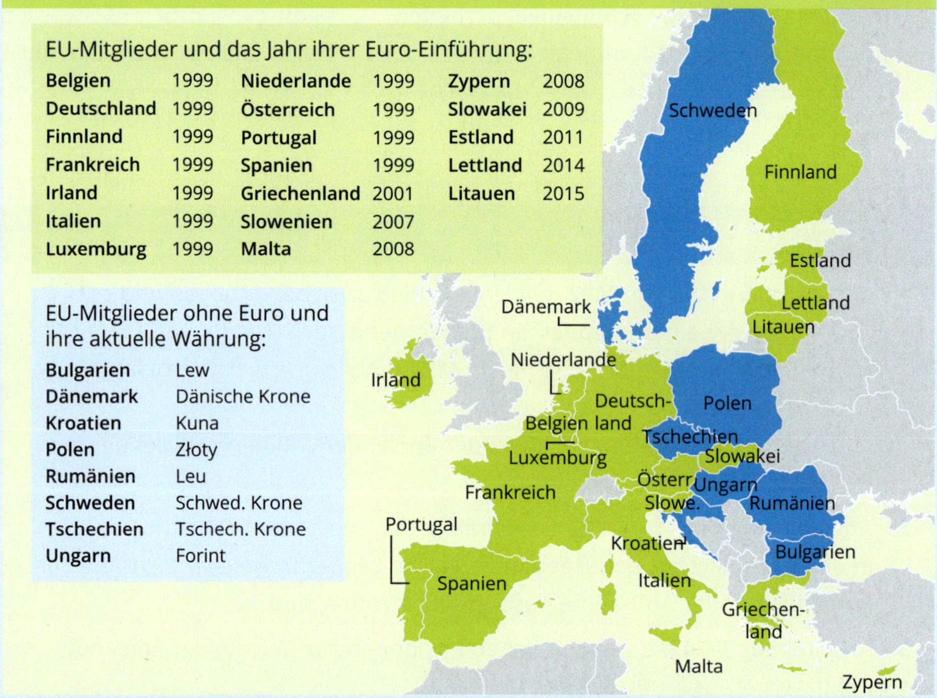

EU-Mitglieder und das Jahr ihrer Euro-Einführung:

Belgien	1999	**Niederlande**	1999	**Zypern**	2008
Deutschland	1999	**Österreich**	1999	**Slowakei**	2009
Finnland	1999	**Portugal**	1999	**Estland**	2011
Frankreich	1999	**Spanien**	1999	**Lettland**	2014
Irland	1999	**Griechenland**	2001	**Litauen**	2015
Italien	1999	**Slowenien**	2007		
Luxemburg	1999	**Malta**	2008		

EU-Mitglieder ohne Euro und ihre aktuelle Währung:

Bulgarien	Lew
Dänemark	Dänische Krone
Kroatien	Kuna
Polen	Złoty
Rumänien	Leu
Schweden	Schwed. Krone
Tschechien	Tschech. Krone
Ungarn	Forint

©C.C. Buchner Verlag, aktuelle Daten nach: Europäische Kommission, 2022

EINSTIEGSAUFGABEN 71079-206

1. Spekuliert über mögliche Gründe, warum einige EU-Mitglieder den Euro als Währung (noch) nicht eingeführt haben.
2. Nehmt spontan auf einer Meinungslinie zu folgender These Stellung: „Der Euro sollte in allen Staaten der EU eingeführt werden.“ Diskutiert eure Standpunkte.

M26 Die Entstehung des Euro und des Euroraums

71079-207

Schon in den 1960er Jahren wurde immer wieder das Ziel erwähnt, eine gemeinsame Währungspolitik in der EU zu gestalten, in Ergänzung zur gemeinsamen Wirtschaftspolitik:

Am 1. Januar 1999 wurde der Euro eingeführt. Die Einführung beschränkte sich zunächst auf elektronische Buchungen und drei Jahre später - am 1. Januar 2002 - folgte das Euro-Bargeld. Das Fundament für die Europäische Wirtschafts- und Währungsunion wurde bereits am 7. Februar 1992 gelegt. Die Staats- und Regierungschefs der Mitgliedstaaten der Europäischen Gemeinschaft unterzeichnen den Vertrag von Maastricht. Die Währungsumstellung war die weltweit größte aller Zeiten. Von Beginn an dabei waren 11 Länder: Belgien, Frankreich, Deutschland, Spanien, Italien, Irland, Luxemburg, die Niederlande, Österreich, Portugal und Finnland. Griechenland zog zwei Jahre später nach. Heute ist der Euro die Währung in 19 EU-Mitgliedstaaten und somit gesetzliches Zahlungsmittel für mehr als 340 Millionen Bürgerinnen und Bürger und hat sich zu einer der wichtigsten Währungen der Welt entwickelt.

Bundesministerium der Finanzen: 20 Jahre Euro: Eine erfolgreiche Währung. In: www.bundesfinanzministerium.de, 11.01.2019

M27 Der Euro – Einführungs- und Stabilitätskriterien

An der Währungsunion müssen alle Staaten der EU teilnehmen. Allerdings erst dann, wenn die Staaten einander in ihrer wirtschaftlichen Entwicklung ähnlich sind. Um dies zu gewährleisten, hat der Vertrag von Maastricht für die Aufnahme von Ländern in die Europäische Wirtschafts- und Währungsunion (EWWU) feste Kriterien definiert, die sogenannten Konvergenzkriterien:*

- Neuverschuldung bis zu 3% des Bruttoinlandsprodukts (BIP)
- Staatsverschuldung bis zu 60 % des BIP
- Inflationsrate darf nicht mehr als 1,5 Prozentpunkte über derjenigen der drei preisstabilsten Mitgliedstaaten liegen.

Dies ist notwendig, da Spannungen zwischen Ländern entstehen können, wenn sie sich wirtschaftlich unterschiedlich entwickeln. Um dies zu verhindern, wurde außerdem der Stabilitäts- und Wachstumspakt (kurz: Euro-Stabilitätspakt) im Vertrag von Amsterdam 1997 verankert. Abgesehen von dem Kriterium der Preisstabilität ist dieser mit den Maastrichter Konvergenzkriterien identisch.

Zuständig für die europäische Geldpolitik ist die Europäische Zentralbank (EZB) mit Sitz in Frankfurt am Main. Ihre geldpolitischen Aufgaben bestehen unter anderem in der Ausgabe des Bargelds, besonders aber darin, die Stabilität des Euro zu gewährleisten, dabei geht es besonders um die Vermeidung einer zu hohen Inflation, also des Anstiegs der Preise.

** Konvergenz bezeichnet dabei die allmähliche Annäherung der Teilnehmerländer in wichtigen wirtschaftlichen Grunddaten.*

Bearbeiter

Euro in Dänemark und Schweden

Dänemark hat im Vertrag von Maastricht eine „Opting-out"-Klausel als Bedingung für die Zustimmung zum Maastricht-Vertrag ausgehandelt. Sie dürfen dem Euroraum fernbleiben. Schweden gilt als Sonderfall, da die Konvergenzkriterien absichtlich nicht erfüllt werden, um den Euro nicht einführen zu müssen. Dieser Vorgang wird von der Kommission geduldet.

M28 Was sind die Vor- und Nachteile von Gemeinschaftswährungen?

Handel seit Einführung des Euros
Seit Einführung des Euros stieg das Handelsvolumen innerhalb der Eurozone zwischen 4 % und 10 % sowie zwischen der EU und Ländern außerhalb der Eurozone um rund 3 % an.

a) Welche Vorteile haben Gemeinschaftswährungen?

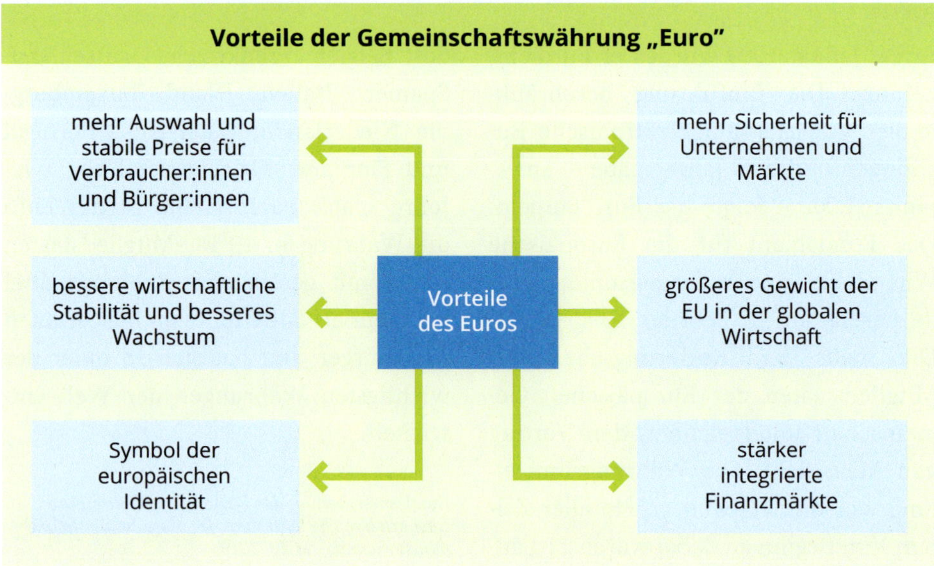

©C.C.Buchner Verlag

Unternehmen haben es leichter, Waren im Ausland zu kaufen oder zu verkaufen. Und wenn man in Portugal im Supermarkt steht, weiß man sofort, ob das Eis am Stiel teurer ist als zu Hause oder nicht. Auch entfallen die Umtauschgebühren für andere Währungen. Der Euro soll die Vertiefung der europäischen Integration durch die Vergemeinschaftung der Geldpolitik und den daraus erwachsenden weiteren Koordinierungsbedarf in anderen Politikfeldern wie Arbeitsmarkt-, Sozialpolitik etc. fördern. Zudem schafft der Euro ein Gegengewicht zur weltweiten Dominanz des US-Dollars und der amerikanischen Wirtschaft. Schließlich ist der Euro ein entscheidender Schritt hin zu einer politischen Union, er sollte ein europäisches Wir-Gefühl (Identität) stiften.

Bearbeiter

b) Welche Nachteile haben Gemeinschaftswährungen?

Nachteile des Euro:

- nationale Währungen als Symbol der nationalen Identität gehen verloren
- wirtschaftliche Instabilität einzelner Mitgliedsländer wird zum Problem für alle am Währungsraum beteiligten Staaten
- dadurch können Anreize sinken, die eigene Wirtschaft krisenfest zu gestalten
- Staaten können keine eigenen geldpolitischen Entscheidungen treffen
- Wenn der Euro sehr stark ist im Vergleich zu anderen Währungen, werden Exporte aus dem Euroraum teurer
- starke wirtschaftliche Trennung im Binnenmarkt zwischen Euroländern und Nicht-Euroländern
- Unternehmen können Wechselkursschwankungen nicht für die eigenen Geschäfte nutzen

Bearbeiterin

M29 Welche Vorteile bietet der Euro in und außerhalb der EU?

a) Der Euro – Vorteile für alle?

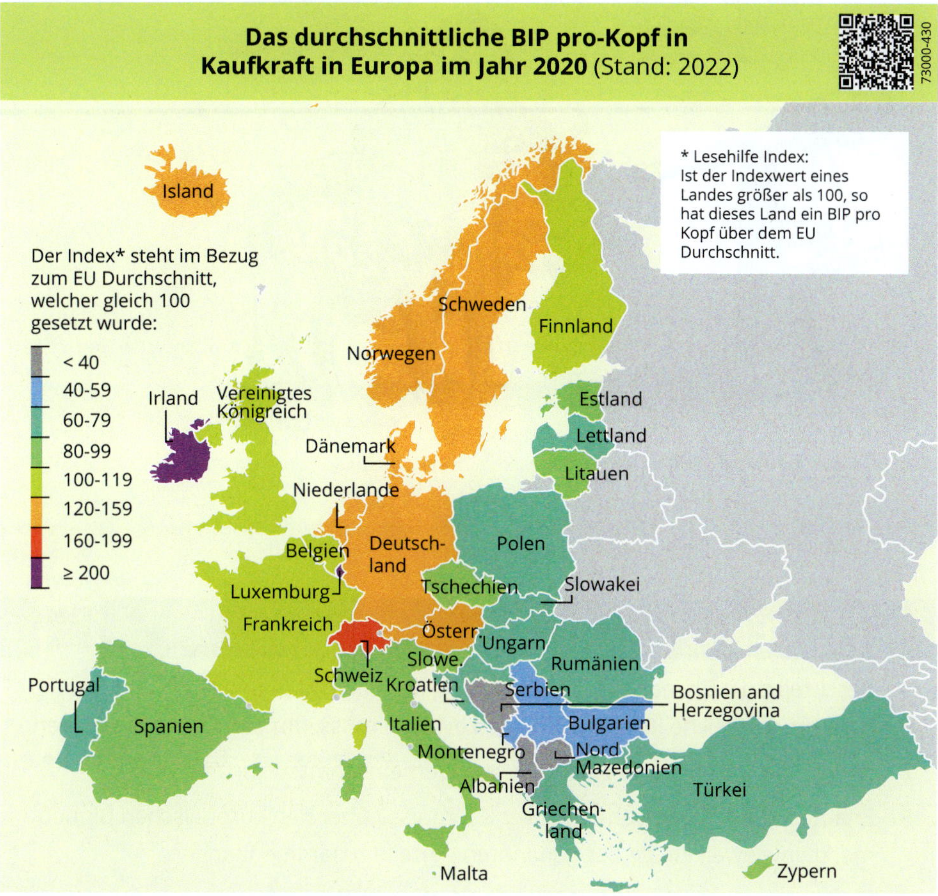

©C.C. Buchner Verlag, aktuelle Daten nach: Eurostat, 2021

BIP (pro Kopf)
Das Bruttoinlandsprodukt misst bezogen auf ein Jahr und ein Land den Wert aller neu geschaffenen Waren und Dienstleistungen, abzüglich des Wertes aller dabei als Vorleistungen verbrauchten Güter und Dienstleistungen. Pro Kopf bedeutet, dass es durch die Anzahl der Einwohner:innen geteilt wird.

b) Der Wert des Geldes: Binnenwert und Außenwert

Der Binnenwert einer Währung ist die Kaufkraft des Geldes im Inland, d.h. der Tauschwert des Geldes beim Kauf von inländischen Gütern. Die Kaufkraft des Geldes gibt an, welche Gütermenge mit einer Geldeinheit oder einem bestimmten Geldbetrag gekauft werden kann.

Der Außenwert ist zum einen der Wert einer Währung, gemessen in fremder Währung. Wird z.B. der US-Dollar am Devisenmarkt zu 1,10 Euro je US-$ gehandelt, dann ist der Außenwert des Euro 0,91 US-$. Zum anderen gibt der Außenwert die reale Kaufkraft der über den Wechselkurs umgerechneten inländischen Währung im Ausland an. Tauscht man 1 000 Euro in US-Dollar um und kann damit in den USA mehr Güter kaufen als mit 1 000 Euro in Deutschland, dann ist der Außenwert des Euro in den USA höher als der Binnenwert, die Kaufkraft des Euro in »Euroland«. Wenn der Binnenwert und der Außenwert übereinstimmen, wird von Kaufkraftparität gesprochen.

Nach: Duden Wirtschaft von A bis Z: Grundlagenwissen für Schule und Studium, Beruf und Alltag. 6. Aufl. Mannheim: Bibliographisches Institut 2016. Lizenzausgabe Bonn: Bundeszentrale für politische Bildung 2016.

M30 Die Zukunft der Eurozone?

Karikatur: Waldemar Mandzel

AUFGABEN

1. Beschreibt die Gründe für die Einführung des Euro (**M26** und **M27**) und fasst zusammen, welche Kriterien ein Land erfüllen muss, um den Euro einzuführen.
2. Erklärt die Vorteile und Nachteile der Gemeinschaftswährung (**M28**).
3. Erläutert unter Einbeziehung eurer Kenntnisse über den europäischen Binnenmarkt, inwieweit einige der genannten Vorteile zusammenhängen.
4. a) Analysiert die Grafik in **M29a** (→ Methodenglossar).
   b) Erklärt die Begriffe Kaufkraft, Binnenwert und Außenwert (**M29b**).
5. Inwiefern sich die Vor- oder Nachteile des Euro bemerkbar machen, hängt stark von verschiedenen Faktoren ab. Dazu zählen z. B: Die Kaufkraft einzelner Länder oder die Abhängigkeit vom Export als Unternehmen.
   a) Teilt euch in Gruppen auf und erschließt jeweils für eine Akteur:in (z. B. Konsument:in in Deutschland), welche Vor- und Nachteile (**M28**) sich ergeben. Berücksichtigt dabei jeweils Handel oder Konsum im eigenen Land sowie mit dem Ausland.
   b) Beurteilt, ob der Euro für die Akteur:in insgesamt eher vorteilhaft oder nachteilig ist, bzw. wäre.
   c) Präsentiert die Ergebnisse in der Klasse und diskutiert die Kapitelleitfrage: Währungsunion: Garant für Handel und Wohlstand für alle in der EU?
6. Analysiert die Karikatur in **M30** (→ Methodenglossar) und zieht eure Eingangsurteile zu Beginn dieses Teilkapitels wieder heran. Urteilt nun auf Grundlage eurer Fachkenntnisse: Sollten in Zukunft alle EU-Mitgliedstaaten den Euro einführen (→ **PUB, 7**)?

71079-208

H Aufgabe 5a
→ S. 382

An einer Ausschreibung für das „Haus der EU“ teilnehmen

I. Worum geht es?

In diesem Kapitel habt ihr euch mit der Europäischen Union und ihren Aufgaben und Funktionen auseinandergesetzt. Seit der Entstehung der ersten europäischen Projekte bis zur heutigen EU ist viel passiert. Mit Hilfe eines Ausschreibungsverfahrens für ein öffentliches Bauprojekt sollt ihr ein Haus der EU entwerfen.

Ausschreibungsverfahren
Öffentliche Bauprojekte werden in der Regel nach einem sogenannten Ausschreibungsverfahren vergeben. Das heißt, es wird ein Projekt ausgeschrieben und alle interessierten Firmen, z. B. Architekturbüros reichen einen Vorschlag ein. Die ausschreibende Behörde entscheidet, welcher Vorschlag genommen wird. Dabei ist die jeweilige Behörde an gesetzlich vorgegebene Kriterien gebunden.

Karikatur: Gerhard Mester, 2003
Text auf dem Schild: Europa-Haus: DG – Wirtschafts- und Währungsunion, 1. Stock – Sozialunion, EG – Polit. Union

II. Geht dabei so vor:

1. Schritt: Analyse und Beurteilung der Karikatur

1. Analysiert die Karikatur, erläutert dabei die einzelnen Stockwerke mit dem Fachwissen aus diesem Kapitel.
2. Beurteilt, inwiefern die einzelnen Stockwerke heute als deutlich ausgebauter bezeichnet werden können.

→

2. Schritt: Durchführung des Ausschreibungsverfahrens zum „Haus der EU“

Entstehen soll ein Haus mit praktikabler Raumaufteilung sowie sinnvoller Strukturierung in Stockwerke. Alle Räumlichkeiten, welcher die europäische Familie für ihr gemeinsames Funktionieren bedarf, müssen enthalten sein. Dabei geht es um Räume, die ein reibungsloses Funktionieren der familiären Abläufe ermöglichen. Angedacht sind aber auch Orte und Räume im Haus, die die Sicherheit aller Bewohner:innen, sowie ihr Wohlbefinden und ihre Bedürfnisse berücksichtigen.

1. Bildet eine EU-Gruppe, welche zuerst Kriterien entwickelt, die für die Beurteilung herangezogen werden und diese den Auschreibungsteilnehmenden mitteilt.
2. Entwickelt in 3er bis 4er Gruppen Modelle, wie das EU-Haus aussehen könnte. Legt dafür eine Skizze mit Beschriftungen an. Berücksichtigt die Kriterien der Ausschreibungsgruppe.

←

3. Schritt: Präsentation

Führt eine Präsentation durch, bei der die teilnehmenden Gruppen ihre Modelle präsentieren und erläutern. Die Ausschreibungsgruppe beurteilt als Jury die Entwürfe und entscheidet sich abschließend für einen Entwurf. Begründet diese Entscheidung.

Bearbeiterin

1 Malte Becker (19, JEF Deutschland)

JEF Deutschland gehört zum Dachverband der „Young European Federalists“. Wir sind überparteilich und konfessionslos, engagieren uns für ein starkes Europa, das eine gemeinsame europäische Lösung findet, um Geflüchtete aufzunehmen und diese auf die Mitgliedstaaten zu verteilen. Das Prinzip der Freizügigkeit in der EU leben wir. Es darf nicht grundsätzlich in Frage gestellt werden ...

2 Simon Todzy (21, Kölner Flüchtlingsrat e.V.)

Seit 1984 setzen wir uns für den Schutz und die Rechte der Geflüchteten, für ihre Integration sowie für Toleranz und Völkerverständigung ein. Wir beraten Geflüchtete und Menschen „ohne Papiere“, unterstützen die Arbeit mit Freiwilligen, die u. a. Kinder außerschulisch mit Pat:innen begleiten und vieles mehr.

3 Perez Reading (20, Migration Matters)

Migration Matters ist eine gemeinnützige Organisation. Unser Ziel ist, dass wir differenzierter und Fakten basierter über Migration und Einwanderung sprechen können. Dafür produzieren wir kurze, kompakte Videokurse, in denen gängige Vorurteile mit neuen Ideen und Forschungsergebnissen in Zusammenhang gebracht werden, mit eigenständigen und lösungsorientierten Betrachtungsweisen von Forscher:innen, Praktiker:innen sowie Migrant:innen selbst.

4 Kira Celebi (18, Integrationsrat der Stadt Dortmund)

Der Integrationsrat vertritt die Interessen der Menschen mit Zuwanderungsgeschichte und besteht aus teils direkt gewählten und teils vom Stadtrat benannten ehrenamtlichen Mitgliedern. Integrationsräte beraten die Kommunalpolitik und fördern die politische Beteiligung von Zugewanderten in den Kommunen. Aktuell setzen wir uns für ein kommunales Wahlrecht (nicht nur) von Menschen aus Dortmund ohne deutschen Pass ein.

5 Josefine Illenseer (19, Sea-Eye e.V.)

Wir sind eine zivile Hilfsorganisation, die sich 2015 gegründet hat, um dem Sterben im Mittelmeer nicht länger tatenlos zuzusehen. Auf der tödlichsten Fluchtroute der Welt suchen wir nach Menschen in Seenot und kämpfen gegen den täglichen Verlust von Menschenleben auf See. Wir sind nicht alle auf dem Schiff im Einsatz, sondern unterstützen die Seenotrettung auch vom Land aus mit vielen Aktionen, z. B. Informationskampagnen und Spendensammeln.

Menschen in Bewegung: Sollte bei Migration und Integration politisch umgesteuert werden?

7

„Deutschland ist ein Land mit Migrationshintergrund". Diese Aussage des Bundespräsidenten Frank-Walter Steinmeier trifft ebenso auf die Welt zu. Millionen von Menschen verlassen jedes Jahr ihr Herkunftsland, kehren zurück oder ziehen weiter. Die Gründe sind vielfältig und reichen von Studienaufenthalten und Arbeitssuche bis zur Suche nach Frieden, Schutz und einem besseren Leben. In diesem Kapitel geht es einerseits um die vielfältigen Hintergründe von Migration, andererseits um die Konflikte und ihre Regelungen – national und international. Inwiefern Deutschland als „Land mit Migrationshintergrund" auch durch seine politischen Mitbestimmungsmöglichkeiten die Integration der Zugewanderten fördert, darüber könnt ihr euch im zweiten Teil ein Urteil bilden.

Am Ende des Kapitels solltet ihr Folgendes können:

- verschiedene Formen und Ursachen von Migration anhand von Fällen analysieren
- die Verknüpfung von Menschenrechten und Migration erläutern sowie die damit verbundenen Herausforderungen am Beispiel der Seenotrettung diskutieren
- Migration als Chance und Herausforderung des EU-Binnenmarktes erörtern
- die Herausforderungen der Migration für die gemeinsame Asylpolitik der EU erläutern und einen eigenen Lösungsvorschlag gestalten
- die rechtlichen Regelungen von Zuwanderung nach Deutschland auf Fälle anwenden und im Hinblick auf die zukünftige Situation am Arbeitsmarkt beurteilen
- die Erwerbsmöglichkeiten der deutschen Staatsbürgerschaft erläutern sowie die Chancen und Probleme einer doppelten Staatsbürgerschaft bewerten
- die Begrenzungen und Chancen von Mitwirkungsmöglichkeiten durch Wahlen und Kandidaturen für Zugewanderte analysieren und einen Reformvorschlag diskutieren

WAS WISST UND KÖNNT IHR SCHON?

71079-209

1. Lest die links stehenden Aussagen über die Organisationen und Vereine.
2. Wählt die Organisationen aus, über die ihr schon etwas wisst. Teilt euer Wissen anschließend.
3. Wählt die Organisationen aus, die euch besonders interessieren und/oder bei denen ihr euch vorstellen könntet mitzuwirken. Notiert eure Begründungen und tauscht euch darüber aus.
4. Sammelt Fragen zu den Zielsetzungen und Hintergründen der Organisationen.

DIGITAL AKTIV

Eine digitale Pinnwand zur Migration aus einzelnen Herkunftsländern erstellen

Eine digitale Pinnwand erstellen mit TaskCards

71079-210

I. Worum geht es?

Die in diesem Kapitel thematisierten Schwerpunkte zur Migration und Integration lassen sich auch aus der Perspektive einzelner (Herkunfts-)Länder betrachten. Mit Hilfe von Analysefragen und Recherchehinweisen könnt ihr euch selbstständig und arbeitsteilig mit einem Herkunftsland eurer Wahl intensiver befassen. Die Ergebnisdarstellung über eine „digitale Pinnwand" ermöglicht euch einen direkten Ländervergleich, eine einfache Präsentation in der Klasse sowie eine Kommentierung durch alle anderen.

II. Geht dabei so vor:

1. Schritt: Vorbereitung

1. Bildet Gruppen (6 Personen) und wählt ein Herkunftsland aus, das ihr bearbeiten wollt. Tipp: Orientiert euch an den Statistiken in **M32**, auf S. 287.
2. Erstellt eine digitale Pinnwand in der Klasse und übertragt die folgenden Themenbereiche (ohne die Leitfragen) auf die Pinnwand.

Migrationsgründe (→ M2, M3, M4)
- Welches sind häufige Migrationsgründe?
- Sind die Erklärungsansätze zur Migration auf Fallbeispiele anwendbar?

Menschenrechte (→ M7, M8, M9)
- Gibt oder gab es Flucht aus dem Land aufgrund von Menschenrechtsverletzungen und/ oder Verfolgung gemäß der Genfer Flüchtlingskonvention?

EU-Freizügigkeit & Migrationsfolgen (→ M13, M14, M15, M16)
- Gilt für die Staatsangehörigen die EU-Freizügigkeit?
- Welche Vor- und Nachteile ergeben sich für die Migrierenden bzw. für das Herkunfts- und das Zielland?

EU-Asylpolitik (→ M18-M22)
- Welche Rolle spielt das Land bei der gemeinsamen Asylpolitik der EU (als Mitglieds- oder Drittland)?
- Sind die Migrierenden von ungelösten Problemen der EU-Asylpolitik betroffen?

Zuwanderung nach Deutschland (→ M23, M24, M25 ff., Methode S. 282-284)
- Mit welchen Aufenthaltstiteln sind die (meisten) Personen nach Deutschland gekommen?
- Lässt sich der Weg an einem Beispiel erklären?

Poltische Partizipation & Integration (→ M30, M32, M35, M36, M37, M38)
- Wie viele der Zugewanderten haben die deutsche Staatsbürgerschaft?
- Wie viele sind wahlberechtigt? Sind sie in den Parlamenten vertreten?

2. Schritt: Informationen recherchieren und Posts erstellen

Erstellt arbeitsteilig Posts zu den einzelnen Themen, indem ihr die Leitfragen mit Hilfe der Materialverweise im Buch und eigener Recherchen beantwortet. Ordnet eurem Land eine Farbe zu, sodass die Pinnwand übersichtlich bleibt.

3. Schritt: Posts kommentieren und ergänzen

Lest die Posts der anderen Gruppen, kommentiert sie und stellt bzw. beantwortet Fragen.

Bearbeiterin

7.1 Migrationsbewegungen und Menschenrechte

7.1.1 Migrationsentscheidungen: freiwillig und gezielt oder unfreiwillig und zufällig?

Zum Thema: Niemand verlässt seine Heimat ohne Grund! Doch welche Gründe sind es, die bei der Entscheidung eine Rolle spielen? Werden Menschen entweder zur Flucht gezwungen oder planen sie in freier Entscheidung ihre Zukunft in einem anderen Land? Im Folgenden könnt ihr mit Hilfe von Konzepten aus der Migrationsforschung Antworten auf diese Fragen formulieren.

M1 Warum ich hier bin …

Die gemeinnützige Organisation „Migration Matters" veröffentlicht auf ihrer Webseite und in den sozialen Medien kurze Informationsvideos. Eine neue Serie unter der Federführung von Perez Reading soll Einblicke in die vielseitigen Lebensgeschichten junger Migrant:innen geben. Hier ist die Vorankündigung mit drei Kurzvorstellungen:

1

Ich bin **Yaman Fares, 22,** und stamme aus Damaskus in Syrien. Als ich 15 war, wurde ich von einer Bombe am Arm getroffen und als mein Bruder und ich als Soldaten einberufen werden sollten, gab mein Vater uns unsere Reisepässe und ein Flugticket in die Türkei. Nach mehreren gescheiterten Versuchen haben wir das Mittelmeer in einem Schlauchboot nach Griechenland überquert, unglaublich. Ich wusste nicht, wo es hingeht. Jetzt mache ich in Düsseldorf eine Ausbildung.

2

Ich bin **Maarja Tamm, 26 Jahre** alt und in Tallin (Estland) geboren. Nach dem Bachelor (Kommerzielles Luftfahrtmanagement) habe ich einen Job in Irland angenommen und mir damit einen Traum erfüllt. Ich wollte einfach wissen, wie das Leben in einem anderen Land aussieht. Zusammen mit meinem Freund Joshua (der eine deutsche Mutter hat) bin ich nach dem Jobverlust bei meiner Airline nach Deutschland gegangen, weil wir uns hier bessere Jobmöglichkeiten erhoffen. Irgendwann will ich nach Tallin zurück.

3

Ich heiße **Isaac Musa**, bin 24 und in Nigeria aufgewachsen. Bevor der Krieg gegen die Ukraine begann, habe ich in Charkiw Maschinenbau studiert. Was an der Uni dort an Wissen zusammengetragen wurde, zog junge Menschen aus der ganzen Welt an. Als die erste Rakete am Freiheitsplatz einschlug, bin ich über die ungarische Grenze und dann weiter nach Bonn. Wie es jetzt weitergeht, weiß ich noch nicht.

EINSTIEGSAUFGABEN

71079-211

1. Lest die drei Kurzvorstellungen und benennt die Motive, das Herkunftsland zu verlassen und nach Deutschland zu kommen.
2. War der Entschluss das Herkunftsland zu verlassen eher freiwillig oder unfreiwillig? Formuliert eine spontane Einschätzung für die einzelnen Fälle.
3. Habt ihr eigene Erfahrungen mit Migration in eurem Umfeld? Was wisst ihr über die Motive zu migrieren? Fügt sie der Sammlung aus Aufgabe 1 zu.

M2 Modelle und Ansätze zur Erklärung von Migration

71079-212

In der Migrationsforschung existieren zahlreiche theoretische Ansätze, die versuchen, Migrationsbewegungen zu erklären. Die folgenden Ansätze werden häufig verwendet:

A Push-Pull-Modell

Ein klassischer Erklärungsansatz ist das sogenannte Push-Pull-Modell, das zwischen „abstoßenden" (push) und „anziehenden" (pull) Faktoren unterscheidet. Zu den Pull-Faktoren im Zielgebiet zählen neben ökonomischen Merkmalen (z.B. geringe Arbeitslosenquote) auch strukturelle Merkmale wie gute klimatische Bedingungen. Push-Faktoren können Menschen sowohl von ihrem Herkunftsgebiet abstoßen (z.B. Krieg) als auch vom Zielgebiet fernhalten (z.B. hohe Sprachbarriere).

B Netzwerk Theorie

Mit „Netzwerken" werden Verbindungen zwischen Menschen bezeichnet, die aktuelle oder potenzielle Migrant:innen, bereits migrierte und ansässige Personen in verwandtschaftlichen, freundschaftlichen und anderweitig unterstützenden Strukturen verbinden. Solche Strukturen minimieren die Risiken und Kosten einer Migration, da sie Informationen und Kontakte vermitteln sowie konkrete Zielperspektiven mit der Möglichkeit der Arbeitsvermittlung, finanzieller und sonstiger Unterstützung aufzeigen. Es gibt drei Haupttypen von Migrationsnetzwerken: familiäre und persönliche Netzwerke, arbeitsbezogene Netzwerke und sogenannte „illegale" Netzwerke, die beispielsweise „Schlepper" und Fluchtrouten zugänglich machen.

C Transnationale Migration

Der Ansatz der „transnationalen Migration" stellt in Frage, dass Menschen ihr gesamtes Leben an einem Ort leben oder einmal aus ihrem Herkunftsland in ein Zielland migrieren, um da langfristig zu bleiben. Stattdessen wird angenommen, dass mehr und mehr Menschen im 21. Jahrhundert zu zwei oder mehr Gesellschaften gleichzeitig gehören. „Transnationale" Migrant:innen arbeiten und engagieren sich in unterschiedlichen Kontexten: einige haben im Zielland beruflich Fuß gefasst, halten dennoch starke Verbindung zu ihrem Herkunftsland und sind darüber hinaus in internationalen politischen Bewegungen oder religiösen Gemeinschaften aktiv.

Wie wird Migration definiert?

Es gibt keine rechtsverbindliche und einheitliche Definition von Migration. Meistens wird unterschieden zwischen:

Migration: Menschen verlegen ihren Lebensmittelpunkt räumlich.

Binnenmigration: Menschen wechseln ihren Lebensmittelpunkt innerhalb eines Landes.

Internationale Migration: Menschen überqueren Staatsgrenzen, um ihren Lebensmittelpunkt in ein anderes Land zu verlegen.

Fluchtmigration: Menschen migrieren aufgrund bedrohlicher Lebenssituationen wie Krieg, Terror und Diskriminierung.

Arbeitsmigration: Menschen verlegen ihren Wohnsitz, um dort in erster Linie einer Beschäftigung nachgehen zu können.

Familienmigration: Migration als Folge von bereits migrierten Familienmitgliedern

D Ansatz „Bestreben und Fähigkeiten

Dieser Ansatz fokussiert die subjektiven Entscheidungen der Menschen. Zur Migration braucht es demnach ein aktives Bestreben genauso wie Fähigkeiten und Ressourcen (Geld, Bildung, Informationen, Kontakte), um diese auch auszuführen. Nach diesem Ansatz bestimmt weniger eine einfache Kosten-Nutzen-Analyse (z.B. besserer Verdienst im Zielland) die Entscheidung, sondern vielmehr wird das Bestreben durch vielfältige Vorstellungen des „guten Lebens" geweckt. Diese Vorstellungen werden durch Bilder, Vorbilder, Symbole – häufig vermittelt durch das Internet – beeinflusst. Nur wenn Bestreben und Fähigkeiten zusammentreffen, migrieren Menschen.

Bearbeiterin, basierend auf: De Haas, Hein: A theory of migration: the aspirations-capabilities framework. In: Comparative Migration Studies 9.1 (2021), S. 1-35

M3 Welche Faktoren beeinflussen Migrationsentscheidungen?

1	Arbeitskräftebedarf	**2**	Terror	**3**	Höhere Löhne	**4**	Krieg	**5**	Soziales Prestige
6	Politische Verfolgung	**7**	Wirtschaftliche Not	**8**	Geld/Erspartes	**9**	Erwartungsdruck		
10	Familienangehörige im Ausland	**11**	Naturkatastrophen	**12**	Abenteuerlust	**13**	Smartphones		
14	Menschenrechtsverletzungen	**15**	Demokratie	**16**	Religionsfreiheit	**17**	Familiale Gewalt		
18	Meinungsfreiheit	**19**	Klimawandel/Umweltkatastrophen	**20**	Partnerschaft	**21**	Folter		
22	Frieden	**23**	Diskriminierung	**24**	Krankenversicherung	**25**	Sozialleistungen		
26	Bildungsmöglichkeiten	**27**	Soziale Medien	**28**	Kriegsdienst	**29**	Arbeitsangebot		
30	Erfahrungssuche	**31**	Fremdsprachenkenntnisse	**32**	Persönliche Beziehungen	**33**	Diktatur		
34	Informationen über Kulturen und Zielländer	**35**	Menschenrechte	**36**	?				

Bearbeiterin

M4 Internationale Migration in Zahlen

a) Die häufigsten Ziel- und Herkunftsländer internationaler Migration

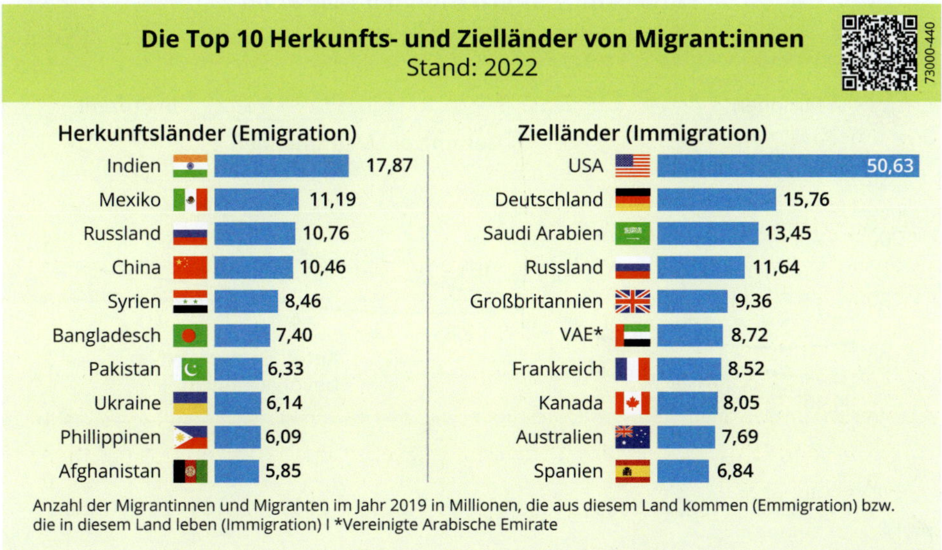

©C.C. Buchner Verlag, aktuelle Daten nach: United Nations Department of Economic and Social Affairs, 2020

Emigration
Ein Herkunftsland verlassen

Immigration
In ein Zielland einwandern

b) Übersicht: die Migrationsbewegungen in der Welt

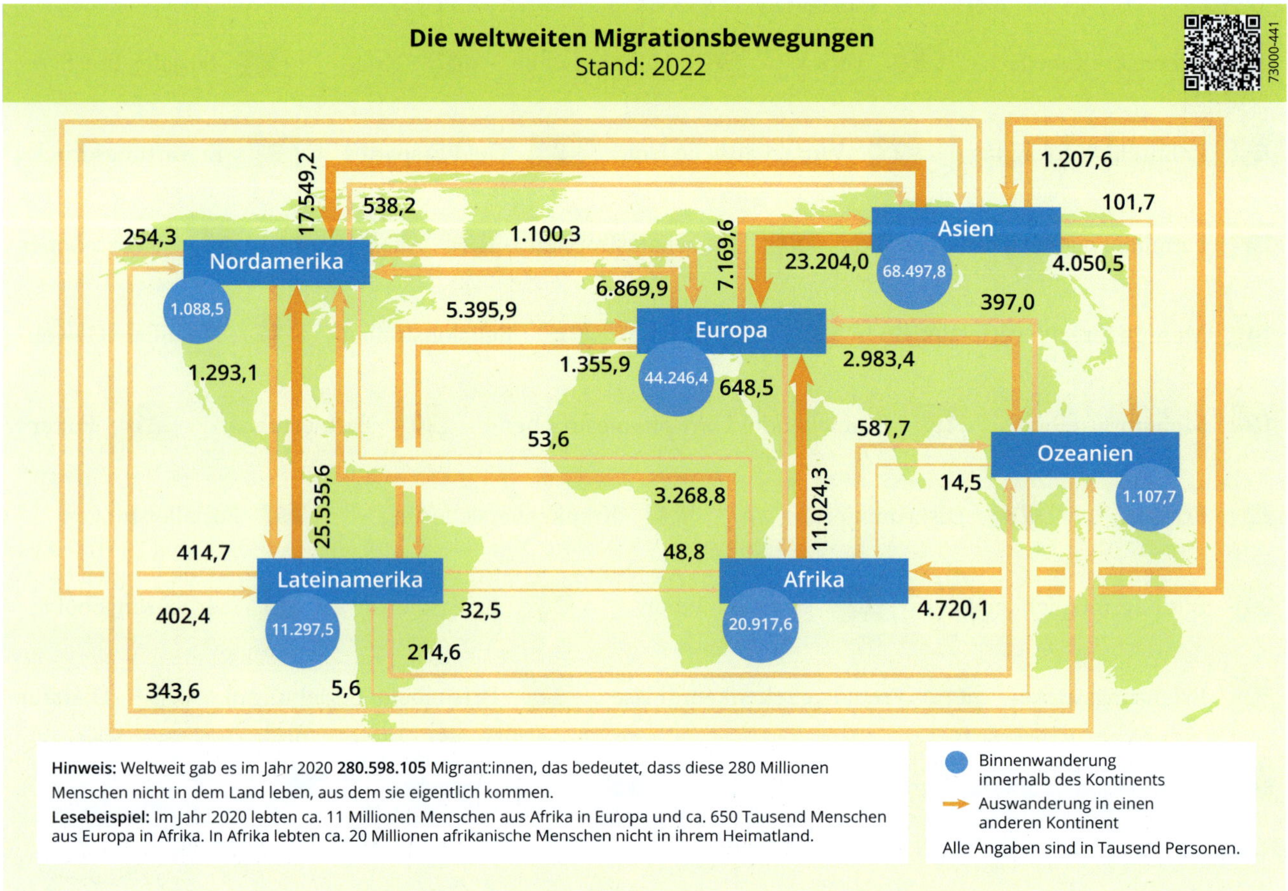

©C.C. Buchner Verlag, aktuelle Daten nach: United Nations Department of Economic and Social Affairs, 2020

c) Wie entwickelt sich die internationale Migration?

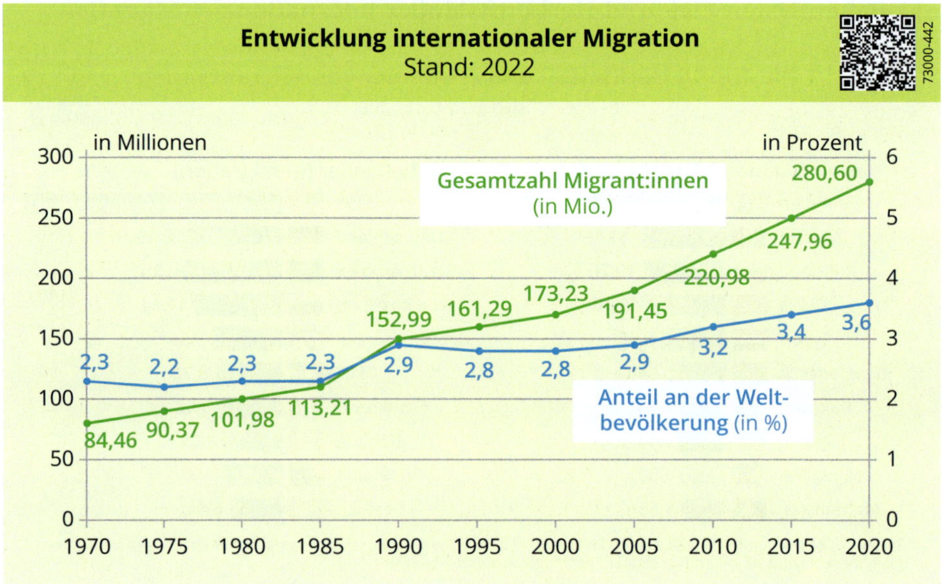

©C.C. Buchner Verlag, aktuelle Daten nach: United Nations, World Migration Report, 2020

M5 Interview über Migrationsgründe und -entwicklungen

Interview mit Nassim Majidi (Migrationsexpertin an der London School of Economics) und Hein de Haas (Soziologe an der Universität Amsterdam)

Aus welchen Gründen verlassen Menschen ihr Herkunftsland?

Nassim: Die zentralen Gründe sind Konflikte bzw. Kriege, politische Instabilität und ökonomische Unsicherheit. Diese Gründe mischen sich fast immer. Ein Beispiel: Viele Menschen fliehen aus Afghanistan in den Iran, dort finden sie aber keine legale Arbeit. Da sie nicht zurückkönnen, machen sie sich weiter auf den Weg nach Europa.

Bedeutet das, dass viele Migrant:innen gar nicht auf direktem Wege in ein Zielland wie Deutschland kommen?

Nassim: Vor allem diejenigen, die aus ihren Ländern vor Terror, Krieg oder Verfolgung fliehen, versuchen meistens zunächst im eigenen Land oder in ein Nachbarland zu flüchten.

Hein: Das gilt auch für sogenannte „Klimageflüchtete". Die Mehrheit, die vor Überflutung oder Hurrikans flieht, bewegt sich – falls sie nicht sofort zu Todesopfern werden – nur über kurze Distanzen (mit dem Ziel, so schnell wie möglich zurückzukehren) [...]. Insgesamt kann man sagen, dass die weltweite Migration in ihren Ausmaßen über Jahrzehnte recht stabil geblieben ist – anders als Vokabeln wie z. B. „Flutwellen" und „Massenströme" nahelegen.

Warum erscheint Europa für viele so attraktiv?

Nassim: Europa bzw. die EU werden nicht nur mit Wohlstand verbunden, sondern sie ist ein „Markenname" für Menschenrechte. Das ist für viele das Versprechen, auf dessen Einlösung sie setzen. Insbesondere wenn sie aus Ländern kommen, in denen europäische Staaten oder die USA mit der politischen Rhetorik für Menschenrechte und Demokratie eingegriffen haben, z. B. Afghanistan.

Hein: Es lässt sich zwar beobachten, dass es aktuell mehr Migration von anderen Kontinenten nach Europa gibt [...]. Allerdings [...] ist jetzt schon erkennbar, dass beispielsweise China sich zu einem wichtigen Zielland für afrikanische Migrant:innen entwickelt.

Bearbeiterin, nach: Migration Matters: A Migrant's View with Nassim Majidi. In: www.migrationmatters.me, Abruf am 01.04.2022; Migration Matters: Migration 101 with Hein de Haas. In: www.migrationmatters.me, Abruf am 01.04.2022

AUFGABEN

71079-213

1. Bildet Vierergruppen und informiert euch über die theoretischen Ansätze zur Erklärung von Migration und die Definitionen von Migration in **M2**.
   a) Ordnet den Fällen in **M1** passende Definitionen von Migration (**M2**) zu.
   b) Übernehmt einen Ansatz aus **M2** **A** - **D** und analysiert mit der „Brille" eures Ansatzes, inwiefern er sich auf die Fälle in **M1** anwenden lässt.
   c) Wählt aus den in **M3** genannten Faktoren passende aus, die sich in die jeweiligen Ansätze einordnen lassen und begründet eure Wahl.
2. Analysiert die drei Grafiken in **M4a-c** (→ Methodenglossar) und fasst die wesentlichen Erkenntnisse jeweils in einer Schlagzeile zusammen.
3. Lest das Interview zur Migrationsforschung (**M5**) und überprüft, inwiefern sich die Aussagen mit den Daten in **M4** belegen lassen (→ **PUB**, 3).
4. Gestaltet ein Skript für ein kurzes Informationsvideo (3-5 Minuten), in dem ihr die Fragestellung des Unterkapitels beantwortet.

F Aufgabe 1
Analysiert Fälle aus eurem persönlichen Umfeld mit Hilfe der Ansätze und Definitionen in **M2** und ordnet ihnen Faktoren aus **M3** zu.

F Aufgabe 1b
Vermittelt euch gegenseitig die Ansätze und eure Ergebnisse aus der Aufgabe 1b.

H Aufgabe 4
→ S. 382

7.1.2 Welche grundlegenden Rechte sollten für alle Menschen im Zusammenhang mit Migration gesichert werden?

Zum Thema: Viele Menschen verlassen ihre Länder, weil sie vor Menschenrechtsverletzungen und menschenunwürdigen Umständen fliehen. Aber sind ihnen unterwegs und am Ziel grundlegende Rechte sicher und welche sind das ganz konkret? Im folgenden Unterkapitel erfahrt ihr, welche Rechte international im Zusammenhang mit Migration gelten. Am Beispiel der Seenotrettung könnt ihr euch in einem Konflikt um ihre Umsetzung positionieren.

M6 Wie sollte Geflüchteten in Seenot geholfen werden?

Josefine, die sich bei Sea Eye e.V. engagiert, erhält eine Nachricht von ihrem ehemaligen Klassenkameraden Amadeo, der gerade ein Praktikum in Italien macht:

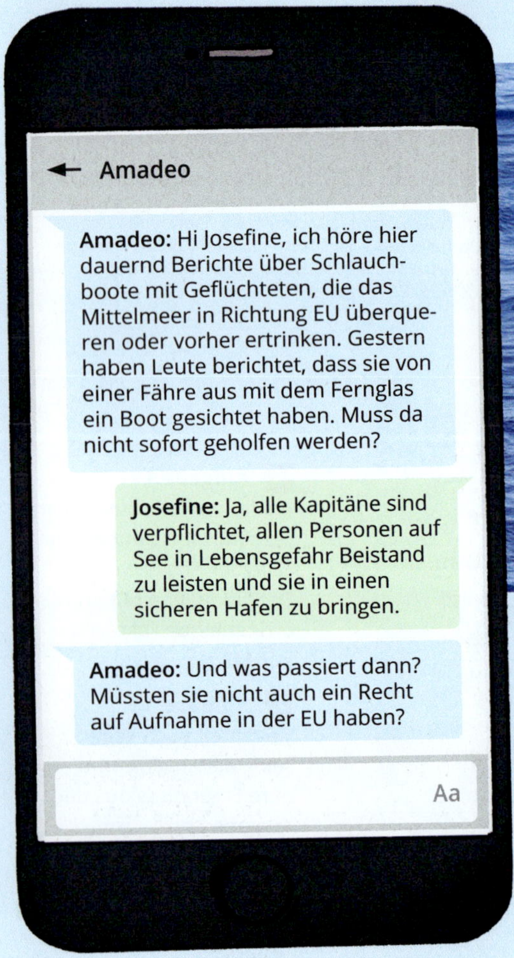

Etwa 30 Menschen versuchen in einem Schlauchboot von der afrikanischen Küste nach Italien zu kommen.

EINSTIEGSAUFGABEN 71079-214

1. Lest den Chat und formuliert eine spontane Antwort auf Amadeos Frage.
2. Sammelt Rechte (z. B. in einer Wortwolke), die für alle Menschen im Zusammenhang mit Migration gesichert werden sollten.

M7 Eng verknüpft: Migration und Menschenrechte

71079-215

Migration gilt heute mehr denn je als menschenrechtliche Herausforderung: Hungersnöte, Umweltkatastrophen und vor allem Bürgerkriege zwingen Millionen Menschen zur Flucht. Auf deren Suche nach Asyl zeigen potenzielle Aufnahmestaaten häufig eine abwehrende Haltung. Gegner einer solchen abwehrenden Migrationspolitik argumentieren in der Regel mit dem Verweis auf die Menschenrechte. Häufig unausgesprochen gilt dabei die Allgemeine Erklärung der Menschenrechte von 1948. Obwohl diese selbst kein rechtlich bindendes Dokument ist, stellt sie doch den Ankerpunkt der heute völkerrechtlich geltenden Menschenrechtsverträge dar. An der Entstehung der Menschenrechtserklärung beteiligten sich Personen, für die Migration eine lebendige Erfahrung war. Der Zweite Weltkrieg und die NS-Herrschaft sorgten für die „gewaltigsten Zwangs- und Fluchtwanderungen in der Geschichte und machte etwa 50 bis 60 Millionen Menschen zu unfreiwilligen Migrant:innen. In der Menschenrechtserklärung war das in Artikel 13 formulierte Recht auf sogenannte Freizügigkeit von besonderer Bedeutung für das Thema Migration. Der Artikel sah die „Freizügigkeit innerhalb eines Staates" vor und reagierte damit unter anderem auf die zahlreichen Zwangsumsiedlungen ganzer Bevölkerungsgruppen während des Zweiten Weltkrieges. Das ebenso in diesem Artikel formulierte Recht auf „Verlassen eines Staates" erhielt seine historische Bedeutung aus der Erfahrung, dass Millionen von Menschen in fremden Ländern als Zwangsarbeitende festgehalten worden waren. Auf breite Ablehnung stieß die Forderung nach internationaler Freizügigkeit ohne jegliche Einschränkungen. So sah Artikel 13 letztlich zwar das Recht auf Einreise in „sein" Land vor, das heißt in das Land, dessen Staatsangehörigkeit man besaß; die Einreise in ein anderes Land wurde aber nicht als umfassendes Menschenrecht formuliert und stand somit unter staatlichem Vorbehalt. Erstmalig auf internationaler Ebene wurde das Recht auf Asyl in Artikel 14 [des Grundgesetzes] festgeschrieben: „Jeder hat das Recht, in anderen Ländern vor Verfolgung Asyl zu suchen und zu genießen". Die Menschenrechtserklärung reklamiert den grundsätzlichen Vorrang eines jeden Individuums vor dem Staat; und Artikel 1 stellt prinzipiell fest, dass „alle Menschen (...) frei und gleich an Würde und Rechten geboren" seien. Entsprechend sind für die Dauer des Aufenthalts ihre Menschenrechte genauso zu respektieren wie diejenigen von Staatsangehörigen. Auf dieser Grundlage wurde 1951 die „Genfer Flüchtlingskonvention" verabschiedet, die bis heute das wichtigste internationale Dokument für den Flüchtlingsschutz darstellt. Insgesamt 149 Staaten sind bisher der Genfer Flüchtlingskonvention beigetreten.

Nach: Lange, Jörg: Migration und die Allgemeine Erklärung der Menschenrechte von 1948. In: Aus Politik und Zeitgeschichte, 31.10.2008 [Text aus didaktischen Gründen modifiziert; Änderungen nicht gekennzeichnet]

Die Allgemeine Erklärung der Menschenrechte

Mit der Allgemeinen Erklärung der Menschenrechte (häufig auch „UN-Menschenrechts-Charta" genannt) einigten sich am 10. Dezember 1948 die damals 56 Mitgliedstaaten der Vereinten Nationen erstmals auf einen gemeinsamen Katalog von Grundrechten, basierend auf Gleichheit, Gerechtigkeit und Rechtsstaatlichkeit. Damit wurde ein Wertesystem geschaffen, das für alle Menschen gelten sollte – unabhängig von Herkunft, Geschlecht, Religion, Alter, sozialem Status oder politischer Überzeugung. Die Menschenrechts-Charta der Vereinten Nationen umfasst insgesamt 30 Artikel.

Bearbeiterin

Freizügigkeit

Der Rechtsbegriff Freizügigkeit umfasst das Recht zur freien Wahl des Wohn- und Aufenthaltsortes sowie des Umzugs in andere Staaten.

Wortlaut der Allgemeinen Erklärung der Menschenrechte

71079-216

M8 Genfer Flüchtlingskonvention

Rechte nach der Genfer Flüchtlingskonvention
Flüchtlinge haben das Recht ...
- nicht ausgewiesen zu werden, außer unter bestimmten, streng definierten Bedingungen **(Art. 32)**
- auf Wohnraum **(Art. 21)**
- auf Zugang zu Gerichten **(Art. 16)**
- nicht für die illegale Einreise in das Hoheitsgebiet eines Vertragsstaates bestraft zu werden **(Art. 31)**
- auf Bildung **(Art. 22)**
- auf Zugang zu öffentlicher Hilfe und Unterstützung **(Art. 23)**
- zur Bewegungsfreiheit innerhalb eines Gebietes **(Art. 26)**
- auf Arbeit **(Art. 17 und 19)**
- auf Religionsfreiheit **(Art. 49)**
- auf die Ausstellung von Identität- und Reisedokumentation **(Art. 27 und 28)**

Artikel 1a der Genfer Flüchtlingskonvention definiert einen Flüchtling als Person, die „... aus der begründeten Furcht vor Verfolgung wegen ihrer Rasse, Religion, Nationalität, Zugehörigkeit zu einer bestimmten sozialen Gruppe oder wegen ihrer politischen Überzeugung sich außerhalb des Landes befindet, dessen Staatsangehörigkeit sie besitzt, und den Schutz dieses Landes nicht in Anspruch nehmen kann oder wegen dieser Befürchtungen nicht in Anspruch nehmen will."
Der Eckpfeiler der Konvention ist das in Artikel 33 enthaltene Prinzip der Nicht-Zurückweisung (Non-Refoulement). Diesem Grundsatz zufolge darf ein Flüchtling nicht in ein Land zurückgeschickt werden, in dem sein Leben oder seine Freiheit ernsthaft bedroht ist. Dieser Schutz darf nicht von Flüchtlingen in Anspruch genommen werden, die eine Gefahr darstellen oder ein schweres Verbrechen begangen haben.

M9 Recht auf Asyl in der Europäischen Union, „subsidiärer Schutz" und „irreguläre Migration"

Aus der Genfer Flüchtlingskonvention leitet sich in der Charta der Grundrechte der Europäischen Union das Recht auf Asyl ab, das ebenfalls für politisch Verfolgte gilt. Ein Mensch, der vor Krieg, Folter oder Todesstrafe in die EU flieht, hat kein Recht auf Asyl, sondern auf vorübergehenden „subsidiären Schutz", solange die Rückkehr in das Herkunftsland als zu gefährlich gilt. Sowohl der Schutz im Sinne der Genfer Flüchtlingskonvention als auch der „subsidiäre Schutz" enden, sobald die Fluchtgründe nicht mehr gegeben sind. Aus diesen Vorgaben folgt, dass alle Schutzsuchenden das Recht haben, im potenziellen Aufnahmeland ihren Einzelfall in einem rechtsstaatlichen Verfahren daraufhin prüfen zu lassen, ob ein Recht auf Schutzgewährung besteht. Menschen, die sich in Aufnahmeländern aufhalten und keinen Aufenthaltsstatus gemäß der genannten Rechtsgrundlagen erhalten haben oder können (z. B. weil sie ausschließlich aus wirtschaftlichen Gründen geflohen sind), werden als „illegale" bzw. „irreguläre" Migrant:innen bezeichnet.

Bearbeiterin

Auszüge aus der Charta der Grundrechte der Europäischen Union

Artikel 18: Asylrecht: Das Recht auf Asyl wird nach Maßgabe des Genfer Abkommens vom 28. Juli 1951 und des Protokolls vom 31. Januar 1967 über die Rechtsstellung der Flüchtlinge sowie nach Maßgabe des Vertrags über die Europäische Union und des Vertrags über die Arbeitsweise der Europäischen Union [...] gewährleistet.
Artikel 19: Schutz bei Abschiebung, Ausweisung und Auslieferung: (2) Niemand darf in einen Staat abgeschoben oder ausgewiesen oder an einen Staat ausgeliefert werden, indem für sie oder ihn das ernsthafte Risiko der Todesstrafe, der Folter oder einer anderen unmenschlichen oder erniedrigenden Strafe oder Behandlung besteht.
Artikel 35: Gesundheitsschutz: Jeder Mensch hat das Recht auf Zugang zur Gesundheitsvorsorge und auf ärztliche Versorgung nach Maßgabe der einzelstaatlichen Rechtsvorschriften und Gepflogenheiten.

Charta der Grundrechte der Europäischen Union. In: Amtsblatt der Europäischen Union (2016/C 202/02), 07.06.216

M10 Zivile Seenotrettung im Mittelmeer

Mit geschätzt 1.800 Todesopfern im Jahr 2021 ist die zentrale Mittelmeerroute eine der gefährlichsten Fluchtrouten weltweit. Nach internationalem Seerecht ist jeder Kapitän und jede Kapitänin auf hoher See innerhalb vorhandener Möglichkeiten verpflichtet, unabhängig von Nationalität, Status und Umständen, in welchen sich die Hilfesuchenden befinden, bei Seenot unverzüglich Hilfe zu leisten. Nach einer Rettung müssen die Geretteten in einen sicheren Hafen gebracht werden. Aus der Rettungspflicht folgt keine Pflicht der Küstenstaaten, ihre Häfen zu öffnen und die in Seenot Geratenen aufzunehmen. Das Küstenmeer und die Hafenzufahrten sind Staatsgebiet des Küstenlandes und stehen damit unter dessen alleiniger Hoheitsgewalt. Derzeit existiert kein staatliches oder europäisches Seenotrettungssystem mehr, sondern die entscheidende Rolle spielen hierbei NGOs. Schiffe wie „Ocean Viking" oder „Sea-Watch 3" werden von zivilen Organisationen eingesetzt und retten Hunderte von Migrant:innen, die häufig von den Küsten des Bürgerkriegslandes Libyen in überfüllten kleinen Schlauch- und Holzbooten ablegen, die zu hohen Preisen von Schleppern organisiert werden. Die Ziele sind oft Italien oder Malta. Immer wieder warten private Seenotretter nach Einsätzen tagelang auf die Zuweisung eines sicheren Hafens durch die italienischen oder maltesischen Behörden.

Bearbeiterin

NGOs
Mit NGOs, (Non-Governmental Organisations, dt. Nichtregierungsorganisationen), werden unabhängige, nichtstaatliche und meist international ausgerichtete gemeinnützige Organisationen bezeichnet, die keine Gewinnziele verfolgen, und sich für soziale, gesellschaftspolitische oder umweltrelevante Ziele einsetzen.

Fall Sea Watch 3: Im Jahr 2019 sorgte die Rettungsaktion der Sea-Watch 3 mit der deutschen Kapitänin Carola Rackete für Schlagzeilen, die 53 Menschen aus einem Schlauchboot vor der libyschen Küste an Bord nahm. Die Anfahrt der näher gelegenen Häfen in Libyen und Tunesien wurde nicht erwogen, weil Libyen eindeutig kein „sicherer Ort" für Geflüchtete sei und auch in Tunesien ein Zugang zum Asylverfahren nicht gesichert sei. Zwei Wochen lang bekam sie keine Erlaubnis auf Anfahrt eines europäischen Hafens. Trotz des Verbots der italienischen Regierung steuerte sie die Sea-Watch 3 in italienische Hoheitsgewässer und legte an einem Hafen der Insel Lampedusa an. Dort wurde sie von der italienischen Polizei festgenommen. Der Vorwurf: Gehorsamsverweigerung gegen Vollstreckungsbeamte und verbotswidrige Einfahrt in italienische Hoheitsgewässer. In den Medien wurde u.a. diskutiert, ob Rackete „Vorbild" oder „Verbrecherin" sei. Im Mai 2021 wurde das Verfahren mit der Begründung eingestellt, dass Rackete mit ihrem Vorgehen ihre Pflicht erfüllt habe.

Carola Rackete auf der Sea-Watch 3

Bearbeiterin

M11 Zivile Seenotrettung: Unverhandelbarer Beitrag zur Sicherung der Menschenrechte oder Anreiz zur lebensgefährlichen Migration?

Nach seiner Rückkehr aus Italien ist Amadeo für das Thema Seenotrettung sensibilisiert und liest viele Beiträge dazu im Internet und in Zeitungen. Dabei stößt er neben Spendenaufrufen und Unterschriftenaktionen zur Unterstützung der NGOs auch auf eine Kontroverse:

A Giovanni Mastrobuoni, Ökonom: Seenotrettung kann falsche Anreize setzen und wird von Schleppern in ihr Geschäftsmodell einbezogen. Die Boote werden immer voller besetzt und im Anschluss werden die Rettungsschiffe informiert. Wenn aber Seenotrettung abgeschafft würde, dann bedeutet das kurzfristig eine größere Zahl von Opfern in Kauf zu nehmen, damit längerfristig weniger Menschen ertrinken. Diesem Dilemma lässt sich nur entfliehen, wenn überhaupt der Anreiz gesenkt würde, irreguläre Überfahrten zu machen. Dazu müssten in erster Linie Migrationsursachen bekämpft werden.

Nach: Ernst, Andreas: Die nicht beabsichtigten Folgen der Seenotrettung von Migranten. In: www.nzz.ch, 14.12.2019

B Filippo Grandi, UN-Flüchtlingshochkommissar: Der Vorwurf, dass Seenotrettung einen Pull-Effekt habe und dazu führe, dass mehr Menschen über das Mittelmeer fliehen, konnte bisher wissenschaftlich nicht belegt werden. Entscheidender sind die Push-Effekte (Gewalt, Verfolgung, Krieg, Armut), die zunehmen und Menschen dazu bringen solche Risiken auf sich zu nehmen. Solange diese existieren, gilt es Menschenleben zu retten, die Würde der Menschen ist unverhandelbar und hat im Umgang mit Flüchtenden oberste Priorität.

Bearbeiterin, basierend auf: UNO-Flüchtlingshilfe: Seenotrettung. In: www.uno-fluechtlingshilfe.de, Abruf am 01.04.2022

C Peter Nowak, Journalist: Seenotrettung reicht nicht! Wenn es darum ginge, das Leben und die Gesundheit der Menschen zu retten, müsste man eine internationale Bewegung erschaffen, die sichere Transitwege für diese Menschen erzwingt. Warum sollen Menschen im globalen Süden nicht mit genau dem Maß an Sicherheit sich in der Welt bewegen, welches der heutige Stand der Technik erlaubt und von dem die Menschen im globalen Norden, vorausgesetzt, sie haben genug finanzielle Mittel, in der Regel partizipieren?

Nowak, Peter: Warum nicht über Seenotrettung diskutieren? In: www. peter-nowak-journalist.de, 16.07.2018

AUFGABEN

71079-217

1. Lest **M7-M9** und ermittelt
   a) in welchem Zusammenhang die Allgemeine Erklärung der Menschenrechte, die Genfer Flüchtlingskonvention und die Charta der Grundrechte der EU stehen,
   b) was das Recht auf „internationale Freizügigkeit" vom „Recht auf Asyl" unterscheidet.
2. Vergleicht eure gesammelten Rechte aus der Einstiegsaufgabe mit denen der internationalen und europäischen Rechtsnormen aus **M7-M9**.
3. Prüft mit Hilfe der nebenstehenden Operatorenkarte den Fall der Kapitänin Carola Rackete (**M10**) daraufhin, ob und inwiefern „Rechtsbruch" oder „Pflichterfüllung" vorliegen. Diskutiert im Anschluss, ob die Kapitänin für euch ein Vorbild ist.
4. Lest die Beiträge zur Seenotrettung (**M11**).
   a) Analysiert sie auf ihre Bezüge zu den Menschen- und Grundrechten.
   b) Positioniert euch anschließend zur Überschrift in **M11**.
   c) Verfasst einen Beitrag, in dem ihr zur Kontroverse Stellung nehmt.
5. Formuliert nochmals eine Antwort an Amadeo aus dem Chat in **M6**, dieses Mal in der Rolle einer sachkundigen Josefine.

F Aufgabe 1a-b
Ermittelt mit Hilfe des nachfolgenden QR- und Mediencodes wie „Flüchtlinge" von Migrant:innen unterschieden werden.

71079-218

H Aufgabe 4b
→ S. 382

Prüfen/überprüfen

I. Was ist zu tun?

1. Ihr untersucht Inhalte, Argumente, Vermutungen und Hypothesen daraufhin, ob sie sachlich richtig sind und einer inneren Logik folgen.

↓

2. Dabei verwendet ihr eure Kenntnisse und zusätzliche Materialien bzw. Informationsquellen.

II. Hilfen zur Strukturierung und Formulierung

Fragestellung und Prüfaspekte benennen

Der Fall/ das Material/die Fragestellung thematisiert ...
Der Sachverhalt/der Fall/das Argument soll hinsichtlich ... geprüft/überprüft werden.
Es gilt zu prüfen, ob ...

Auf sachliche Richtigkeit und innere Logik untersuchen

Die Vermutung/die Behauptung/das Argument/die Feststellung ... ist (nicht/teilweise) sachlich richtig/fundiert, weil ...
Unter Berücksichtigung von ... ergibt sich ...
Die folgenden Fakten sprechen für/gegen ...
Die Behauptung/Vermutung ... lässt außer Acht ...
Zwischen ... und ... ergibt sich ein Zusammenhang/ein Widerspruch ... durch ....
Das lässt sich belegen durch ...
Die Behauptung/Vermutung ... ist zwar begründet, es fehlen aber Belege zu ...

Prüfergebnisse zusammenfassen

Unter Berücksichtigung der genannten Prüfungsergebnisse, lässt sich feststellen ...

III. Formulierungsbeispiele

Für die Bearbeitung der Aufgabe 3 auf S. 260 findet ihr im nebenstehenden QR- bzw. Mediencode Formulierungsbeispiele. Ihr könnt sie als „Starthilfe" nutzen, verändern, weiter ausbauen und mit eurer eigenen Lösung vergleichen.

Formulierungsbeispiele

71079-219

Bearbeiterin

7.2 Regelungen zur Migration in der EU und in Deutschland

7.2.1 EU-Binnenmigration: Gewinne für alle?

Zum Thema: Ein allgemeines Menschen- oder Grundrecht auf Einreise und Aufenthalt in einem anderen Staat existiert nicht. Allerdings hat die Europäische Union mit dem Grundsatz der „Freizügigkeit" als eine der Freiheiten des gemeinsamen Binnenmarktes ein solches Recht für alle EU-Bürger:innen geschaffen. Im Folgenden geht es um die Frage, ob die dadurch ausgelösten Wanderungsbewegungen innerhalb der EU für alle gleichmäßige Vorteile bringen, oder ob es auch Verlierer gibt.

M12 Mobilität in der EU: verschiedene Jobangebote ...

Mobilität
Freizügigkeit in der EU wird auch **Mobilität** genannt.

Maarja (estnische Staatsangehörigkeit) und Joshua (irische Staatsangehörigkeit) suchen nach Jobmöglichkeiten in der EU (vorzugsweise Deutschland) und stoßen in einem Anzeigenportal auf die unterschiedlichsten Angebote:

1 Sie suchen eine Pflegekraft für Zuhause?

Finden Sie die ideale Betreuungskraft für die 24 Stundenpflege zwischen 1.990€ und 2.990€ pro Monat!

Sie möchten als Pflegekraft bei ennie Verantwortung übernehmen?

Kontakt: info@ennie.de

- Transparente Kostenübernahme
- Legal
- Faire Bezahlung
- Ausschließlich Betreuungskräfte aus Rumänien und Polen
- Erstattungsmöglichkeiten durch die Pflegeversicherung

2 UNIVERSITÄTSKLINIK AARHUS:

MEDIZINISCHES FACHPERSONAL GESUCHT

Qualifikationsanforderung:
Promotion (PhD) | Erfahrung in der Parkinson-Forschung erwünscht

Voraussetzung:
Englisch C1-Niveau | Förderung durch EU-Programm

Bewerbung:
ausschließlich über die Webseite

3 EUROWINGS

LEAD AUDITOR GROUND OPERATIONS (M/W/DIVERS)

Standort Köln | Qualitätsmanagement
Auditierung aller Bodenprozesse
Verhandlungssicheres Deutsch und Englisch

JETZT BEWERBEN:
WWW.EUROWINGS.COM

4 Jung und noch immer auf der Suche nach einem Job?

MAKE IT IN GERMANY!

Wir bilden aus und stellen ein:
100 zusätzliche technisch-gewerbliche Ausbildungsplätze für Jugendliche aus Südeuropa bei **BOSCH**

5 AUS DER EU – DURCH DIE EU ...

Dringend gesucht: **LKW-Fahrer (m/w/d)**

ASK Service GmbH | Standort: Düsseldorf

Zustellung und Abholung von hochwertigen LKW | Innen- und Außenreinigung der Fahrzeuge

Jetzt direkt online bewerben!

Bearbeiterin

Win-win / win-lose
„Win-win"-Situation: alle Beteiligten profitieren.
„Win-lose"-Situation: eine Seite hat Vorteile, die andere Nachteile.

EINSTIEGSAUFGABE 71079-220

Lest die Anzeigen und sammelt (z. B. mit einer Kartenabfrage) inwiefern die Mobilität von EU-Bürger:innen eine „win-win" oder eine „win-lose" Situation (für Anbietende und Nachfragende und/oder Herkunfts- und Zielländer) bedeuten könnte.

M13 Freizügigkeit in der Europäischen Union

71079-221

Das Recht auf Freizügigkeit ist als Grundrecht der EU-Bürger:innen einer der wichtigsten Pfeiler der europäischen Integration: Staatsangehörige eines EU-Landes dürfen sich in jedem anderen Mitgliedstaat frei bewegen und aufhalten (Art. 21 AEU-Vertrag) und benötigen bis zu einer Dauer von drei Monaten kein Visum, sondern lediglich einen gültigen Personalausweis. Die Arbeitnehmerfreizügigkeit bestimmt den rechtlichen Rahmen für die Mobilität der Arbeitskräfte innerhalb des europäischen Binnenmarktes. Mit dem Ziel, Angebot und Nachfrage nach Arbeitskräften im gemeinsamen Binnenmarkt besser ausgleichen zu können, dürfen sich EU-Bürger:innen zum Zweck der Arbeitssuche in einem anderen Mitgliedstaat aufhalten und dort ohne gesonderte Arbeitserlaubnis arbeiten. Auch umfasst die Arbeitnehmerfreizügigkeit „die Abschaffung jeder auf der Staatsangehörigkeit beruhenden unterschiedlichen Behandlung der Arbeitnehmer der Mitgliedstaaten in Bezug auf Beschäftigung, Entlohnung und sonstige Arbeitsbedingungen". Das Recht auf Freizügigkeit erstreckt sich auch auf nicht erwerbstätige EU-Bürger:innen, ist in diesem Fall allerdings mit Voraussetzungen verbunden. So müssen beispielsweise studierende Unionsbürger:innen an einer Hochschule eingeschrieben sowie krankenversichert sein und über ausreichende Mittel zur Sicherung ihres Lebensunterhaltes verfügen, ohne auf Sozialhilfe des Aufnahmestaates angewiesen zu sein. Es ist gesetzlich geregelt, dass EU-Ausländer:innen, die noch nie in Deutschland gearbeitet haben, erst nach fünfjährigem Aufenthalt Grundsicherung und Sozialhilfe zustehen. Familienangehörige (Ehe- und Lebenspartner:innen sowie Verwandte ersten Grades) haben die gleichen Rechte, auch wenn sie keine Staatsbürgerschaft eines EU-Landes besitzen. EU-Bürger:innen (und ihre Angehörigen) erhalten nach einem ununterbrochenen rechtmäßigen Aufenthalt von mindestens 5 Jahren in einem anderen EU-Land dort automatisch das Recht auf Daueraufenthalt.

Behrendt, Max/Bloem, Simone/Knoll, Julia: Auswirkungen der EU-Binnenmigration auf die Herkunftsländer. Mensch und Buch Verlag 2021, S. 19 [Text aus didaktischen Gründen modifiziert; Auslassungen und Ergänzungen sind nicht markiert.]

M14 Statistiken zur Mobilität, Bevölkerungsentwicklung und Arbeitslosigkeit in der EU

a) Wie viele erwerbsfähige EU-Bürger:innen leben in einem anderen EU-Land?

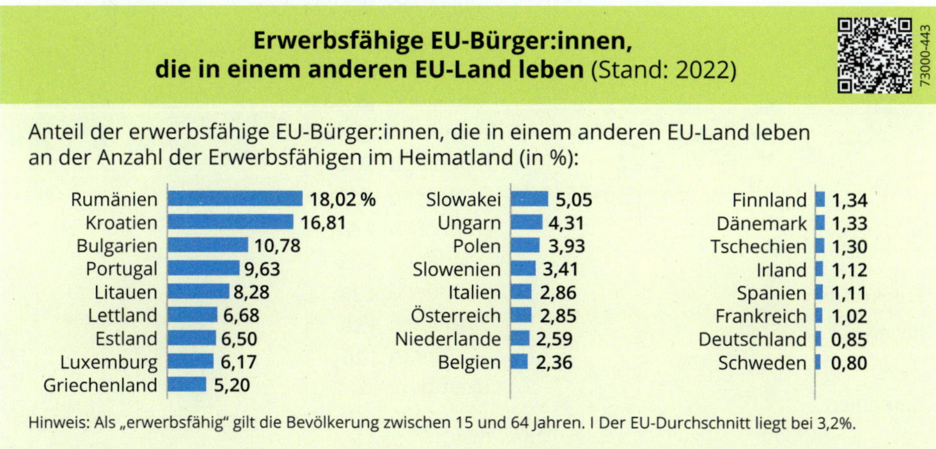

©C.C. Buchner Verlag, aktuelle Daten nach: Eurostat, 2022

b) Demografische Trends in ausgewählten Ländern der EU

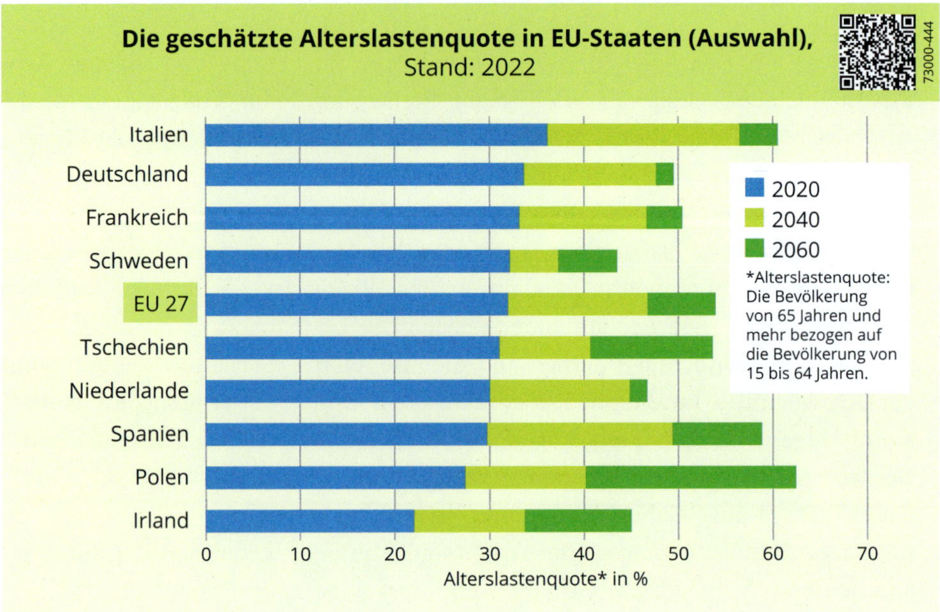

©C.C. Buchner Verlag, aktuelle Daten nach: Eurostat, 2021

Arbeitslosenquote
Die Arbeitslosenquote beschreibt den Anteil amtlich erfasster arbeitsloser Personen an allen Erwerbspersonen, d. h. Erwerbstätige und Arbeitslose.

c) Arbeitslosenquoten in ausgewählten EU-Staaten seit dem Jahr 2005

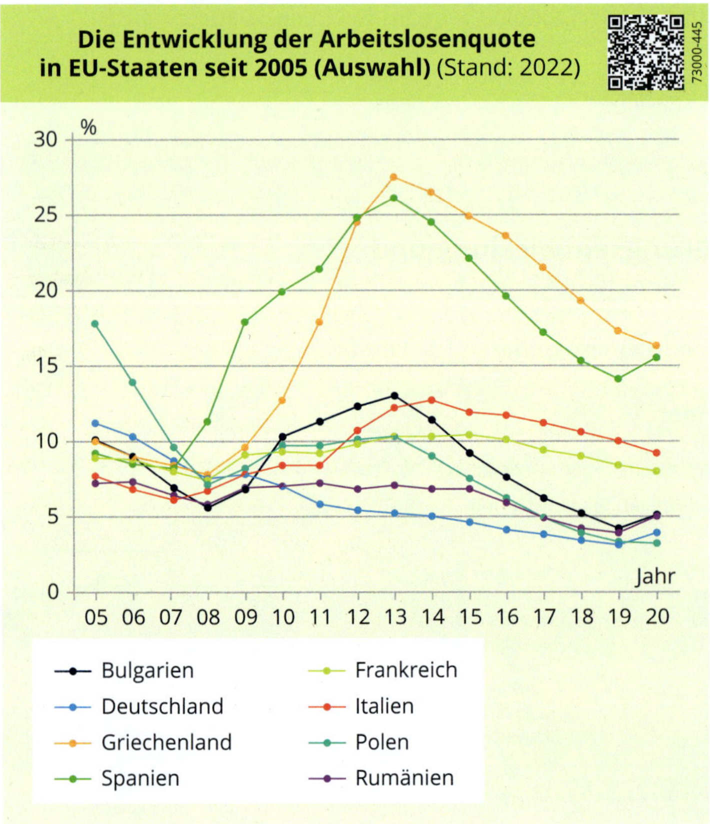

©C.C. Buchner Verlag, aktuelle Daten nach: Eurostat, 2022

d) Aus anderen EU-Staaten erhaltene Heimatüberweisungen von Arbeitnehmenden

©C.C. Buchner Verlag, aktuelle Daten nach: Eurostat, 2022

M15 Was bedeuten Brain Drain, Care Drain, Care Chains ... ?

1 **Brain Drain:** Ein Land (bzw. eine Region) verliert hochqualifizierte Personen durch dauerhafte Abwanderung. Dies kann einzelne oder mehrere Branchen betreffen und entsprechend unterschiedliche Auswirkungen haben.

2 **Care drain:** Abwanderung von medizinischem und pflegerischem Personal von einem Land in ein anderes, häufig mit höherer Lohnstruktur und gefördert durch Anwerbung ausländischer Arbeitskräfte.

3 **Brain Regain oder Brain Circulation:** Hochqualifizierte Personen wandern lediglich für eine begrenzte Zeit aus und kehren dauerhaft oder temporär in ihr Herkunftsland zurück.

4 **Care chains:** Durch die Abwanderung von Betreuungskräften kommt es in den Herkunftsländern zu einem Versorgungsdefizit und die Sorgearbeit muss durch andere Personen, oft ebenfalls Migrant:innen, übernommen werden.

5 **Brain Waste:** Hochqualifizierte Personen können ihre Qualifikationen im Zielland nur unzureichend nutzen, weil sie keine Arbeit finden oder unter ihrem Qualifikationsniveau beschäftigt sind.

Kästen 1, 3, 5: Behrendt, Max/Bloem, Simone/Knoll, Julia: Auswirkungen der EU-Binnenmigration auf die Herkunftsländer. Mensch und Buch Verlag 2021, S. 80; Kästen 2, 4: Bearbeiterin

M16 Thementag EU-Mobilität: Gewinne für alle?

Die „Jungen Europäischen Föderalisten" veranstalten einen Thementag „EU-Mobilität: Gewinne für alle?" mit hybriden Diskussionsrunden und Austauschforen. Malte Becker moderiert die Eröffnungsrunde mit Impulsvorträgen. Die folgenden Zusammenfassungen wurden ihm im Vorfeld zugeschickt:

1 [Die EU ist] eine Gemeinschaft, in der es uns kümmern sollte, was anderswo passiert. Das medizinische Fachpersonal z. B., das wir in Deutschland und anderen zumeist westeuropäischen Ländern hinzugewinnen, hinterlässt anderswo Lücken. Diese sind nicht zu füllen, wenn es über die Jahre keinen Ausgleich in der Migrationsbewegung gibt. Beispielsweise hatte Rumänien innerhalb von zehn Jahren einen Verlust von ca. 25.000 Ärzt:innen zu verzeichnen [...] und das bei einer Gesamtbevölkerung von ungefähr 20 Millionen Menschen. Von Apotheker:innen, Pflegekräften etc. ganz zu schweigen, die das Land verlassen haben. Ein großer Faktor in der seit Jahren schweren Krise des rumänischen Gesundheitssystems.

Sadler, Benjamin: Europa-Blog: Arbeitnehmerfreizügigkeit in Europa: Alte Hüte Brain Drain und Brain Gain? In: www.kwa-ekd.de, Abruf am 04.04.2022

2 Auf der einen Seite kann Abwanderung (hoch-)qualifizierter Personen zu einer Verschärfung von Ungleichheiten zwischen Herkunfts- und Zielländern beitragen. Dies ist insbesondere der Fall, wenn es an Fachkräften in bestimmten Branchen mangelt (z. B. IKT-Branche) oder die zentralen Bereiche der öffentlichen Daseinsvorsorge darstellen (z. B. das Gesundheits- und Pflegewesen). Da aber ein erheblicher Teil der EU-Zugewanderten an einem bestimmten Punkt wieder in ihre jeweiligen Herkunftsländer zurückkehrt, kann die Anwendung und Weiterentwicklung ihrer im EU-Ausland erworbenen Erfahrungen nicht nur ihnen selbst, sondern auf mittel- bis langfristige Sicht auch den Herkunftsstaaten zugutekommen. Finanzielle Vorteile für Haushalte von im EU-Ausland lebenden Unionsbürger:innen ergeben sich auch durch sogenannte Rücküberweisungen, die diese beispielsweise an Familienangehörige im Herkunftsland tätigen.

Nach: Behrendt, Max/Bloem, Simone/Knoll, Julia: Auswirkungen der EU-Binnenmigration auf die Herkunftsländer. Mensch und Buch Verlag 2021, S. 165 [Text aus didaktischen Gründen modifiziert; Auslassungen und Ergänzungen sind nicht gekennzeichnet.]

3 Die Abwanderung von Personen im überwiegend erwerbsfähigen Alter beeinflusst auch das generationenübergreifende Gefüge mit seinen sozialen, erzieherischen und pflegerischen Funktionen. Die Folgen von Arbeitsmigration sind vor allem für Kinder und alte Menschen unmittelbar spürbar, da sie im Besonderen auf ein Netz an Sozial-, Pflege- und Bildungsinstitutionen angewiesen sind. Wenn Kinder beispielsweise ohne ein oder beide Elternteil(e) aufwachsen oder wenn ältere bzw. pflegebedürftige Personen nicht mehr von ihren Familienmitgliedern versorgt werden können, weil diese emigriert sind, kann sich dies negativ auf ihre psychosoziale Gesundheit auswirken. Untersuchungsergebnisse aus Polen, Litauen und Rumänien legen zudem eine negative Auswirkung auf Schul- und Bildungserfolg nahe. Die Eltern (häufig Mütter) versorgen zum Beispiel als häusliche Betreuungskräfte in Deutschland pflegebedürftige Personen und wohnen in deren Haushalt („Live-Ins"). In Polen – dem häufigsten Herkunftsland in Deutschland arbeitender „Live-Ins" – sind wiederum häufig ukrainische Betreuungskräfte tätig.

Nach: Behrendt, Max/Bloem, Simone/Knoll, Julia: Auswirkungen der EU-Binnenmigration auf die Herkunftsländer. Mensch und Buch Verlag 2021, S. 111 [Text aus didaktischen Gründen modifiziert; Auslassungen und Ergänzungen sind nicht gekennzeichnet.]

AUFGABEN

71079-222

1. Lest **M13** und erstellt ein FAQ, in dem ihr die wesentlichen Fakten des Prinzips der Freizügigkeit in der EU zusammenfasst.
2. Analysiert die statistischen Daten in **M14a-d** (→ Methodenglossar). Stellt anschließend einen Bezug zu den „win-win" und „win-lose"-Situationen aus der Einstiegsaufgabe her.
3. Bildet Gruppen und verteilt die Zusammenfassungen in **M16** auf die Gruppen.
   a) Lest die Definitionen der Begriffe in **M15** und ordnet eurem Text einen passenden Begriff/passende Begriffe zu.
   b) Analysiert die Zusammenfassungen im Hinblick darauf, ob „win-win" und/oder „win-lose" Situationen beschrieben werden.
   c) Wählt aus den Statistiken in **M14** Daten aus, mit deren Hilfe der im Text dargestellte Zusammenhang konkretisiert und weiterentwickelt werden kann.
   d) Formuliert eine prägnante Überschrift für eure Zusammenfassung und arbeitet sie mit Hilfe der Schritte a-c für einen Kurzvortrag (→ Methodenglossar) weiter aus.
4. Simuliert die Eröffnungsrunde des Thementages, indem
   a) eine/r von euch die moderierende Rolle (Malte Becker) übernimmt
   b) jeweils ein Gruppenmitglied den Kurzvortrag hält
   c) ihr anschließend unter der Moderation von Malte Becker die Frage diskutiert: EU-Mobilität: mehr „win-win" oder mehr „win-lose"? (→ **PUB, 6**)

FAQ
Frequently Asked Questions, kurz FAQ, englisch für häufig gestellte Fragen, sind eine Zusammenstellung von oft gestellten Fragen und den dazugehörigen Antworten zu einem Thema.

H Aufgabe 1
→ S. 382

F Aufgabe 3
Bearbeitet eine weitere Zusammenfassung

71079-223

7.2.2 Festung Europa oder Zuwanderungspolitik: Wie sollte die EU mit Geflüchteten umgehen?

Zum Thema: Geflüchtete aus Kriegs- und Armutsgebieten suchen in Europa Schutz. Der Umgang damit stellt die EU vor eine große Herausforderung. Immer wieder kommt es zwischen den Mitgliedstaaten zu Konflikten darüber, wer zuständig für die Aufnahme und Unterbringung ist und über den Umgang mit den Geflüchteten in den Grenzregionen. Im Folgenden könnt ihr den Ursachen für die Konflikte nachgehen und einen Lösungsvorschlag dazu gestalten.

M17 Aktuelles zur Fluchtmigration in die EU ...

Simon ist als Öffentlichkeitsreferent auf der Webseite der Flüchtlingshilfe Köln für die Rubrik „Aktuelles" zuständig. Er sichtet Meldungen und prüft, was gelöscht werden kann und was hinzugefügt werden muss. Er stößt auf zwei Meldungen vom gleichen Tag:

1 **März 2022:** Hunderttausende Menschen fliehen aus der Ukraine, die EU rechnet noch mit Millionen. Mehr als die Hälfte der Flüchtlinge, die laut dem UN-Flüchtlingswerk bereits das Land verlassen haben, befinden sich in Polen. Die Aufnahmebereitschaft ist überwältigend groß. Zudem sind 52.000 Menschen in andere europäische Staaten weitergereist. Beim heutigen Innenministertreffen in Brüssel soll die „Massenzustrom-Richtlinie" aktiviert werden. Sie garantiert Kriegsflüchtlingen Schutz in der EU ohne aufwendige Asylverfahren.

2 **März 2022:** Sprung nach Europa. Etwa 850 Menschen haben den Grenzzaun zur spanischen Exklave* Melilla in Marroko überwunden. Die meisten stammen aus Afrika südlich der Sahara. Aufnahmen zeigen, dass manche direkt am Zaun von Grenzschützern festgehalten und durch darin eingelassene Türen sofort wieder abgeschoben werden. Diese Praktik ist illegal und wird als Pushback bezeichnet.

* Exklave: Teil eines Staatsgebiets, das von einem anderen Staat geografisch umschlossen wird

Bearbeiterin

EINSTIEGSAUFGABEN 71079-224

1. Vergleicht die beiden Meldungen und fasst die wesentlichen Unterschiede zusammen.
2. Stellt Vermutungen darüber an, warum es zu den in der zweiten Meldung genannten „Pushbacks" kommt (z. B. in einer Wortwolke).
3. Sammelt weitere (aktuelle) Fälle im Zusammenhang mit Fluchtmigration in die EU, die Simon in der Rubrik hinzufügen könnte.

M18 Die gemeinsame Asylpolitik der EU

71079-225

Eine qualifizierte Mehrheit erfordert zwei Bedingungen:
55 % der Mitgliedstaaten stimmen für den Vorschlag; der Vorschlag wird von Mitgliedstaaten unterstützt, die zusammen mindestens 65 % der Gesamtbevölkerung der Union ausmachen.

Vorschlag zur Verteilung von Geflüchteten
Polen hatte zu dem Zeitpunkt eine Regierung, die das Übereinkommen unterzeichnet hat. Die Nachfolgeregierung hat es jedoch verweigert.

Das Schengener Abkommen
Innerhalb des Schengenraums gibt es,
- keine Binnengrenzkontrollen für den Personenverkehr,
- gemeinsame Asyl- und Visabestimmungen,
- Stärkung der polizeilichen Zusammenarbeit und des Justizsystems

Die EU hat mit dem Schengener Abkommen von 1995 ihre Grenzkontrollen im Inneren abgebaut. Dadurch wurde eine enge Kooperation bei der Bekämpfung grenzüberschreitender Kriminalität, der Bewachung der Außengrenzen sowie bei der Asyl- und Migrationspolitik nötig. Damit hat die EU typische Staatsaufgaben übernommen, denn es betrifft die Frage, welche Personen aus Drittstaaten aufgenommen und welche an den europäischen »Staatsgrenzen« abgewiesen bzw. in ihre Herkunftsstaaten zurückgeschickt werden sollen. In der EU haben politisch Verfolgte gemäß der Charta der Grundrechte der Europäischen Union ein Recht auf Asyl. Menschen, die vor Krieg oder anderen lebensbedrohlichen Gefahren fliehen, erhalten „subsidiären Schutz". Eine zentrale gesetzliche Regelung zur Umsetzung beider Ansprüche ist das sogenannte „Dublin-Verfahren". Danach wird denjenigen Staaten der EU, in denen Geflüchtete den ersten Kontakt mit europäischem Boden hatten, automatisch die Zuständigkeit für das Asylverfahren zugewiesen. Geregelt ist das Verfahren durch die europäische „Dublin-III-Verordnung", die in allen EU-Mitgliedstaaten sowie der Schweiz, Norwegen, Liechtenstein und Island Anwendung findet. Die Verordnung hat zur Folge, dass Geflüchtete, die nach ihrer Ankunft in der EU in ein anderes Land weitergereist sind, wieder in das Ankunftsland zurückgeschickt werden können. Damit sollte sichergestellt werden, dass ein Mitgliedstaat im Auftrag der gesamten EU die Verantwortung für das Asylverfahren übernimmt und Angehörige aus Drittstaaten, die Asyl begehren, nicht von einem Staat zum anderen geschickt werden. Außerdem sollte dadurch verhindert werden, dass Asylanträge gleich in mehreren EU-Staaten gestellt werden. Bei unbegleiteten Kindern und Jugendlichen ist der Staat zuständig, in dem sich bereits Familienangehörige aufhalten oder, falls dies nicht der Fall ist, der Staat des gegenwärtigen Aufenthalts, soweit dies jeweils dem Kindeswohl dient.

Wenn sich bereits enge Angehörige (Mitglieder der Kernfamilie oder bei unbegleiteten Minderjährigen auch andere Sorgeberechtigte) innerhalb der Europä-

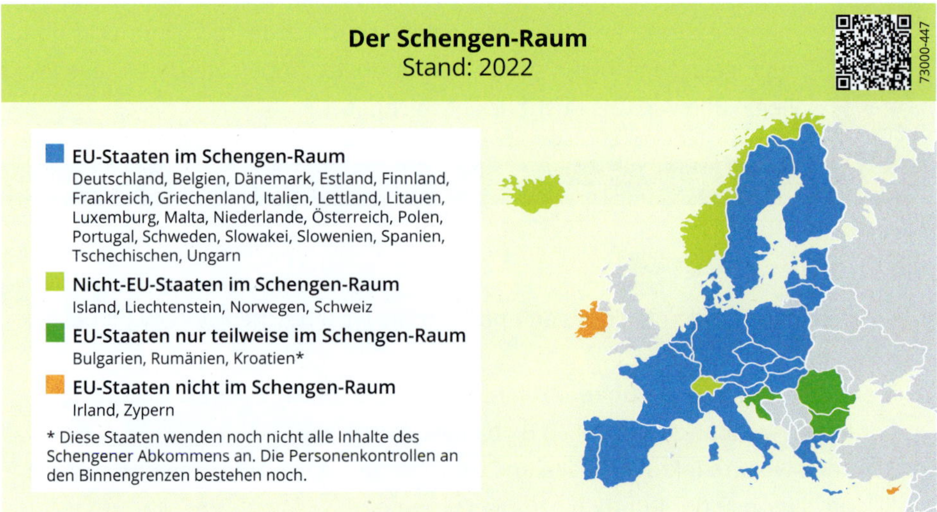

©C.C. Buchner Verlag, aktuelle Daten nach: Europäische Kommission, 2022

ischen Union aufhalten und sich entweder im Asylverfahren befinden oder ihnen Schutz gewährt wurde, ist dieser Staat auf Wunsch der Betroffenen für die Prüfung des Asylantrags zuständig. Nach dem „Dublin-Verfahren" sind die Staaten an den Außengrenzen der EU besonders gefordert, weil dort die meisten Geflüchteten ankommen. Solange Fluchtmigration in die EU zahlenmäßig begrenzt war, hat sich das Verfahren bewährt. Mit dem Einsetzen größerer Fluchtbewegungen geriet es zunehmend an seine Grenzen und wurde nicht mehr konsequent angewendet. Im Zusammenhang der sogenannten „Flüchtlingskrise von 2015" legte die EU-Kommission einen Vorschlag zur Verteilung von Geflüchteten vor, um die am stärksten betroffenen Mittelmeerstaaten zu entlasten. Sie berief sich dabei auf den Grundsatz der „loyalen Zusammenarbeit", nach dem alle Mitgliedstaaten verpflichtet sind, verantwortungsvoll und solidarisch zu handeln, in Krisenzeiten einen Beitrag zu leisten, um das Gesamtsystem zu stabilisieren, unter Druck stehende Mitgliedstaaten zu unterstützen und sicherzustellen, dass die Union ihren humanitären Verpflichtungen nachkommt. Der Vorschlag wurde zwar im Ministerrat mit sogenannter „qualifizierter Mehrheit" verabschiedet, allerdings gegen die Stimmen der Tschechischen Republik, Ungarns, Rumäniens und der Slowakei. In der Folge verweigerten die Länder auch die Umsetzung des Verteilungsprogramms. Ein weiteres Ziel der Zuwanderungspolitik der EU ist die Bekämpfung von „illegaler" Einwanderung und die Vereinbarung von Rücknahmeübereinkommen, die die Europäische Union mit Drittstaaten schließt, um diese zu motivieren, die Geflüchteten, wenn sie keinen Schutzstatus in der EU bekommen, in ihr Ursprungs- oder Herkunftsland zu überführen.

Bearbeiterin, basierend auf: Grosse Hüttmann, Martin: Hart an der Grenze: Die jüngste Krise der Asyl- und Migrationspolitik der Europäischen Union. In: Deutschland & Europa Heft 77/2019. Landeszentrale für politische Bildung Baden-Württemberg, S. 70 ff.

M19 EU-Richtlinien im Zusammenhang mit Schutzsuchenden

1 Die **Aufnahmerichtlinie** legt gemeinsame Standards für die Lebensbedingungen von Asylantragstellenden, etwa hinsichtlich Unterbringung und Basisversorgung während des Asylverfahrens fest. Dazu gehören das Recht auf Bildung für Kinder und Jugendliche sowie der Anspruch auf Gesundheitsvorsorge.

2 Die **Asylverfahrensrichtlinie** legt Mindeststandards für die Durchführung des Asylverfahrens fest. So müssen EU-Staaten Anträge innerhalb von sechs Monaten bearbeiten, lediglich in Ausnahmefällen dürfen es bis zu 18 Monaten sein.

3 Die **Massenzustrom-Richtlinie** sieht vor, dass ganzen Personengruppen, die beispielweise aus einem Kriegsgebiet fliehen, ohne ein bürokratisches Asylverfahren zunächst für ein Jahr Schutz in der EU gewährt wird. Dieser kann bei Fortbestehen der Fluchtgründe verlängert werden. Dazu gehört auch eine Arbeitserlaubnis, Krankenversicherung, Zugang zu Sozialleistungen und Bildungsleistungen.

M20 Asylsuchende in der EU in Zahlen

a) Wieviele Erstasylanträge wurden in der EU gestellt?

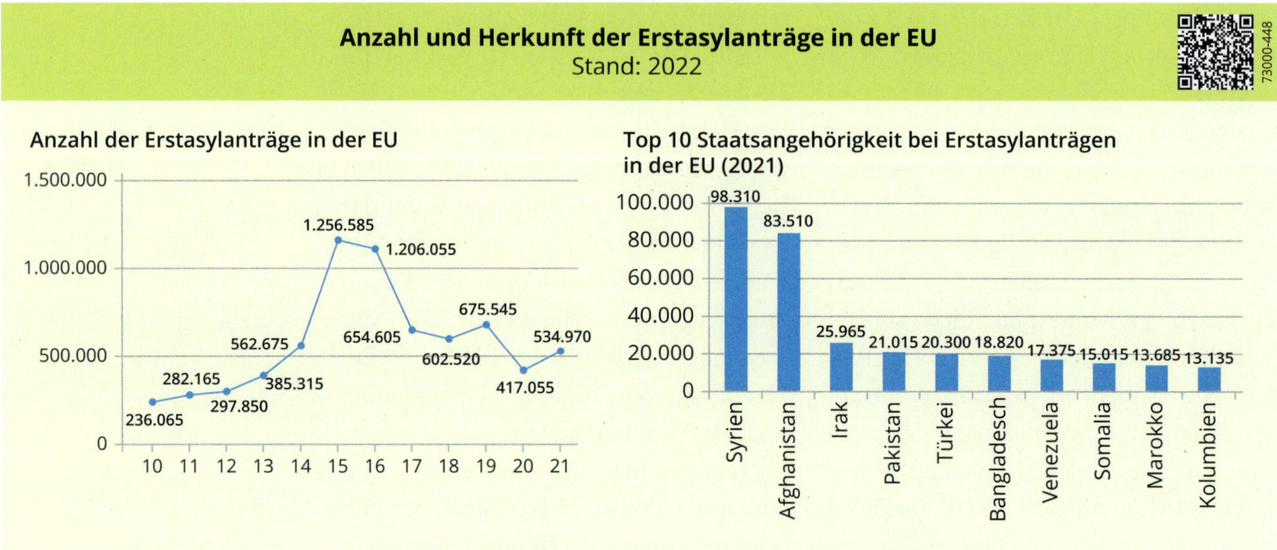

©C.C. Buchner Verlag, aktuelle Daten nach: Eurostat, 2022

b) In welchen Ländern der EU werden wie viele Erstasylanträge gestellt?

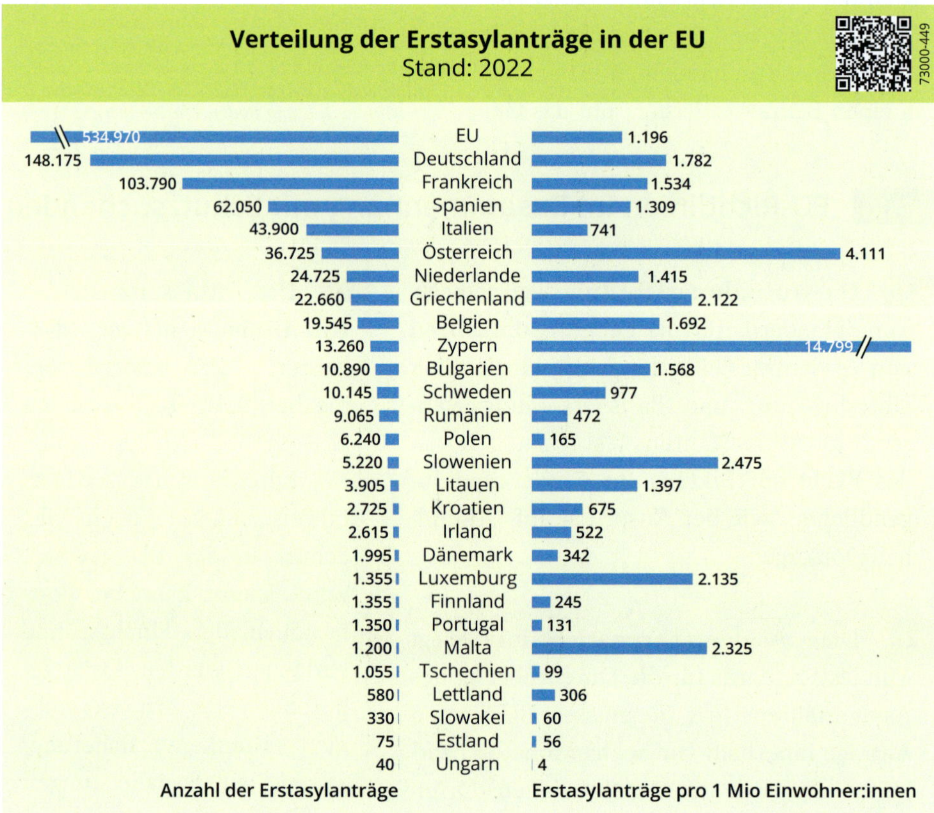

©C.C. Buchner Verlag, aktuelle Daten nach: Eurostat, 2022

M21 Grenzüberschreitungen? Weitere Meldungen zur Fluchtmigration in die EU

1 Juli 2021: Frontex-Beamte [...] stoppen in der Ägäis Flüchtlingsboote, bevor sie die griechischen Inseln erreichen, und übergeben sie an die griechische Küstenwache. Die Grenzschützer setzen die Geflüchteten anschließend systematisch auf dem Meer aus – entweder auf aufblasbaren Rettungsflößen oder auf Schlauchbooten, in denen sie den Motor entfernt haben. So stellen sie sicher, dass die Flüchtlinge nicht erneut griechische Gewässer erreichen können.

Christides, Giorgos/ Lüdke, Steffen/ Popp, Maximilian: Frontex wusste von Menschenrechtsverletzungen – und tat nichts. In: www.spiegel.de, 15.07.2021

2 Juli 2021: [Auch nach dem Brand des Lagers Moria werden] die Geflüchteten [weiterhin gegen ihren Willen auf der [griechischen] Insel [Lesbos] festgehalten [...]. Sie hausen in kleinen Zelten, ohne Elektrizität oder Wasserleitungen, sanitäre Anlagen gibt es kaum. [...] Das Essen ist oft ungenießbar, regelmäßig findet man Maden oder Schimmel im Essen. Einige Geflüchtete haben lebensbedrohliche Erkrankungen und brauchen dringend eine Behandlung, die es auf der Insel aber nicht gibt. [...] Viele der Kinder hier gehen nicht zur Schule. Das Anmeldeverfahren an den Schulen ist kompliziert, [...] zudem sind die Schulen nicht darauf ausgerichtet, tausende Flüchtlingskinder zu integrieren. Einige Kinder leben seit Jahren in diesem Camp. Sie hängen auf den Straßen herum, viele sind depressiv. [...] Geflüchtete warten teilweise jahrelang auf ihre Anhörung [und ein Asylverfahren].

Eva Schemmelmann im Interview mit Donata Hasselmann: „Viele der Kinder sind depressiv". In: www.mediendienst-integration.de, 28.07.2021

3 November 2021: Ein stacheldrahtbewehrter Zaun im Niemandsland. Auf der einen Seite: Flüchtlinge, die irgendwie von Belarus in die EU gelangen wollen. Auf der anderen Seite: Polnische Grenztruppen in voller Kampfmontur. Sie posten [...]: „Wieder zahlreiche Migrantengruppen von belarussischen Behörden bis zur Grenzlinie geführt". [...] Gruppen von Migranten überwanden den Grenzzaun und wurden umgehend zurückgetrieben. Die Szenen erinnern an Krieg. [...] Schon im Frühjahr habe [der diktatorische Staatschef von Belarus,] Alexander Lukaschenko, damit gedroht, Europa [...] „mit Drogen und mit Migranten zu überfluten", sollten die Sanktionen der EU gegen seinen Staat nicht aufgehoben werden.

Engelhardt, Marc: Wenn Migration an der EU-Außengrenze zur Waffe wird. In: www.deutschlandfunk.de, 10.11.2021

M22 Ungelöste Probleme mit Fluchtmigration in die EU aus verschiedenen Perspektiven

1 Die EU ist in diesem Punkt nur verwundbar, weil sie seit Jahren auf eine Politik der Abschottung setzt. [...] Gäbe es ein funktionierendes System der Verteilung innerhalb Europas und menschliche Bedingungen der Einreise in die Union, dann würde [so jemand wie Lukaschenko] gar nicht auf die Idee kommen, Menschen als Druckmittel zu instrumentalisieren. Auch gibt es kein europäisches Einwanderungsgesetz, welches Migration legalisieren und ordnen würde – [...] denn nicht alle Menschen an der Grenze sind Fliehende, manche von ihnen wollen einfach ein besseres Leben.

Saar, Robert: Menschen als Waffe. In: www.taz.de, 15.01.2022

2 Griechenlands Migrationsminister Mitarachi sagt, er lehne es ab, „sich für das andauernde Engagement Griechenlands" zu „entschuldigen". „Die griechischen Grenzen sind die Grenzen der EU und wir handeln im Rahmen des internationalen und europäischen Rechts, um sie zu schützen." Er „akzeptiere nicht, dass Sie mich oder das griechische Volk beleidigen (...); zumal dieses Land, das mit einer Migrationskrise von beispielloser Intensität zu tun hat, hunderte, wenn nicht tausende Menschen aus Seenot gerettet hat und auf dem Festland und den Inseln unterbringt." Und aus Polen heißt es: Wir schützen ganz Europa vor den Fluchtbewegungen aus dem Osten. Die meisten Regierungen der EU-Länder sind doch froh, dass die Grenzländer ihnen die ungeliebte Arbeit abnehmen.

Nach: Deutsche Welle: EU fordert Ermittlungen zu illegalen Pushbacks. In: www.dw.com, 08.10.2021 und Kadritzke, Niels: Der systematische Rechtsbruch an Europas Grenzen. In: www.monde-diplomatique.de, 13.01.2022

3 Wie immer die Strategien der Nachbarn aussehen, ihre Opfer sind Menschen, die in Europa Zuflucht suchen. Deren Motive sind nicht immer „schutzwürdig" im Sinne des humanitären Völkerrechts, das ein Recht auf Asyl bei physischer Bedrohung und politischer Verfolgung vorsieht. Aber ihr Recht auf die individuelle Prüfung ihrer Schutzwürdigkeit ist unverbrüchlich, und jeder Pushback ist darauf angelegt, ihnen dieses Recht zu nehmen. Die EU darf hier nicht wegsehen.

Nach: Kadritzke, Niels: Der systematische Rechtsbruch an Europas Grenzen. In: www.monde-diplomatique.de, 13.01.2022

4 Europa misst beim Umgang mit Geflüchteten mit zweierlei Maß. Die Ukrainer werden warmherzig empfangen und die Massenzustrom-Richtlinie zum ersten Mal in der Geschichte aktiviert. Dies gilt alles für Menschen aus anderen Regionen so nicht. 2015 wurden flüchtende Syrer in Ungarn mit Schlagstöcken und Stacheldraht empfangen, 2022 dürfen flüchtende Ukrainer gratis mit dem Zug fahren. Wenn die EU jetzt ihr humanes Gesicht zeigt, dann zeigt sie es selektiv. Das ist richtig und gut so im Fall des Krieges in der Ukraine, aber niederschmetternd für alle anderen. Nach einer echten Lösungsperspektive sieht das nicht aus.

Basierend auf: Johnson, Dominic: Auf der Flucht sind nicht alle gleich. In: www.taz.de, 01.03.2022

AUFGABEN

71079-226

1. Informiert euch über die gemeinsame Asylpolitik in der EU, indem ihr **M18** und **M19** (und ggf. nochmals **M9** auf S. 258) lest. Erstellt im Anschluss eine tabellarische Übersicht über die dargestellten Regelungen der EU (→ **PUB, 2**).
2. a) Analysiert die Statistiken zu den Asylsuchenden in der EU (**M20**).
   b) Erläutert die Verteilung der Asylsuchenden auf die EU-Länder mit Bezug zu **M18**.
3. Beurteilt (arbeitsteilig), inwiefern die in **M21** dargestellten Situationen im Konflikt mit geltendem EU-Recht stehen. Skizziert anschließend, wie rechtmäßig hätte verfahren werden müssen.
4. Analysiert die Perspektiven in **M22** daraufhin, welche Probleme jeweils dargestellt werden und welche Ursachen ihnen zugeordnet werden. Formuliert im Anschluss für jede Perspektive eine prägnante Überschrift. (→ **PUB, 3**)
5. Gestaltet mit Hilfe der nachfolgenden Methodenkarte sowie der Operatorenkarte auf S. 275 eine Handlungsempfehlung für die EU-Kommission zur Frage, wie mit Geflüchteten in der EU umgegangen werden sollte.

H Aufgabe 1
→ S. 382

F Aufgabe 3
Lest die Meldung hinter dem QR-Code „Pushback als Unwort des Jahres 2021" und entscheidet in der Rolle von Simon, wie er als Öffentlichkeitsreferent darauf reagieren soll.

71079-227

Eine Handlungsempfehlung zum Umgang mit Geflüchteten in der EU gestalten

I. Worum geht es?

Politische Entscheidungsträger beauftragen regelmäßig Sachverständige damit, Handlungsempfehlungen zu erarbeiten, um selbst im Anschluss informierter entscheiden und handeln zu können. Die Asyl- und Migrationspolitik der EU wird seit Jahren als reformbedürftig bezeichnet. Die Fluchtbewegungen als Folge des Ukraine-Krieges haben jedoch die Hoffnung auf Einigungs- und Verhandlungsbereitschaft – vor allem auf Seiten der osteuropäischen Mitgliedsländer – erhöht. Die EU-Kommission hat daher Expertengruppen dazu aufgefordert, politische Handlungsempfehlungen zum Umgang mit Geflüchteten in der EU zu erstellen.

II. Geht dabei wie folgt vor:

1. Schritt: Vorbereitung und Konzept entwerfen

1. Skizziert, was ihr über den Problemzusammenhang der Asyl- und Migrationspolitik in der EU wisst.
2. Lest die umseitigen Reformvorschläge und wertet sie aus:
   - Welche Vorschläge würdet ihr zur Umsetzung empfehlen, welche nicht?
   - Welche Kriterien leiten eure Auswahl (z. B. Wirksamkeit, Umsetzbarkeit, Gerechtigkeit ...)?
   - Welche Vorschläge lassen sich kombinieren?
   - Lassen sich Vorschläge verändern oder ergänzen?
3. Klärt, welche Rolle und Entscheidungsmöglichkeiten die auftraggebende EU-Kommission hat (→ Seite 232 in Kapitel 6).

↓ ↓ ↓

2. Schritt: Die Handlungsempfehlung erstellen

1. Stellt kurz euren Auftrag und die lösungsbedürftige Ausgangslage dar, auf die sich die empfohlenen Maßnahmen beziehen.

   Formulierungshilfen:
   Die EU-Kommission hat uns als Sachverständige beauftragt ... Maßnahmen zur Lösung ... vorzuschlagen.
   Die lösungsbedürftige Situation ist dadurch gekennzeichnet, dass ...
   Insbesondere Daten und/oder Fälle zu ... zeigen das Problem/ verdeutlichen ...

2. Beschreibt die konkreten Maßnahmen bzw. Reformvorschläge, die ihr für wirksam haltet, um das Problem zu lösen oder zu verringern.
   - Begründet die Maßnahmen, indem ihr auf ihre Zielsetzung und ihre erwarteten Folgewirkungen (auch Wirkungsketten) verweist.
   - Stützt eure Vorschläge durch Argumente, Daten und Fakten.
   - Verknüpft eure Empfehlung mit Urteilskriterien (s. o.) und berücksichtigt verschiedene Perspektiven.
   - Fasst eure Empfehlung zusammen.

   Formulierungshilfen:
   Die EU-Kommission könnte xy ... beschließen/festlegen, um ...
   Das Problem z ... beruht vor allem auf ..., daher muss berücksichtigt werden ...
   Um die Bereitschaft der ... zu erhöhen, wäre es hilfreich ...
   Die Maßnahme x ... hätte insofern positive Auswirkungen auf y, als ...
   Abschließend kann die Maßnahme/das Maßnahmenpaket insbesondere mit Blick auf die Kriterien x und x ...

Zeitenwende auch in der Migrationspolitik der EU? Reformvorschläge in der Diskussion

Vorschlag 1 „Aufnahmezentren"

Alle ankommenden Geflüchteten sollen in Aufnahmezentren an den EU-Außengrenzen registriert werden. Zum Registrierungsverfahren, welches nicht länger als 5 Tage dauern soll, soll außerdem eine medizinische Untersuchung und ein Sicherheitsscreening gehören. Nach Abschluss soll der größte Teil der Migrierten an der EU-Außengrenze ein Asyl-Schnellverfahren durchlaufen. Wessen Asylantrag offensichtlich unbegründet ist, wird gleich vor Ort in ein Verfahren zur Abschiebung umgruppiert. Jene Geflüchteten mit Aussicht auf Anerkennung ihrer Fluchtgründe durchlaufen ein reguläres Asylverfahren in ihrem EU-Ankunftsland.

Vorschlag 2 „Koalition der Willigen"

Kommt nur eine überschaubare Zahl von Migranten an, etwa Flüchtlinge, die aus Seenot gerettet wurden, soll eine Gruppe von Mitgliedsländern als „Koalition der Willigen" den Ankunftsländern beispringen. Gerät das System eines Mitgliedstaates durch deutlich steigende Flüchtlingszahlen unter großen Druck, leisten zunächst EU-Staaten auf freiwilliger Basis Hilfe. Sollte diese Hilfe aber nicht ausreichen, können die übrigen EU-Staaten von der EU-Kommission zur Hilfe verpflichtet werden.

Vorschlag 3 „Schlüssel"

Durch einen Referenzschlüssel wird festgelegt, wie viele Asylanträge ein Mitgliedstaat bearbeiten muss. Der Schlüssel wird aus dem Bruttoinlandsprodukt und der Bevölkerungszahl der Staaten berechnet.

Vorschlag 4 „Solidarität durch Hilfsleistungen statt Asyl"

Staaten, die keine Geflüchteten aufnehmen wollen, können ihre Solidarität anders ausüben, zum Beispiel durch die Verpflichtung eine festgelegte Zahl abgelehnter Asylbewerber aus dem Staat, der der Hilfe bedarf, in ihre Heimatländer zurückzubringen. Eine andere Möglichkeit ist eine festgelegte Geldleistung.

Vorschlag 5 „Freie Wahl"

Geflüchtete entscheiden selbst, in welchem Land sie ihren Asylantrag stellen möchten. Dies sollte ein Land sein, zu dem die geflüchtete Person bereits Verbindung hat, entweder durch dort lebende Angehörige oder Freunde oder auch durch Sprachkenntnisse. Geflüchtete, die keine Präferenz für ein Land angeben, sollen zwischen den vier Staaten wählen dürfen, die zum jeweiligen Zeitpunkt auf Bruttoinlandsprodukt und Bevölkerungszahl bezogen anteilig die wenigsten Asylanträge angenommen haben.

Vorschlag 6 „Humanitäre Visa"

Durch die Ausgabe „humanitärer Visa" können Menschen auf legale Weise in die EU einreisen, um einen Asylantrag zu stellen. Da viele Ländergrenzen, Flughäfen und Seehäfen angesteuert werden können, kann sich die Zahl der Ankommenden besser verteilen.

Bearbeiterin, basierend auf: Shelton, Catherine/ Kapern, Peter: Wie die EU die Asylpolitik reformieren will. In: www.deutschlandfunk.de, 23.09.2020; Barth, Rebecca: Wie man das Asylrecht reformieren könnte. In: www.fluter.de, 08.11.2019

Gestalten

Der Operator „Gestalten" ist ein besonderer Operator, denn er fordert gleich zweierlei:

1. Eine schlüssige, sachlich begründete Antwort auf eine Fragestellung bzw. ein politisches Urteil.

↔

2. Die Umsetzung der Antwort oder des Urteils in ein vorgegebenes Format, mit dem andere überzeugt werden sollen.

I. Was ist zu tun?

1. Ihr lest genau die Aufgabenstellung und klärt, welches Produkt (z. B. Rede, Handlungsempfehlung, Szenario, Blog-Text, Podcast, Informationsvideo ...) ihr gestalten sollt.

↓

2. Ihr vergegenwärtigt euch den Sachverhalt oder die Problemstellung, um die es geht (z. B. eine ungelöste Situation, eine umstrittene Forderung ...).

↓

3. Ihr klärt, ob, und wenn ja aus welcher Perspektive oder Rolle (z. B. Expertengruppe, politische Akteure) heraus, ihr die Aufgabe bearbeiten sollt.

↓

4. Ihr klärt, wer die Adressaten sind und vergegenwärtigt euch, welche Erwartungen, welches Wissen und ggf. welche Umsetzungsmöglichkeiten die Adressaten haben.

↓

5. Ihr entwerft mit Hilfe eurer Fachkenntnisse (geprüfte Daten, Fakten, Theorien ...) und ggf. weiteren Informationsmaterialien eine Antwort auf die Fragestellung bzw. erstellt ein Urteil.

↓

6. Ihr nehmt eine Methodenkarte oder gute Beispiele zur Hilfe, um die Merkmale des Produkts zu erkennen.

↓

7. Ihr erstellt das Produkt mit Hilfe der Methodenkarte oder des Beispiels.

Bearbeiterin

7.2.3 Zuwanderung nach Deutschland: viele Möglichkeiten oder zu stark eingeschränkt?

Zum Thema: Die Aussage „Deutschland ist ein Einwanderungsland" wird als Zustandsbeschreibung nicht mehr in Frage gestellt. Es wird aber gefragt, ob die bestehenden Regeln und Gesetze zur Zuwanderung den Merkmalen eines Einwanderungslandes auch entsprechen. Im Folgenden werden die Möglichkeiten, nach Deutschland zuzuwandern, genauer beleuchtet. Ihr könnt herausfinden, welche Personengruppen ein- und ausgeschlossen werden und erörtern, ob es ein neues System der Auswahl braucht.

M23 Wer sollte vorübergehend oder dauerhaft nach Deutschland kommen dürfen?

1 **Anil Gupta** (36) ist Softwareentwickler aus Nordindien und möchte sich in Deutschland niederlassen. Er plant, hier ein Unternehmen zu gründen, das Software für Finanzdienstleistungen vertreibt. Dafür beabsichtigt er eine Million Euro zu investieren und mindestens 12 Mitarbeitende einzustellen.

2 **Ermias Azikiwe** (22) stammt aus Eritrea. Die UN Kommission für internationale Religionsfreiheit (USCIRF) hat Eritrea als „besonders besorgniserregendes Land" bezeichnet, weil dort „schwerwiegende Verletzungen der Religionsfreiheit geduldet und gefördert" werden. Katholische Schulen und Krankenhäuser werden beschlagnahmt und Christen beim Gebet festgenommen. Ermias ist Christ und möchte in Deutschland Fuß fassen und endlich einen Schulabschluss mit anschließender Berufsausbildung machen. Derzeit befindet er sich in Spanien, das er über das Mittelmeer erreicht hat.

3 **Amat Jobe** (18) hat Gambia – eines der ärmsten Länder der Welt – verlassen, um seinen Traum zu verwirklichen: eine Ausbildung bei Daimler. Er wurde vor der libyschen Küste durch ein deutsches Rettungsschiff geborgen. Nach einjährigem Aufenthalt in einem Aufnahmelager für Flüchtlinge auf Sardinien machte er sich auf den Weg nach Deutschland, wo er in einem Lager in Freiburg untergekommen ist. Er hofft nun auf irgendeinen Arbeitsvertrag.

4 **Manal Skeif** (22) ist Medizinstudentin und als Mutter von Zwillingen (4 Jahre) aus Syrien nach Deutschland geflohen. Aufgrund des dortigen bewaffneten Konflikts und der aussichtslosen Lage sucht sie Sicherheit und hofft darauf, ihre Kinder nachholen zu können. Seit 8 Monaten wartet sie auf ihre Aufenthaltsgenehmigung.

Bearbeiterin, basierend auf: Kessler, Peter u. a. (Hg.): Ich bin mehr. Junge Geflüchtete erzählen. Erlangen: homunculus verlag 2020; Horst, Alea: Manchmal male ich ein Haus für uns. Europas vergessene Kinder. Leipzig: Klett Kinderbuch 2022; und eigene Interviews (Namen geändert).

EINSTIEGSAUFGABEN

71079-229

1. Entscheidet zunächst, welche der beschriebenen Personen ihr vorübergehend und welche ihr dauerhaft zuwandern lassen würdet. Begründet eure Entscheidung kurz.
2. Stellt Kriterien auf, anhand derer eurer Auffassung nach über die vorübergehende oder dauerhafte Aufnahme von Migrant:innen entschieden werden sollte. Bildet im Anschluss Kriterien-Cluster, für die ihr Überschriften festlegt.

M24 Wer darf nach Deutschland zuwandern?

71079-230

Bei der Zuwanderung werden zunächst zwei Gruppen unterschieden: Angehörige eines anderen EU-Staates und Staatsangehörige aller anderen Staaten der Welt (sog. Drittstaatsangehörige). Durch die EU-Freizügigkeit haben alle Bürger:innen der 27 Mitgliedstaaten der Europäischen Union das Recht, sich im gesamten Gebiet der EU zu bewegen und niederzulassen. Sie benötigen keine Aufenthaltserlaubnis. Staatsangehörige von Nicht-EU-Staaten benötigen - bis auf Staaten, mit denen Deutschland ein Abkommen über Visafreiheit für meistens 3 Monate hat- ein gültiges Visum für die Einreisen nach Deutschland. Das Visum muss vor der Einreise bei der jeweils zuständigen deutschen Auslandsvertretung beantragt werden. Für die Erteilung muss der Aufenthaltszweck nachgewiesen werden, beispielsweise durch die Vorlage eines Arbeitsvertrages, die Bestätigung über einen Studien- oder Schulplatz oder den Nachweis über Familienangehörige in Deutschland. In der Regel ist die Gültigkeit des Visums an den Aufenthaltszweck gekoppelt und endet z. B. mit dem Ende des Arbeitsvertrages oder mit dem Abschluss des Studiums. Eine weitere Gruppe der Drittstaatsangehörigen ist die der „Schutzsuchenden". Darunter werden sowohl anerkannte Flüchtlinge nach der Genfer Flüchtlingskonvention, anerkannte Asylsuchende nach GG Artikel 16 als auch aus anderen humanitären Gründen Geflüchtete und deren Familienangehörige gefasst. Die Verteilung von Asylsuchenden auf die Bundesländer erfolgt nach dem Quotensystem EASY (Erstverteilung von Asylbegehrenden) und richtet sich nach dem sogenannten „Königsteiner Schlüssel". Die Verteilungsquote wird jährlich neu ermittelt und legt fest, welchen Anteil der Asylsuchenden jedes Bundesland aufnimmt. In aktuellen Krisen (z. B. Krieg in Syrien oder der Ukraine) können besondere Regeln in Kraft gesetzt werden, die beispielsweise allen Personen aus einem bestimmten Gebiet „vorübergehenden Schutz" und Arbeitserlaubnis ohne Einzelfallprüfung gewähren. Außerdem nimmt Deutschland im Rahmen einzelner Sonderaktionen z. B. eine begrenzte Zahl unbegleiteter Minderjähriger auf. Die rechtlichen Regelungen zur Migration nach Deutschland finden sich im „Zuwanderungsgesetz". Im Juni 2019 ist zudem das sogenannte „Fachkräfteeinwanderungsgesetz" verabschiedet worden. Danach können Personen mit einer formal anerkannten Berufsausbildung bzw. einem Studium und einem bestehenden Arbeitsangebot grundsätzlich in allen Branchen zuwandern, wenn sie die Voraussetzungen erfüllen.

„Zuwanderungsgesetz"
Gesetz zur Steuerung und Begrenzung der Zuwanderung und zur Regelung des Aufenthalts und der Integration von Unionsbürger:innen und Ausländer:innen. Es hat zwei zentrale Bestandteile: das Aufenthaltsgesetz (gilt für Drittstaatsangehörige und das EU-Freizügigkeitsgesetz (gilt für EU-Bürger:innen und ihre Familienangehörigen – unabhängig davon, ob diese Unionsbürger:innen sind).

Nach: Sachverständigenrat für Integration und Migration (SVR) gGmbH: Fakten zur Einwanderung in Deutschland. In: www.svr-migration.de, 16.11.2021 [Text aus didaktischen Gründen modifiziert; Änderungen nicht gekennzeichnet]

Informationen zum GG Artikel 16

71079-231

Erklärvideo zum Fachkräfteeinwanderungsgesetz

71079-232

M25 Statistiken zur Zuwanderung nach Deutschland

a) Aus welchen Gründen immigrieren Menschen nach Deutschland?

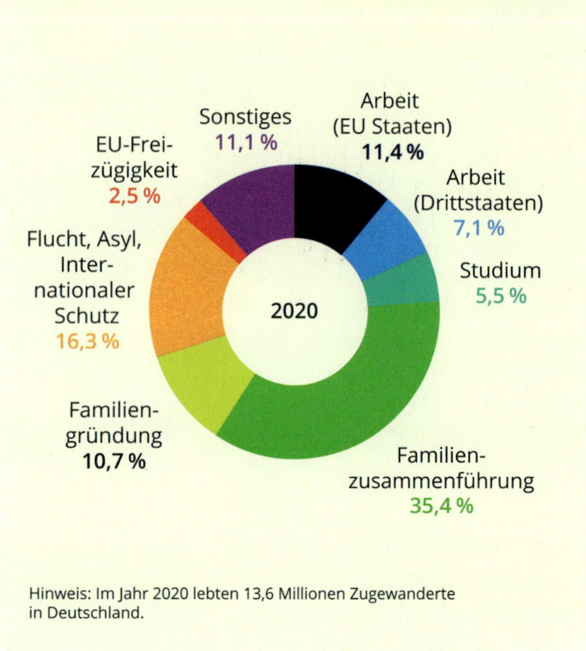

©C.C. Buchner Verlag, aktuelle Daten nach: DESTATIS, 2021

b) Aus welchen Ländern emigrieren Menschen nach Deutschland?

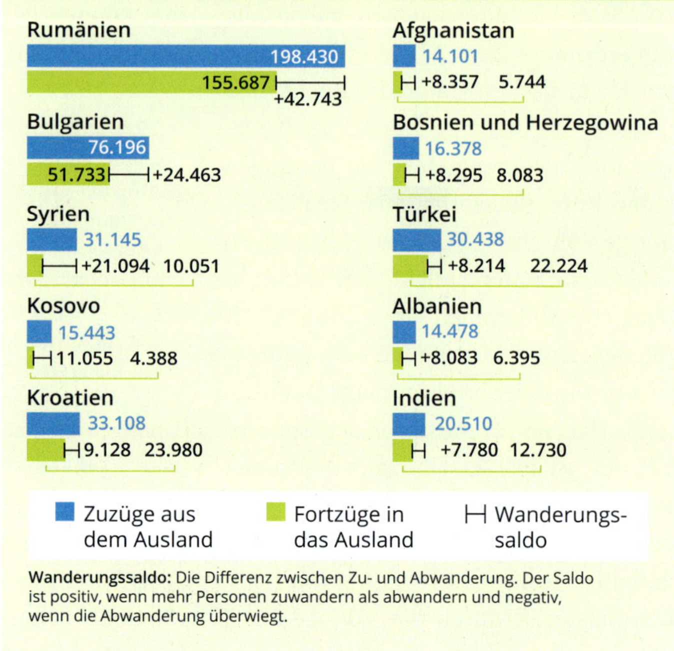

©C.C. Buchner Verlag, aktuelle Daten nach: DESTATIS, 2022

M26 Reformvorschlag: Punktesystem nach kanadischem Vorbild

Details zum Punktesystem in Kanada

71079-233

Kanada und auch Australien haben seit Jahren ein Punktesystem, um die Einwanderung in ihr Land zu steuern. Bewerber:innen müssen sich dort einem Test unterziehen, für den insgesamt 100 mögliche Punkte vergeben werden. Der Test beinhaltet Sprachkenntnisse, Ausbildung, Berufserfahrung, Arbeitsangebot, Anpassungsfähigkeit und Alter. Ab einer erforderlichen Gesamtpunktezahl (in Kanada 67) wird eine Einwanderungserlaubnis geprüft. Die Teilnahmemöglichkeit am Verfahren für Bewerbungen in jeweils aktuellen Mangelberufen, kann flexibel angepasst werden. Dieses System bezieht sich nur auf die Arbeitsmigration, Asylverfahren werden dadurch nicht geregelt. In der Diskussion um eine Einführung eines ähnlichen Punktesystems in Deutschland wird von einigen Seiten vorgeschlagen, dass abgelehnte Asylbewerber:innen dann auch die Möglichkeit erhalten sollen, sich einem Punktetest zu unterziehen. Diese Möglichkeit, nicht mehr über das Asylverfahren, sondern über das Einwanderungsgesetz eine Bleibe- und Arbeitsperspektive zu erhalten, wird auch „Spurwechsel" genannt.

Bearbeiterin

M27 Arbeitskräftebedarf in Deutschland

„Top 10" des Arbeitskräftebedarfs in Deutschland (Stand: April 2022)

73000-452

©C.C. Buchner Verlag, aktuelle Daten nach: Bundesagentur für Arbeit, 2022

Prognose der Arbeitskräfteentwicklung in Deutschland

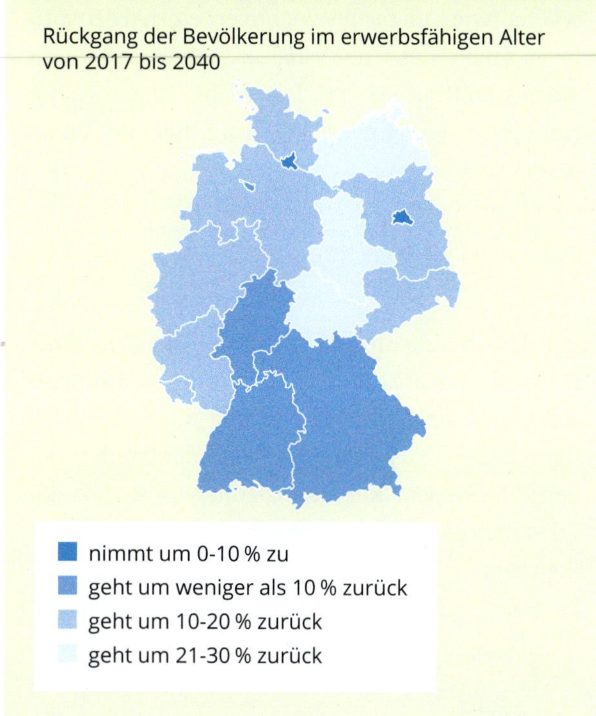

Nach: Jobspreader by Wollmilchsau GmbH, Datenquelle: Bundesinstitut für Bau-, Stadt- und Raumforschung, 2021

M28 Sollte es eine Umsteuerung im deutschen Zuwanderungsrecht geben, um dem Arbeitskräftebedarf zu begegnen?

1 „Wir laufen einfach in den nächsten Jahrzehnten in eine ziemliche Flaute auf dem Arbeitsmarkt hinein. Es wird nur mit Fachkräften aus dem Ausland gehen, wenn wir unseren Wohlstand halten wollen, wenn wir sicherstellen wollen, dass auch in Zukunft noch irgendjemand von uns in den nachkommenden Generationen gepflegt wird. Und natürlich im Handwerk merkt das ja jeder, der irgendwo jemanden anrufen will, um irgendeine Kleinigkeit repariert zu bekommen, wie schwierig das geworden ist, ganz abgesehen von den großen Vorhaben (...) wie Wohnungsbau. Das geht ja nun auch nicht ohne Leute, die mit anpacken und es fehlt halt an allen Ecken und Enden." (Lars Castellucci, SPD)

Sanders, Katrin: Wie das Einwanderungsgesetz für Fachkräfte verbessert werden muss. In: www.deutschlandfunk.de, 13.12.2021

2 Menschen im Asylverfahren und auch sogenannte „Wirtschaftsflüchtlinge" sollten als Potenzial und Ressource gesehen werden. Sie nicht in den Arbeitsmarkt zu lassen, bedeutet Ausgrenzung. Sie könnten gezielt in Ausbildung gebracht werden, die meisten sind hoch motiviert. (Maria Lohheide, Diakonie Deutschland).

Bearbeiterin, basierend auf: Sanders, Katrin: Wie das Einwanderungsgesetz für Fachkräfte verbessert werden muss. In: www.deutschlandfunk.de, 13.12.2021

3 Besonders im Handwerk finden sich Arbeitskräfte oft über persönliche Kontakte, man kennt sich und will miteinander arbeiten. Da ist die formale Qualifikation ein Hindernis. In der Softwareentwicklung ist es wichtiger, eine Arbeitsprobe zu sehen, der Universitätsabschluss ist weniger aussagekräftig. Da ist das Fachkräfteeinwanderungsgesetz ein Hindernis. (Elisa Schneider, Personalmanagerin).

Bearbeiterin, basierend auf: Sanders, Katrin: Wie das Einwanderungsgesetz für Fachkräfte verbessert werden muss. In: www.deutschlandfunk.de, 13.12.2021

6 Die Bedingung eines formal gleichwertigen Berufsabschlusses im Fachkräftezuwanderungsgesetz ist wichtig, denn wir wollen unser hochwertiges duales Ausbildungssystem nicht unterwandern. Außerdem kommunizieren wir so mit den Zuwandernden auf Augenhöhe, wenn Fachkräfte kommen.

Bearbeiterin, basierend auf: Sanders, Katrin: Wie das Einwanderungsgesetz für Fachkräfte verbessert werden muss. In: www.deutschlandfunk.de, 13.12.2021

4 Es gibt in Deutschland eine unübersichtliche Vielfalt an Aufenthaltstiteln und ein schwer durchschaubares bürokratisches Verfahren. Viele potenzielle Einwandernde bevorzugen andere Länder, die den Zugang leichter machen und in denen auch Englisch als Verkehrssprache selbstverständlicher benutzt wird. Was das neue Fachkräftezuwanderungsgesetz angeht, stellt sich die Frage: Sind die Leute darüber überhaupt informiert?

Bearbeiterin

5 Ein Verfahren, bei dem Asyl und Arbeitsmigration nicht mehr getrennt werden, würde falsche Anreize setzen für unqualifizierte Kräfte aus wirtschaftlich armen Ländern und illegale Einreisen. Es muss dabeibleiben: wer unberechtigt Asyl beantragt, ist verpflichtet das Land zu verlassen. Illegale Einwanderung gilt es zu verhindern, denn Abschiebungen sind nach längerer Zeit der Duldung immer ein Problem. (Stefan Aust, Herausgeber WeltN24)

Bearbeiterin, basierend auf: SWR: Neue Migrationspolitik – Werden wir ein modernes Einwanderungsland? In: www.swr.de, 17.12.2021

AUFGABEN

71079-234

1. Informiert euch über Zuwanderungsmöglichkeiten nach Deutschland (**M24**):
   a) Erstellt eine Mindmap zur Strukturierung der Informationen.
   b) Erläutert die Migrationskategorien der Statistik in **M25a** mit Hilfe der in **M24** genannten Regelungen (→ **PUB, 2**).
2. Analysiert die Grafiken in **M25** (→ Methodenglossar) und stellt einen Zusammenhang zwischen den beiden Grafiken her (→ **PUB, 2**).
3. Versetzt euch in die Rollen der neuen Mitarbeitenden des BAMF und bearbeitet die Fälle in **M23** mit Hilfe der Methodenkarte auf S. 281-284.
4. Analysiert die rechtlichen Regelungen zur Zuwanderung nach Deutschland daraufhin, welche Kriterien ihnen zugrunde liegen. Vergleicht diese mit den von euch in der Einstiegsaufgabe aufgestellten Kriterien.
5. Informiert euch über das Punktesystem in **M26** und vergleicht es mit den Grundzügen des deutschen Zuwanderungsrechts.
6. Führt mit Hilfe von **M27** und **M28** sowie eurer erworbenen Kenntnisse eine Pro-Kontra-Diskussion (→ Methodenglossar) zur Frage durch, ob in Deutschland ein Punktesystem nach kanadischem Vorbild mit „Spurwechsel" (**M26**) eingeführt werden sollte (→ **PUB, 6**).

Methodenkarte: Eine Mindmap erstellen

71079-303

F Aufgabe 3
Bearbeitet weitere Fälle.

71079-235

F Aufgabe 3
Stellt einen Bezug zwischen euren Ergebnissen und der Statistik hinter dem QR-Code her.

71079-236

Rechtliche Regelungen zu Asyl und Zuwanderung auf Fälle anwenden

I. Worum geht es?

Die Frage, wer aktuell nach Deutschland dauerhaft oder vorübergehend zuwandern darf, d. h. einen sogenannten Aufenthaltstitel erhält, lässt sich im Einzelfall nur mit Hilfe der geltenden rechtlichen Regelungen zur Migration beantworten. Die Anwendung von Rechtsnormen auf Fälle wird in der Rechtswissenschaft auch „Subsumtion" genannt. Zuständig für die Bearbeitung der Fälle und die Entscheidung über Asylanträge ist das Bundesamt für Migration und Flüchtlinge (BAMF), das in allen 16 Bundesländern vertreten ist. Übernehmt die Rollen neuer Mitarbeitenden des BAMF, die sich in einem Kompaktkurs „Fallsubsumtion" in die gesetzlichen Regelungen einarbeiten müssen.

II. Geht dabei wie folgt vor:

1. Schritt: Vorbereitung

Arbeitet zu zweit und bereitet euch auf die Fallbearbeitung (**M23**) vor, indem ihr

1. euch einen Überblick über die gesetzlichen Regelungen (S. 282-284) verschafft (Hinweis: Die Titel der Paragraphen (§) zeigen den Regelungsbereich an. Paragraphen sind in Absätze gegliedert.)
2. Begriffe klärt und die Grundinformationen aus **M24** sowie die Informationen zum „Dublin-Verfahren" (**M18**) griffbereit haltet.

Weitere Fälle zur Bearbeitung

71079-237

2. Schritt: Bearbeitung der Fälle

Bearbeitet die Fälle (**M23**) unter der Fragestellung wer zuwandern darf, indem ihr

1. entscheidet, ob der Fall überhaupt in den Anwendungsbereich des Gesetzes fällt.
2. wesentliche Merkmale der Person (z. B. Herkunftsland, Alter, Qualifikation, ...) festhaltet.
3. prüft, ob sich die Merkmale des Falls unter einen oder mehrere Paragraphen unterordnen lassen.
4. jeden Fall in die unten stehende Tabelle einordnet, die passenden Paragraphen und Absätze zuordnet und kurz die Begründung notiert.

Fall Nr.	Asyl GG	Flüchtlingsstatus	Subsidiärer Schutz	Abschiebeverbot	anderer Aufenthaltstitel	keine Aufenthaltserlaubnis	Arbeitserlaubnis	Aufenthaltsdauer	anderer Rechtsbereich

3. Schritt: Austausch

Tauscht euch zu zweit über eure Lösungen aus und
1. korrigiert euch ggf. gegenseitig.
2. holt euch die Lösungen der Fälle zur Selbstüberprüfung.

4. Schritt: Reflexion

1. Beratet in der Gesamtgruppe darüber, an welchen Stellen ihr mit dem Verfahren gut arbeiten konntet und wo ihr noch weiteren Schulungsbedarf seht. Haltet offene Fragen fest.
2. Zusatz: Verteilt die offenen Fragen als Rechercheaufträge und teilt die Ergebnisse anschließend.

Bearbeiterin

Teil 1: Übersicht über Aufenthaltstitel und Arbeitserlaubnis

1 Aufenthaltserlaubnis

Sie ist stets befristet und kann aus verschiedenen Gründen erteilt werden: Zu Ausbildungszwecken, zum Zweck der Erwerbstätigkeit, aus völkerrechtlichen, humanitären oder aus familären Gründen. Dabei muss der Antragstellende nach dem Gesetz bestimmte Voraussetzungen erfüllen.

2 Arbeitserlaubnis

Bei einem Aufenthalt aus familiären Gründen und bei unbefristeten Aufenthaltstiteln ist die Erwerbstätigkeit uneingeschränkt gestattet. Auch die Aufnahme einer Ausbildung und eines Studiums ist möglich. Dies gilt auch für anerkannte Flüchtlinge und subsidiär Schutzberechtigte. Bei Asylbewerbern und Geduldeten gelten Wartefristen für eine Beschäftigung, die Erwerbstätigkeit als Selbständige ist nicht gestattet.

3 Blaue Karte EU

Sie erlaubt akademischen Fachkräften aus Drittstaaten, unbürokratisch in Deutschland zu leben und zu arbeiten. Voraussetzung ist ein in Deutschland anerkannter oder vergleichbarer akademischer Abschluss sowie ein Arbeitsplatzangebot mit einem bestimmten Mindestbruttojahresverdienst.

4 Erlaubnis zum Daueraufenthalt – EU

Sie ist ein unbefristeter Aufenthaltstitel für Bürger aus Drittstaaten. Vorausgehen muss in der Regel ein fünfjähriger Aufenthalt in einem EU-Land. Er berechtigt zur Weiterwanderung innerhalb der EU und beinhaltet eine weitgehende Gleichstellung mit Staatsangehörigen beim Arbeitsmarktzugang und Sozialleistungen.

5 Niederlassungserlaubnis

Sie ist ein unbefristeter Aufenthaltstitel und berechtigt zur Erwerbstätigkeit in ganz Deutschland. Voraussetzung ist in der Regel eine vorausgehende fünfjährige Aufenthaltserlaubnis, die eigenständige Sicherung des Lebensunterhalts sowie der Familienangehörigen, ausreichende Deutschkenntnisse und Straffreiheit. Für Hochqualifizierte gelten Sonderregeln.

Nach: © BizziNet.de: Aufenthaltstitel in Deutschland. In: SlidePlayer.org, Abruf am 06.04.2022

Teil 2: Auszüge aus dem Grundgesetz und dem Zuwanderungsgesetz

Grundgesetz (GG) Art 16a

(1) Politisch Verfolgte genießen Asylrecht.

(2) Auf Absatz 1 kann sich nicht berufen, wer aus einem Mitgliedstaat der Europäischen Gemeinschaften oder aus einem anderen Drittstaat einreist, in dem die Anwendung des Abkommens über die Rechtsstellung der Flüchtlinge und der Konvention zum Schutze der Menschenrechte und Grundfreiheiten sichergestellt ist.

Asylgesetz (AsylG)
§ 3 Zuerkennung der Flüchtlingseigenschaft

(1) Ein Ausländer ist Flüchtling im Sinne des Abkommens vom 28. Juli 1951 […], wenn er sich

1. aus begründeter Furcht vor Verfolgung wegen seiner Rasse, Religion, Nationalität, politischen Überzeugung oder Zugehörigkeit zu einer bestimmten sozialen Gruppe
2. außerhalb des Landes (Herkunftsland) befindet,

a) dessen Staatsangehörigkeit er besitzt und dessen Schutz er nicht in Anspruch nehmen kann oder wegen dieser Furcht nicht in Anspruch nehmen will […]

Asylgesetz (AsylG)
§ 4 Subsidiärer Schutz

(1) Ein Ausländer ist subsidiär Schutzberechtigter, wenn er stichhaltige Gründe für die Annahme vorgebracht hat, dass ihm in seinem Herkunftsland ein ernsthafter Schaden droht. Als ernsthafter Schaden gilt:

1. die Verhängung oder Vollstreckung der Todesstrafe,
2. Folter oder unmenschliche oder erniedrigende Behandlung oder Bestrafung oder
3. eine ernsthafte individuelle Bedrohung des Lebens oder der Unversehrtheit einer Zivilperson infolge willkürlicher Gewalt im Rahmen eines internationalen oder innerstaatlichen bewaffneten Konflikts.

Asylgesetz (AsylG)
§ 30 Offensichtlich unbegründete Asylanträge

(2) Ein Asylantrag ist insbesondere offensichtlich unbegründet, wenn nach den Umständen des Einzelfalles offensichtlich ist, dass sich der Ausländer nur aus wirtschaftlichen Gründen oder um einer allgemeinen Notsituation zu entgehen, im Bundesgebiet aufhält.

Aufenthaltsgesetz (AufenthG)
§ 16a Berufsausbildung; berufliche Weiterbildung

(1) Eine Aufenthaltserlaubnis zum Zweck der betrieblichen Aus- und Weiterbildung kann erteilt werden, wenn die Bundeagentur für Arbeit [zustimmt]. *[In der Regel wird ein Schulabschluss mit Hochschulzugang Deutschkenntnisse auf B2 Niveau und Sicherung des Lebensunterhalts vorausgesetzt.]*

§ 16b Studium

(1) Einem Ausländer wird zum Zweck des Vollzeitstudiums an einer staatlichen Hochschule, an einer staatlich anerkannten Hochschule oder an einer vergleichbaren Bildungseinrichtung eine Aufenthaltserlaubnis erteilt, wenn er von der Bildungseinrichtung zugelassen worden ist.

Weitere Auszüge aus dem Aufenthaltsgesetz (AufenthG)

§ 18 Grundsatz der Fachkräfteeinwanderung; allgemeine Bestimmungen

(1) Die Zulassung ausländischer Beschäftigter orientiert sich an den Erfordernissen des Wirtschafts- und Wissenschaftsstandortes Deutschland unter Berücksichtigung der Verhältnisse auf dem Arbeitsmarkt. [...]

(2) Die Erteilung eines Aufenthaltstitels zur Ausübung einer Beschäftigung nach diesem Abschnitt setzt voraus, dass

1. ein konkretes Arbeitsplatzangebot vorliegt [...]

(3) Fachkraft im Sinne dieses Gesetzes ist ein Ausländer, der

1. eine inländische qualifizierte Berufsausbildung oder eine mit einer inländischen qualifizierten Berufsausbildung gleichwertige ausländische Berufsqualifikation besitzt (Fachkraft mit Berufsausbildung) oder
2. einen deutschen, einen anerkannten ausländischen oder einen einem deutschen Hochschulabschluss vergleichbaren ausländischen Hochschulabschluss besitzt (Fachkraft mit akademischer Ausbildung).

§18b Fachkräfte mit akademischer Ausbildung

(2) Einer Fachkraft mit akademischer Ausbildung wird ohne Zustimmung der Bundesagentur für Arbeit eine Blaue Karte EU zum Zweck einer ihrer Qualifikation angemessenen Beschäftigung erteilt, wenn sie ein Gehalt in Höhe von mindestens zwei Dritteln der jährlichen Bemessungsgrenze in der allgemeinen Rentenversicherung erhält [...].

§ 20 Arbeitsplatzsuche für Fachkräfte

(1) Einer Fachkraft mit Berufsausbildung kann eine Aufenthaltserlaubnis für bis zu sechs Monate zur Suche nach einem Arbeitsplatz, zu dessen Ausübung ihre Qualifikation befähigt, erteilt werden, wenn die Fachkraft über der angestrebten Tätigkeit entsprechende deutsche Sprachkenntnisse verfügt.

§ 21 Selbständige Tätigkeit

(1) Einem Ausländer kann eine Aufenthaltserlaubnis zur Ausübung einer selbständigen Tätigkeit erteilt werden, wenn

1. ein wirtschaftliches Interesse oder ein regionales Bedürfnis besteht,
2. die Tätigkeit positive Auswirkungen auf die Wirtschaft erwarten lässt und
3. die Finanzierung der Umsetzung durch Eigenkapital oder durch eine Kreditzusage gesichert ist.

§ 26 Dauer des Aufenthalts

(1) Asylberechtigten und Ausländern, denen die Flüchtlingseigenschaft im Sinne des § 3 Absatz 1 des Asylgesetzes zuerkannt worden ist, wird die Aufenthaltserlaubnis für drei Jahre erteilt. Subsidiär Schutzberechtigten im Sinne des § 4 Absatz 1 des Asylgesetzes wird die Aufenthaltserlaubnis für ein Jahr erteilt, bei Verlängerung für zwei weitere Jahre.

§ 27 Grundsatz des Familiennachzugs

(1) Die Aufenthaltserlaubnis zur Herstellung und Wahrung der familiären Lebensgemeinschaft im Bundesgebiet für ausländische Familienangehörige (Familiennachzug) wird zum Schutz von Ehe und Familie gemäß Artikel 6 des Grundgesetzes erteilt und verlängert. *[Gemeint sich Ehepartner, Eltern und Kinder; Subsidiär Schutzberechtigte haben keinen Anspruch auf privilegierten Familiennachzug.]*

§ 60 Verbot der Abschiebung

(2) Ein Ausländer darf nicht in einen Staat abgeschoben werden, in dem ihm der in § 4 Absatz 1 des Asylgesetzes bezeichnete ernsthafte Schaden droht. [...]

(7) Von der Abschiebung eines Ausländers in einen anderen Staat soll abgesehen werden, wenn dort für diesen Ausländer eine erhebliche konkrete Gefahr für Leib, Leben oder Freiheit besteht. [...] Eine erhebliche konkrete Gefahr aus gesundheitlichen Gründen liegt nur vor bei lebensbedrohlichen oder schwerwiegenden Erkrankungen, die sich durch die Abschiebung wesentlich verschlechtern würden. *[Duldung]*

7.3 Integration und Staatsbürgerschaft

7.3.1 Doppelte Staatsbürgerschaft: Hindernis oder Hilfe für die Integration?

Zum Thema: Menschen, die dauerhaft nach Deutschland zugewandert sind, sind Mitglieder der Einwanderungsgesellschaft. Aber können sie auch einen deutschen Pass bekommen? Und kann der Besitz der Staatsbürgerschaft dabei helfen, sich noch besser zu integrieren? Dazu und zur damit verbundenen Streitfrage, ob eine doppelte Staatsbürgerschaft in Deutschland eher Hindernis oder eher Hilfe für die Integration ist, könnt ihr euch in diesem Kapitel ein Urteil bilden.

M29 Sollten sich Maarja Tamm und Isaac Musa in Deutschland einbürgern lassen?

Maarja (estnische Staatsangehörigkeit) und Isaac (nigerianische Staatsangehörigkeit) arbeiten seit einem Monat zusammen am Flughafen Köln-Bonn. Da sie beide Freundschaften in der Ukraine haben, tauschen sie sich gerne aus.

Wusstest du, dass jemand mit dem deutschen Pass visumsfrei in 176 Länder der Welt reisen kann? Das ist mit keinem anderen Pass möglich. Hast du eigentlich schon einmal darüber nachgedacht, dich in Zukunft in Deutschland einbürgern zu lassen?

Bisher noch nicht. Ich habe gehört, dass es ziemlich schwierig sein soll. Was würde es denn sonst noch an Vorteilen bringen? Müssten wir dann unsere bisherigen Pässe abgeben?

EINSTIEGSAUFGABEN 71079-238

1. Entscheidet spontan, ob Maarja und Isaac eine Einbürgerung in Deutschland anstreben sollten. Notiert eure Begründungen.
2. Wie schwierig ist es, die deutsche Staatsbürgerschaft zu erhalten? Tauscht euch darüber aus, was ihr bereits über die Voraussetzungen wisst.

M30 Wer erhält die deutsche Staatsbürgerschaft?

71079-239

In Deutschland galt bis 2000 ein eingeschränktes „Abstammungsprinzip" bei der Zuordnung der Staatsangehörigkeit. Danach war nur deutscher Staatsangehöriger, wer deutsche Vorfahren nachweisen konnte. Nur unter besonderen Voraussetzungen konnten Zugewanderte, die eine bestimmte Zeit in Deutschland gelebt hatten, die deutsche Staatsangehörigkeit annehmen. Im Jahr 2000 wurde dieses alte Staatsangehörigkeitsgesetz um Elemente des „Geburtsprinzips" erweitert. Es gibt aktuell drei Wege, deutsche:r Staatsbürger:in zu werden: per Abstammung, per Geburt in Deutschland oder durch eine Einbürgerung.

1 Per Abstammung: Wer mindestens einen deutschen Elternteil hat, erhält mit der Geburt automatisch die deutsche Staatsangehörigkeit, unabhängig davon, wo die Geburt stattfindet.

2 Per Geburt in Deutschland: Kinder, die zwei ausländische Eltern haben und in Deutschland geboren sind, können neben dem Pass ihrer Eltern auch den deutschen Pass erhalten – allerdings nur unter der Voraussetzung, dass mindestens ein Elternteil seit acht Jahren rechtmäßig in Deutschland lebt und zum Zeitpunkt der Geburt ein unbefristetes Aufenthaltsrecht hat. Für einige dieser Kinder gilt die sogenannte Optionspflicht. Das heißt: Zwischen ihrem 18. und 22. Geburtstag müssen sie sich entscheiden, welchen der beiden Pässe sie dauerhaft behalten wollen. Von der „Optionspflicht" ist jedoch ausgenommen, wer bis zu seinem 22. Geburtstag acht Jahre in Deutschland gelebt hat, sechs Jahre in Deutschland zur Schule gegangen ist oder einen Schul- oder Berufsabschluss in Deutschland erworben hat. Ebenso ausgenommen sind Personen, die neben der deutschen die Staatsangehörigkeit eines anderen EU-Staates oder der Schweiz besitzen.

3 Per Einbürgerung: Wer einen Antrag auf Einbürgerung stellt, muss dafür verschiedene Voraussetzungen erfüllen:

- seit acht Jahren dauerhaft und rechtmäßig in Deutschland lebt,
- sich zur freiheitlichen demokratischen Grundordnung des Grundgesetzes bekennt,
- zum Zeitpunkt der Einbürgerung ein unbefristetes oder auf Dauer angelegtes Aufenthaltsrecht hat,
- seinen Lebensunterhalt eigenständig sichern kann,
- über ausreichende Deutschkenntnisse verfügt,
- nicht wegen einer Straftat verurteilt worden ist und
- den „Einbürgerungstest" bestanden hat (hier gibt es Ausnahmeregelungen),
- seine bisherige Staatsangehörigkeit aufgibt (Ausnahmen: EU-Bürger:innen und anerkannte Flüchtlinge und Asylberechtigte können ihre bisherige Staatsangehörigkeit behalten, darüber hinaus gibt es Länder (z. B. Syrien, Irak, Iran), die grundsätzlich nicht „ausbürgern", so dass die alte Staatsangehörigkeit behalten wird.)

Die Einbürgerung kostet 255 Euro für Erwachsene und 51 Euro für minderjährige Kinder, die zusammen mit ihren Eltern eingebürgert werden.

Nach: Mediendienst Integration: Staatsangehörigkeit und Einbürgerung. In: www.mediendienst-integration.de, Abruf am 06.04.2022 [aus didaktischen Gründen modifiziert, Änderungen nicht gekennzeichnet]

M31 Bürgerrechte, die mit der Staatsbürgerschaft erworben werden

Im deutschen Grundgesetz werden die dort verankerten Grundrechte unterschieden in Menschenrechte, die allen Menschen (unabhängig von ihrer Staatsbürgerschaft) garantiert werden und Bürgerrechten, die nur deutschen Staatsangehörigen vorbehalten sind. Zu den Bürgerrechten und daraus abgeleiteten Rechten gehören:

- die Versammlungsfreiheit
- die Vereinsfreiheit
- die Freizügigkeit
- die Berufsfreiheit
- das Auslieferungsverbot
- das Widerstandsrecht
- die Parteienfreiheit
- das Recht auf Zugang zum öffentlichen Dienst
- das aktive und passive Wahlrecht bei Kommunal-, Landtags-, Bundestags- und Europawahlen
- der uneingeschränkte Zugang zu Sozialleistungen
- die Ansprüche auf BaföG

Bearbeiterin

M32 Zahlen und Fakten zur Staatsangehörigkeit von Zugewanderten und Personen mit Migrationshintergrund in Deutschland

a) Wie setzt sich die Bevölkerung zusammen?

Zusammensetzung der Bevölkerung in Deutschland (Stand: 2022)

73000-453

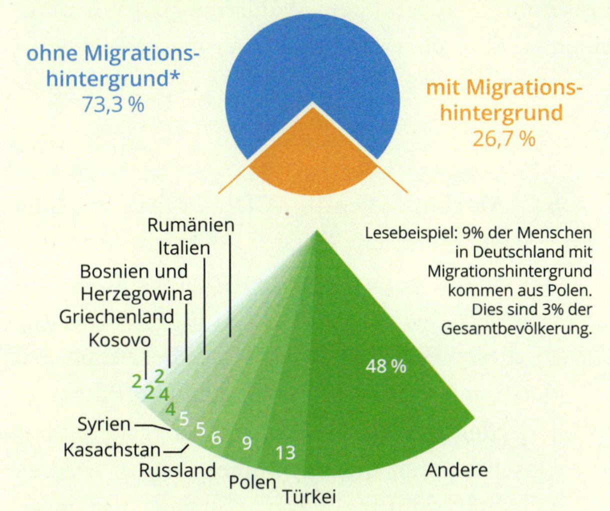

* Migrationshintergrund bedeutet in der Statistik, dass eine Person selbst oder mindestens ein Elternteil ohne deutsche Staatsbürgerschaft geboren wurde.
Hinweis: Die Prozentangaben im unteren Tortenstück beziehen sich auf die Gesamtmenge aller Personen mit Migrationshintergrund in Deutschland.

© C.C. Buchner Verlag, aktuelle Daten nach: DESTATIS, 2022

b) Wer ließ sich in Deutschland einbürgern?

Einbürgerungszahlen in Deutschland
Stand: 2017

Nationalität	Anteil der Einbürgerungen an allen Einbürgerungsberechtigten (in %)	doppelte Staatsangehörigkeit möglich?
Großbritannien	10	bis 31.01.2020
Türkei	1,1	–
Italien	0,9	x
Griechenland	1,6	x
Rumänien	8,3	x
Bulgarien	6,3	x
Syrien	13,7	(x) keine Ausbürgerung möglich
Irak	11,5	(x) keine Ausbürgerung möglich
Iran	10,3	(x) keine Ausbürgerung möglich

Bearbeiterin, nach: Thränhardt, Dietrich: Nur wenig Einbürgerungen. In: www.mediendienst-integration.de, 19.06.2018

M33 Hilfe oder Hindernis zur Integration? Positionen zum „Doppelpass"

Maarja hat einen Blog gestartet, mit dem sie ihre Migrationserfahrungen und für andere Migrant:innen relevante Sachinformationen teilen möchte. Für einen neuen Beitrag recherchiert sie Fakten und Positionen zur Staatsbürgerschaft und zum „Doppelpass". Hier ist eine Auswahl:

1 **Alina Mendez, Rechtsanwältin:** In den meisten Staaten ist das Wahlrecht direkt mit der Staatsbürgerschaft verknüpft. Menschen mit zwei Staatszugehörigkeiten können demnach in zwei Ländern wählen gehen. Personen, die nur eine Staatsangehörigkeit besitzen, können somit als benachteiligt angesehen werden. Außerdem kann die Gefahr bestehen, dass sich Personen, die eine doppelten Staatsbürgerschaft haben, sich bei ihrer Wahl an dem Willen der Regierung ihrer zweiten Staatsangehörigkeit orientieren. Es kann auch problematisch sein, wenn Personen in Ländern ihr Wahlrecht ausüben, deren Gesetzgebung und aktuelle Lage sie gar nicht mehr richtig kennen. Der größte Loyalitätskonflikt kann aber entstehen, wenn es im Fall eines Krieges zwischen den beteiligten Ländern um die Wehrpflicht geht.

Bearbeiterin, basierend auf: Hubbe, Sophie: Entscheidet euch! In: www.sagwas.net, 13.11.2017

2 **Filiz Polat, GRÜNEN-Politikerin:** Zu einer offenen, globalisierten und modernen Gesellschaft gehört eine Politik der Mehrstaatigkeit [ohne Optionszwang]. Dieser bedeutet, dass junge Deutsche unter dem Damoklesschwert einer drohenden Ausbürgerung aufwachsen und letzten Endes dazu gezwungen werden, sich für eine Staatsangehörigkeit zu entscheiden. Eine solche Politik wäre sachlich absolut falsch und integrationsfeindlich. Sie würde wieder dazu führen, dass Deutsche anderen Deutschen beweisen müssen, dass sie deutsch genug sind, um Deutsche zu bleiben.

Nach: Polat, Filiz: Doppelte Staatsbürgerschaft. In: www.gruene-bundestag.de, 02.02.2018

3 **Dietrich Thränhardt, Politikwissenschaftler:** Der deutsche Pass gilt als der wertvollste der Welt. [...] Deutschland ist offen bei der Einwanderung, aber wenig erfolgreich bei der Einbürgerung. Ein wachsender Teil der Bevölkerung hat dementsprechend kein Wahlrecht. [...] Wir brauchen eine Einbürgerungsoffensive.

Nach: Thränhardt, Dietrich: Nur wenig Einbürgerungen. In: www.mediendienst-integration.de, 19.06.2018

4 **Ludwig Greven, Journalist:** Für Millionen Eingewanderte und ehemalige Gastarbeiter, die zum Teil seit Jahrzehnten in Deutschland leben, bleibt es dabei: Wenn sie Deutsche werden wollen, müssen sie die rechtlichen Bindungen an ihr Herkunftsland kappen. Es gibt aber gute Gründe das nicht zu tun: weil sie sich der alten Heimat noch verbunden fühlen, weil sie ihr Rückkehrrecht dorthin nicht verlieren wollen oder [...] weil sie sonst auf Erbansprüche verzichten müssten. Entscheiden sie sich deshalb für den ausländischen und nicht den deutschen Pass, bleiben sie rechtlich gesehen Fremde [...].

Greven, Ludwig: Koalition der Unbarmherzigkeit. In: www.zeit.de, 30.11.2013

5 **Marian Wendt, CDU-Politiker:** Eine Staatsbürgerschaft [...] ist für mich Ausdruck der tiefen Verbundenheit mit dem Land, in dem man lebt. Sie zeigt für mich die Verwurzelung in dieser Gesellschaft und das Bekenntnis zu den damit verbundenen Rechten und Pflichten. [...] Niemand kann – aus meiner Sicht – zwei Gesellschaften dienen; immer wieder wird es Loyalitätskonflikte geben. Wer länger in unserem Land lebt, soll und darf sich auch zu diesem bekennen können.

Nach: Wendt, Marian: Eine Staatsbürgerschaft ist für mich ein Ausdruck der tiefen Verbundenheit mit dem Land, in dem man lebt. In: www.cducsu.de, 02.02.2018

AUFGABEN

71079-240

1. Lest **M30** und erstellt ein Flussdiagramm (→ Methodenglossar), in dem ihr die Wege zur deutschen Staatsbürgerschaft übersichtlich darstellt. Integriert dabei die Voraussetzungen zur doppelten Staatsbürgerschaft. (→ **PUB, 2**)
2. Simuliert eine Fortsetzung des Gesprächs zwischen Isaac und Maarja in **M29**, indem ihr Isaacs Fragen mit Hilfe von **M30** und **M31** beantwortet.
3. Analysiert die Statistiken in **M32** (→ Methodenglossar). Formuliert im Anschluss einen Tweet mit dem Titelanfang „Einbürgerungen in Deutschland ..."
4. Analysiert die Positionen in **M33** mit Hilfe der Tabelle zu Schritt **3** und den Urteilskriterien zu Schritt **4** im Prozessmodell der Urteilsbildung (→ **PUB**).
5. Versetzt euch in Maarjas Rolle und gestaltet auf der Grundlage der Positionen in **M33** einen Blog-Text (→ Methodenglossar), in dem ihr ein politisches Urteil zur Frage, ob die „doppelte Staatsbürgerschaft" eher Hindernis oder eher Hilfe zur Integration in Deutschland sein kann, verfasst (→ **PUB, 6**).

H **Aufgabe 1**
→ S. 383

H **Aufgabe 3**
Weitere Statistiken zur Bearbeitung der Aufgabe findet ihr hier:

71079-312

F **Aufgaben 4 und 5**
Bezieht auch den Vorschlag „Generationenschnitt" hinter dem QR-Code mit ein.

71079-313

7.3.2 Sollte das Wahlrecht auch ohne Staatsangehörigkeit ausgeübt werden dürfen?

Zum Thema: Das Recht zu wählen und gewählt werden zu können ist in einer repräsentativen Demokratie das zentrale Mitwirkungsrecht. Sollten dann nicht möglichst viele Bevölkerungsmitglieder in das Mitwirkungsrecht einbezogen werden? In diesem Unterkapitel könnt ihr klären, inwiefern die Staatsbürgerschaft als Voraussetzung des Wahlrechts in Deutschland gilt und anschließend einen Reformvorschlag in einer Diskussionssendung simulieren.

M34 Wahlrecht auf allen Ebenen nach fünf Jahren Aufenthalt in Deutschland?

Die Vielen NRW
12. September 2021

Fast 10 Millionen Menschen dürfen in Deutschland nicht wählen, weil sie keinen deutschen Pass haben. Damit sind sie vom demokratischen Entscheidungsprozess ausgeschlossen, obwohl sie im Durchschnitt bereits mehr als 15 Jahre in Deutschland leben, arbeiten, zur Gemeinschaft beitragen.

Studien zeigen, dass sich die Kinder und Enkel von Menschen ohne Wahlrecht viel seltener politisch engagieren oder an Wahlen beteiligen, selbst wenn sie dazu berechtigt sind. Demokratie braucht jede Stimme:

Wir fordern ein Wahlrecht auf allen Ebenen nach fünf Jahren Aufenthalt!

53 Gefällt mir Kommentieren

Nach: Die Vielen NRW: DIE PARLAMENTE DEN VIELEN-Kampagne für das Wahlrecht für alle. In: www.dievielen.de, Abruf am 20.04.2022 [von Bearbeiterin ergänzt]

EINSTIEGSAUFGABEN 71079-241

1. Lest den Tweet des Vereins „Die Vielen“ und ermittelt ein spontanes Stimmungsbild zur darin enthaltenen Forderung, indem ihr zwischen
   - ja
   - eher ja
   - eher nein
   - nein

   abstimmt.
2. Haltet eure zentralen Gründe fest (z. B. in zwei Wortwolken).

M35 Aktives und passives Wahlrecht: Wer wird ein- und wer wird ausgeschlossen?

71079-242

a) Aktives Wahlrecht

Das Recht auf Teilnahme an Wahlen ist zwar in internationalen Menschenrechtsabkommen verankert, bleibt dort aber ausdrücklich auf die Ausübung im eigenen Land bzw. an die Staatsbürgerschaft gebunden. In Europa schreibt die „Europäische Konvention über die Staatsangehörigkeit" zudem fest, dass Personen mit doppelter Staatsangehörigkeit über dieselben Rechte verfügen wie andere Inländer. In den meisten Ländern gilt, dass nur Staatsangehörige bei nationalen Wahlen (z. B. Bundestagswahlen) teilnehmen dürfen. Ausnahmen stellen z. B. Neuseeland oder Chile dar (hier dürfen ansässige ausländische Staatsangehörige nach einem Jahr ständigen Aufenthalts bzw. nach fünf Jahren die nationalen Parlamente wählen). Die meisten Staaten räumen Nichtstaatsangehörigen nur bei Wahlen auf der kommunalen oder regionalen Ebene das Wahlrecht ein. Innerhalb der Staaten der Europäischen Union genießen im Ausland ansässige EU-Bürger:innen aufgrund des geltenden EU-Rechts sowohl das Europawahlrecht als auch das kommunale Wahlrecht. Sogenannte Drittstaatsangehörige dürfen ab einer bestimmten Mindestaufenthaltsdauer im Land beispielsweise in Schweden, Dänemark, Finnland oder den Niederlanden an lokalen/regionalen Wahlen teilnehmen. Deutschland hingegen hält trotz gegenteiliger Forderungen vieler Integrationsbeiräte und einer Konvention des Europarates daran fest, das Wahlrecht auf allen Ebenen an die Staats- bzw. Unionsbürgerschaft zu koppeln. Dahinter stehen nicht nur politische, sondern auch verfassungsrechtliche Gründe. Das Staatsvolk als Träger der in Wahlen ausgeübten Staatsgewalt (nach Artikel 20 GG) umfasst laut Bundesverfassungsgericht nur deutsche Staatsangehörige. Über die Möglichkeit einer Verfassungsänderung gibt es eine verfassungsrechtliche Kontroverse. Aber selbst wenn eine Reform zur Entkoppelung des Wahlrechts von der Staatsangehörigkeit möglich wäre, bedürfte es einer Zweidrittelmehrheit im Bundestag.

b) Passives Wahlrecht

Das passive Wahlrecht ist das Recht einer Person, sich bei einer Wahl als Kandidat:in aufstellen zu lassen und gewählt zu werden. Hier ist die Koppelung an die Staatsbürgerschaft durchweg anerkannt. Allerdings müssen beispielsweise in den USA Präsidentschaftskandidatinnen und -kandidaten nicht nur die US-Staatsbürgerschaft besitzen, sondern auch von Geburt an US-Staatsangehörige (natural born US-citizens) sein. Für den Deutschen Bundestag, die Landtage (Ausnahme Hessen) und die Kommunalvertretungen kandidieren kann jede Person, die am Wahltag die deutsche Staatsbürgerschaft besitzt und das 18. Lebensjahr vollendet hat. Die Voraussetzung zur Wahl zur Bundespräsidentin oder zum Bundespräsidenten ist zudem ein Mindestalter von 40 Jahren.

Bearbeiterin nach: Krennerich, Michael: Freie und faire Wahlen? Frankfurt/M. 2021, S. 53 ff. und Cantow, Matthias/ Fehndrich, Martin: Aktives und passives Wahlrecht. In: www.wahlrecht.de, 17.03.2015

M36 Die Migrationsgesellschaft im Spiegel der Parlamente und politischen Ämter

Oberbürgermeister:innen in Deutschland mit Migrationshintergrund
(Stand: Mai 2022)

von Städten mit mehr als 30 Tsd. Einwohner:innen

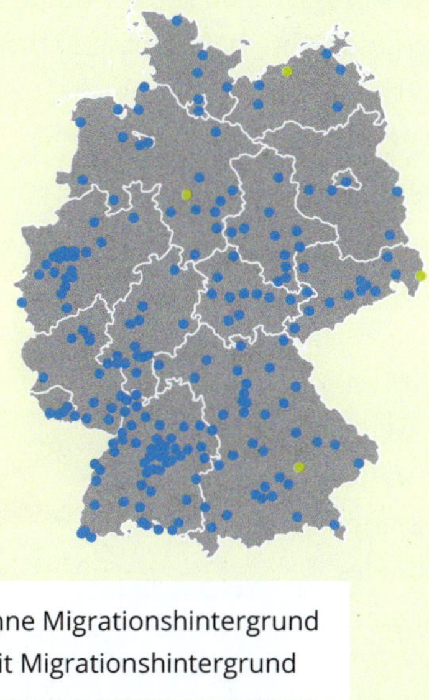

Nach: © Mediendienst Integration, 2022

Anteil der Abgeordneten mit Migrationshintergrund in Landesparlamenten im Jahr 2015 im Vergleich zur Bevölkerung mit Migrationshintergrund (in %)

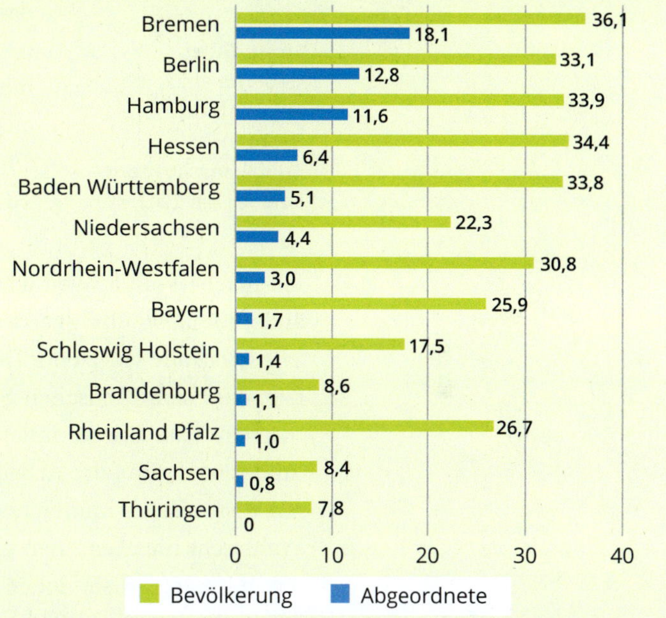

© C.C. Buchner Verlag, Datenquelle: Mediendienst Integration, 2015

M37 Wer sind die Abgeordneten mit Migrationshintergrund im Bundestag?

Der Anteil der Abgeordneten mit Migrationshintergrund im Deutschen Bundestag ist zum dritten Mal in Folge gestiegen, von 5,9% im Jahr 2013 über 8,2% im Jahr 2017 auf 11,3% im Jahr 2021. Hier äußern sich drei 2021 neu eingezogene Abgeordnete:

Politische Erfahrung bedeutet für mich zu wissen, wie es sich anfühlt im Asylheim zu wohnen und trotz der Barrieren Teil unserer städtischen Gesellschaft zu werden. [...]
Aber im Politbusiness brauchst du ein Umfeld, das dich stärkt und beschützt.

Nach: Taher Saleh, Kassem im Interview mit Czilwik, Sofie: Es könnte anders werden. In: www.zeit.de, 20.09.2021

Kassem Taher Saleh
Geboren am 1. Juni 1993 in Zakho, Irak
Diplom-Bauingenieur
Bundestagsabgeordneter für Bündnis90/Die Grünen

Der Begriff Migrationshintergrund
Die Verwendung der Bezeichnung „Migrationshintergrund" wird zunehmend kritisiert. Zum einen, weil sie fälschlicherweise nahelegt, dass alle so bezeichneten Personen selbst „Migrant:innen" sind, zum anderen weil sie diskriminierende Assoziationen (z. B. zur sozialen Lage) weckt. Eine Alternative ist „Einwanderungs-" oder „Migrationsgeschichte".

Serap Güler
Geboren am 7. Juli 1980 in Marl
Beamtin
Bundestagsabgeordnete für die CDU

[Mein Vater war als sogenannter Gastarbeiter Bergmann und lange Jahre Alleinverdiener.] Ohne Nachhilfe wäre es bei mir nicht gegangen. [...] Ich hatte aber nie das Gefühl, dass meine soziale Herkunft ein Hindernis war. [...] Meine Motivation war auch, dass ich mir dachte: Okay, ein Cem Özdemir hat es geschafft. Also kann man das schaffen. Es ist nicht einfach, er war ja lange der einzige. [...] Die Parteien müssen sich stärker um Menschen mit Einwanderungsgeschichte bemühen und diese dann auch für Ämter aufstellen.

Nach: Pauli, Ralf: „Eine Quote ist der falsche Weg". In: www.taz.de, 28.01.2021 und Leue, Vivien: Chancen und Hürden der Diversität. In: www.deutschlandfunk.de, 23.05.2021

Ich mache Politik, weil ich nicht nur etwas verändern will, sondern verbessern.
Wir sagen alle viel zu oft: Das ist unfair. Es ist unfair, dass sich Menschen Sorgen um ihre Rente machen, dass Pfleger:innen oder Erzieher:innen immer noch um faire Arbeitsbedingungen kämpfen und dass es immer noch kein kommunales Wahlrecht für Menschen gibt, die seit Jahrzehnten in unserem Land leben.

Rhie, Ye-One: Politikrtin. In: www.yeonerhie.de, Abruf am 07.04.2022

Ye-One Rhie
Geboren am 29. August 1987 in Aachen; Kommunikationswissenschaftlerin; Bundestagsabgeordnete für die SPD

M38 Woran scheitert mehr Repräsentation in den Parlamenten?

A Politische Strukturen und (vermeintliche) Bildungsferne als Hürden

Zum einen schließen die bestehenden Einwanderungs- und Einbürgerungsgesetze einen großen Teil der in Deutschland lebenden Zuwanderer/innen aus dem demokratischen Beteiligungsprozess aus. Zusätzlich dazu begreifen die Parteien erst allmählich, dass sie ohne Öffnung ihrer diskriminierenden Strukturen nicht nur Schwierigkeiten haben werden, neue Mitglieder zu gewinnen, sondern auch einen Legitimationsverlust hinnehmen müssen. [...] Dazu kommen ungleiche Ausgangsbedingungen für die Lebenswege der hier lebenden Menschen, die bereits in der Schule geschaffen werden. Das zeigt sich vor allem beim Übergang von der Grundschule auf eine weiterführende Schule. Schüler und Schülerinnen mit Migrationshintergrund wird oftmals – trotz guter Noten – das hohe Leistungsniveau an einem Gymnasium nicht zugetraut. Das Lehrpersonal und die Schulleitung begründen dies nicht selten mit der vermeintlichen Bildungsferne der Eltern. Allerdings gibt es auch eine Vielzahl migrantischer Eltern, die ihre Kinder zu besonders hohen Bildungsabschlüssen animieren, auch um damit ihren eigenen nichtverwirklichten Traum nachzuholen.

Singer, Theresa: Wer vertritt hier wen? Die Migrationsgesellschaft spiegelt sich in den Parlamenten nicht wider. In: www.heimatkunde.boell.de, 28.08.2019 [Text aus didaktischen Gründen modifiziert, Änderungen nicht gekennzeichnet]

B Fehlende Netzwerke, Vorbehalte und Rassismus als Hürden

Verschiedene Studien [...] haben in den vergangenen Jahren immer wieder gezeigt, dass sich Menschen mit Zuwanderungsgeschichte durchaus engagieren wollen – und sie tun das auch, allerdings vor allem in Sportvereinen, Kulturclubs, Kirchen und Moscheen. Warum nicht auch in der Politik? „Wenn man nicht einen seltenen Quereinsteiger-Weg wählt, muss man sich sehr früh dafür entscheiden, darauf zuarbeiten. Man muss sehr viel Zeit, [...] mitunter auch Geld investieren. Das ist etwas, was natürlich Hürden aufbaut [...]. Und die sind [...] größer für jemanden, der [...] nicht den familiären Hintergrund hat, wo schon der Onkel oder wer auch immer in der politischen Partei aktiv war, vielleicht mal ein kommunales Mandat hatte [...]". Einer, der diese Hürden schon genommen hat, ist Ibrahim Yetim. Der 56-Jährige ist Sohn türkisch-kurdischer Einwanderer, gelernter Bergmechaniker und seit 2010 SPD-Abgeordneter im nordrhein-westfälischen Landtag. Dreimal wurde er bisher als Direktkandidat ins Parlament gewählt. Zuvor war er jahrelang in Kommunalparlamenten aktiv, auch in der Gewerkschaft engagierte er sich. So baute Yetim wichtige Netzwerke auf [und holte den Wahlkreis, obwohl immer wieder intern gezweifelt wurde, ob das mit einem türkischen Namen auf einem Wahlplakat zu schaffen sei.] Yetim ist in Dinslaken geboren, in Duisburg aufgewachsen, hat in Essen studiert und wohnt heute mit seiner Familie im niederrheinischen Moers. Und trotzdem sei seine Partei nach der Landtagswahl gefragt worden: „Habt Ihr denn keinen Deutschen?" Rassismus begleite ihn und seine politische Arbeit seit jeher, sagt Yetim. Allerdings hätten die Angriffe und Beleidigungen zuletzt zugenommen.

Leue, Vivien: Chancen und Hürden der Diversität. In: www.deutschlandfunk.de, 23.05.2021

AUFGABEN

71079-243

1. Informiert euch in **M35** über den rechtlichen Zusammenhang von Staatsangehörigkeit und Wahlrecht. Vergleicht die Regelungen in Deutschland mit denen der anderen genannten Länder.
2. Analysiert die Daten in **M36** (→ Methodenglossar). Bezieht auch **M13** in Kapitel 1 (→ S. 30) mit ein.
   a) Stellt Vermutungen an, wodurch die Unterrepräsentation in den Parlamenten entstehen könnte.
   b) Sammelt Ideen, wie sich die Repräsentation von Personen mit Migrationshintergrund in den Parlamenten erhöhen ließe.
3. Arbeitet zu zweit und ermittelt jeweils aus **M38 A** und **M38 B** mögliche Hürden, die verhindern, dass mehr Menschen mit Migrationshintergrund in die Parlamente einziehen.
4. Ermittelt, inwiefern die drei Abgeordneten in **M37** in ihren Aussagen auf die in **M38** beschriebenen „Hürden" Bezug nehmen und worin sie jeweils eine Chance für mehr Repräsentation von Menschen mit Migrationsgeschichte sehen.
5. Simuliert die „Presseclub NRW" – Sendung mit Hilfe der Methodenkarte auf S. 294-296.
6. Verfasst anschließend Kommentare zum Tweet in **M34**, in denen ihr zur Forderung nach einem Wahlrecht auf allen Ebenen nach fünf Jahren Aufenthalt persönlich Stellung nehmt (→ **PUB, 6**).

F Aufgabe 4
Recherchiert zu den (politischen) Biografien der drei Abgeordneten und der Initiative Brandnew Bundestag. Präsentiert die Ergebnisse in einem Kurzvortrag.

Simulation einer „Presseclub NRW"- Sendung

I. Worum geht es?

Der Presseclub ist eine aktuelle Diskussionssendung, in der Journalist:innen mit unterschiedlichen Standpunkten ein aktuelles politisches Thema analysieren. Dabei entsteht ein sehr sachlicher Wettstreit um die Interpretation von politischen Vorgängen und Forderungen. Kira Celebi hat als Vertreterin des Integrationsrates der Stadt Dortmund in Kooperation mit Oskar Kameyer von „Die Vielen" zu einem „Presseclub NRW" eingeladen. Medienleute aus NRW diskutieren die Frage "Sollte das Wahlrecht auch ohne Staatsbürgerschaft ausgeübt werden dürfen? In einem anschließenden „Presseclub nachgefragt" können vertiefende Fragen aus dem Publikum per Chat-Funktion an die Runde gestellt werden. Die Sendung wird aus dem Studio des Lokalfernsehens ohne Publikum live gestreamt.

II. Geht dabei wie folgt vor:

Vorbereitungsbogen

71079-244

1. Schritt: Rollenaufteilung, Vorbereitung in Arbeitsgruppen

1. Verteilt die Rollen auf Arbeitsgruppen und ein Zweierteam, das die Moderation übernimmt.
2. Bereitet die übernommene Rolle mit Hilfe der Rollenkarte vor, indem ihr die Position klärt und mit Hilfe eures Wissens aus dem Kapitel weiter ausbaut. Recherchiert auch eigenständig, so dass ihr eure Position möglichst überzeugend vertreten könnt.
3. Entwickelt eine Argumentationsstrategie für „Minimal"- und „Maximalziele".
4. Notiert eure Position und Strategie mit Hilfe des im QR-Code hinterlegten Vorbereitungsbogens.
5. Trainiert euer Eingangsstatement.
6. Lest die anderen Rollenkarten und bereitet Fragen für die Anschlusssendung „Presseclub nachgefragt" vor.

2. Schritt: Durchführung des „Presseclubs NRW"

1. Wählt in jeder Gruppe ein Mitglied aus, das die Rolle übernimmt.
2. Alle anderen bereiten sich auf die Beobachtung vor, indem sie die jeweils nicht vorbereiteten Rollenträger so aufteilen, dass jede/r eine Rolle in den Fokus nimmt. Ziel ist es die zentralen Positionen und Argumente zu notieren, um sie anschließend einem „Argumentecheck" unterziehen zu können.
3. Simuliert den Presseclub NRW (ca. 15-20 Minuten)
4. Führt den „Presseclub nachgefragt" (auch) mit Hilfe der vorbereiteten Fragen durch.

3. Schritt: Auswertung

1. Findet euch in Gruppen derjenigen zusammen, die jeweils die gleiche Rolle beobachtet haben.
2. Nehmt den „Argumentecheck" (→ **PUB, 5**) vor und präsentiert eure Ergebnisse anschließend.

Rollenkarten

1 Kira Celebi (Integrationsrat) und Oskar Kameyer (Die Vielen), Moderation

Ihr moderiert den Presseclub NRW.

1. Bereitet euch auf die Gäste vor, indem ihr alle Rollenkarten lest und die Positionen analysiert: Wer vertritt welche Position? Wo sind Einigungen ggf. Kompromisse möglich? Wer steht sich gegenüber?
2. Bereitet die Eröffnung der Runde vor, indem ihr notiert:
   - Was ist der thematische Zusammenhang?
   - Wer sind die Gäste?
   - Wie soll der Einstieg in den ersten Diskussionsbeitrag eingeleitet werden?
3. Bereitet Impulsfragen für den Verlauf der Diskussion vor, mit denen ihr das Gespräch lenken und die Gäste miteinander vernetzen könnt.
4. Moderiert das Gespräch aktiv, indem ihr die Impulsfragen nutzt, die Gäste gezielt auffordert und möglichst alle gleichmäßig zu Wort kommen lasst.
5. Beendet die Gesprächsrunde mit einer kurzen Zusammenfassung und der Überleitung zum „Presseclub nachgefragt".
6. Moderiert den „Presseclub nachgefragt", indem ihr die Fragen aus dem Publikum an die Runde (ggf. gezielt Einzelnen) stellt.

2 Ebru Funke (Kölner Stadtanzeiger)

Du vertrittst die Position, dass eine Wahlberechtigung nur im Paket mit einer Einbürgerung zuerkannt werden sollte. Das hätte außerdem den Vorteil, dass damit auch der Zugang zu öffentlichen Ämtern ermöglicht würde. Auch das Argument, dass EU-Bürger:innen ohne deutschen Pass an Kommunalwahlen teilnehmen dürfen, überzeugt dich nicht. Das EU-Recht beruht auf Gegenseitigkeit. Ein Mensch aus Frankreich darf bei Kommunalwahlen in Deutschland teilnehmen und umgekehrt. Möchte man dieses Recht öffnen, müsste man mit zig Staaten Verträge aushandeln. Besser ist doch, den Menschen das Recht zu geben, stattdessen an allen wichtigen Wahlen im Land teilnehmen zu dürfen. Und das erhalten sie mit der Einbürgerung. Das Potenzial an einbürgerungsfähigen Personen in Deutschland müsste besser ausgeschöpft werden.

3 Tomasz Jozic (WDR/Cosmo TV)

Du bist der Auffassung, dass das Wahlrecht für Nichtstaatsangehörige die Integration fördern könnte, so dass in der Folge sogar mehr Personen bereit wären, sich einbürgern zu lassen. Offenbar ist es für viele Menschen ein großer Schritt, eine neue Staatsangehörigkeit anzunehmen, insbesondere, wenn sie ihre alte dafür abgeben müssen. Politische Partizipation siehst du als einen wesentlichen Aspekt der Integration an. Das Gefühl dazuzugehören, die Kommune, die Gemeinde, die Stadt und auch das Land mit gestalten zu können, führt ja dazu, dass Menschen sich auch stärker verantwortlich fühlen für das, wovon sie ein Teil sind. Wer das aktive Wahlrecht besitzt, kann einen viel stärkeren Bezug zur Mitwirkung durch Parteien entwickeln. Die kommunale Ebene hältst du für einen guten Anfang, jedoch nicht für hinreichend, da viele wichtige Themen (z. B. Bildung oder Sozialpolitik) auf der Landes- und Bundesebene entschieden werden.

4 Dr. Deniz Karabulut (Herforder Kreisblatt)

Du sprichst dich für ein Kommunalwahlrecht nach dreimonatigem Wohnsitz aus. Der Lebensmittelpunkt für jede und jeden ist für gewöhnlich in einer Kommune. Damit sind alle Menschen von dem, was Kommunalpolitik bestimmen kann, gleichermaßen betroffen. Menschen mögen keine Deutschen sein wollen oder sein dürfen (je nachdem, wen man fragt), gewiss aber sind sie mit einem dauerhaften Wohnsitz alle Duisburger, Kölner, Düsseldorfer, Ahlener, Harsewinkeler oder was auch immer. Du hältst es für nicht nachvollziehbar, dass etwa eine Schwedin, die vor drei Monaten nach Deutschland gezogen ist, auf kommunaler Ebene wählen darf, ein Inder, der hier seit der Kindheit lebt, aber nicht. Mehr als die Hälfte der Mitgliedstaaten der EU hat ein kommunales Wahlrecht für Drittstaatsangehörige eingeführt. Bei Landtags- und Bundestagswahlen befürwortest du eine längere Aufenthaltsdauer (5-8 Jahre).

5 Sandra Juniper (Generalanzeiger für Dortmund)

Nach deiner Auffassung ist es problematisch für eine Demokratie, wenn bei einer allgemeinen Wahl in Deutschland 13 bis 14 Prozent der Bevölkerung im wahlberechtigten Alter nicht teilnahmeberechtigt sind. Du sprichst dich daher dafür aus, das Wohnsitzprinzip, das für EU-Bürger:innen bereits auf kommunaler Ebene gilt, auch für Drittstaatsangehörige und auf das nationale Wahlrecht anzuwenden. Menschen sollten dort wählen dürfen, wo sie leben. Das ermögliche Zugewanderten und ihren Familien echte Mitbestimmung. Diejenigen, die in einem Land Steuern zahlen, das sie als ihren Lebensmittelpunkt wählen, sollen dort die politischen Rechte haben – dann aber nicht auch noch in dem Land, wo sie schon seit vielen Jahren nicht mehr wohnen. Du sprichst dich auch für eine deutlich kürzere Wartezeit als fünf Jahre aus.

6 Charlotte Lewis (NRW.TV)

Du vertrittst die Position, dass ein allgemeines Wahlrecht nach fünf Monaten Aufenthalt die Grundlage für eine bessere Repräsentation der Bevölkerung mit Migrationsgeschichte bedeutet. Erst wenn die Wählerschaft groß genug ist, werden die Parteien mehr Kandidaturen anbieten, mit denen sich der nicht unerhebliche Bevölkerungsanteil mit Migrationshintergrund identifizieren kann und von denen sie sich vertreten fühlen. Du selbst bist in Deutschland geborene US-Amerikanerin und empfindest es als diskriminierend, dass du zwar politisch im Personalrat, im Bezirksfrauenrat und Verdi-Migrationsausschuss aktiv bist, aber noch nie wählen durftest, noch nicht einmal bei der Kommunalwahl. Die Arbeit der Integrationsräte hältst du zwar für wichtig, siehst sie aber dennoch als „politischen Katzentisch". Ein kommunales Wahlrecht auch für Drittstaatsangehörige könnte ein guter Zwischenschritt zur Partizipation auf Augenhöhe sein.

7 Ludger Heuwinkel (Antenne Unna)

Du sprichst dich gegen ein Wahlrecht ohne Staatsangehörigkeit aus. Zum einen hältst du eine dafür nötige Verfassungsänderung für wenig durchsetzbar. Andererseits befürchtest du, dass durch die Teilnahme an Wahlen (auch auf kommunaler Ebene) autoritäre Staaten wie die Türkei oder Russland über ihre Staatsangehörigen Einfluss nehmen könnten. Um die Repräsentation in den Parlamenten zu erhöhen, würdest du andere Wege gehen, z. B. die Parteien zu Quoten verpflichten oder mit Aktionsbündnissen wie „Brandnew Bundestag" zusammenarbeiten. Medienschaffende könnten sich verstärkt dafür einsetzen, dass Kandidierende mit Migrationshintergrund bekannter werden.

Bearbeiterin

WAS WIR KÖNNEN

Statements in den sozialen Medien zur Migration und Integration prüfen und kommentieren

Davide
@TheDavide
21 Stunden

Die meisten Migrant:innen sind #Wirtschaftsflüchtlinge und wollen offenbar nach #Deutschland kommen. Sie nehmen dafür sehr weite und gefährliche Wege auf sich. Ich finde es einerseits großartig, dass Deutschland auf der ganzen Welt so beliebt ist. Aber fehlen denn die #Arbeitskräfte dann nicht anderswo? Denkt doch mal global!

Segelmarathonista
@Segelmarathonista
17. November

Der Sporthersteller #Decathlon hat den Verkauf von #Sportbooten am #Ärmelkanal eingestellt. Wisst ihr warum? Weil zu viele Geflüchtete versuchen mit Mini-Kajaks von Frankreich nach Großbritannien überzusetzen und dann ertrinken. Es kann doch nicht sein, dass so eine Firma auf diese Weise reagieren muss und die Regierungen der Länder keine #Lösung finden. Gibt es dieses „Dublin-Verfahren" nicht mehr?

Mit Mission 21
8. März 2022

Es ist gut, dass die Geflüchteten aus der Ukraine unkompliziert aufgenommen werden und Zugang zum deutschen Arbeitsmarkt haben. Wir müssen jetzt aber auch politische Projekte wie das Punktesystem und das Wahlrecht mit Wohnsitz umsetzen und ihnen eine langfristige Perspektive geben.

53 Gefällt mir

#Triparoundtheworld
5. Mai 2022

Kennt jemand noch Gründe, weswegen es die doppelte Staatsbürgerschaft noch geben sollte? In Deutschland können alle einfach mehrere Pässe in der Tasche haben und dann gleich mehrfach wählen. Gilt nicht mehr „one man one vote"? Ich bin für die Abschaffung dieser Privilegien. Für mich ist das nur noch Rosinenpickerei.

53 Gefällt mir

Bearbeiterin

AUFGABEN

1. Lest die oben stehenden Aussagen in den sozialen Medien und wählt zwei aus, die ihr vor dem Hintergrund eures Wissens überprüfen und kommentieren wollt. Schlagt nochmals im Buch und in euren Unterlagen nach.
2. Verfasst jeweils einen Kommentar, der eine Richtigstellung bzw. differenzierte Sicht sowie eine persönliche Stellungnahme beinhaltet.

Ein Streit über Frieden am Abendbrottisch

An einem Dienstagabend sitzt Familie Heise-Atay am Abendbrottisch, als bei Sandra Heise das Smartphone klingelt und ihre Tochter Lara (24) per Video anruft.
Lara ist Bundeswehrsoldatin und gerade im Rahmen der NATO-Mission Enhanced Forward Presence (Verstärkte Nachvornepräsenz) an der Ostflanke in Litauen stationiert. Sie berichtet, dass die Mission in höchste Alarmbereitschaft versetzt wurde.
Die Eltern sind besorgt, wollen sich das aber Lara gegenüber nicht anmerken lassen. Und so sagt die Mutter zum Abschied: „Lara, wir sind stolz auf dich, dass du dich so für den Frieden einsetzt!"
Da platzt es aus Mats (17), Laras Bruder heraus: „Das ist doch völliger Quatsch! Das, was Lara da macht, hat doch mit Frieden gar nichts zu tun! Habt ihr denn gar nicht mitgekriegt, was in der Welt gerade passiert?"
Mit dem Frieden am Abendbrottisch ist es in diesem Moment jedenfalls vorbei, denn es entsteht eine hitzige Diskussion.

Friedens- und Sicherheitspolitik: Wie sollen internationale Konflikte gelöst werden?

8

Frieden und Sicherheit – das sind zwei Zustände, die wir uns für unser Leben in dieser Welt wünschen. In Europa leben wir seit dem Ende des Zweiten Weltkriegs weitestgehend in Frieden. Dies änderte sich im Februar 2022 mit dem Krieg in der Ukraine. Anderswo auf der Welt leben viele Menschen seit Jahrzehnten mit Krieg, z. B. in Afghanistan oder in Syrien. Und auch wenn diese Konflikte erst einmal weit weg erscheinen, so betreffen sie auch uns in Deutschland. Als Mitglied in den Vereinten Nationen und als Bündnispartner der NATO setzt sich Deutschland für Frieden in der Welt ein – mit politischen, aber auch mit militärischen Mitteln. Aber lässt sich Frieden überhaupt herstellen? Und wenn ja, wie könnte das gehen? Diese Fragen sind Gegenstand dieses Kapitels.

Am Ende des Kapitels solltet ihr Folgendes können:

- unterschiedliche Vorstellungen von Frieden und Krieg erklären
- Erscheinungsformen und Ursachen internationaler Konflikte, Krisen und Kriege am Beispiel des Krieges in der Ukraine erläutern
- Möglichkeiten und Grenzen der Friedenssicherung durch die UNO und die NATO beschreiben
- die unterschiedlichen Rollen und Aufgaben der Bundeswehr vor dem Hintergrund sicherheitspolitischer Ziele benennen
- die Bedeutung einer internationalen Friedens- und Sicherheitspolitik zur Abwehr aktueller Bedrohungslagen und zur Sicherung eines friedlichen Zusammenlebens beurteilen

WAS WISST UND KÖNNT IHR SCHON?

71079-245

1. Bildet Dreiergruppen. Lest euch die Situation am Abendbrottisch der Familie Heise-Atay durch. Stellt Vermutungen an, worum es bei dem Streit geht. Notiert eure Vermutungen und tauscht euch darüber in der Klasse aus.
2. Formuliert Fragen zum Kapitelthema und sammelt sie auf einem Poster oder in einer Datei. Beantwortet eure Fragen soweit wie möglich im Laufe des Kapitels. Haltet eure Antworten auf dem Poster oder in der Datei schriftlich fest.

Ein „Mystery" zu Krieg und Frieden lösen

I. Worum geht es?

Im Alltag begegnet uns oft eine ungeordnete Informationsflut. Wir müssen selbst versuchen, uns darin zurecht zu finden, Antworten auf Fragen zu finden und die Zusammenhänge herzustellen. Bei politischen und wirtschaftlichen Fragen sind die Antworten und Zusammenhänge häufig komplex und es ist nützlich, möglichst viele Informationen einzubeziehen. Es ist auch nicht immer möglich, nur eine richtige Antwort zu finden. Mit einem Mystery lässt sich gemeinsam üben, passende Informationen auszuwählen, zusammenzufügen und Antworten tiefergehend zu begründen.

II. Geht dabei so vor:

1. Schritt: Vorbereitung

1. Arbeitet in Kleingruppen (3-4 Personen).
2. Seht euch noch einmal eure Vermutungen zum Streit bei Familie Heise-Atay auf der Einführungsseite an: Worum geht es bei diesem Streit?

↓ ↓ ↓

2. Schritt: Mystery-Karten bearbeiten

Mystery-Karten zu Krieg und Frieden

71079-246

Überprüft eure Vermutungen mit Hilfe der Karten (→ links stehender QR- und Mediencode), indem ihr wie folgt vorgeht:

1. Wählt die Karten aus, die euch dabei helfen können, die Frage zu beantworten.
2. Ordnet die ausgewählten Karten sinnvoll an.
3. Zusätzliche Informationen, die euch bei der Beantwortung der Frage weiterhelfen können, findet ihr in den folgenden Materialien des Kapitels: **M2, M5-M8, M12, M13, M24, M28a+c, M29, M33, M34**.
4. Verbindet die Karten und zusätzliche Informationen mit Pfeilen und beschriftet sie, um die Zusammenhänge deutlich zu machen.
5. Haltet euer Schaubild als Foto fest.

↓ ↓ ↓

3. Schritt: Antwort formulieren

Formuliert mit Hilfe eures Schaubildes eine ausführliche Antwort auf die Ausgangsfrage.

→

4. Schritt: Präsentation und Reflexion

Stellt euch eure Ergebnisse in der Klasse vor. Diskutiert die Gemeinsamkeiten und Unterschiede. Überprüft, wie gut begründet und wie reichhaltig bzw. komplex eure Ergebnisse sind.

Bearbeiterin

8.1 Unterschiedliche Vorstellungen von Frieden und Krieg

8.1.1 Frieden oder Krieg: Wie lässt sich das abgrenzen und wie Frieden gestalten?

Zum Thema: Wo hört Frieden auf und wo fängt Krieg an? Welche Bedingungen braucht es für echten Frieden, und welche Ursachen haben kriegerische Auseinandersetzungen? Mit diesen Fragen beschäftigt ihr euch in diesem Kapitel.

M1 Unterschiedliche Vorstellungen vom Weg zum Frieden

1

Es gibt keinen Weg zum Frieden, denn Frieden ist der Weg.

Wer auf den Krieg vorbereitet ist, kann den Frieden am Besten wahren.

Mahatma Gandhi

Bearbeiterin

2

George Washington

EINSTIEGSAUFGABE 71079-247

Lest die beiden Zitate und vergleicht sie mit Laras und Mats' Aussagen am Abendbrottisch (→ S. 298). Welchem Zitat würde Mats zustimmen, welchem Zitat Lara? Welchem Zitat stimmt ihr eher zu? Begründet eure Position.

M2 Wann herrscht Frieden, wann ist Krieg? 71079-248

a) Positiver und negativer Frieden

Die Unterscheidung der Begriffe „positiver" und „negativer" Frieden geht auf den norwegischen Friedensforscher Johan Galtung zurück.
Das Wort „negativ" beinhaltet dabei keine Wertung, sondern bezieht sich auf die Abwesenheit von bestimmten Umständen. Demnach herrscht dann ein negativer Frieden, wenn die Abwesenheit von Krieg oder kriegerischen Umständen besteht. Man könnte sagen, es handelt sich dabei um einen Zustand des Friedens, der von einer Gesellschaft mehr oder weniger passiv gelebt wird, und nicht um einen aktiven Prozess. Dagegen handelt es sich beim positiven Frieden folglich nicht nur um einen Zustand, sondern um einen langwierigen Prozess, den eine Gesellschaft aktiv gestaltet. Dazu gehört, gegen Diskriminierung und gegen eine ungleiche Verteilung von Einkommen, Bildungschancen und Lebenserwartungen vorzugehen. Positiver Frieden bedeutet, eine Gesellschaft bemüht sich genau den Ursachen entgegenzuwirken, die Kriege hervorrufen können. Dementsprechend bekämpft eine Gesellschaft Armut, sorgt für Gerechtigkeit und dämmt Gewalt ein.

Bearbeiter

Asymmetrischer Krieg
Krieg, in dem die Konfliktparteien sehr unterschiedlich aufgestellt sind (organisatorisch, strategisch, Ausstattung mit Waffen)

Guerilla
Aufständische Einheiten, die gegen eine Besatzungsmacht oder die eigene Regierung kämpfen

b) Ist Krieg gleich Krieg? Der Wandel des Kriegsbildes

Krieg bedeutet, Interessenkonflikte zwischen a) Staaten (zwischenstaatlicher Krieg), b) Bevölkerungsgruppen (Bürgerkrieg) oder zwischen c) Staaten und einzelnen Bevölkerungsgruppen (asymmetrischer Krieg) mit Waffengewalt auszutragen.
Auch wenn das Kriegsgeschehen auf der Welt unübersichtlich ist, lassen sich doch Entwicklungen herauslesen: So wurden in den vergangenen Jahren (trotz des Krieges in der Ukraine) nur noch sehr wenige zwischenstaatliche Kriege ausgetragen, bei denen sich zwei Staaten mit militärischen Großverbänden bekämpfen. Die überwiegende Anzahl von Kriegen sind heute innerstaatliche oder asymmetrische Kriege: Lokale Warlords, Rebellen- und Guerillagruppen, „Befreiungsarmeen" und internationale Terrornetzwerke tragen organisierte militärische Gewalt in die Mitte der Gesellschaften hinein, von der aus sie die staatliche Ordnung oder eine Besatzungsmacht bekämpfen.

Bearbeiter

M3 Ursachen für kriegerische Konflikte – eine Auswahl ...

A Fragile Staaten und rechtsfreie Räume

[F]ragile und von Konflikten betroffene Staaten [stellen] ein regionales und internationales Sicherheitsrisiko dar.
Wenn staatliche Strukturen nicht mehr funktionieren, entstehen rechtsfreie Räume, die von Banden der organisierten Kriminalität und terroristischen Netzwerken genutzt werden.
Generell gelten jene Staaten als fragil (zerbrechlich), in denen die Regierung nicht willens oder in der Lage ist, staatliche Grundfunktionen im Bereich Sicherheit, Rechtsstaatlichkeit und soziale Grundversorgung [wie den Zugang zu Bildung und zum Gesundheitswesen] zu erfüllen.

Bundesministerium für wirtschaftliche Zusammenarbeit und Entwicklung: Definition von fragiler Staatlichkeit. In: www.bmz.de, Abruf am 28.03.2022 (Reihenfolge geändert)

B Kampf um natürliche Ressourcen

[Ein Beispiel:] Im nigerianischen Bundesstaat Benue treffen die nomadischen Viehzüchter des Stammes der Fulani, die in den trockenen Sommermonaten ihre Tiere auf die Wiesen der wasserreicheren Region treiben, die dort sesshaften Bauern. Doch durch höhere Bevölkerungszahlen und die Folgen des Klimawandels sind die überlebenswichtigen Ressourcen der Region knapp geworden – zu knapp, um sowohl die Bauern als auch die Viehzüchter zu versorgen. [...] Allein 80 Morde zählte man im Januar 2018 in Benue, die zumeist von verfeindeten Bauern und Viehzüchtern, die sich um den Zugang zu Wasser und Futtermitteln stritten, an Mitgliedern der jeweils anderen Gruppe verübt wurden.
Konflikte dieser Art finden sich in der gesamten Sahelregion im Westen Afrikas. Gekämpft wird hier nicht um Territorium oder aufgrund religiöser Konflikte, sondern um den Zugang zu Ressourcen. Die sich abzeichnende Wasserarmut in heißen Regionen wird sich in Zukunft weiter verschärfen. [...]
[A]uch im Jahr 2040 [werden] ungefähr drei Viertel der Energie aus fossilen Rohstoffen stammen. Dies macht den Zugang zu Öl, Kohle und Gas zu einem weiterhin konfliktträchtigen und politisch brisanten Thema, vor allem, weil 2030 rund zwei Drittel der Öl- und Gasförderung aus den Golfstaaten sowie dem Iran und dem Irak kommen werden. In der Folge ist die Kontrolle der Pipelines und Schiffsrouten für die importierenden Staaten von entscheidender Bedeutung.

Stiftung Jugend und Bildung in Zusammenarbeit mit dem Bundesministerium der Verteidigung (BMVg) (Hg): Frieden und Sicherheit. Schülermagazin 2019. Januar 2019, S. 12

C Neue Akteure – neue Waffen – neue Kriege?

[I]n einer globalisierten Welt, in der sich Menschen, Waren und Dienstleistungen immer schneller und flexibler fortbewegen, sind auch die Waffen und ihre Entwicklung Globalisierungsprozessen unterworfen. Sowohl staatliche Akteure als auch regionale Gruppen und Terroristen können über Massenvernichtungswaffen verfügen. [...]
Das Internet stellt eine neue Dimension dar, in der Kriege geführt werden können. Dabei richten sich die Angriffe durch Cyberwaffen wie Computerviren und Bots gegen Regierungsnetzwerke, Infrastruktur oder geheime Forschungsanlagen. Desinformationen, wie Fake News oder Hassreden im Netz führen dazu, dass die Bürgerinnen und Bürger eines Staates ihrer Regierung zunehmend misstrauen und sie unter Umständen sogar aktiv bekämpfen. Dies führt dazu, dass das staatliche Gefüge scheinbar von innen destabilisiert wird. Urheber können Einzelne, Terroristen, nichtstaatliche Gruppen oder Regierungen sein.

Stiftung Jugend und Bildung in Zusammenarbeit mit dem Bundesministerium der Verteidigung (BMVg) (Hg): Frieden und Sicherheit. Schülermagazin 2019. Januar 2019, S. 8

D Machtansprüche und Gegensätze von Interessen

Klassisch wurden Kriege zwischen Staaten ausgetragen. Ursachen für derartige Konflikte sind häufig die Konkurrenz um Gebiete und Grenzen, also der Anspruch auf bestimmte Territorien, und die Durchsetzung von eigenen (politischen oder wirtschaftlichen) Interessen. Auch der Kampf um die Vormachtstellung in einer Region ist häufig Ursache für Konflikte. Nicht zuletzt versuchen Machthabende durch externe Konflikte von Problemen im eigenen Land abzulenken.

Bearbeiterin

Kant: „Zum ewigen Frieden"
In der Schrift „Zum ewigen Frieden" (1795) beschreibt Immanuel Kant den Unterschied zwischen echtem und unechtem Frieden. Demnach führt ein Waffenstillstand nur zu einem unechten Frieden. Stattdessen müsse ein echter Friedensbund ausgehandelt werden, an den sich die Kriegsparteien halten und der die Konflikte löst.

AUFGABEN

71079-249

1. Bildet Kleingruppen für „Frieden" und „Krieg".
   a) Beschreibt zunächst, was Frieden bzw. Krieg für euch bedeuten.
   b) Lest entweder **M2a** oder **M2b** und erläutert in der „Friedensgruppe" den Unterschied zwischen negativem und positivem Frieden und in der „Kriegsgruppe", wie sich das Kriegsbild geändert hat.
   c) Vergleicht eure eigenen Beschreibungen (1a) mit den Definitionen in **M2**.
   d) Stellt einer jeweils anderen Gruppe euer Ergebnis vor.
2. a) Arbeitet zu zweit mögliche Ursachen für Konflikte und Kriege aus **M3** heraus.
   b) Stellt den Zusammenhang zwischen friedensgefährdenden Ursachen (**M2b**, **M3**) und friedensbildenden Bedingungen (**M2a**) grafisch dar.
3. Der russische Präsident Putin nennt den Angriff auf die Ukraine im Februar 2022 „eine militärische Sonderoperation zur Friedenssicherung". Westliche Staaten sprechen von einem „Krieg". Beurteilt in der Klasse, inwiefern sich die Begriffe „Frieden" und „Krieg" voneinander klar abgrenzen lassen.

F Aufgaben 1-3
Recherchiert nach aktuellen Konflikten oder Kriegen auf der Welt und untersucht, welche Ursachen dem Konflikt/Krieg zugrundeliegen.

8.1.2 Analyse eines kriegerischen Konflikts: Der Krieg in der Ukraine – gibt es eine Friedensperspektive?

Zum Thema: Am 24. Februar 2022 greifen russische Truppen das Staatsgebiet der Ukraine an, es herrscht Krieg in Europa. Aber wie kam es dazu? Und was hat die EU damit zu tun? Diese Fragen sind Gegenstand dieses Kapitels.

M4 Vom Konflikt zum Krieg in der Ukraine …

1

Massenproteste im Winter 2013/2014 auf dem Maidanplatz in der ukrainischen Hauptstadt Kiew, gegen Korruption und gegen die Entscheidung des damaligen Präsidenten, ein Assoziierungsabkommen mit der EU nicht zu unterzeichnen. Bei den gewaltsamen Auseinandersetzungen sterben rund 100 Menschen.

2

2014 hatten pro-russische Separatisten in den Gebieten Donezk und Luhansk „unabhängige Volksrepubliken" ausgerufen. In dem folgenden bewaffneten Konflikt sterben mehr als 13.000 Menschen. Unterstützer demonstrieren mit russischen Flaggen in Luhansk, Mai 2019.

3

Ein durch Angriffe der russischen Armee vollkommen zerstörtes Gebäude in Mariupol, 26.03.2022. Menschenrechtsorganisationen und andere sprechen von Kriegsverbrechen.

4

Familien fliehen vor dem Krieg, 04.03.2022 nahe der polnisch-ukrainischen Grenze bei Przemysl. Nach rund vier Wochen Krieg waren bis Ende März 2022 bereits knapp vier Millionen Ukrainer:innen aus ihrem Heimatland geflohen, vor allem Frauen und Kinder.

EINSTIEGSAUFGABEN

71079-251

1. Stellt mit Hilfe der Bilder und ihrer Beschreibungen Vermutungen darüber an, worum es im Krieg in der Ukraine geht (**M4**).
2. Tragt euer Vorwissen zu diesem Krieg in der Klasse zusammen. Sammelt Fragen, die ihr zu dem Konflikt habt. Beantwortet eure Fragen soweit wie möglich während der Bearbeitung dieses Kapitels. Sammelt eure Erkenntnisse in einer KWL-Tabelle (→ links stehender QR- und Mediencode).

KWL-Tabelle: Das weiß ich schon, das will ich wissen, das habe ich gelernt

71079-250

M5 Hintergrund: der Konflikt in der Ukraine

71079-252

1 Nach der Gründung der Sowjetunion (1922) wird die Ukraine Teil der UdSSR (→ Textkasten). Die Ukrainische Sowjetrepublik umfasste die Territorien mit einer ukrainischen Bevölkerungsmehrheit. Ihre Kompetenzen waren beschränkt und sie musste sich der Herrschaft der kommunistischen Partei unterordnen.

2 Nach dem Fall der Sowjetunion wird die Ukraine 1991 ein unabhängiger Staat. Danach verortet sich das Land in der internationalen Politik zwischen Neutralität, (westlicher) Identitätsbildung und pragmatischen Beziehungen zu Russland.

3 Während der „Orangenen Revolution" im Jahr 2004 gehen Hunderttausende auf die Straßen gegen Wahlbetrug, korrupte Eliten und für Reformen. Im Wahlverhalten zeigt sich lange, dass westlich orientierte Politiker:innen in der West- und Nordwestukraine Zustimmung erhalten, die Bevölkerung im Osten der Ukraine aber mehrheitlich pro-russische Politiker:innen unterstützt.

4 Im Spätherbst 2013 verweigert der damalige ukrainische Präsident unter russischem Einfluss die Unterzeichnung eines Assoziierungsabkommens mit der EU. Dies führt zu monatelangen Demonstrationen für einen pro-europäischen Kurs auf dem Kiewer Unabhängigkeitsplatz, dem sogenannten Maidan. Experten:innen schätzen, dass die eigentliche Ursache für die Proteste in der großen Unzufriedenheit der Menschen mit dem korrupten und autoritären Regime liegt.

5 Im Februar 2014 spitzen sich die Auseinandersetzungen gewaltsam zu – auch auf der ukrainischen Krim. Russland besetzt in der Folge die Halbinsel unter Zustimmung der mehrheitlich russischen Krim-Bevölkerung und gliedert sie anschließend ins russische Staatsgebiet ein. International wird dies als Bruch des Völkerrechts angesehen. Als Folge verhängen die EU und die USA Sanktionen gegen Russland. Im April 2014 demonstrieren im Osten und Süden der Ukraine Zehntausende für den Anschluss an Russland. Im Osten der Ukraine, im sogenannten Donbas, werden die „Volksrepubliken" Donezk und Luhansk ausgerufen. Es kommt zu kriegerischen Auseinandersetzungen zwischen der ukrainischen Armee und den pro-russischen Separatisten.

6 Der Konflikt kommt nicht zur Ruhe. Verschiedene Vermittlungsversuche und Friedenspläne („Minsker Abkommen"), unter anderem unter deutscher Vermittlung, haben keinen nachhaltigen Erfolg, der Waffenstillstand wird immer wieder gebrochen. Im September 2017 tritt das Assoziierungsabkommen mit der EU in Kraft.

Assoziierungsabkommen
Hier: ein Vertrag zwischen einem Staat (Ukraine) und einer Gemeinschaft von Staaten (EU) zur besseren Zusammenarbeit auf unterschiedlichen Ebenen

Korrupt
Bestechlich

Autoritär
Hier: unbedingten Gehorsam fordernd

UdSSR
Die Sowjetunion, die auch UdSSR genannt wurde, war von 1922 bis 1991 ein Staat in Osteuropa und in Asien. Die Abkürzung UdSSR stand für „Union der Sozialistischen Sowjetrepubliken". Neben Russland gehörten Belarus und die Ukraine dazu sowie 12 weitere Staaten. [...] Die Sowjetunion entwickelte sich schnell zu einer Diktatur, in der die kommunistische Partei das Sagen hatte. [...] Nach dem Zweiten Weltkrieg stieg die Sowjetunion zur zweiten Supermacht neben den USA auf. [...] Unter Führung der Sowjetunion wurde 1955 der Warschauer Pakt gegründet. Mit dem militärischen Bündnis wollte die Sowjetunion ein Gegengewicht zur NATO bilden und ihre Macht in Osteuropa absichern. Die UdSSR hatte Jahrzehnte lang mit großen wirtschaftlichen Problemen zu kämpfen. [...] 1991 zerfiel [sie]. Zum Jahresbeginn 1992 entstanden auf dem Gebiet der ehemaligen Sowjetunion 15 neue unabhängige Staaten. Das heutige Russland [und die Ukraine] gehör[en] zu den Nachfolgestaaten der UdSSR.

Toyka-Seid, Christiane: Sowjetunion. In: www.hanisauland.de, Abruf am 28.03.2022

Donbas/Donbass
Die russische und ukrainische Schreibweise für das Donezbecken unterscheiden sich: Donbas (=ukrainisch), Donbass (=russisch).

Völkerrecht
Rechtsordnung für alle Staaten der Welt, vor der jeder Staat gleichrangig ist; regelt die Beziehungen zwischen den Staaten. Dem Völkerrecht liegt die Charta der Vereinten Nationen als Basis zugrunde (→ S. 325, **M24**).

Das Abkommen stärkt die politischen und wirtschaftlichen Beziehungen zwischen der Ukraine und der EU. 2019 bringt eine erneute Einigung über eine Waffenruhe und Gefangenaustausch u.a. mit dem neu gewählten ukrainischen Präsidenten Wolodymyr Selenskyj nur kurzzeitig Entspannung.

7 Im Verlauf des Jahres 2021 spitzt sich die Lage immer weiter zu, als Russland seine Truppen an der Grenze zur Ostukraine verstärkt. Die NATO versetzt ihre Einsatzkräfte im Baltikum in erhöhte Alarmbereitschaft. Der russische Präsident Wladimir Putin fordert Sicherheitsgarantien von der NATO (darunter den Verzicht auf eine NATO-Osterweiterung) und im Folgenden den Abzug der NATO-Truppen aus Rumänien und Bulgarien.

8 Die diplomatischen Bemühungen im Ukraine-Konflikt gehen weiter: Gespräche gibt es zwischen deutschen, französischen, russischen und ukrainischen Vertreter:innen. Am 21.02.2022 erkennt Putin die Unabhängigkeit und Souveränität der Volksrepubliken Donezk und Luhansk an und bricht damit die Vereinbarungen des Minsker Abkommens. Die EU-Staaten, die USA und weitere Länder reagieren mit scharfen Sanktionen.

9 Am 24.02.2022 greift die russische Armee die Ukraine an. Die Ukrainer:innen leisten erbitterten Widerstand gegen die Angriffe sowohl aus der Luft als auch durch russische Bodentruppen. Dabei werden neben militärischen Zielen auch Wohnblocks, Schulen und Krankenhäuser bombardiert. Nach Angaben des UN-Flüchtlingswerkes sind bis Ende März 2022 knapp vier Millionen Ukrainer:innen aus ihrem Heimatland geflohen, rund 6,5 Millionen sind innerhalb der Ukraine auf der Flucht. Die westliche Welt reagiert geschlossen mit mehreren Sanktionspaketen bisher nicht bekannten Ausmaßes. Zudem unterstützt sie die Ukraine mit Waffen und humanitärer Hilfe.

Bearbeiterin

M6 Zur Lage der Ukraine: zwischen West und Ost?

a) Sprachen in der Ukraine

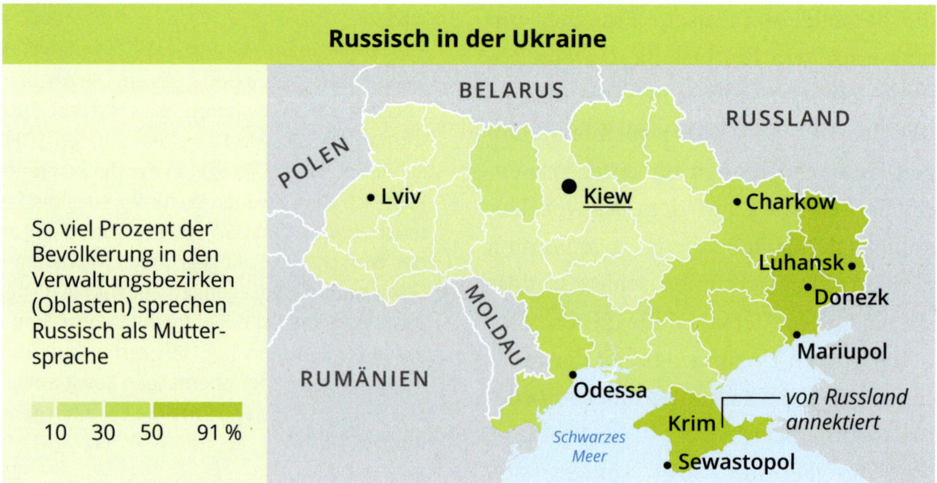

Nach: Globus Grafik 015262, Quelle: Ukrainische Regierung, Zensus 2001

b) Zwischen NATO und Russland

©C.C. Buchner Verlag, aktuelle Daten nach: NATO HQ, 2021

NATO
→ S. 316 f., **M15**, **M16**

M7 Wer sind die Konfliktparteien innerhalb der Ukraine?

1 Ukrainische Regierung

Die Regierung unter Präsident Wolodymyr Selenskyj (seit 2019) bemühte sich um eine Annäherung an den Westen, hielt aber gleichzeitig an Friedensgesprächen mit Russland fest. Gegen den russischen Angriff (Februar 2022) leistet sie – für viele überraschend erfolgreich – erbitterten Widerstand.

Kurz nach Kriegsbeginn unterzeichnet Selenskyj den offiziellen Antrag zur Aufnahme in die EU. 2008 wurde der Ukraine ein Beitritt zur NATO in Aussicht gestellt. Vom Westen fordert Präsident Selenskyj vehement und öffentlichkeitswirksam – auch stärkere militärische – Unterstützung und kritisiert die zögerliche Haltung. In den ersten Kriegswochen rückt Selenskyj von der Forderung einer NATO-Mitgliedschaft ab (auch weil die NATO zurückhaltend reagiert) und zeigt sich bereit, über einen neutralen Status der Ukraine und die Zukunft der Krim sowie der Volksrepubliken Donezk und Luhansk zu verhandeln. Zuvor hatte man den direkten Dialog mit den Separatisten abgelehnt. Im Gegenzug fordert er Sicherheitsgarantien von Russland und dem Westen.

Bearbeiterin

2 Pro-Russische Separatisten in Donezk und Luhansk

Im Donbas leben besonders viele Menschen, die Russisch sprechen und russische Vorfahren haben. Ihre Bindung zu Russland ist eng, was sich auch im Wählerverhalten zeigt. Nach der Annexion der Krim kämpfen einige von ihnen in der Ostukraine für eine Unabhängigkeit. Im Mai 2014 rufen sie nach einer (umstrittenen) Volksabstimmung die unabhängigen Volksrepubliken Donezk und Luhansk aus, die von der ukrainischen Regierung in Kiew und international nicht anerkannt werden.

Bearbeiterin

M8 Was sind die internationalen Interessen im Ukraine-Konflikt?

Russland Russlands Präsident Putin betont immer wieder die enge Verbindung zwischen Russland und der Ukraine. Die Abkehr der Ukraine von einer Russland-Orientierung in Richtung EU und NATO gilt aus russischer Sicht als erheblicher Machtverlust. Die Unterstützung der Ukraine durch den Westen ordnet er als westlichen Angriff auf Russlands Souveränität ein und sieht seine globale Bedeutung als Weltmacht bedroht. In einer Rede an die Nation (21.02.2022) stellt er die „echte Staatlichkeit" der Ukraine in Frage und bringt seinen Unmut über den westlichen Einfluss in dem Land zum Ausdruck. Die abtrünnigen Regionen Donezk und Luhansk waren bereits zuvor stark unterstützt worden, unter anderem durch die Ausgabe vieler Hunderttausend russischer Pässe an die Donbas-Bewohner.

Bei einer Einmischung der NATO zur Unterstützung der Ukraine droht Moskau mit dem Einsatz von Nuklearwaffen. Kritische Medienberichte im Land werden (u.a. durch ein neues Gesetz) unterbunden, z.B. darf nicht von einem „Krieg", sondern nur von einer „Spezialoperation" berichtet werden.

Europäische Union Seit Mitte der 1990er Jahre gibt es enge Verbindungen zwischen der EU und der Ukraine. Durch das Assoziierungsabkommen (seit 2017 in Kraft), werden engere politische und wirtschaftliche Bindungen sowie die Achtung gemeinsamer europäischer Werte gefördert. Einen schnellen Beitritt der Ukraine lehnt die EU jedoch ab.

Nach Kriegsbeginn leistet die EU umfangreiche Unterstützung für die Ukraine (auch in Form von Waffenlieferungen) und verhängt massive Sanktionen gegen Russland. Deutschland gibt – auf Druck vieler Staaten – das umstrittene deutsch-russische Projekt der Gaspipeline Nord Stream 2 nach langem Zögern auf und bemüht sich, die Abhängigkeit von russischen Energielieferungen schnellstmöglich zu beenden. Ein Importstopp von Kohle und Gas (und damit ein Ende der Zahlung von mehreren 100 Millionen Dollar täglich an russische Gaskonzerne) wird in den ersten Kriegswochen jedoch nicht verhängt. Die Zusammenarbeit mit russischen Wissenschafts- und Kultureinrichtungen wird gestoppt. Die EU-Länder nehmen Millionen Flüchtlinge auf, vor allem die Anrainerstaaten. Die EU fordert Russland auf, sich aus der Ukraine zurückzuziehen und die Gewalt sofort einzustellen und bemüht sich um diplomatische Vermittlung.

Nord Stream 2

Nord Stream 2 ist eine Gaspipeline, die direkte Gaslieferungen von Russland nach Deutschland ermöglicht, genau wie die bereits 2011 in Betrieb genommene Pipeline Nord Stream 1. Die Ukraine, die bisher als Transitland von Gaslieferungen durch Einnahmen profitierte, wird dabei umgangen. Kritisiert wurde Deutschland als inkonsequent, weil es einerseits die Ukraine mit zivilen und militärischen Mitteln unterstützt. Andererseits beharrte es lange auf dem Deal mit Russland, um einen wirtschaftlichen und energiepolitischen Nutzen daraus zu ziehen.

NATO Nach der Besetzung der Krim (Ukraine) durch Russland 2014 hatte die NATO die zivile und militärische Zusammenarbeit mit Russland gestoppt und lediglich den politischen Dialog im NATO-Russland-Rat offen gehalten. In Polen und den baltischen Staaten Estland, Lettland und Litauen waren Battlegroups stationiert worden. 2022 reagiert die NATO auf die russische Aggression in der Ukraine mit einer massiven Ausweitung der NATO-Truppen an der Ostflanke und einer erhöhten Alarmbereitschaft. Nach Kriegsbeginn wird der Aufbau vier weiterer multinationaler Battlegroups beschlossen und damit die Truppenpräsenz auf die an die Ukraine angrenzenden Staaten Slowakei, Rumänien und Ungarn sowie auf Bulgarien ausgedehnt. Viele osteuropäische Mitgliedstaaten haben Sorge, dass Russland auch sie

in Konflikte verwickelt und sich der Krieg auf ihr Territorium ausweitet.
Die NATO will verhindern, dass Russland seinen Einfluss in Richtung Westen ausbreitet. Der Ukraine war 2008 ein Beitritt in Aussicht gestellt worden. Angesichts der offenen Drohungen Russlands, einen NATO-Beitritt der Ukraine mit allen Mitteln zu bekämpfen, reagiert die NATO zurückhaltender auf die Beitrittsambitionen der Ukraine. Generalsekretär Stoltenberg bekräftigt die Unterstützung der Ukraine durch die NATO, schließt aber ein direktes militärisches Eingreifen aus.

China China und Russland sind in den vergangenen Jahren zunehmend als enge Partner aufgetreten. Im Ukrainekrieg ist Chinas Position jedoch uneindeutig. Zwar distanziert sich die Führung in Peking ein wenig von Russland. Eine eindeutige Verurteilung Russlands als Aggressor im Ukrainekonflikt durch China findet aber nicht statt.
China ist darum bemüht, die eigenen wirtschaftlichen Beziehungen zum Westen nicht durch eine eindeutige Parteinahme für Russland zu belasten. Aus diesen Gründen ruft die Führung in Peking alle Seiten des Konflikts dazu auf, Eskalationen zu vermeiden. Mit Blick auf Taiwan dürfte Peking die internationale Reaktion auf Russlands Einmarsch in der Ukraine besonders aufmerksam verfolgen: Peking betrachtet Taiwan als abtrünnige Provinz und Teil des eigenen Territoriums. Seit Jahren droht Peking damit, das demokratisch regierte Taiwan mit Gewalt zu erobern.

USA Bereits im Vorfeld des russischen Einmarsches hatten die USA über viele Wochen vehement und konkret vor einer russischen Invasion in die Ukraine gewarnt. Auch im Anschluss verurteilen sie das Vorgehen Russlands aufs Schärfste und erwirken maßgeblich eine geschlossene Haltung des Westens. Sie beschließen umfassende Sanktionen gegen Russland und Militärhilfen in Höhe von mehreren Milliarden US-Dollar innerhalb eines Jahres. Als Reaktion auf Putins Angriff stoppen die USA die Einfuhr von russischem Öl. Ein militärisches Eingreifen durch US-Truppen schließt Präsident Biden jedoch aus, um einen direkten Krieg mit Russland zu verhindern. Mit demselben Argument lehnen die USA auch die von der Ukraine immer wieder geforderte Einrichtung einer Flugverbotszone über der Ukraine ab.

Bearbeiterin

AUFGABEN

71079-253

1. Analysiert in Kleingruppen den Ukraine-Konflikt (**M5-M8**) (→ **PUB**, 2 + 3).
   a) Verschafft euch mit Hilfe von **M5** einen Überblick über den Hintergrund des Kriegs, indem ihr eine Zeitleiste erstellt, die auch Beweggründe und Interessen umfasst.
   b) Recherchiert die aktuelle Situation in der Ukraine. Ergänzt eure Zeitleiste gegebenenfalls.
   c) Analysiert die Akteure hinsichtlich ihrer Interessen und ordnet sie nach Unterstützenden und Gegnern der ukrainischen Regierung (**M7/M8**).
   d) Stellt den Ukrainekrieg mit Hilfe der nachfolgenden Methodenkarte dar.
2. Vergleicht eure Konfliktkarten.
3. Entwickelt Ideen, welche Perspektive es für Frieden in der Ukraine geben kann (z. B. Aufnahme in die EU, neutraler Staat zwischen der EU und Russland, Teilung der Ukraine ...).

H Aufgabe 1b
Mögliche Internetseiten für eure Recherche findet ihr hinter dem QR- und Mediencode

71079-228

METHODE

Konflikte in einer „Konfliktkarte“ visualisieren

I. Worum geht es?

Die Methode „Konfliktkarte“ visualisiert Konflikte. Sie stellt eine Möglichkeit dar, Beteiligte und ihre Beziehungen zueinander sichtbar werden zu lassen. Dabei werden Akteure mit Hilfe von Objekten (z. B. Kreisen) dargestellt und ihre Beziehungen zu- und untereinander mit Hilfe verschiedener Linien und Pfeile abgebildet.

II. Geht dabei wie folgt vor:

1. Schritt: Vorbereitung

- Gebt jeder Konfliktpartei/jedem Akteur eine Form und eine Farbe, z. B. ein blaues Rechteck für die EU und einen gelben Kreis für die Ukraine. Die Größe der Formen kann die Stärke der Konfliktpartei symbolisieren oder auch die Anzahl der Personen.
- Überlegt euch, mit welchen Pfeilen und Linien ihr die unterschiedlichen Beziehungen darstellen wollt. Beispiele findet ihr hier:

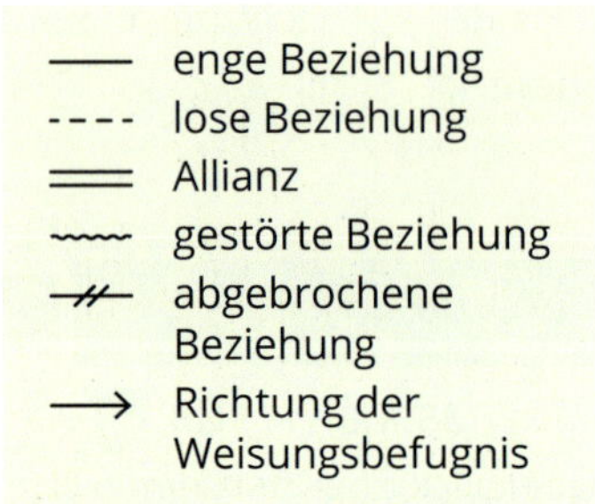

- Ihr könnt auch noch Symbole für die Konfliktart gestalten, z. B.

- Haltet alle gestalterischen Elemente in einer Legende fest.

2. Schritt: Durchführung

- Ordnet die Formen entsprechend ihrer Beziehungen zueinander an.
- Stellt die Beziehungen zwischen den Konfliktparteien/Akteuren mit unterschiedlichen Pfeilen und Verbindungen her. Nehmt dabei – wenn nötig – durch Beschriftungen weitere Informationen auf.
- Gestaltet nun eure Konfliktkarte auf Papier oder digital (z. B. mit Taskcards). Ihr könnt euch dabei an folgendem Beispiel orientieren:

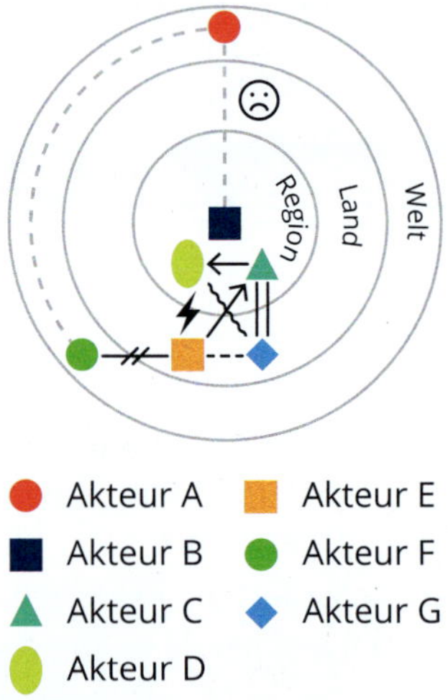

Legende:
Geopolitische Räume
Die Außenkreise bezeichnen die unterschiedlichen geografischen oder politischen Räume.

Bearbeiterin

8.2 Deutschlands Einsatz für den Frieden zuhause, in Europa und in der Welt

8.2.1 Die Bundeswehr nach dem Angriff auf die Ukraine: Soll sie nur verteidigen oder aktiv zur Friedenssicherung beitragen?

Zum Thema: „Der Bund stellt Streitkräfte zur Verteidigung auf [...]." lautet Art. 87a (1) GG. Hauptzweck der Bundeswehr ist damit die Landesverteidigung. Spätestens seit dem Krieg in der Ukraine stellt sich aber die Frage, ob die Bundeswehr ihre Einsatzbereiche nicht anpassen muss. Welche Aufgaben die Bundeswehr hat und vor welchen Herausforderungen sie steht, erfahrt ihr in diesem Kapitel.

M9 Die Bundeswehr in der Diskussion ...

Louis, 16 Jahre

Hey Mats, hast du mitgekriegt, dass unsere Bundesregierung die Bundeswehr jetzt finanziell besser ausstatten will? Ich finde, dass die Soldat:innen das verdient haben. Die haben uns im letzten Sommer bei der Flutkatastrophe echt gut geholfen.

Ja, aber ich frage mich, was der Bundeskanzler genau plant. Soll die Bundeswehr mit der dann verbesserten finanziellen Ausstattung und einer möglichen neuen Ausrüstung etwa aktiv in Konflikte außerhalb der NATO eingreifen, wie z. B. in der Ukraine?

Mats, 17 Jahre

EINSTIEGSAUFGABEN 71079-254

1. Notiert fünf Wörter, die ihr mit der Bundeswehr verbindet. Tauscht euch anschließend zu zweit aus.
2. Lest das Gespräch zwischen Mats und seinem Freund (**M9**). Diskutiert zu zweit: Welche Aufgaben sollte die Bundeswehr eurer Meinung nach übernehmen? (→ **PUB, 1**)
3. Teilt eure Diskussionsergebnisse im Plenum.

M10 Der verfassungsrechtliche Auftrag der Bundeswehr

71079-255

Parlamentsarmee
Die Bundeswehr wurde 1955, also zehn Jahre nach Ende des 2. Weltkriegs gegründet. Da Deutschland aber für den Beginn zweier Weltkriege verantwortlich war, stimmten die Siegermächte einer eigenen Armee in Deutschland nur unter strengen Bedingungen zu: Die Bundeswehr sollte vor allem zur Verteidigung Deutschlands eingesetzt werden dürfen. Bewaffnete Einsätze müssen immer vom Bundestag genehmigt werden – daher der Name „Parlamentsarmee".

Art. 87a GG – (1) Der Bund stellt Streitkräfte zur Verteidigung auf. Ihre zahlenmäßige Stärke und die Grundzüge ihrer Organisation müssen sich aus dem Haushaltsplan ergeben.

(2) Außer zur Verteidigung dürfen die Streitkräfte nur eingesetzt werden, soweit dieses Grundgesetz es ausdrücklich zulässt.

(3) Die Streitkräfte haben im Verteidigungsfalle und im Spannungsfalle die Befugnis, zivile Objekte zu schützen und Aufgaben der Verkehrsregelung wahrzunehmen, soweit dies zur Erfüllung ihres Verteidigungsauftrages erforderlich ist. Außerdem kann den Streitkräften im Verteidigungsfalle und im Spannungsfalle der Schutz ziviler Objekte auch zur Unterstützung polizeilicher Maßnahmen übertragen werden; die Streitkräfte wirken dabei mit den zuständigen Behörden zusammen.

(4) Zur Abwehr einer drohenden Gefahr für den Bestand oder die freiheitliche demokratische Grundordnung des Bundes oder eines Landes kann die Bundesregierung, wenn die Voraussetzungen des Artikels 91 Abs. 2 vorliegen und die Polizeikräfte sowie der Bundesgrenzschutz nicht ausreichen, Streitkräfte zur Unterstützung der Polizei und des Bundesgrenzschutzes beim Schutze von zivilen Objekten und bei der Bekämpfung organisierter und militärisch bewaffneter Aufständischer einsetzen. Der Einsatz von Streitkräften ist einzustellen, wenn der Bundestag oder der Bundesrat es verlangen.

Grundgesetz für die Bundesrepublik Deutschland, Art 87a

M11 Die Bundeswehr als ein Instrument der deutschen Sicherheits- und Verteidigungspolitik

Abgeleitet aus ihrem Auftrag nimmt die Bundeswehr in einem gesamtstaatlichen Ansatz folgende Aufgaben wahr:

1 Landes- und Bündnisverteidigung im Rahmen der NATO und der EU einschließlich Verteidigungsaufgaben auf deutschem Hoheitsgebiet sowie Maßnahmen zur Abschreckung in allen Dimensionen; Verteidigung gegen Angriffe auf das Hoheitsgebiet von Bündnispartnern; Verteidigung gegen terroristische und hybride Bedrohungen; […] Maßnahmen der Rückversicherung und Unterstützung von Bündnispartnern im Rahmen der Bündnissolidarität, um Deutschland, seine Staatsbürger und Partner zu schützen und potenzielle Gegner abzuschrecken.

2 Internationales Krisenmanagement einschließlich aktiver militärischer und zivil-militärischer Beiträge zur nationalen Krisenfrüherkennung; im Rahmen internationaler Organisationen, Bündnisse und Partnerschaften zur Konfliktverhütung, Krisenbewältigung, Krisennachsorge und Stabilisierung; zu Friedensmissionen der

Im Mittelmeer unterstützt die Bundeswehr im Rahmen der Mission UNIFIL die libanesische Regierung dabei, die Seegrenzen zu sichern und den Waffenschmuggel über See zu verhindern.

Vereinten Nationen; zum Kampf gegen den transnationalen Terrorismus, gegen Bedrohungen aus dem Cyber- und Informationsraum [...] sowie zur Durchsetzung von Embargos und Sanktionen, um unser internationales Umfeld im gesamten Bedrohungs- und Krisenspektrum zu stabilisieren und Gefahren für unser Land und unsere Verbündeten abzuwenden.

3 Heimatschutz, nationale Krisen- und Risikovorsorge und [...] Unterstützungsleistungen in Deutschland einschließlich Wahrnehmung nationaler territorialer Aufgaben; Überwachung und Sicherung des deutschen Luft- und Seeraums; Überwachung kritischer Weltrauminfrastruktur; [...] Hilfeleistungen in Fällen von Naturkatastrophen, schweren Unglücksfällen und bei innerem Notstand sowie Amtshilfe; Beiträgen zur Terrorabwehr im Rahmen der verfassungsmäßigen Voraussetzungen; Rettung und Rückführung im Ausland isolierter Personen; Beiträgen zur Evakuierung aus krisenhaften Lagen sowie Beiträgen zur Geiselbefreiung im Ausland, um zur gesamtstaatlichen Sicherheitsvorsorge und zur Resilienz (= Stärkung/Widerstandskraft) von Staat und Gesellschaft beizutragen.

Nach den Unwettern im Juli 2021 hilft die Bundeswehr mit Räumpanzern das von der Flut angespülte Treibgut zu beseitigen, August 2021.

Die Bundesregierung: Weißbuch 2016. Zur Sicherheitspolitik und zur Zukunft der Bundeswehr, S. 91f.

M12 Bundeskanzler Olaf Scholz nach dem Angriff auf die Ukraine: „Wir erleben eine Zeitenwende"

„Der 24. Februar 2022 markiert eine Zeitenwende in der Geschichte unseres Kontinents. [...] Die Welt danach ist nicht mehr dieselbe wie die Welt davor. [...]

Deutschland steht heute an der Seite der Ukrainerinnen und Ukrainer. Unsere Gedanken und unser Mitgefühl gelten heute den Opfern des russischen Angriffskriegs. Und genauso stehen wir an der Seite all jener in Russland, die Putins Machtapparat mutig die Stirn bieten und seinen Krieg gegen die Ukraine ablehnen. [...]

Meine Damen und Herren, die [...] Herausforderung liegt darin, zu verhindern, dass Putins Krieg auf andere Länder in Europa übergreift. Das bedeutet: Ohne Wenn und Aber stehen wir zu unserer Beistandspflicht in der NATO. Das habe ich auch unseren Alliierten in Mittel- und Osteuropa gesagt, die

Die Regierungserklärung von Olaf Scholz am 27.02.2022 im Wortlaut

71079-256

Bundeskanzler Olaf Scholz bei der Sondersitzung im Bundestag am 27.02.2022

Sondervermögen mit Verfassungsrang

Bei Sondervermögen des Bundes handelt es sich um abgesonderte Teile des Bundesvermögens, die durch Gesetz errichtet und zur Erfüllung einzelner Aufgaben des Bundes bestimmt sind. Durch die Absicherung des Sondervermögens im Grundgesetz soll dafür gesorgt werden, dass das Geld auch über die aktuelle Wahlperiode hinaus nur für die vorher festgelegte Aufgabe verwendet werden darf. So gibt es Sondervermögen, um die wirtschaftlichen Folgen der Corona-Pandemie abzumildern oder ein Sondervermögen, um den Ausbau von Kinderbetreuung finanzieren zu können.

sich um ihre Sicherheit sorgen.
Präsident Putin sollte unsere Entschlossenheit nicht unterschätzen, gemeinsam mit unseren Alliierten jeden Quadratmeter des Bündnisgebiets zu verteidigen. Wir meinen das sehr ernst. Mit der Aufnahme eines Landes in die NATO ist unser Wille als Bündnispartner verbunden, dieses Land zu verteidigen. Und zwar so wie uns selbst. [...] Was für die Sicherung des Friedens in Europa gebraucht wird, das wird getan. Deutschland wird dazu seinen solidarischen Beitrag leisten. Das heute klar und unmissverständlich festzuhalten, reicht aber nicht aus. Denn dafür braucht die Bundeswehr neue, starke Fähigkeiten. [...] Klar ist: Wir müssen deutlich mehr investieren in die Sicherheit unseres Landes, um auf diese Weise unsere Freiheit und unsere Demokratie zu schützen. [...] Wir werden dafür ein „Sondervermögen Bundeswehr" einrichten. [...] Der Bundeshaushalt 2022 wird dieses Sondervermögen einmalig mit 100 Milliarden Euro ausstatten. Die Mittel werden wir für notwendige Investitionen und Rüstungsvorhaben nutzen. Wir werden von nun an Jahr für Jahr mehr als zwei Prozent des Bruttoinlandsprodukts in unsere Verteidigung investieren. Und ich richte mich hier an alle Fraktionen des Deutschen Bundestags: Lassen Sie uns das Sondervermögen im Grundgesetz absichern. [...]
Putins Krieg bedeutet eine Zäsur auch für unsere Außenpolitik. So viel Diplomatie wie möglich, ohne naiv zu sein – dieser Anspruch bleibt. Nicht naiv zu sein, das bedeutet aber auch: kein Reden, um des Redens willen. Für echten Dialog braucht es die Bereitschaft dazu auf beiden Seiten. [...] Wir werden uns Gesprächen mit Russland nicht verweigern. Auch in dieser extremen Lage ist es die Aufgabe der Diplomatie, Gesprächskanäle offenzuhalten. Alles andere halte ich für unverantwortlich. [...]
Unsere größte Stärke sind unsere Bündnisse und Allianzen. Ihnen verdanken wir das große Glück, das unser Land seit über 30 Jahren genießt: in einem vereinten Land zu leben, in Wohlstand und Frieden mit unseren Nachbarn.
Wenn wir wollen, dass diese letzten 30 Jahre keine historische Ausnahme bleiben, dann müssen wir alles tun für den Zusammenhalt der Europäischen Union, für die Stärke der NATO, für noch engere Beziehungen zu unseren Freunden, Partnern und Gleichgesinnten weltweit. Ich bin voller Zuversicht, dass uns das gelingt. Denn selten waren wir und unsere Partner so entschlossen und so geschlossen. [Ich] danke allen, die in diesen Zeiten mit uns einstehen für ein freies und offenes, gerechtes und friedliches Europa. Wir werden es verteidigen."

Olaf Scholz im Deutschen Bundestag: Plenarprotokoll 20/19, Stenografischer Bericht, 19. Sitzung, S. 1350 ff.

M13 Kontroverse: Soll die Bundeswehr nur verteidigen oder auch aktiv in Kriege oder Konflikte eingreifen?

1 Meiner Meinung nach sollte die Bundeswehr trotz des Krieges in der Ukraine nur zur Verteidigung eingesetzt werden. Würde sie aktiv in den Friedensbildungsprozess eingreifen, sehe ich die Gefahr, dass Russland dies als Provokation deutet und dadurch eine weitere Eskalation entsteht. Daher halte ich es für sinnvoll, dass die westlichen Länder zwar mit Hilfe von Sanktionen auf das Verhalten Putins reagieren, nicht aber militärisch eingreifen. Ein größerer Krieg könnte anderenfalls drohen ... (Philipp, 17 Jahre)

2 Ich finde, dass sich die Bundeswehr unter Leitung der NATO viel aktiver für den Frieden in der Ukraine einsetzen sollte. Wir können doch nicht zusehen, wie die Menschen dort einfach umgebracht werden! Natürlich besteht die Gefahr, dass sich der Konflikt ausbreitet. Aber ich finde, dass wir es uns zu einfach machen, wenn wir uns nur auf die Verteidigung unseres eigenen Bündnisses berufen. Vor knapp 30 Jahren hat die NATO in Bosnien und im Kosovo auch eingegriffen, weil es dort Massenmorde an den Menschen gab. Und damals gab es für diese Einsätze weder ein UN-Mandat, noch gehörten diese Länder zur NATO. (Mira, 18 Jahre)

Bearbeiterin

AUFGABEN

71079-257

1. Arbeitet zu zweit den verfassungsrechtlichen Auftrag der Bundeswehr heraus (**M10**).
2. Bildet Kleingruppen und wertet **M11** arbeitsteilig im Hinblick auf die folgenden Fragen aus:
   - Welche konkreten Aufgaben erfüllt die Bundeswehr, um ihrem Auftrag (**M10**) gerecht zu werden?
   - In welchen Einsatzfeldern ist die Bundeswehr tätig?
3. a) Tauscht euch darüber aus, welche der Einsatzfelder erst in den vergangenen Jahren dazugekommen sind und welche Gründe es dafür geben kann.
   b) Überprüft, inwieweit diese neuen Aufgaben mit dem im Grundgesetz festgelegten Auftrag vereinbar sind (**M10**, **M11**).
4. Analysiert den Auszug aus der Regierungserklärung von Bundeskanzler Olaf Scholz (**M12**),
   a) indem ihr die Neuaufstellung der deutschen Außen- und Sicherheitspolitik bezogen auf die Rolle der Bundeswehr herausarbeitet, und
   b) erklärt, welche Vorstellungen Scholz von der Zusammenarbeit der Staaten darlegt.
5. Lest die Aussagen der Schüler:innen (**M13**) und nehmt Stellung zur Frage, ob die Bundeswehr nur verteidigen oder aber aktiv in den Friedensbildungsprozess eingreifen sollte. Erstellt abschließend eine (digitale) Positionslinie (→ **PUB, 6 + 7**).

8.2.2 Die NATO: defensives Bündnis zur Verteidigung oder Akteur der Provokation ?

Zum Thema: Die Bundesrepublik Deutschland ist seit 1955 Mitglied der NATO. Mit diesem Bündnis schützen Nordamerika und Europa seit über 70 Jahren ihre Sicherheit und ihre gemeinsamen Werte. Vor welchen Herausforderungen und neuen Bedrohungen – z. B. angesichts des Krieges in der Ukraine – die NATO und damit auch Deutschland steht, erfahrt ihr in diesem Kapitel.

M14 Die NATO im Baltikum – karikiert ...

Kariaktur: Schwarwel, 2018

EINSTIEGSAUFGABE 71079-258

Interpretiert die Karikatur (**M14**): Wie stuft der Zeichner das Vorgehen der NATO ein – defensiv oder provokativ? Erklärt eure Interpretation.

M15 Ziele, Werte und Bündnisfall der NATO 71079-259

Mitgliedstaaten der NATO
→ S. 307, M6b

Die Nordatlantische Vertragsorganisation (NATO) ist am 4. April 1949 gegründet worden und versteht sich als Wertegemeinschaft freier demokratischer Staaten. In der Präambel des Nordatlantikvertrages bekennen sich die Mitglieder zu Frieden, Demokratie, Freiheit und der Herrschaft des Rechts. Um ihre Sicherheit und ihren Wohlstand zu gewährleisten, haben sie sich verpflichtet, ihre sicherheitspolitischen Aktivitäten zu bündeln und einander beizustehen. [...]

Ganz oben auf der Prioritätenliste der

Allianz steht die Kollektive Verteidigung. Ihr Kern ist in Artikel fünf des NATO-Vertrages festgelegt, der den Bündnisfall regelt: „Die Parteien vereinbaren, daß ein bewaffneter Angriff gegen eine oder mehrere von ihnen in Europa oder Nordamerika als ein Angriff gegen sie alle angesehen werden wird." Die Mitgliedstaaten haben vereinbart, sich gegenseitig zu schützen und im Konfliktfall gemeinschaftlich zu reagieren.

Bundesministerium der Verteidigung: Die NATO – Allianz für Sicherheit und Werte. In: www.bmvg.de, Abruf am 31.03.2021

M16 Wiedererstarken einer Totgesagten? Transatlantische Bekenntnisse zur NATO

a) Deutschland bekennt sich zu Bündnisverpflichtungen

Deutschlands Sicherheit ist untrennbar mit der seiner Verbündeten in NATO und EU verbunden. Für die Sicherheit Europas ist das transatlantische Bündnis unverzichtbar. Nur gemeinsam mit den USA kann sich Europa wirkungsvoll gegen die Bedrohungen des 21. Jahrhunderts verteidigen und glaubwürdige Abschreckung gewährleisten. Deutschland, das sich im Kalten Krieg über fast 40 Jahre auf die Solidarität und Einsatzbereitschaft der Bündnispartner verlassen konnte, sieht sich in der Pflicht und Verantwortung, zur solidarischen und kollektiven Verteidigung beizutragen. [...]

Die Bedeutung des europäischen Pfeilers in der NATO wächst. Die europäischen Mitgliedstaaten sind gefordert, mehr Verantwortung zu übernehmen – auch im Sinne einer ausgewogeneren Lastenteilung. Gerade Deutschland übernimmt hierbei besondere Verantwortung. In der NATO ist eine Verstetigung der Investitionen im Verteidigungsbereich mit einer langfristigen Annäherung an das Ziel von zwei Prozent des jeweiligen Bruttoinlandsproduktes vereinbart. Deutschland bleibt diesem Ziel im Rahmen seiner finanzpolitischen Rahmenbedingungen und Ressourcen verpflichtet. [Mit dem 2022 angekündigten „Sondervermögen Bundeswehr" würde Deutschland zum ersten Mal diese Verpflichtung erfüllen.]

Die Bundesregierung: Weißbuch 2016. Zur Sicherheitspolitik und zur Zukunft der Bundeswehr, S. 49, 67

Ukraine und NATO
Seit 1997 gibt es eine Charta der Partnerschaft. 2008 wurde der Ukraine von der NATO eine konkrete Beitrittsperspektive gegeben. Schon damals sprachen sich jedoch sowohl Russland, aber auch Deutschland und Frankreich gegen einen NATO-Beitritt der Ukraine aus. 2010 betont ein Parlamentsbeschluss der Ukraine eine Fortsetzung der Partnerschaft mit der NATO, aber ausdrücklich das Festhalten der Ukraine an einer Politik der „Blockfreiheit". Nach 2014 forcierte die Ukraine eine Aufnahme in die NATO, seit 2019 ist diese erklärtes Staatsziel. Die Zusammenarbeit wurde intensiviert.

b) US-Präsident Biden zur Zukunft der NATO

„Ich will, dass ganz Europa weiß, dass die Vereinigten Staaten da sind", rief der US-Präsident aus. Es sei die „heilige Pflicht" der Amerikaner, ihren Alliierten beizustehen. Biden setzte sich damit unmissverständlich von seinem Amtsvorgänger Trump ab, der die Beistandsverpflichtung aus Artikel 5 des NATO-Vertrags infrage gestellt hatte. Gleichzeitig leitete Biden jedoch eine gewagte Neuinterpretation des Nordatlantikpakts ein. Das Bündnis soll künftig nicht mehr nur dazu da sein, Europa zu verteidigen und Russland abzuschrecken. Die Alliierten sollen sich vielmehr auch Asien und dem Pazifik zuwenden, um China im Zaum zu halten.

Bonse, Eric: Bündnis sucht neue Gegner. In: www.taz.de, 14.06.2021

M17 Abschreckung: NATO an der Grenze zu Russland

a) Battlegroups im Baltikum

Deutsche Soldat:innen der Enhanced Forward Presence NATO-Mission in Litauen

Die [im Juli 2016 auf einem NATO-Gipfeltreffen beschlossene] Mission Enhanced Forward Presence (eFP) dient der Sicherung der osteuropäischen Staaten und der Abschreckung von Bedrohungen des Bündnisgebiets. Die Mitgliedstaaten reagieren mit der „verstärkten Vornepräsenz" auf die völkerrechtswidrige Annexion der Krim durch Russland und die fortgesetzte Destabilisierung der Ukraine. Deutschland hat die Führung der „Battlegroup" in Litauen übernommen.

Enhanced Forward Presence sieht die Aufstellung von „Battlegroups" (Kampftruppen) in Polen und den baltischen Staaten vor. Die vier multinationalen Gefechtsverbände bestehen aus jeweils 1.000 Soldatinnen und Soldaten, die die Streitkräfte der Gastländer verstärken. Ausbildung, Training und Abschreckung bilden den Kernauftrag der Kampfverbände. Das Personal rotiert als regelmäßiges Ereignis bei eFP im halbjährlichen Rhythmus, da die NATO-Russland-Grundakte keine dauerhafte Stationierung alliierter Truppen in Osteuropa erlaubt. [...] Das Üben des Gefechtes ist ein immer wiederkehrendes Element und Ereignis bei eFP. Bei Gefechtsübungen und Manövern trainieren die NATO-Truppen zahlreiche Szenarien – vom Häuser- und Stellungskampf bis zur Verzögerung eines anrückenden Feindes.

©Bundeswehr 2019: Litauen – Enhanced Forward Presence. In: www.bundeswehr.de, Abruf am 05.04.2022

b) Mehr NATO-Präsenz an der Ostflanke nach dem Angriff auf die Ukraine

Die NATO hatte nach dem Überfall [auf die Ukraine im Februar 2022] Schutzmaßnahmen für ihre osteuropäischen Mitgliedstaaten eingeleitet, an denen sich auch die Bundeswehr beteiligt. Genau einen Monat nach Kriegsausbruch einigten sich die Alliierten des transatlantischen Verteidigungsbündnisses auf dem Sondergipfel auf die Entsendung weiterer Truppen zur Absicherung der Ostflanke. [...] Nun wird die Truppenpräsenz auf die an die Ukraine angrenzenden Staaten Slowakei, Rumänien und Ungarn sowie auf Bulgarien ausgedehnt.

Bundesministerium der Verteidigung: Vier zusätzliche NATO-Battlegroups an der östlichen NATO-Flanke. In: www.bmvg.de, 25.03.2022

M18 Hat die NATO Russland provoziert?

a) Kritik an der NATO-Strategie

Nachdem die NATO im Jahr 2016 die Stationierung multinationaler Truppen in den baltischen Staaten beschlossen hatte, nimmt der Abrüstungsexperte Jan van Aken, der zu dem Zeitpunkt für die Partei Die Linke im Bundestag saß, zu diesen Plänen Stellung.

Er räumte ein, dass Litauen sich zu Recht bedroht fühle. Doch Russland gehe es umgekehrt nicht anders, und die Bündnispartner müssten sich fragen:

„Was ist hier die bessere Schutzimpfung? Jetzt noch mehr NATO-Soldaten hinzuschicken - was eigentlich nur ein Symbol ist, denn wir reden hier über ein paar hundert Soldaten. Und genau dieses Symbol ist dafür gedacht, Russland zu provozieren. Und dann kommen wir in eine Spirale rein, wo sich das gegenseitig immer weiter aufschaukeln kann. (...) Vielleicht versuchen wir es die nächsten 20 Jahre mal anders. Dafür würde ich plädieren: Eben nicht jetzt die NATO aufstocken, sondern zu sagen, Sicherheit in Europa, Sicherheit in Deutschland gibt es nie gegen Russland, sondern nur mit Russland."

Entsprechend müssten auch die Argumente Russlands ernst genommen und seine Sicherheitsinteressen akzeptiert werden. Doch das sei nur möglich, indem die Bündnispartner das Gespräch mit Russland suchten.

Ricke, Christopher/Schaefer, Anke: „Dieses Symbol ist dafür gedacht, Russland zu provozieren". In: www.deutschlandfunk.de, 29.04.2016

b) „Russland ignoriert Interessen aller anderen" Ein Kommentar

Putin fordert seit Jahren Sicherheitsgarantien für Russland, da er sich von der NATO-Osterweiterung bedroht fühlt. Angesichts des Ukraine-Krieges fragen sich einige, ob es nötig gewesen wäre, ihm da entgegenzukommen. [...]

Der Streit entfacht sich vor allem an einer Frage: Umstritten ist, ob während der Zwei-plus-Vier-Gespräche 1990 über die Zukunft Deutschlands die Möglichkeit bzw. Unmöglichkeit einer NATO-Erweiterung ein Teil der Verhandlungen war. [...] Die Aussagen der Teilnehmenden sind widersprüchlich. [Gegenstand eines offiziellen Vertrags waren diese Themen in jedem Fall nie.] [...] Aber nehmen wir einmal an, es gab mündliche Zusagen, die NATO nicht an die Grenzen des SU-Nachfolgestaats Russland heranwachsen zu lassen. Was ist seither geschehen? 1991 löste sich die Sowjetunion auf, ehemalige Sowjetrepubliken wurden unabhängig, darunter das Baltikum, die Ukraine, Georgien und Moldau. Russland verpflichtete sich vertraglich, deren Grenzen zu achten. Im Gegenzug erhielt es sämtliche Atomwaffen, die dort - etwa auf dem Gebiet der Ukraine - stationiert waren.

Wie aber verhielt und verhält sich Russland zu seinen Nachbarn? Immer wieder greifen reguläre wie irreguläre russische Truppen ein, um Separatisten zu unterstützen, so 1992 Abchasien gegen Georgien, ebenfalls 1992 Transnistrien gegen Moldau, seit 2014 die Donbass-Region gegen die Ukraine. Im selben Jahr annektierte Russland völkerrechtswidrig die Krimhalbinsel, die zur Ukraine gehört. Eine legitime Sicherung der Einflusssphäre? Oder eine gezielte Destabilisierungspolitik in den Anrainer-

NATO-Russland-Grundakte
Völkerrechtliche Absichtserklärung von 1997 zwischen NATO und Russland. Darin bekräftigen beide Parteien, dass sie sich nicht als Gegner, sondern als Partner sehen. Das gemeinsame Ziel sei ein stabiles, friedliches und ungeteiltes, geeintes und freies Europa zum Nutzen aller seiner Völker. In diesem Vertrag verpflichten sich beide Seiten unter anderem dazu, die Souveränität und die territoriale und politische Unabhängigkeit aller Staaten zu achten.
2002 wurde der NATO-Russland-Rat als Plattform des Dialogs gegründet. Zweimal jährlich tagten Außen- und Verteidigungsminister und die Chefs der Generalstäbe. Nach der Annexion der Krim 2014 wurde er kaum noch einberufen.

staaten, damit sie weiterhin abhängig von Moskau bleiben? Angesichts des Einmarsches in die Ukraine scheint letzteres wahrscheinlicher. […]
Und der Westen? 1997 wurde die NATO-Russland-Grundakte verabschiedet, darin verpflichten sich alle Unterzeichnenden zum „Verzicht auf die Androhung oder Anwendung von Gewalt gegeneinander oder gegen irgendeinen anderen Staat, seine Souveränität, territoriale Unversehrtheit oder politische Unabhängigkeit“. Außerdem kam die NATO dem Sicherheitsinteresse Russland weit entgegen und beschränkte die Zahl von NATO-Truppen, die in den östlichen Mitgliedstaaten stationiert werden dürften. 1998 nahmen die G7-Staaten Russland als achtes Mitglied auf. Das heißt, es gibt sehr wohl starke Signale an Russland, sich nicht vom Westen bedroht zu fühlen […]. Auch die wirtschaftliche Kooperation florierte, für die etwa Nordstream 2 steht. Was ist also dran am Vorwurf der Einkreisung? Was ist dran an der Behauptung einer Bedrohung Russlands durch die NATO? Die schon deshalb seltsam anmutet, weil Moskau über das weltweit größte Arsenal an Atomsprengköpfen verfügt.
Ja, Russland wurde mehrfach überfallen und musste furchtbare Kriege auf seinem Boden führen. Aber gibt das dem Land das Recht, die historischen Erfahrungen seiner Nachbarländer mit Füßen zu treten? […] Putin stellt seine Interessen über die aller anderen. Mit Geschichte hat das nichts zu tun, die instrumentalisiert er nur, um alte russische Großmachtsambitionen wiederzubeleben.

Zeyn, Martin: Hat die NATO-Osterweiterung Russland bedroht? In: www.br.de, 30.03.2022

AUFGABEN

71079-260

1. Nennt die Aufgaben und Ziele der NATO (**M15**).
2. a) Erklärt, welche Rolle Deutschland (aus eigener Sicht) und die USA in der NATO spielen (**M16**).
   b) Beschreibt die Herausforderungen, denen sich die NATO stellen muss (**M16**).
3. Fasst die Ziele und Aufgaben der Mission eFP in eigenen Worten zusammen (**M17**).
4. Analysiert die Positionen der beiden Autoren in **M18** daraufhin, inwieweit die NATO mit ihrem Agieren nach dem Zusammenbruch der Sowjetunion Russland provoziert oder bedroht habe.
5. Arbeitet zu zweit. Führt ein Streitgespräch zwischen Lara und Mats. Inwieweit passen die in **M15** genannten Werte der NATO zum Zweck der eFP-Mission? Lara findet, dass ihre Mission in Litauen dazu beiträgt, dass diese Werte geschützt werden. Mats dagegen sieht den Einsatz der Bundeswehr im Rahmen der Battlegroups als Gefährdung für den Frieden in Europa.
   a) Sammelt Argumente für eure Rolle. Berücksichtigt dabei euer Wissen zum Ukrainekrieg.
   b) Führt das Streitgespräch vor der Klasse durch.

F Aufgabe 3
Sind die weiteren vier Battlegroups in den NATO-Anrainerstaaten eine sinnvolle Reaktion auf den russischen Angriff auf die Ukraine (**M17**, **M18**)? Nehmt Stellung.

8.2.3 Sollte sich die Bundeswehr an Auslandseinsätzen beteiligen? Das Beispiel Afghanistan

Zum Thema: Die Bundeswehr ist seit den 1990er Jahren mit verschiedenen Aufträgen und meist internationalen Mandaten auch im Ausland im Einsatz. Sollte unsere Armee sich aus Kriegseinsätzen heraushalten? Oder haben wir eine Verpflichtung, uns für den Frieden zu engagieren? Mit diesen Fragen werdet ihr euch in diesem Kapitel auseinandersetzen.

Videoimpuls: Bundeswehr ins Ausland?

71079-261

M19 Schlagzeilen zum Abzug der Bundeswehr aus Afghanistan

1 Afghanistan-Einsatz: Ein Jahr Erfolg, 19 Jahre Versagen

2 Nach Afghanistan: Nie wieder Auslandseinsätze der Bundeswehr?!

3 Nach Sieg der Taliban: Wer hat versagt: die Bundeswehr oder die Politik?

EINSTIEGSAUFGABE 71079-262

Seht euch die Schlagzeilen zum Ende des Afghanistaneinsatzes der Bundeswehr an. Was wisst ihr über diesen Einsatz? Weshalb wurde er so heftig debattiert? Sammelt Ideen und Fragen im Plenum.

M20 Hintergrund: Bundeswehr in Afghanistan

Nach den Terroranschlägen von 09/11 war die Bundeswehr im Rahmen der Mission „International Security Assistance Force“ (ISAF) von 2001 bis Ende 2014 mit UN-Mandat in Afghanistan im Einsatz. Ab 2003 stand die Mission unter Führung der NATO. Die Mission sollte vor allem den Wiederaufbau Afghanistans nach dem Sieg über die Taliban unterstützen und dabei helfen, die staatlichen Strukturen zu stärken. Für die Bundeswehr war die ISAF der größte Einsatz in ihrer Geschichte. Sie war phasenweise mit über 5.000 Soldatinnen und Soldaten beteiligt. 55 davon verloren während ihres Einsatzes ihr Leben. Ab 2014 sollten mit der Nachfolgemission „Resolute Support Mission“ (RSM) die afghanischen Verteidigungs- und Sicherheitskräfte dabei unterstützt werden, selbst für die Sicherheit und den Schutz ihrer Bevölkerung zu sorgen. Im Gegensatz zur ISAF handelte es sich nicht um einen Kampfeinsatz. Im Frühjahr 2021 hatte die NATO das Ende der RSM beschlossen. Die letzten deutschen Kräfte verließen Ende Juni 2021 das Land.

Noch vor Abzug aller internationaler Truppen bauten die Taliban ihre Macht aus, im August eroberten sie die Hauptstadt Kabul. Unter chaotischen Bedingungen versuchten Menschen das Land zu verlassen und über letzte Militärflüge ins Ausland zu kommen.

Bearbeiterin

Taliban
Islamistische Terrorgruppe, die von 1996-2001 große Teile Afghanistans beherrschte und seit August 2021 wieder die Kontrolle im Land hält; sie setzen fundamental-muslimisches Recht durch und schränken insbesondere Rechte der Frauen stark ein.

M21 Die Bundeswehr im Auslandseinsatz

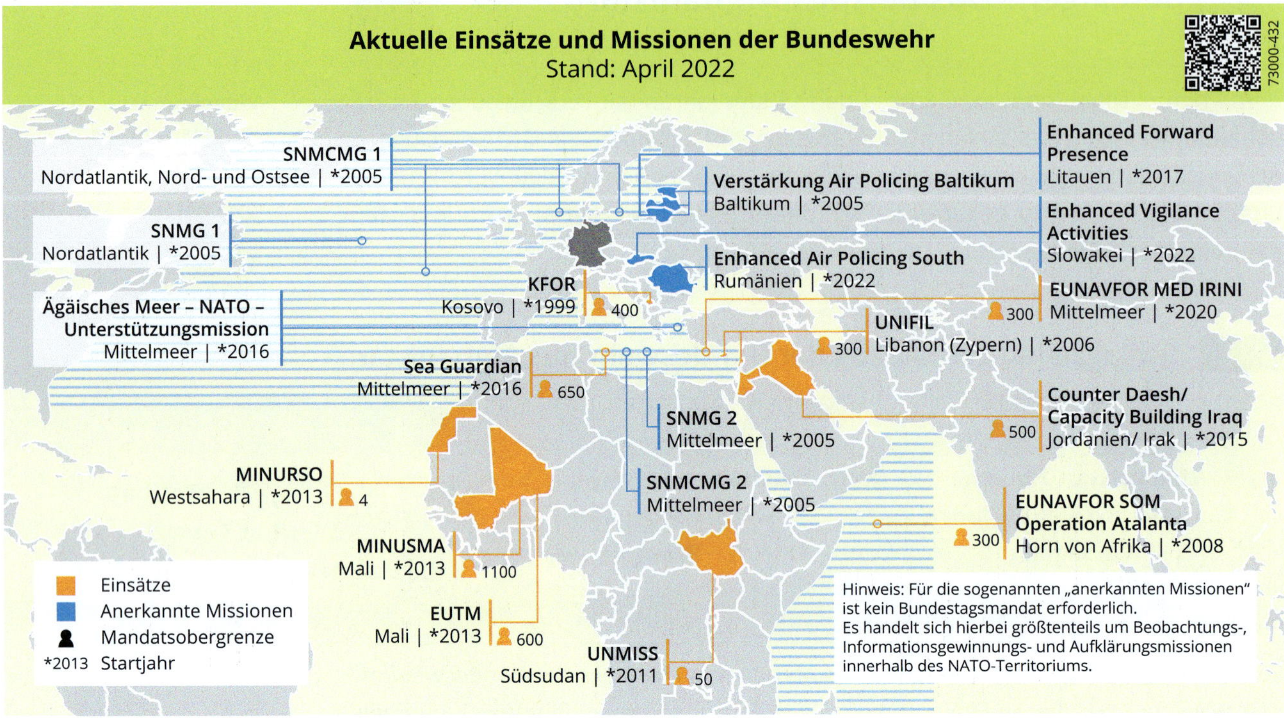

©C.C. Buchner Verlag, aktuelle Daten nach: Bundeswehr, 2022

M22 Pro und Kontra Bundeswehr-Auslandseinsätze – Lehren aus Afghanistan

Die Bilder aus Kabul von der erneuten Machtergreifung durch die Taliban im August 2021 warfen international und auch in Deutschland die Frage nach Sinn und Erfolgsaussichten der ohnehin umstrittenen Auslandseinsätze auf.

a) Pro: Terror wurde gestoppt

20 Jahre lang war die Bundeswehr in Afghanistan im Einsatz. Doch jetzt stiehlt sich Deutschland aus der Verantwortung und lässt tausende verbündete Afghaninnen und Afghanen im Stich. Das Argument: Ohne den Schutz der US-Armee ist deren Rettung leider nicht zu machen. […] Als könnte Deutschland diese Luftbrücke nicht auch alleine führen, im Zweifel mit Unterstützung europäischer Verbündeter. Was fehlt, sind nicht die militärischen Fähigkeiten, sondern der politische Wille. […]

Gern gesehen waren die Soldaten beim Brunnen bohren und Schulen bauen. Dass sie zusammen mit Amerikanern auch in Höhlen geklettert sind und Terroristen erschossen haben, dass sie dabei selbst getötet oder verstümmelt wurden, darüber wird bis heute ungern gesprochen. Dabei war das wohl der einzige Erfolg des Einsatzes: Der Terror made in Afghanistan wurde gestoppt. […] Fast 50 Milliarden Euro geben wir inzwischen für die Bundeswehr aus – jedes Jahr. Wer soviel Geld für seine Armee ausgibt, sollte sich darüber klar sein, warum eigentlich? Was

Luftbrücke
Nach der erneuten Machtergreifung der Taliban im August 2021 hatten internationale Truppen einige Zeit den Flughafen in Kabul gehalten und Personen aus Afghanistan ausgeflogen.

soll unsere Armee können? Welche Interessen soll sie verteidigen? Welchen Zweck erfüllen? Menschen evakuieren, die Deutschen im Krieg geholfen, übersetzt und gekämpft haben. Das wäre nicht der schlechteste Grund. [...] Doch dafür müsste die Bundesregierung Verantwortung übernehmen, statt sich davonzustehlen. Sie müsste den Bürgern erklären, warum das richtig ist und dass dabei Soldaten getötet werden können. Das gilt heute in Kabul und morgen woanders. Es wäre an der Zeit, darüber zu diskutieren, statt irgendwann in den nächsten Einsatz reinzustolpern.

Menn, Philipp: Pro und Contra Bundeswehr-Auslandseinsätze - Im Zweifel auch alleine? In: www.wdr.de 26.08.2021

b) Kontra: Kein Demokratieaufbau durch Militär

Tausende Afghanen werden vermutlich zurückbleiben, den Taliban ausgeliefert, bitter enttäuscht, weil sie den Deutschen vertraut haben. Vergeblich. Der Gedanke ist schwer zu ertragen und weil das so ist, kommt jetzt die Frage auf, ob Deutschland nicht auch allein in der Lage sein müsste, solche Militäreinsätze im Ausland zu einem guten Ende zu bringen – unabhängig von den Amerikanern, die sich immer mehr zurückziehen aus ihrer Rolle als Weltpolizist.

Der Gedanke ist vielleicht plausibel, aber nur auf den ersten Blick. [...] Die Gefahr ist real, das Leben tausender Soldaten ist gefährdet. [...] Astronomische Summen wären nötig, um die Bundeswehr in einen solchen Zustand der Einsatzfähigkeit zu versetzen. [...]

Aus dem gescheiterten Afghanistan-Krieg sollten wir eine ganz andere Lehre ziehen. Die Reform einer Gesellschaft, der Aufbau eines Staates mit halbwegs demokratischen Strukturen, all das ist mit militärischen Mitteln von außen nicht möglich. Nicht mal das größte Militärbündnis der Welt, die NATO, hat das geschafft. Diese Erfahrung sollte sich jede Bundesregierung von jetzt an vor jedem möglichen Auslandseinsatz in Erinnerung rufen.

Schmidt, Helga: Pro und Contra Bundeswehr-Auslandseinsätze – Im Zweifel auch alleine? In: www.wdr.de 26.08.2021

AUFGABEN

71079-263

1. Erläutert zu zweit mit Hilfe von **M20** die Hintergründe des Afghanistan-Einsatzes der deutschen Bundeswehr (→ **PUB, 2**).
2. a) Arbeitet in Kleingruppen. Recherchiert den Auftrag und das Ziel ausgewählter Auslandseinsätze der Bundeswehr (z. B. Mali, Somalia/Horn von Afrika, Kosovo) (**M21**).
   b) Bewertet in den Kleingruppen „euren" Auslandseinsatz: Würdet ihr für eine Verlängerung stimmen oder lehnt ihr den von euch untersuchten Einsatz ab? Stellt eure Ergebnisse im Plenum vor.
3. Sollte sich die Bundeswehr auch zukünftig an Auslandseinsätzen beteiligen?
   a) Arbeitet Argumente für und gegen Auslandseinsätze der Bundeswehr aus **M22** heraus (→ **PUB, 3**).
   b) Nehmt abschließend Stellung zur Streitfrage (→ **PUB, 6**).

F

Recherchiert im Internet nach aktuellen Informationen zum Einsatz der Bundeswehr in Afghanistan.

8.3 Die Vereinten Nationen im 21. Jahrhundert

8.3.1 Vereinte Nationen: Sind ihre Werte und Ziele (noch) realistisch?

UN, UNO, VN
Synonym verwendete Abkürzungen für „United Nations“, „United Nations Organisation“, „Vereinte Nationen“

Zum Thema: 1945 gründeten sich die Vereinten Nationen (VN). Mehr als 70 Jahre später sind ihre Ziele noch immer aktuell und relevant. Und auch um das Erreichen der im Jahre 2015 verabschiedeten Ziele für nachhaltige Entwicklung wird noch gerungen. In diesem Kapitel erfahrt ihr, welche Ziele die Vereinten Nationen verfolgen, nach welchen Regeln sie dabei handeln und warum es lohnenswert ist, sich dafür einzusetzen.

M23 Nachricht von Laras Freund aus New York: Grüße von den Vereinten Nationen

Hi Lara, wie läuft es in Litauen, habe gesehen, dass bei euch die nächste Alarmbereitschaft ausgerufen wurde! Auf jeden Fall: Liebe Grüße aus New York! Heute beginnt mein Praktikum bei den Vereinten Nationen. Erkennst du die berühmte Pistolenskulptur „non violence“? Hoffe, dir geht’s gut! CU, Alex

EINSTIEGSAUFGABEN 71079-264

1. Beschreibt die Skulptur des schwedischen Künstlers Carl Fredrik Reuterswärd in der Nachricht von Alex in **M23**.
2. Stellt Vermutungen an, weshalb sie den prominenten Platz (vor dem Hauptquartier der Vereinten Nationen in New York) bekommen hat.

M24 Ziele und Grundsätze der Vereinten Nationen – Auszüge aus der UN-Charta

Artikel 1

Die Vereinten Nationen setzen sich folgende Ziele:

1. den Weltfrieden und die internationale Sicherheit zu wahren und zu diesem Zweck wirksame Kollektivmaßnahmen zu treffen, um Bedrohungen des Friedens zu verhüten und zu beseitigen, Angriffshandlungen und andere Friedensbrüche zu unterdrücken und internationale Streitigkeiten oder Situationen, die zu einem Friedensbruch führen könnten, durch friedliche Mittel nach den Grundsätzen der Gerechtigkeit und des Völkerrechts zu bereinigen oder beizulegen;
2. freundschaftliche, auf der Achtung vor dem Grundsatz der Gleichberechtigung und Selbstbestimmung der Völker beruhende Beziehungen zwischen den Nationen zu entwickeln und andere geeignete Maßnahmen zur Festigung des Weltfriedens zu treffen;
3. eine internationale Zusammenarbeit herbeizuführen, um internationale Probleme wirtschaftlicher, sozialer, kultureller und humanitärer Art zu lösen und die Achtung vor den Menschenrechten und Grundfreiheiten für alle ohne Unterschied der Rasse, des Geschlechts, der Sprache oder der Religion zu fördern und zu festigen [...].

UN-Charta

Die Charta der Vereinten Nationen (UN-Charta) ist der Gründungsvertrag der Vereinten Nationen (United Nations). Ihre universellen Ziele und Grundsätze bilden die Verfassung der Staatengemeinschaft, zu der sich alle inzwischen 193 Mitgliedstaaten bekennen.

Sie wurde am 26. Juni 1945 in San Francisco am Ende der Konferenz der Vereinten Nationen für internationale Organisation unterzeichnet und trat am 24. Oktober 1945 in Kraft. Das Statut des Internationalen Gerichtshofs ist ein wesentlicher Bestandteil der Charta.

© Vereinte Nationen: Die Charta der Vereinten Nationen. In: www.unric.org, Abruf am 11.04.2022

Artikel 2

Die Organisation und ihre Mitglieder handeln im Verfolg der in Artikel 1 dargelegten Ziele nach folgenden Grundsätzen:

1. Die Organisation beruht auf dem Grundsatz der souveränen Gleichheit aller ihrer Mitglieder.
2. Alle Mitglieder erfüllen, um ihnen allen die aus der Mitgliedschaft erwachsenden Rechte und Vorteile zu sichern, nach Treu und Glauben die Verpflichtungen, die sie mit dieser Charta übernehmen.
3. Alle Mitglieder legen ihre internationalen Streitigkeiten durch friedliche Mittel so bei, daß der Weltfriede, die internationale Sicherheit und die Gerechtigkeit nicht gefährdet werden.
4. Alle Mitglieder unterlassen in ihren internationalen Beziehungen jede gegen die territoriale Unversehrtheit oder die politische Unabhängigkeit eines Staates gerichtete oder sonst mit den Zielen der Vereinten Nationen unvereinbare Androhung oder Anwendung von Gewalt.
5. Alle Mitglieder leisten den Vereinten Nationen jeglichen Beistand bei jeder Maßnahme, welche die Organisation im Einklang mit dieser Charta ergreift; sie leisten einem Staat, gegen den die Organisation Vorbeugungs- oder Zwangsmaßnahmen ergreift, keinen Beistand.

© Vereinte Nationen: Die Charta der Vereinten Nationen. In: www.unric.org, Abruf am 11.04.2022

M25 Von den Millenniumszielen zu den nachhaltigen Entwicklungszielen (Agenda 2030)

Im Jahr 2015 verabschiedeten die Vereinten Nationen (UN) in New York ein ziemlich einzigartiges Dokument: Sie verabschiedeten einen Plan, der die Welt bis zum Jahr 2030 nachhaltig gestalten soll. Einzigartig ist daran Vieles: Alle 193 Staaten der Vereinten Nationen haben sich auf diesen Plan [...] geeinigt. Die 17 Haupt- und 169 Unterziele sprechen alle Dimensionen der Nachhaltigkeit an – es gibt also sowohl ökologische als auch soziale und ökonomische Ziele. Es müssen aber immer alle drei Dimensionen zusammen betrachtet werden – genauso wie die Ziele „unteilbar" sind. Der Prozess hin zu dieser 2030 Agenda gilt als einer der umfassendsten und transparentesten der UN-Geschichte. Und die UN haben mit der Verabschiedung alle Staaten zu Entwicklungsländern gemacht. Denn in jedem Land gibt es noch Potential, nachhaltiger zu werden.

Die „Sustainable Development Goals" (SDG) – zu Deutsch: „nachhaltige Entwicklungsziele" – traten an die Stelle der im Jahr 2000 verabschiedeten „Millennium Development Goals", die nur für die Länder des globalen Südens galten und darauf abzielten, diesen bis 2015 gute Entwicklungsmöglichkeiten zu geben. Beispielsweise sollten extreme Armut und Hunger in diesen Ländern dadurch bekämpft werden. Die SDG setzen aber auch den [...] bereits 1992 [...] begonnenen Prozess rund um das Leitbild für Nachhaltige Entwicklung fort.

Balz, Julia: Sustainable Development Goals. In: www.nabu.de, Abruf am 05.04.2022

Erklärvideo: Nachhaltige Entwicklungsziele

71079-265

Die 17 Nachhaltigkeitsziele

M26 Die Agenda 2030 – Kritik und Zwischenbilanz

a) Ein kritischer Blick auf die Nachhaltigkeitsziele

Widerspruch des Wachstums

Die UN-Mitgliedstaaten betonen in der Agenda 2030 die Notwendigkeit einer Welt, in der die Menschheit „in Harmonie mit der Natur" lebt. Sie verpflichten sich, die globale Erderwärmung auf unter 2 Grad Celsius zu halten, nehmen sich Ressourceneffizienz in Konsum und Produktion vor und streben eine Entkopplung von Wirtschaftswachstum und Ressourcenverbrauch an. Diese Vorgaben signalisieren ein Bewusstsein dafür, dass unser globales Wirtschaftssystem tiefgreifende Probleme aufweist. Zugleich basieren die SDGs auf genau dem Wirtschaftssystem, mit dessen zugrundeliegendem Wohlstands- und Wachstumsmodell die sogenannten höher entwickelten Länder die Weltgemeinschaft in die Umwelt- und Ressourcenkrise hineingeführt haben. […]

Zu zaghafte Schritte gegen enorme Ungleichheit

17 Prozent der Menschen in Industriestaaten konsumieren 80 Prozent aller weltweit verfügbaren Ressourcen. Das reichste Prozent der Weltbevölkerung besitzt über die Hälfte des weltweiten privaten Gesamtvermögens und profitierte 2018 von 82 Prozent des weltweit erwirtschafteten Vermögenswachstums. Die Agenda 2030 erkennt diese Problematiken zwar zum Teil an, fordert aber nur zaghafte Schritte. […]

Privatisierung unserer Ökosysteme

Die UN betonen, dass eine erfolgreiche Umsetzung der SDGs nur unter der Mitwirkung des privaten Sektors stattfinden könne, da öffentliche Finanzierungen allein nicht ausreichen. Dafür werden ihm Umsatzchancen in Höhe von zwölf Billionen Dollar versprochen, ein doppelt bis dreifach erhöhtes Wachstum […] und eine Minderung der Geschäftsrisiken. Zur Förderung des privaten Sektors wurden zahlreiche UN-Initiativen wie beispielsweise der UN Global Compact gestartet. Zu dessen Mitgliedern gehören auch multinationale Unternehmen wie Cargill, Nestlé, Bayer, BP und Shell, die allesamt von NGOs des Ökozids beschuldigt werden. […] Ihnen werden neben der Klima- und Umweltzerstörung auch Menschenrechtsverletzungen, die Vertreibung indigener Völker und Steuerbetrug in Milliardenhöhe vorgeworfen.

Reiner, Laura: Die SDGs – Kein gutes Leben für alle? In: https://nachhaltig-entwickeln.dgvn.de, 18.12.2019

b) Zweifel an den Erfolgsaussichten der Agenda 2030? Noch darf man hoffen! Ein Kommentar …

Nun liegt mittlerweile ein Drittel der Laufzeit hinter uns, und die messbaren Fortschritte fallen noch weit hinter den Versprechungen zurück. […] Zudem stößt gerade die Coronakrise die gesamte Weltwirtschaft in heftige Turbulenzen und droht, die nachhaltige Entwicklung in noch weitere Ferne zu rücken. Wäre es nicht angebracht, den Zielkatalog anzupassen, die Ambitionen zurückzuschrauben oder gar komplett zu revidieren? […]

Erstens, die Ziele orientieren sich an den […] Notwendigkeiten und sind aus der Wissenschaft abgeleitet. Sie zu ändern, käme einer naiven Selbsttäuschung gleich: Als ob man in der Wüste auf einen Thermometer „20 Grad" kritzeln würde in der Hoffnung, die Umgebung werde damit angenehm temperiert.

Zweitens vermischen Kritiker häufig die technische und finanzielle Erreichbarkeit der globalen Nachhaltigkeitszie-

Revidieren
Zurücknehmen

Gordischer Knoten
Komplexes Problem, das unlösbar scheint

le und den politischen Willen zu deren Umsetzung. Es mangelt nicht an Ersterem, wie zahlreiche Studien belegen, sondern an Letzterem. Dies zu ändern liegt vor allem in der Hand der Zivilgesellschaft, denn die UN-Agenda ist eine Ansammlung nichtbindender Ziele, deren Verfehlen keine Sanktionen nach sich zieht – außer an der Wahlurne!

Der viel beklagte Aufstieg von Populisten und Nationalisten sollte drittens bei den etablierten Parteien nicht zu einem Unterbietungswettbewerb bezüglich der Abkehr von multilateralen Übereinkommen führen. Im Gegenteil sollten sie jetzt erst recht globale Bündnisse eingehen und die SDGs enthusiastisch umsetzen. [...]

Die Pessimisten unterschätzen viertens die Möglichkeiten des Fortschritts bei vergleichbaren globalen Rahmenwerken. [...] Und wir haben eine Jugend, die für solche Themen sensibler ist und entschlossener kämpft als alle Generationen vor ihr. [...]

Viele gordische Knoten wurden in den vergangenen Monaten zerschlagen. Ein Beispiel ist das Homeoffice, das nicht nur für bessere Vereinbarkeit von Arbeit und Privatleben sorgt, sondern [...] die Ballungsräume entlastet und Umwelt schont, weil Pendelwege vermieden werden. [...] Was zuvor noch als unmöglich abgestempelt wurde, funktioniert plötzlich. Der Wandel zu einer agileren, digitaleren, nachhaltigeren Wirtschafts- und Lebensweise wird dadurch Realität. [...]

Darin liegt die große Chance dieser Krise. Die Agenda 2030 ist heute noch bedeutsamer, dringlicher und – wenn wir es wollen – realistischer als am Tag ihrer Unterzeichnung.

Kroll, Christian: Noch darf man hoffen. In: www.tagesspiegel.de, 22.09.2020

AUFGABEN

71079-266

1. a) Bildet Kleingruppen. Ermittelt arbeitsteilig aus **M24** die Ziele und Grundsätze der Vereinten Nationen.
   b) Entwerft ein Schaubild, aus dem die Ziele und Grundsätze der VN auf einen Blick sichtbar werden.
2. a) Vergleicht die Millenniumsziele mit den Nachhaltigkeitszielen (**M25**).
   b) Diskutiert, welche Nachhaltigkeitsziele (**M25**) eurer Meinung nach in Deutschland schon erreicht sind und welche noch nicht. Begründet eure Auffassung.
3. a) Fasst die Kritik an den Nachhaltigkeitszielen (**M26a**) in eigenen Worten zusammen. Findet für jeden Kritikpunkt ein konkretes Beispiel.
   b) Arbeitet heraus, wie der Kommentator begründet, weshalb die Politik trotz aller Schwierigkeiten an der Agenda 2030 festhalten sollte (**M26b**). Fasst jeden Grund in einem Satz zusammen.
4. Erörtert, inwieweit das Erreichen der Nachhaltigkeitsziele (**M25**, **M26**) zum Frieden in der Welt beitragen kann.

F **Aufgaben 1-4**
Seht euch das Länderranking https://dashboards.sdgindex.org/rankings an. Arbeitet heraus, welche Nachhaltigkeitsziele Deutschland bereits erreicht hat. Vergleicht die Werte Deutschlands mit denen von Finnland und Afghanistan. Stellt Vermutungen über die Ursache der Gemeinsamkeiten und Unterschiede an.

H **Aufgabe 4**
→ S. 383

8.3.2 Aufbau der Vereinten Nationen: eine geeignete Struktur, um Frieden zu gewährleisten?

Zum Thema: Fast alle Staaten der Welt gehören der UNO an. Eine Institution, die 193 Mitgliedstaaten zählt, ist eine Organisation mit einer universellen Akzeptanz. Doch wie kommen hier alle Interessen unter einen Hut? Gegenstand dieses Kapitels ist die Frage, inwiefern die UNO angesichts ihrer Strukturen ihren Auftrag erfüllen kann.

M27 „Uniting for Peace" für die Ukraine

02.03.2022

Lara: Hi Alex, wie geht's dir in New York in diesen besonderen Zeiten?

Alex: Schön von dir zu hören, Lara. Das Praktikum bei der UNO ist gerade echt spannend, und gleichzeitig ist die ganze Situation hier total krass, weil alle wegen der Ukraine so erschüttert sind. Heute Nachmittag habe ich natürlich die Abstimmung der Resolution „Uniting for Peace" bei der Notstands-Sondersitzung der Generalversammlung verfolgt. Die Reaktion der Nationen ist doch sehr geschlossen. Aber was wird das bringen ...? Bist du immer noch in Litauen?

Lara: Ja. Die Lage hier ist auch voll angespannt, weil wir nicht wissen, was noch passiert. Hoffentlich bewirkt die heutige Resolution etwas, damit es bald wieder Frieden gibt!

Alex: Das wäre einfacher, wenn die Resolution verbindlich wäre, aber das geht ja nur im Sicherheitsrat. Und der wird ja mal wieder blockiert. Ein Mist. Bleib stabil!

„Uniting for Peace"
Die UN-Generalversammlung kann ausnahmsweise aktiv werden, wenn der Sicherheitsrat blockiert ist. Anfang März 2022 verurteilte die Generalversammlung auf dieser Grundlage mit großer Mehrheit den russischen Angriff auf die Ukraine.

71079-267

EINSTIEGSAUFGABE 71079-268

Lest den Chat zwischen Lara und Alex (**M27**). Stellt Vermutungen an, was Alex mit der „Blockade des Sicherheitsrates" meinen könnte.

M28 Zusammensetzung und Aufgaben der UN-Institutionen

Die wichtigsten Organe der UNO
Fünf Hauptorgane beeinflussen maßgeblich die UNO: Die Generalversammlung, die aus Regierungsvertretern der mittlerweile 193 Mitgliedstaaten besteht, der Sicherheitsrat mit seinen 15 Mitgliedern, der Wirtschafts- und Sozialrat, bestehend aus 54 Mitgliedern, der internationale Strafgerichtshof in Den Haag und das Sekretariat.

Resolutionen der UN-Generalversammlung
Die Resolutionen und Beschlüsse der Generalversammlung sind – anders als beim Sicherheitsrat – völkerrechtlich nicht bindend für die UN-Mitgliedstaaten.

a) Die UN-Generalversammlung

Die Generalversammlung ist das wichtigste Beratungsorgan der Vereinten Nationen. Für Entscheidungen wird je nach Tragweite eine einfache oder sogar eine Zwei-Drittel-Mehrheit benötigt. Sehr häufig wird im Konsens, also einstimmig, entschieden.

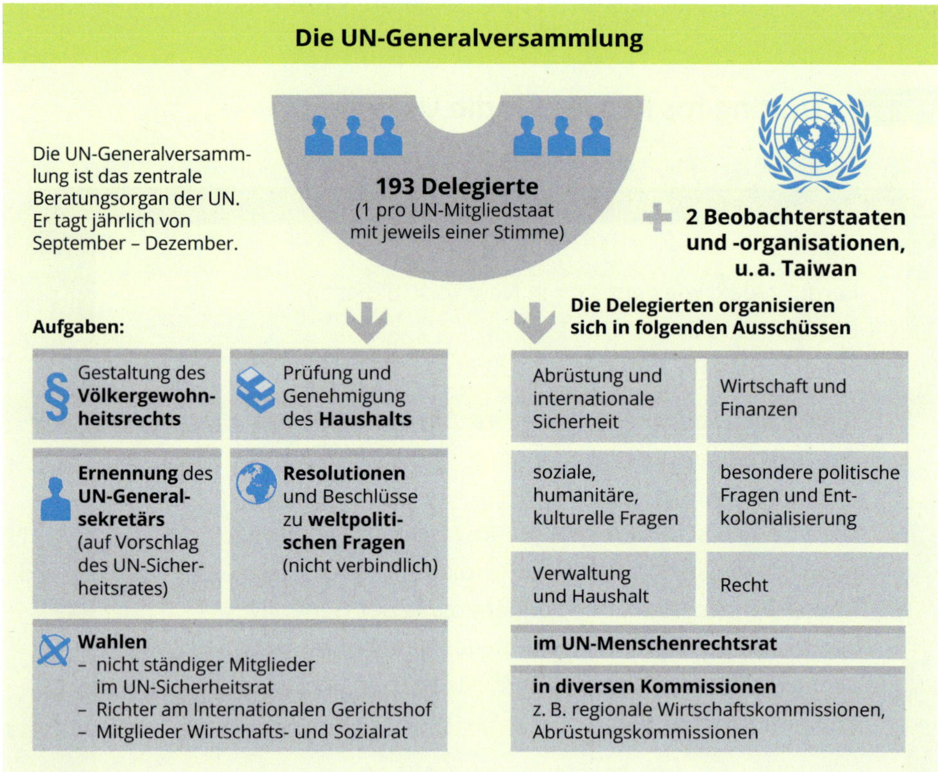

Nach: dpa, Globus-Grafik 10953, von Bearbeiterin angepasst

b) Der Generalsekretär

Als Chef des UN-Sekretariates [...] koordiniert der Generalsekretär die tägliche Arbeit der Vereinten Nationen, stellt den Haushaltsplan auf, nimmt an Sitzungen der UN-Hauptorgane teil (mit Ausnahme des internationalen Gerichtshofs), erstattet diesen Bericht über die Arbeit der UN und unterstützt die Hauptorgane bei ihrer Arbeit – z. B. durch Studien oder Erledigung anderer ihm zugewiesener Aufgaben.

Neben diesen Funktionen [...] hat der Generalsekretär als Repräsentant der Vereinten Nationen auch politischen Einfluss. Nach Artikel 99 der UN-Charta kann der Generalsekretär den Sicherheitsrat auf friedensgefährdende Angelegenheiten aufmerksam machen und so die Tagesordnung der Vereinten Nationen maßgeblich mitbestimmen. Als diplomatischer Vermittler in Konflikten kann der Generalsekretär auch Friedenspläne aufstellen oder vor Ort versuchen, die Konfliktparteien zu einer Einigung zu bewegen.

by-nc-nd/3.0/, Bundeszentrale für politische Bildung, Generalsekretär der Vereinten Nationen, www.bpb.de, 02.02.2011

c) Der Sicherheitsrat

©C. C. Buchner Verlag, aktuelle Daten nach: United Nations, 2022

Die Hauptaufgabe des Sicherheitsrats ist die Wahrung des Weltfriedens und der internationalen Sicherheit. Dazu darf der Sicherheitsrat verschiedene Maßnahmen und Sanktionen beschließen und auch militärisch in Konflikte eingreifen. Seine Beschlüsse sind verbindlich. Daher ist er das mächtigste Organ der Vereinten Nationen. Dennoch braucht es die freiwillige Unterstützung ausreichend vieler Staaten, um die Beschlüsse auch umzusetzen. So verfügt der Sicherheitsrat beispielsweise nicht über eigene Soldatinnen und Soldaten. Diese müssen von den Mitgliedstaaten zur Verfügung gestellt werden.

Bearbeiter

d) Hintergrundinformationen zur UNO

Die Arbeit der UNO stützt sich auf eigenständige internationale Organisationen. Die mehr als 15 Sonderorganisationen sind rechtlich und organisatorisch unabhängig, gehören aber dennoch auf der Grundlage von Beziehungsabkommen mit dem Wirtschafts- und Sozialrat (ECO-SOC) zur „UN-Familie". Beispiele für Sonderorganisationen sind unter anderem die Weltgesundheitsorganisation (WHO) oder die Organisation der Vereinten Nationen für Bildung, Wissenschaft und Kultur (UNESCO). Zur Bewältigung ihrer Aufgabenvielfalt verleiht die UN-Charta der Generalversammlung und dem Sicherheitsrat ausdrücklich das Recht, Nebenorgane einzusetzen, die teilweise ständig oder vorübergehend mit Aufgaben befasst sind. Daraus ergibt sich ein komplexes System von Organen, das sich im Lauf der Zeit verändert hat und immer wieder aktualisiert wird.

Bearbeiter

M29 Präsident Selenskyj spricht vor UN: „Wo ist der Sicherheitsrat?"

Ukrainischer Präsident vor dem UN-Sicherheitsrat, April 2022

71079-269

Der ukrainische Präsident Wolodymyr Selenskyj hat [am 05.04.2022] in einer Video-Ansprache vor dem UN-Sicherheitsrat in New York gefordert, dass Russland umgehend für die Gräueltaten an Bewohnern der Stadt Butscha zur Rechenschaft gezogen wird. [...] Bilder von Gräueltaten an Zivilisten im Kiewer Vorort Butscha und in anderen Ortschaften haben international Entsetzen ausgelöst. Die Ukraine macht russische Truppen dafür verantwortlich, die den Ort mehrere Wochen besetzt hielten, bevor sie sich vergangene Woche zurückzogen. Russland hingegen spricht von einer „inszenierten Provokation" der Ukraine, allerdings ohne bisher Beweise oder Belege vorgelegt zu haben. [...]

Selenskyj warf dem UN-Sicherheitsrat Versagen vor. „Wo ist der Sicherheitsrat? Es ist offensichtlich, dass die zentrale Institution der Welt zum Schutz von Frieden nicht effektiv arbeiten kann."

Der ukrainische Präsident Selenskyj ist dem UN-Sicherheitsrat per Video zugeschaltet, New York, 05.04.2022.

Entscheidungen des Sicherheitsrats seien aber für den Frieden in der Ukraine notwendig.

Er forderte die UN zu einer Reform des Veto-Systems im Sicherheitsrat, mit dem unter anderem Russland Resolutionen blockieren kann. Alles müsse getan werden, damit das internationale Gremium effektiv handeln könne.

© ARD-aktuell / tagesschau.de: Selenskyj spricht vor UN „Wo ist der Sicherheitsrat?" In: www.tagesschau.de, 05.04.2022

M30 Wer blockiert den UN-Sicherheitsrat?

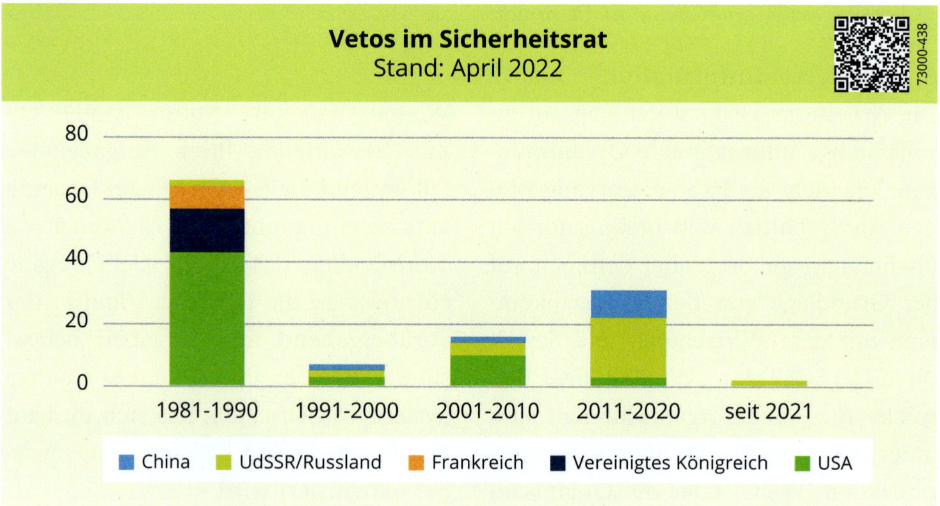

©C.C. Buchner Verlag, aktuelle Daten nach: UN-Sicherheitsrat, 2022; Statista

M31 Kommentar: Weltordnung vor dem Aus?

Der ukrainische Präsident Wolodymyr Selenskyj hat es bei seinem Auftritt im Sicherheitsrat der Vereinten Nationen auf den Punkt gebracht. Zugeschaltet aus Kiew hat er den anwesenden Botschaftern scharf vor Augen geführt, dass es keinen Sinn mehr macht, um den heißen Brei herumzureden. Die Weltordnung, wie sie durch die Vereinten Nationen seit 1945 repräsentiert wurde, steht vor dem Aus.

Die brutalen und bestialischen Kriegsverbrechen der russischen Soldaten in der Ukraine würden zeigen, dass das wichtigste Organ der Weltorganisation seine Arbeit nicht mache, nämlich gemeinsam für Frieden und Sicherheit zu sorgen. Es könne nicht sein, dass das Veto einer Supermacht Tod und Elend über andere Länder bringe. Wenn der Sicherheitsrat sich nicht reformiere, könne er sich auch gleich auflösen.

Selenskyj hat mit der moralischen Kraft eines belagerten Kriegspräsidenten das ausgesprochen, was viele seit langem denken. Die vielen Vetos Russlands, aber auch Chinas, in den vergangenen Jahren haben den UN-Sicherheitsrat in Fragen von Krieg und Frieden praktisch in die Handlungsunfähigkeit getrieben. […] Russlands Vetorecht und die strategische Komplizenschaft der anderen großen Diktatur und Vetomacht China haben den Sicherheitsrat der Vereinten Nationen in die handlungsunfähige Bedeutungslosigkeit geschickt. Klar ist, dass es mit diesem Russland aber wahrscheinlich auch mit dem kommunistischen China kein Zurück mehr geben wird. Wir stehen am Beginn einer neuen Weltordnung, von der wir noch nicht genau wissen, wie sie aussehen wird – ob es Diktaturen und Despoten sein werden, die dieses Jahrhundert bestimmen, oder ob der demokratische Westen bereit ist, die Kraft aufzubringen, das mit allen Mitteln zu verhindern. Eine Reform der Vereinten Nationen, so wie sie Wolodymyr Selenskyj gefordert hat, gehört dazu.

Hano, Johannes: Verachtung der Vereinten Nationen. In: www.zdf.de, 06.04.2022

AUFGABEN

71079-270

1. Bildet Kleingruppen und analysiert jeweils ein UN-Organ im Hinblick auf Legitimation und Aufgaben (**M28**). Stellt euch die Organe gegenseitig vor.
2. Erläutert die Kritik des ukrainischen Präsidenten an der Struktur des UN-Sicherheitsrats (**M29**, **M30**).
3. Nehmt Stellung zum Kommentar über die Reformnotwendigkeit des UN-Sicherheitrats (**M31**).
4. a) Gestaltet in Kleingruppen eine neue Struktur des Sicherheitsrats, die geeignet ist, besser für seine Aufgabe, für Frieden und Sicherheit in der Welt sorgen zu können.
   b) Beurteilt eure Vorschläge zu einer neuen Struktur des UN-Sicherheitsrats daraufhin, ob ihr sie für umsetzbar haltet.

F **Aufgabe 2**
Recherchiert auf den Seiten der Vereinten Nationen nach den aktuellsten Resolutionen zum Ukraine-Krieg.

8.3.3 Die Vereinten Nationen: Welche Mittel sollen sie zur Sicherung des Friedens nutzen?

Zum Thema: Trotz ihrer Komplexität und Schwierigkeiten spielen die Vereinten Nationen bei Fragen zur Friedensbildung und zur Sicherheit in der Welt eine große Rolle. Aber welche Mittel stehen den Vereinten Nationen zur Verfügung? Mit dieser Frage setzt ihr euch in diesem Kapitel auseinander.

M32 Blauhelmsoldat:innen im Einsatz?

Lara bekommt eine Chatnachricht von ihrer Freundin Amélie. Diese ist gerade für die Bundeswehr im Einsatz in Mali.

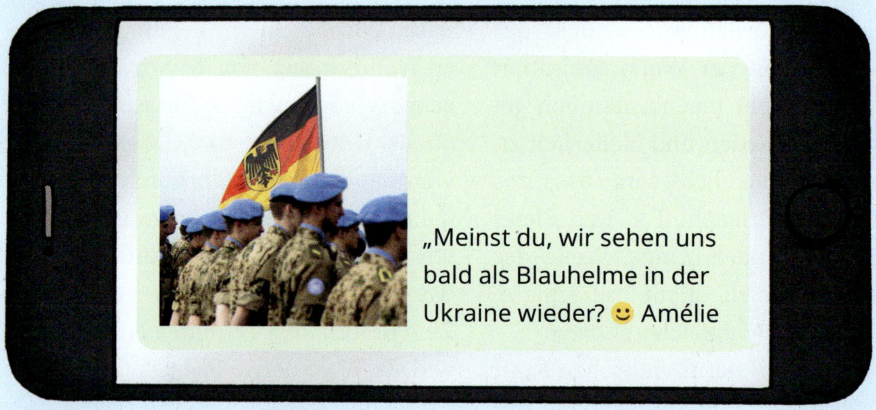

EINSTIEGSAUFGABE 71079-271

Was wisst ihr schon über die sogenannten „Blauhelmsoldaten:innen" (**M32**)? Stellt Vermutungen an, weshalb Amélie diese Nachricht geschickt haben könnte.

M33 Maßnahmen der UN zur Friedenssicherung

71079-272

Zu Beginn der UN-Charta haben sich die Staaten in Kapitel I dazu verpflichtet, ihre Streitigkeiten friedlich beizulegen. Diese Verpflichtung wird in Kapitel VI und VII der UN-Charta weiter ausgestaltet und präzisiert, wobei die Möglichkeiten der Konfliktregelung von einer Konfliktprävention bis hin zur Konfliktintervention reichen.

Demnach müssen sich Konfliktparteien zunächst bemühen, ihre Unstimmigkeiten durch Verhandlung, Untersuchung, Vermittlung, Vergleich, Schiedsspruch oder Gerichtsentscheidung oder durch andere friedliche Mittel eigener Wahl beizulegen (Art. 33). Der Sicherheitsrat kann sich bereits an dieser Stelle (präventiv) um Streitigkeiten kümmern, indem er von seinem Untersuchungsrecht Gebrauch macht oder Empfehlung zur Konfliktbeilegung ausspricht, er hat jedoch kein Weisungsrecht und einen Vermittlungsvorschlag kann er nur dann vorlegen, wenn er dazu von allen Konfliktparteien aufgefordert wurde.

Kommt es trotz der Bemühungen um friedliche Streitbeilegung zu einer fortdauernden Friedensstörung, kann der Sicherheitsrat nach Kapitel VII Zwangsmaßnahmen bis hin zur Anwendung militärischer Gewalt gegen den staatlichen Aggressor oder gegen die für die Friedensstörung verantwortlichen Staaten verhängen und damit in einen Konflikt intervenieren. Dafür muss der Sicherheitsrat feststellen, ob eine Bedrohung, ein Bruch des Friedens oder eine Angriffshandlung vorliegt (Art. 39). Dauert die Friedensbedrohung fort, kann der Sicherheitsrat nun auch gegen den Willen der betroffenen Konfliktpartei(en) und ohne Zustimmung der anderen VN-Mitglieder Zwangsmaßnahmen verhängen. Bei der Anwendung von Zwang ist zwischen gewaltfreien Sanktionen (Art. 41) und militärischen Maßnahmen (Art. 42) zu unterscheiden. Artikel 41 zählt mögliche Sanktionsmaßnahmen auf. Sie reichen von der Unterbrechung von Wirtschaftsbeziehungen oder Kommunikations- und Verkehrsverbindungen bis zum Abbruch diplomatischer Beziehungen. Dazu können noch Sanktionen wie der Einzug von Vermögen oder Reiseverbote verhängt werden.

Um Konflikten militärisch zu begegnen, kann der Sicherheitsrat entscheiden, ob er selbst einen Einsatz durchführt oder regionale Bündnisse in Anspruch nimmt. In der Praxis hat der Sicherheitsrat bisher keine einzige militärische Aktion selber durchgeführt, weil sich die Staaten bisher geweigert haben, dafür Truppen bereitzustellen.

Bearbeiterin

Blauhelme
Umgangssprachliche Bezeichnung für die seit 1948 in Krisengebieten eingesetzten UNO-Friedenstruppen (benannt nach den von den Soldaten getragenen blauen Schutzhelmen), die sich aus Soldaten, unbewaffneten zivilen Beobachtern und Militärbeobachtern zusammensetzen. Aufgabe der Blauhelme sind friedenserhaltende bzw. friedensstiftende Maßnahmen; sie werden auf Beschluss des UNO-Sicherheitsrates und mit Einverständnis der jeweiligen Konfliktparteien eingesetzt.

Schubert, Klaus/ Klein, Martina: Das Politiklexikon. 7. Auflage. Bonn: Dietz Verlag 2020. Lizenzausgabe Bonn: Bundeszentrale für politische Bildung

Blauhelme im Einsatz – UN-Missionen weltweit
Stand: 2022

73000-82

Personen: Soldat:innen, Beobachter:innen, Polizei
Budget in Millionen Dollar, jeweils Juli 2020 bis Juni 2021 bzw. Jan. bis Dez. 2021

1 Nahost
UNTSO
Organisation der UN zur Überwachung des Waffenstillstands
Einsatz seit: Mai 1948
Personen: 365
Budget: 37 Mio. Dollar*

2 Indien/Pakistan
UNMOGIP
Militärbeobachtergruppe der UN in Indien und Pakistan
Einsatz seit: Januar 1949
Personen: 117
Budget: 11*

3 Zypern
UNFICYP
Friedenstruppe der UN in Zypern
Einsatz seit: März 1964
Personen: 1028
Budget: 55

4 Syrien
UNDOF
Beobachtertruppe der UN für die Truppenentflechtung
Einsatz seit: Juni 1974
Personen: 1224
Budget: 68

5 Libanon
UNIFIL
Interimstruppe der UN in Libanon
Einsatz seit: März 1978
Personen: 10.830
Budget: 481

6 Westsahara
MINURSO
Mission der UN für das Referendum in der Westsahara
Einsatz seit: April 1991
Personen: 462
Budget: 62

7 Kosovo
UNMIK
Mission der UN zur Übergangsverwaltung des Kosovo
Einsatz seit: Juni 1999
Personen: 350
Budget: 42

8 Mali
MINUSMA
Stabilisierungsmission der UN in Mali
Einsatz seit: März 2013
Personen: 15.916
Budget: 1270

9 Dem. Rep. Kongo
MONUSCO
Stabilisierungsmission der UN in der Demokrat. Republik Kongo
Einsatz seit: Juli 2010
Personen: 17.467
Budget: 1154

10 Südsudan
UNMISS
Mission der UN in der Republik Südsudan
Einsatz seit: Juli 2011
Personen: 19.195
Budget: 1265

11 Abyei (Sudan)
UNISFA
Interims-Sicherheitstruppe der UN für Abyei
Einsatz seit: Juni 2011
Personen: 3679
Budget: 283

12 Zentralafr. Republik
MINUSCA
Stabilisierungsmission der UN in der Zentralafr. Republik
Einsatz seit: April 2014
Personen: 14.943
Budget: 1006

©C.C. Buchner Verlag, aktuelle Daten nach: United Nations Peacekeeping, 2021

M34 Konzept und Probleme der Schutzverantwortung (R2P)

Schutzverantwortung (Responsibility to Protect; R2P/RtoP) meint die Verantwortung eines Staates, für den Schutz seiner Bevölkerung zu sorgen. Kann oder will ein Staat dies nicht, geht die Verantwortung an die internationale Gemeinschaft über. Das Prinzip der Schutzverantwortung ermächtigt demnach zum internationalen Eingreifen – notfalls unter Einsatz von Gewalt – wo schwerste Menschenrechtsverletzungen die Bevölkerung gefährden. Im Abschlussdokument des Weltgipfels 2005 erkannte die UN-Generalversammlung dieses Prinzip an. Es kommt bei Verbrechen gegen die Menschlichkeit, Kriegsverbrechen, Völkermord und ethnischen Säuberungen zur Anwendung. In diesen Fällen kann der Sicherheitsrat friedliche Mittel zur Streitbeilegung (diplomatische, humanitäre Maßnahmen) und, wenn diese nicht erfolgreich sind, Zwangsmaßnahmen beschließen, um Frieden wiederherzustellen.

Das Konzept der Schutzverantwortung entstand vor dem Hintergrund des Scheiterns und der Überforderungen von UN-Friedensmissionen (Ruanda, Bosnien) in den 1990er Jahren. Trotz der internationalen Anerkennung im Jahr 2005 blieben Auslegung und Umsetzung des Prinzips in die politische Praxis umstritten, nicht zuletzt da es den Grundsatz der staatlichen Souveränität berührt.

Bei seiner Entscheidung zum Libyen-Einsatz durch Resolution 1973 im März 2011 stellte der Sicherheitsrat einen Bruch der Schutzverantwortung fest und beschloss ein Eingreifen der internationalen Gemeinschaft zum Schutz der libyschen Bevölkerung. Der anschließende NATO-Einsatz wurde von einigen Staaten jedoch sehr kritisch gesehen: es stand der Vorwurf im Raum, westliche Staaten hätten die Schutzverantwortung benutzt um ein von ihnen abgelehntes Regime, die Regierung Gaddafi, zu stürzen.

Deutsche Gesellschaft für die Vereinten Nationen: Responsibility to Protect. In: www.frieden-sichern.dgvn.de, Abruf am 07.04.2022

Ethnische Säuberungen
Gewaltsamer Versuch, bestimmte ethnische (demselben Volk oder der gleichen Kultur angehörige Menschen) oder religiöse Gruppen aus einem Gebiet zu vertreiben, indem sie umgesiedelt, verschleppt oder sogar ermordet werden

AUFGABEN

71079-273

1. a) Stellt die Möglichkeiten der UNO, zur Konfliktlösung beizutragen, grafisch dar (**M33**).
   b) Nennt Bedingungen für einen Einsatz von UN-Blauhelmen (**M33**).
2. Erläutert die Idee und Probleme des Konzepts der Schutzverantwortung (R2P) (**M34**).
3. Entwickelt mit Hilfe von **M33** und **M34** mögliche Vorschläge, wie die UN sich in der Ukraine für Frieden einsetzen könnte (**M33**, **M34**).
4. Führt in der Klasse abschließend eine Pro-Kontra-Debatte (→ Methodenglossar) durch zur Frage: „Sind die Vereinten Nationen ein Garant für den Weltfrieden?"

Eine Podiumsdiskussion simulieren: Sollte die allgemeine Wehrpflicht wieder eingesetzt werden?

I. Worum geht es?

Angesichts des Krieges in der Ukraine und der damit verbundenen Neuausrichtung der deutschen Außen- und Sicherheitspolitik wird diskutiert, ob angesichts der neuen Herausforderungen eine Wiedereinführung der allgemeinen Wehrpflicht bzw. die gesetzliche Verpflichtung zur Ableistung des Grundwehrdienstes sinnvoll wäre (die im Jahr 2011 ausgesetzt worden war).

Eingeladen sind:

- ein hochrangiges Mitglied der Bundeswehr,
- ein:e Vertreter:in einer örtlichen Friedensinitiative,
- der/die Pressesprecher:in der Wehrbeauftragten des Deutschen Bundestages und
- Mats' Schwester Lara als Soldatin der NATO-Mission in Litauen.

II. Geht dabei so vor:

1. Schritt: Gruppenbildung

1. Bildet für jede Rolle eine Gruppe.
2. Bestimmt eine Gruppe, die die Moderation vorbereitet.

2. Schritt: Vorbereitung

Bereitet euch mit Hilfe der nebenstehenden Rollenkarten (→ QR- und Mediencode) auf eure Rolle vor, indem ihr

a) die Position der Rolle mit eurem Wissen aus den Unterkapiteln ausarbeitet. (Ihr könnt auch eine weiterführende Recherche durchführen, um weitere Argumente für die Position eurer Rolle zu finden.)

b) auch die anderen Rollenkarten lest und euch überlegt, wie sie zu der Frage der Podiumsdiskussion stehen. Sammelt mögliche Argumente, um die Position der anderen Podiumsteilnehmer:innen zu unterstützen oder zu schwächen.

c) ein Gruppenmitglied auswählt, das eure Rolle in der Podiumsdiskussion übernehmen wird.

3. Schritt: Durchführung

Führt die Podiumsdiskussion in der Klasse durch.

4. Schritt: Reflexion

Verfasst anschließend ein persönliches Urteil zur Frage, ob die allgemeine Wehrpflicht wieder eingesetzt werden sollte (→ **PUB**, **6**).

Bearbeiterin

Rollenkarten

71079-274

1 Ruth Niermann, VWL-Dozentin:
„Globalisierung bedeutet vor allem Wohlstand. Durch internationalen Handel kommt es bei uns zu niedrigeren Preisen und Produktvielfalt und die Menschen in Entwicklungsländern haben einen Arbeitsplatz."

2 Bernd Keller, Betriebsratsvorsitzender eines Unternehmens in Bochum:
„Globalisierung führt dazu, dass Unternehmen immer rücksichtsloser handeln. Jeder weiß, dass das Profitstreben einiger Unternehmen durch menschenunwürdige Arbeitsbedingungen und katastrophale Umweltschädigungen bezahlt wird. Und niemand kann sie stoppen."

3 Karima Ajad, Informatikstudentin:
„Die fortschreitende Digitalisierung und Automatisierung werden einen großen Einfluss auf die Globalisierung nehmen – hoffentlich zum Vorteil aller!"

4 Vincent de la Croix, Verkäufer in einem Modegeschäft:
„Alle Konsument:innen sind jeden Tag daran beteiligt, Globalisierung zu gestalten. Dieser Verantwortung müssen wir uns bewusst sein!"

5 Kerstin Müller-Schmidt, Theaterregisseurin:
„Globalisierung bedeutet auch einen Austausch von Kulturen. Das können wir als Chance sehen, statt die Dominanz westlicher Kulturen zu verteufeln."

6 Ali Yilmaz-Richter, LKW-Fahrer für eine große Spedition:
„In der Corona-Krise haben wir gemerkt: Globalisierung bedeutet vor allem Abhängigkeit. Plötzlich waren viele Waren nicht mehr verfügbar. Das darf nicht wieder passieren."

9

Die Welt als Markt: Sollte es mehr, weniger oder andere wirtschaftliche Globalisierung geben?

Früh am Morgen klingelt der Wecker – made in China. Kaffee aus Kolumbien zum Frühstück, Brötchen mit Käse aus der Schweiz und dann Klamotten anziehen – made in Bangladesh. Schon am Vormittag kommen wir kaum um Globalisierung herum. Die Welt wächst zusammen – das hat Vor- und Nachteile. Politik, Unternehmen und Verbraucher:innen können dabei mitentscheiden, wie Globalisierung gestaltet wird. Doch wie groß ist der Einfluss jedes Einzelnen?

Am Ende des Kapitels solltet ihr Folgendes können:

- die Auswirkungen der Ausbreitung internationaler Unternehmen auf Mensch und Umwelt beschreiben
- Ursachen und Antriebskräfte der wirtschaftlichen Globalisierung erläutern
- die Grundgedanken politischen Handelns nach dem Konzept des Freihandels und des Protektionismus erklären und Auswirkungen der Anwendung der Konzepte auf Industrie- und Entwicklungsländer untersuchen
- an einem Fallbeispiel beurteilen, wie sich Deutschland im Spannungsfeld von Freihandel und Protektionismus positionieren sollte
- ökonomische Globalisierung bezüglich der Prinzipien nachhaltigen Handelns untersuchen
- die Reichweite staatlicher Gesetzgebung auf ökonomische Globalisierungsprozesse bewerten
- den Einfluss der Digitalisierung und Automatisierung im Kontext nachhaltiger Produktion diskutieren
- Möglichkeiten der Einflussnahme von Verbraucher:innen auf die Nachhaltigkeit von Globalisierungsprozessen bewerten

WAS WISST UND KÖNNT IHR SCHON?

71079-275

1. Lest die Aussagen zur Globalisierung auf der linken Seite. Tauscht euch darüber aus, welchen ihr spontan zustimmt und welchen nicht.
2. Notiert, welche Chancen, Befürchtungen und Herausforderungen bezüglich der Globalisierung in den Aussagen angesprochen werden.
3. Leitet aus diesen Chancen, Befürchtungen und Herausforderungen, Sach- oder Problemfragen ab. Beantwortet sie am Ende der Unterrichtseinheit.

Eine Ausstellung über (De-)Globalisierung in der Schule planen und durchführen

I. Worum geht es?

Deglobalisierung
→ S. 353, M15

Eine Ausstellung ermöglicht die Auseinandersetzung mit einem Thema auf verschiedenen Ebenen. So beinhaltet sie Informationen, wirft aber häufig auch Fragen auf und enthält interaktive Elemente, in denen die Besucher:innen dazu aufgefordert werden, sich an der Ausstellung zu beteiligen und ein eigenes Urteil zu bilden. Plant eine Ausstellung über das Thema (De-)Globalisierung.

II. Geht dabei so vor:

1. Schritt: Vorbereitung

1. Klärt den organisatorischen Rahmen. Dazu gehören z. B. folgende Fragen:
   - Welcher Ausstellungsort (Foyer der Schule/Klassenraum/...) steht euch in welcher Zeit zur Verfügung? Welche Konsequenzen hat dies für die Ausstellungsstücke?
   - Welche Präsentationsmedien können genutzt werden (Flipchart/Whiteboard/Stellwände/Tablets/...)?
   - Wer werden die Besucher:innen sein (Mitschüler:innen anderer Klassen/Lehrende/Freunde und Verwandte/Stadtbewohner:innen/...)? Wie erfahren sie von der Ausstellung und wann können sie sie besuchen? Wird es Führungen oder anderes Rahmenprogramm geben?
   - Wer übernimmt den Auf- und Abbau?
2. Erstellt einen Zeitplan, in welchem die wesentlichen Schritte terminiert werden. Notiert auch, wer jeweils verantwortlich ist.

2. Schritt: Themen festlegen und Informationen recherchieren

1. Bildet Gruppen von ungefähr 4 Personen.
2. Legt für jede Gruppe ein Thema fest. Wählt dabei aus den folgenden Themen des Kapitels aus:
   - Westliche Dominanz oder kulturelle Konvergenz durch Globalisierung (→ **M1-M5**)
   - Globale Mindeststeuer als Mittel globalisierter Politik (→ **M7-M10**)
   - Freihandel oder Protektionismus? Die Globalisierung der Zukunft (→ **M12-M15**)
   - Abhängigkeit von globalen Lieferketten
   - Lieferkettengesetz zur Verbesserung von Produktionsbedingungen (→ **M17-M24**)
   - Auswirkungen von Digitalisierung und Automatisierung auf die Produktion (→ **M25-M28**)
   - Einflussmöglichkeiten von Verbraucher:innen auf die Globalisierung (→ **M30-M32**)
3. Informiert euch zum Thema, indem ihr die angegebenen Materialien auswertet und durch eigene Recherchen ergänzt.

3. Schritt: Ausstellungsbeiträge gestalten und veröffentlichen

H **3. Schritt, 1**
→ S. 383

1. Gestaltet euren Ausstellungsbeitrag. Überlegt dabei, welche Präsentationsmedien ihr nutzen könnt.
2. Präsentiert euch gegenseitig eure Ausstellungsbeiträge in der Klasse und gebt euch ein Feedback. Arbeitet ggf. anfallende Kritik ein.
3. Plant gemeinsam die Eröffnung eurer Ausstellung und verteilt Einladungen.
4. Reflektiert nach Ende der Ausstellung eure Erfahrungen in der Klasse.

Bearbeiterin

9.1 Herausforderungen der ökonomischen Globalisierung

9.1.1 Weltweite Ausbreitung von Unternehmen durch Globalisierung: Überwiegen die Vor- oder die Nachteile?

Zum Thema: Ikea, H&M, Netflix – diese Unternehmen haben eines gemeinsam: sie breiten sich zunehmend weltweit aus. Das hat Folgen für die kulturelle Vielfalt, denn so ist auch das Angebot in vielen Ländern gleich oder zumindest ähnlich. Was das mit Globalisierung zu tun hat und welche Chancen und Risiken in dieser Entwicklung stecken können, erfahrt ihr in diesem Kapitel.

M1 Bilder der Globalisierung ...

Globalisierung der Wirtschaft, hier: Containerschiff im Hamburger Hafen

Globalisierung der Kultur und Gesellschaft, hier: Ikea-Filiale in Taiwan

Globalisierung der Umwelt, hier: giftiger Schaum u. a. aus Abwasser von Färbereien auf dem Fluss Yamuna in Indien

Globalisierung der Politik, hier: Treffen von Olaf Scholz mit den Präsidenten Polens und Frankreichs im Kontext des Ukraine-Kriegs

EINSTIEGSAUFGABEN 71079-276

1. Beschreibt die Bilder und tauscht euch darüber aus, inwiefern sie mit Globalisierung zusammenhängen könnten.
2. Erarbeitet zu zweit eine vorläufige Definition von Globalisierung.

M2 Globalisierung ist ...

71079-277

A ... Vernetzung über Grenzen hinweg

Globalisierung ist ein Prozess, in dem „Ereignisse in einem Teil der Welt zunehmend Gesellschaften und Problembereiche in anderen Teilen der Welt berühren" (Wichard Woyke). [...] Mit grenzüberschreitend, international, global... meinen wir meist über staatliche Grenzen hinweg. [...] Globale Finanzmärkte agieren [..] zwischen nationalen Geldmärkten. Transnationale Unternehmen bzw. „Global Player", sind dadurch definiert, dass sie in mehreren Staaten Niederlassungen haben, produzieren und verkaufen. Globale Umweltprobleme sind solche, die sich nicht auf Staatsgebiete eingrenzen lassen. Und auch im Internet gibt es praktisch keine staatlichen Grenzen.

B ... Austausch (von Gütern, Kapital, Wissen und Ideen, etc.)

Wesentliche Merkmale der Globalisierung sind die Liberalisierung und die drastische Zunahme des internationalen Handels, die Expansion ausländischer Direktinvestitionen, und die massiven grenzüberschreitenden Finanzströme. Modulare Produktionsprozesse, etwa in [...] der Textilindustrie [...], werden in transnationalen Unternehmensstrukturen organisiert und aus internationalen Kapitalströmen finanziert. Diese Erscheinungen führten zu einem verstärkten Wettbewerb auf zunehmend globalen Märkten. Neben der wirtschaftlichen Dimension spielt in der Globalisierung auch der Austausch von Informationen, Know-how und Ideen eine große Rolle. So ist zum Beispiel die Abschottung von Märkten und Gesellschaften unter den Bedingungen der Globalisierung kaum noch möglich.

Ausländische Direktinvestitionen
Finanzielle Beteiligung an einem im Ausland ansässigen Unternehmen mit dem Ziel langfristig und maßgeblich Einfluss auf die Geschäftstätigkeit zu nehmen.

C ... Konflikt und Zusammenarbeit

Zunehmende Vernetzung, globale Herausforderungen und wirtschaftlicher Wettbewerb führen zu neuen Konflikten und Erfordernissen der Zusammenarbeit. [...] Regionale und globale Herausforderungen erfordern zunehmend, dass Probleme im internationalen Kontext angegangen werden. Eine Folge davon ist, dass vermehrt nationale Befugnisse berührt werden und die eigene Politik abgestimmt werden muss, was für die Betroffenen Verunsicherung bringen kann. Und: „Obwohl viele Übel der heutigen Welt – Armut, Mangel an menschenwürdiger Arbeit, Verweigerung der Menschenrechte – schon lange vor der gegenwärtigen Phase der Globalisierung bestanden, haben in einigen Regionen der Welt Ausgrenzung und Entbehrungen zugenommen. Für viele hat die ökonomische Globalisierung traditionelle Lebensweisen und lokale Gemeinwesen zerrüttet und bedroht die Nachhaltigkeit der Umwelt und die kulturelle Vielfalt. [...]" (ILO-Weltkommission zur Sozialen Dimension der Globalisierung, 2004).

Meinert, Sascha/Stollt, Michael: Was ist Globalisierung? In: www.bpb.de, 21.06.2010

M3 Was sind die Ursachen der Globalisierung?

Ursachen der Globalisierung

1 ... politische und rechtliche Ursachen

- neue Wachstumszentren in Asien und Südamerika (zum Beispiel China, Indien und Brasilien)
- Veränderungen der Wirtschaftsordnungen in Osteuropa und Asien (Öffnung der Märkte für Sachgüter, Dienstleistungen und Kapital)
- EU-Erweiterung

2 ... technologische Ursachen

- weltumspannendes Kommunikationsnetz
- technologischer Fortschritt
- gesunkene Transaktionskosten durch moderne Verkehrs- und Kommunikationstechnologien

3 ... soziokulturelle Ursachen

- Zunahme der Mobilität des Menschen
- zunehmende Einforderung und steigende Existenz globaler Produkte (Weltmarken)
- zunehmende Angleichung von Lebensstilen, Normen und Wertvorstellungen

4 ... ökonomische Ursachen

- Abbau von staatlichen Regelungen auf Gütermärkten und Faktormärkten (wie Arbeitsmarkt, Kapital- und Geldmarkt)
- Abbau von Handelshemmnissen
- Abbau von Devisen- und Kapitalbeschränkungen
- Zunahme der Mobilität von Kapital und Wissen
- steigende Direktinvestitionen von Unternehmen ins Ausland
- Herausbildung multinationaler Unternehmen
- zunehmende Produktvielfalt und damit verändertes Konsumverhalten
- zunehmende Konkurrenz durch Schwellenländer

Nach: Kaminski, Hans/ Koch, Michael/ Eggert, Katrin: „Globalisierung". In: Handelsblatt macht Schule (Hg.), Düsseldorf 2011, 4. Auflage

M4 Globalisierung als offener Prozess

Mit der Globalisierung entstehen neue Entwicklungschancen aber auch neue Herausforderungen. Es fehlt noch an Orientierungsmaßstäben und an fairen Regeln. Wir können hier wenig aus der Vergangenheit ableiten, denn die heutige Vernetzung und Interaktion von Wirtschaftströmen, Kulturen und Wissen über (vormalige) Grenzen hinweg ist beispiellos. Globalisierung ist ein offener Prozess. Damit beginnt die Suche nach Ideen, neuen Lebensstilen sowie gesellschaftlicher Ordnung innerhalb und zwischen Staaten, die eine zukunftsfähige und faire Entwicklung ermöglichen können. Vergleicht man die Globalisierung mit dem Prozess der Industrialisierung, so wird deutlich, dass wir erst am Anfang einer Entwicklung stehen, die sich auf viele Lebensbereiche und Funktionsweisen unserer Gesellschaften auswirkt. Wir sind noch sehr ungeübt darin, damit umzugehen. [...] Jetzt geht es darum zu lernen, wie eine Welt, in der es rund geht aber nicht immer alles rund läuft, besser gestaltet werden kann.

Meinert, Sascha/Stollt, Michael: Was ist Globalisierung? In: www.bpb.de, 21.06.2010

M5 Fallbeispiel Unternehmensausbreitung: westliche Einheitskultur oder kulturelle Konvergenz durch Globalisierung?

Konvergenz
Annäherung

Im Zuge der Globalisierung kam es zu einer Ausbreitung von McDonald's in vielen Ländern. Zu Beginn seines Bestehens konzentrierte McDonald´s sich auf amerikanische Länder: Die erste Filiale eröffnete im Jahr 1940 in den USA. 20 Jahre später, in der Dekade 1961-1970, expandierte McDonald´s jenseits der USA: Erste Filialen öffneten in den Ländern Kanada, Puerto Rico und Costa Rica. Ab den Jahren 1971-1980 eröffneten zahlreiche Filialen erstmals in Ländern außerhalb Amerikas: z.B. in Australien, Deutschland, Japan, Irland, Österreich, ...

Das Tempo der Expansion wurde in den Jahren 1981-2000 nochmals erhöht, sodass Anfang des 21. Jahrhunderts McDonald´s in über 100 Staaten mit Filialen vertreten war.

Kritiker:innen dieser Entwicklung sprechen von einer „McDonaldisierung". Sie befürchten, dass die globale Ausbreitung des Unternehmens mit einer Ausbreitung westlicher Wertvorstellungen und Lebensstile verbunden ist, die lokale Kultur verdrängt. McDonald's steht dabei stellvertretend für viele andere westliche Unternehmen.

Ebenso gilt McDonald's aber auch als Beispiel für kulturelle Konvergenz. Der Konzern passt seinen Auftritt und seine Produkte an kulturelle Gegebenheiten an. Beispielsweise bieten die Restaurants in israelischen Niederlassungen lediglich koschere Produkte an und bleiben am Sabbat geschlossen. Auch das Image unterscheidet sich. Während McDonald's in vielen westlichen Ländern eher für ungesundes und standardisiertes Essen steht, verbinden Menschen in anderen Ländern, beispielsweise in Kasachstan, die Restaurants eher mit einem höheren sozialen Status.

Bearbeiterin, basierend auf: Bundeszentrale für politische Bildung: Zahlen und Fakten. Globalisierung. Fast Food. In: www.bpb.de, 15.09.2017

Grafik: Eröffnungen der jeweils ersten McDonald´s-Filialen in einem Land
71079-278

AUFGABEN

71079-279

1. Arbeitet in Dreiergruppen. Teilt die Texte in **M2** unter euch auf. Arbeitet die jeweiligen Kerngedanken heraus und präsentiert sie eurer Gruppe.
2. Erläutert, in welchen Bereichen (auch Dimensionen genannt) die Globalisierung Veränderungen hervorbringt und findet weitere Beispiele (**M2**).
3. Untersucht die Ursachen der Globalisierung (**M3**) daraufhin, ob sie eher durch staatlichen oder unternehmerischen Einfluss zustande kamen.
4. Erklärt, warum die Gestaltung von Globalisierungsprozessen wichtig ist und vor welche Herausforderungen sie uns stellt (**M4**).
5. Fasst die Thesen der westlichen Dominanz und der kulturellen Konvergenz bei Globalisierungsprozessen (**M5**) in jeweils einem Satz zusammen. Nennt Vor- und Nachteile der mit den Thesen verbundenen Entwicklungen.
6. Diskutiert in der Klasse über Chancen und Gefahren der weltweiten Ausbreitung von Unternehmen durch Globalisierungsprozesse.

F Aufgabe 2
Prüft eure Definition aus der Einstiegsaufgabe und nehmt ggf. Korrekturen oder Ergänzungen vor.

F Aufgabe 5
Fallen euch weitere westliche Unternehmen ein, anhand deren Ausbreitung sich die Thesen konkretisieren lassen?

9.1.2 Multinationale Unternehmen: (zu) mächtige Antriebskräfte der Globalisierung?

Zum Thema: Globalisierung ist ein Prozess, der politisch gestaltet werden kann. Doch wer gibt hier den Ton an? In diesem Kapitel lernt ihr mehr über den politischen Einfluss multinationaler Unternehmen.

M6 Große Unternehmen oder Staaten – wer gibt den Ton an?

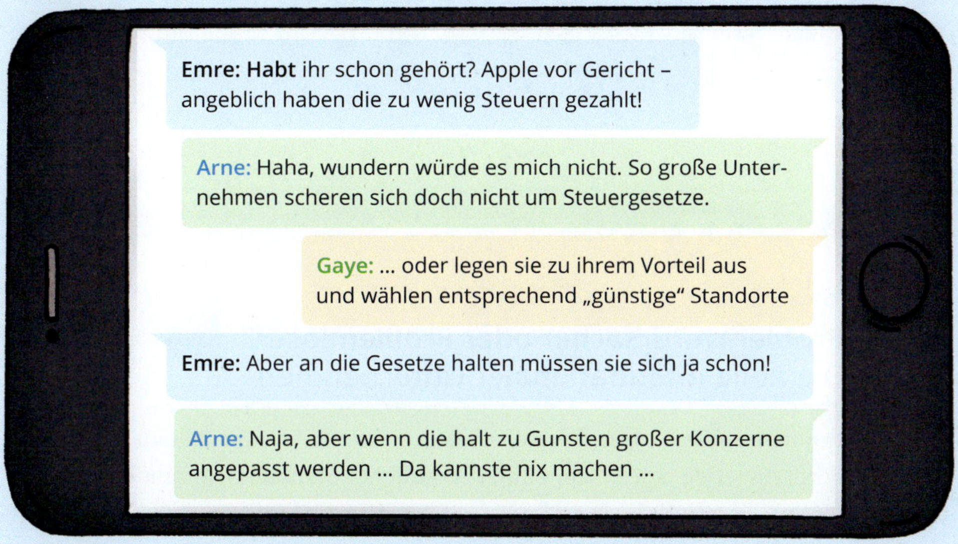

EINSTIEGSAUFGABEN 71079-280

1. Fasst das zentrale Thema der Diskussion im Chat zusammen. Fallen euch ähnliche Beispiele ein?
2. Was denkt ihr über die Rolle des Staates in Bezug auf die Macht großer Unternehmen? Verfasst eigene Antworten für den Chat.

M7 Entwicklung und Umsatz multinationaler Unternehmen

a) Internationalisierung der Top 100 multinationalen Unternehmen

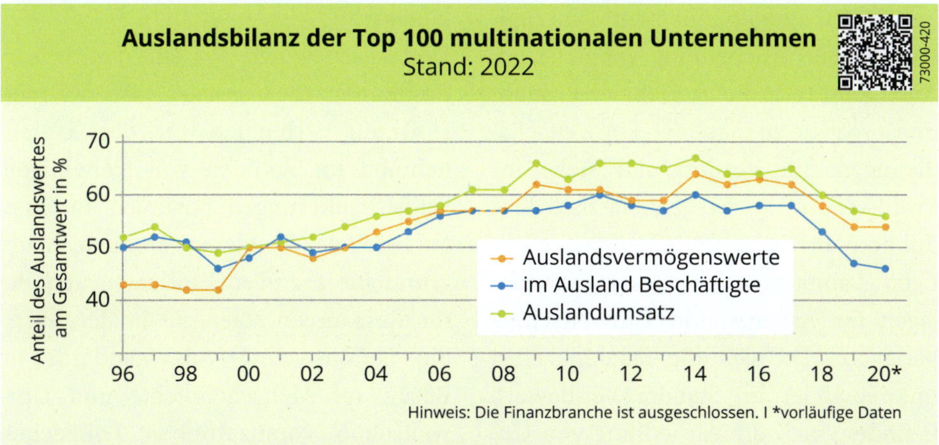

©C.C. Buchner Verlag, aktuelle Daten nach: UNCTAD, 2021

b) Umsätze und BIP ausgewählter Unternehmen und Staaten

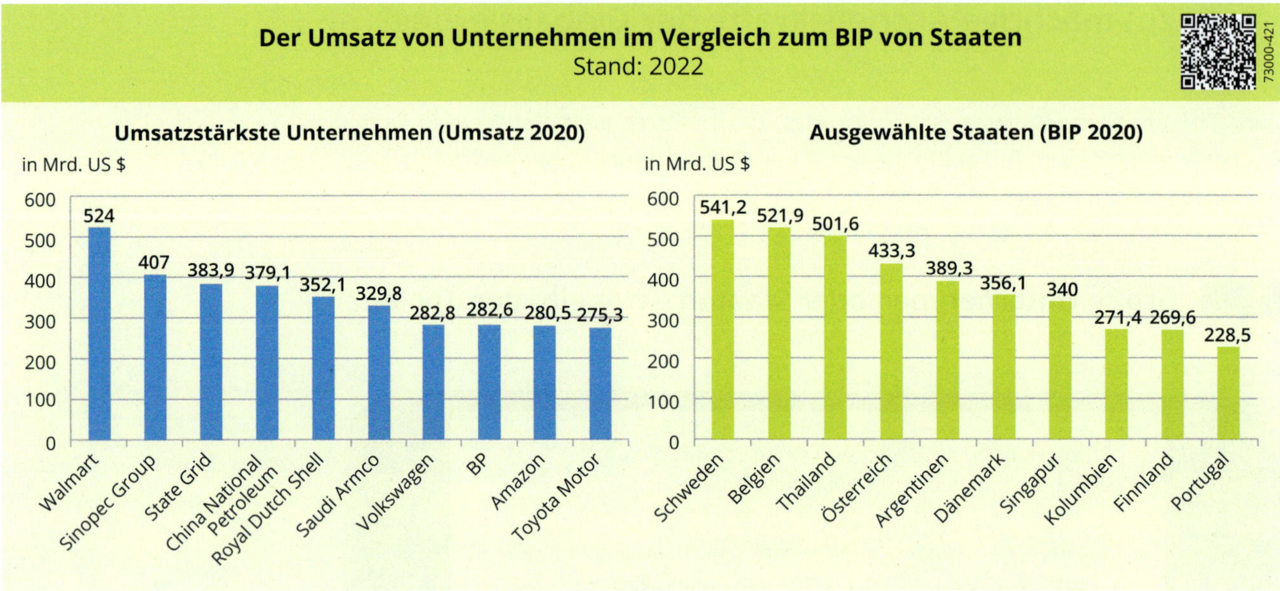

©C.C. Buchner Verlag, aktuelle Daten nach: Fortune, 2021 und Weltbank, 2021

M8 Problemverursacher oder Problemlöser? Die Rolle multinationaler Unternehmen

71079-281

Mit dem Fortschreiten des Globalisierungsprozesses stieg auch die Zahl transnationaler Unternehmen an. Sie sind zentrale Akteure der Globalisierung und mitverantwortlich sowohl für durch die Globalisierung entstandene Probleme wie auch für deren Lösung. Ihnen wird vorgeworfen, Menschenrechte zu missachten und Arbeitsbedingungen zu dulden, die von Diskriminierung und Ausbeutung geprägt sind. Auch kam es in Folge globaler Produktionsprozesse zu massiven Umweltschädigungen. Im Vordergrund stehe ihr Profitstreben, weswegen sie ihre Produktion an Orte mit möglichst günstigen Lohnkosten und geringen Auflagen für Arbeits- und Umweltschutz verlagern. Da sich die Staaten selbst untereinander im Standortwettbewerb befinden, weil die Ansiedlung von Unternehmen wirtschaftliche Vorteile bringt, kann es zum Abbau rechtsverbindlicher Standards kommen. Politisch stand daher im Vordergrund, Regeln zu finden, die dieses Verhalten transnationaler Unternehmen unterbinden. Doch aufgrund der begrenzten Reichweite nationaler Gesetze und Problemen bei der Konsensfindung für zwischenstaatliche Regeln haben diese oft nur wenig Wirkungskraft.

Stattdessen wurde auf eine Politik der Zusammenarbeit gesetzt, die mit der Hoffnung verbunden war, dass Unternehmen im Rahmen von freiwilligen Selbstregulierungen positiven Einfluss auf globale Probleme nehmen. Aufgrund ihres großen Einflusses und ihrer Ressourcen seien sie in der Lage, die Durchsetzung von Standards in Bezug auf Menschenrechte und Umweltschutz voranzutreiben. Politisches Mittel zur Einflussnahme auf Unternehmensentscheidungen waren eher Anreize als Regulierungen. Es ließ sich allerdings erkennen, dass diese Ziele nicht von allen transnationalen Unternehmen verfolgt wurden. Engagiert sind vor allem die transnationalen Unternehmen, die einem hohen sozialen Druck ausgesetzt sind. Aktuelle Beispiele wie etwa der Dieselskandal in der Automobilbranche zeugen davon, dass transnationale Unternehmen auch weiterhin Problemverursacher statt Problemlöser sein können. Dies führte auch dazu, dass Staaten ihre Politik wieder stärker an rechtsverbindlichen Vorgaben orientierten, dabei aber versuchen, einen sogenannten „smart mix" von Selbstverpflichtungen und gesetzlichen Regulierungen zu finden. Die Frage ist nun, welche Balance die Richtige ist.

Bearbeiterin, basierend auf: Schwindenhammer, Sandra: Von Problemverursachern zu Problemlösern – und wieder zurück? In: Neue Gesellschaft | Frankfurter Hefte 1 + 2/2019, S. 31-34

M9 Fallbeispiel: Irland und Apple gegen die EU

Facebook, Google, Apple – sie sind alle Weltkonzerne mit Milliardenumsätzen. Und sie haben alle Niederlassungen in Irland. Grund dafür dürfte auch sein, dass der irische Staat den Technik- und Internetgiganten profitable Steuervergünstigungen bietet. Sehr zum Ärger der EU-Kommission. Die hält diese Steuervergünstigungen für nach EU-Recht verbotene staatliche Beihilfen. [...] Darüber wacht die EU-Kommission. In deren Augen hat Irland gegen dieses Verbot verstoßen. [...]

Konkret sei das durch ein kompliziertes Modell geschehen, bei dem, vereinfacht gesagt, die Gewinne des US-Konzerns (auch aus anderen Staaten) über betriebsinterne Umbuchungen reduziert wurden. Nahezu die gesamten von Apple erwirtschafteten Gewinne seien intern einem „Verwaltungssitz" zugewiesen worden. Die Prüfung der Kommission ergab, dass diese „Verwaltungssitze" nur auf dem Papier bestanden und keine derartigen Gewinne hätten erwirtschaften können. Nach dem damals geltenden irischen Recht seien diese Gewinne dann gar nicht besteuert worden. Das wiederum führte dazu, dass Apples Gewinne insgesamt effektiv nur mit 0,005 Prozent besteuert wurde. Dies heißt, dass Apple für einen Gewinn von einer Million Euro im Ergebnis nur 50 Euro an den irischen Fiskus abgeführt hat.

Die EU-Kommission sieht eine verbotene staatliche Beihilfe in diesem Steuermodell. Sie beschloss: Irland solle das Geld vom US-Konzern zurückfordern. Von 2003 bis 2014 seien dem irischen Fiskus 13 Milliarden Euro entgangen. Außerdem verschaffe das Vorgehen Apple einen Wettbewerbsvorteil, weil andere Konzerne nicht in den Genuss derart niedriger Steuern kämen.

Apple-Chef Tim Cook verwies darauf, dass sein Konzern immer die gesetzlich vorgeschriebenen Steuern bezahlt habe. Nun gehen Irland und Apple gemeinsam vor dem Gericht der EU (EuG) gegen den Kommissions-Beschluss vor. Laut Apple habe der Konzern im fraglichen Zeitraum in den USA 20 Milliarden Dollar an Steuern gezahlt. Dort habe auch die Wertschöpfung stattgefunden.

Kehlbach, Christoph: Irland und Apple gegen die EU. In: www.tagesschau.de, 15.12.2020

Video: Tagesschau-Beitrag zum Streit um die Steuervergünstigungen

71079-282

Entscheidung des EuG
Das Gericht der Europäischen Union (EuG) hat entschieden, dass es keine unrechtmäßigen Steuervergünstigungen für Apple in Irland gab. Die Vorwürfe der EU-Kommission wurden zurückgewiesen. Daraufhin kündigte die EU-Kommission an, Berufung gegen diese Entscheidung einzulegen. Als nächstes muss sich dann der Europäische Gerichtshof (EuGH) (→ Kap 6.2.2) mit dem Fall beschäftigen.

Wertschöpung
Die erbrachte wirtschaftliche Leistung in einzelnen Wirtschaftsbereichen.

M10 Globale Mindeststeuer als Mittel gegen Steuerdumping?

a) Unternehmenssteuersätze in ausgewählten Ländern im Jahr 2020

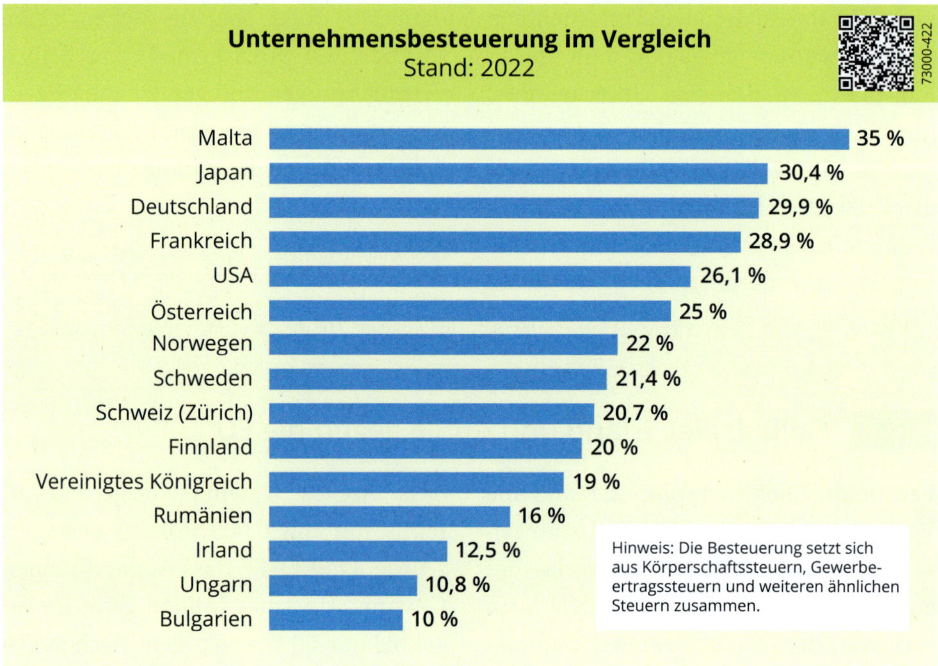

©C.C. Buchner Verlag, aktuelle Daten nach: Bundesfinanzministerium, 2021

b) Einigung auf eine globale Mindeststeuer

OECD
Organisation für wirtschaftliche Zusammenarbeit und Entwicklung

Meinung: Die globale Steuer-Revolution kommt voran

130 Staaten unter der Ägide der OECD haben ein besseres Steuersystem vereinbart. Das kann ein echter historischer Fortschritt sein, meint Bernd Riegert.

Die Welt steht tatsächlich vor einer „kolossalen" Umwälzung des Steuersystems [...]. Die prinzipielle Einigung von 130 Staaten unter Führung der Organisation für wirtschaftliche Zusammenarbeit und Entwicklung (OECD) ist wirklich historisch zu nennen. Zum ersten Mal seit 100 Jahren würde sich die Weltgemeinschaft auf einen radikalen Umbau des Steuersystems einigen, der der globalen Wirtschaft, auch im Internet, gerechter würde. Internationale Konzerne sollen nicht mehr dort Steuern zahlen, wo sie aus steuerlichen Gründen ihren Sitz anmelden, sondern da, wo sie ihre Umsätze erzielen. [...]

Als zweite tragende Säule wird eine weltweite Mindeststeuer von 15 Prozent auf Gewinne eingeführt, die zunächst für Unternehmen mit mehr als 750 Millionen US-Dollar Umsatz gilt. Das soll den Wettbewerb der Staaten mit Niedrigsteuern abstellen.

Riegert, Bernd: Meinung: Die globale Steuer-Revolution kommt voran. In: www.dw.com, 03.07.2021

c) Wer profitiert, wer verliert bei der globalen Mindeststeuer?

Vor allem bei kleineren Staaten lässt das Vorhaben nicht nur Freude aufkommen: In Irland zum Beispiel, wo Unternehmen nur 12,5 Prozent Steuern zahlen, [...] fürchtet man große Einnahmeausfälle. Zwar könnte der Mindestsatz von 15 Prozent theoretisch mehr Geld in die Kassen spülen. Doch ob die Tech-Giganten sich dann weiter auf der grünen Insel niederlassen, ist fraglich. [...] Auch in der Schweiz gibt es sorgenvolle Blicke. Rund 100 große Unternehmen haben hier ihren Firmensitz, denn manche Kantone verlangen nach Abzug aller Rabatte nur etwa zehn Prozent Unternehmenssteuer. [...] In der Hauptstadt Bern ist man der Auffassung, dass gerade kleine Länder, die nicht über die Vorteile eines großen Binnenmarktes verfügen, im internationalen Wettbewerb auch mit anderen Vorzügen punkten dürfen: günstige Steuern [...] Während vor allem kleine Staaten schon jetzt mit dem Schlimmsten rechnen, dürften die USA der große Gewinner werden. Nicht nur, weil hier die meisten Großunternehmen ihren Sitz haben. Sondern auch, weil das komplizierte Projekt den großen Ländern in die Hände spielt. Denn auch nach einer Mindestbesteuerung von 15 Prozent ist kein Land verpflichtet, diesen Satz auch anzuwenden. So könnte Irland bei 12,5 Prozent bleiben. Allerdings kann das Mutterland der Gesellschaft dann die Differenz zu 15 Prozent zusätzlich eintreiben. Bei den zahlreichen US-Unternehmen fließt diese zusätzliche Abschöpfung dann in die Staaten.

Jackisch, Klaus-Rainer: Wer profitiert von der globalen Mindeststeuer? In: www.tagesschau.de, 09.06.2021

AUFGABEN

71079-283

1. Analysiert die Statistiken in **M7** (→ Methodenglossar) im Hinblick auf Entwicklung und Dimension der Vermögenswerte im Vergleich zum BIP ausgewählter Staaten. Leitet Vermutungen darüber ab, welche Rolle transnationale Unternehmen bei der Gestaltung von Globalisierungsprozessen übernehmen.
2. Arbeitet aus **M8** grundlegende politische Konzepte zum Umgang mit multinationalen Unternehmen heraus und stellt sie gegenüber.
3. Analysiert das Fallbeispiel in **M9** im Hinblick auf die Frage, welche Interessen die einzelnen Akteure haben und stellt Vermutungen darüber an, welche Folgen die Entscheidung des EuGH für die einzelnen Akteure haben wird.
4. Analysiert die Unterschiede in den Unternehmenssteuersätzen verschiedener Länder (**M10a**) im Hinblick auf den Standortwettbewerb.
5. Stellt die zentralen Regelungen der globalen Mindeststeuer dar (**M10b**).
6. Arbeitet aus **M10c** Argumente für und gegen die Einführung der globalen Mindeststeuer heraus und stellt sie gegenüber.
7. Nehmt Stellung zu der Frage, ob eine globale Mindeststeuer eingeführt werden sollte. Bildet dazu eine Positionslinie (→ Methodenglossar).

F **Aufgabe 3**
Zum Zeitpunkt des Erscheinens des Buches hat der EuGH noch nicht entschieden. Recherchiert, wie der Fall weitergegangen ist.

9.1.3 Zwischen Freihandel und Protektionismus: Ist der Zenit der Globalisierung überschritten?

Zum Thema: Wie viel Handel mit anderen Ländern betrieben wird oder wie sehr die heimische Wirtschaft vor ausländischer Konkurrenz abgeschottet werden soll, war schon immer ein Spagat, der ständig neu austariert wurde. Insbesondere die Corona-Krise hat hier nochmal neue Diskussionen entfacht. In diesem Kapitel lernt ihr, welche Vor- und Nachteile beide Wege mit sich bringen, um anschließend über Deutschlands Position in diesem Spannungsfeld nachzudenken.

M11 Zollchaos nach dem Brexit

Zoll
Abgabe, die bei der Ein- oder Ausfuhr von Waren gezahlt werden muss.

Lkw warten stundenlang

Brexit sorgt für Zollchaos an EU-Grenzen

07.02.2021

Die neuen Zollregelungen nach dem Brexit machen vor allem Lastwagenfahrern zu schaffen. An den Grenzübergängen von Großbritannien in die EU müssen sie teils bis zu 36 Stunden ausharren – einige werden wieder zurückgeschickt. Manche Einzelhändler stellen die Lieferungen sogar ganz ein.

ntv.de: Brexit sorgt für Zollchaos an EU-Grenzen. In: www.n-tv.de, 07.02.2021

LKW-Stau an der EU-Grenze zu Großbritannien

EINSTIEGSAUFGABEN 71079-284

1. Nennt mögliche Gründe für die Einführung von Zöllen an der Grenze zu Großbritannien.
2. Überlegt, welche Konsequenzen sich aus der beschriebenen Situation für Unternehmen und Verbraucher:innen ergeben können.

M12 Wie entwickelt sich der internationale Handel?

a) Entwicklung des grenzüberschreitenden Wahrenhandels

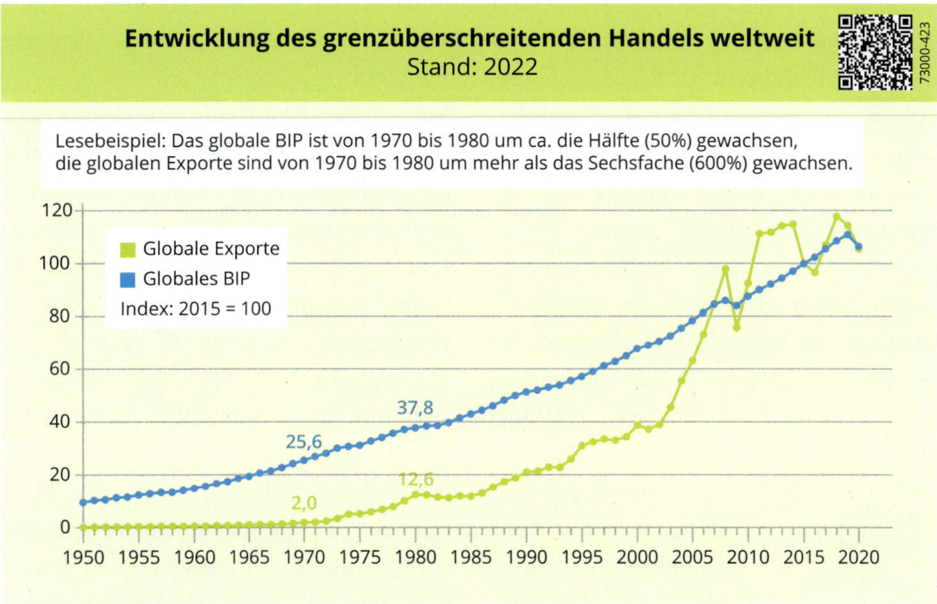

©C.C. Buchner Verlag, aktuelle Daten nach: WTO World Trade Statistical Review, 2021

b) Wie stark sind die globalen Handelsströme?

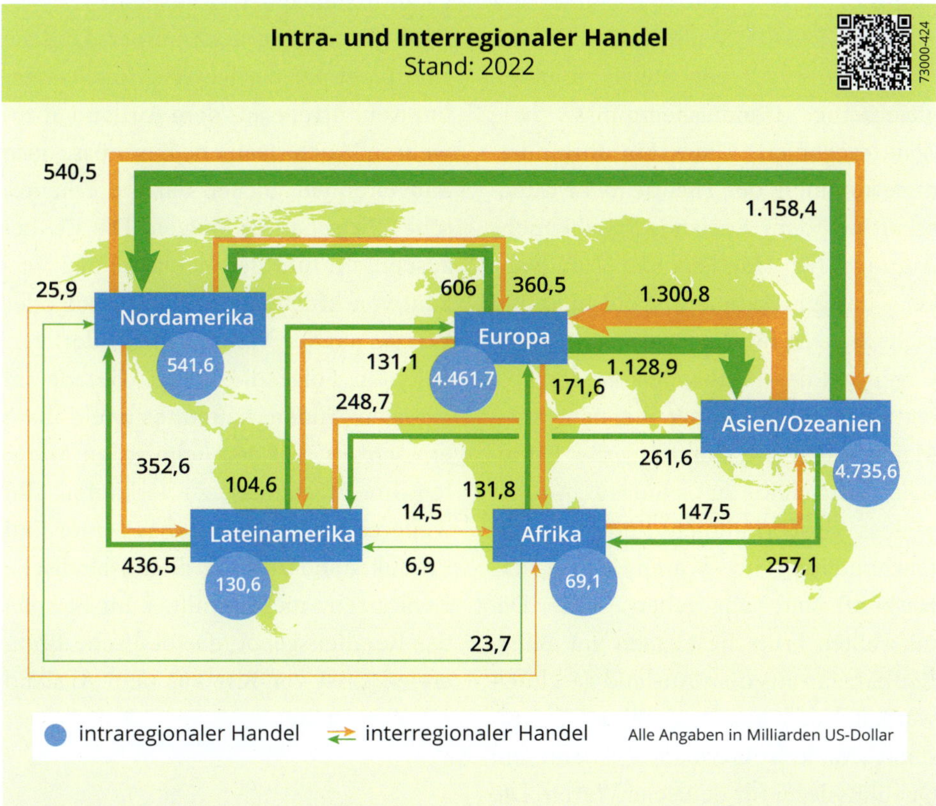

©C.C. Buchner Verlag, aktuellste Daten nach: UNCTAD, 2020

M13 Freihandel versus Protektionismus

71079-285

Erklärfilm zum Text

71079-286

Waren, die Grenzen überqueren, kosten Geld: Zölle. Auf der ganzen Welt. Seit Jahrtausenden. [...] Jahrhundertelang hat das niemanden groß gestört – bis auf die Händler natürlich. [...] Erst Anfang des 19. Jahrhunderts begann sich ein anderes Prinzip durchzusetzen, das wir heute „Freihandel" nennen. Wegweisend waren dafür Ökonomen wie Adam Smith. Der Schotte entwickelte in seinem Buch „Der Wohlstand der Nationen" bereits 1776 die These, dass jedes Land im besten Fall nur die Güter herstellen soll, die es günstiger oder schneller produzieren kann als andere Länder. Damit der Außenhandel angeregt wird und der Wohlstand aller Länder steigt, müssten gleichzeitig Handelshemmnisse wie Zölle wegfallen. Ohne Einfuhrhindernisse kommt in der Theorie mehr Kundschaft aus dem Ausland. Es gibt mehr Aufträge für Händler und Handwerker – das führt zu mehr Wohlstand und mehr Steuern für die Staatskasse. [...]

Gegenpart des Freihandels ist der Protektionismus. Darunter versteht man Maßnahmen von Ländern, die heimische Wirtschaft zu schützen. So beschloss Großbritannien Ende des 19. Jahrhunderts, auf Waren müsse das Herkunftsland angegeben sein. Damit sollten britische Firmen vor Billig-Konkurrenz aus dem Ausland geschützt werden – auch aus Deutschland. So entstand „Made in Germany" – heute ein Qualitätssiegel für deutsche Waren. Die USA und andere Länder führten nach dem Börsencrash von 1929 hohe Einfuhrzölle ein. Sie wollten so ihre Wirtschaft vor Konkurrenz durch Importe schützen.

Viele dieser Bestimmungen gibt es heute nicht mehr. Die Bundesrepublik Deutschland und die Länder der damaligen Europäischen Wirtschaftsgemeinschaft gründeten 1968 die Zollunion. Damit begann das Ende der Zölle in Westeuropa. Bis 1992, der Einführung des europäischen Binnenmarktes, fielen auch andere, sogenannte „nichttarifäre" Handelshemmnisse – wie nationale Normen, Einfuhrquoten oder Kontingente, also Mengenbeschränkungen – weg, die den Austausch von Waren behinderten – auch die Grenzkontrollen in weiten Teilen Europas. Der Warenaustausch innerhalb der EU wuchs, vielerorts auch der Wohlstand.

Zölle gibt es aber noch immer. Und sie sind nicht der einzige Weg für Staaten, um Konkurrenz aus dem Ausland abzuwehren. Auch staatliche Zuschüsse, also Subventionen, dienen dazu, die heimische Wirtschaft zu stützen. Die EU bezuschusste zum Beispiel lange den Verkauf von Milchpulver, Rindfleisch oder Weizen auf den Weltmärkten – dort verfielen in Folge die Preise. Gerade im globalen Süden hatten es viele Bauern schwer, auf den heimischen Märkten ihre Erzeugnisse zu verkaufen. Ein weiteres protektionistisches Mittel sind Produktstandards, die die ausländische Konkurrenz nicht erfüllt. Zum Beispiel das Reinheitsgebot, das deutsche Brauereien einst vor Bier aus dem Ausland schützen sollte.

Die Welthandelsorganisation (WTO)
Die WTO hat ihren Sitz in Genf, besteht seit 1995 und ist eine international tätige Organisation mit derzeit 164 Mitgliedsländern. Eines ihrer wichtigsten Ziele ist es, die Handels- und Wirtschaftsbeziehungen ihrer Mitglieder zu regeln. Vor allem sollen dabei die noch vorhandenen Handelsschranken zwischen den Mitgliedsländern abgebaut werden. Auch als Folge dieses Zieles hat sich der Begriff der Globalisierung in den 1990er Jahren durchgesetzt.

M14 Zum Freihandel verdammt ...

Weltweit werden Freihandelsabkommen forciert. Auch die EU ist bestrebt, mit Ländern auf allen Kontinenten Verträge abzuschließen. Um Zölle geht es dabei kaum noch, denn sie sind schon niedrig. [...] Nicht die Zölle sind das Problem, sondern die sogenannten nichttarifären Handelshemmnisse, also Produktvorschriften, die den Güteraustausch behindern. Die Automobilindustrie ist ein gern zitiertes Beispiel: Seitenspiegel in Deutschland müssen einklappbar sein - das gilt in vielen anderen Ländern nicht. Diese nichttarifären Handelshemmnisse sollen nun durch eine neue Welle von Freihandelsabkommen beseitigt werden.

Die Industrieländer handeln im Eigeninteresse [...]. Denn Zölle und nichttarifäre Handelshemmnisse verzerren den Wettbewerb und sind teuer für die Konsumenten. [...] Doch jede Regel kennt auch ihre Ausnahme. Wie die Geschichte zeigt, kann es sehr sinnvoll sein, gezielt auf Protektionismus zu setzten. Dies gilt vor allem für Entwicklungsländer, die den technologischen Abstand zu den Marktführern aufholen wollen. [...]

Die heutigen Entwicklungsländer haben es allerdings ungleich schwerer, die technologische Kluft zu überwinden. [...] Durch den technologischen Fortschritt steigt die Mindestgröße, die eine Fabrik haben muss, stetig. Selbst große Länder wie Argentinien sind längst zu klein, um eine eigene Autofabrik aufzumachen. [...] Kleinere Entwicklungsländer können diesen Weg nicht mehr gehen - und befinden sich in einer Falle. Sie sind auf den weltweiten Freihandel angewiesen, damit sie für ihre Produkte einen hinreichend großen Markt finden. Gleichzeitig begünstigt aber genau dieser Freihandel vor allem die etablierten Industrieländer, die technologisch überlegen sind und daher Konkurrenz nicht fürchten müssen. [...] Es ist also höchst unfair, wenn die heutigen Freihandelsabkommen stets davon ausgehen, dass eine Symmetrie bei den Vereinbarungen herrschen müsse [...]. Faire internationale Abkommen müssten die unterschiedlichen Entwicklungsstufen berücksichtigen.

Hermann, Ulrike: Zum Freihandel gezwungen. In: Mahlke, Stefan (Hg.): Atlas der Globalisierung. Welt in Bewegung. Berlin: Le Monde diplomatique 2019, S. 62 f.

M15 Deglobalisierung: Ist der Zenit der Globalisierung überschritten?

Erst hat Corona unsere wirtschaftlichen Abhängigkeiten aufgedeckt. Jetzt stellt der Krieg in der Ukraine die Rohstoffmärkte auf den Kopf. Das könnte eine Deglobalisierung einläuten - und unsere Welt neu gestalten. [...] Lieferkettenprobleme, Preissteigerungen, Engpässe - das alles könnte mit einer Entwicklung zusammenhängen, die als Deglobalisierung bekannt ist.

Globalisierung beschreibt [...] einen Prozess zunehmender gegenseitiger wirtschaftlicher Abhängigkeit - die Deglobalisierung markiert dagegen einen Rückzug von weltweiter ökonomischer Verflechtung. Und es gibt Hinweise, dass das schon seit einiger Zeit passiert. [...] Aus ökonomischer Sicht ist die Corona-Pandemie berüchtigt geworden für Störungen der Lieferketten. Wer könnte die resultierenden Engpässe vergessen, die steigenden Preise, die Hamsterkäufe - den Moment, in dem Sie Ihre letzte Rolle Klopapier angebrochen haben? [...]

Staaten und Konzerne [erwägen], die Lieferketten zu kürzen: „Sie können vielleicht nach Hause geholt werden, die Produktion von entscheidenden Waren und Technologien näher an die Produktionsstätten" [betont Cora Jungbluth, Wirtschaftsexpertin bei der Bertelsmann Stiftung.] Die Folge wäre eine höhere Krisensicherheit der Versorgung - was im Wesentlichen bedeutet: Weg von der Globalisierung mit ihrem Fokus auf Effizienz und Rentabilität.

Verbraucher spüren derzeit die Folgen der russischen Invasion in der Ukraine und der Sanktionen gegen Russland, vor allem im Energie- und Lebensmittelsektor. „Uns fehlen die Energieimporte, denn Europa braucht die fossile Energie aus Russland", so Thieß Petersen, Wirtschaftsexperte [...] bei der Bertelsmann Stiftung. „Und die ganze Welt braucht Agrarprodukte aus Russland und der Ukraine." [...]

Die weltweite Finanzkrise [der Jahre 2008-2009], der darauffolgende Protektionismus, die Neuordnung der Lieferketten aufgrund der Pandemie, die Entflechtung der Rohstoffmärkte aufgrund des Kriegs in der Ukraine - all das lässt Thieß Petersen schlussfolgern: „Vielleicht stehen wir am Anfang einer Art Deglobalisierung."

Diehn, Sonya Angelica: Globalisierung: Ist der Zenit überschritten? In: www.dw.com, 03.04.2022, übersetzt von Beate Hinrichs

AUFGABEN

71079-287

1. Analysiert die Grafiken in **M12** (→ Methodenglossar) im Hinblick auf die Entwicklungen auf dem Weltmarkt. Überlegt, welche Folgen diese Entwicklung für Staaten, Unternehmen unterschiedlicher Größe und Verbraucher:innen auf der ganzen Welt haben kann.
2. Stellt die Prinzipien Freihandel und Protektionismus gegenüber. Geht dabei auf Grundgedanken, Wirkungsweisen und Instrumente ein (**M13**).
3. Arbeitet Vor- und Nachteile des Freihandels und des Protektionismus heraus (**M13**).
4. Erklärt, wie der Freihandel zu den in **M12** dargestellten Entwicklungen auf dem Weltmarkt beigetragen hat.
5. Ermittelt die unterschiedlichen Positionen von Industrie- und Entwicklungsländern auf den Freihandel (**M13**, **M14**).
6. Erklärt die Annahme der Autorin in **M15** zu Veränderungen im Globalisierungsprozess.
7. Diskutiert in Kleingruppen, welche Konsequenzen und Handlungsnotwendigkeiten diese Veränderungen für alle Beteiligten mit sich bringen (**M12-M15**).

9.1.4 Probleme der Knappheit: Sollten wir unsere Abhängigkeit von globalen Lieferketten verringern?

Zum Thema: In Folge der Corona-Krise kam es zu Lieferengpässen in vielen Branchen. Diese Situation entfachte eine Diskussion darüber, wie groß die Abhängigkeit von globalen Lieferketten zukünftig sein soll. Gerade sensible Produkte wie Medikamente heizten diese Debatte an. Mit diesem Thema beschäftigt sich das folgende Kapitel.

M16 E-Bike-Kauf in Zeiten von Corona

Karikatur: Michael Hüter, 2021 im Magazin „Elektrorad"

EINSTIEGSAUFGABEN 71079-288

1. Analysiert die Karikatur und diskutiert die aufgezeigte Kritik in der Klasse.
2. Berichtet, ob ihr ähnliche eigene Erfahrungen gemacht habt.
3. Sammelt Vermutungen zu den Ursachen der aufgezeigten Problemsituation.

M17 Lieferengpässe als Folge der Corona-Krise und ihre Auswirkungen auf die Verbraucher:innen

71079-289

In den Jahren 2020/21 kam es in einigen Bereichen zu Engpässen in der Produktion, deren Ursachen und Auswirkungen im folgenden Material näher beleuchtet werden.

a) Engpässe in der Fahrradbranche

Wer ein bestimmtes Fahrrad [...] will, könnte ein Problem haben. Die Gangschaltung kommt meist aus Japan, der Rahmen und die Batterien für E-Bikes

Nach: SZ-Grafik: Julia Kraus; Quelle: SZ-Recherche

Just in time
(engl.) Zeitlich aufeinander abgestimmt

häufig aus China, die Bremsen aus Malaysia und die Sättel aus Taiwan. Schwierig im Moment, das alles *just in time* in Deutschland zu einem Bike zusammenzuschrauben. Denn bei einem Teil, sagt Rose-Bike-Geschäftsführer Diekmann, herrsche Rohstoffmangel, an manchen Orten stünden nicht genügend Container bereit, woanders sind die Grenzen geschlossen, und dann sind noch Transporte überbucht.
In Asien wurde bis zu drei Monate lang nicht produziert. Daher fehlt derzeit Material für schätzungsweise eine Million Räder. Gleichzeitig ist die Nachfrage nach manchen Rädern um bis zu 50 Prozent gestiegen. Die Gemengelage hat die Branche in einen „Kollaps" geführt, so Diekmann. Kaufinteressenten müssen teils lange warten, die Händler sind in Erklärungsnot. Ob und wann Entspannung eintritt, lässt sich kaum sagen, auch weil es offenbar nur wenig Informationen aus Asien gibt.

Hägler, Max/ Kläsgen, Micheal/ Liebrich, Silvia/ Martin-Jung, Helmut/ Radomsky, Stephan/ Ritzer, Uwe: Was Lieferengpässe in Deutschland bewirken. In: www.sueddeutsche.de, 20.10.2021

b) Engpässe im Weihnachtsgeschäft 2021

1 Spielzeug

„Wir haben eine Situation, wie ich sie seit 40 Jahren in dieser Branche noch nie erlebt habe", sagt [Uwe] Weiler, der bei Deutschlands größtem Spielwarenhersteller Simba Dickie das operative Geschäft leitet. „Das Problem sind keine Produktionsengpässe, sondern, dass die Container mit Spielwaren irgendwo in Häfen herumrumstehen." Das gilt für alle Güter, die nun Mangelware sind: Es fehlt an ausreichend Schiffen, und zudem sind immer wieder Häfen als Folge von Corona gesperrt. Und was doch auf die Reise Richtung Europa geht, wird deutlich teurer, denn die Transportkosten haben sich in den vergangenen Monaten vervielfacht. Weilers Ratschlag: „Frühzeitig einkaufen oder auf in Deutschland oder Europa hergestellte Produkte zugreifen, denn da gibt es keine Transportprobleme."
Etwa drei Viertel aller Spielwaren werden hauptsächlich in China gefertigt. [...] Doch aus heimischer Produktion lassen sich Lücken in den Regalen nicht füllen. Viele deutsche Hersteller etwa von Holzspielzeug sind ihrerseits lockdownbedingt im Rückstand. Gleichzeitig mehren sich Anfragen aufgrund der Engpässe in Asien.

2 Smartphones und Tablets

[A]uch vor dieser Branche macht der weltweite Chipmangel nicht halt. Wer etwa heute ein neues iPhone 13 Pro über Apples Website bestellt, bekommt es erst Ende November/Anfang Dezember, beim neuen Zehn-Zoll-iPad kann es sogar bis Mitte Dezember dauern. Auch in den Geschäften ist nicht alles immer auf Lager – ebenso bei Receivern oder auch elektrischen Zahnbürsten.

Sonys beliebte Playstation 5 kommt nur stoßweise in den Läden an, und die wenigen verfügbaren Geräte sind meist schnell weg. Dass Samsung in diesem Sommer kein neues Gerät der Note-Smartphone-Reihe präsentiert hat, wird ebenfalls dem Mangel an Bauteilen zugeschrieben.

Als genereller Rat lässt sich festhalten: Kurz-vor-knapp-Bestellungen könnten dieses Jahr leicht zu Enttäuschungen führen. Daher lieber schon bald etwas aussuchen und im Laden kaufen oder bestellen. Eines ist dabei klar: Bei dem knappen Angebot werden die Hersteller und Händler wenig Bereitschaft für Schnäppchen-Angebote zeigen. Und Vorsicht ist auch geboten bei Online-Rabattaktionen wie den sogenannten Black Fridays, Prime Days oder Cyber-Mondays. Die Gefahr, dass man dort vor allem Ladenhüter angeboten bekommt, gab es ja schon immer. Dieses Jahr allerdings dürfte sie noch höher liegen. [...]

3 Mode, Deko, Babysachen

„Kein Kunde wird frieren müssen, weil es an wärmenden Pullovern oder Jacken fehlt", beruhigt Axel Augustin, Sprecher des Textilverbandes BTE. Zur Not fände sich meist auch noch was im Schrank. Aber so gut wie alle Textil-, Schuh-, Lederwarenhändler und viele Krimskramsläden, neudeutsch: Non-Food-Händler, haben ein Problem, weil die Warenströme nicht mehr so fließen wie früher. [...] Jan Weischer, Geschäftsführer der Kleinkindfachmarktkette Babyone sagt: „Nicht jedes Produkt von jedem Lieferanten kann mit genauen Lieferterminen vorausgesagt werden." [...] Dafür räumt der Mode- und Dekohändler Ernsting's Family ein: „Wir haben nach wie vor mit Warenausfällen und Lieferschwierigkeiten sowohl im Bereich der Bekleidung als auch bei der Hartware wie zum Beispiel Weihnachtsdekoartikeln zu kämpfen." Eine Erholung sei bis zum chinesischen Neujahrsfest Anfang Februar nicht in Sicht und in den Folgemonaten fraglich.

Dostert, Elisabeth/Fromm, Thomas/Kläsgen, Michael/Martin-Jung, Helmut/Ritzer, Uwe: Was vor Weihnachten knapp werden könnte. In: www.sueddeutsche.de, 29.10.2021

M18 Lieferketten: je Komplexer, desto anfälliger

Welche Auswirkungen wird die Corona-Krise auf die Struktur der Globalisierung haben? Barbara Fulda betreut den Forschungsverbund „Die Ökonomie der Zukunft". In unserem Interview beschreibt sie, warum sich komplexe Wertschöpfungsketten nun als so anfällig herausstellen und wie wir die Wirtschaft in Zukunft krisenfester gestalten können.

Im Zuge der Ausbreitung des Corona-Virus ist immer wieder von einem möglichen Zusammenbruch der globalen Liefer- und Wertschöpfungsketten die Rede. Wie beurteilen Sie die Lage?

Barbara Fulda: Sobald auch nur ein einzelnes Glied in globalen Wertschöpfungsstrukturen fehlt, stockt der ganze Prozess. Genau dies beobachten wir für viele Produkte und Dienstleistungen derzeit. Unabhängig davon, ob Wertschöpfung global oder national stattfindet: Sie erfolgt in den meisten Fällen in mehreren Schritten. Je länger und komplexer Wertschöpfungsstrukturen sind, desto wahrscheinlicher ist eine Unterbrechung und desto anfälliger sind sie für Änderungen von Rahmenbedingungen – sei es wegen der Erhöhung von

Wertschöpfungskette
→ S. 360, **M20**

Wertschöpfung
→ S. 347, **Randspalte**

Zöllen, aufgrund von Handelsstreitigkeiten, Pandemien oder Naturkatastrophen.

Worin unterscheidet sich die Corona-Krise von vergangenen Krisen?

Lieferausfälle und damit Produktionseinbrüche haben verdeutlicht, wie unübersichtlich und vielgliedrig Wertschöpfungsprozesse mittlerweile sind. Sicherlich: Globaler Handel ist seit Jahrtausenden Realität. [...] Die Komplexität und das Ausmaß globalen Handels sind jedoch neu. [...]

Sollten wir also aus der Krise lernen, dass unsere Wertschöpfungs- und Lieferketten aufgrund ihrer Störanfälligkeit nicht krisenfest sind und daher grundlegend überdacht werden sollten?

Auf jeden Fall! Man könnte überdenken, inwieweit die Aufspaltung von Produktion sinnvoll ist. Auslagerung führt manchmal auch zu einer regionalen Konzentration auf wenige Hersteller, beispielsweise bei der Produktion von Wirkstoffen für Arzneimittel durch einzelne chinesische Produzenten in der Region Hubei, in der sich auch die Stadt Wuhan befindet. Dadurch werden Lieferketten anfälliger. Durch Überprüfung der einzelnen Schritte des Wertschöpfungsprozesses kann dessen Anfälligkeit im Hinblick auf Lieferausfälle reduziert werden. Außerdem zeigt sich gerade, wie problematisch der weitgehende Verzicht auf Lagerhaltung, um Lagerkosten zu reduzieren, sein kann. Die Umstellung hin zur „just in time" Anlieferung durch Logistikunternehmen und Produktion durch die Vorproduzenten macht den Herstellungsprozess auch im Fall kurzzeitiger Lieferausfälle anfällig. [...]

Hans Böckler Stiftung: Interview mit Barbara Fulda. Lieferketten: „Je komplexer, desto anfälliger". In: www.boeckler.de, Abruf am 23.03.2022

AUFGABEN

71079-290

1. Analysiert in Dreiergruppen die Situation auf dem Fahrradmarkt im Jahr 2021 (**M17a**), indem ihr Gründe für die Engpässe auf Seiten der Anbietenden und Nachfragenden herausarbeitet und kurz- und langfristige Folgen für Konsumierende, Unternehmen und Produzierende notiert.
2. Erschließt arbeitsteilig die Texte in **M17b**. Ergänzt anschließend gemeinsam eure Ergebnisse aus Aufgabe 1.
3. Arbeitet aus dem Interview zur Anfälligkeit von Lieferketten (**M18**) heraus, ob die Engpässe eine einmalige Situation aufgrund der Corona-Krise waren, worin die Anfälligkeit der Lieferketten liegt und welche Lösungen vorgestellt werden.
4. Ermittelt in Kleingruppen Konsequenzen einer Rückverlagerung der Medikamentenproduktion (**QR- und Mediencode, Randspalte**). Beachtet dabei die wirtschaftliche Situation in Deutschland und bisherigen Produktionsländern, die Auswirkungen für die Pharmaunternehmen sowie auf die Konsumierenden hinsichtlich der Versorgungssituation und Kosten von Arzneimitteln.
5. Diskutiert in der Klasse, ob Teile der Arzneimittelproduktion zurück nach Deutschland verlagert werden sollten.

Fallbeispiel: Lieferprobleme bei Medikamenten – zu wichtig, um vom Ausland abhängig zu sein?

71079-291

F Aufgabe 2
Auch in Folge des Ukraine-Kriegs 2022 kam es zu Lieferproblemen, beispielsweise von Getreideprodukten. Recherchiert, welche Ursachen diese Lieferprobleme hatten und welche Auswirkungen sie auf die Beteiligten haben. Stellt eure Ergebnisse in einem Kurzreferat dar (→ Methodenglossar).

9.2 Ökonomische Globalisierung und Nachhaltigkeit

9.2.1 Lieferkettengesetz: Welchen Einfluss soll staatliche Gesetzgebung auf Nachhaltigkeit in der Globalisierung nehmen?

Zum Thema: Wer sich Kleidungsetiketten ansieht, findet häufig heraus, dass die Kleidung aus einem weit entfernten Land stammt. In diesem Kapitel erfahrt ihr, welche Probleme bei der Auslagerung am Beispiel der Textilproduktion in Schwellen- und Entwicklungsländer entstehen und setzt euch mit einem Gesetz aus Deutschland auseinander, das diesen Problemen begegnen möchte.

M19 Was hat das mit unserer Kleidung zu tun?

Berge von ausrangierter Kleidung in der Atacama-Wüste in Chile

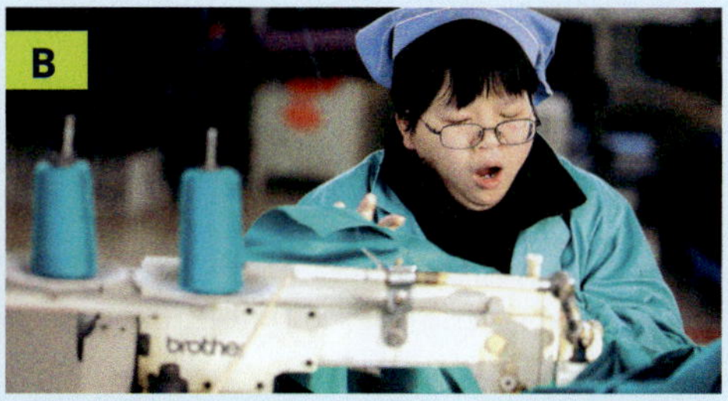

Eine erschöpfte Näherin am Arbeitsplatz.

Im Jahr 2013 stürzte in Sabhar (Bangladesch) das Gebäude Rana Plaza ein und tötete über 1.000 Menschen, zumeist Näherinnen.

EINSTIEGSAUFGABEN 71079-292

1. Benennt die dargestellten Probleme und überlegt, welcher Zusammenhang zu der Kleidung besteht, die bei uns in den Geschäften hängt.
2. Tauscht euch darüber aus, wer in welcher Form positiven Einfluss auf die dargestellten Situationen nehmen kann. Denkt dabei an den Staat, die Unternehmen und die Verbraucher:innen.

Wertschöpfungskette
Eine Wertschöpfungskette stellt die Stufen der Produktion dar und zeigt auf, wie die Vorleistungen, Arbeitskosten und Gewinne auf die Stufen (oder Standorte) verteilt sind.

Video: Der weite Weg von der Baumwolle bis zum T-Shirt
Untersuchung der Produktionsbedingungen von Billig-T-Shirts
71079-293

Dimensionen der Nachhaltigkeit
→ S. 120, Randspalte

M20 Die Wertschöpfungskette eines Shirts

Daten nach: Bundeszentrale für politische Bildung (Hg): Die beispielhafte Reise eines Shirts. In: Fluter. Nr. 76/2020, S. 27; Quellen: fashionguide.de, cleanclothes.at

M21 Nachhaltigkeit in der Textilproduktion

Die Ursachen für die globalisierte Produktion von Textilien liegen vor allem im Bereich der Kosten. Sinkende Transportkosten, vereinfachte globale Kommunikation und sinkende Handelsbeschränkungen sorgen dafür, dass es sich lohnt, dort zu produzieren, wo die Lohnkosten gering sind. Doch das hat seinen Preis. In den unterschiedlichen Dimensionen der Nachhaltigkeit lassen sich Konsequenzen erkennen.

A Ausbreitung globaler Produktionsketten – ökonomisches Entwicklungspotenzial für ärmere Länder?

Für Entwicklungsländer birgt die Ausbreitung globaler Produktionsketten neue Chancen, Teil der Weltwirtschaft zu sein und die eigene nationale Entwicklung zu fördern. Sie können eine verarbeitende Industrie aufbauen, die sich auf einzelne Produktionsschritte konzentriert und müssen so nicht mehr den gesamten Produktionsprozess abdecken. Auf diesem Weg werden Arbeitsplätze geschaffen, die auch von Arbeitnehmenden mit geringen

Vorkenntnissen besetzt werden können. Das Wirtschaftswachstum steigt. Das Beispiel der Textilindustrie zeigt jedoch auch, dass die Entwicklungsländer vor der Herausforderung stehen sich über die Segmente mit niedriger Wertschöpfung hinaus entwickeln zu müssen, um nicht in diesen Segmenten „stecken zu bleiben". Die Eintrittsbarrieren in die Herstellung von Textilien sind gering, da das Schneidern und Zusammennähen der Stoffe auf der einen Seite viel Arbeit, aber auf der anderen Seite nur wenig Produktionskapital und Technologie erfordert. Diese niedrigen Barrieren führen dazu, dass die Entwicklungsländer unter einem hohen Wettbewerbsdruck stehen. Um sich am Markt halten zu können, müssen sie niedrige Preise bieten.
Die arbeitsintensiven Produktionsschritte gehen meist mit einer geringen Wertschöpfung einher. Um diese zu steigern, können Unternehmen ihre Produktionsprozesse effizienter gestalten, etwa durch den Einsatz moderner Technologie und durch Innovationsprozesse. Gelingt dies nicht, stagniert die wirtschaftliche Entwicklung.

Bearbeiterin, basierend auf: Berger, Axel: Globale Wertschöpfung, globale Verantwortung? Potenziale und Herausforderungen globaler Wertschöpfungsketten. Berlin: Konrad Adenauer Stiftung e. V. 2019, S. 17 f.

Produktionskapital
z. B. Maschinen

B Klimasünde Kleidung – Welche Folgen hat die Textilproduktion für die Umwelt?

Bis ein T-Shirt bei uns auf dem Ladentisch liegt, hat es einiges über sich ergehen lassen: Glätten, Bleichen, Färben, Bedrucken – und für spezielle Outdoor-Kleidung auch Imprägnieren. Für diese Prozesse werden in der Textilindustrie pro Kilogramm Kleidung rund ein Kilogramm Chemikalien verwendet. Insgesamt 6.500 verschiedene Chemikalien sind bei der Textilveredelung im Einsatz, darunter auch Schwermetalle wie Kupfer, Arsen und Cadmium. Viele davon sind giftig, einige auch krebserregend. Für das Färben von einem Kilo Garn werden zudem rund 60 Liter Wasser benötigt: Wasser, das am Ende mit den chemischen Zusätzen verunreinigt ist. [...] Bei den weiteren Prozessen, also der Textilveredelung, könnten und müssten eigentlich auch Kläranlagen das Abwasser säubern, bevor es in anliegende Gewässer geleitet wird. [...] Es fehl[t] allerdings an adäquaten Kontrollen, damit diese Standards auch eingehalten werden. [...] Rund 65 Prozent aller Textilfasern auf dem Weltmarkt sind aus synthetischen Chemiefasern, also aus Kunststoffen wie Polyester, Polyamid oder Polyacryl. Für ihre Produktion waren im Jahr 2015 98 Millionen Tonnen Öl nötig. [...] Mit diesem erheblichen Anteil an fossilen Rohstoffen ist die Textindustrie zu einem der größten Klimasünder weltweit herangewachsen. Sie produzierte im Jahr 2015 1,2 Milliarden Tonnen CO_2-Äquivalente. Das sind mehr Treibhausgase als die internationalen Flüge und die Schifffahrt zusammen verursachen. Tendenz steigend. [...]
Im Vergleich zu Baumwolle und anderen pflanzlichen Fasern haben Kunststofffasern noch einen weiteren Nachteil: Sie gelangen massenweise in die Umwelt und tragen zur Verschmutzung mit Mikroplastik bei. [...] Fasern aus synthetischer Kleidung sind [..] die Hauptquelle des Mikroplastiks im Meer. [...] Das Problem: Beim Tragen der Kleidung aber insbesondere bei jedem Waschgang lösen sich Mikrofasern aus den Stoffen. In Ländern mit unzureichender Abwasseraufbereitung gelangen die Fasern von der Waschmaschine mit dem Schmutzwasser direkt in Flüsse und ins Meer. [...] Auch in Deutschland liegt der Faserabrieb bei der Textilwäsche auf Platz 10 der Mikroplastikquellen in der Umwelt.

Reichert, Inka: So macht unsere Kleidung die Umwelt kaputt. In: www.quarks.de, 05.02.2021

C Die wahren Kosten der Mode: Produktion ohne soziale Standards

Fast 80 Millionen Menschen arbeiten in den Textilfabriken, besonders in Asien, aber auch in Osteuropa, Afrika, Lateinamerika. Die meisten von ihnen sind Frauen. Eine Arbeit in der Textilwirtschaft gibt vielen Menschen und besonders Frauen eine Chance, ein eigenständiges Einkommen zu erzielen, extremer Armut zu entkommen und sich zu emanzipieren. Aber weil die Textilien billig sein sollen, müssen auch die Arbeiter*innen „billig" sein. Alles, was Geld kostet, wird im System Fast Fashion vermieden: ein fairer Lohn, Arbeits- und Brandschutz, Gesundheitsschutz, Sozialleistungen. Es passiert eher das Gegenteil: Die Arbeiter*innen werden noch mehr ausgebeutet – mit unbezahlten Überstunden und Extraschichten. Die Löhne in den Herstellungsländern reichen meistens nicht zum Leben. Nach einem Tag harter Arbeit und Schufterei haben die Frauen zu wenig, um die Miete zu zahlen, Essen zu kaufen, sich zu kleiden, Medikamente, Vorsorge und Arztbesuche zu bezahlen oder für die Schulbildung ihrer Kinder. Viele Millionen Textilarbeiter*innen werden krank durch ihre Arbeit. Sie atmen giftige Dämpfe ein, verletzen sich, werden Opfer von Gewalt und sexualisierter Belästigung am Arbeitsplatz. Niemand entschädigt sie für ihren Schmerz und das Leid. Im Gegenteil – den Arztbesuch müssen sie selbst bezahlen, wenn sie es sich überhaupt leisten können. Und ihre Arbeit kann lebensgefährlich sein. So starben mehr als eintausend Näher*innen bei dem Einsturz der Textilfabrik in Rana Plaza. Den wahren Preis unserer Billig-Kleidung zahlen die Arbeiter*innen, die sie herstellen.

*Exit Fast Fashion: Fast Fashion: Den Preis zahlen die Näher*innen. In: www.exit-fast-fashion.de, Abruf am 23.03.2022*

M22 Fallbeispiel: die Näherin Sharmin Akter Maleika

Die Näherin Sharmin Akter Maleka lebt in Gazipur, einer Textilstadt vor den Toren von Bangladeschs Hauptstadt Dhaka. Seit dem Frühjahr muss die 35-jährige alleinerziehende Mutter sich und ihre drei kleinen Söhne unter erschwerten Bedingungen und ohne staatliche Hilfe über die Runden bringen.

Bis zum April 2020 war sie Arbeiterin in einer Textilfabrik und verdiente umgerechnet rund 125 US-Dollar im Monat. Für sie bedeutete Globalisierung – trotz all der damit verbundenen Ungerechtigkeit – stabile Lebensverhältnisse. [...]

Als Corona im März die westliche Bekleidungsindustrie einbrechen ließ, stornierten viele Firmen ihre Bestellungen, Fabriken in Bangladesch mussten schließen, Hunderttausende Arbeiterinnen wurden entlassen. Ohne staatliche Unterstützung standen sie vor dem Nichts. Sharmin Akter Maleka ist verzweifelt. [...] Mit einmaligen Hilfszahlungen haben einzelne Firmen versucht, zu helfen. [...] Doch das sei nur ein Tropfen auf den heißen Stein, bemängeln Kritiker. Sie forderten schon vor Corona, das westliche Unternehmen mehr Verantwortung für ihre Zulieferfirmen im Ausland übernehmen müssten.

Vogel, Hannes/Rafiq, Bobby: Wie Covid-19 soziale Ungleichheit verstärkt. In: www.zdf.de, 25.11.2020

M23 Kann das „Lieferkettengesetz" eine Lösung sein?

Das Lieferkettensorgfaltspflichtengesetz (kurz Lieferkettengesetz) hat seinen Ursprung in den im Jahr 2011 von den Vereinten Nationen verabschiedeten Leitprinzipien für Wirtschaft und Menschenrechte. Diese haben zum Ziel, dass die Menschenrechte in der globalen Produktion eingehalten werden. Die Staaten sind dafür verantwortlich, dass dies umgesetzt wird. In Deutschland wurde dafür zunächst auf freiwilliges Engagement gesetzt. Allerdings stellte sich heraus, dass sich zu wenige Unternehmen an ihre menschenrechtliche Sorgfaltspflicht halten. Daher wurde eine gesetzliche Regelung angestrebt. Im Juli 2021 wurde das Lieferkettensorgfaltspflichtengesetz im Bundesgesetzblatt veröffentlicht. In Kraft tritt es ab 2023 für Unternehmen mit mindestens 3000 Beschäftigten im Inland, ab 2024 auch für Unternehmen mit mindestens 1000 Beschäftigten. Diese Unternehmen werden zur Beachtung menschenrechtlicher und umweltbezogener Sorgfaltspflichten in ihren Lieferketten von der Rohstoffgewinnung bis zur Lieferung an den Endkunden verpflichtet. Das schließt auch das Handeln der Zuliefererbetriebe ein. Das Gesetz enthalt einen Katalog von 11 Verboten, z. B. das Verbot von Kinder- und Zwangsarbeit, Sklaverei, der Missachtung von Arbeitsschutzmaßnahmen, der Ungleichbehandlung von Arbeitnehmenden, des Vorenthaltens eines angemessenen Lohns und das Verbot der Umweltschädigung durch Bodenveränderungen, Gewässerverunreinigung, Luftverunreinigung oder übermäßigem Wasserverbrauch. Unternehmen müssen regelmäßig prüfen, ob alle Standards eingehalten werden. Bei Verstoß gegen die gesetzlichen Pflichten des Lieferkettensorgfaltspflichtengesetzes können Bußgelder verhängt werden. Außerdem gibt es unter bestimmten Bedingungen die Möglichkeit, diese Unternehmen von der Vergabe öffentlicher Aufträge auszuschließen

Bearbeiterin

AUFGABEN

71079-294

1. Verfolgt den Weg des Shirts aus **M20** auf einer Weltkarte oder im Atlas. Überlegt, aus welchen Gründen es zu dieser weltweiten Produktion kommt und welche Probleme mit ihr verbunden sind.
2. Berechnet den prozentualen Anteil der einzelnen Produktionsschritte am Verkaufspreis. Tauscht euch darüber aus, ob die Verteilung gerecht ist.
3. Informiert euch in Dreiergruppen arbeitsteilig über Nachhaltigkeit in der Textilproduktion (**M21**). Fasst eure Ergebnisse in einer Übersicht zusammen.
4. Erläutert anhand des Fallbeispiels in **M22**, warum die Arbeit für die Näher:innen lebenswichtig ist und welche Verantwortung produzierende Unternehmen für die Arbeiter:innen haben.
5. Prüft, ob die in der Einstiegsaufgabe angesprochenen Probleme von den konkreten Verboten im Lieferkettensorgfaltsgesetz (**M23**) betroffen sind und gestaltet ein FAQ (→ S. 266) zum Lieferkettengesetz.
6. Simuliert mit Hilfe der Methodenkarte auf der nächsten Seite eine Podiumsdiskussion zum Thema „Ist das Lieferkettensorgfaltsgesetz ein gelungener Weg zu einer nachhaltigeren globalen Produktion?".

Video: Billigung des Lieferkettensorgfaltspflichtengesetzes durch den Bundesrat am 25.06.2021

71079-295

H Aufgabe 3
→ S. 383

F Aufgabe 5
Sammelt weitere Fallbeispiele, die durch die konkreten Verbote unterbunden werden sollen.

Simulation einer Podiumsdiskussion: „Ist das Lieferkettensorgfaltsgesetz ein gelungener Weg zu einer nachhaltigeren globalen Produktion?“

I. Worum geht es?

Das neue Lieferkettensorgfaltsgesetz ist in Kraft getreten. Die Meinungen, ob dieses Gesetz ein gelungener Weg zu einer nachhaltigeren globalen Produktion ist, gehen jedoch auseinander. In einer Podiumsdiskussion soll genau diese Frage diskutiert werden. Eine Podiumsdiskussion ist ein Austausch von unterschiedlichen Ideen und Interessen, meistens zum Zweck der politischen Meinungsbildung, bei der Expert:innen und Mitglieder des Publikums die Möglichkeit haben, komplexe Konflikte und Themengebiete zu diskutieren.

II. Geht dabei wie folgt vor:

1. Schritt: Vorbereitung

1. Teilt die Klasse in 4 Gruppen und ein Zweierteam auf, das die Moderation übernimmt.
2. Jede Gruppe übernimmt eine der nebenstehenden Rollen und bereitet diese vor: Klärt zunächst die Position auf der Rollenkarte für euch und baut sie dann noch weiter aus. Nutzt dazu euer Wissen aus dem Kapitel, recherchiert aber auch eigenständig.
3. Notiert eure Position und die Argumente und erarbeitet ein „Eingangsstatement“ von ca. 1 min. Geht besonders auf die folgenden Kriterien ein: Verantwortlichkeit für Umsetzung von Menschenrechts- und Umweltstandards, Einfluss auf Wettbewerbsfähigkeit, Auswirkungen auf Wirtschaftskraft.
4. Bestimmt in eurer Gruppe, wer die Rolle in der Diskussion übernehmen soll. Diese Person trainiert das „Eingangsstatement“. Die anderen Personen der Gruppe notieren mögliche Fragen für die anderen Diskussionsteilnehmenden.
5. Kurz vor der Simulation wird der Raum hergerichtet: Das Podium wird mit Tischen, Stühlen und Namensschildern ausgestattet. Die Stühle für das Publikum werden so aufgestellt, dass das Podium von allen Plätzen aus gut zu sehen ist.

↓ ↓ ↓

2. Schritt: Durchführung der Podiumsdiskussion

1. Die Moderation eröffnet die Veranstaltung und begrüßt die Podiumsmitglieder und die Teilnehmenden und leitet die Podiumsdiskussion kurz ein, indem sie u. a. das Thema und den Ablauf der Podiumsdiskussion umreißt.
2. Die Podiumsmitglieder stellen sich daraufhin vor und bekommen die Gelegenheit, ihre Position kurz zu erläutern.
3. Danach stellt die Moderation gezielte Fragen an die Podiumsmitglieder und versucht, die unterschiedlichen Positionen auszuschärfen.
4. Nach einiger Zeit wird das Publikum ebenfalls in die Diskussion einbezogen indem es Fragen an die Personen auf dem Podium stellt.
5. Zum Abschluss hält jedes Mitglied auf dem Podium ein Abschlussstatement.
6. Die Moderation fasst daraufhin die wichtigsten Punkte der Diskussion noch einmal zusammen. Sie zeigt auf, inwiefern sich Kompromissmöglichkeiten, Konsens oder unvereinbare Positionen abgezeichnet haben. Sie beendet danach offiziell die Veranstaltung.

3. Schritt: Auswertung

1. Die Beobachtenden geben eine kurze Rückmeldung zur Podiumsdiskussion:
   - Sind die verschiedenen Positionen deutlich geworden?
   - Waren die Redeanteile gleichmäßig verteilt?
   - Hat die Orientierung der Diskussion durch die Kriterien gut funktioniert?
2. Verfasst, basierend auf den Argumenten, die ihr in der Diskussion gehört habt, ein kurzes schriftliches Urteil (→ **PUB, 6**) mit eurer persönlichen Position zu der Frage: „Ist das Lieferkettensorgfaltsgesetz ein gelungener Weg zu einer nachhaltigeren globalen Produktion?“

Positionen zum Lieferkettengesetz

1 Moderation

Die Moderation hat die Aufgabe, die Diskussion lebendig zu gestalten, sie durch gezielte Fragen auf den Punkt zu bringen, die „Vielredenden“ zu bremsen und die „Leiseren“ zu unterstützen. In jedem Fall muss sie darauf achten, dass die Diskussion fair bleibt und die Fragen des Publikums beantwortet werden.

Um dieser Rolle gerecht zu werden, muss die Moderation gut über das Thema und die Diskussionsteilnehmenden informiert sein. Zur Vorbereitung lest ihr alle Rollenkarten und bereitet gezielte Fragen vor. Schaut euch auch nochmal das Material aus dem Kapitel an, um einen guten Überblick über das Thema zu haben. Leitet die Podiumsdiskussion durch folgende Kriterien: Verantwortlichkeit für Umsetzung von Menschenrechts- und Umweltstandards, Einfluss auf Wettbewerbsfähigkeit, Auswirkungen auf Wirtschaftskraft.

2 Ehemaliger Bundesentwicklungsminister Gerd Müller (CSU)

[H]eute kommt das Lieferkettengesetz, ein starkes Signal und ein wichtiger Schritt zur Durchsetzung grundlegender Menschenrechtsstandards in globalen Lieferketten. [...] Dieses Lieferkettengesetz war Teamwork gegen extrem starkes Lobbying. [...]

Es war aber auch für viele, viele Kolleginnen und Kollegen eine Herzensarbeit. [...]

Für Christ- und Sozialdemokraten gilt die Goldene Regel für ethisch-moralisches Handeln, zu Hause und weltweit. Diese Goldene Regel haben wir alle schon im Kindergarten gelernt: „Was du nicht willst, dass man dir tu, das füg auch keinem andern zu.“ Diesen Spruch möchte ich auch in den Büros der Arbeitgeberpräsidenten und -verbände in Deutschland hängen sehen.

„Was du nicht willst, dass man dir tu, das füg auch keinem andern zu“, in Bangladesch oder in Äthiopien, am Anfang der Lieferketten. Dieses Gesetz ist ein zentraler Baustein auf dem Weg zu einer gerechteren Globalisierung. Es müssen weitere folgen: eine europäische Regelung, eine Neufassung der Welthandelsordnung, nicht freier, sondern fairer Welthandel, ökonomische, ökologische und soziale Mindeststandards. [...]

Das war vielleicht meine letzte Rede hier, aber ganz sicher das wichtigste Gesetz für mehr Gerechtigkeit zwischen Reich und Arm. Wir haben noch viel zu tun.

Müller, Gerd: Rede von Bundesentwicklungsminister Gerd Müller zur unternehmerischen Sorgfaltspflicht in Lieferketten vor dem Deutschen Bundestag. In: www.bmz.de, 11.06.2021

3 Paul(a) Schüller, Vertretung der IHK Darmstadt Rhein Main Neckar

Eine gut entwickelte Volkswirtschaft wie Deutschland hat die moralische Verpflichtung und die wirtschaftliche Basis, sich bei Themen wie Umweltschutz und Sozialstandards beispielgebend zu verhalten und dies weltweit zu promoten. [...] Die Umsetzung der OECD-Leitlinien in die Verantwortung von kleinen und mittleren Unternehmen (KMU) zu geben, ist nicht zielführend, weil diese Unternehmen keinen Einfluss auf internationale Lieferketten oder weltweite Produktionsbedingungen besitzen, sie haben häufig nicht einmal Zugang zu verlässlichen Informationen. [...] Mit dem Lieferkettengesetz überschätzt der Gesetzgeber den internationalen Einfluss der Bundesrepublik und der deutschen Wirtschaft auf die Arbeits- und Lebensbedingungen in aller Welt. Durch die Verlagerung der Einhaltung relativ unbestimmter Regelungen und deren Prüfung in die Unternehmenssphäre vermeidet der Bund klare außenpolitische Festlegungen und Interventionen, die nur auf politischer Ebene getroffen und nur supranational kontrolliert und durchgesetzt werden können. Die Verlagerung auf die betriebliche Ebene wirkt sich nachteilig auf deutsche Unternehmen im internationalen Wettbewerb aus und ist von KMU gar nicht zu leisten. [...] Wenn der deutsche Gesetzgeber will, dass aufgrund der politischen Situation, regionalen unternehmerischen Gegebenheiten und/oder Umweltschutzüberlegungen kein Handel mit bestimmten Ländern oder Produkten erfolgt, muss er dies selbst ermitteln und am besten mit den betroffenen Staaten in Abkommen über die Voraussetzungen und Nachweise für nach Deutschland lieferbare Produkte oder Leistungen vereinbaren. Dass hier nur eine europäische Lösung sinnvoll ist, liegt auf der Hand. Unternehmen sollten nicht dazu verpflichtet werden, staatliche Ermittlungsarbeit zu leisten.

IHK Darmstadt Rhein Main Neckar: Lieferkettengesetz – Positionsbestimmung. In: www.darmstadt.ihk.de, 16.06.2020

Moratorium
Vertraglich oder gesetzlich vereinbarter Aufschub

4 Kay Richert, FDP

Die Menschenrechte sind ein hohes Gut und müssen selbstverständlich von allen respektiert und eingehalten werden. Die Wahrung der Menschenrechte ist allerdings eine ureigene Aufgabe der Staaten. Diese Verantwortung kann nicht einfach auf die Wirtschaft abgewälzt werden. Insofern ist ein Lieferkettengesetz der falsche Weg und führt auch durch polarisierende Parolen nicht zur Lösung von Problemen. Der zielführendere Ansatz ist die Verankerung von klaren Menschenrechts- und Umweltstandards inklusive dazugehöriger Kontroll- und Sanktionsmechanismen in Freihandelsabkommen. Statt die Globalisierung und damit die Quelle unseres Wohlstands zu verteufeln, sollten sich alle proeuropäischen Akteure viel stärker für Handelsabkommen der EU einsetzen. Die Corona-Pandemie ist bereits eine enorme Belastung für die Unternehmen und ihre Beschäftigten. Um die Wirtschaft zu entfesseln und wieder in Schwung zu bekommen, benötigen wir daher ein echtes Belastungsmoratorium statt die wirkungslose Bürokratie des Lieferkettengesetzes, das im Zweifel sogar zu einem rückläufigen Engagement von Unternehmen in Entwicklungsländern führen kann. Ein nationaler Alleingang ist zudem doppelt widersinnig, da die EU bereits einen eigenen Gesetzentwurf angekündigt hat. Im Sinne des gemeinsamen Binnenmarktes sollte man daher – wenn überhaupt – auf europäischer Ebene aktiv werden.

FDP-Fraktion im Schleswig-Holsteinischen Landtag: Kay Richert: Lieferkettengesetz ist der falsche Weg. In: www.fdp-fraktion-sh.de, 11.06.2021

5 Jan(a) Naji, Vertretung des Bundesverband Nachhaltige Wirtschaft e.V.

Entgegen der von Industrieverbänden bewusst verzerrten Darstellung, dass in Deutschland ansässige Unternehmen durch das Gesetz einem hohen Risiko ausgesetzt würden, ist es vielmehr so, dass deutsche Unternehmen bei Menschenrechtsverletzungen nicht haften, sofern sie alle möglichen und angemessenen Maßnahmen ergriffen haben. Mit dem Lieferkettengesetz wird keine Erfolgspflicht, sondern eine Bemühungspflicht zur Verhinderung von Menschenrechtsverletzungen für die Unternehmen durchgesetzt. Zu den vielfach heraufbeschworenen Mehrkosten: Die Studie der EU-Kommission schätzt für große Unternehmen die Kosten auf durchschnittlich 0,005 Prozent ihrer Gewinne. Allerdings zeigen Praxiserfahrungen, dass auch mit höheren Steigerungen der Mehrkosten im Einkauf in den ersten Jahren zu rechnen sein kann (Risikoerfassung, Anpassung der Lieferkette). Hier müssen allerding die Kosten für die Unternehmen in Beziehung zu den Kosten für die gesamte Gesellschaft gesetzt werden. Jüngste Beispiele von deutschen Unternehmen (Tönnies, VW-Dieselskandal, Wirecard) zeigen, wie die gesellschaftlichen Kosten durch unethisches Wirtschaften in die Höhe getrieben werden – mit gravierenden negativen Auswirkungen auf das Gütemerkmal made in Germany.

Für nachhaltig wirtschaftende Unternehmen ist die gesetzliche Verankerung von unternehmerischen Sorgfaltspflichten ein wichtiger Meilenstein, da es ihre Grundwerte und jahrelangen, freiwilligen Investitionen als zukunftsweisend anerkennt. Durch die Beschränkung auf sehr große Unternehmen werden viele kleine und mittelständische nachhaltige Unternehmen weiterhin Wettbewerbsnachteile haben.

Das zivilgesellschaftliche Bündnis Initiative Lieferkettengesetz mit über 128 Organisationen wertet das Gesetz als Etappenerfolg und politischen Kompromiss. Sie fordern die Bundesregierung neben Nachbesserungen dazu auf, sich für ein starkes und wirkungsvolles Lieferkettengesetz auf EU-Ebene einzusetzen.

Bundesverband Nachhaltige Wirtschaft e.V., Pressemitteilung: Das Lieferkettengesetz kommt: ein Schritt in die richtige Richtung. In: www.bnw-bundesverband.de, 11.06.2021

9.2.2 Nearshoring: Führen Digitalisierung und Automatisierung in der Textilindustrie zu nachhaltigerer Produktion?

Zum Thema: Während die globale Textilproduktion lange Zeit immer weiter Richtung Süden zog, gibt es neuere Entwicklungen, die diesem Trend entgegenstehen. Inwiefern Digitalisierung und Automatisierung dazu führen, dass wieder mehr in der Nähe von Absatzmärkten produziert wird und wie nachhaltig das ist, damit beschäftigt sich dieses Kapitel.

M24 Fallbeispiel Modekette: Produktionsverlagerung nach Deutschland ...

Der Modekonzern C&A will ab Herbst wieder Kleidung in Deutschland herstellen. In der neuen „Factory for Innovation in Textiles" in Mönchengladbach sollen nicht nur innovative, nachhaltige Kleidungsstücke entwickelt werden, sondern auch größere Mengen hochautomatisiert hergestellt werden. [...] In der Fabrik sollen digitale Prozesse mit nachhaltigen Prozessen verbunden und „neue Standards für die weltweite Produktion" geschaffen werden.

Zha, Weixin: Re-Shoring: C&A stellt nachhaltige Kleidung in Deutschland her. In: www.fashionunited.de, 22.05.2021

Kommentare

1 C&A läutet durch die Rückverlagerung der Produktion das Ende der globalen Textilproduktion ein. Digitalisierung und Automatisierung sei Dank, die Ausbeutung von Mensch und Natur durch die Textilproduktion hat bald ein Ende.

2 Statt schlecht bezahltem Job jetzt gar keinen mehr. Wo ist da die Verbesserung für die betroffenen Näherinnen?

EINSTIEGSAUFGABEN

71079-296

1. Sammelt Vermutungen, wie Digitalisierung und Automatisierung zu der Produktionsentscheidung von C&A beigetragen haben.
2. Tauscht euch über die zwei Kommentare aus: Welche Hoffnungen und Befürchtungen werden angesprochen? Welchem Kommentar würdet ihr spontan eher zustimmen?

M25 Hintergrund: Deutschland und die Textilindustrie

71079-297

[I]m Bereich Mode ist Deutschland führend und einer der größten Modehersteller in der EU. Im Jahr 2018 erzielte die deutsche Bekleidungsindustrie eine Bruttowertschöpfung (BWS) von 2,3 Milliarden Euro und war damit hinter Italien der zweitgrößte Produzent in der EU27. Auf globaler Ebene stellen die größten Produzenten der EU jedoch deutlich weniger Kleidung her als China, wo 2018 Kleidung im Wert von 66 Milliarden Euro produziert wurde. [...] Neben der Produktion von Stoffen und Kleidung ist Deutschland auf die Herstellung von Maschinen für die Textil-, Bekleidungs- und Lederproduktion spezialisiert. 2018 hatte dieser Sektor eine Produktionsleistung von 1,9 Milliarden Euro, die höchste in der EU27, und beschäftigte mehr als 23.000 Menschen.

Die deutsche Modeindustrie ist auf dem Weltmarkt stark verflochten, Modeartikel werden in erheblichem Maß von Deutschland importiert und exportiert. So war Deutschland 2018 nach Indien und China gemessen am Wert der drittgrößte Textilexporteur weltweit. Als Exporteur von Bekleidung stand Deutschland an fünfter Stelle, bei Schuhen an vierter. Als Importeur von Kleidung und Schuhen stand das Land auf Rang 2 und beim Textilimport auf Rang 5. Zu den größten Exportmärkten für deutsche Textilien und Bekleidung gehören Nachbarländer wie Polen, Österreich, die Schweiz, Frankreich und die Niederlande, aber auch Italien und Großbritannien. Die meisten Importe stammten aus China, Bangladesch, Italien, der Türkei und Vietnam.

Als eine der größten Volkswirtschaften der Welt verfügt Deutschland über einen der weltweit bedeutendsten Verbrauchermärkte für Modeprodukte. Allein im Jahr 2019 gaben die Verbraucher in Deutschland 76 Milliarden Euro für Kleidung und Schuhe aus. Damit liegt Deutschland knapp hinter Großbritannien als Spitzenreiter in Europa und weltweit auf Platz 6 hinter den USA, China, Indien und Japan.

© Oxford Economics Ltd.: Der aktuelle Stand der deutschen Modeindustrie. In: Oxford Economics Ltd (Hg.): Status Deutscher Mode 2021. Oxford Economics 2021, S. 14 f.

Bruttowertschöpfung
Differenz des Produktionswerts und den Werten der Vorleistungen einer Ware oder Dienstleistung

M26 Wie Digitalisierung und Automatisierung Produktionsentscheidungen beeinflussen

„Made in China" ist seit vielen Jahren in vielen Kleidungsstücken der westlichen Welt zu lesen. Doch das ändert sich gerade. [...] „Für einzelne Kleidungsstücke mit wenig aufwendiger Produktion lohnt sich jetzt schon die Rückverlagerung der Fertigung nach Europa bzw. Nordamerika. Aber der Hauptgrund für das sogenannte Nearshoring ist die extreme Verkürzung der Lieferzeiten, die es Modeunternehmen ermöglicht, viel schneller auf Trends zu reagieren und Kollektionen agil anzupassen", sagt Karl-Hendrik Magnus, Partner und Experte für die Modebranche bei McKinsey. Ein Kleidungsstück aus Südostasien ist bis zu 30 Tage mit dem Schiff unterwegs in westliche Märkte – der Transport aus der Türkei nach Deutschland dauert hingegen nur drei bis sechs Tage. Den Weg von Mexiko in die USA finden die Stücke sogar in nur zwei Tagen. Das sind zentrale Ergebnisse der Studie „Is apparel manufacturing coming home?" von McKinsey & Company. [...] Mehr Mode kann zum vollen Preis ohne Rabattaktionen verkauft werden, da trendige Stücke schneller verfügbar sind. Der Anteil der Ware, der zum vollen Preis an die Kunden geht, erhöht sich dadurch um fünf Prozentpunkte. Mehr als drei Viertel der befragten Experten glauben, dass ein Umschwung zum Nearshoring wegen kürzerer Lieferzeiten bis 2025 wahrscheinlich ist.

Ein weiterer Schub für das Nearshoring geht von der Automatisierung aus, da sie die Produktivität erhöht. Noch hinkt die Bekleidungsindustrie anderen Branchen in der Automatisierung hinterher. Die Technologie für die Automatisierung der arbeitsintensiven Näharbeiten ist insgesamt noch nicht so weit, doch sind inzwischen einige Technologien marktreif, beispielsweise Roboter und Lasertechnologien zur Bearbeitung von Jeans. In den nächsten zehn Jahren könnten 40% (für komplizierte Kleidung) bis 70% (für simple Stücke) der Arbeitszeit durch Automatisierung eingespart werden und damit auch ein bedeutender Teil der Kosten. Das Herstellen einer einfachen Jeans könnte statt derzeit 36 Minuten nur noch 11 Minuten dauern.

Ein weiterer Vorteil der Automatisierung im Nearshoring: Sie macht die Produktion nachhaltiger, weil weniger Ressourcen verschwendet werden. „Automatisierung geht einher mit weniger Wasserverbrauch, Energie- und Chemikalieneinsatz. Nearshoring reduziert Transportwege und damit Umweltverschmutzung. Außerdem ermöglicht Nearshoring mehr On-demand-Produktion, was weniger Bekleidungsmüll zur Folge hat", erklärt Saskia Hedrich, Co-Autorin des Reports.

McKinsey & Company, Pressemitteilung: Modeproduktion kehrt vermehrt nach Europa zurück. In: www.mckinsey.de, 16.10.2018

M27 Was sind die Schattenseiten der Entwicklung in der Textilindustrie?

ILO
Sonderorganisation der Vereinten Nationen, deren Auftrag es ist, soziale Gerechtigkeit, Menschen- und Arbeitsrechte zu fördern.

Was sich verändert, ist die internationale Arbeitsteilung, und mit ihr die Verteilung von Produktionsstätten, Jobs und Lebenschancen. Die digitale Automatisierung und der Trend zum Nearshoring begünstigen eine Re-Industrialisierung des Westens. Länder mit großen, dynamischen Märkten, einer modernen digitalen Infrastruktur und hohen Bildungsniveaus können davon profitieren. Neue Jobs entstehen hier auch im modernen Maschinenbau und in den digitalisierten Märkten. In Südostasien wird die Herstellung von Bekleidung für westliche Märkte deutlich zurückgehen. Was bleibt, sind komplizierte Nischenprodukte und die Produktion für die regionalen Absatzmärkte in China, Indien, Südkorea oder Thailand. Doch die Automatisierungswelle hat auch in Asien bereits eingesetzt. [...]

Die Ilo prognostiziert, dass in den Ländern der Asean-Gemeinschaft bis zu 80 Prozent aller Jobs in der Textilindustrie verloren gehen – in Kambodscha 88 Prozent, in Vietnam 86 Prozent, in Indonesien 64 Prozent. Und dabei geht es nicht nur um Jobs. Die Arbeitsplätze, die seit den 70er Jahren in der Bekleidungsindustrie entstanden sind, haben für Millionen asiatischer Frauen eine soziale Revolution gebracht. Die meisten von ihnen kamen aus ländlichen Regionen und konnten hier erstmals eigenes Geld verdienen. So brutal, ausbeuterisch und gesundheitsschädlich die Bedingungen in diesen Jobs auch waren und noch sind – für viele Frauen waren sie der Türöffner, um aus der Enge des dörflichen Lebens und aus der Reglementierung durch männliche familiäre Autoritäten ausbrechen zu können. Trotz der Niedrigstlöhne brachten sie es fertig, ihre Familien in den Dörfern finanziell zu unterstützen. Ihr sozialer Status änderte sich schlagartig. Sie wurden selbst zu Subjekten der Veränderung, gründeten Gewerkschaften und streikten für bessere Arbeitsbedingungen. Vieles ist dadurch in Bewegung gekommen. Vor allem seit 2013, dem Jahr der Katastrophe von Rana Plaza, als in Bangladesch 1.134 Menschen, überwiegend Textilarbeiterinnen, beim Einsturz eines Fabrikgebäudes ums Leben kamen. Die Zahl der Textilgewerkschaften in Bangladesch hat sich seitdem von 120 auf 700 erhöht. Die Konsumenten im Westen wurden stärker sensibilisiert. Solidaritäts-Netzwerke wie die Clean Clothes Campaign setzten Modefirmen mit konkreten Forderungen und Kontrollen zunehmend unter Druck.

Nun bietet die Automatisierung den Textilfabrikanten und Modefirmen einen bequemen Ausweg. Für die Gewerkschaften entsteht eine neue Situation. So berichtet die bangladeschische Gewerkschafterin Nazma Akter von Fabrikbetreibern, die mit Automatisierung drohen, wenn die Beschäftigten Verbesserungen fordern. [...] Oft wird nun argumentiert, die Nähroboter seien eine wichtige Innovation, weil damit das Problem der menschenunwürdigen Arbeitsbedingungen in Asien endlich aus der Welt geschafft würde. Das mag aus unternehmerischer Sicht so aussehen, geht aber an der Realität der Arbeiterinnen völlig vorbei. Sie kämpfen für bessere Löhne und Arbeitsbedingungen, und natürlich nicht für die Abschaffung ihrer Jobs.

Simon, Gabriela: Wie Nähroboter die Welt verändern. In: www.heise.de, 06.12.2018

AUFGABEN

71079-298

1. Stellt die Rolle der deutschen Bekleidungsindustrie im europäischen und weltweiten Vergleich dar. Bezieht euch dabei auf die Produktion, internationale Verflechtungen und den Absatzmarkt (**M25**).
2. Arbeitet die Ergebnisse der Studie zur Produktionsverlagerung (**M26**) heraus.
3. Erklärt den Einfluss von Digitalisierung und Automatisierung auf Produktionsprozesse (**M26**).
4. Erläutert, ob und wenn ja welche positiven Einflüsse Nearshoring auf die Umwelt haben kann (**M26**).
5. Setzt euch mit der Kritik am Nearshoring auseinander, indem ihr Chancen und Risiken herausarbeitet und gegenüberstellt. Betrachtet dabei z. B. Auswirkungen auf Arbeitnehmer:innen, Unternehmensgewinne, die wirtschaftliche Entwicklung der betroffenen Länder und Umweltbelastungen (**M27**).
6. Nehmt Stellung zu der Kapitelfrage (→ **PUB, 5 + 6**).

9.2.3 Sollten Verbraucher:innen ihr Verhalten ändern, um Einfluss auf eine nachhaltigere Produktion zu nehmen?

Zum Thema: In diesem Kapitel setzt ihr euch damit auseinander, welchen Einfluss Verbraucher:innen auf nachhaltige Globalisierung haben. Dafür nehmt ihr euren eigenen Konsum unter die Lupe und erarbeitet Tipps für Verbraucher:innen, die auf nachhaltigen Konsum achten wollen.

M28 Kleidungsbestand unter der Lupe ...

Ergebnisse einer Greenpeace-Umfrage

71079-299

Umfrage

1. Wie viele Kleidungsstücke besitzt du ungefähr (ohne Unterwäsche und Socken/Strumpfhosen)? ☐
2. Wie viel Prozent deiner Kleidung trägst du fast nie?

   0 % — 50 % — 100 %
3. Hast du schon mal
   - ☐ Kleidung getauscht
   - ☐ Kleidung selbst hergestellt
   - ☐ Kleidung weiterverkauft
   - ☐ Kleidung gebraucht gekauft
   - ☐ Kaputte Kleidung selbst repariert
   - ☐ Kleidung im Bekanntenkreis verschenkt?

Basierend auf: Greenpeace: Wegwerfware Kleidung. In: www.greenpeace.de, 23.11.2015

EINSTIEGSAUFGABEN 71079-300

1. Führt in eurer Klasse anonym die Umfrage (analog oder digital) durch.
2. Vergleicht eure Ergebnisse mit den Studienergebnissen, die hinter dem QR-Code hinterlegt sind.
3. Tauscht euch darüber aus, welche Folgen sich aus dem dargestellten Umgang mit Kleidung für Wirtschaft, Mensch und Umwelt ergeben.

M29 Konsumverhalten im Textilsektor

71079-301

a) Daten zum Kaufverhalten

Die Fashion-Welt boomt. Früher gab es mal eine Sommer- und eine Winter-Kollektion. Jetzt kommt jeden Monat eine neue Mode-Kollektion heraus: Von 2000 bis 2015 hat sich die Anzahl der Kleidungskäufe weltweit verdoppelt, von etwa 50 Milliarden Kleidungsstücken auf mehr als 100 Milliarden.

Nach: Raiffeisen KAG, 2020; Datenquelle: Ellen MacArthur Foundation 2018 ' 7

Allein jeder Deutsche kauft pro Jahr 60 Kleidungsstücke [...]. Das Kuriose daran: Obwohl wir immer mehr kaufen, geben wir insgesamt kaum mehr für Bekleidung aus: Von 2000 bis 2018 sind die Ausgaben der Deutschen für Klamotten um nur etwa acht Prozent gestiegen. Die Textilindustrie produziert in Massen und extrem günstig, und zwar im Ausland: 90 Prozent der in Deutschland gekauften Bekleidung sind importiert, mehr als 50 Prozent kommt aus China, der Türkei, Bangladesch oder Indien. [...]
Nicht nur Hilfsorganisationen bemängeln die ausbeuterischen Zustände in der Textilindustrie, auch Verbraucher werden sich den Folgen der „Fast Fashion", der schnellen Mode immer stärker bewusst. In einer Umfrage der Gesellschaft für Konsumforschung gaben 45 Prozent der Befragten an, dass Nachhaltigkeit und damit auch soziale Gerechtigkeit eine wichtige Bezugsgröße für ihre Kaufentscheidung sind. Damit ist ihnen Nachhaltigkeit genauso wichtig wie ein „günstiger Preis" (48 Prozent) und die „Mode" (46 Prozent). Der Nachhaltigkeitstrend schlägt sich auf die Zahlen nieder: Die Umsätze mit Fairtrade-Textilien in Deutschland steigen rasant an, von 2015 auf 2018 haben sie sich von 70 auf 150 Millionen Euro verdoppelt. Allerdings: Die faire Mode macht damit immer noch gerade mal 0,3 Prozent des Gesamtumsatzes durch Bekleidung in Deutschland aus.

Reichert, Inka: Darum ist uns Kinderarbeit beim Kleidungskauf egal. In: www.quarks.de, 13.12.2019

b) Warum kaufen wir nicht nachhaltig?

„Niemand möchte Kinderarbeit unterstützen, und trotzdem werden massenweise billige Waren gekauft, bei denen man sich leicht ausrechnen kann, dass Kinderarbeit eine Rolle spielt", sagt Arnd Florack von der Arbeitsgruppe Sozialpsychologie und Konsumentenverhaltensforschung an der Universität Wien. Das sei ein typisches Phänomen, das man überall in der Nachhaltigkeit sieht, so der Verhaltensforscher.
Konsumenten würden sich zahlreicher psychologischer Strategien und Tricks behelfen, um ihr unmoralisches Handeln zu rechtfertigen. Diese Effekte seien schon lange in der Psychologie bekannt und basieren auf drei psychologischen Konzepten:

1 Die deskriptive Norm

„Es machen ja alle, also kann auch ich es machen."

Konkret heißt das: Man sieht in Primark, Kik, H&M und Co, wie Menschen massenweise Schnäppchen einkaufen und denkt: „Wenn alle es tun, wird es in Ordnung sein". Deskriptive Normen beziehen sich demnach auf das, was die Mehrheit tut. Sie unterscheiden sich oft von Verhalten, das man eigentlich für ethisch oder moralisch richtig hält.

„Das Gleiche passiert, wenn eine Kampagne oder Fernsehsendung uns deutlich macht, dass sehr viele Menschen ihren Abfall einfach auf die Straße werfen", erklärt Arnd Florack. Auch wenn es das Ziel ist, dadurch das Verhalten positiv zu beeinflussen, steige leider die Wahrscheinlichkeit, dass dieses Verhalten immer mehr Menschen nachahmen.

↓

2 Rationalisierung

Sie ist vermutlich die verbreitetste Form der Selbsttäuschung. Die Rationalisierung erklärt, warum man wieder ein 4-Euro T-Shirt kauft, wenn man es schon einmal gemacht hat, obwohl man es besser wissen müsste. Zwei Aspekte stehen dann im Kopf des Konsumenten im Konflikt: Die ethische Vorstellung auf der einen Seite – und auf der anderen Seite die bereits getätigte Kaufhandlung.

Da der Konsument jetzt sein Handeln nicht mehr rückgängig machen kann und diesen Konflikt durchaus als unangenehm erlebt, sucht er nach Rechtfertigungen. Im Fall der T-Shirt-Kaufs könnte er zum Beispiel den Schluss ziehen, dass es einfach keine Universalnorm gibt: Was bei uns gilt und als sozial empfunden wird, kann in anderen Ländern ganz anders aufgefasst werden. „Man denkt, dass es den Menschen in den Produktionsländern sogar noch schlechter gehen würde, wenn man das T-Shirt nicht gekauft hätte", sagt Florack.

↓

3 Die moralische Lizensierung

Sie beschreibt das Phänomen, dass Menschen ohne Schuldgefühle eine schlechte Tat vollbringen können, wenn sie zuvor eine gute Tat getan haben. „Zum Beispiel spendet man einer Kinderhilfsorganisation und kauft sich somit ein gutes Gewissen", erklärt Florack.

Dieser Mechanismus funktioniere auch seitens der Unternehmen, als Cause-related Marketing. „Wenn ein Textilunternehmen damit wirbt, beispielsweise Schulen in Indien zu fördern, hilft das Unternehmen den Konsumenten ein reines Gewissen zu bekommen", sagt Arnd Florack.

Reichert, Inka: Darum ist uns Kinderarbeit beim Kleidungskauf egal. In: www.quarks.de, 13.12.2019

M30 Fallbeispiel Unown: Nachhaltige Kleidung leihen statt kaufen – die Lösung des Konsumproblems?

Mieten statt kaufen, so kennt man das mittlerweile vom Carsharing oder von Elektronik und Handwerksgeräten. Doch in Sachen Mode hat sich das noch nicht wirklich etabliert. Im Gegenteil: Jede*r Deutsche gönnt sich laut Greenpeace im Jahr etwa 60 neue Kleidungsstücke. Seit dem Jahr 2000 hat sich die Textilproduktion weltweit verdoppelt.

Das Hamburger Start-up Unown möchte diesem Fast-Fashion-Trend am liebsten ein Ende, vor allem aber erst einmal etwas entgegensetzen. Sie verleihen seit vergangenem Jahr Mode nachhaltiger Marken. [...] Die Website von Unown ähnelt auf den ersten Blick einem normalen Onlineshop. [...] Aktuell stehen etwa hundert Kleidungsstücke zum Mieten zur Auswahl [...]. Die Kund*innen können sich entweder einzelne Kleidungsstücke oder im Abo vier Teile pro Monat ausleihen und so lange behalten, wie sie mögen.

[...] So nachhaltig das klingt, wirkt der Preis für ein Abo mit 70 Euro recht hoch angesetzt. Wer hat so viel Geld im Monat übrig, um sich Kleidung schicken zu lassen, die einem am Ende nicht einmal gehört? Und wer braucht wirklich vier neue Teile im Monat? „Die Realität ist, dass wir ständig Neues kaufen", so [Gründerin] Linda. Und: „Nachhaltige Kleidung hat einen bestimmten Preispunkt. Wir können nicht und wir wollen nicht mit Fast-Fashion-Anbietern konkurrieren, die T-Shirts für 4,99 Euro oder 7,99 Euro anbieten." Im Shop kommunizieren sie deshalb auch immer die Originalpreise: 350 Euro für eine Jacke [...] mit veganer Daunenfüllung, 180 Euro für einen Cardigan [...] aus schottischer Lammwolle, in Litauen gestrickt. [...] [Gefällt eines der zugeschickten Teile, kann es Unown abgekauft werden. Damit wird] nachhaltige Kleidung zugänglicher und uns vertrauter [...]. Das Interesse ist da, doch es fehlt noch an Wissen darüber, wo man sie bekommt. Je besser wir uns in dem Bereich auskennen, desto weniger Fast Fashion kaufen wir bestenfalls und desto mehr verändert sich unser Konsumverhalten generell.

Zwerenz, Milena: Bei diesem Start-up könnt ihr nachhaltige Kleidung leihen statt kaufen. In: www.zeit.de, 16.02.2020

Kleidung zur Miete – der Weg zu mehr Nachhaltigkeit in der Mode?

M31 Tipps für nachhaltigeren Textilkonsum

- Achten Sie beim Kaufen von Textilien auf Siegel, die Umwelt- und Sozialstandards garantieren.
- Kaufen Sie Baumwolltextilien in Bio-Qualität („organic cotton").
- Kaufen Sie Kleidung aus Secondhand oder tauschen Sie Kleider.
- Mieten Sie Kleidungsstücke für einmalige Anlässe wie Hochzeiten, Partys und feierliche Events.
- Tragen Sie Ihre Kleidung möglichst lange.
- Lassen Sie Ihre Kleidung bei Abnutzung oder Defekten von Schneidereien oder Schustereien reparieren.
- Geben Sie nicht genutzte Kleidung weiter oder entsorgen Sie diese richtig.
- Hinterfragen Sie Modetrends und seien Sie kritisch gegenüber Fast-Fashion. Diskutieren Sie dazu gegebenenfalls auch mit ihren Kindern.

Umweltbundesamt: Bio, Second Hand, Nutzungsdauer: Was bei nachhaltigem Umgang mit Kleidung wichtig ist. In: www.umweltbundesamt.de, 26.11.2021

AUFGABEN

71079-302

1. Arbeitet in Kleingruppen aus **M29a** zentrale Daten zum Kleidungskonsum heraus. Stellt diese grafisch dar und gestaltet daraus ein (digitales) Informationsplakat (→ **PUB, 2**).
2. Beschreibt psychologische Tricks, die Verbraucher:innen vom nachhaltigen Konsum abhalten (**M29b**).
3. Nennt weitere Gründe, die Konsument:innen beim Textilkauf von nachhaltigem Konsum abhalten (können).
4. Analysiert das Fallbeispiel in **M30** im Hinblick auf ...
   - die Ziele, die die Gründerinnen des Start-ups verfolgen.
   - die Frage, wie der Ansatz nachhaltigeren Konsum unterstützt.
   - Hindernisse, die nachhaltigen (Textil)Konsum erschweren.
5. Tauscht euch darüber aus, ob ihr ähnliche Konzepte kennt und inwiefern diese dazu geeignet sind, nachhaltigeren Konsum zu unterstützen. Differenziert dabei auch nach unterschiedlichen Bevölkerungsgruppen, etwa aus verschiedenen Einkommensschichten.
6. Prüft die Tipps aus **M31** unter folgenden Aspekten:
   - bei welchem Problem setzen sie an?
   - welche Auswirkung auf die Textilbranche wird erwartet?
   - wie gut sind sie für verschiedene Bevölkerungsgruppen umsetzbar?
   - wie effizient sind die Maßnahmen?
7. Erörtert die Frage: Sollten Verbraucher:innen ihr Verhalten ändern um Einfluss auf eine nachhaltigere Produktion zu nehmen? Fokussiert dabei das Kriterium der „Wirksamkeit für Nachhaltigkeit" (→ **PUB, 6**).

F Aufgabe 6
Sammelt weitere Tipps und gestaltet einen (digitalen) Flyer zu nachhaltigem Textilkonsum.

WAS WIR KÖNNEN

Eine Pressekonferenz über eine Standortentscheidung simulieren

I. Worum geht es?

„Earth Jeans", ein fiktives Textilunternehmen mit Sitz in Detmold, das auf nachhaltige Produktion der eigenen Kollektion großen Wert legt, will die Jeans-Produktion aus Bangladesch zurück nach Nordrhein-Westfalen verlagern. Grund für diese Entscheidung sind die sich durch die Digitalisierung und Automatisierung ergebenden Änderungen in den Produktionsbedingungen, so der Unternehmenssprecher. Diese Entscheidung hat jedoch nicht nur Befürworter:innen. Vor allem die Zukunft der aktuell für das Unternehmen Beschäftigten bleibt fraglich. Simuliert eine Pressekonferenz des Unternehmens „Earth Jeans".

II. Geht dabei so vor:

1. Schritt: Vorbereitung

1. Bildet Gruppen von 3-4 Schüler:innen, die folgende Rollen übernehmen:
   - Pressesprecher:in des Unternehmens
   - verschiedene Journalist:innen
   - Aktivist:innen (die sich z. B. für die Beschäftigten in Bangladesch einsetzen)
   - Bürgermeister:in des neuen Produktionsortes
   - Medienteam
2. Bereitet als Gruppe eure Rolle vor, indem ihr ...
   - als Pressesprecher:in einen kurzen Einstiegstext vorbereitet und euch auf mögliche Fragen einstellt – ihr müsst die Presse von eurer Entscheidung überzeugen!
   - als Journalist:in provokante Fragen vorbereitet, die eine:n Pressesprecher:in und Bürgermeister:in aus der Reserve locken.
   - als Aktivist:innen eine Protestaktion (mit Formulierung inhaltlicher Bedenken oder Forderungen) auf der Konferenz plant.
   - als Bürgermeister:in die Chancen der Produktionsverlagerung für den neuen Standort vertretet.
   - als Medienteam alle nötigen Vorbereitungen für die Dokumentation und Moderation der Konferenz trefft.

↓ ↓ ↓

2. Schritt: Durchführung der Simulation

1. Wählt aus eurer Gruppe eine Person für die Rolle in der Pressekonferenz aus. Die anderen beobachten, wie die Rolle ausgefüllt wird.
2. Simuliert die Pressekonferenz.

→

3. Schritt: Reflexion

1. Reflektiert nach der Pressekonferenz (Blitzlicht) eure Eindrücke.
2. Verfasst einen Kommentar zur Pressekonferenz – mit Argumenten der jeweiligen Rollen und einem persönlichen Urteil zur Standortfrage (→ **PUB, 6**).

Bearbeiterin

Hilfen H zu den Aufgaben

Kapitel 1

Seite 21

Hilfe zu der Aufgabe 1b

Eure Mindmap könnte wie folgt aufgebaut sein:

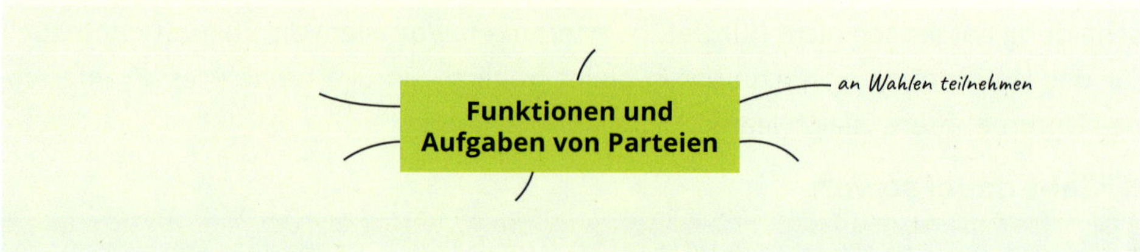

Seite 37

Hilfe zu der Aufgabe 4

Folgende Fragen können euch bei der Analyse der Positionen helfen:

a) Wer spricht?

b) Pro oder Kontra? (Was ist die wesentliche Begründung?)

c) Was ist die konkrete Forderung?

Seite 45

Hilfe zu der Aufgabe 1

Eure Übersicht kann z. B. wie folgt ausschauen:

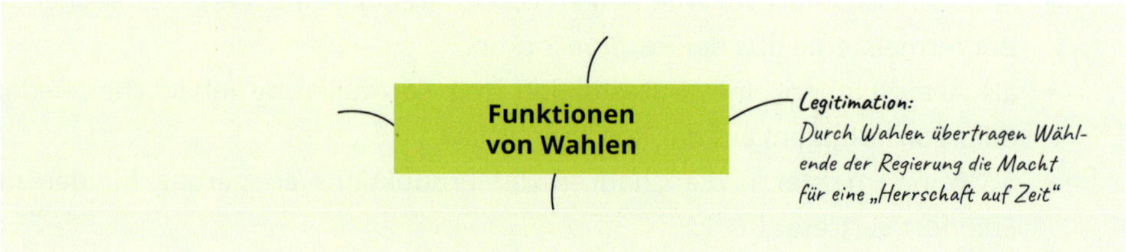

Kapitel 2

Seite 74

Hilfe zu der Aufgabe 4

Folgende Formulierungshilfen können euch beim Verfassen des Expert:innen-kommentars unterstützen:

- Das Urteil ist zu unterstützen, weil es den Grundwert ... endlich wieder berücksichtigt.
- Das Urteil ist abzulehnen, weil dadurch der Grundwert ... nicht mehr gesichert wird, der uns wichtig erscheint, weil ...
- Das Urteil mag zwar aus der Perspektive von ... richtig sein, es kann aber in einer demokratischen Gesellschaft keine Lösung darstellen, denn ...
- In der Wahrnehmung von ... mag das Urteil als (Miss)Erfolg gewertet werden, denn .... Berücksichtigt man aber die Leitlinien zum Sprachgebrauch, dann .... Daraus ist zu schlussfolgern, dass ...

Hilfe zu der Aufgabe 1

Seite 78

Eure Kreis-Matrix kann z. B. wie folgt ausschauen:

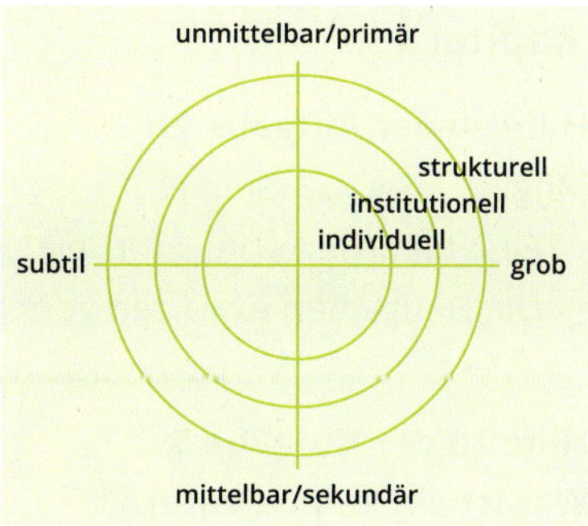

Hilfe zu der Aufgabe 4

Seite 84

Folgende Formulierungshilfen können euch beim Verfassen des Zeitungskommentars unterstützen:

- Der Aspekt mag zwar in der Wahrnehmung Einiger richtig sein, er kann aber nicht politisch handlungsleitend sein, weil er gegen den Grundwert ... verstößt.
- Das Argument ist zu unterstützen, weil es den Aspekt ... endlich wieder berücksichtigt.
- Der Aussage ist (nicht) zuzustimmen, weil durch sie der Grundwert ... (nicht) gesichert wird, der uns wichtig erscheint, weil ...
- Wenn man den Aspekt ... aus der Perspektive von ... betrachtet, könnte er durchaus als demokratiegefährdend gelten. Wenn aber berücksichtigt wird, dass ..., dann ist die Position ... zu unterstützen. Daraus ist dann zu schlussfolgern, dass ...

Kapitel 3

Hilfe zu der Aufgabe 3

Seite 104

Mögliche Arbeitsschritte für die Bearbeitung der Aufgabe:

1. Formuliert Überschriften zu euren Statistiken, die die zentrale Aussage zusammenfassen.
2. Arbeitet konkrete Werte heraus, die eure Überschrift bestätigen.
3. Überlegt, ob die Statistiken zusammenpassen oder ob Widersprüche dargestellt werden.
4. Fasst eure Ergebnisse zusammen, indem ihr die Frage beantwortet, ob in dem euch zugeteilten Lebensbereich „Wohlstand für alle“ herrscht.

Hilfe zu der Aufgabe 3

Seite 107

Euer Schaubild kann z. B. wie folgt aufgebaut sein:

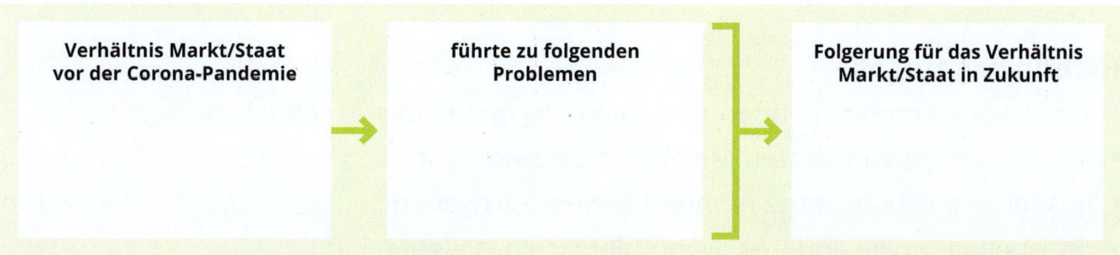

Kapitel 4

Seite 133

Hilfe zu der Aufgabe 2b

Mögliche Satzbausteine:

- Eine Mehrheit von … fordert …, gleichzeitig …
- Die Deutschen erwarten vom Sozialstaat in Deutschland mehr Leistung, mehr …

Seite 138

Hilfen für ein Radio-Feature

71079-304

Hilfe zu der Aufgabe 5

Was ist ein Radio-Feature?

Ein Radio- Feature ist ein lebendig gestalteter Informationsbericht, der abstrakte Sachverhalte mit verschiedenen Mitteln und Effekten besonders interessant darstellt. Er besteht im Wesentlichen aus Wortbeiträgen, Reportagen und Interviews, welche durch Musik und andere Tonbeiträge verbunden oder untermalt werden. Der Wechsel zwischen Sprechenden und Szenen sowie die Einblendung von Musik, Interviewbeiträgen, Statements etc. machen den Feature-Charakter aus.

Wie wird ein Radio-Feature erstellt?

Ihr könnt euer Radio-Feature z. B. mit einem Smartphone aufnehmen und anschließend am Computer mit einer kostenlosen Schnittsoftware weiter bearbeiten. Euer Feature sollte ca. 3 Minuten lang sein.

Seite 142

Hilfe zu der Aufgabe 1c

Folgende Formulierungshilfen können euch bei der Bearbeitung der Aufgabe unterstützen:

- Der blaue Graph zeigt, wie der Einkommensteuertarif …
- Bis zu einem (zu versteuernden) Jahreseinkommen von … gilt …
- Jeder weitere Euro wird … bis zum Spitzensteuersatz …
- Die grüne Kurve zeigt, wie hoch …, wenn der Durchschnitt …
- Diese Durchschnittssteuersatz-Kurve liegt immer unterhalb der Grenzsteuersatz-Kurve, weil …

Seite 157

Hilfe zu der Aufgabe 3b

Sortiert folgende weitere und eure eigenen Argumente in die Tabelle ein:

- Leistung würde sich für Geringverdiener wieder lohnen, wenn sie entlastet würden.
- Beschäftigte haben ein Bruttolohn- und kein Abgabenproblem. Ihnen ist nicht durch weniger Beiträge und Steuern, sondern durch höhere Löhne und bessere öffentliche Leistungen geholfen.
- Die Sozialversicherung wird über Beiträge finanziert. Sinken diese, muss es einen akzeptablen Ausgleich dafür geben, damit die Leistungen nicht gekürzt werden.

Seite 163

Hilfe zu der Aufgabe 4

Folgende Satzanfänge können euch beim Verfassen des Tagebucheintrags helfen:

- Heute war ich zum ersten Mail beim Jobcenter …
- Bisher kannte ich „Hartz IV" nur aus dem Fernsehen …
- Es ist etwas völlig anderes, wenn plötzlich das eigene Kind …

Hilfe zu der Aufgabe 4

Seite 172

Leitfragen zur Erstellung des Beitrags können sein:

- Wie stabil ist der „Generationenvertrag" einzuschätzen?
- Welchen konkreten Einfluss hat die Bevölkerungsentwicklung auf das Umlageverfahren der gesetzlichen Rentenversicherung?
- Wie entsteht die Rentenlücke und welche Auswirkungen hat sie auf die Geschlechter im Vergleich?
- Welche Gruppen haben eine bessere und welche eine schlechtere gesetzliche Rente zu erwarten?

Hilfe zu der Aufgabe 3b

Seite 177

Die Tabelle kann z. B. wie folgt erstellt werden:

	Stärken	Schwächen
Private Vorsorge staatlich gefördert („Riester-Rente")	weniger abhängig vom demografischen Wandel	
Betriebsrente		wird nicht in jedem Betrieb angeboten, Entgeltumwandlung ist mit geringem Einkommen schwierig
Gesetzliche Rente		

Kapitel 5

Hilfe zu der Aufgabe 3b

Seite 193

Überlegt, inwiefern der Betriebsrat bei den anderen Mitbestimmungen etwas verändern kann, falls sich die Unternehmensleitung nicht kooperativ verhält.

Hilfe zu der Aufgabe 2

Seite 198

Entwickelt die Pitch-Präsentation zu einem Unternehmen/Produkt, dessen Vorzüge ihr besonders gut kennt, z. B. eine Social-Media-App.

Kapitel 6

Hilfe zu der Aufgabe 3

Seite 233

Berücksichtigt dabei euer Wissen über die Zusammensetzung einzelner EU-Institutionen sowie den Gang der EU-Gesetzgebung. Begründet anhand des Beispiels der Einwegplastik-Richtlinie.

Hilfe zu der Aufgabe 4

Seite 237

Am Markt Teilnehmende können z. B. sein: Unternehmer:in eines erfolgreich auf dem Binnenmarkt agierenden deutschen Unternehmens; Unternehmer:in, dessen Produktion aus Kostengründen von Frankreich nach Osteuropa verlagert wurde; Konsument:in im Urlaub in einem anderen EU-Land; Handwerker:in aus Osteuropa; Studierende:r aus Lettland an einer deutschen Universität; Ärztin/Arzt aus Bulgarien mit Deutschkenntnissen

Seite 246

Hilfe zu der Aufgabe 5a

Die Akteure können z. B. sein: Unternehmer:in aus Polen, Konsument:in aus Schweden, Unternehmer:in aus Norwegen, Unternehmer:in aus Deutschland, Konsument:in aus Deutschland, Konsument:in aus Ungarn, Unternehmer:in aus Spanien, ...

Kapitel 7

Seite 255

Hilfe zu der Aufgabe 4

Mögliche Elemente eines kurzen Informationsvideos (Gesamtlänge: ca. 5 Minuten)

- Leitfrage/Titel
- Als Text eingeblendete Fragen/ Überschriften
- Aussagen/Positionen aus verschiedenen Perspektiven (in die Kamera gesprochen)
- Kurzer Expert:innenbeitrag
- Grafik(en) einblenden und erläutern
- Musik am Anfang und am Ende

Seite 260

Hilfe zu der Aufgabe 4b

Begründet eure Position mit Bezug auf die Kriterien „Sicherung der Menschenrechte“, „unerwünschte Folgewirkungen“ und ggf. weitere (→ **PUB, 4**).

Seite 266

Hilfe zu der Aufgabe 1

Möglicher Teil eurer FAQ:

Frage: Gilt Freizügigkeit in der EU zeitlich unbegrenzt?

Antwort: Für alle EU-Bürger:innen gilt sie in jedem Fall für den Zeitraum von drei Monaten. Wer arbeitet, kann sich unbegrenzt im EU-Ausland aufhalten. Bei anderen (z. B. Studierenden) gilt, dass sie ihren Lebensunterhalt selbst (z. B. durch die Eltern) sichern können müssen.

Frage: Können arbeitslose Unionsbürger:innen in Deutschland Grundsicherung (Sozialhilfe) beziehen?

Antwort: ...

Frage: Bezieht sich die Freizügigkeit in der EU nur auf Arbeitnehmende?

Antwort: ...

Seite 272

Hilfe zu der Aufgabe 1

Wie lautet die Regelung?	Was beinhaltet sie?	Welche beabsichtigten Wirkungen und unbeabsichtigten Nebenfolgen werden genannt/ lassen sich vermuten?
Recht auf Asyl (Artikel 18: Charta der Grundrechte der EU)	Alle Schutzsuchenden haben das Recht im potenziellen Aufnahmeland ihren Fall prüfen zu lassen. Als schutzsuchend anerkannt werden Personen, die aus begründeter Furcht vor Verfolgung geflohen sind (z. B. wegen ihrer Religion, politischen Überzeugung ...)	Beabsichtigte Wirkung: Wahrung der Menschenrechte (Recht auf Leben, freie Entfaltung der Persönlichkeit u. a.) Mögliche unbeabsichtigte Nebenfolgen: Wenn im Vorfeld nicht sicher ist, ob der Fluchtgrund anerkannt wird, kann eine Abschiebung drohen.
Recht auf „subsidiären Schutz“	Menschen , die vor Krieg	Beabsichtigte Wirkung:
...	...	...

Hilfe zu der Aufgabe 1
Seite 288

Euer Flussdiagramm kann z. B. wie folgt aussehen:

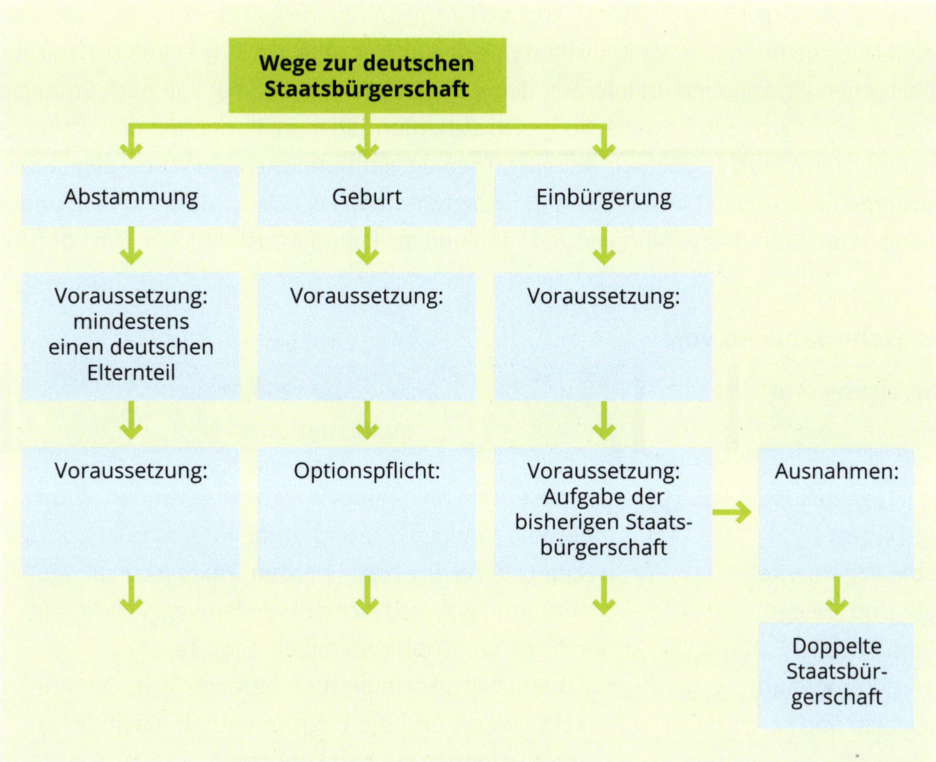

Kapitel 8

Hilfe zu der Aufgabe 4
Seite 328

Greift dabei auf die euch bekannten Definitionen von Frieden aus Kapitel 8.1 zurück sowie auf eure Ergebnisse aus den Aufgaben 1-3. Berücksichtigt dabei auch die Rolle der Vereinten Nationen.

Kapitel 9

Hilfe zu 3. Schritt, 1
Seite 340

Mögliche Präsentationsmedien sind:

- Texttafeln/Bilder/Audiobeiträge/Videos/...

Überlegt auch, ob ihr die Besucher:innen durch interaktive Elemente einbinden könnt.

Hilfe zu der Aufgabe 3
Seite 363

Eure Übersicht kann z. B. wie folgt erstellt werden:

Ökonomische Auswirkungen	Ökologische Auswirkungen	Soziale Auswirkungen
...	...	...

Einen Blog-Text verfassen

I. Worum geht es?

Ein Blog (Abkürzung für „Weblog“: Logbuch im Web) ist eine von einer Privatperson, einem Unternehmen oder einer Institution erstellte Webseite. Ein Blog eignet sich gut zur politischen Partizipation im Internet, denn er ist kostenfrei und hat – je nach Strategie – eine relativ große Reichweite. So lassen sich Informationen, Positionen und Stellungnahmen (nicht nur) zu politisch aktuellen Themen veröffentlichen. Ein Vorteil gegenüber Beiträgen in sozialen Medien (Twitter, Instagram usw.) liegt darin, dass ein Blog unabhängig vom Betreiber geführt werden kann und die Beiträge ausführlicher sein können.

II. Geht dabei so vor:

1. Schritt: Inhaltliche Vorbereitung und Konzept entwerfen

1. Vergegenwärtigt euch die Fragestellung bzw. das Thema eures Blog-Textes.
2. Sammelt und strukturiert die Argumente (einschließlich der Beispiele und Belege) anhand von Perspektiven und Kriterien.
3. Skizziert eine schlüssige Argumentation und gewichtet dabei Perspektiven und Kriterien (→ **PUB, 6**).

2. Schritt: Den Blog-Text ausformulieren

Um Lesende von Online-Texten zu gewinnen, muss innerhalb weniger Sekunden ihr Interesse geweckt werden, denn im Netz werden Texte schnell „gescannt“ und ggf. auch schnell wieder weggeklickt. Mit den folgenden Tipps gelingt ein Blog-Text:

- **Überschrift:** Formuliert eine Überschrift, die Interesse weckt und die Begriffe enthält, nach denen die Nutzenden suchen könnten.
- **Gliederung:** Gliedert euren Text in kurze Absätze von drei bis fünf Zeilen. Formuliert für jeden Absatz eine Zwischenüberschrift. Das hilft den Lesenden beim Überfliegen an den wichtigen Stellen hängen zu bleiben.
- **„Am Mündlichen orientierter Schreibstil“:** Formuliert eher kurze und klare Sätze. Die Verständlichkeit steht im Vordergrund. Orientiert euch dabei an der gesprochenen Sprache, schreibt aber dennoch korrekt.
- **Formuliert persönlich:** Sprecht die Lesenden persönlich an (z. B. Ich vertrete die Position .... Ich rufe euch dazu auf ...) und vermeidet unpersönliche Formulierungen, wie z. B. „man“.

3. Schritt: Prüfen und Überarbeiten des Blog-Textes

1. Prüft und überarbeitet euren Blog-Text zunächst selbst: Passen alle Bestandteile zueinander und sind sie widerspruchsfrei? Ist die verwendete Sprache korrekt und adressatengerecht?
2. Tauscht eure Blog-Texte untereinander aus und gebt euch Feedback zum Inhalt, zum Aufbau und zur sprachlichen Form.

Bearbeiterin

Ein Flussdiagramm erstellen

I. Worum geht es?

Ein Flussdiagramm (engl. Flowchart) ist ein Diagramm, das zum Beispiel einen Ablauf, einen Prozess oder ein System beschreibt und darstellt. Flussdiagramme werden in Politik und Wirtschaft häufig verwendet, um komplexe Zusammenhänge (z. B. einen Gesetzgebungsprozess oder eine Lieferkette) zu verdeutlichen. Dabei werden verschiedene Symbole, wie Rechtecke oder Ovale mit Verbindungspfeilen genutzt, um den Prozessfluss bzw. den Ablauf aufzuzeigen.

II. Geht dabei so vor:

1. Schritt: Vorbereitung und Skizze anfertigen

1. Klärt nochmals genau, welchen Sachzusammenhang ihr durch das Flussdiagramm visualisieren wollt.
2. Seht euch die Grundmuster und Elemente von Flussdiagrammen in der Abbildung unten an und wählt ein geeignetes Muster als Ausgangspunkt.
3. Legt fest, welche Elemente (Begriffe) aus dem Zusammenhang im Flussdiagramm dargestellt werden sollen.
4. Fertigt eine vorläufige Bleistift-Skizze an.

↓ ↓ ↓

2. Schritt: Das Flussdiagramm erstellen

1. Prüft eure Skizze nochmals auf Richtigkeit und Vollständigkeit mit Hilfe des euch vorliegenden Materials.
2. Erstellt euer Flussdiagramm in einer Form, die sich präsentieren lässt (z. B.: mit Hilfe einer Dokumentenkamera).

Flussdiagramme Grundmuster:

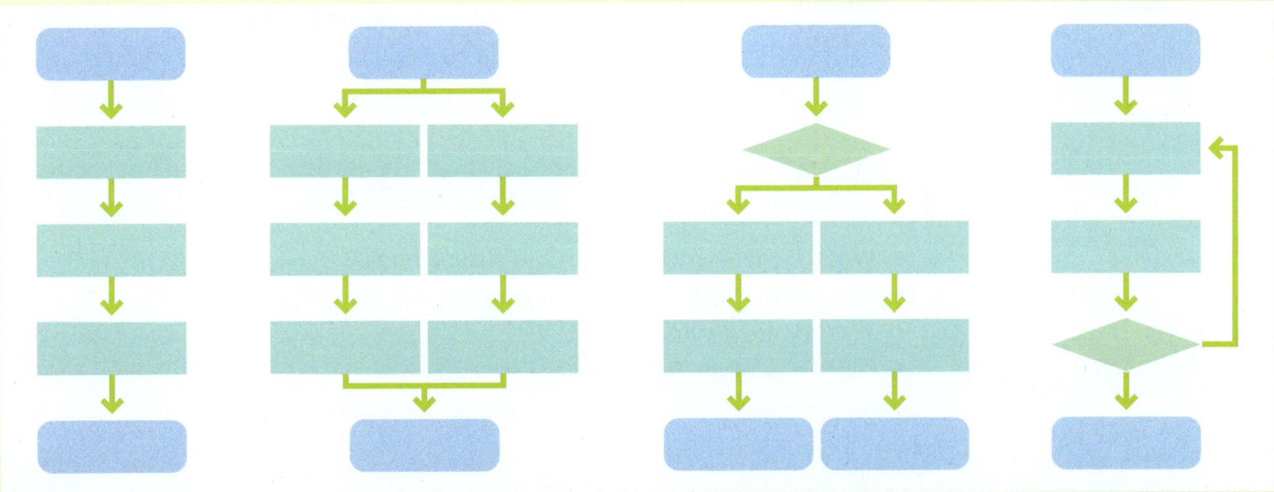

Bearbeiterin

Eine Karikatur analysieren

I. Worum geht es?

Karikaturen sind zeichnerische Kommentare zu aktuellen gesellschaftlich-politischen Problemen. In Karikaturen werden Situationen und Personen „überzeichnet", Merkmale übertrieben und verzerrt dargestellt, sodass Schwachstellen durch Humor und Witz entlarvt werden. Ziel von Karikaturen ist es, zum Beispiel an politischen Programmen, Personen und Entscheidungen, Kritik zu üben. Sie sind ein Mittel der politischen Auseinandersetzung. Karikaturen sind meistens nur dann verständlich, wenn der Hintergrund des kommentierten politischen Geschehens bekannt ist. Dennoch bleiben Karikaturen häufig mehrdeutig.

II. Geht dabei so vor:

1. Schritt: Einordnen

- Wann wurde die Karikatur veröffentlicht?
- Wer hat die Karikatur gezeichnet?
- Welchen Titel hat die Karikatur?

2. Schritt: Ersten Eindruck schildern und beschreiben was dargestellt ist

- Welche spontanen Eindrücke und Gefühle werden durch die Karikatur erzeugt?
- Wen oder was zeigt die Karikatur? (Situation, (prominente) Personen, Gegenstände ...)
- Wie ist die Karikatur aufgebaut? (Bild-, Textelemente, Vordergrund, Hintergrund)
- Gibt es Sprechblasen?
- Welche Informationen bietet die Über- oder Unterschrift?
- Welche Darstellungsmittel werden gewählt? (Zeichenstil, Ausdruck, Symbolik, Farben ...)

3. Schritt: Deuten

- Auf welches (aktuelle) Problem nimmt die Karikatur Bezug?
- Was genau wird übertrieben dargestellt?
- Was genau wird kritisiert?
- Mit welchen Eigenschaften werden dargestellte Personen verknüpft?
- Für welche Position bzw. für wen wird Partei ergriffen?
- Wer sind die Adressierten?
- Welchen Standpunkt nimmt der/die Karikaturist:in ein?

4. Schritt: Bewerten

- Worin ist der/dem Karikaturist:in zuzustimmen?
- Was ist der/dem Karikaturist:in entgegen zu halten?
- Was könnte umstritten sein?
- Gibt es sachliche Fehler in der Karikatur?
- Stimmst du/stimmt ihr der Aussage der Karikatur zu?

Bearbeiterin

Eine Kleingruppen-Kontroverse durchführen

I. Worum geht es?

Bei einer Kleingruppen-Kontroverse handelt es sich um eine durch Rollen oder Positionen strukturierte Diskussionsform. Anders als bei einer zentral gestalteten Rollensimulation (z. B. Podiumsdiskussion) wird nicht nur eine Diskussion durchgeführt, sondern gleichzeitig mehrere (in Kleingruppen) zur selben Streitfrage. Das Ziel ist – wie bei der Rollensimulation – abhängig vom konkreten Setting. Es kann z. B. ein Positionsaustausch zur Urteilsbildung, die Anbahnung eines Kompromisses oder die Ausarbeitung einer Handlungsempfehlung sein. Ihr könnt damit multiperspektivisch auf die Problemfrage blicken und eure Urteilsgrundlage erweitern.

II. Geht dabei so vor:

1. Schritt: Rollenübernahme und Vorbereitung in Positionsgruppen

1. Bildet Kleingruppen (ca. 4 Personen), in denen ihr jeweils eine der vorgegebenen Rollen bzw. Positionen übernehmt.
2. Arbeitet die Positionen mit Hilfe vorliegender und selbst recherchierter Materialien so aus, dass ihr sie faktengestützt und argumentativ schlüssig vertreten könnt.
3. Informiert euch über die anderen Positionen. Antizipiert deren Argumente und entwickelt Gegenargumente. Haltet auch Ausschau nach möglichen Verbündeten.
4. Fertigt übersichtliche Notizen (z. B. in Form einer Mindmap) zu eurer Argumentationsstrategie an, die ihr in der Diskussion nutzen könnt.

2. Schritt: Durchführung in Kontroversen-Gruppen

1. Bildet neue Gruppen, in denen jeweils mindestens ein Mitglied jeder Position vertreten ist sowie eine weitere Person.
2. Wählt eine Moderation.
3. Führt die Diskussion in den Kleingruppen (10-15 Minuten) nach den folgenden Regeln:

Moderation:
- Führt kurz in die Fragestellung und die Zielsetzung ein.
- Leitet die Diskussion durch direkte Aufforderung der Teilnehmenden.
- Achtet auf gleichmäßige Beteiligung und Einhaltung der Gesprächsregeln.
- Fasst das Ergebnis am Ende zusammen.

Rollenvertretungen:
- Argumentieren konsequent aus ihren Rollen heraus.
- Stützen ihre Argumente mit Fakten und beziehen sich auf Urteilskriterien.
- Beziehen sich auf die Beiträge der anderen.
- Verhalten sich fair gegenüber allen.

3. Schritt: Auswertung in Positionsgruppen

1. Kommt wieder in den Positionsgruppen zusammen und tauscht euch über den Diskussionserfolg eurer Rollenvertretung aus: Konntet ihr euch durchsetzen? Hat sich eure Argumentationsstrategie bewährt?
2. Vergleicht die Ergebnisse aus den „Kontroversen-Gruppen".
3. Formuliert ein Fazit und stellt es im Plenum vor.

Bearbeiterin

Einen Kurzvortrag vorbereiten und halten

I. Worum geht es?

Kurzvorträge (auch kurze Referate genannt) dienen dazu ein Thema oder einen thematischen Aspekt für andere gut nachvollziehbar aufzubereiten. Die Vortragszeit sollte 5 – 10 Minuten nicht überschreiten. Der so beigesteuerte Input soll allen dabei helfen, den größeren thematischen Zusammenhang weiter zu erschließen.

II. Geht dabei so vor:

1. Schritt: Das Thema klären und Informationen recherchieren

1. Klärt, in welchem Zusammenhang das Thema eures Kurzvortrags steht.
2. Formuliert euer Thema als Frage, die ihr in dem Kurzvortrag beantworten wollt.
3. Recherchiert Informationen in zuverlässigen Quellen und macht euch Notizen (z. B. in Form einer Mindmap).

→

2. Schritt: Den Kurzvortrag strukturieren und proben

1. Gliedert euren Vortrag in Einleitung, Hauptteil und Schluss:

   Einleitung
   - Thema/Frage vorstellen
   - Aufmerksamkeit und Interesse wecken (z. B. durch eine Provokation, eine spannende Frage, einen Bildimpuls, eine persönliche Geschichte …)
   - Gliederung (euren „Fahrplan“) vorstellen (z. B. auf einem Flipchart, an der Tafel oder als PowerPoint-Folie)

   Hauptteil
   - Informationen zum Thema gemäß eurer Gliederung geben
   - Übergänge planen
   - ggf. weitere Visualisierungen (Bilder, Grafiken etc. zuordnen)

   Schluss
   - Wichtiges zusammenfassen
   - Frage beantworten
   - eigene Stellungnahme
   - offene Fragen formulieren
   - Nachfragen und Diskussion eröffnen

2. Bereitet eine schriftliche Vorlage vor, mit deren Hilfe ihr den Kurzvortrag frei halten könnt (z. B. eure überarbeitete Mindmap aus Schritt 1 oder Karteikarten mit Stichpunkten).
3. Veranschaulicht euren Vortrag mit Bildern, Statistiken, Grafiken etc. und plant, wie ihr sie präsentieren wollt (z. B. eingebunden in eine PowerPoint-Präsentation).
4. Probt euren Vortrag (alleine oder mit anderen aus der Klasse) und stellt sicher, dass ihr die Zeitvorgabe einhaltet.

←

3. Schritt: Den Kurzvortrag halten

- Tragt den Kurzvortrag so frei wie möglich vor.
- Steht locker und unterstreicht eure Aussagen auch ab und zu mit Gesten.
- Macht zwischen den Sätzen und Gliederungspunkten kurze Pausen. So können die Zuhörenden den Inhalt besser verarbeiten.
- Nehmt während des Vortrags Blickkontakt zum Publikum auf.

Bearbeiterin

Einen politischen Redebeitrag gestalten

I. Worum geht es?

Politisches Handeln erfolgt in wesentlichem Maße durch Sprechen, Beteiligung an Diskussionen und Verhandeln. Dabei sind es häufig sorgfältig durchdachte und vorbereitete Redebeiträge, mit denen in Parlamenten, bei Versammlungen oder Kundgebungen um Zustimmung für eine Sache bzw. für die eigene Position geworben wird. Das Ziel einer politischen Rede ist es, das Publikum gezielt anzusprechen und zu überzeugen. Dazu braucht es eine klare Botschaft und eine gute argumentative Strategie.

II. Geht dabei so vor:

1. Schritt: Inhaltliche Vorbereitung und Konzept entwerfen

1. Vergegenwärtigt euch die Fragestellung bzw. das Thema eurer Rede.
2. Sammelt und strukturiert die Argumente (einschließlich der Beispiele und Belege) anhand von Perspektiven und Kriterien (→ **PUB, 3 + 4**).
3. Skizziert eine schlüssige Argumentation und gewichtet dabei Perspektiven und Kriterien (→ **PUB**, **6**).
4. Macht euch Notizen zu folgenden Fragen:
   - Wer sind die Adressierten? Was bedeutet dies z. B. für die sprachliche Form?
   - Welchen Anlass hat die Rede bzw. in welchem Kontext steht sie?
   - Welches konkrete Ziel verfolgt die Rede?

↓ ↓ ↓

2. Schritt: Den Redebeitrag ausformulieren

1. Gliedert eure Rede in Einleitung, Hauptteil und Schluss. Nutzt dabei die Leitfragen:

Einleitung	▪ Wie begrüße ich das Publikum adressatengerecht? ▪ Wie gewinne ich die Aufmerksamkeit der Zuhörenden gleich zu Beginn? ▪ Auf welchen Anlass/welches Ausgangsproblem nehme ich Bezug?
Hauptteil	▪ Was kennzeichnet die aktuelle Situation konkret? ▪ Auf welche Aspekte beziehe ich mich? ▪ Wie erkläre ich die Situation/das Problem? ▪ Wie kann ich meine Situationsanalyse belegen? ▪ Welche Folgen ergeben sich daraus? ▪ Welche Veränderungsvorschläge lassen sich ableiten und welche Chancen ergeben sich daraus? ▪ Welche Position/welchen Vorschlag vertrete ich? ▪ Wie können Gegenpositionen entkräftet werden?
Schluss	▪ Wie lässt sich meine Position zusammenfassen? ▪ Auf welche leitenden Kriterien beziehe ich mich dabei? ▪ Wie lautet die konkrete Aufforderung zum Handeln? ▪ An wen ist die Handlungsaufforderung gerichtet?

2. Prüft und überarbeitet euren Redebeitrag:
   - Passen alle Bestandteile zueinander, sind sie widerspruchsfrei?
   - Ist die verwendete Sprache korrekt und stilistisch passend?
   - Würdet ihr selbst gerne eurer Rede zuhören?

Bearbeiterin

Eine Positionslinie bilden

I. Worum geht es?

Mit Hilfe einer Positionslinie können sowohl Spontanurteile als auch differenzierte Urteile zu einer Problemstellung, Frage oder einem Sachverhalt zum Ausdruck gebracht werden. Dies geschieht durch die körperliche Positionierung auf einer Linie und kann in jedem größeren Raum (z. B. Klassenraum) durchgeführt werden.

II. Geht dabei so vor:

1. Schritt: Positionslinie festlegen und Positionen einnehmen

1. Legt eine gedachte oder durch Klebestreifen auf dem Boden markierte Linie fest.
2. Benennt die Enden der Linie mit alternativen Polen (ja/nein; stimmt/stimmt nicht). Auf der Strecke zwischen den Polen liegen jeweils abgestufte Positionen.
3. Positioniert euch zu der Fragestellung auf der Linie.

↓ ↓ ↓

2. Schritt: Positionierungen begründen

- Begründet eure Position so differenziert wie möglich: Bei Spontanurteilen kann die Begründung auch „aus dem Bauch" heraus erfolgen, bei differenzierten Urteilen gebt Einblick in euren Abwägungsprozess und bezieht euch gewichtend auf Perspektiven und Kriterien (→ **PUB, 1** oder **PUB, 6**).
- Solltet ihr die Positionslinie am Ende einer Einheit wiederholen, begründet auch, inwiefern sich eure aktuelle Positionierung von der ersten (spontanen) unterscheidet: Welche Argumente, Perspektiven, Kriterien waren dabei ausschlaggebend (→ **PUB, 7**)?

Bearbeiterin

Eine Pro-Kontra-Diskussion führen

I. Worum geht es?

Bei einer Pro-Kontra-Diskussion handelt es sich um eine „zugespitze“ Form einer Diskussion, die formal nach genau festgelegten Regeln abläuft. Die Pro- und Kontra-Gruppen stehen oder sitzen sich gegenüber. Sie diskutieren mit dem Ziel, die Mehrheitsverhältnisse jeweils zu ihren Gunsten zu verändern. Am Anfang und am Ende einer Pro-Kontra-Diskussion steht jeweils eine Abstimmung. Das Ziel der Pro-Kontra-Debatte ist es, möglichst viele Begründungsmöglichkeiten zu einer Frage kennen zu lernen und so die eigene Urteilsgrundlage zu erweitern.

II. Geht dabei so vor:

1. Schritt: Stimmungsbild erheben und Vorbereitung

1. Führt zur Entscheidungsfrage eine erste Abstimmung zur Erhebung des Stimmungsbildes durch. Haltet das Ergebnis an der Tafel, auf einer Folie o. Ä. fest.
2. Teilt die Klasse in zwei etwa gleich große Gruppen ein. Eine Gruppe übernimmt die Pro-, die andere die Kontra-Position.
3. Beide Gruppen bereiten sich mit Hilfe der Materialien des Kapitels (ggf. auch mittels weiterer Recherchen) auf die Diskussion vor.
4. Wählt eine Abordnung (ca. 4-5 Personen) beider Gruppen, die an der Diskussion teilnehmen wird.
5. Wählt eine Moderation, die kurz in die Thematik einführen, die Redeliste führen und für einen ordnungsgemäßen Ablauf sorgen wird.

2. Schritt: Durchführung

1. Beide Gruppen sitzen sich (ähnlich wie im britischen Unterhaus) gegenüber.
2. Die Moderation eröffnet die Diskussion und fordert pro Gruppe eine Person auf, ihre Position kurz zu verdeutlichen.
3. Im weiteren Verlauf wechseln sich die Redenden der beiden Gruppen nach jedem Redebeitrag ab. Die Moderation führt eine Redeliste, auf der Meldungen der Reihe nach notiert werden und ruft auf.

3. Schritt: Zweite Abstimmung und Auswertung

1. Am Ende der Diskussion (nach ca. 15 Minuten) erfolgt eine zweite Abstimmung, bei der alle ihre eigene (nun vielleicht veränderte) Position zur Streitfrage vertreten können.
2. Danach wird das Abstimmungsverhalten ausgewertet. (Was hat euren Meinungswandel verursacht? Welche Argumente haben euch besonders überzeugt? Warum seid ihr (nicht) bei eurer Position geblieben? Welche Urteilskriterien waren entscheidend?)
3. Die Teilnehmenden erhalten abschließend eine Rückmeldung zu ihrer Argumentationsleistung von den Beobachtenden.

Bearbeiterin

METHODENGLOSSAR

Statistiken, Diagramme und Schaubilder auswerten

I. Worum geht es?

Statistiken, Diagramme und Schaubilder liefern Informationen in Form von Zahlen. Es gibt kaum einen Lebensbereich, der nicht statistisch erfasst wird. Dabei werden die Zahlen entweder in Tabellen ausgewertet oder in Form von Diagrammen und Schaubildern optisch aufbereitet. Diese sehen oft auf den ersten Blick gut nachvollziehbar aus, erfordern aber ein genaueres Hinsehen.

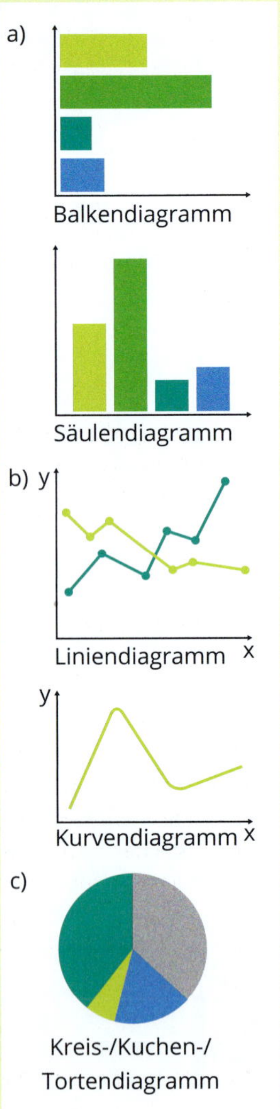

II. Geht dabei so vor:

1. Schritt: Thema und Quelle benennen

- Wie lautet (anhand der Überschrift) das Thema der Statistik?
- Woher stammt sie? Wer hat sie veröffentlicht? Wann wurde sie veröffentlicht?

2. Schritt: Darstellungsform bestimmen

Es gibt verschiedene Arten von Diagrammen und Schaubildern:
a) in Balken- und Säulendiagrammen lassen sich verschiedene Zahlenwerte gut miteinander vergleichen,
b) durch Linien- und Kurvendiagramme können zeitliche Entwicklungen gut dargestellt werden,
c) Kreis-/Kuchen-/Tortendiagramme lassen die jeweiligen Anteile an der Gesamtmenge gut erkennen.

3. Schritt: Das Wesentliche der Statistik beschreiben

Meistens wird anhand von Spaltenüberschriften, Säulen- oder Zeilenbezeichnungen angegeben, worauf sich die Angaben beziehen: *z. B. Es wird jeweils angegeben, welche Personengruppen ... (in Prozent, in absoluten Zahlen, ...). Das Diagramm zeigt, zu welchem Zeitpunkt jeweils welche Personengruppe...*

4. Schritt: Die Statistik genauer analysieren

Eine Statistik genauer zu analysieren bedeutet Details, Auffälligkeiten, Ausnahmen etc. zu erläutern: *z. B. Einen besonders hohen/niedrigen Wert haben .... Im zeitlichen Verlauf ergibt sich eine Tendenz ....*

5. Schritt: Beurteilung und Einordnung der Statistik in das Thema

Zum Schluss wird eine Statistik kritisch betrachtet und gefragt, wie ihre Aussage in das Thema einzuordnen ist, *z. B.: Es gibt keine Angaben zu .... Würden weitere Personengruppen hinzugezogen .... Das Material bezieht sich auf folgende Definition von .... Folgt man den Aussagen, der Statistik, dann sollte ...*

Bearbeiterin

Lexikon für Wirtschaft-Politik

A

Abgeordnete
Die gewählten Mitglieder eines Parlaments.

Arbeitslosengeld
Unterstützungsleistung für arbeitslose Arbeitssuchende. Zu unterscheiden ist zwischen Versicherungsleistungen aus der Arbeitslosenversicherung (das ist in Deutschland das Arbeitslosengeld I, das in der Regel für ein Jahr gezahlt wird) und aus Steuergeldern finanzierten Mindestsicherungssystemen (dazu gehört das Arbeitslosengeld II, Hartz IV).

Armut
Von absoluter Armut spricht man, wenn einer Person weniger als 1,25 US-Dollar (ca. 1 Euro) pro Tag zur Verfügung steht. Von relativer Armut spricht man, wenn das Einkommen weniger als 60 % des Durchschnittseinkommens in einem Land (Staat) beträgt.

B

Beruf
Tätigkeit, die ein Mensch in der Regel gegen Entgelt erbringt bzw. für die er ausgebildet, erzogen oder berufen ist. Im Allgemeinen dient die Ausübung eines Berufes der Sicherung des Lebensunterhaltes.

Binnenmarkt
Ein Wirtschaftsraum, in dem einheitliche Bedingungen für den Verkehr von Waren, Dienstleistungen und Kapital herrschen. Bürger können ihren Wohn- und Arbeitsort frei wählen. Der Binnenmarkt in der EU wurde zum 1. Januar 1993 verwirklicht.

Bruttoinlandsprodukt (BIP)
Messgröße, mit der die wirtschaftliche Leistungskraft eines Landes dargestellt wird. Das BIP umfasst den Geldwert aller in einem Jahr innerhalb der Landesgrenzen für den Endverbrauch produzierten Waren und Dienstleistungen (von Inländern und Ausländern). Um das BIP pro Kopf zu erhalten, teilt man das BIP eines Landes durch die Zahl der Einwohner.

Bund (Bundesstaat)
Der Zusammenschluss mehrerer Staaten zu einem Gesamtstaat, zum Beispiel die Bundesrepublik Deutschland mit allen Bundesländern.

Bundeskanzler/Bundeskanzlerin
Der Chef der Bundesregierung. Er bestimmt die Richtlinien der Politik und trägt die Verantwortung dafür.

Bundespräsidentin/Bundespräsident
Das Staatsoberhaupt der Bundesrepublik. Sie bzw. er repräsentiert Deutschland nach außen. Außerdem gehören zu ihren/seinen Aufgaben die Ernennung und Entlassung der höchsten Staatsbeamten und die Unterzeichnung der vom Bundestag verabschiedeten Gesetze.

Bundesrat
Der Bundesrat ist ein Teil der Legislative. Über ihn wirken die Länder an der Gesetzgebung des Bundes mit. Der Bundesrat muss bei Gesetzen, die Länderinteressen berühren oder die Verfassung ändern, zustimmen, damit diese in Kraft treten können. Bei anderen Gesetzen kann er Einspruch erheben, der aber vom Bundestag überstimmt werden kann.

Bundestag
Name des deutschen Parlaments

Bundesverfassungsgericht
Höchstes deutsches Gericht mit Sitz in Karlsruhe. Das Bundesverfassungsgericht wacht darüber, dass Parlamente, Regierungen und Gerichte in Deutschland das Grundgesetz einhalten. Jeder Bürger kann eine Verfassungsbeschwerde beim Bundesverfassungsgericht einreichen.

D

Demografischer Wandel
So werden die Veränderungen in der Bevölkerungszusammensetzung hinsichtlich ihrer Größe und Struktur (z. B. Alterszusammensetzung) bezeichnet.

Demokratie
Das Wort stammt aus dem Griechischen und bedeutet Herrschaft des Volkes. Die Beteiligung aller Bürgerinnen und Bürger an allen Abstimmungen kann nur in sehr kleinen Staatsgesellschaften verwirklicht werden (direkte Demokratie). Wo dies nicht möglich ist, wählt das Volk Vertreter (Repräsentanten), die für das Volk handeln (repräsentative Demokratie).

E

Einkommen
Allgemein meint man damit das Arbeitseinkommen für Erwerbstätigkeit (Lohn, Gehalt, Gewinn). Darüber hinaus gibt es auch Einkommen als Entgelt für die Bodennutzung (Miete, Pacht) oder als Entgelt für die Nutzung von Kapital (Sparzinsen, Kreditzinsen). Einkommen, die der Staat ohne Gegenleistung bezahlt, nennt man Transfereinkommen.

Europäische Union
Die Gemeinschaft von europäischen Staaten wurde 1957 als Wirtschaftsbündnis gegründet. Neben der gemeinsamen Politik in allen wirtschaftlichen Bereichen wurde im Vertrag von Maastricht (1992) auch eine Zusammenarbeit in der Außen- und Sicherheitspolitik sowie der Justiz- und Innenpolitik beschlossen.

EU-Organe
Zu den wichtigsten Organen der Europäischen Union – vergleichbar mit den Verfassungsorganen in der Bundesrepublik Deutschland – gehören der Ministerrat, die Europäische Kommission, das Europäische Parlament, der Europäische Gerichtshof und der Europäische Rechnungshof. Der Europäische Rat hat eine große Bedeutung für die Entwicklung der Europäischen Union.

Europäische Zentralbank (EZB)
Die EZB wurde am 1.6.1998 gegründet und bildet zusammen mit den nationalen Notenbanken das Europäische System der Zentralbanken. Die EZB ist von politischen Weisungen unabhängig und seit der Einführung des Euro am 1.1.1999 für die Geldpolitik im Euro-Raum zuständig. Ihre Hauptaufgabe ist es, die Preisstabilität zu

garantieren. Darüber hinaus unterstützt sie auch die allgemeine Wirtschaftspolitik.

Exekutive
Die ausführende Gewalt, d. h. Regierung und Verwaltung.

F

Fraktion
Vereinigung im Parlament, die aus den Abgeordneten einer Partei besteht. Auch Mitglieder verschiedener Parteien, die gleichgerichtete politische Ziele verfolgen, können sich zu einer Fraktion zusammenschließen.

Fünf-Prozent-Klausel
Vorschrift, dass alle Parteien bei einer Wahl mindestens fünf Prozent der gültigen Zweitstimmen erhalten müssen, um ins Parlament zu kommen, bzw. um an der Sitzverteilung teilnehmen zu können.

G

Generationenvertrag
Bezeichnung für das Grundprinzip der gesetzlichen Rentenversicherung, nach dem der heute arbeitende Teil der Gesellschaft für die Rentenzahlungen an den nicht mehr arbeitenden Teil aufkommt.

Gerechtigkeit
Einstellung, Prinzip, Zustand, bei dem jede Person das erhält, was ihr zusteht. Wie dieser Zustand zu erreichen ist, ist umstritten. So unterscheidet man Chancengerechtigkeit, Leistungsgerechtigkeit, Bedarfsgerechtigkeit und Teilhabegerechtigkeit.

Gesellschaft
Eine Gesellschaft bezeichnet einen relativ dauerhaften Verbund von Gemeinschaften/Gruppen, die innerhalb einer politischen und wirtschaftlichen Ordnung leben und gemeinsame Normen und Werte teilen.

Gewaltenteilung
Verteilung der drei Gewalten Gesetzgebung (Legislative), Verwaltung (Exekutive) und Gerichtsbarkeit (Judikative) auf verschiedene, voneinander unabhängige Staatsorgane. In der Regel sind dies Parlament, Regierung und Verwaltung und eine unabhängige Richterschaft. In der Bundesrepublik Deutschland ist die klassische Gewaltenteilung teilweise durchbrochen (Gewaltenverschränkung).

Gewerkschaft
Freiwilliger Zusammenschluss von Arbeitnehmern, um gemeinsame wirtschaftliche, soziale und berufliche Interessen besser durchsetzen zu können.

Globalisierung
Die wachsende Verflechtung der Weltwirtschaft, ermöglicht u.a. durch die Ausweitung der Kommunikationsmedien und enger Verkehrsverbindungen. Die G. bewirkt auch in einigen Bereichen eine Vereinheitlichung der Lebensstile.

Grundgesetz
Die Verfassung der Bundesrepublik; sie regelt den Aufbau, die Aufgaben und das Zusammenspiel der Staatsorgane. Im Grundgesetz werden auch die Grundrechte garantiert.

Grundrechte
In der Verfassung garantierte Rechte, die für jeden Einzelnen gewährleistet werden, wie zum Beispiel die Meinungsfreiheit, die Versammlungsfreiheit und die Menschenwürde.

Güter
Güter sind ganz allgemein Mittel (z. B. Waren, Dienstleistungen, Rechte), mit denen Bedürfnisse befriedigt werden können. Sie haben einen Preis und sind in der Regel nicht unbegrenzt verfügbar. Nur wenige Güter auf der Erde (z. B. Luft, Sand in der Wüste) sind freie Güter, d. h. unbegrenzt vorhanden.

H

Haushaltsplan
Die genaue Aufstellung der geplanten Einnahmen und Ausgaben für einen bestimmten Zeitraum (meist das kommende Jahr). Die Einnahmen werden nach den Quellen unterschieden, die Ausgaben nach dem Zweck der Verwendung.

I

Inflation
Prozess anhaltender Preisniveausteigerungen bzw. anhaltender Geldentwertung.

Integration
Im allgemeinen Sprachgebrauch versteht man darunter die Eingliederung oder Einbindung eines (fremden) Einzelnen oder einer Minderheit in eine größere Gruppe.

Interessenverband
Organisatorisch fester Zusammenschluss von Personen in einen bestimmten Lebensbereich, die ihre gemeinsamen Interessen in der Öffentlichkeit durchsetzen wollen. Dazu versuchen sie u. a. auf die Gesetzgebung Einfluss zu nehmen. Im Gegensatz zu Parteien nicht wählbar.

J

Judikative
Die rechtsprechende Gewalt; sämtliche Gerichte der Bundesrepublik Deutschland.

K

Kabinett
Der Kanzler, die Minister und politischen Beamten (Staatssekretäre).

Klimawandel
Mit dem Begriff Klimawandel bezeichnen wir heute meist die von natürlichen Schwankungen unabhängige Erderwärmung. Sie hat schwerwiegende Folgen für Menschen, Tiere und Pflanzen: Teile der Erde werden zu Wüsten, die Gefahr von Hurrikanen und Sturmfluten steigt, Tierarten werden aussterben.

Koalition
Zusammenschluss zweier oder mehrerer Parteien, die gemeinsam eine Regierung bilden und Gesetzentwürfe ausarbeiten.

Kredit
Ein Gläubiger überlässt einem Schuldner Geld unter der Voraussetzung der Rückzahlung.

L

Legislative
Die gesetzgebende Gewalt; sie wird in der Bundesrepublik Deutschland von Bundestag und Bundesrat ausgeübt (auf Landesebene von den Länderparlamenten).

M

Mandat
Auftrag; der Wähler beauftragt durch die Wahl einen Politiker, seine Interessen zu vertreten.

Markt
Der reale oder virtuelle Ort, an dem Angebot und Nachfrage nach Gütern und Leistungen aufeinandertreffen und Preise gebildet werden (z. B. Automarkt, Börse). Das Grundprinzip des Marktes ist der Tausch.

Marktwirtschaft
In der Marktwirtschaft steuern Angebot und Nachfrage, Wettbewerb und freie Preisbildung den Wirtschaftsprozess. Das Privateigentum an den Produktionsmitteln wird garantiert.

Mehrheitswahlrecht
Danach ist gewählt, wer in seinem Wahlkreis die Mehrheit der Stimmen erhalten hat, die Minderheiten werden nicht berücksichtigt. Relative Mehrheit: Gewählt ist, wer die meisten Stimmen hat. Absolute Mehrheit: Gewählt ist, wer mehr als die Hälfte der Stimmen erzielt. Qualifizierte Mehrheit: Eine vereinbarte Mehrheit, z. B. 2/3 der Stimmen, muss erreicht werden.

Menschenrechte
Das sind die persönlichen Rechte, die jedem Menschen von Geburt an zustehen, z. B. das Recht auf Meinungsfreiheit.

Migration
Im Laufe der Geschichte haben sich immer wieder kleinere oder größere Gruppen von Menschen oder ganze Völker auf Wanderungen begeben. Dies hatte ganz unterschiedliche Gründe: So wurden die Menschen aus religiösen oder politischen Motiven verfolgt, andere waren arm und sahen für sich und ihre Kinder keine Zukunft mehr in ihrer Heimat. Alle diese Wanderungen (lat. migrare = wandern) nennt man Migration.

N

Nachhaltigkeit
Der Begriff bedeutet, dass man nicht mehr von einem Rohstoff (der Natur) verbrauchen soll, als nachwachsen kann. In Bezug auf die Umwelt heißt das, dass man den Ausgangszustand für die folgenden Generationen bewahren soll und die Umwelt nicht durch Abgase und Müll irreparabel schädigen darf.

NATO
(engl. North Atlantic Treaty Organization, Nordatlantikpakt)
Das Verteidigungsbündnis zwischen den USA, Kanada und den westeuropäischen Staaten wurde am 4.4.1949 gegründet. Die Mitglieder verpflichten sich im Falle eines Angriffs auf einen Mitgliedstaat zum gegenseitigen Beistand. Wichtigstes Gründungsmotiv war die Abwehr der Expansionsabsichten des Kommunismus, insbesondere die Verteidigung gegenüber der Sowjetunion und seinen Verbündeten. Heute hat die NATO zum Ziel, Frieden und Freiheit weltweit zu verteidigen, z. B. auch im Auftrag der Vereinten Nationen.

O

Ökologie
So bezeichnet man die Wissenschaft von den Wechselbeziehungen zwischen den Lebewesen und ihrer Umwelt.

Ökonomisches Prinzip
Das ökonomische Prinzip besagt, dass die vorhandenen Mittel (Geld, Zeit) optimal eingesetzt werden sollen, um ein bestimmtes Ergebnis zu erreichen. Bei vorgegebenen Mitteln soll ein möglichst hoher Ertrag erzielt werden (Maximalprinzip). Bei einem vorgegebenen Ertrag sollen möglichst geringe Mittel eingesetzt werden (Minimalprinzip).

Opposition
Alle Personen und Gruppen, die der Regierung im Parlament gegenüberstehen und sie kritisieren.

P

Parlament
Die Versammlung der vom Volk gewählten Abgeordneten. Das Parlament regt Gesetze an, bewilligt sie und kontrolliert die Regierung. In einer parlamentarischen Demokratie nimmt vor allem die Opposition die Kontrollfunktion wahr, da die Mehrheit im Parlament die Regierung trägt.

Parteien
Politische Gruppen, die über einen längeren Zeitraum Einfluss auf die politische Willensbildung nehmen. Sie sind bereit, in Parlamenten und Regierungen Verantwortung zu übernehmen.

Politik
Politik bedeutet die allgemeinverbindliche oder auf Allgemeinverbindlichkeit zielende Problemlösung oder Gestaltung des Gemeinwesens. Unterschieden werden drei Dimensionen der Politik: policy (Inhalte), polity (Rahmen), politics (Konflikte).

Pressefreiheit
Garantie für die freie Berichterstattung und Veröffentlichung von Informationen und Meinungen. Sie ist im deutschen Grundgesetz festgeschrieben (Art. 5 GG) und gilt als Grundlage der Demokratie, da sich die Bürger nur mit Hilfe der Informationen an politischen Entscheidungen beteiligen können.

R

Rechtsstaat
Ein Rechtsstaat ist ein Staat, in dem die öffentliche Gewalt an eine objektive Rechtsordnung gebunden ist. In einem Rechtsstaat ist die Macht des Staates begrenzt, um die Bürger vor gesetzloser Willkür zu schützen.

S

Soziale Marktwirtschaft
Die Soziale Marktwirtschaft ist eine Wirtschaftsordnung, die den Grundsatz der Freiheit auf dem Markt mit dem des sozialen Ausgleichs verbindet.

Sozialstaat
Bezeichnung für einen Staat, der seinen Bürgern ein Existenzminimum sichert, wenn sie in Not geraten sind, und für einen gerechten Ausgleich zwischen Reichen und Bedürftigen sorgt. In Deutschland geschieht dies z. B. durch die Sozialversicherungspflicht und durch staatliche Unterstützung, wie Sozialhilfe, Kindergeld oder Ausbildungs- und Arbeitsförderung.

Sozialversicherungssystem
Bezeichnung für die Gesamtheit gesetzlicher Pflichtversicherungen in Deutsch-

land (Arbeitslosen-, Renten-, Kranken-, Pflege- und Unfallversicherung). Die Sozialversicherung versichert den Einzelnen gegen Risiken für seine Existenz. Sie ist organisiert nach dem Solidarprinzip. Sozialversicherungspflichtig sind alle abhängig Beschäftigten. Die Versicherungsbeiträge teilen sich Arbeitgeber und Arbeitnehmer.

Steuern
Steuern sind Zwangsabgaben, die der Staat von seinen Bürgern und Unternehmen ohne eine spezielle Gegenleistung erhebt. Sie sind die Haupteinnahmequelle des Staates.

Strukturwandel
Veränderungen der wertmäßigen Beiträge der einzelnen Wirtschaftssektoren (Land- und Forstwirtschaft, verarbeitendes Gewerbe und Dienstleistungen) zur Wirtschaftsleistung eines Landes. Der Anteil des Dienstleistungsbereichs nimmt dabei in Deutschland ständig zu. Beschleunigt und verstärkt wird der Strukturwandel durch neue Technologien sowie den zunehmenden internationalen Wettbewerb.

Subsidiaritätsprinzip
Prinzip, nach dem ein Problem auf der Ebene gelöst werden soll, auf der es entsteht. „Was der Einzelne tun kann, sollen nicht andere für ihn tun." Erst wenn auf dieser Ebene keine Abhilfe möglich ist, soll die nächst höhere Ebene sich des Problems annehmen (Familie, Gemeinde, Land, Bund, EU)

T

Tarifvertragsparteien
Dazu zählen Gewerkschaften (vertreten die Arbeitnehmer) und Arbeitgeberverbände (vertreten die Arbeitgeber). Im Rahmen der Tarifautonomie handeln diese beiden Interessengruppen in eigener Verantwortung Tarifverträge aus, die Löhne, Arbeitszeiten und sonstige Arbeitsbedingungen regeln sollen. Der Staat darf sich nicht einmischen.

U

Unternehmen
Dauerhafte organisatorische Einheit zur Produktion bzw. zur Erbringung von Dienstleistungen, die mehrere Betriebe umfassen kann. Je nach Träger werden private, öffentliche oder gemeinwirtschaftliche Unternehmen unterschieden, je nach Rechtsform Einzel-, Personen- und Kapitalgesellschaften.

V

Verbände
Organisierte Gruppen, die auf die Politik Einfluss nehmen möchten, ohne politische Verantwortung zu übernehmen. Zur Verfolgung gemeinsamer Interessen werden Zusammenschlüsse gebildet, z. B. Berufsverbände.

Verbraucherschutz
Maßnahmen zum Schutz der Gesundheit der Verbraucher und zur Stärkung ihrer Rechte als Konsumenten. Mit bestimmten Gesetzen (z.B. zur Kennzeichnung von Lebensmitteln oder zur Gewährleistung), aber auch durch eine verbesserte Information und Aufklärung (z.B. durch Produktsiegel und Warentests) soll die Position der Verbraucher gegenüber den Anbietern verbessert werden.

Vereinte Nationen
(engl. United Nations Organization)
Nach dem Zweiten Weltkrieg gegründete kollektive Sicherheitsorganisation zur Wahrung des Weltfriedens und der Menschenrechte. Fast alle Staaten sind Mitglieder der UNO.

Verhältniswahlrecht
Jede Partei bekommt so viele Sitze im Parlament, wie sie prozentual Stimmen von den Wählern erhalten hat. Auch Minderheiten werden berücksichtigt.

Vier Freiheiten
Wirtschaftliche Freiheiten des europäischen Binnenmarktes: Freiheit des Warenverkehrs, Personenfreizügigkeit, Dienstleistungsfreiheit, freier Kapital- und Zahlungsverkehr.

Volkspartei
Partei, die aufgrund ihres Programms für Wähler und Mitglieder aller gesellschaftlichen Schichten unterschiedlicher Weltanschauungen offen ist.

W

Währungsunion
Zusammenschluss souveräner Staaten mit vorher unterschiedlichen, aber ähnlich starken Währungen zu einem einheitlichen Währungsgebiet. Im Gegensatz zu einer Währungsreform bleibt der Geldwert beim Übergang zu einer Währungsunion erhalten.

Wahlen
Verfahren der Berufung von Personen in bestimmte Ämter durch Stimmabgabe einer Wählerschaft. In Demokratien werden die wichtigsten Staatsämter durch Wahlen besetzt. Freie Wahlen müssen die Bedingungen allgemein, frei, gleich und geheim erfüllen. Das genaue Wahlverfahren (Verhältniswahl, Mehrheitswahl) ist meist in Wahlgesetzen geregelt.

Werbung
Im wirtschaftlichen Sinne die Bekanntmachung von Gütern oder Dienstleistungen mit der Absicht, bei den Konsumenten eine Kaufhandlung auszulösen. Wird dies versteckt gemacht, spricht man von Schleichwerbung.

Wertschöpfung
Die erbrachte wirtschaftliche Leistung in einzelnen Wirtschaftsbereichen. Die Bruttowertschöpfung ist die Differenz der Werte der Gesamtleistung (Output) und der Vorleistung (Input) bei der Produktion von Waren oder Dienstleistungen.

Wirtschaftskreislauf
Modell, in dem die Tauschvorgänge zwischen den Wirtschaftssubjekten (private Haushalte, Unternehmen, Staat, Banken; erweiterte Darstellung umfasst auch das Ausland) dargestellt werden.

Wirtschaftsordnung
Setzt sich zusammen aus den Regeln und Institutionen, die die Rahmenbedingungen wirtschaftlichen Handelns abstecken. Klassisch werden v. a. Fragen der Eigentumsrechte, der Preisbildung und der Steuerung von Wirtschaftsprozessen entschieden.

Register

Bildnachweis

AdobeStock / 9nong – S. 251, 285; - / AILA_IMAGES – S. 134, 142; - / belinka – S. 90; - / nito – S. 68; - / vimax001 – S. 251, 285; Alamy Stock Photo / Mo Peerbacus – S. 324; - / Pictorial Press Ltd – S. 98; - / Peter Probst – S. 28; Alternative für Deutschland (AfD) – S. 28; Baaske Cartoons / Gerhard Mester – S. 105, 160, 247; Bergmoser + Höller Verlag, Aachen – S. 228; BÜNDNIS 90 / DIE GRÜNEN / gruene.de – S. 27; CDU Bundesgeschäftsstelle, Berlin – S. 27; Christlich-Soziale Union in Bayern e. V. – S. 27; Deutscher Bundestag / Xander Heinl, photothek – S. 314; - / Achim Melde – S. 167 (3), 168; DIE LINKE, Bundesgeschäftsstelle Berlin – S. 28; Die Vielen e.V., Berlin – S. 289; © FDP – S. 28, 38; Foto: privat – S. 69; FOTOGRAFISCH / Juliane Mostertz – S. 291; © Fridays for Future Deutschland – Cover; Getty Images Plus / iStockphoto, airdone – S. 182; - / iStockphoto, ajr_images – S. 182, 217 (2), 251, 311; - / iStockphoto, AnnaNahabed – S. 116; - / iStockphoto, anyaberkut – S. 128; - / iStockphoto, beavera – S. 182; - / iStockphoto, brizmaker – S. 134; - / iStockphoto, Deep Art – S. 49; - / iStockphoto, DMEPhotography – S. 134; - / iStockphoto, drbimages – S. 338; - / iStockphoto, dusanpetkovic – S. 248; - / iStockphoto, FollowTheFlow – S. 90; - / iStockphoto, g-stockstudio – S. 134; - / iStockphoto, Halfpoint – S. 210; - / iStockphoto, Inside Creative House – S. 248; - / iStockphoto, jacoblund – S. 21, 49, 217; - / iStockphoto, Jag_cz – S. 225; - / iStockphoto, Marco Klaue – S. 91; - / iStockphoto, Iryna Klymenko – S. 91; - / iStockphoto, kolotuschenko – S. 297; - / iStockphoto, Viktor Kostenko – S. 91; - / iStockphoto, LightFieldStudios – S. 190; - / iStockphoto, Larina Marina – S. 225; - / iStockphoto, milindri – S. 311; - / iStockphoto, m-imagephotography – S. 116; - / iStockphoto, Motortion – S. 182; - / iStockphoto, NATALIIA OMELCHENKO – S. 297; - / iStockphoto, Perboge – S. 128; - / iStockphoto, PeterHermesFurian – S. 90, 91; - / iStockphoto, Piotrekswat – S. 375; - / iStockphoto, Poike – S. 20, 248; - / iStockphoto, Ranta Images – S. 21, 134, 142; - / iStockphoto, Ridofranz – S. 20, 101, 182 (3), 185 (2), 202, 206, 248; - / iStockphoto, robertmandel – S. 341; - / iStockphoto, Anna Semenchenko – S. 297; - / iStockphoto, SeventyFour – S. 182, 196; - / iStockphoto, Vera Shestak – S. 350; - / iStockphoto, studio marble – S. 110; - / iStockphoto, sureshsharma – S. 222, 223; - / iStockphoto, SylvieBouchard – S. 134; - / iStockphoto, Szepy – S. 134; - / iStockphoto, tcly – Cover; - / iStockphoto, Liubov Trapeznykova – S. 297; - / iStockphoto, traviswolfe – S. 225; - / iStockphoto, Ulza – S. 62; - / iStockphoto, zdenkam – S. 134, 142; - / iStockphoto, Galina Zhigalova – S. 217; - / OJO Images, Sam Edwards – S. 248; Michael Hüter, 2021 im Magazin "Elektrorad" – S. 355; imago images / IPON, Stefan Boness – S. 66; - / STAR-MEDIA – S. 67; - / teutopress – S. 90; iStockphoto / AlenaPaulus – S. 62; - / AscentXmedia – S. 101; - / gopixa – S. 101; - / JohnnyGreig – S. 338 (2); - / LaylaBird – S. 338; - / milan2099 – S. 101; - / MixMedia – S. 338; - / Nikada – Cover; - / Pollyana Ventura – S. 338; - / Portra – S. 116; - / shapecharge – S. 62; - / South_agency – S. 225; - / ZeynepKaya – S. 62; Grada Kilomba, by Ute Langkafel, Maifoto Gallery, Berlin, 2021, courtesy of the Artist – S. 69; Kostas Koufogiorgos, Stuttgart – S. 22, 58; Waldemar Mandzel, Bochum – S. 246; Mauritius Images / Alamy Stock Photo, Ian Dagnall Computing – S. 301; - / Alamy Stock Photo, Ana Maria Tudor – S. 301; openPetition, www.openPetition.de – S. 156; Photothek – S. 292; picture-alliance / AA, Stringer – S. 304; - / AA, Zakir Hossain Chowdhury – S. 359; - / akg-images – S. 99; - / ASSOCIATED PRESS, Hannibal Hanschke – S. 341; - / ASSOCIATED PRESS, Michael Sohn – S. 38; - / Tim Brakemeier – S. 20; - / Antonio Cossio – S. 359; - / dieKLEINERT.de, Schwarwel – S. 316; - / dpa-infografik – S. 109, 330; - / dpa-infografik GmbH – S. 306; - / dpa-Zentralbild, Bodo Schackow – S. 90; - / dpa-Zentralbild, Soeren Stache – S. 38; - / Eibner-Pressefoto, Weber – S. 38; - / epa Israeli Police Ho – S. 90; - / EPA, VALDA KALNINA – S. 318; - / Flashpic, Jens Krick – S. 68; - / Thomas Frey – S. 313; - / Ikon Images, Gary Waters – S. 128; - / JOKER, Konstantin Chernichkin / est&ost/J – S. 304; - / Michael Kappeler – S. 313; - / Carsten Koall – S. 38; - / Silke Nauschütz – S. 38; - / Johannes Neudecker – S. 292; - / NurPhoto, Maciej Luczniewski – S. 304; - / Pacific Press, Lev Radin – S. 332; - / photothek, Michael Gottschalk – S. 298; - / photothek, Thomas Koehler – S. 334; - / ROPI – S. 85; - / ROPI, Till M. Egen, SeaWatch – S. 259; - / Sammlung Richter – S. 112; - / Shotshop, Gabriele Petrick – S. 128; - / Snowfield Photography, Ralf Ibing – S. 205; - / Wolfram Steinberg – S. 85; - / TASS, Alexander Reka – S. 304; - / Bernd von Jutrczenka – S. 145; - / Bernd Wüstneck – S. 90; - / Xie Zhengyi – S. 359; - / ZB, Jens Wolf – S. 67; - / Zentralbild, Karlheinz Schindler – S. 121; Rhein-Kreis Neuss – S. 50; Robert Rutkowski – S. 85; Oliver Schopf, Wien – S. 221; Shutterstock / AlejandroCarnicero – S. 256; - / Jack Hong – S. 341; - / PradeepGaurs – S. 341; SPD-Parteivorstand, Berlin – S. 27; Statista GmbH, Hamburg – S. 113; SZ-Grafik: Julia Kraus, Quelle: SZ-Recherche – S. 356; toonpool.com / Harm Bengen – S. 164; - / Timo Essner – S. 139; - / Trumix – S. 177; United Nations – S. 326.

Mediencode
Rhein-Kreis Neuss – S. 50.

Operatoren in den Aufgaben

Die meisten Aufgaben in „**Politik & Co. 9/10**“ enthalten sogenannte Operatoren. Operatoren sind bestimmte Verben, die euch in den Aufgaben mitteilen, welche Tätigkeiten und welche Lösungsdarstellungen von euch erwartet werden.
Damit es zu keinen Missverständnissen kommt, was ihr genau machen sollt, wenn ihr in den Aufgaben unterschiedliche Operatoren lest, findet ihr in den nachfolgenden Tabellen genaue Beschreibungen aller in „**Politik & Co. 9/10**“ verwendeten Operatoren.
Das vorliegende Lehrbuch „Politik & Co. 9/10“ orientiert sich an den Operatoren für die Fächer „Sozialwissenschaften“ und „Sozialwissenschaften/Wirtschaft“ in der Sekundarstufe II in Nordrhein-Westfalen. Dies gilt sowohl für die Operatoren, welche im Rahmen des Operatoren-Trainings der Reihe verwendet werden, als auch für alle übrigen. Die Operatoren sind drei Gruppen von unterschiedlichen Anforderungsbereichen zugeordnet.

Operatoren im Anforderungsbereich I

Operator	Beschreibung
aufzählen nennen wiedergeben zusammenfassen	Kenntnisse (Fachbegriffe, Daten, Fakten, Modelle) und Aussagen in komprimierter Form unkommentiert darstellen
benennen bezeichnen	Sachverhalte, Strukturen und Prozesse begrifflich präzise aufführen
beschreiben darlegen darstellen	Wesentliche Aspekte eines Sachverhaltes im logischen Zusammenhang unter Verwendung der Fachsprache wiedergeben

Operatoren im Anforderungsbereich II

Operator	Beschreibung
analysieren	Materialien oder Sachverhalte kriterienorientiert oder aspektgeleitet erschließen, in systematische Zusammenhänge einordnen und Hintergründe und Beziehungen herausarbeiten
auswerten	Daten oder Einzelergebnisse zu einer abschließenden Gesamtaussage zusammenführen
charakterisieren	Sachverhalte in ihren Eigenarten beschreiben und diese dann unter einem bestimmten Gesichtspunkt zusammenführen
einordnen	Eine Position zuordnen oder einen Sachverhalt in einen Zusammenhang stellen
erklären	Sachverhalte durch Wissen und Einsichten in einen Zusammenhang (Theorie, Modell, Regel, Gesetz, Funktionszusammenhang) einordnen und deuten
erläutern	Wie erklären, aber durch zusätzliche Informationen und Beispiele verdeutlichen